Noche y Día

Gina Peral

ISBN: 978-84-617-6441-9

Esta es mi novela favorita
y es para mis primeros lectores.
Gracias por hacer mi sueño realidad

1

Reencuentro y despedida

Me quedo mirando la cama vacía como cada mañana; cuando Sarah estaba conmigo me gustaba observarla dormir antes de irme a trabajar. A veces, algunos rayos de sol se colaban por la ventana, avariciosos de tocar su piel canela. La recuerdo perfectamente, dormida y preciosa, como un hada de cabello rebelde, desnuda en mi cama, tranquila, tranquila como es imposible verla cuando está despierta.

Desde que me dijo que Natalia había muerto, la he llamado repetidas veces al móvil, pero siempre lo tiene apagado. Cada vez que entra un mensaje, pienso que por fin lo ha encendido, pero ese mensaje no llega. Ayer fui al trabajo a buscarla, pero tampoco estaba allí, y me quedé con las ganas de partirme la cara otra vez con ese niñato; pensar que la ha manchado con sus labios me cabrea como pocas cosas.

Cuando me dijo que la dejara tranquila, como si él tuviera algún poder sobre mí, o peor, sobre ella, quise arrancarle la cabeza de cuajo. Al recordarlo me tiemblan las manos, ansiosas por rodear su cuello. Si no lo hice fue porque Aleix me lo impidió, me llevó fuera y me dijo que no le complicara las cosas a ella; y no lo hice por ella, siempre por Sarah, pero se la tengo jurada y reservada. Aleix me dijo que estaba enferma, que hacía tres días que no iba a trabajar, justo desde que murió Natalia.

Cada vez que recuerdo lo cruel que fui con ella, como la traté, me siento a morir. Las palabras se repiten en mi cabeza una y otra vez: *tenía la esperanza de que pudiéramos pasar por esto juntos, quería decírtelo yo, pensé que me ayudarías a entenderlo; idiota de mí, pensé que podríamos apoyarnos el uno en el otro, que quedaría algo bueno en ti para*

7

mí. Mi niña deslenguada estaba desecha y yo la pisoteé, no la merezco.

Ella vino a mí, no fue en busca de él; Isabel me dijo que llevaba en casa desde las tres de la tarde, yo fui la primera persona a la que acudió, y la traté a patadas.

Salgo a la cocina y le pido a Isabel que se encargue de la habitación, no hay motivo para que siga sin dejarla entrar, su fragancia ha desaparecido de la cama, se ha marchado como lo hizo ella, para no volver. Isabel me sirve un café y empiezo a tomármelo cuando suena mi móvil; como siempre, pienso que podría ser ella.

Número desconocido.

—Capdevila —contesto de mal humor.

—Buenos días, señor Capdevila, soy el Detective Ortiz.

Cuando Sarah soltó la bomba, lo primero que hice fue llamar a la Policía para corroborarlo, hablé con este hombre, es la persona al cargo de la investigación.

—¿Tienen al asesino de Natalia? —pregunto esperanzado.

— No, todavía no —*ya me extrañaba a mí*—, pero le llamo en relación a esa investigación.

—¿Tienen alguna pista?

—Es posible —*la tienen*—. Necesito que se reúna conmigo esta misma mañana en la comisaría, tengo algunas preguntas que hacerle, le agradecería que estuviera aquí a las doce.

—¿Debo llevar a mi abogado?

—Si no tiene nada que esconder, no es necesario, sólo serán alguna preguntas —suena sincero.

—A la doce en punto estaré allí.

—Tengo muchas ganas de conocerlo.

Voy a preguntarle por qué, pero antes de darme tiempo, ya ha colgado. No sé cómo será el Detective Ortiz, pero está claro que conoce a Sarah. Él me contó que fue ella quien encontró el cadáver de Natalia; después de eso, vino a mí. Podría haber ido a cualquier sitio, podría haberse ido con el pardillo de Pablo, pero vino en mi busca y yo la traté como una ramera, como si no me importara, cuando en realidad me partía el corazón verla así.

De camino al trabajo la llamo otra vez, apagado o fuera de cobertura. Tengo ganas de tirarlo por la ventana. Cuando llego a la oficina, Mariona me dice que debe ir a la comisaría a las doce, Ortiz también la ha llamado a ella, me resulta de lo más extraño.

Juntos vamos a comisaría. Mariona parece nerviosa, al entrar me rodea la cintura con el brazo. Un policía nos acompaña, ella me coge con mucha fuerza, como si fuera a escapar; agacho la cabeza y la miro.

—¿Estás bien, Mariona? —le pregunto, y ella afirma con la cabeza mirándome—. Todo irá bien —le aseguro intentado infundirle valor.

Cuando le dije que Natalia estaba muerta, parecía confundida, aunque no demasiado afectada. No tengo ni idea de qué pasaría entre ellas. Natalia nunca quiso decírmelo, era muy celosa de la intimidad de sus pacientes; por mucho que le pregunté por Sarah, tampoco me dijo nada. Sólo sé que sus visitas iban en aumento, cada vez me llegaban más facturas, me pregunto si sería yo el motivo de su malestar.

—Giren en ese pasillo —nos indica el policía—, tienen unas sillas en el pasillo, para esperar al detective.

No le doy las gracias al policía, simplemente sigo sus indicaciones.

Aún me cuesta hacerme a la idea de que Natalia no está. Ella no era mi amiga, pero en cierto modo, cuando comprendí que había muerto, me sentí como si hubiera perdido a una. Natalia me ha ayudado mucho durante años. Quizás si hubiera seguido sus consejos a la hora de mostrar mis sentimientos por Sarah y prestarle más atención, no hubiéramos acabado como lo hicimos. Siempre pensó que lo arreglaríamos, pero es una posibilidad que cada vez veo más y más remota.

Giro en el pasillo absorto en mis pensamientos y ahí está ella. Paro una fracción de segundo, el corazón quiere salirse del pecho y correr junto a ella, no puedo reprochárselo, una parte de él se fue con ella cuando me dejó tirado. Por eso, a pesar de saber que se había besado con Pablo, me tragué mi orgullo y fui a buscarla al trabajo. Cuando Mariona me dijo que se había instalado en casa de él, me sentí más celoso de lo que había experimentado nunca hasta entonces; cuando después me dijo que los vio besarse en el cumpleaños de Nayara, pero que no quiso decírmelo por no traicionarla, quise matarlo.

Sarah está perdida en sus pensamientos, apoya los codos en las rodillas, mirando a ninguna parte. Nunca la había visto así, va con mayas y una sudadera con capucha que no debería llevar con el calor que está haciendo; la de veces que me ha preguntado cómo puedo llevar traje en verano. Veo cómo suspira, se pasa las manos por la cara y se gira como si supiera que la estoy mirando.

Mira a Mariona y después al fin me mira a mí. Tiene muy mala cara, va sin maquillar y está pálida a pesar del tono dorado de su piel; tiene los ojos hinchados y muy ojerosos, la cara más huesuda, como si llevara días sin comer. Parece destrozada, sus ojos empiezan a brillar y, a pesar de que aún estoy muy enfadado con ella, a pesar de que odio lo que me está haciendo, lo que me ha hecho, me suelto de Mariona y corro hacia ella.

Se levanta de la silla y la abrazo, la estrecho entre mis brazos oliéndole el pelo. *Cómo la he echado de menos*, pienso estrechándola contra mi pecho, mientras mi agonía se calma por tenerla cerca de nuevo. Cómo he deseado tenerla justo como la tengo en este momento… Cuántas noches en vela pensando en ella, convenciéndome de que no debía llamarla, machacándome en el gimnasio para no caer en la tentación de arrastrarme como un gilipollas para decirle que puedo olvidarlo todo, decirle que si se olvida de ese idiota la perdonaría, que por ella me tragaría mi orgullo, aunque luego no soy capaz de hacerlo.

Ahora mismo la cargaría al hombro como ya he hecho otras veces, me la llevaría a casa, la encerraría allí y no volvería a dejarla salir. La dejaría allí solo para mí, porque quiero que sea mía, porque la quiero. Quisiera poder grabar mi nombre en su corazón, mi esencia en su piel, que todo el mundo supiera que ella me pertenece, que nos pertenecemos mutuamente, que somos el uno del otro y de nadie más, pero eso no es cierto.

Le cojo el mentón y la obligo a mirarme. Su mirada chocolate me desarma, en ella veo el dolor y la pena más profunda, como nunca antes lo había visto en su bonita mirada. Ni siquiera cuando la desesperación por no encontrar a su amiga se la comía día a día, ni siquiera entonces su mirada se veía tan derrotada. Le acaricio el labio inferior con la punta del dedo, sus suaves labios están secos y cortados. Desearía inclinarme y humedecerlos, besarla hasta que ella se convenza de que en el mundo solo existimos nosotros y lo dejara todo atrás, incluso la pena.

—¿Estás bien? —le pregunto sabiendo que no lo está.

—No —dice con voz temblorosa. Dos enormes lágrimas escapan de sus ojos, acaricio la piel suave y fría de sus mejillas y borro las lágrimas de su rostro; ella se cubre la cara y rompe a llorar desesperada sobre mi pecho—. Natalia está muerta —dice con un lamento que perfora mi corazón—, alguien la ha asesinado, no lo entiendo Eric, no consigo entenderlo por más que me esfuerzo —se lamenta.

La estrecho entre mis brazos con fuerza, le beso la cabeza deseando darle todo mi amor y calor, deseando que lo poco bueno que tengo dentro salga de mí y se cuele en ella, bañarla de bienestar. Todo lo bueno que tengo dentro es para ella, solo para ella, siempre ha sido así, pero no he sabido demostrarlo, no sé exteriorizar mis sentimientos. Como decía mi hermano, soy un negado emocional. Le cojo la cabeza y me inclino.

—Ya pasó, Sarah —le susurro en el oído sin saber qué más decir—, Natalia no querría verte así, nena —empieza a temblar encima de mí, solloza y se me forma un nudo en la garganta, desesperado por consolarla sin saber cómo hacerlo—. No tortures tu corazón buscando sentido a algo que no lo tiene —llora con más fuerza, tengo la impresión que si la soltara caería al suelo, posiblemente ni le importaría—. Natalia te quería, Sarah, tú le gustabas mucho, encontrarán a la persona que lo hizo y tendrá que pagar por ello.

La mezo entre mis brazos, la acuno como si fuera una niña. A pesar de que es una chica alta, sin sus acostumbrados zapatos me parece más pequeña que nunca, pero no es solo la altura, es su delgadez y fragilidad. A pesar de lo que ella crea, sé que es una persona fuerte y valiente, y verla así me destroza.

Un policía vestido de paisano se acerca a nosotros y nos mira mientras lo hace.

—Serénate —sigo susurrándole—, el policía está aquí.

Levanta la cabeza, mira en dirección al policía y me suelta; se limpia las lágrimas de la cara con las manos, pero yo no la suelto, no estoy dispuesto a hacerlo.

El detective se detiene justo enfrente de nosotros.

—Lamento que debamos vernos de nuevo, Sarah —le ofrece la mano y Sarah se la estrecha. Imagino que debe ser el Detective Ortiz, él me contó que fue Sarah quien encontró el cuerpo de Natalia. Estúpido de mí, cada vez que recuerdo cómo la traté cuando vino a decírmelo quiero flagelarme. El policía me mira y después mira detrás de mí—. Soy el Detective Ortiz —dice confirmando lo que ya suponía—, necesito hacerles algunas preguntas a los tres —abre la puerta—, si son tan amables de pasar.

Sarah afirma con la cabeza, después la alza y me mira; me duele ver el sufrimiento en su mirada, la rodeo por los hombros y voy con ella al interior de la sala.

Las paredes son de azulejos blancos y en el centro de la sala hay una mesa rectangular; en un lado, frente a una silla, hay unas carpetas de cartón y al otro lado, tres sillas. Sarah se acerca a la más alejada de la puerta, la acompaño, la suelto para poder apartarle la silla y le ofrezco el asiento.

—Cuando te fuiste de casa hablé con él —le confieso mientras se sienta—, me dijo que fuisteis Vicky y tú quienes encontrasteis a Natalia —me siento a su lado. Sarah afirma con la cabeza, intento buscar las palabras para disculparme debidamente, pero éstas no llegan a mí. No estoy acostumbrado a disculparme por nada, no sé cómo decirle lo mucho que lo siento—. Lamento cómo te traté cuando viniste a casa a decírmelo

—niega con la cabeza y se encoge de hombros como si no importara. Ha dejado de llorar, pero en su mirada parece que por dentro siga haciéndolo—. Todo se arreglará, Sarah.

El detective entra en la sala y Sarah deja de prestarme atención, lo mira a él.

—Esperaba encontrarla un poco más entera, Sarah —le dice el detective—, esperaba que hubiera recuperado algo del arrojo que me mostró cuando nos conocimos.

Es sincero en sus palabras, me pregunto qué le habrá dicho Sarah para que él sepa de su arrojo o carácter. Cuando se lo propone puede ser muy deslenguada e imprudente, así que no me sorprendería nada.

—Es lo que hay —le contesta Sarah endureciendo su tono de voz, incluso su postura se vuelve más recta.

Observo cada pequeño cambio en ella, soy una persona muy observadora, conozco a Sarah, este hombre no le gusta. Por sus palabras parece que ya se conocían antes de que Natalia muriera, me pregunto en qué circunstancias ocurrió eso y qué le hizo para que a ella no le guste. Apoyo el brazo en su silla en un acto territorial que le deje claro al detective que vaya con cuidado si no quiere vérselas conmigo.

Ortiz observa el gesto, pero sigue mirando a Sarah, se miran el uno al otro como si no hubiera nadie más.

—¿Tienen alguna pista? —le pregunto al detective para que se centre en mí, en lugar de en ella.

Los ojos oscuros del detective dejan de mirar a Sarah, al fin centra su mirada en mí, aunque en ella muestra interés. Esta mañana al teléfono dijo que tenía ganas de conocerme, su mirada parece realmente interesada y no tengo ni idea de por qué.

El Detective Ortiz tiene aspecto de alguien machacado, alguien a quien la vida no le ha tratado bien. No es especialmente alto, pero tiene un cuerpo ancho y fornido; su aspecto es descuidado, desaliñado, lleva el pelo graso y canoso peinado hacia atrás, va sin afeitar con la barba incipiente completamente blanca, todo su rostro está lleno de pequeñas cicatrices, cortes pequeños con dos o tres puntos por toda la cara.

—Espere a que venga la señorita Prat —me contesta— y hablaremos de ello.

Miro hacia la puerta abierta, me había olvidado por completo de Mariona; cuando se trata de Sarah, aunque ella no lo crea, todo lo demás no importa.

—¿Cómo se encuentra, Sarah? —vuelvo a mirar al policía, me pregunto a qué viene esa fijación por ella—. ¿Ha dormido algo desde que nos vimos? No tiene buen aspecto.

—Usted tampoco —le escupe Sarah sin dudarlo—, aunque lo suyo es de serie, lo mío un bache.

El detective se echa a reír y ella inclina las cejas con chulería. Están jugando a un juego privado y me molesta. Me molesta no saber de qué conoce Sarah a este tipo, no saber qué circunstancias la han llevado a atreverse a hablarle así a un policía, aunque está claro que a él no le molesta, sino que es lo que busca.

—Lo siento —se disculpa Mariona, cerrando la puerta detrás de ella.

Se sienta en la mesa junto a mí y me coge de la mano que reposa sobre la mesa. Sarah mira nuestras manos y se remueve en la silla, yo no dejo de mirarla a ella, pero ella no vuelve a mirarme.

—Empecemos —dice el detective abriendo la carpeta de cartón que tiene delante—. En el despacho de la Doctora Gual hemos encontrado muchas huellas de ustedes dos—dice señalándonos a Sarah y a mí—, pero ambos hacían terapia con la doctora, así que eso no demuestra nada. Hemos encontrado muchas huellas de sus pacientes, fibras, cabellos… Es muy difícil investigar una escena del crimen por donde pasa tanta gente.

—¿Va a interrogar a todos sus pacientes? —pregunta Sarah.

—No, de momento solo voy a interrogarles a ustedes, lo importante no es lo que hemos encontrado, sino lo que no hemos encontrado.

—¿Qué quiere decir? —pregunto ansioso por averiguar qué sabe.

—Por lo visto, la Doctora Gual sentía cierta nostalgia por lo antiguo; aunque su ayudante transcribía todas sus notas a un fichero de ordenador, ella tenía un expediente de cada paciente con las notas originales, lo guardaba todo —hace una pausa y revisa los papeles de la carpeta—. Con la colaboración de su ayudante, elaboramos una lista, hicimos un exhaustivo registro; todo estaba en su lugar, pero faltaban tres de esos expedientes originales, solo eso.

Mariona me agarra la mano con más fuerza.

—¿Insinúa que son los nuestros? —demando intentando llegar al fondo de la cuestión.

—Exacto.

—¿Somos sospechosos? —pregunta Sarah acercándose a la mesa, ansiosa.

—Dígame, Sarah. ¿Dónde estuvo la noche que murió la doctora, entre las diez y las doce?

Sarah no lo duda por un momento y le contesta:

—Llegué de Boira a eso de las once de la noche; como le expliqué, había ido hasta allí con Aina —hace una pausa lamiéndose los labios—. Al llegar a su casa estuve un rato con Pablo, después él me llevo a casa.

Aprieto el respaldo de la silla donde está sentada, quisiera apretarlo hasta partirlo; de todas las personas con las que podía estar, tenía que ser con ese, y eso me enfurece. Me la quedo mirando, ella no me mira a mí, sino al detective Ortiz sin pestañear.

—¿A qué hora cree que llegó a casa?

—Alrededor de las doce, no estoy segura.

—¿Había alguien en casa que pueda corroborar que llegó a esa hora?

—No, pero puede hablar con Pablo, él se lo confirmará si no me cree —contesta a la defensiva.

—No he dicho que no la crea, Sarah. ¿Ya ha aclarado las cosas con él? —le pregunta el detective.

La miro preguntándome qué es lo que debe aclarar con Pablo y de lo que este hombre está al corriente.

—Todavía no, no me he encontrado muy bien.

—Debe hacerlo… —llaman a la puerta y el detective se detiene—. Disculpen un momento.

Se pone de pie y va hacia la puerta; sigo mirando a Sarah, ella sigue mirando hacia delante, como si el detective siguiera sentado en su silla. El detective vuelve en pocos segundos.

—Como le decía —vuelve a centrarse en ella—, debe aclarar las cosas, están interfiriendo en una investigación.

—Si no le importa, preferiría que habláramos de esto a solas.

Intento penetrarla con mi mirada, quisiera ver qué es lo que ronda por esa cabeza loca que tiene. No entiendo nada, quiero saber qué esconde, en qué lío la ha metido Pablo, por qué este policía dice que están interfiriendo en una investigación. Me pregunto si estará relacionado con la muerte del padre de él. Sarah y Pablo fueron los que encontraron el cadáver, no se me ocurre otro motivo.

—Creía que estábamos entre amigos —le miro a él. Eso es mentira, no piensa eso. ¿Por qué lo ha dicho?—, creía que el hombre a su derecha era su novio, a la derecha de él su amiga de la infancia.

Los miro a los dos, sobre todo a ella, me cuesta dejar de mirarla ahora que la tengo tan cerca. Se hablan con cordialidad y educación, pero entre ellos hay una guerra abierta. Esto me parece una partida de ajedrez. Es como si estuvieran colocando las piezas para poder atacarse el uno al otro. Entre ellos hay algo, observo el desafío en los ojos de Sarah, prefiero eso que como estaba antes, pero me incomoda no enterarme de nada.

—El hombre a mi lado —dice Sarah sin dejar de mirar al policía—, es ahora mi ex novio y la rubia, es la causante de ello; por lo que puede imaginar, no es mi amiga.

—Sarah —le hablo en tono de reproche, pero ella no me mira, sigue mirándolo a él.

No puedo creer lo que acaba de decir, la frialdad con la que lo ha dicho, como si no le importara. No debería sorprenderme, me dejó tirado y no volvió. Natalia me advirtió que podía perderla y la perdí.

—¿Es su enemiga entonces? —pregunta el detective.

—No me lo había planteado, pero imagino que sí. ¿Podemos continuar?

—¿Por qué me tienes tanta manía? —pregunta Mariona rompiendo a llorar sobre mi brazo.

Sarah resopla, me giro para mirar a Mariona y ella se abraza a mi brazo llorando. A veces es muy sensible y todo el desprecio de Sarah me consta que le hiere. A pesar de lo mal que Sarah habla de ella, Mariona se preocupa por ella, siempre está pendiente de lo que hace o cómo le va.

—¿Quiere preguntarme algo más? —pregunta Sarah mirando a Ortiz—. No voy a perder el tiempo escuchando las mentiras y los lamentos de esa aspirante a actriz.

—Tranquilízate, Mariona —le pido dejando de rodear la silla de Sarah para acariciarle la cabeza—, Sarah no piensa eso en realidad, está muy afectada por la muerte de Natalia.

Sarah, junto a mí, vuelve a resoplar y se cruza de brazos.

—Señorita Prat —la llama Ortiz—, salga fuera e intente serenarse, hablaré con usted después.

Mariona se pone de pie sin dudarlo y tira de mi brazo.

—Acompáñame, Eric.

No quiero ir con ella, quiero quedarme aquí, aun así lo haré. Me sabe muy mal ver así a Mariona, alrededor de su nariz y ojos han aparecido unas manchas a causa de sus lágrimas y la piel nívea, sus ojos verdes están llenos de más lágrimas aún por derramar. No entiendo por qué Sarah siempre tiene que atacarla; después de lo que ella ha hecho con Pablo, no tiene nada que reprocharme, y menos a ella.

—No, tengo que hablar con el Señor Capdevila —interviene el detective antes de que yo pueda contestar.

—Ve fuera y tranquilízate, Mar —le pido.

Me mira dubitativa y finalmente sale de la sala.

—¿Por qué siempre tienes que tratarla así? —le reprocho a Sarah, a pesar de que no es el momento.

—Esa —dice mirándome al fin—, lo único que quiere es hacerme daño —sus ojos también se ponen vidriosos—; pero ya no puede, porque ya no puedo caer más abajo, así que a mí que me deje tranquila.

Deja de mirarme y mira de nuevo al detective.

—Se masca la tragedia —comenta Ortiz; vuelvo a mirarlo preguntándome de qué va. Me está empezando a tocar los cojones—. Tenía muchas ganas de conocerlo, Sarah me habló de usted cuando nos conocimos.

—¿De veras? —pregunto mirando a Sarah, que se mantiene callada, con la mirada perdida—. ¿Qué le dijo para que deseara conocerme? —vuelvo a mirarlo a él.

—Dijo que usted era excepcional, que sabía cuándo la gente mentía.

—Últimamente ha perdido facultades —interviene Sarah.

Vuelvo a mirarla a ella, tan descarada e insolente como siempre, tan adorable a pesar de ello. Es cierto, estoy perdiendo facultades, con ella; ella me miente a la cara, no tengo ni idea de cómo es capaz de hacerlo sin que yo sea capaz de notar la diferencia, nadie nunca me ha mentido como lo ha hecho Sarah. Me mira a los ojos y miente, y a pesar de saber que lo está haciendo no consigo diferenciar la mentira, ni en su pose, ni en su voz, ni siquiera en sus ojos. Siempre parece sincera, y eso me exaspera, me hace sentir como un títere en sus manos. La quiero, quisiera confiar en ella, pero no puedo hacerlo cuando escapa a mi control de esa manera.

—¿Es eso cierto? —pregunta Ortiz.

—Sarah lo sabe mejor que nadie —digo sin apartar la mirada de ella, *mentirosa*.

Sarah sigue mirando a ninguna parte, como si nada de esto fuera con ella. Nunca he dudado de mis facultades, por eso, a pesar de los rumores que circulaban por su trabajo, a pesar de lo que Mariona me contaba, ella lo negaba y yo la creía; quería creerla, hasta que no pude seguir engañándome.

—Quizás podamos probarlo en otro momento… —dice Ortiz, supongo que tiene curiosidad y no me extraña, es una rareza, no sé por qué Sarah le habló de eso—. ¿Dónde estuvo usted esa noche, Señor Capdevila?

—Trabajando, desde hace un par de semanas estoy trabajando hasta muy tarde.

—¿Hay alguien que pueda apoyar esa coartada?

—El encargado de seguridad nocturna, además tenemos cámaras por todos los pasillos, y para entrar o salir hay que pasar por seguridad con una tarjeta, todos esos movimientos se quedan grabados en el equipo de seguridad.

—¿Podría tener acceso a ello?

—Por supuesto, le pediré a la empresa de seguridad que le hagan llegar la grabación esta misma tarde.

—En ese caso, de momento hemos terminado. ¿Le importaría salir fuera? Me gustaría hablar un momento con Sarah.

Me levanto de la silla mirándola, estoy lleno de reproches, pero aun así me duele verla de esta manera, no me gusta su fragilidad, detesto verla así. Sarah sigue ahí parada con la mirada perdida, es como si estuviera lejos, muy lejos de nosotros. Imagino que la muerte de Natalia ha debido impactarla mucho, pero no creo que sea lo único que le preocupa, quizás sea por la investigación de la que Ortiz quiere hablar con ella.

—¿Quieres que me quede contigo? —le pregunto antes de salir.

—No —responde secamente sin mirarme.

Me duele su rechazo, odio cómo me hace sentir. Soy una persona segura de mí misma, confío en mis facultades, pero ella siempre me desarma y me convierte en un pelele. No es buena para mí y sin embargo lo mejor que hay en mí es para ella.

Salgo de la sala.

Mariona está en el pasillo; en cuanto me ve salir se abraza a mí, es demasiado dependiente y me agobia, pero me siento incapaz de decírselo. Ella tiene un pasado traumático y siempre será la chica de mi hermano. Yo me hubiera cambiado por él, pero lo único que puedo hacer ahora es ayudarla a ella, en memoria de Carlos, por respeto a mi hermano, que dio la vida por ella.

Esperamos sentados en el pasillo. Mariona parece nerviosa y yo también lo estoy, aunque mis nervios no tienen nada que ver con los suyos. Cuando Sarah salga de esa sala se irá. No quiero despedirme de ella, no quiero separarme sin saber cuándo volveré a verla. Necesito sentirla cerca y no puedo tenerla, no puedo consentir lo que hace conmigo, pero tampoco soporto estar separado de ella, quisiera borrarla, pero no puedo.

Mientras esperamos llega Pablo, la persona que menos quiero ver.

—¿Dónde está Sarah? —se atreve a dirigirse a mí.

—¿Qué cojones haces tú aquí? —pregunto asqueado, poniéndome de pie.

—Ella llama y yo vengo —ladea la cabeza chuleándome; como se pase de listo le parto de cara, ya tengo ganas de hacerlo simplemente porque ella lo ha llamado—, así de simple; ella es mi prioridad, para ti nunca lo fue.

Eso no es verdad, sé que Sarah piensa lo mismo, pero ambos están equivocados.

Nos quedamos mirándonos el uno al otro, esperando que el otro dé el primer paso, tiene tantas ganas de pelea como yo. Mientras lo miro me pregunto qué ha visto Sarah en él, somos opuestos, noche y día, no sé cómo puede sentirse atraída por él, cuando un día lo estuvo por mí. No tenemos nada que ver el uno con el otro.

La puerta se abre, Sarah sale y Ortiz le pide a Mariona que entre; ella accede sin decir nada.

—¡Sarah! —Pablo la abraza y la furia se apodera de mí, no quiero verlo cerca de ella, no soporto ver cómo la toca. Me imagino manchándola con sus labios y empiezan a temblarme las manos—. ¿Estás bien?

Sarah mira a Pablo confundida, como si no comprendiera por qué está aquí. Lo empuja para que no la toque, lo rechaza y eso hace que yo me hinche. Cuando me ha visto a mí se ha fundido conmigo.

—¿Por qué no estás trabajando? —pregunta rascándose la frente, como si le costara pensar.

—Tengo fiesta, pensaba ir a Boira, voy a hablar con esa vieja mentirosa y a aclarar las cosas, Sarah.

Los ojos de Sarah se llenan de lágrimas, no sé de quién están hablando, pero está claro que a Sarah le duele, algo de lo que ha dicho le ha hecho daño.

—Déjala y lárgate —le digo a Pablo—, le estás haciendo daño.

Me mira frunciendo los labios, la coge del brazo y se la lleva; voy detrás de ellos, se quedan en la esquina del pasillo, puedo verlos a través de una cristalera y me quedo quieto escuchando a escondidas. Quiero saber si Sarah se comporta igual cuando cree que no la veo.

—Ayer te estuve llamando, no quería hacerlo porque el otro día me jodiste, Sarah —le reprocha—. Hieres mi orgullo —espera a que diga algo, pero no lo hace, así que sigue hablando—. Soy una persona orgullosa, pero me tienes idiotizado, te lo juro —*eres idiota chaval* pienso—. Si fueras otra te mandaría a la mierda y te diría que no me marearas, pero contigo no puedo, no soy capaz de hacerlo. Ayer hablé con Aina.

—No quiero saber nada más —dice Sarah con un hilo de voz que me cuesta oír—, no me encuentro bien, esto está siendo muy duro para mí, ahora Natalia —oigo cómo llora y él la abraza—, no puedo afrontarlo.

—Aleix me lo dijo ayer, sé cuánto te importaba; lo siento mucho, Sarah.

—Necesitaba hablar con ella, explicarle lo que había pasado y no estaba, alguien la ha matado, Pablo. No me siento capaz de nada —oigo cómo solloza.

¿De qué cojones están hablando? El que no entiende nada soy yo, y eso me enerva. De momento parece que los dos son sinceros el uno con el otro, aunque con Sarah a saber.

—Ven conmigo a Boira —le ofrece él—, acompáñame. No voy a permitir que me mienta a mí también, ven y comprueba por ti misma que miente. ¡Es una locura, Sarah! Estoy enamorado de ti, ya te lo dije, no entiendo cómo Aina o tú lo creéis, es imposible, preciosa. Lo que siento por ti es real, esa mujer miente.

Las manos me empiezan a temblar de nuevo al oír esa declaración clara y concisa de sus sentimientos, el corazón bombea muy deprisa esperando la respuesta de Sarah.

—¿Aina se lo ha dicho a tu madre? —pregunta ella desconcertándome.

—Sí.

—¿Se ha enfadado? —dice masajeándose los hombros dentro de la sudadera.

—No —miente—; bueno, al principio, cuando nos dijo adónde habíais ido, sí —rectifica sincerándose—, pero luego se le pasó. No está segura de creerlo, pero quiere creerlo. Aina casi consigue convencerla a ella también. Ven conmigo a Boira por favor, lo aclararemos todo Sarah, por favor, acompáñame.

—No voy a volver a esa casa en la vida, me voy a casa, estoy cansada.

—Como quieras, te llevaré a casa —Sarah se aparta de él y niega con la cabeza—. ¿Vas a irte con él? —le reprocha perdiendo la calma—. ¿Después de los desplantes, del daño que te ha hecho, vas a irte con ese imbécil?

¿Cómo se atreve este inútil a hablarle así de mí?

—No sigas con eso Pablo, ahora no, me voy a casa sola, no quiero veros a ninguno de los dos.

—¿Seguro?

—Ya me siento suficientemente perdida y confundida, creo que he llegado al límite.

—No te preocupes, Sarah —le pide alargando el brazo para acariciarla, ella se aparta y él baja el brazo en un gesto de derrota—. Cuando vuelva de Boira iré a verte y mañana irás a trabajar, no puedes seguir así.

—Lo que tú digas, Pablo —dice para que se calle de una vez.

—¡Me jode mucho verte así, Sarah! —exclama y vuelve a abrazarla, ella lo empuja.

—Vete, por favor, Pablo, vete ya.

—Esta es la última vez que me rechazas —dice en tono duro—. Te la dejo pasar porque no hay más que verte, pero eso se acabó, aclararemos las cosas y todo volverá a ser como antes, yo te ayudaré.

No es la primera vez que lo rechaza, eso me complace de una manera inimaginable. Veo cómo va a besarla y voy a salir de mi escondite; la besa en la mejilla, se da la vuelta y se va hacia la salida. Sarah mira a su alrededor, gira la esquina y choca conmigo.

Levanta la vista y me mira.

—¿Estabas escuchando? —pregunta sin molestarse.

—Es posible. ¿Qué te pasa con el chavalín?

—El chavalín se preocupa por mí más de lo que tú lo has hecho nunca, así que no te atrevas a menospreciarlo —su voz suena tan cansada que parece un lamento en lugar del reproche que hay detrás de esas palabras.

Se da la vuelta con intención de irse, pero la pesco del brazo antes de que se vaya detrás de él.

—No tienes ni idea, Sarah.

Tiro de ella y la acerco a mi cuerpo, pero como ha hecho con Pablo me rechaza, me aparta sin fuerzas.

—Me da igual, Eric, ya todo me es indiferente, solo quiero irme a mi casa y que me dejéis todos tranquila.

No la suelto, acaricio su pelo castaño, miro su boquita de piñón. A pesar de todo quiero llevármela, sigo queriendo encerrarla en mi casa y no dejarla salir nunca.

—¿Nos vamos? —oigo la voz de Mariona detrás de mí.

Sarah se da la vuelta y se marcha; no quiero que se vaya, no así, está hecha polvo, me da miedo que se caiga por ahí.

—Vete con el coche, cogeré a Sarah y la llevaré a casa en taxi.

—Eric, no —me coge del brazo—. Yo pensaba que ella era mi amiga, pero no lo es, y estoy harta de defenderla; te ha hecho mucho daño, te ha engañado. No voy a dejar que vayas detrás de ella como un perro, mereces algo mejor que una mujer así. Ellos están juntos, no quería decírtelo, pero Nayara me lo dijo el otro día.

No sé qué pensar, Mariona no me miente nunca y es sincera, desde luego la discusión parecía una riña de enamorados. Algo no me encaja, no estoy acostumbrado a sentirme así de desconcertado. Siempre sé cuándo la gente es sincera y cuándo no lo es, pero Sarah me torea, me desconcierta y me exaspera.

—Volvamos al trabajo —le digo a Mariona confuso, como si no fuera yo el que habla.

La dejo en la oficina y voy a por mi moto; paso de mi agenda y me paso el día a todo gas, cogiendo curvas, forzando al máximo. Ver a Sarah me ha alterado mucho, joder, la echo tanto de menos que me cuesta respirar. Pensar que está con Pablo me enferma, pero Mariona tiene razón, cuando le pedí a Torres que los siguiera salieron en parejitas con Aleix y Nayara, no puedo seguir engañándome, ella ha pasado página.

Por la noche me llama Mariona, quiere que vayamos juntos al funeral de Natalia. Sarah irá con Nayara, porque Pablo tiene que trabajar y no puede acompañarla. No puedo creer que tenga tan poca vergüenza de querer presentarse allí con él, sabiendo que se va a liar. Por lo visto ya han hecho las paces, es increíble. Al colgar el teléfono tengo ganas de tirarlo contra la pared y destrozarlo; en lugar de eso, me destrozo a mí mismo en el gimnasio. Nada consigue calmarme, ni la moto, ni el gimnasio, ni nada, y todo es culpa de Sarah.

Recojo a Mariona y vamos juntos al tanatorio. Salimos en Horta, la cuarta salida de la Ronda de Dalt; al llegar al tanatorio hay bastante gente, y al momento veo a Sarah. Podría reconocerla en medio de centenares de personas en segundos, mis ojos siempre van a por ella.

Nayara la lleva del brazo como si no pudiera caminar por sí misma, me duele verla así. Está abatida, se apoya en el hombro de su amiga, las gafas de sol no ocultan sus lágrimas, que no dejan de salir por debajo de los cristales oscuros. Me parece aún más frágil que el día anterior, su aspecto me preocupa. Le sobra vestido por todas partes, está muy desmejorada, muy delgada, no solo la cara, toda ella.

Voy a acercarme a ella y Mariona me coge del brazo para que no lo haga.

—No quiere que te acerques —la miro sin comprender—, me lo ha dicho esta mañana Nayara. Después de hablar contigo ayer, se dio cuenta que ya no siente nada por ti, no quiere verte.

Siento que algo dentro de mí se rompe, no quiero creerlo, pero no hay mentira en Mariona. Quiero ir hasta ella y que me lo diga a la cara, que me explique cómo se puede pasar de decir que amas a alguien a no querer ni ver a esa persona, a engañarla con otro tío, a estar con ese otro a las pocas semanas como si nada.

Por supuesto no lo hago, me rompe lo débil que me hace, me destroza lo que está haciendo conmigo, pero no voy a volver a acercarme a ella. Esta será la última vez que la vea, no voy a volver a acercarme a ella nunca más.

Se acabó, pienso con decisión, voy a arrancármela de la cabeza y el corazón, haré lo que tenga que hacer para arrancarla de mi interior, para expulsarla y exorcizarla de mí. No puedo permitirme la debilidad que me provoca, ella me hace débil y estúpido, como nunca lo ha hecho nadie, ni siquiera mi hermano.

No me acerco a ella en todo el rato, pero no puedo apartar la vista mientras el peso de que no volveré a verla oprime mi corazón ajado y pisoteado. La veo hablar con el marido de Natalia, después se agacha y saluda a su hijo; el niño la abraza como si la conociera, eso me confunde, parece que ya se conocían. Yo sé quiénes son por una foto que Natalia tenía en la consulta, pero es la primera vez que los veo en persona.

Nayara se la lleva sin que entre en la sala donde está el cuerpo de Natalia; cuando pasa por mi lado quiero cogerla en brazos y llevármela, consolarla. No la toco, ni le digo nada, Nayara nos saluda con la cabeza y ella nos ignora como si no existiéramos.

Nos sentamos un par de bancos delante de ellas, Mariona no deja de susurrarme cosas al oído, busca consuelo y yo la rodeo con el brazo. Estoy deshecho, sin Natalia no sé cómo voy a exteriorizar todo lo que llevo encima, no encontraré a otra psiquiatra como ella. No creo que pueda volver a confiar en nadie, no como en ella… No encontraré a nadie que me ayude y me entienda como Natalia.

2

Toc toc

Aina ha decidido venir de nuevo a torturarme con su presencia. No entiendo cómo no se da cuenta de que en realidad no escucho lo que me dice, me rasco los ojos y me enseña un cuento, un cuento lleno de colores. Me froto los ojos intentando prestarle atención, pero pierdo el interés, no soy capaz de centrarme en nada.

Ella empieza a leer el libro y yo suspiro, sin poder centrarme en lo que dice.

Cuando estoy en casa las paredes caen sobre mí, cuando estoy fuera lo hace el cielo; me siento triste, vacía y sola, nada me importa. Todos mis sueños y mis ilusiones se han perdido en este cuento de terror y muerte en el que se ha convertido mi vida vacía. He perdido el rumbo y la noción del tiempo, soy una muñeca rota que ve cómo las cosas a su alrededor se mueven sin que nada ni nadie pueda despertar una llama en mí, ni siquiera una chispa que me haga reaccionar. Soy un cuerpo inerte con un alma insignificante y atormentada.

Me siento muerta en vida, solo quiero descansar, desaparecer.

—¿Me estás escuchando? —me pregunta Aina.

—Por si no lo has notado, no me encuentro bien.

—Pues espabila porque te necesito. Te dejo aquí el cuento, tengo que estudiar matemáticas, las odio.

Las matemáticas me gustaban, o las entendías o no lo hacías, al menos hasta llegar a bachillerato. Creo que la vida es igual que las matemáticas, o la entiendes o pasa de largo sin que te enteres de nada. Ahora mismo prefiero la segunda opción, cada vez que he intentado comprender algo me ha llevado por mal camino.

He hecho tantas cosas mal que si pudiera volver atrás no sabría por dónde empezar. Supongo que me tragaría mi orgullo y hablaría con mi falsa madre, ella podría haberme dicho quién iba a morir, tal vez así hubiera podido salvar a Natalia.

Llevo desde el entierro de Natalia sin salir, no hay nada para mí ahí fuera. Mi móvil sigue apagado, aunque sigo recibiendo las visitas de rigor de Aina y Nayara, las únicas que se preocupan por mí además de Carla. Si soy sincera, preferiría que no lo hicieran, no sirve da nada, estoy vacía, ya no me queda nada.

Pablo y Eric han desaparecido; en realidad Eric lo hizo hace mucho tiempo, ni una sola llamada desde que me marché de su casa la mañana después de mi cumpleaños, creo que pronto hará un mes, pero no estoy segura, tampoco me importa el tiempo que haga, la cuestión es que no se preocupa en absoluto por mí. Cuando nos encontramos en comisaría pensé que le importaba, realmente lo creí, parecía preocupado por mí, pero al día siguiente en el entierro me ignoró completamente y se centró en la farsante de Mariona. No comprendo cómo nadie ve lo que yo veo en ella; ni siquiera Ortiz, que me pareció un hombre tenaz e inteligente, estoy segura de que se tragó cada mentira que le dijera durante el interrogatorio.

Llaman a la puerta y cambio de postura en la cama. Espero que sea para Carla, pero esta viene a decirme que es justamente Ortiz; *pensando en el diablo*, me digo a mí misma. Me levanto de la cama y me pongo una bata de invierno ¿Qué más da que estemos a mediados de septiembre y haga un calor asfixiante? Antes de que pueda salir a atenderlo, está en la puerta de mi habitación.

—Buenos días, Sarah.

—¿Ha descubierto algo más? —pregunto intentando ser optimista.

—Todavía no.

Tenía ciertas esperanzas en este hombre, me pareció más profesional que el resto de agentes con los que he tratado. Pensé que al ser detective debía ser más capaz que los otros patanes, pero es justamente eso, otro patán, otro títere en las manos de la mayor mentirosa que me he echado a la cara.

Observo cómo mira mi habitación, Carla no ha debido dejarlo entrar aquí.

—¿Qué quiere, Ortiz?

—¿Cómo se encuentra? —deja de mirar mis cosas y centra su mirada en mí. Resoplo, espero que vaya al grano o me echo a dormir—. Me dijo que lo suyo era un bache, pero hace una semana que nos vimos y tiene peor aspecto; además, me he encontrado con nuestra amiga común en la escalera, dice que está enferma.

—No me gusta que se acerque a ella, usted —digo señalándolo— no me gusta. No se acerque a Aina o le contaré a su madre que la interrogó sin ninguna orden, sin la presencia de un adulto o su tutor; diría que eso es ilegal.

—No está en posición de amenazarme, Sarah. Preferiría que nos lleváramos bien, creía que habíamos limado asperezas desde nuestro primer encuentro.

Este hombre no me ha gustado desde la primera vez que lo vi, esconde algo y estoy más que harta de secretos, hace tiempo que rebasé mi límite. Estoy harta de formularme preguntas cuyas respuestas no encuentro.

Lo miro preguntándome por qué hablé con él el día que encontré el cuerpo sin vida de Natalia, pero lo hice porque estaba en shock y obviamente hablé más de la cuenta.

Se lo conté todo en realidad, le expliqué como conocí a Natalia a raíz de hacer una sesión de hipnosis para superar mis pesadillas, pesadillas que prácticamente me llevaron a encontrar a Mariona, Mariona la víctima, la víctima que resultó ser una impostora, una gran actriz que lo único que ha hecho es meter mierda en mi relación con Eric, hasta destruirla. Antes de que lo consiguiera, de vez en cuando quedaba con Natalia, me gustaba hablar con ella, me sentía cómoda y pronto hicimos amistad. El día del cumpleaños de Nayara, Mariona consiguió abrir una enorme brecha entre Eric y yo, sus mentiras me llevaron al límite y toda la rabia contenida tuvo que salir; después de decirle a Mariona todo lo que pensaba de ella estropeando el cumpleaños, Eric me obligó a hacer terapia con Natalia. Ella no quería tratarme, decía que no lo necesitaba, pero en sus sesiones encontré una vía de escape, una vía de escape que al final fue la única.

Con ella podía hablar de las inseguridades que Eric me provocaba, ella lo conocía mejor que nadie, era cómodo y plácido hablar con ella, oírla hablar de Eric, ella siempre me animaba a luchar por él, pero Eric no estaba dispuesto a luchar por mí. Mariona siempre estaba por delante de mí y pasó lo que tenía que pasar, lo inevitable, pero detesto que fuera ella quien lo consiguiera. Pero no solo hablábamos de mi fatídica relación, sino de mucho más; de Aina por ejemplo, esa niña pesada e insoportable a la que adoro, de sus historias de miedo, de cómo me obligó a colarme en el panteón familiar, cómo los fantasmas volvieron a mi vida gracias a ella, bueno, más bien por su culpa. Fue de ese modo como descubrimos que la tumba de su hermana, supuestamente muerta veinticinco años atrás, estaba vacía; después llegó Pablo y resultó que en la tumba de su abuelo no estaba solo su abuelo, sino también su padre.

Me volqué de lleno en su familia, intentando encontrar a la niña robada, a la espera de que la Policía descubriera quién había matado al padre, pero nadie consiguió nada; lo único que conseguí fue besarlo y empezar a sentir cosas por Pablo, para después descubrir que es mi hermano, que yo soy esa niña que hemos buscado con tanto ahínco. Aún me cuesta creerlo. Conecté demasiado bien con la familia, con todos.

Antes de eso, Natalia me animó a hacer una regresión en busca de un recuerdo olvidado, pensó que eso me ayudaría a aligerar tensiones. Mis sentimientos por Pablo y Eric me tenían confundida, aún más cuando Pablo se "medio" declaró, no podía creerlo, y después la visión del padre de ellos, o el nuestro, corpóreo en la puerta de mi habitación. Cada vez que recuerdo ese momento siento escalofríos, ecos del terror que pasé esa noche; apenas pude dormir, aunque lo suficiente para soñar con una advertencia, algo que no sabía si era un recuerdo o un sueño. Resultó ser un recuerdo, un recuerdo olvidado donde una pitonisa me decía todo lo que me iba a suceder.

Qué diferentes podían haber sido las cosas de no haber olvidado aquello… Esa mujer también me dijo algo que aún no había sucedido, veía la muerte de una mujer, la muerte de Natalia, pero entonces no tenía ni idea de que sería ella.

Siguiendo las órdenes del padre de Aina, la llevé a Boira. Allí esa vieja gárgola dijo que yo era su nieta; la idea se implantó en mi cerebro como quien instala un programa en un ordenador. Cuando salí de Barcelona con Aina para ir a Boira, tenía la intención de hablar con mi madre sobre la muerte de esa mujer, de la que aún no tenía ni idea de quién podía ser. Eso no llegó a pasar, después del bombazo de que mis padres me habían comprado, en lugar de eso discutí con mi padre en la calle.

Esa noche Pablo acabó de declararse y yo quería morirme, mis sentimientos no habían cambiado respecto a él, pero es mi hermano, casi me acuesto con mi hermano, le he comido la boca a mi hermano, y lo peor es que me gustó; ahora la idea me provoca repulsión.

Por eso estaba aquella mañana en la consulta de Natalia, necesitaba hablar con ella, contarle lo que habíamos descubierto en Boira; pero ella ya no estaba, alguien la había golpeado por la noche para robar tres mierdas de expedientes: el de Eric, el de Mariona y el mío.

Quien lo hiciera la golpeó y dejó que se desangrara. Más tarde cuando recuperé la conciencia, Ortiz fue amable conmigo, yo estaba en shock y le conté todo esto.

Vuelvo a la realidad, miro al Detective Ortiz, lleva el pelo engomitado hacia atrás, va desaliñado, sin afeitar con una barba incipiente completamente blanca a diferencia de su cabello, que solo está cano por algunas zonas. Me pregunto qué edad tendrá en realidad, parece que tenga unos cincuenta, pero quizás sea más joven, tiene el aspecto de alguien trillado, con una vida difícil. Las pequeñas cicatrices de su cara le dan un aspecto aún más feroz, pero no le tengo miedo a este hombre, solo desconfianza, estoy cansada de secretos y él esconde algo. Su interés por Aina y por mí, cómo creyó todas las historias sin sentido de Aina, que ningún adulto creería de una niña de diez años, y cómo no dejó que me marchara hasta reconocer que la niña decía la verdad. Esa fe ciega me desconcierta muchísimo, pero no quiero pensar en nada, estoy agotada, marchita, rota y vacía.

—Usted sigue sin gustarme, que estuviera en estado de shock no significa que ahora sea mi amigo.

—No parece que esté mucho mejor.

—¿A usted qué más le da? —pregunto asqueada—. Creía que tenía que buscar a un asesino, a dos si no me equivoco. No entiendo qué hace aquí, no lo hallará perdiendo el tiempo conmigo —le digo con desánimo.

—¿Se ha hecho ya la prueba de ADN?

—Todavía no —contesto con desgana.

—Está interfiriendo en una investigación, no he dicho nada aún, pero me obligará a hacerlo.

En otras circunstancias ese comentario me habría hecho saltar sobre él, una investigación dice, una mierda de investigación. No han hecho nada, se han limitado a decirle a Macarena, la madre de Pablo y Aina, posiblemente la mía, que su hija está muerta, a pesar de las evidencias de que eso no es cierto.

—Una súper investigación. ¡No me tome el pelo! Usted, su departamento, o quien se encargue del caso, no ha movido un solo dedo para buscar a esa niña.

—¿Ya no cree que sea usted?

Mi paciencia ha llegado a su fin; si puedo ignorar a Aina, puedo ignorar a este hombre, pero antes de empezar a hacerlo pienso decirle cuatro cosas bien claritas.

—Lo único que creo es que me está jodiendo una estupenda siesta, así que si no tiene nada nuevo que decirme, le rogaría que se fuera y que no volviera por aquí, a no ser que vaya a detenerme por algo, cosa que, no me pregunte por qué, creo que le encantaría.

—Se equivoca —en lugar de largarse hace lo contrario, entra más en mi habitación y coge el libro que Aina ha dejado sobre la cama—. ¿Una lectura interesante?

—¿Tengo pinta de leer cuentos infantiles? —me exaspero. Quiere llegar a alguna parte, pero creo que ni él mismo sabe dónde—. Estoy segura de que debe ser tan interesante como esta conversación: vacía, banal, estúpida…

—Creo que mi presencia la estimula —me guiña un ojo y yo frunzo el ceño—. Aina me dijo en la escalera que no reaccionaba a nada, que llevaba días sin moverse de la cama.

Abre el libro infantil de Aina y lo ojea; lo único que me apetece es quitárselo de las manos y ponérselo de sombrero.

—No se imagina cuánto —contesto irónicamente—, estoy a punto de desconectar, así que si no tiene nada interesante que compartir conmigo, es mejor que se vaya.

Sigue ojeando el libro y me ignora, este hombre me saca de mis casillas, no creo que la policía pueda hacer esto, presentarse en tu casa para hablar de gilipolleces y tocar las narices. Estoy segura de que es abuso de autoridad o algo así.

—¿Ha leído esto? —dice sorprendido mostrándome el libro abierto.

Se lo quito de las manos y lo tiro sobre la cama por encima de mi cabeza. Bien por Ortiz, si lo que quería era hacerme reaccionar, lo ha conseguido, me está cabreando de mala manera, ha superado el límite de mi paciencia.

—¡Váyase de una vez! —exclamo.

—Yo que usted me leería ese cuento. Si la semana que viene no se ha hecho esa prueba, recibirá una orden para hacerlo.

—La esperaré ansiosamente.

—Debería cambiar de actitud conmigo, Sarah, soy la autoridad y solo intento ayudarla.

Se da media vuelta y sale de la habitación; yo me quedo en la puerta para comprobar que realmente se va. Carla me mira con cara de circunstancias y lo acompaña a la puerta de salida.

Vuelvo a entrar en mi habitación y cojo el libro. Don y Maldición, *una lectura fascinante*, pienso irónicamente. Lo abro, es un cuento, un cuento infantil del tipo érase una vez, ilustrado, es demasiado infantil para Aina.

—¿Qué quería? —pregunta Carla en la puerta. Dejo el cuento sobre la cama—. ¿Saben algo más del atacante?

—No es un atacante, es un asesino —la corrijo molesta—, y no, no saben nada. No creo que sean capaces ni de atarse los zapatos, atajo de inútiles —digo malhumorada dejando la bata sobre la silla.

—¿Cuándo vas a volver a trabajar, Sarah? Al final conseguirás que te despidan.

—Dani nos haría un favor a los dos.

—El policía ese tiene razón, al menos parece que has reaccionado.

—¿Has estado escuchando? —pregunto incrédula.

—Solo un poquito.

Me tapo la cara con las manos y me froto los ojos, estoy cansada, harta, hastiada de todo.

—Déjame dormir, Carla; si viniera alguien más preguntando por mí —digo metiéndome en la cama—, hazme un favor y diles que me he muerto.

—¡No digas eso, Sarah!

—Solo quiero que me dejen tranquila.

Cierro los ojos y desconecto, estoy a punto de dormirme cuando vuelve a sonar el timbre, *tiene que ser una broma*, pienso hastiada.

Oigo a Carla hablando con alguien, creo que es para ella, me acomodo en la cama e intento dormirme.

—Levántate de una vez —miro hacia la puerta, allí está Nayara—, esto se ha acabado —se acerca a mí y con decisión me desarropa.

Me restriego la cara, Nayara se planta delante de mí, veo determinación en sus ojos del color del caramelo líquido. Lleva un short tejano y un top azul marino, el pelo negro azabache lo lleva suelto, enmarcando su rostro triangular.

—¿Qué quieres ahora, Nay? —pregunto de mal humor.

—Que te levantes, se acabó pasarte el día en la cama.

—Lo que tú digas —digo asqueada de todo.

Abre mi armario y empieza a mirar la ropa, yo la ignoro. Esa es mi nueva especialidad, ignorar a la gente, esconderme detrás de un escudo de ironía, sarcasmo y desinterés, no voy a dejar que nadie lo traspase.

—Anoche estuve con Pablo, él y Aleix me contaron esa idea loca de que sois hermanos —deja un vestido encima de la cama y se sienta delante de mí—. ¿De verdad te crees eso? —me encojo de hombros, no me gusta que mi vida sea una mentira, pero lo es—. ¡Debes de haberte vuelto loca! —exclama—. Te pareces un montón a tu madre, que por cierto me ha llamado esta mañana, la de verdad —enfatiza—, la que te ha cuidado y criado. Dice que tienes que salir de esta espiral ya, o no conseguirás hacerlo, así que a levantarse.

¿De verdad debo hacerlo? No me gusta esta espiral, como dice ella, pero lo de fuera es aún peor.

—¿Alguna vez has visto una foto de tu madre embarazada? —le pregunto poniéndome en posición fetal.

—Claro —contesta contrariada.

—Yo no, esa mujer no es mi madre, Nay —me quejo.

—Ya, Pablo también está convencido de que sois hermanos, pero eso es una estupidez, tienes que levantarte, coger las riendas de tu vida y enfrentarte a ella.

—¿Pablo está convencido? —pregunto sin comprender; me incorporo y me apoyo en los codos.

La última vez que lo vi fue en comisaría. Aina faltó a su palabra y se lo dijo a su hermano, incluso a su madre. Pablo dijo que era mentira, que nunca creería algo así, que lo que él sentía por mí era real, y que si fuera cierto no podría sentir lo que siente por mí. También dijo que vendría y no lo hizo, algo que agradezco.

—Dice que su abuela se lo dijo, parece que la palabra de esa mujer va a misa. Yo la conozco del pueblo, esa mujer está loca. ¿Te acuerdas de las historias que escribía la madre de Mariona? —solo el nombre de Mariona ya me revuelve las tripas—. Había una de una bruja que estaba atormentada porque solo tenía hijos y ella quería una niña; decía la historia, que mató a varios de sus propios hijos, siendo aún bebés, a la espera de una niña que nunca llegó, hasta que se volvió loca.

—Una historia encantadora, la madre de Mariona está tan desequilibrada como su hija para contarnos esas historias.

—No te pases, Sarah —me advierte—, solo es una historia, no es real, pero se inspiró en esa mujer. Ella le dio la idea porque está como una regadera, y vosotros sois tan estúpidos de creer lo que diga a pies juntillas.

Vuelvo a apoyar la cabeza en la cama y miro al techo.

—Es verdad Nay, todo es verdad y tú no sabes lo peor…

—¿Qué? ¿Que Pablo te gusta? ¿Que ha habido algo entre vosotros?

—¿Él te lo ha dicho? —pregunto extrañada poniéndome en posición fetal y mirándola de nuevo.

—No puedo creer que no me lo dijeras tú —me reprocha—, pero ya me da igual. Vas a levantarte de la cama de una maldita vez, mañana tu médico tiene guardia de diez a doce, iremos a buscar el alta y después volverás a trabajar. Cuando salgas irás a casa de Pablo, hablarás con su madre, que no es la tuya, e iréis a haceros una prueba de ADN. Fin de la historia.

Veo la determinación en los ojos castaños de Nayara, cuando toma una decisión es implacable.

Resopla y se levanta de la cama, creo que se va a ir, pero en lugar de eso me coge de un pie y tira de él; intento cogerme a algo pero solo alcanzo la almohada. Nayara me arrastra hasta que caigo al suelo.

—¿Qué haces? —le pregunto sin levantarme del suelo, podría haberme hecho daño.

—¡Espabila de una puta vez, Sarah! —se agacha y me coge de los brazos—. Siempre has sido una persona muy intuitiva, no entiendo cómo te crees esa sarta de mentiras. Levántate y enfrenta al mundo, como eres tú.

Me levanta del suelo.

—No puedo —mis ojos empiezan a escocer.

Estoy harta de ser débil. Natalia creía que yo era fuerte, Eric también lo creía, pero no lo soy. Nayara me abraza y yo le devuelvo el abrazo. Me apoyo en su hombro y me derrumbo como llevaba días sin hacer, desde el funeral de Natalia. Siento que mi escudo de indiferencia se resquebraja, eso es malo.

—Sí puedes Sarah, eres fuerte. Entiendo que te veas superada porque ahora no tienes a Natalia —me separa de ella para que la mire a la cara, lo hago—. Sarah, puedes apoyarte en mí, eres como una hermana para mí y me duele la forma en que me has dado de lado cuando, aunque quizás no te haya gustado mi forma de ver o decirte las cosas, en todo lo referente a ti, siempre quiero lo mejor.

Vuelvo a abrazarla, avergonzada porque sé que tiene razón, porque me he volcado completamente en Natalia y quizás en Pablo, como si no existiera nada ni nadie más. Ahora que no los tengo a ninguno de los dos, es como si no me quedara nada. Siento que el escudo explota y las lágrimas corren veloces. Nayara, Aina y Carla se han mantenido aquí, a pesar de mi mal carácter, de mis desplantes y mi pasotismo, no han desfallecido, obligándome a comer, a lavarme, a vestirme, a ir al médico para no perder el trabajo… Intentando sacar algo bueno, intentando animarme o apoyarme, sin éxito, pero aun así sin abandonar.

—Verte así me hace daño, sé que no quieres ni ver a Mariona, pero yo no soy ella, no quiero que pienses que porque la quiero a ella ya no te quiero a ti, porque eso no es así, Sarah. Me diste de lado y ahora me ignoras como si fuera alguien pesado que va en tu contra, cuando lo único que quiero es que mejores.

—Lo siento —digo llorando encima de ella.

Nayara tiene mucha razón; lo cierto es que estoy siendo muy injusta, muy egoísta, haciendo daño a las personas que se preocupan por mí.

—No llores más —dice separándome de ella y secándome las lágrimas—, tienes que tomar las riendas, Sarah, lo digo en serio, esto es autodestructivo —afirmo con la cabeza.

—Quiero hacerlo —digo haciendo un puchero abrazándola de nuevo, necesito tenerla a mi lado—, sin Natalia me siento perdida y desubicada. Todavía no entiendo que haya muerto y no sé ni por dónde empezar.

—Lo primero es hacerte esa prueba de ADN. Carla me ha dicho que ha venido ese policía, hazte la dichosa prueba, esto es una estupidez, me da igual lo que digan Pablo, la abuela y la hermana, tú eres quien eres y tu familia también. Os conozco de siempre, nos hemos criado juntas, Sarah, ellos son tus padres, lo sé.

Niego con la cabeza, no lo son.

—No lo son, Nay —digo con un hilo de voz.

—Mañana lo sabremos, si tú no sabes qué hacer con tu vida, yo sí. Mañana iremos a buscar el alta, volverás al trabajo y te harás esa prueba, verás que es mentira y podrás enfrentarte a lo demás. Además, Pablo siempre me ha gustado para ti, creo que haréis muy buena pareja, a ver si te olvidas de Eric de una vez.

Eric, el corazón bombea despacio pero con fuerza, no he debido dejar que me hablaran, no he debido salir de detrás de mi escudo, tengo que volver a esconderme detrás de él. Recordarme entre sus brazos en comisaría como si yo le importara y después su ignorancia, me destroza.

Lo vi en el entierro, me miró como si yo hubiera matado a alguien, con esa chulería e indiferencia que me matan, con ese odio que ya debería conocer de él, pero al que, a pesar de todo, no puedo acostumbrarme, ni ahora ni en un millón de años. Incluso cuando he querido o creído odiarlo, he seguido amándolo.

Nayara me lleva al comedor, ella y Carla me obligan a cenar. Como de forma automática, ni siquiera sé qué es lo que estoy comiendo, simplemente lo meto en mi boca, lo mastico y lo trago. Ellas me hablan y yo las ignoro de nuevo, no lo hago a propósito esta vez, simplemente recreo en mi mente cómo fue volver a ver a Eric. Cómo estaba tan fuera de órbita que perdí la oportunidad de estar con él de nuevo, aunque fuera por compasión; al día siguiente ni compasión por mí tenía.

Recojo el plato de la mesa y lo dejo en la cocina, me lavo los dientes y vuelvo a mi habitación sin decir palabra, no tengo nada que decir.

Me meto en la cama y doy vueltas pensando en Eric, en cómo me abrazó en comisaría; por favor, ¿cuándo dejará de doler? En algún momento consigo dormirme y tiene que ser una pesadilla, porque Aina se cuela en mis sueños y sigue martilleándome, hablando de ese maldito cuento. Intento pellizcarme para despertar pero no hay manera, huyo de ella pero me sigue toda la noche. En un momento del sueño viene con alguien de la mano, pero no consigo ver quién es, solo es una figura difusa y etérea, no puedo distinguirla.

—Vamos, Sarah —oigo la voz de Natalia—, eres fuerte, podrás con esto, lo superarás y resurgirás, está en tu carácter luchar —es un recuerdo, me dijo esto la última vez que la vi con vida—. ¿Qué harás ahora?

Me despierto de golpe, agitada, y me incorporo preguntándome si era un sueño o Aina ha traído a Natalia hasta mí. Ella es capaz de eso y mucho más; tengo los ojos llenos de lágrimas no derramadas.

Me tumbo de nuevo, sigo agotada, pero además ahora estoy agitada.

3

Prueba

Me quedo en la cama tumbada, agitada, las lágrimas silenciosas corren por mis mejillas hasta perderse en la raíz de mi cabello. ¿Es posible que fuera ella de verdad? ¿Aina la ha traído para mí?

Intento dormirme de nuevo, necesito hablar con ella, que me diga qué pasó, que le pasó, quién la mató, pero ya no consigo dormirme.

Cansada de dar vueltas inútiles, me levanto de la cama y me doy una larga ducha. *Vamos Sarah, eres fuerte, podrás con esto, lo superarás y resurgirás, está en tu carácter luchar. ¿Qué harás ahora?* Sus palabras se repiten en mi cabeza una y otra vez, no sé si realmente son sus palabras o un recuerdo de ellas, pero me da igual, estoy decidida. Nayara tiene razón, debo tomar las riendas de mi vida y hoy voy a hacerlo. Se acabó lamentarme y quedarme en la cama, voy a hacer caso a Nay y aclarar las cosas.

Me visto con la ropa que el día anterior Nayara preparó para mí, voy a la cocina y preparo café.

Mientras lo hago, recuerdo una de las últimas conversaciones que tuve con Natalia.

—*¿De qué tienes miedo, Sarah?* —*me preguntó.*

—*Los muertos hablan conmigo, creo que tengo derecho a estar asustada* —*le contesté a la defensiva.*

—*Eso no responde a mi pregunta* —*siguió ella con el mismo tono pausado y sosegado que usaba siempre.*

—*Ellos me dan miedo, tengo miedo de que me hagan daño, de mí misma, de poder oírlos, verlos, eso me aterra. Me aterroriza lo que puedo hacer.*

—*Exacto* —me dijo y yo me quedé mirándola sin comprender—. *Lo que te da miedo eres tú misma, tu poder, don o como quieras llamarlo. Eso es lo que te aterra, porque tienes miedo de lo desconocido, pero piensa que ese miedo te impide ver lo maravilloso que es lo que puedes hacer.*

—*Yo no creo que sea maravilloso.*

—*Eres especial, Sarah, no tengo ninguna duda* —me cogió de la mano y yo miré sus ojos verdes a través de sus gafas de pasta—. *Cuando superes ese miedo podrás controlarlo y no dejarás que el miedo vuelva a controlarte a ti. Ese debe ser tu objetivo, enfrentarlo y dejar de tener miedo, porque eres suficientemente fuerte para afrontarlo, puedes con ello, pero debes dejar de ponerte barreras a ti misma.*

Y eso es lo que debo hacer, dejar de ponerme barreras, dejar de tener miedo de todo lo que me rodea y, como dijo Nayara, enfrentarme al mundo. Estoy despierta y dispuesta a luchar, a dejar de tener miedo.

—Buenos días, Sarah —dice Carla entrando en la cocina—, no puedo creerme que te hayas levantado, pensaba que era un ladrón —me mira preocupada a pesar de su broma—. ¿Cómo te encuentras?

Hasta Carla está preocupada por mí, no me extraña; aunque es un poco egoísta, es una persona muy compasiva y yo soy patética.

—Me encuentro mejor —busco en los armarios, tengo hambre, como si llevara días sin comer.

Lo cierto es que he pasado días enteros sin hacerlo, pero después llegó Nayara decidida a hacerme comer a la fuerza, con la ayuda de Carla. Saco un paquete de galletas y no paro de comer hasta que las acabo; no me siento saciada, pero no quiero empacharme.

Me lavo los dientes y, después de casi dos semanas, vuelvo a encender mi móvil; no tiene casi batería. Llamo a Macarena, la conversación es tensa e incómoda, le digo que quiero hacerme la prueba si ella quiere hacerlo y quedamos en el hospital Vall d'Hebron. Antes de quedarme sin batería, reviso mis mensajes y llamadas. Eric me ha llamado muchas veces, voy a llamarlo y me quedo sin batería, lo pongo a cargar y preparo mi bolso.

Llaman a la puerta y voy al recibidor a ver quién es. Es Nayara, parece muy sorprendida de verme en pie de nuevo, vestida y maquillada como si volviera a ser yo misma.

—¿Quieres un café o nos vamos ya? —le pregunto en la puerta.

—Esto sí que es una sorpresa —me sonríe abiertamente y yo le devuelvo la sonrisa algo forzada. Que haya resurgido no significa que me encuentre bien, pero estoy dispuesta a resolver las cosas de una vez y enfrentarlas—, pensaba que tendría que sacarte de la cama a rastras otra vez.

—Eso ya se acabó, voy a hacerte caso, voy a ir al médico a buscar el alta, iré a ver a Macarena, nos haremos las pruebas y después iré a hablar con Ortiz. Quiero saber cómo va la investigación de Natalia, quiero saber quién la mató y por qué robó mi expediente.

Nayara me abraza con fuerza, emocionada por verme de nuevo en marcha. Yo no me siento animada ni mucho menos, pero al menos he recuperado parte de mi energía y estoy harta de lamentarme.

Vamos al médico, donde cojo el alta; me pregunta si me ha ido bien el tratamiento que me dio, pero no he tomado una sola de las pastillas que me recetó. Si ya estaba "grogui" sin drogas, con ella no hubiera podido despertar en la vida. Le pido a Nayara que me acompañe al trabajo, ella lo hace encantada, Aleix estará allí.

Cuando llegamos a mi trabajo me siento nerviosa, hace casi una semana que no veo a Pablo; ahora está convencido de que somos hermanos, esto va a ser muy raro. Al entrar, al primero que veo es a Aleix, que sonríe abiertamente al vernos entrar, besa a Nayara y la saluda cursimente, para después abrazarme y preguntarme cómo estoy. Él tampoco cree eso de que soy la hermana de Pablo, espero que el rumor no se haya extendido por el trabajo, porque eso ya sería la bomba.

Pablo nos ve, pero no se acerca a hablar con nosotros; observo cómo de vez en cuando me echa alguna mirada, es tan raro que me haya visto y no se acerque, que no venga corriendo a abrazarme como haría siempre.

Voy al despacho de Dani, mi jefe. Llamo a la puerta y la abro.

—Hola Dani —digo avergonzada por mi actitud—. ¿Puedo pasar?

—¡Sarah! —exclama sorprendido— Pasa, por favor —dice con gesto enfadado después de la sorpresa inicial.

Entro en el despacho y él me mira de arriba abajo. Me siento enfrente de su escritorio, él se levanta, lo rodea y se sienta mi lado.

—¿Cómo estás? —me pregunta aligerando el tono de voz.

—Quiero pensar que mejor, pasado mañana puedo incorporarme si quieres que lo haga.

—Vaya veranito me estás dando, ¿eh?

Le sonrío con pocas ganas, tiene mucha razón; primero me largo sin decir nada durante semanas, cuando vuelvo, empiezan a circular rumores que me dejan a la altura del betún, después mi novio se pelea en medio del restaurante con un compañero por mi culpa, dejo de venir a trabajar de nuevo y finalmente cojo una baja indefinida por depresión. Ni siquiera vine a dársela, sino que lo hizo Aleix.

Me consta que tanto él, como Pablo e incluso Nayara, que era la que estaba más cerca de mí, hablaron con él para explicarle la situación, aunque no sé hasta dónde le contaron, porque cuando Nayara me lo explicó no la escuché.

—Lo siento, si quieres que renuncie lo comprenderé y lo haré, ni siquiera hace falta que me eches.

—¿Te encuentras mejor? —ignora mi comentario.

Me encojo de hombros, debería decirle que sí, que estoy lista para incorporarme, pero aunque hoy me sienta con energías, no sé cómo estaré cuando las pruebas de ADN confirmen mis sospechas.

—No del todo, quiero pensar que las cosas mejorarán y todo se solucionará, pero estoy en ello.

—Siento mucho lo de tu amiga, Sarah —dice cogiéndome la mano y palmeándomela.

Afirmo con la cabeza, intentando no emocionarme; quiero decir algo, pero se forma un nudo en mi garganta que no me permite decir nada más. Dani me abraza.

—Te necesito, Sarah —me separo de él. Como se declare juro que me da—. ¡No me mires así! —exclama sonriendo—. Te necesito porque mucha gente ya ha empezado las clases y han reducido las jornadas, pero sigue habiendo trabajo —suspiro tranquila y él se pone serio de nuevo—; pero si no estás lista para volver, lo entiendo. No hay más que verte, se nota que no has estado bien, que no era un cuento para escaquearte.

—Debo retomar mi vida —digo retirándome el pelo hacia atrás, nada convencida de poder hacerlo—. Además, como sabes, yo ya no tengo clases, podría quedarme a jornada completa todo el invierno.

—No lo sé, Sarah —dice como si no supiera cómo salir de la situación—; de momento, acabemos el mes así, y después ya veremos.

Entiendo perfectamente que no confíe en mí, como para proporcionarme un trabajo fijo con todos los problemas que le estoy dando.

—De acuerdo —le contesto sin saber qué más decir.

—En ese caso, te espero el jueves sin falta.

—Gracias, Dani —digo con sinceridad, impresionada por su generosidad, por dejarme pasar otra.

Le sonrío sin ganas y me acompaña a la puerta; al salir veo que Pablo está con Nayara y Aleix.

—Hola —digo acercándome a ellos.

—¿Qué tal, Sarah? —dice Pablo claramente incómodo, me mira y aparta la mirada.

—He quedado con tu madre esta tarde, voy a ir a hacerme la prueba.

—Guay —contesta sin mirarme.

—¿Es incómodo, verdad? —pregunto mirándolo—. Así me sentí yo cuando me enteré.

—Sí —dice sonriendo sin ganas, deja de mirarme de nuevo y se mira los pies—, es muy incómodo.

Me siento nerviosa, para mí la situación también es de lo más incómoda. Observo su mirada de caramelo esquiva, sus labios que siempre me han sonreído son una línea recta. Lo que más me atrae de Pablo es su buen rollo, la alegría que me transmite, pero ahora no me transmite nada, solamente incomodidad. Es la primera vez que me ve desde que se convenció; para él es aún más violento que para mí.

—¿Cómo te convenció? Parecías tan decidido, tan convencido de que ella mentía… ¿Te ha enseñado alguna prueba? ¿Algo concluyente que te haya convencido? —pregunto interesada en este cambio de actitud.

—Su testimonio fue bastante concluyente y convincente.

Afirmo con la cabeza, a mí también me lo pareció. Sin embargo, ahora con las ideas más claras ya no me lo parece tanto. La idea está como implantada en mi cabeza, pero ahora, mirando a Pablo, ya no lo tengo tan claro; no lo sé, quizás solo quiera convencerme porque preferiría que no fuera así.

—Pronto saldremos de dudas, supongo.

—Sí, tengo trabajo, ya hablaremos.

—Ese no es tu hermano —me dice Nayara—, no os parecéis en nada —suspira—, estáis todos locos.

Miro cómo Pablo se aleja de nosotros, ni siquiera me ha tocado, se ha mantenido a distancia, como si temiera acercarse a mí. Puede que Nayara tenga razón o puede que la vieja gárgola dijera la verdad; para bien o para mal, la verdad se sabrá dentro de poco, eso me pone aún más nerviosa.

Nayara y yo comemos en el centro; mi apetito es voraz, ha despertado de golpe y los nervios solo me dan más hambre. Nayara se ofrece a acompañarme al hospital Vall d'Hebron pero, a pesar de que se lo agradezco, prefiero ir sola, la situación ya va a ser bastante incómoda para añadirle espectadores.

Espero incómoda, mientras los nervios crecen, a que Macarena acabe su turno.

—Sarah, ya estás aquí —dice al salir. Le sonrío sin saber cómo saludarla, ella me abraza levemente—. ¿Cómo estás, cariño? —demanda mirándome preocupada.

A pesar de encontrarme mejor, debo tener unas pintas horribles, todo el mundo se compadece de mí, supongo que soy un reflejo de cómo me siento.

—Estoy nerviosa —contesto por abreviar.

—Es inevitable —dice con una risa nerviosa—, desde que me has llamado estoy subiéndome por las paredes.

Analizo su rostro como si la viera por primera vez, buscando similitudes. Pablo y Aina se parecen mucho entre ellos, se parecen a su padre, yo debería parecerme más a ella, pero no acabo de ver las similitudes. Tiene el pelo negro y ellos lo tienen castaño claro, como el padre; yo lo tengo oscuro, pero no negro, los ojos son marrones como los míos, pero hay mucha gente con ese color de ojos; tampoco la forma se asemeja, yo los tengo más bien almendrados y separados, los suyos están un poco hundidos y bastante juntos. La nariz yo la tengo respingona, que no chata como Pablo y Aina, ella la tiene alargada y un poco curvada, mi labio inferior se eleva notablemente y tengo la boca pequeña, sus labios son gruesos y no muy perfilados. La simetría de nuestra cara también es diferente, no nos parecemos, aunque Aina y yo, cuando era pequeña, si lo hacíamos. No sé qué pensar, estoy hecha un lío. De cuerpo es bastante más baja que yo, claro que si me quito los zapatos no se notaría tanto, pero aun así yo seguiría siendo más alta; está delgada, yo también lo estoy, cuido lo que como pero tampoco hago dietas, mi constitución es así, pero no puedo basarme en eso, mi otra madre también es delgada; esto es de locos…

—¿Cuándo sabremos los resultados? —pregunto nerviosa.

—Ahora nos sacarán sangre, si te parece bien —afirmo con la cabeza—, vamos a recoger a Aina al cole y volvemos a por los resultados. Una amiga va a pasarlo como preferente, lo tendremos en un ratito.

—Vale —digo intentando convencerme de que quiero saber la verdad y ya está.

—Pues vamos —rodea mi brazo con el suyo y comenzamos a andar.

No puedo hacerlo, antes tengo que hablar con ella, pedirle perdón por lo que hice. Le cojo la mano que rodea mi brazo y la hago parar.

—Antes de nada, quería pedirte disculpas por haber llevado a Aina a Boira, no debí hacerlo.

—Sarah —dice sonriéndome con cariño; me acaricia la cara—, conozco a mi hija, estoy segura de que te convenció de alguna retorcida manera, no te preocupes.

—No sabía que quería ir a casa de esa mujer, pero aun así no debí llevarla a Boira. No me hubiera convencido de ir a esa casa en Barcelona.

—Lo entiendo, como te he dicho, conozco a Aina —sonríe con cariño—. ¿Qué te pareció mi suegra?

—¿Sinceramente?

—Es una bruja, ya lo sé.

—Desde luego —me río por primera vez sinceramente en muchísimos días.

Seguimos caminando por el pasillo hasta llegar a un ascensor y nos dirigimos a la planta de analíticas.

—Antoni tardó mucho en presentármela, y cuando lo hizo no le agradé, aunque a esa mujer no le gusta nadie. Él ya me lo advirtió, así que aunque me sentí decepcionada, no me sorprendí. Antoni no se separaba de mí cuando íbamos allí, no tenía muy buena relación con su familia; todos le bailaban el agua a la madre, pero él no, él era diferente, le molestaba que los demás la siguieran en todo lo que decía, le molestaba que ella quisiera gobernar su vida. Él siempre la trataba con respeto, pero no hacía todo lo que ella decía y eso la molestaba; los otros hijos hacían lo que ella pedía sin dudar, incluso el padre, allí mandaba ella —salimos del ascensor y la escucho muy atentamente mientras caminamos por un largo pasillo—. Cada vez que visitábamos a la familia, si él iba a un sitio me cogía del brazo y me llevaba con él.

—¿Por qué? —pregunto sin comprender.

—No quería dejarme a solas con ella. Es una mujer extraña, la primera vez que hablé con ella a solas, me convenció para que lo dejara.

—¿Cómo lo hizo? —pregunto sorprendida.

—No estoy segura. Yo estaba enamorada de Antoni, quería estar con él, pero llegué a querer dejarlo, entonces él me dijo que no quería saber nada de su familia, que los dejaría atrás… Yo no quería eso; yo tuve que dejar a mi familia buscando una vida mejor, y los echaba muchísimo de menos, no quería eso para él. Pero su familia no era como la mía; me dijo palabras preciosas, cosas que nunca me había dicho, me confesó lo que sentía y, aunque no quería estar con él, lo amaba. Fue una de las mejores noches de mi vida, desde luego la más romántica; aquella noche concebimos a mi hija —para al lado de un mostrador. La miro a los ojos y los suyos brillan al recordar, consigue que me emocione—. No me fío de esa mujer, Sarah, me dijo que mi hija estaba muerta, la creí y no pregunté. Aina está contenta y convencida de que eres quien ella dice, Pablo también está convencido, aunque la idea obviamente no le gusta nada, él no quiere que seas su hermana.

—¿Qué quieres tú? —pregunto sin pensar en lo que he dicho.

Su historia me ha parecido tan absorbente y cercana que ha conseguido relajarme, hasta el punto de olvidar que puede que yo forme parte de esa historia, si resulto ser su hija.

—Si eres mi hija, me sentiré muy orgullosa de ello, has intentado ayudarnos desde un primer momento sin esperar nada a cambio, eso demuestra tu generosidad y tu gran corazón. Creo que Aina está más centrada desde que tú entraste en su vida. Me gusta tenerte en casa, Sarah, y a mis hijos también, sobre todo a Pablo… —siento que me ruborizo, el calor sube por mi cara—. Por eso tampoco creo que lo seas. Esa mujer es una reina del engaño, sea cual sea el resultado, quiero que sepas que en mi casa siempre te trataremos como una más, como lo hacíamos antes de todo este lío, siempre serás bienvenida y querida, Sarah.

La abrazo emocionada por sus palabras y ella me estrecha sin dudarlo. Macarena no cree que sea su hija y eso me infunde valor para hacer la prueba y salir de dudas. Las palabras de esa mujer cada vez me saben más a mentira, ya no entiendo por qué la creí con esa facilidad.

—No sé si seré yo o no —digo separándome de ella—, pero hay algo que tengo claro; está viva y esa mujer está involucrada, ella seguramente sepa quién es.

—De eso no tengo duda, siempre quiso una niña para ella; si se la llevó, no la llevaría muy lejos.

Me quedo pensando en lo que acaba de decir, esa vieja gárgola dijo que me quería en Boira, donde ella pudiera vigilarme, eso coincide con la hipótesis de Macarena. Además, está lo que dijo Nayara sobre ella. Dijo que la madre de Mariona escribió un cuento sobre una mujer amargada porque no tenía hijas, dijo que se inspiró en esa mujer para escribirlo. Me pregunto si será verdad; un escalofrío me recorre al pensar en que dijo que mataba a sus propios hijos, esperando a esa niña que nunca tuvo.

—Cuando llamó el hermano de Antoni porque su padre se moría y quería despedirse, no quería que fuera a Boira, había dejado eso atrás, ahora teníamos una nueva familia. Aina era un bebé aún y Pablo se estaba convirtiendo en un gran chico. No quería que las manos o la lengua envenenada de esa mujer se acercaran a mis hijos. Cuando no volvió me obligué a ir a buscarlo, no quería hacerlo, pero no me quedó otra. Ella me dijo que se había marchado y la creí —sus ojos se llenan de lágrimas—, odié a mi marido por abandonarnos, aunque creía que él nunca podría hacernos algo así, lo creí. Lo odié por ello y dejé que mis hijos también lo hicieran, nunca podré perdonarme por dudar así de él.

Le cojo la mano intentando consolarla, no sé qué decir. Antoni dijo que ella no debía culparse, pero no estoy segura de poder decirle eso, entonces vería que no soy tan buena influencia para Aina como ella cree.

—¿Saben algo de lo que pasó?

—No, todavía no saben nada —se pone a llorar y no tengo ni idea de qué hacer—. Nunca sabremos qué pasó —se lamenta—, he odiado al amor de mi vida por algo que no hizo, nunca nos abandonó, no debí dudar de él.

Rebusca en su bolso y saca un paquete de clínex, se limpia las lágrimas e intenta serenarse. Nos quedamos en silencio y, cuando está más entera, va hacia el mostrador y saluda a una chica joven con coleta baja.

—Vamos, Sarah —dice cogiéndome de nuevo la mano—, enfrentemos esto y pasemos página.

La sigo hasta un box, primero le sacan un tubito de sangre a ella y después a mí. Es un pinchacito de nada, estoy tan absorta en mis pensamientos que ni me entero.

—Te dejaré los resultados en recepción antes de marcharme —dice la chica.

—Gracias, cariño, te debo una.

Salimos de la sala y volvemos a recorrer todo el larguísimo pasillo de vuelta a la salida. Lo hacemos en silencio, los nervios me están comiendo; las tripas me suenan ruidosamente, con todo lo que he comido no comprendo cómo sigo teniendo hambre, pero así es.

Vamos a recoger a Aina quien, cuando me ve al lado de su madre, corre hacia mí con su maleta rosa dando bandazos de un lado a otro, la tira y se sube encima de mí de un salto; la cojo al vuelo y la estrecho entre mis brazos. Se lo he hecho pasar muy mal a Aina, primero la llevé a casa de esa vieja, después me derrumbé delante de ella, le pedí que guardara un secreto demasiado grande para una niña, y no cumplí mi promesa de ir al día siguiente a su casa, a explicarle a su madre por qué me la había llevado sin permiso. Lo que pasó después es un borrón de sus visitas continuas y mi egoísta ignorancia.

—¿Cómo estás, pequeña? —pregunto estrechándola con fuerza, sintiéndome fatal por la presión a la que la he sometido egoístamente.

—Menos mal que te has levantado, Sarah —dice sin soltarme, me mira a la cara y junto su frente con la mía—, estoy súper contenta de que hayas salido de casa.

Sus ojos brillan emocionados y yo le sonrío.

—Tu madre también ha venido, por si no lo has notado —dice Macarena.

Dejo que Aina se baje de encima de mí y besa la mejilla de su madre.

—Hola, mami —vuelve a mirarme—, mira qué guapa está Sarah hoy, tendrías que haberla visto ayer, o antes de ayer o al otro…

—Eso se acabó —digo con decisión—, anoche tuve un sueño muy intenso y me he dado cuenta de que no podía seguir así.

Aina se queda callada, esperaba que me dijera si fue un sueño o en realidad vino con Natalia hasta mí, pero no dice nada, y tampoco me sorprende que no lo haga delante de su madre.

Juntas vamos a merendar a una cafetería cerca del colegio de Aina, le pregunto por sus clases y me enseña los deberes de matemáticas que se le atraviesan. La ayudo a hacerlos bajo la atenta mirada de Macarena, que nos mira como una madre miraría a sus hijas, orgullosa.

Cuando acabamos de merendar vamos a buscar los resultados. El sobre nos espera en recepción. Aina quiere abrirlo, yo no sé si estoy lista pasa ver el resultado. Macarena decide que lo mejor es que lo hagamos juntos, así que nos vamos a casa a esperar a que Pablo salga del trabajo.

Por una parte, me muero por saber qué dicen las pruebas, pero por otra me aterra que sea cierto, toda mi vida sería una mentira y una farsa. Eso significaría que me siento atraída por mi hermano, que he disfrutado besando a mi hermano, que si no llegó a más fue porque él tiene más sentido común que yo, aunque parezca mentira…

La cara de sorpresa de Pablo al llegar a casa es un poema, está claro que no esperaba verme aquí y le incomoda mi presencia. No me extraña, mis nervios se concentran en mi estómago, puede que al final acabe saliendo todo lo que he comido durante el día antes de lo esperado.

—¿Qué haces aquí? —me pregunta sin acercarse demasiado a mí.

Lo miro avergonzada, voy a contestarle pero Aina se me adelanta.

—Reunión familiar, Pablo —dice Aina alegremente—, te estábamos esperando.

Lo coge de la mano y le obliga a sentarse junto a mí en el sofá; él se acomoda lo más lejos de mí posible.

—Hola Pablo —le saluda Macarena saliendo de la cocina con una bandeja—, no tenía ni idea de qué sacar para una ocasión así…

Sobre la mesa deja una cafetera, tazas pequeñas y grandes y una tetera, las opciones son café o tila, pero yo no quiero nada. Pablo ya está aquí, la espera se ha hecho muy larga, sin embargo ahora desearía poder postergar un rato más este momento.

—¡Cava! —dice Aina eufórica, lleva un rato dando vueltas de un lado a otro, claramente muy nerviosa—. Sarah ha vuelto a casa y hay que celebrarlo, los tres hermanos juntos por fin, papá estará orgulloso.

Pablo carraspea como si las palabras de su hermana se le atragantaran a él.

—¿Ya sabéis los resultados? —pregunta Pablo mirando a su madre.

—No —dice Aina decepcionada—, mamá no me ha dejado abrir el sobre hasta que tú llegaras.

—Estupendo —dice con un claro sarcasmo.

Yo miro la escena como una espectadora; me gustaría salir corriendo pero necesito saber la verdad.

—Venga mama —dice Aina ignorando a su hermano—, dame el sobre ya.

Su madre va en busca del sobre, lo ha escondido ante la poca paciencia de su hija, temerosa de que lo cogiera y no esperara a nadie para saber el resultado.

Vuelve con él y Pablo y yo nos removemos en el sofá. Macarena se lo da a su hija y se sienta a mi lado en el sofá. Aina nos sonríe eufórica y se queda de pie para leer el resultado.

La tensión se puede cortar con un cuchillo mientras Aina abre el sobre. Nos mira sonriendo, parece encantada y lo abre con deliberada lentitud. Va a hacer que me dé un infarto, mi corazón cada vez va más veloz.

Saca una hoja de papel del sobre, deja éste sobre la mesa y despliega el folio. Empieza a leer en voz alta:

—Resultados: Esta prueba fue realizada por un laboratorio con acreditaciones. Se analizaron 16 marcadores genéticos. Proceso de la prueba: La amplificación de ADN se realiza por medio del sistema Power Plex. La detección es a través del analizador genético ABI PRISM 3130xl, y el análisis mediante programa GeneMapper ID.

—Aina, ve al grano —dice Pablo inclinándose hacia delante.

Lo miro nerviosa y acaricio la pulsera que él y Aina me regalaron por mi cumpleaños, se ha convertido en mi nuevo talismán. Pablo no me mira a mí, sino que mira a su hermana con los ojos abiertos como platos.

—Tranquilito —dice levantando la vista del papel para mirar a su hermano; creo que el corazón se me va a salir del pecho de un momento a otro, va a toda máquina, vuelve a mirar el papel—. Interpretación —vuelve a levantar la vista del papel y nos mira a cada uno, no puedo creer que nos haga esto, que lo diga y ya—: de acuerdo con el análisis de ADN, la presunta madre, Macarena Ríos es —su gesto cambia a una expresión de enfado, frunce los labios y quiero saltar sobre ella y quitarle el papel— ¡No! —exclama.

—¿Qué? —dice Pablo, que parece que desea saltar del sofá y quitarle el papel tanto como yo.

—No puede ser —dice negando con la cabeza y mirándome.

Aunque me parezca mentira, el corazón aún se acelera más; esto es una buena señal, Aina quería que fuera su hermana. *No lo soy, no lo soy, no puedo serlo*, ruego en mi interior.

—Vamos Aina, qué dice —insta Macarena también ansiosa.

—Macarena Ríos es excluida como madre biológica de Sarah Ferrer, porque no coinciden los suficientes marcadores genéticos requeridos.

—¡Sí! —gritamos Pablo y yo al unísono.

Nos miramos y Pablo se lanza a por mí, me coge de la barbilla y me besa en los labios delante de su familia. Me coge tan por sorpresa que no puedo hacer nada, pero mis estúpidos labios responden al beso como si nada. Me mira a los ojos pegado a mí, vuelve a besarme y me suelta la cara para abrazarme.

—La probabilidad de parentesco se indica como sigue: Porcentaje de probabilidad: 13%.

Me separo de Pablo incómoda por esa efusividad delante de su familia, a saber qué película se monta ahora Aina en su cabeza.

—Aina tenía razón —dice Pablo soltándome y levantándose del sofá—, deberíamos beber cava, esto hay que celebrarlo.

La coge en brazos y le da vueltas en el aire, pero Aina no está contenta con el resultado, parece muy disgustada.

—Suéltame, Pablo —dice dándole patadas; Pablo la deja en el suelo antes de que le dé—. ¡Esto es una mierda! —dice tirando el papel al suelo.

Se va corriendo y cierra la puerta de su habitación de un portazo.

Macarena me coge la rodilla y me giro para mirarla.

—Felicidades, cariño —dice mirándome a los ojos—, deberías llamar a tus padres.

—Lo siento.

Me alegro muchísimo por mí, aunque me sabe muy mal por Aina y por ella. Aina se había hecho muchas ilusiones, y sé que Macarena está desesperada por recuperar a su hija.

—No lo sientas, voy a ver qué hace Aina.

Se levanta del sofá y yo también lo hago, me deja sola con Pablo en el comedor.

—Sabía que no podías ser mi hermana —dice Pablo abrazándome de nuevo, me eleva del suelo y da vueltas como un niño pequeño, feliz.

Por un momento me dejo llevar, me abrazo a él feliz de haberlo aclarado, le debo una enorme disculpa a mi padre. Cuando me suelta vuelve a cogerme la cara y me besa de nuevo, me aparto y miro hacia el pasillo.

—¿Cómo se te ocurre besarme delante de Aina y de tu madre? —le reprocho.

—No somos hermanos, Sarah —contesta sonriendo—, no entiendo cómo pude creerlo. Mis sentimientos por ti me decían que no lo eras, pero era como si tuviera la certeza de que era cierto.

Pablo está feliz, tiene una sonrisa abierta y bonita y sus ojos brillan mirándome de nuevo como no podía hacerlo esta mañana. Un mechón de su cabello escapa de detrás de su oreja; aunque nunca me han atraído los chicos con melena, a Pablo ese aire surfero le sienta como a nadie que haya conocido nunca. Quisiera pasar la mano por su cabello y liberar todo el pelo de detrás de sus orejas.

—¿Cómo te convenció? —demando para dejar de embobarme con él y pensar en algo más serio.

—No lo sé, fui hasta allí, convencido de que era falso, convencido de que mentiría y dispuesto a no dejarme engañar; pero cuando hablé con esa mujer la creí, no sé por qué pero creí todo lo que me dijo.

Vuelve a abrazarme y no puedo hacer más que abrazarme a él. No comprendo cómo esa mujer nos ha engañado a todos, como la hemos creído sin más. Sin una sola prueba hemos confiado en su palabra sin ni siquiera cuestionarla, no lo comprendo.

—Ahora podremos estar juntos, Sarah —dice Pablo mirándome a los ojos; bajo sus ojos de caramelo veo unas espesas ojeras—, ahora que está todo claro, será como si esto no hubiera pasado.

Quisiera poder creerlo, quisiera poder estar con él, pero el recuerdo de Eric me asalta, como un recordatorio de que, por mucho que Pablo me guste, me atraiga y me sienta como con nadie cuando estoy con él, mi estúpido corazón ya tiene dueño, y no es Pablo.

—Tengo que irme a casa —digo separándome de él para coger mi bolso—, debo llamar a mis padres, le debo una disculpa a mi padre.

—Sarah —dice cogiéndome del brazo; lo miro—, no sigas rechazándome, no puedo aguantarlo más… —me acaricia la cara con una mirada que me toca por dentro—. Puedo hacerte feliz, preciosa; como le dije a ese idiota, yo nunca te fallaré, siempre serás lo primero para mí, eres mi mayor prioridad junto a mi familia. No me rechaces —me pide y en sus ojos veo una súplica silenciosa—, y menos por él. No malgastes nuestro futuro por él, Sarah; puedo hacer que lo olvides, puedo hacerte feliz.

Trago saliva, sé que puede hacerme feliz, pero aun así no estoy tan segura de poder olvidar a Eric. No puedo creer que le haya dicho a Eric que él nunca me fallará, dejando claro que Eric sí lo hizo. Pablo tiene razón en algunos aspectos, debo aclarar las cosas entre nosotros, como también debería aclararlas con Eric. Necesito verlo, quiero saber por qué me ha estado llamando, después ya veremos qué pasa.

—Sabes que me encantas, pero no es suficiente —no sé qué más puedo decir.

—Seré paciente —dice sin dejar de acariciarme la cara, me toca como si fuera su tesoro más preciado—, lo seré por ti. Hieres mi orgullo como nunca he dejado a nadie hacerlo, pero aquí sigo; lo de ir detrás de las chicas no me va, nunca he tenido la necesidad de convencer a ninguna chica para que esté conmigo, pero ya me ves —dice señalándose, bromeando y haciéndome sonreír—, soy irresistible y las chicas caen a mis pies.

—Ya veo —le sigo el juego.

—Ahora en serio, Sarah —se pone serio y algo dentro de mí se mueve nerviosamente—; seré paciente, pero no vuelvas a alejarme de ti. Puedo hacer que lo olvides, él no te merece, pero yo sí, preciosa; eres todo lo que quiero, no aguanto que me rechaces, me duele, ni te imaginas cuanto… Yo nunca te haré daño, Sarah, te cuidaré, miraré y querré, siempre. Tú y ellas sois lo mejor de mi vida.

No sé qué decir, cada ver que me habla así siento que acaricia mi corazón, pero aun así ese estúpido sigue perteneciéndole a Eric. Me duele ver que le hago daño a Pablo con mi indecisión, él me gusta, me gusta mucho, más cada día que paso con él, me endulza la vida, tan pasota y a la vez tan tierno y romántico, tan protector y seguro.

Además me atrae mucho, me fijo en sus labios recordando la noche que nos besamos, recordando la noche en la que esa mentirosa me dijo que era su nieta; a pesar de ello, cuando me fijé en su boca, quería besarlo, deseaba deshacerme en él y olvidarlo todo con su calor y su amor.

De nuevo querría alzar un poco los talones para ponerme a su altura, besarlo otra vez y enredar su lengua con la mía hasta olvidarlo todo, excepto a nosotros. Pero no puedo hacerlo, debo aclararme, no quiero hacerle daño, ni hacérmelo a mí.

—Tengo que irme, Pablo.

—Vale —me suelta al fin y da un paso atrás.

—Nos vemos.

Me voy de su casa con un sabor agridulce en la boca; contenta porque sé quién soy y triste por la reacción de Aina. Las palabras de Pablo se cuelan dentro de mí, pero tengo miedo de que no sea suficiente.

4

Tomar las riendas

Llego a casa con el único deseo de llamar a mis padres, me extraña que no se hayan personado aquí en todos estos días después de la que lie en Boira. Nayara y Carla están tiradas en el sofá viendo la tele.

—¿Sabes los resultados? —pregunta ansiosa Nayara, levantándose del sofá.

—No soy su hermana —digo dando saltos entre los brazos de Nayara, que me abraza.

—Lo sabía —dice Nayara.

—Felicidades, Sarah —dice Carla poniéndose de pie.

—Gracias —contesto sonriendo al fin—. Voy a por mi móvil, tengo que llamar a mis padres.

Salgo del comedor y las oigo cuchichear.

—Tienes que decírselo —oigo que le dice Carla a Nayara.

—¿Tú la has visto? —me pego junto a la pared y me quedo escuchando, me pregunto qué me esconde Nayara ahora— No pienso decírselo, estaba sonriendo por fin, cuando esté mejor se lo diré —dice en ese tono que a veces utiliza, el tono de voz que deja a las claras que da el tema por zanjado.

—¿Decirme qué? —demando entrando de nuevo en el comedor.

Nayara le lanza a Carla una mirada asesina; ella agacha la cabeza como su súbdita fiel. Enarco una ceja esperando la respuesta, ya que ninguna de las dos dice nada.

—¿Decirme que, Nay? —vuelvo a preguntar ya bastante molesta, poniendo las manos en la cintura.

—Nada —dice mirándome—, tonterías que pueden esperar; llama a tu madre, estaba muy preocupada.

—No —digo con tozudez—, ahora quiero que me lo digas.

Nayara resopla y se sienta en el sofá.

—Haz esa llamada y después te lo cuento —dice como si estuviera cansada.

Antes de salir del comedor le echo una mirada a Nayara. Pensaba que había quedado claro que estoy harta de secretos. Voy a buscar mi móvil a la habitación y oigo que vuelven a hablar; escucho lo que dicen a hurtadillas.

—¿No podías quedarte calladita, verdad? —le reprocha Nayara a Carla con desdén.

—Merece saberlo, es mejor que se lo digas tú a que se encuentre con ello.

—Cállate ya, ya has hecho bastante.

No dicen nada más y voy a por el móvil; me pregunto qué es lo que me espera ahora, nada bueno, eso seguro. Nayara no quiere decírmelo por mi bien, pero Carla cree que es mejor que me entere por ella, o sea que es algo malo, qué novedad pienso con ironía.

Llamo a mi padre, le pido disculpas un millón de veces y él lo único que dice es que no entiende cómo había podido creer algo así, que me quiere y que no vuelva a darle otro disgusto así, porque está mayor para estas cosas. Después se pone mi madre; como siempre, ella tiene que ponerle la guinda al pastel.

—¿Cómo estás, cielo?

El sentimiento de culpabilidad disipa todo mi buen humor al pensar que, si no me hubiera creído la mentira de esa vieja bruja, esa gárgola, podría haber hablado con mi madre. Ella podría haberme dicho que Natalia iba a ser atacada, quizás podría haber hecho algo.

—Natalia ha muerto —digo en un hilo de voz, perdiendo todo el bienestar—. ¿Sabías que iba a pasar? ¿Sabes quién lo ha hecho?

La línea se queda en silencio.

—Espera un momento.

Me siento al filo de la cama, poniendo atención por si oigo que Nayara se marcha, aunque si se va no voy a impedírselo, se lo sacaré a Carla y listo.

—No, no lo sabía —contesta después de un momento.

—¿Por qué? —pregunto— Tú sabes cosas.

—Sarah, yo no tengo una bola de cristal donde pueda consultar lo que va a pasar, no funciona así.

—Pero tú sabes cosas —insisto con un quejido—, siempre te adelantas a los acontecimientos. ¿Cómo lo haces?

Esa pregunta ha rondado mi cabeza los tres últimos meses, todo el verano la he tenido bailando en mi mente sin atreverme a formularla. Ella dijo que todos estábamos conectados, y que ella, como yo o Aina, era especial, pero no tengo ni idea de cómo puede adelantarse a las cosas de esa manera.

—Desde muy pequeña a veces veo cosas —ladeo la cabeza escuchando muy interesada—, cosas que aún no han pasado, a veces las veo y otras veces las intuyo. Algunas veces puedo impedirlas y otras no. No es algo que pueda usar a mi antojo, que pueda activar o desactivar, surge solo y únicamente con gente con la que tengo una relación especial; yo no conocía a Natalia, lo único que he visto es tu sufrimiento.

—¿No sabes quién fue?

—No, no lo sé, cielo, pero sé que no pararás hasta descubrir quién lo hizo.

No, no lo haré, necesito saber quién lo hizo, me urge que pague por ello, quiero saber por qué se llevó mi expediente y el de Eric. Pudo llevarse cualquier cosa, pero se llevó esos tres expedientes, por lo que dijo Ortiz; a esas horas Natalia no debía estar allí, querían robarle, pero al encontrarla en el despacho la atacaron.

—¿Lo conseguiré? —pregunto esperanzada.

—No lo sé, mi niña. Tienes que ir con cuidado, no te fíes de nadie, la persona que lo hizo está muy cerca de ti.

Se me pone el vello de punta. Cuando hice la regresión con Natalia, la adivina dijo lo mismo, que estaba en peligro, que cuidara mis espaldas y no me fiara de nadie.

—¿Cómo lo sabes? —pregunto sin comprender— Acabas de decir que no sabes quién lo hizo.

—Tengo muy buena intuición, y tú también, síguela y no confíes en nadie. Ya te han engañado una vez, pero tienes una gran fuerza mental;

en ese momento estabas débil, consternada. No dejes que eso suceda de nuevo, tienes que ser fuerte y no te dejes engañar por nadie.

—Lo intentaré.

—Hay otra cosa… Eric vendrá a pedirte algo, es importante que lo escuches y le hagas caso.

—Eric y yo ya no estamos juntos —digo con desánimo.

—Lo sé, eso no importa. Cuando abra los ojos, que lo hará, y se dé cuenta de lo que ha hecho, te pedirá disculpas y te pedirá que hagas algo por él, no dejes que te venza el rencor y hazlo.

¿Eric pedir disculpas? Siento ganas de carcajearme, pero cuando pienso en él no soy capaz ni de sonreír.

—Eric no quiere nada de mí, mama —me quejo—, soy trasparente para él.

—¡Qué más quisiera él, mi niña! —exclama mi madre haciéndome sonreír.

—¿Qué hay de Pablo?

—Sarah —dice en tono cariñoso—, yo no soy una consultora romántica. Busca tu felicidad y deja lo demás atrás.

Eso no me ayuda demasiado, mañana iré a ver a Eric, veamos por qué me ha estado llamando, qué tiene que pedirme. Hablo con ella un rato más y cuando cuelgo el teléfono vuelvo al comedor.

—¿Cómo ha ido? —pregunta Nayara.

—Bien —contesto con desgana—. ¿Qué tienes que decirme?

—Preferiría que pasaran unos días, no es nada del otro mundo —dice restándole importancia.

—En ese caso, dímelo ahora —contesto con cabezonería acercándome a ellas.

—Mariona y Eric están saliendo —dice a bocajarro.

Puñalada en todo el pecho, zas.

—¿Qué? —pregunto con la esperanza de haber escuchado mal.

—Empezaron a salir poco después del entierro de Natalia.

Me pregunto si por eso me ha estado llamando, pero eso no tiene ninguna lógica. ¡Maldito cabrón presuntuoso! ¿Cómo se atreve a salir con ella, después de decirme una y otra vez que para él solo era la chica de su hermano? Me siento iracunda, si lo tuviera delante le daría la bofetada del siglo, aunque no tenga derecho a hacerlo.

—¿Los has visto juntos? —pregunto sentándome en el apoyabrazos del sofá.

—No, pero Mariona me lo ha dicho —pasa los brazos por mis rodillas y yo inclino la cabeza para mirarla a la cara—. Que le den a Eric, Sarah. Él nunca me gustó para ti, Pablo le da mil vueltas a ese imbécil.

Esa es la gota que colma el vaso.

—¿Para Mariona te parece bien? —demando molesta, me pongo de pie y la encaro— ¿Vas a darle a ella la misma lata que me has dado a mí?

—Ella quiere estar con él —contesta con una mueca—, así que haré como contigo, callar, tragar y esperar que acabe pronto.

—Muy bonito, Nay.

—Es verdad, Sarah, sois amigas, él os ha enfrentado para poder cambiaros como cromos.

—¡Él no nos ha enfrentado! —exclamo enfadada— Ha sido ella, ha querido esto desde el principio. Estoy harta de decir que esa no es mi amiga, en todo caso lo contrario, es mi peor enemiga, y mañana, Eric tendrá que decirme a la cara si es verdad o no, porque yo de esa no me creo ni media palabra.

Me voy a mi habitación cabreada, muy cabreada y rabiosa. Cierro la puerta de un portazo, preguntándome si puede ser cierto; a la comisaria llegaron cogiditos como si fueran pareja, pero después Eric se soltó de ella y se quedó conmigo.

Nayara tiene razón, tengo a un chico estupendo como Pablo pendiente de mí y él también me gusta, pero la idea de Mariona y Eric juntos me da una sensación de rabia e impotencia contra la que no puedo hacer nada. Tengo ganas de cogerla del pelo y arrastrarla por toda la empresa de Eric.

Cuando salgo a cenar Nayara ya se ha ido, Carla y yo ponemos a parir a Mariona. Carla le tiene casi tanta manía a Mariona como yo, es agradable poder despotricar con alguien que comparte mi punto de vista. Delante de Nayara no puedes decir una sola cosa negativa de esa loba con piel de cordero.

Me voy a la cama, tengo la esperanza de que aparezca Aina como tantas otras veces lo ha hecho, pero no.

Me levanto con energías renovadas y muy cabreada, eso me dará valor para hablar con ese cabeza hueca. Me pongo un vestido ajustado, tengo que ganar el peso que he perdido, *he perdido el poco culo que tenía*, reflexiono mirándome en el espejo. Eso le restará puntos al aspecto de

Femme Fatale que quería mostrar hoy. Así es como me siento, una mujer fatal, y todos mis dardos envenenados van hacia Eric, porque como me enganche con Mariona va a saber qué es que la maltraten, y no verbalmente, tanto que me ha acusado de ello.

Al llegar al trabajo de Eric, voy directamente al de seguridad que me atendió en la otra ocasión que estuve aquí. Como esperaba se acuerda de mí, me da una tarjeta para que pueda subir y, al salir del ascensor, Estefanía me está esperando.

—¿Qué haces aquí? —me pregunta bruscamente.

No es el recibimiento que esperaba, no es que pensara que me fueran a recibir con confeti y globos de colores, pero al menos de Estefanía esperaba un poco de amabilidad, cordialidad al menos.

—He venido a hablar con Eric —le contesto desconcertada por su frialdad.

—El Señor Capdevila está reunido —se cruza de brazos cual portero en una discoteca.

—¿Te pasa algo conmigo? —pregunto contrariada por su hostilidad.

—Lo vas a cabrear y después yo y la pobre Mariona tendremos que pagar los platos rotos.

¿Así que la pobre Mariona? ¡Dios, quiero gritar! ¿Cómo la gente no ve en ella lo que veo yo?

—No es mi intención cabrearlo, si él tiene mal carácter no es culpa mía, no me iré sin hablar con él, y tengo todo el día —digo tajante.

Miro el reloj, no es cierto que tenga todo el día, en hora y media he quedado con Ortiz, quiero restregarle la prueba de ADN por la cara. Si Eric no me satisface, espero que Ortiz me da la oportunidad de canalizar toda la rabia que recorre mi cuerpo.

Se da media vuelta y yo la sigo; después de cruzar varias puertas sin dirigirnos la palabra, llegamos a su despacho, que es el mismo de Mariona.

—¿Qué estás haciendo tú aquí? —pregunta Mariona levantándose de la silla como un resorte.

—Que te den —le digo llena de rabia y desdén—, no quiero que me dirijas la palabra. Hace mucho tiempo que te debo una hostia, y te juro que como me tientes hoy te la doy, lo estoy deseando.

Mariona me mira como si no me conociera, hace bien mirándome así, porque se la tengo bien jurada y estoy deseando que me ponga a prueba. Me ha conocido de amiga, ahora tiene que hacerlo como enemiga, es lo que ella ha buscado desde el primer día.

—Será mejor que te relajes, Sarah —dice Estefanía—, o tendré que pedirte que te vayas.

—No te preocupes, no será necesaria ni una cosa ni la otra, esperaré a Eric en su despacho.

Me dirijo hacia el despacho y Estefanía intenta cortarme el paso y casi tropiezo con ella; una caída le quitaría toda la credibilidad a mi pose de tía dura.

—No puedo dejarte entrar.

—Pues dile a Eric que estoy aquí.

—Es mejor que te vayas —dice Estefanía.

—No pienso marcharme —niego con la cabeza, no voy a hacerlo.

—Está bien, lo avisaré.

Vuelve a su escritorio y yo no lo dudo ni por un momento, abro la puerta y entro en el despacho.

Está vacío, me siento decepcionada, pensaba que estaba aquí dentro y que lo de que estaba reunido era una manera de echarme. Me encojo de hombros y cierro la puerta, voy hasta su escritorio, me siento en su silla, la silla de un tío poderoso, un títere en las manos de una mentirosa.

No hay nada fuera de lugar, por supuesto, Eric es demasiado ordenado y meticuloso. Miro la foto que tiene sobre el escritorio, la cojo y la miro de cerca; se trata de una foto de él, su hermano y su madre. Ambos tienen los ojos de su madre; a su padre sí lo conocí, por decirlo de alguna manera, él tenía los ojos verdes. Aunque nunca vi a su hermano y son iguales, sé quién es quién, su hermano abraza a su madre sonriendo, él está serio mientras su madre lo coge, con una sonrisa abierta tan bonita como la suya, en las raras ocasiones que la muestra.

Dejo el marco fuera de sitio, me pregunto qué es lo que Eric hace aquí, cómo se gestionan tantas empresas en tan diferentes ámbitos desde aquí. Muevo el ratón del ordenador, la pantalla cobra vida, tiene varios archivos Excel abiertos, pdf y la bandeja de entrada de email, no me interesa. Me pongo cómoda y subo los pies sobre su escritorio; como al entrar me vea así creo que puedo provocarle una úlcera de estómago. ¡Que le den! Él me provoca a mí otras cosas nada agradables.

Miro en los cajones, no busco nada, es por aburrimiento, es por tocar sus cosas solo porque son suyas y sé que le molestará. En el último encuentro lo que menos esperaba encontrar, una foto nuestra arrugada, la saco del cajón, debajo de ella un marco roto. Antes me tenía sobre su mesa, con las únicas personas que creo que ha querido en su vida, su hermano y su madre.

Puedo imaginarlo rompiendo el marco en uno de sus populares ataques de ira, me pregunto qué habrá hecho con mi habitación de los juegos. La foto está hecha un desastre, como si la hubiera arrugado y alisado en varias ocasiones.

La miro con nostalgia, la única foto que tenemos juntos, con lo de fotos que siempre he sido y solo tengo una con él. En realidad son varias, porque es un mosaico, pero es una única foto, él seleccionó la primera del mosaico y la enmarcó, algo debía de importarle entonces.

La puerta del despacho se abre.

—No me paséis llamadas —dice en tono duro, todavía en el umbral de la puerta.

Pues ya lo tengo aquí y mis nervios empiezan a bailar en mi estómago.

Cierra la puerta de un portazo sin esperar respuesta y se acerca a mí taladrándome con el hielo de su mirada. Mi seguridad poco a poco me abandona al verlo acercarse a mí tan enfadado, pero recuerdo que es posible que esté con Mariona y mi cólera me da agallas para no acobardarme o apartar la mirada.

—¿De qué vas? —dice apartándome las piernas de su escritorio. Las dejo caer al suelo y él se apoya en él— ¿Qué cojones haces aquí, Sarah?

—Ayer por la noche tuve una conversación con Pablo —su semblante se endurece aún más, si es eso posible, creo que puede romperse un diente de tan fuerte que aprieta la mandíbula ante la mención de Pablo—. Como me habías estado llamando, pensé que sería bueno venir a ver qué querías, hablar las cosas. Iba a venir en son de paz —me levanto de la silla, no quiero que siga estando por encima de mí—, pero luego me entero de que estás con esa y se acabaron mis buenas intenciones.

—Eso no responde a mi pregunta —contesta con desdén.

Su voz vibra dentro de mí con todo el cabreo que llevo encima, es él, es Eric, y me enciende como una estufa. ¿Por qué? Porque es él, no tengo una explicación mejor que esa. No sé si es lo atractivo de su aspecto que raya lo irreal, o cómo sus ojos me atraviesan, el recuerdo de los pocos pero inolvidables momentos que pasamos bien, no sé realmente qué es, pero es Eric y me enciende como nadie.

Es frío y calor para mi cuerpo y para mi alma.

—¿Por qué me has estado llamando?

—Estaba preocupado por ti, pero hace muchos días de eso, ahora solo me despiertas indiferencia.

—Que más quisieras tú... —le contesto con toda la chulería.

Se yergue en toda su altura, no pienso dejar que me intimide. Alzo la cabeza para mirarlo a la cara. Es el hombre más atractivo y atrayente que he tenido cerca, su cuerpo duplica el mío, igual que su mal carácter.

—¿Qué pasa, Sarah, tu relación con Pablo te aburre y has decidido venir a que te meta caña?

Da un paso hacia delante, pero no pienso dar un paso atrás, sigo mirándolo a los ojos. Anhelo que me toque, anhelo que me coja con esa agresividad suya y que me bese. Quiero que me meta caña, como ha dicho, me da igual que me haga daño, mientras con ello consiga que vuelva a tocarme.

—Pablo y yo no tenemos ninguna relación —de momento pienso.

—Mientes —dice dando otro paso que hace que nuestros cuerpos queden a escasos centímetros.

—La que te miente es otra, guapo, espabila, porque te está tomando el pelo.

Me coge del pelo, creo que me va a besar, va a hacerlo, pero en el último momento parece que se lo piensa. Me suelta con un rechazo que me duele más que si me diera una bofetada.

—Lárgate de mi vista, Sarah —me dice con esa chulería y desdén made in Eric—. Has venido a provocar, tú sabrás por qué, pero no pienso perder los papeles contigo. No pienso entrar al trapo, así que lárgate.

—¿Estás con ella? —ignoro sus cometarios mal intencionados y dañinos.

—No es de tu incumbencia.

Boom, están juntos y pierdo la razón, todo se nubla, la rabia me controla por completo y pierdo los papeles. Me lanzo a por él, quiero machacarlo, pero antes de que pueda siquiera tocarlo, me coge de las muñecas, me pone de espaldas a él y me sujeta con fuerza mientras tiemblo de impotencia.

—No quiero que vuelvas por aquí, Sarah. No quiero volver a verte —dice pegado a mi oreja. Forcejeo con él, loca de rabia de que me controle como si nada—, me has humillado más de lo que nadie lo ha hecho nunca. Lo nuestro se acabó el día que diste el portazo en mi casa y te largaste, no vuelvas por aquí.

Forcejeo con él intentando soltarme, finalmente me libera y me empuja alejándome de él. Me tambaleo y casi caigo al suelo, recobrando el equilibrio en el último segundo. Me giro para encararlo por última vez, llena de una rabia que nubla mi razón.

—Algún día necesitarás algo de mí —digo señalándolo llena de odio—, ese día te recordaré este momento y tendrás que ponerte de rodillas ante mí, te lo juro —digo con rabia.

—Sigue soñando, encanto —dice con ese desdén que lo caracteriza.

Cojo nuestra foto de encima de su escritorio y la rompo, le tiro los pequeños trozos a la cara y él me atraviesa con esa mirada que congelaría hasta el infierno. Cojo mi bolso muy digna y me voy, cuando salgo doy un portazo que hace temblar la pared y no me despido de nadie, me largo.

Al salir del edificio tengo ganas de llorar, es imposible razonar con él, mi actitud no era la adecuada, pero esto es la guerra, ahora más que nunca. Voy a arrancármelo del corazón, se acabó recordar cualquier cosa buena que haya hecho por mí, cualquier sentimiento bueno hacia él ha quedado anulado a partir de este momento, ahora solo lo odio. Está con ella y la idea me perfora; que ella no se ponga delante de mí, porque no respondo.

Tenía la esperanza de que quizás Eric y yo consiguiéramos sacar algo bueno de mi visita. Estaba segura que me diría que entre él y Mariona no había nada, yo podría haberle dicho lo que ella va diciendo por ahí. Podría haber intentado abrirle los ojos y podríamos hablar, intentar aclarar las cosas, pero no, están juntos y quiero matarlos a ambos; a Eric por traicionarme y ella por ganarme la partida.

Eric y yo nos repelemos el uno al otro, agua y puro aceite, no hay más. Tenía la esperanza de que pudiera acompañarme a ver a Ortiz, quizás con él y su talento podríamos haber sacado algo, pero no, ha tenido que liarse con esa y finiquitar lo nuestro del todo. Tengo que olvidarme de él y de que existe.

Espero a Ortiz, al menos ya tengo alguien en quien descargar toda la rabia que tengo acumulada.

—Buenos días, Sarah —me saluda cuando lo tengo enfrente—, me alegra ver que se encuentra mejor.

—Sí —contesto secamente.

—Acompáñeme por aquí —me indica el camino y lo sigo en silencio.

Todas las veces que nos hemos visto, hemos hablado en una sala de interrogatorios. No la típica sala de las películas con el espejo donde el resto de agentes te miran a través de él, no, no tenía espejos, pero era una sala diseñada para eso, sin muebles, sólo una mesa y unas sillas.

En esta ocasión me lleva a su despacho, me indica que me siente y yo lo hago. Saco lo que he venido a traerle y se lo tiro encima de la mesa; él sonríe con interés y se sienta en su silla.

Abre el sobre y saca la prueba de ADN, se pone a leer sin hacer ningún comentario; mientras lo hace, yo lo observo. Tiene mal aspecto, como siempre que lo he visto; me pregunto si estará casado, observo su escritorio, buscando una foto como la que tiene Eric sobre el suyo, pero no hay ningún marco, lo que sí hay es un caos de papeles.

—Así que no es la hija de Antoni Carbonell —dice doblando el folio.

—No.

—¿Debo felicitarla?

Sonrío sin ganas, si se piensa que va a vacilarme está más equivocado que nunca.

—Lo que debería hacer es ganarse el sueldo que cobra, sueldo desmerecido que pagamos todos los contribuyentes con nuestros impuestos.

—¿Qué le hace pensar que no lo hago?

Me inclino en la silla para enfatizar mis palabras, dardos envenenados, como me siento yo.

—Su ineptitud, como la de todo su departamento. No han hecho una mierda por encontrar a esa chica, no han movido un solo dedo, se han escudado en que está muerta, porque eso es lo más cómodo para ustedes, para no tener que buscarla. Esa persona sigue viva, en algún lugar, viviendo una vida que no es la suya. No veo que busque pistas nuevas sobre el asesinato de Natalia y mucho menos sobre el del padre de Pablo.

—Veo que ha recobrado su arrojo y desafío, me alegra ver que ha mejorado, no me gustaba verla así.

Vuelvo a apoyarme en la silla.

—No me tome el pelo. Si usted no está capacitado, debería darle el caso a otra persona, a alguien con aptitudes, menos palabrería y más acción. Ni siquiera entiendo por qué lleva usted ambos asesinatos.

—El caso de la Doctora Gual me fue asignado, el del Señor Carbonell lo pedí.

—¿Por qué? —demando inclinándome hacia delante interesada.

No espero que me conteste, pero él lo hace.

—¿No se lo ha dicho Aina? —me pregunta con arrogancia— Parte de mi familia es de Boira, no nací ni me crié allí como usted, pero soy parte de ese lugar.

Aina me lo dijo, por supuesto; a pesar de que ella lo creyó, yo no, y sigo sin creerlo.

—Miente.

No sé si lo hace o no, en un momento como este sería interesante tener al idiota de Eric cerca.

—No lo hago, como norma general no suelo mentir.

—Supongamos que lo creo, ¿para qué iba a pedir el caso si después no ha hecho nada?

—¿Eso cree? ¿Que no he hecho nada?

—A la vista está —le contesto con una mirada llena de desafío.

—¿Acaso cree que podría hacerlo usted mejor? —me desafía él a mí.

—¿Con sus herramientas? Por supuesto —contesto muy segura de mí misma.

—Voy a ofrecerle algo, algo que no podrá rechazar, una oportunidad única —lo miro intentado averiguar qué es lo que quiere—. Ayúdeme a encontrar a los culpables, Sarah.

Lo miro interrogante.

—¿Está de coña? —pregunto sin poder creer lo que acaba de decir.

—No soy una persona muy dada a bromear, si acepta trabajar conmigo, ya iremos conociéndonos.

—¿Por qué iba usted a querer que yo hiciera su trabajo?

—No le pido que haga mi trabajo, sino que me ayude —me corrige—, usted puede hablar con los muertos, eso puede facilitar mucho las cosas.

—Yo no hablo con los muertos.

—Creo que ya tuvimos esta discusión, finalmente reconoció que lo hacía.

—Yo no reconocí una mierda —contesto perdiendo la paciencia.

—El que calla, otorga. Está rodeada de personas con grandes facultades —me lo quedo mirando, no entiendo por qué este hombre creyó a Aina, nadie en su sano juicio lo haría; me señala con el dedo—. Reconozco el brillo de su mirada, Sarah, yo lo tuve durante muchos años. Sé lo que es estar resuelto a hacer algo, estar dispuesto a todo por algo. La determinación y la sed de venganza. Veo todo eso en sus ojos y yo soy el único que puede ayudarla. Usted lo ha empezado todo y quiere acabarlo, ayudémonos mutuamente.

—Yo no he empezado nada.

—¡Por supuesto que lo ha hecho! —exclama— Fue usted quien encontró una tumba vacía y un cuerpo sin tumba, la persona que encontró a la Doctora Gual muerta. Entonces no lo entendía, y dudo que pueda hacerlo ahora. Hagámoslo juntos —hace una pausa y yo lo miro intentando descifrar si va en serio—. Como ha dicho, yo tengo las herramientas, además de la experiencia; usted tiene un don poderoso y un instinto innato, encontró a su ahora enemiga sin ayuda de nadie, colabore conmigo y resolvámoslo.

—Se equivoca, tuve mucha suerte y, desde luego, tuve mucha ayuda.

—¿De quién? ¿Del difunto Carlos Capdevila? ¿De su madre? ¿Del Señor Capdevila?

Alzo la cabeza con desafío, aunque ya no me siento en posición de desafiarlo.

—Usted está loco —resuelvo—. ¿Oye lo que está diciendo?

—Me han llamado cosas peores —dice sonriendo fugazmente—. Juntos podremos resolver los tres casos, debería pensarlo, sé que quiere hacerlo pero no se fía de mí, la reto a intentarlo.

Me remuevo en la silla, incómoda; es cierto, quiero hacerlo y no me fío de él. No creo que lo que busque sea mi ayuda, sino estar cerca de mí, le interesa esa cuestionable cualidad mía de hablar con los muertos.

—Si lo hiciera, tendría que ser algo bilateral —si hago esto será a mi manera—. Si quiere que confíe en usted, la confianza deberá ser recíproca.

—Estoy de acuerdo.

—Aina, por supuesto, queda al margen.

Ahora es él quien se remueve en la silla, la idea de dejar a Aina fuera no le gusta. ¿Qué esperaba?

—Las facultades de Aina son mayores que las suyas, además esto le incumbe tanto o más que a usted.

—Me da igual, no voy a meter a Aina en esto. Como le dije, no quiero que se acerque a ella. Además, deberá compartir información conmigo, información confidencial, de otra manera no voy a hacerlo.

Nos miramos a los ojos; los suyos, oscuros, me sonríen con el mismo desafío.

—Tenemos un trato, Sarah —sentencia.

5

Hipótesis

Se levanta de su silla y me ofrece la mano; con recelo me incorporo y se la estrecho.

No me va a ser fácil trabajar con este hombre, pero haré lo que sea necesario para llegar el fondo de la cuestión. Necesito averiguar quién mató a Natalia, por qué lo hizo, qué interés tiene en Eric, Mariona o en mí, para llevarse nuestros expedientes. Natalia sabía cada uno de mis secretos y ahora esa persona los tiene. Además, está todo el tema de la familia de Pablo; merecen aclarar las cosas, saber que le ocurrió al padre de familia y reunirse con esa niña, esa chica merece saber quién es.

—¿Por dónde le gustaría empezar? —dice colocándose bien su hortera corbata y sentándose de nuevo.

No tengo ninguna duda de por dónde quiero empezar, por la mentirosa señora Mercè, quien está en mi punto de mira. Su hijo va a su casa y no vuelve. Cuando Macarena fue a pedirle explicaciones a su suegra, dijo que los había abandonado; ella está en el centro de todo ese misterio, es la mano ejecutora de todo y debe ser desenmascarada. Quiero que me diga quién es su nieta, ella lo sabe y tendrá que decírmelo.

—Por Boira —digo con determinación.

—La veo muy decidida —*lo estoy* voy a contestarle, pero se anticipa—. ¿Quiere salir ahora?

—Sí — *¿Para qué esperar?*

Se levanta de su silla y yo también lo hago, rebusca en su escritorio y coge un par de carpetas.

—En marcha —dice.

Vamos hasta la puerta, me toca la espalda para acompañarme y yo me aparto, no me gusta este hombre y no quiero que me toque. Voy a compartir mi tiempo y espacio con él, porque en este caso el fin sí justifica los medios, pero eso no le da ningún derecho a tomarse determinadas confianzas. Además, como no cumpla su palabra de compartir información, nuestro acuerdo se romperá más pronto que tarde.

Me abre la puerta del acompañante de un Opel Corsa oscuro, no tiene ningún distintivo de la Policía. Me subo al coche y cierra la puerta, el interior está sucio y desordenado, se pueden apreciar restos de polvo y ceniza por todas partes; estoy segura de que en la casa de la señora Mercè se sentirá como en casa.

—Lectura para el camino —dice sentándose a mi lado y tendiéndome las carpetas.

Sin dudarlo un segundo las cojo.

—¿Qué es? —pregunto abriendo la primera carpeta.

—Información confidencial del caso de Antoni Carbonell —se enciende un cigarro y arranca el coche.

No entiendo por qué tiene que fumar en el coche, me está ahogando con sus malos humos. Abro mi ventana buscando aire limpio, podría esperarse a fumar en Boira, no me gusta oler a tabaco.

Reviso el informe, dentro está mi declaración y la de Pablo, donde declaramos que fue un chivatazo. En el margen, con una bonita caligrafía, aparece escrito «mienten», y me pregunto si será la letra de Ortiz; desde luego no lo parece, es demasiado pulcra y bonita. Él parece que duerma en el coche, por el estado de ambos.

También hay declaraciones de la señora Mercè, de Macarena, del enterrador, informes forenses, fotografías; lo poco que tienen está dentro de esta carpeta. Leo atentamente la declaración de la señora Mercè, ya que la versión de Macarena ya la sé, ella misma me la explicó. Esa mujer dijo que su hijo fue a ver a su padre, que se estaba muriendo, se despidió y dijo que iba a cambiar de vida. Nunca más volvió a verlo.

—La declaración de la señora Mercè es muy corta. ¿Fue usted quien la interrogó?

—No, fue la persona que llevaba el caso antes que yo. En Boira no tenían los medios para poder determinar la causa de la muerte, pero como su última residencia fue Barcelona y usted y Pablo viven aquí, lo derivaron.

—Fue apuñalado, ¿no es cierto? —pregunto mientras sigo ojeando los documentos.

—Así es, quince puñaladas al menos, lo que indica que fue un crimen pasional.

—¿Pasional? —pregunto mirándolo a él, escéptica— ¿Una amante? —no puede ser.

—No necesariamente —contesta mirándome un momento para después volver la vista hacia la carretera—. Con pasional lo que queremos decir es que había mucho sentimiento en la ejecución. En el caso de la Doctora Gual no había ninguna pasión, un golpe y la dejaron morir, se desangró; su atacante pudo impedir su muerte y, aunque no lo hizo, no estoy seguro de que ese fuera su propósito inicial. Pero cuando alguien apuñala a otra persona quince veces es ensañamiento, quería ver a esa persona muerta. Nuestro trabajo es descubrir por qué y quién lo hizo.

Afirmo con la cabeza y reviso el informe del forense, muchos términos no los entiendo, pero Ortiz va aclarando cada duda que me va surgiendo. Creen que el arma del crimen fue un cuchillo de cocina, uno grande, y eso les deja claro que el cuerpo fue movido después a la tumba del padre de la víctima. No fue asesinado en el panteón familiar, qué sorpresa, ¿acaso pensaban lo contrario? Es obvio que fue movido.

Cierro el expediente y pongo el otro delante; no me apetece abrirlo, me da miedo encontrar una foto de Natalia muerta. Ahora, cada vez que pienso en ella, esa es la primera imagen que viene a mi mente, no necesito ningún recordatorio.

—Creo que en toda mentira siempre hay un poco de verdad —le digo a Ortiz y él me mira—. Esa mujer nos dijo a Aina y a mí que quería a su nieta en Boira, donde ella pudiera vigilarla desde lejos, y creo que no mintió. Ella sabe quién es, además la chica está cerca, no me cabe duda de que la conozco, nacimos con días de diferencia. Si es de Boira, seguramente iba conmigo al colegio, el padre de Aina dijo que estaba cerca.

—¿El padre de Aina? Entonces admite que puede hablar con los muertos.

Resoplo incómoda, no tiene sentido seguir negándolo, como tampoco tiene sentido que él me crea, pero lo hace. Miro por mi ventanilla el tráfico en la autopista y él se enciende otro cigarrillo; voy a apestar a tabaco, como si no fuera suficiente maloliente el sitio al que nos dirigimos.

—Ellos pueden hablar conmigo —admito al fin sin mirarlo—, cuando ellos quieren, no cuando yo quiero, porque si fuera así, eso no pasaría nunca.

—¿Le pasa a menudo?

—Más de lo que me gustaría, pero no, esto empezó a principios de verano.

—Aina dijo que ella lo hacía desde que tenía memoria.

No quiero hablar sobre esto, y mucho menos sobre Aina; pero él ha sido muy generoso al darme el expediente de Antoni Carbonell, demostrándome que va a cumplir su palabra, que va a compartir información confidencial conmigo. Ni siquiera creo que pueda hacerlo, pero si coopero él también lo hará, así que le contesto.

—Aina y yo somos distintas, lo que ella hace es diferente a lo que hago yo. Ella se ha comunicado con mucha gente, además lo hace mientras duerme, o cuando tiene un fuerte vínculo, como es el caso de su padre; yo solamente con dos: Carlos y el padre de Aina. Ella atrajo a su padre hacia mí, de otra manera puede que nunca lo hubiera hecho. Al padre de Aina incluso he llegado a verlo, una experiencia que no quiero repetir.

—¿Cómo fue? —pregunta interesado.

—Desagradable —siento un escalofrío al recordarlo, no quiero volver a pasar por eso.

—¿Tiene miedo, Sarah?

Eso me recuerda a la conversación que ayer recordaba con Natalia. ¡Por supuesto que tengo miedo! Pero voy a afrontar ese miedo, estoy dispuesta a hacer lo que haga falta para aclarar las cosas.

—¿Usted no lo tendría? —vuelvo a mirarlo molesta de que me llame cobarde.

—Por supuesto que sí —me mira unos segundos—, pero creo que si dejara de negárselo a sí misma, saldría ganando. La mejor manera de superar algo es afrontarlo.

—Es muy fácil de decir desde fuera —no quiero seguir hablando de mí, su interés me hace desconfiar aún más de él, así que cambio de tema—. ¿Este es el expediente de Natalia?

—Así es.

—¿Qué contiene?

—Informes, declaraciones, fotos, hipótesis, elucubraciones, conclusiones... ¿Por qué no lo abre?

Porque no quiero ver las fotos, pero no quiero mostrar más debilidad delante de Ortiz.

—Ya casi hemos llegado a Boira, podría hacerme un resumen.

—Como quiera... —contesta encendiéndose otro cigarrillo— Estoy convencido de que la doctora Gual conocía a su asesino, la puerta de entrada no estaba forzada, lo que deja claro que alguien lo dejó entrar. Por otro lado, es extraño que ella estuviera allí a esas horas, su secretaria dice que nunca trabajaba hasta tan tarde. Le hemos tomado declaración también a su colega, el Doctor Maroto. ¿Lo conoce?

—No —niego con la cabeza.

Sé que Natalia compartía consulta con otro psiquiatra, pero nunca lo vi o hablé con él.

—Es también una eminencia en psiquiatría, con el dineral que cobran en sus consultas no entiendo por qué compartían estancia.

—Sus secciones estaban francamente separadas, nunca coincidí con él, ni siquiera sé qué aspecto tiene.

—Antes de que la Doctora Gual tratara al señor Capdevila, lo hacía él.

No tenía ni idea de que a Eric lo veía otra persona. Natalia lo trataba desde hacía años, me consta.

—¿Cree que pudo ser él? —pregunto sin comprender a dónde quiere llegar.

—Su cuartada está comprobada y es sólida. En este momento barajo varias hipótesis.

—¿Como cuáles?

Me mira y ladea los labios en una mueca que supongo que es media sonrisa, le da una calada al cigarrillo y expulsa el aire por la nariz, como un dragón.

—No debemos olvidar el robo, creo que esa es la clave.

Por supuesto, de todo lo que había en el despacho, robaron tres expedientes. Ella trataba a gente muy importante, empresarios de renombre como Eric, políticos, famosos e incluso futbolistas, pero se llevó nuestros expedientes.

—¿Cree que fuimos uno de nosotros?

—Su coartada y la de Capdevila están comprobadas.

—¿Qué hay de la de Mariona? —pregunto entrecerrando los ojos.

—La suya no fue concluyente, aunque francamente la creo.

—¿Dónde estaba? —pregunto interesada.

—Se confundió de día y dijo que estaba trabajando, pero una vez comprobadas las cámaras de vigilancia que nos facilitó el Señor Capdevila, hemos comprobado que no fue así. La llamé para volver a interrogarla.

—¿Dónde estaba? —vuelvo a preguntar con desconfianza.

—En casa.

—¿Nayara sostiene esa versión?

—Su compañera de piso no estaba en casa aquella noche, había salido con su novio.

Todo pasó el día que vine a Boira con Aina, fue esa noche. Aleix trabajaba porque yo tenía fiesta y nunca coincidimos, pero íbamos de mañana, así que no estaba en el trabajo, aunque Nayara me llamó, recuerdo que tenía que devolverle el coche y no me dijo que no estuviera en casa.

—Así que no sabe si miente o no…

—Como le he dicho, la creo —dice concluyente, tira la colilla por la ventana y me mira—. He tenido acceso a sus informes psiquiátricos, se trata de una investigación de homicidio, así que hemos tenido acceso a los tres expedientes.

—¿Sabe por qué Mariona dejó la terapia? —pregunto interesadísima.

Me muero de curiosidad, es algo a lo que le he dado vueltas en muchas ocasiones. Cuando Mariona dejó la terapia, Natalia vino a verme al trabajo, dijo que ella tenía algún tipo de problema de personalidad y que debía ser tratada, que no lo dejara. Nunca me dijo qué pasó entre ellas, ni cuáles eran esos problemas.

—La doctora Gual creía posible que sufriera un trastorno de identidad disociativo, pero no fue concluyente. En sus informes lo barajó como una posibilidad, en ningún momento como un diagnóstico.

—¿Qué es eso? —pregunto sin comprender.

—Personalidad múltiple —le miro sin acabar de entenderle.

—¿Es eso posible? —demando agrandando los ojos.

—He hablado con el psiquiatra forense de la Policía, yo no conocía el término y él me ha estado echando un mano con los informes psiquiátricos de ustedes tres.

—¿También ha leído el mío? —pregunto indignada.

—Eran sospechosos y he leído los de los tres.

Me pregunto qué diría Natalia de mí en esos informes, siempre la vi como una amiga, no como una psiquiatra. Me pregunto si ella transcribía todo lo que yo le contaba y si ahora Ortiz conoce cada uno de mis secretos y emociones, mis miedos, inseguridades y fobias. De ser así me conoce muchísimo más de lo que yo lo conoceré nunca a él. Puede que sepa todo lo que le he contado a Natalia, y eso me incomoda mucho.

Durante un mes, Natalia fue mi ancla segura, fue a ella a quien le contaba todo lo que me sucedía, era con ella con quien me desahogaba, en quien buscaba consejo. Puede que ahora Ortiz lo sepa todo, es injusto.

—¿Qué decía el mío?

—Que estaba sometida a mucho estrés, temía que acabara pasándole algo. Pensaba que su nivel de estrés emocional era demasiado alto y temía que derivara en una depresión. En la última cita dice que usted experimentó algún tipo de hipnosis por su parte, pero que el resultado fue contrario al que ella esperaba.

Lo recuerdo perfectamente, lo que Ortiz me dice concuerda a la perfección con lo que hablé con ella, Natalia decía que tenía que aflojar un poco, que llevaba demasiada carga encima y al final acabaría pasándome factura.

—¿También ha leído el de Eric? —pregunto con interés.

—Sí, he leído los de los tres, Sarah —dice con voz cansina.

—¿Le hablaba a ella de mí?

—Lo lamento, Sarah, pero eso no es relevante para la investigación.

—¡Oh, por favor! —exclamo— No me venga con esas, ha dicho que iba a compartir información.

—Lo estoy haciendo, le estoy explicando las patologías de los tres, pero no voy a decirle lo que hablaban en sus sesiones, igual que no voy a decirles a ellos lo que usted compartía con la Doctora en las suyas —*¿Qué le costará hacerlo?* me pregunto molesta, él me mira de reojo—. No me tome por estúpido, haga el favor, sus problemas amorosos tendrán que resolverlos entre ustedes.

Expulso el aire por la nariz, no puedo recriminárselo, es lo justo, pero me muero de curiosidad por saber qué le decía Eric a Natalia sobre mí en sus sesiones.

Debo centrarme en lo que estoy y alejar a Eric, no quiero pensar en él o me deprimiré. Necesito estar fuerte cuando lleguemos a casa de la vieja mentirosa, no puedo olvidar que cuando vinimos la otra vez, el padre de Aina le advirtió que fuéramos cuidadosas con nuestras mentes y pensamientos. Me pareció una estupidez en ese momento, pero ya no me lo parece.

Mi madre dijo que no confiara en nadie, que cuando me engañaron estaba débil y consternada, pero que era fuerte mentalmente, que no dejara que volviera a pasar. Eso me hace pensar que si me mantengo fría, no podrá engañarme, así que necesito estar entera y serena cuando llegue, no debo permitirle que vuelva confundirme con sus mentiras.

Cuando me hice la analítica con Macarena, ella me habló de su suegra, una señora encantadora, ya me di cuenta cuando la conocí, pero además es una manipuladora. Consiguió que ella se planteara dejar a su entonces novio solo porque ella se lo dijo. Que Aina y yo creyéramos que éramos hermanas, cuando no nos presentó ninguna prueba o evidencia de ello. Debemos andarnos con ojo.

—¿Sabe qué le llevó a Natalia a pensar que Mariona pudiera tener ese problema de personalidad? —salgo de mis pensamientos para seguir hablando de Natalia.

—Estrés postraumático, la Doctora creía posible que ella se escudara en otra personalidad para superar un fuerte estrés emocional. Además sufría de dolores de cabeza, distorsión de la realidad, cambios de humor severos, de personalidad. En su informe también hacía referencia a una gran falta de empatía.

—¿Cree que es posible? —pregunto sin acabar de creerlo.

—La Doctora no fue concluyente, así que si ella no se atrevió a hacer un diagnóstico, no vamos a hacerlo nosotros, no estamos capacitados. Será un psiquiatra quien deba comprobar si ese trastorno es real o no.

Yo no creo que sea real, creo que es una manipuladora de primera, solo hay que ver cómo mangonea a Eric, como si fuera una marioneta entre sus manos. Eric es una persona con un carácter fuerte y desconfiado, no creo que sea fácil de manipular, pero ella lo tiene comiendo de su mano.

—¿Es sospechosa?

—No.

—¿Por qué no, con ese cuadro psiquiátrico?

—Porque son hipótesis, no un diagnóstico —me mira de reojo—. ¿Cree que ha sido ella?

No, no lo creo, pero ya no sé qué pensar de ella, tiene tantas caras y esa capacidad para mentir y manipular a todo el mundo, que me deja completamente asombrada. No creo que esos trastornos de personalidad casen con esa capacidad, claro que puede que sea su otra personalidad. Cuando éramos amigas en la infancia no era así, era fantasiosa y bastante mentirosa, pero no la psicópata que es ahora.

—No lo sé.

—Dígame qué piensa en realidad, Sarah —me pide Ortiz.

—Creo que no es de fiar, que es una mentirosa y una manipuladora, pero eso no la convierte en una asesina —niego con la cabeza y suspiro—. ¿Tiene algún sospechoso real?

—Creo que quien lo hizo la conocía, creo que al menos conocía a uno de ustedes tres, o quizás leyera alguna información suya. Este verano, los tres han salido en muchas publicaciones a raíz de encontrar a la Señorita Prat, puede que fuera alguien que siguiera el caso, algún obseso, pero como le digo, por cómo fueron las cosas, me hace pensar que ella lo conocía, aunque es posible que me equivoque, claro. En caso de que no fuera uno de sus pacientes, tuvo que ser algo meticulosamente ideado, no hemos encontrado una sola evidencia —le escucho atentamente—. La golpearon con una figura que había sobre su escritorio, pero en ella solo hayamos las huellas de la mujer de la limpieza y las de la propia Doctora, eso evidencia que llevaba guantes, en septiembre. No fue algo al azar, fue algo premeditado, de eso no tengo ninguna duda.

—Usted dijo que creía que había entrado a robar.

—Sigo pensándolo, ella nunca se quedaba a trabajar hasta tan tarde. He hablado con su secretaria, con su pareja, con su entorno más cercano… Tenía una rutina, si hubiera seguido esa rutina puede que estuviera viva, o puede que su rutina se alterara por el asesino; de momento todo son hipótesis.

—¿Qué cree usted?

—Creo que ella no tenía enemigos, era una persona afable, social, tranquila y paciente, así es como la describen todas las personas con las que he hablado —estoy completamente de acuerdo con esa descripción—. Creo que el robo es el móvil, no había recibido ninguna amenaza, no temía por su vida, no tenía mala relación con nadie, ni siquiera con su ex marido.

—¿Habló con él?

—Por teléfono, es artista y desde hace algunos meses está trabajando en Paris, tenía una coartada, la hemos comprobado y estaba en París aquella noche. Además, ellos llevaban tiempo separados, no tenía un móvil para hacerlo.

—Corríjame si me equivoco, pero básicamente no tienen ni idea de quién lo ha hecho, ni por qué.

—No, pero usted podría cambiar eso.

—¿Yo? —pregunto sin comprender.

—Ella debe saber quién la mató, usted puede hablar con ella, eso la convierte en una muy buena baza.

—¿Por eso quería que le ayudara? —está claro que sí, no debería sorprenderme— ¿Eso es lo que quiere de mí?

—¿Qué esperaba, Sarah? Está resuelta a revolverlo, en su mano tiene el poder de hacerlo, solo debe vencer su miedo y hacerlo. Hable con ella, al menos inténtelo y escuche lo que tenga que decir, podría decirle quién ha sido.

—Ya le he dicho que no funciona así.

—Usted no tiene ni idea de cómo funciona, porque tiene tanto miedo de su propia capacidad que se castra a sí misma.

—Yo no me castro —digo mirándolo con cara de asco, qué comentario más desagradable.

—Sarah, lo ha dicho usted misma, que si fuera por usted no pasaría nunca; pruébelo, quizás se sorprenda.

Lo miro de reojo, puede que tenga razón, lo cierto es que podría funcionar, puedo pedirle a Aina que me eche una mano, ella estará encantada.

He decidido vencer al miedo, él es mi peor enemigo, a excepción de Mariona, claro. Ortiz tiene razón, debería probarme a mí misma, además Natalia era de la misma opinión.

Miro el expediente cerrado sobre mis piernas, querría leerlo por mí misma, ver las anotaciones sobre Natalia, conocer cada detalle, pero no me apetece nada ver una fotografía de ella muerta. Me asalta el recuerdo de ella tirada en el suelo, con los ojos abiertos y la mirada vacía, con la cabeza rodeada por un charco de sangre seca, no necesito ningún recordatorio de esa imagen, es demasiado nítida en mi cabeza para añadir detalles.

Vuelvo a mirar hacia fuera del coche y él se enciende otro cigarro. Tengo ganas de coger el paquete y tirarlo por la ventana. Cada vez que se está medio fresco en el coche, él abre la ventana para fumar; antes de que me ahogue yo también lo hago, y el coche no se enfría nunca. Así que estoy sudando, hace demasiado calor para estar a finales de septiembre.

Cuando entramos en Boira sigo pensando en Natalia, aunque ahora no es momento para pensar en ella, tengo que tener la mente despejada, la mente fría. La Señora Mercè es una bruja muy lista, no puedo permitir que vuelva a engañarme.

Miro por la ventanilla las calles de Boira; por supuesto los vecinos miran el coche, ya tienen algo con lo que llenar sus aburridas vidas unos días. Así es este pueblo, con todo lo que está pasando este verano, de muertes, asesinos, violadores y cuerpos, debe ser el mejor verano de cotilleos de la historia.

Nos acercamos al caserón de la familia paterna de Pablo y Aina. No tengo buenos recuerdos de esta casa, pero al menos hoy el cielo está despejado, no parece un sitio tan tétrico con el sol en todo lo alto del cielo, pero aun así me sigue pareciendo un lugar siniestro.

Cuando vine con Aina salí de esa casa sintiéndome completamente pérdida y desubicada, después la pérdida de Natalia hizo el resto. No puedo permitir que eso vuelva a pasar, no puedo dejarme engañar. Esa es una idea que me obsesiona, pero me niego a que vuelva a sucederme lo mismo.

—Esa mujer es una mentirosa de primera, me mintió en la cara, debemos tener cuidado.

—A mí no podrá mentirme —dice Ortiz muy ufano.

Lo miro arqueando una ceja, creo que esa mujer trabaja en una liga diferente a la nuestra.

—Yo que usted bajaría los humos y mantendría la guardia arriba.

—No me insulte, Sarah, cuando usted aún jugaba con muñecas, yo ya investigaba crímenes.

—Lo que usted diga —digo abriendo la puerta—, espero que tenga buen estómago para esto.

Bajamos del coche y nos acercamos a la puerta. Ortiz llama al timbre y yo me embadurno de colonia, él me mira como si me hubiera vuelto loca. La puerta se abre y sale ese hedor que ni el perfume más fuerte puede tapar.

Por la rendija abierta se asoma Félix, el tío de Aina. Primero me mira a mí y después se queda mirando a Ortiz. Su mirada verde y opaca me recuerda a la mirada vacía y muerta de Natalia; niego con la cabeza intentando serenarme, tengo que dejar de pensar en ella, estamos aquí por otro asunto.

6

Boira

—¿Qué quieren? —demanda Félix con expresión feroz.

Sus modales son tan desagradables como su aspecto; si Aina y Pablo se parecen a su padre, desde luego este hombre no se parece a su hermano. Tiene la cara huesuda, los ojos hundidos y ojerosos, es muy desagradable a la vista. La primera vez que lo vi me pareció un psicópata, ahora me lo imagino con un cuchillo de cocina en la mano y mi pulso se acelera. No puedo disimular mi cara de asco.

—Soy el Detective Ortiz, he venido a interrogar a la Señora Mercè Brugueras.

—Mi madre ya fue interrogada —dice sin dejarnos pasar.

—Su madre ha mentido en una investigación policial, debe ser interrogada de nuevo. Puede dejarnos entrar o podemos volver otro día, para llevarla a la comisaría con una orden judicial, por interferir en una investigación en curso —miro a Ortiz, eso me ha gustado—. ¿Qué prefiere?

Le sonrío a Ortiz y vuelvo a mirar a Félix poniéndome seria. Él mira a Ortiz, ladea la cabeza hacia un lado y otro despacio, sopesando las opciones, o asimilándolas en su cabeza, vete a saber.

—Pasen —dice abriendo la puerta.

Ortiz me mira fugazmente; si no fuera por el asco que me da volver a entrar en esta casa, le sonreiría.

Entramos en el interior de la casa, es tal y como lo recordaba, pero ahora está mejor iluminado. La cristalera que tienen en la escalera está sucia, pero el día está despejado y la luz entra por ella, aunque con la suciedad de los cristales no entra ni un solo rayo de sol.

Nos lleva a la misma sala donde estuvimos la otra vez y, sin pronunciar ni una sola palabra, nos deja ahí y cierra la puerta corredera.

—Un lugar muy acogedor —comenta Ortiz lleno de sarcasmo.

A su medida, pienso por dentro, pero por supuesto no se lo digo. Todo el camino ha sido amable conmigo, ha mantenido su palabra, me ha hecho partícipe de su investigación. Estoy segura de que se ha guardado muchos detalles importantes, pero ha compartido información confidencial. Es más de lo que esperaba, así que mientras sea amable conmigo y no me dé ningún motivo para cambiar de idea, seguiré siendo amable con él.

—Es asqueroso, no entiendo cómo una persona en su sano juicio puede vivir entre tanta mierda.

—No sea mal hablada, Sarah —me reprende Ortiz.

—No soy mal hablada, este sitio no está sucio, está lleno de mierda, es nauseabundo. ¿Acaso no ha visto las caquitas de rata en el gran salón? Imagínese lo que debe haber aquí metido…

Ortiz se pone a reír y se fija en el tapiz que hay colgado en la pared. Yo también me fijé en él cuando vine con Aina, pero algo me interrumpió y no acabé de verlo.

—Creía que le gustaban los animales, estudió veterinaria —dice observando el tapiz.

—Los roedores no me apasionan especialmente.

—Es más observadora de lo que pensaba —comenta poniendo las manos a la espalda sin dejar de mirar el tapiz que tiene frente a sí.

—No hay que ser demasiado observador, estaba todo el suelo lleno de excrementos de rata. ¡Qué asco! —estoy realmente asqueada.

Me pongo junto a él y observo el tapiz, es un enorme árbol genealógico. Hay algo que no cuadra en él; en cada generación hay un nombre de mujer de diferente color, en alguna no hay ningún nombre de diferente pero sí en la siguiente. Solo las líneas de esos nombres en color siguen bajando, las que están en negro se quedan estancadas. Miro el árbol preguntándome cómo entonces es un árbol tan grande, miro hacia arriba del todo y solo hay un nombre: Beatrice.

—¿Le gusta? —me pregunta Ortiz.

Hago una mueca mirando los nombres debajo del de Beatrice, cuatro nombres de mujer, todos en rojo: Babette, Bernadette, Bilitis, Blanche. Ortiz me mira y me giro para mirarlo, sus ojos brillan.

—Me asquea como todo en esta casa —digo indiferente.

—Parecía muy interesada —dice volviendo a mirar el tapiz y yo lo imito.

—Hay algo que no entiendo, algunas generaciones no siguen hacia abajo —señalo el tapiz sin tocarlo—; fíjese, solo las líneas con un nombre de mujer en color siguen bajando.

—¿Sabe qué significa? —niego con la cabeza, no tengo la menor idea—. Son líneas de sangre, linajes —aclara—, o en este caso, al tratarse de mujeres, se les llama líneas de ombligo.

—¿Qué significan? Si se fija hay cinco colores diferentes, pero el rojo se repite una vez sí y una no.

—Muy bien Sarah, estoy impresionado.

Dejo de mirar el tapiz y lo miro a él. ¿Acaso piensa darme una galletita de premio?

—No me tome por estúpida, cualquier persona con dos ojos podría darse cuenta.

—¿Se ha fijado en el final del último linaje?

Me señala el final del linaje junto a él y me agacho para poder verlo. Se nota que no tiene el mismo polvo que el resto del tapiz, alguien lo ha estado tocando; con un hilo más rojo que ninguno está el nombre de Aina, junto a ella, en negro, Alma y Pablo. Alma era el nombre que ponía en la tumba vacía, pero Macarena dijo que no llegó a ponerle nombre a su hija, estaba esperando a que llegara su marido para decidirlo.

—Aina —digo acariciando su nombre y el de Pablo—, ella está en rojo, ¿por qué?

—¿Le gusta mi árbol familiar, Sarah? —comenta Mercè a mi espalda. Ortiz y yo nos miramos y nos giramos para encararla—. Tú también estás en él —me dice desde su silla de ruedas.

Estrecho mis ojos mirándola, ella desentona en este lugar, va demasiado pulcra y limpia para la suciedad que la rodea.

—Perdone que sea grosera, pero usted es una gran mentirosa. Yo no estoy en este árbol, me mintió.

Se ríe en mi cara y yo no sé cómo reaccionar ante eso; mira a Ortiz.

—Ha pasado mucho tiempo Javier, no esperaba volverte a ver después de tu última visita. Te llevaste algo mío, era un regalo y quisiera recuperarlo.

¿Cómo?, me pregunto. Miro a Ortiz, no entiendo nada. ¿Ellos ya se conocían? Cuando le he hablado de ella por el camino no me ha dicho que ya la conociera, me ha dicho que él no la interrogó.

—Ya no lo tengo, lo dejé en las manos de la persona a la que pertenece, no debe preocuparse por eso.

—No te creo —dice la señora Mercè con desafío.

—Se cree el ladrón que todos son de su condición. En esta ocasión no he venido a hablar sobre eso. Estoy aquí por el asesinato de su hijo; su declaración es bastante indefinida, necesitaría que me relatara lo que ocurrió cuando su hijo los visitó. Después de venir aquí nadie volvió a verlo con vida.

—Sentaos. Félix puede traeros algo de la cocina.

Me quedo callada, sigo mirando a Ortiz; las alarmas de mi cabeza suenan a todo trapo, Ortiz ya la conocía. ¿Por qué? ¿Por qué me lo ha ocultado? ¿Qué se llevó él de la Señora Mercè? No entiendo nada.

—No queremos nada —Ortiz me mira—. ¿Usted quiere algo, Sarah?

Niego con la cabeza lanzándole cuchillos asesinos con la mirada. Me ha mentido, me ha dejado ponerla verde y él ya la conocía. Debería habérmelo dicho, podríamos haber contrastado puntos de vista; en lugar de eso, se ha mantenido callado. Si ella no llega a decir nada, no lo hubiera sabido.

Hago bien al no fiarme de él, no debo olvidarlo. Ortiz esconde algo y esa creencia en Aina y en mí no es normal.

Ortiz pone su mano en la parte baja de mi espalda para acompañarme, me adelanto para que no me toque y me siento al borde del sillón, como hice la otra vez. En esta ocasión es él quien se sienta más cerca de ella.

—¿Así que es usted quien investiga la muerte de mi hijo? —le pregunta la Señora Mercè.

—Así es —saca una libreta que es la primera vez que le veo utilizar—. ¿Por qué vino su hijo a verla?

La Señora Mercè suspira como si estuviera cansada, pero su mirada no se ve así, sino que parece emocionada e interesada. Ortiz despierta algo en ella, me pregunto de qué va esto.

—Mi marido, que en paz descanse, quería despedirse de él antes de morir.

—¿Lo avisó usted? —pregunta Ortiz.

—No, lo hizo mi hijo Joan, que en paz descanse también; lo llamó para que viniera y Antoni vino.

—¿Discutieron? —pregunta Ortiz mientras toma notas.

—No suelo discutir con la gente.

Ortiz levanta la mirada del bloc de notas y la mira.

—Quizás con sus otros hijos no, pero Antoni era diferente. Él se atrevía a llevarle la contraria; según el testimonio de la viuda de su hijo, solía contradecirla. Su relación era tensa.

—Esa es una impía mentirosa —dice con desdén, claramente molesta— que arderá en el infierno por sus pecados, hablar así sobre mí o mi hijo…

No voy a consentirle que hable así de Macarena. La madre de Pablo y Aina ha demostrado que es una gran persona, además de una luchadora y una madre excelente.

—Usted no le llega a la suela de los zapatos a Macarena.

—¿Qué sabrás tú, niña tonta? —me dice con desprecio—. No te enteras de nada; como no espabiles, dudo que llegues a darte cuenta de todo lo que te rodea.

—No voy a dejar que me manipule de nuevo —digo cabreada por su insulto.

Se echa a reír y vuelve a mirar a Ortiz, como si yo no valiera la saliva que tiene que gastar para hablar conmigo.

—¿Podemos continuar, Javier? Estoy algo mayor y me canso enseguida.

Mentiras y más mentiras, me cruzo de brazos con los labios fruncidos, un gesto muy de sus nietos. Ella por supuesto no tiene ni idea de cómo son sus nietos, se los ha perdido por culpa de su carácter altivo y desagradable.

—¿Entonces sostiene que la relación con su hijo era buena?

—Por supuesto.

Eso es mentira, pero Ortiz parece creerla, esto es el colmo.

—En su declaración, comentó que su hijo le informó que quería cambiar de vida. ¿Fue eso lo que le dijo?

—Exacto.

—Miente —escupo sin poder contenerme por más tiempo.

—Sarah —Ortiz gira la cabeza para mirarme—, deje de interrumpir o tendré que pedirle que me espere en el coche —me riñe como quien riñe a un niño.

—Entonces no me hubiera pedido que lo ayudara. No voy a quedarme aquí callada escuchando las mentiras de esta…, —*bruja*; la miro intentando contener la palabra en la boca—, Señora —digo al fin.

—Debe estar muy desesperado si le ha pedido ayuda a ella.

Ortiz me echa una mirada envenenada y después se gira hacia la señora Mercè de nuevo.

—Es una colaboración; le recomiendo que no la subestime, ella la ha calado.

—Es una niña tonta, esperaba más de ella.

¿Que esperaba más de mí? Esta mujer no me conoce de nada para esperar algo de mí.

—Yo que usted no la subestimaría —le repite Ortiz—. ¿Qué le dijo su marido a Antoni para que tomara la decisión de cambiar de vida?

Volteo los ojos mirando al cielo, todo eso es mentira, él nunca dijo eso, estoy segura de que nunca habló de cambiar de vida ni de nada de lo que dice esta vieja bruja. Empiezo a sentir frío, la sala se enfría. Miro a mi alrededor, siento una corriente helada que me traspasa y todo el vello se me pone de punta.

Ortiz y la Señora Mercè siguen hablando, pero ya no los escucho. Esta sensación ya la conozco, cada vez que Carlos o el padre de Aina se han comunicado conmigo he sentido lo mismo. Siento que tiemblo.

—*Todo pasó abajo, baja Sarah, ahora* —siento el susurro en mi oreja acompañado de una sensación de malestar.

Respiro de forma atropellada, me siento fatal, no quiero esto, no quiero saber qué pasó abajo.

—Creo que su ayudante no se siente bien —dice la señora Mercè y la miro con los ojos entrecerrados.

—¿Se encuentra bien, Sarah? —me pregunta Ortiz.

Me fijo en su mirada oscura, niego con la cabeza.

—Hace mucho calor —miento—, creo que me he mareado un poco.

—Se ha puesto blanca de pronto —dice Ortiz con una mirada suspicaz.

Relamo mis labios secos, *abajo, Sarah*. Si ahí abajo hay algo, este es el mejor momento para averiguarlo. Aunque no me fíe de Ortiz, él es policía, no va a permitir que me pase nada, no va a irse sin mí.

—Necesito refrescarme —digo poniéndome en pie—, voy un momento al baño.

—Le diré a Félix que la acompañe —dice la Señora Mercè, girándose en su silla hacia atrás—. ¡Félix!

—¡No! —exclamo antes de que él la oiga, la Señora me mira—. Indíqueme dónde está el baño e iré yo sola.

—Esta casa es muy grande, podrías perderte —vuelve a girar la cabeza y sigue gritando—. ¡Félix! ¡Félix!

No quiere que vaya sola, no quiere que me mueva por la casa, lo que es un estímulo. No ha dejado de insultarme desde que ha cruzado la puerta, y yo no puedo decirle lo que pienso porque tengo educación, pero sí puedo desafiarla. Cojo mi bolso y me dirijo a la puerta.

—Dejaré migas de pan —digo dirigiéndome a la puerta.

Intenta cogerme del brazo y yo me aparto, no quiero que se me acerque y mucho menos que me toque.

Abro la puerta corredera y ella llama a su hijo desesperada.

—*Izquierda* —oigo los susurros de Antoni que me ponen enferma.

Cierro la puerta antes de que Félix oiga a su madre y giro a la izquierda. Llego hasta un corredor poco iluminado. Aquí no llega la luz de la cristalera que ilumina toda la sala. Tengo los nervios de punta y la respiración acelerada, estoy muy asustada, pero me recuerdo por qué estoy aquí. Me recuerdo lo que esta mujer me hizo. Tengo que ser valiente y desenmascararla, tengo que devolvérsela.

No debes tener miedo, Sarah, el miedo es tu enemigo, me recuerdo, tengo que ser valiente.

La voz de la Señora Mercè se vuelve más fuerte llamando a su hijo.

—*Rincón* —vuelvo a sentir la voz en mi oído.

¿Rincón?, me pregunto. Paro en medio del pasillo y miro hacia atrás; la Señora Mercè ha salido de la sala llamando a su hijo. Dudo que ella me vea en la penumbra y siento que alguien me empuja hacia una cantonera. Ahogo una exclamación y miro a mi alrededor. Estoy sola y me tapo la boca con las manos para no gritar de terror. Antoni me ha tocado, esto no me gusta nada, quiero volver a la sala.

Félix pasa delante de mí pero no me ve, pasa de largo.

—No vuelvas a tocarme y nos llevaremos bien —susurro sintiéndome loca de remate.

—*Date prisa, sigue* —me dice Antoni en un susurro.

Salgo de mi escondite y miro hacia donde están Félix y la Señora Mercè; se oye un ruido de porcelana rota y ambos miran en dirección opuesta a donde estoy yo. No me paro a pensar en lo que ha pasado o en lo que estoy haciendo, sigo por el largo corredor.

—*Derecha* —dice Antoni y giro a la derecha.

Cuando me doy cuenta estoy en una enorme y sucia cocina, y cuando digo sucia me refiero a sucia de verdad. Los insectos campan a sus anchas, cucarachas, moscas, mosquitos, mosquitas, arañas… Aquí huele peor que en toda la casa, es nauseabundo y siento que la boca empieza a salivarme, es posible que vomite.

Miro a mi alrededor, preguntándome qué quiere Antoni que haga aquí, me ha dicho abajo, pero me ha llevado hasta la cocina.

—¿Ahora qué? —pregunto en voz baja tapándome la nariz para controlar las náuseas.

Delante de mí se forma una imagen, una forma elíptica que poco a poco va tomando forma; inconscientemente voy hacia atrás y choco, doy un salto y no puedo evitar gritar. Me giro, he chocado con un poyete de la asquerosa cocina, vuelvo a mirar hacia delante. Antoni prácticamente se ha materializado delante de mí, su figura es etérea, diáfana, pero está ahí.

Siento que el corazón se me va a salir por la boca, me cuesta respirar de lo asustada que estoy. Tengo mucho miedo, siento que me fallan las piernas, me da miedo caerme de bruces al suelo, pero no voy a apoyarme en el poyete.

Los ojos de Antoni se posan en mí y tiemblo, creo que me voy a desmayar como pasó cuando vi el cuerpo de Natalia. Su brazo se separa del cuerpo y señala una puerta.

—En la despensa hay una entrada secreta —llevo la mano al pecho y abro los ojos muy impresionada—, allí fue donde me mató, donde me escondió.

—¿Por qué? —pregunto con un hilo de voz, intentando convencerme en vano de que no tengo miedo.

—Porque mi padre, antes de morir, me dijo que mi hija estaba viva.

—¿Quién te mató? —pregunto mirándolo con la mano en el pecho.

Su imagen poco a poco desaparece, no, necesito que me diga quién fue. Puede que fuera Félix o quizás fue la propia señora Mercè. No la veo ágil como para atacar a un hombre y apuñalarlo quince veces. Antoni era un hombre robusto, no creo que esa mujer pudiera someterlo de esa manera, aunque Félix también está hecho una mierda.

Niego con la cabeza, eso ocurrió hace nueve años, ambos eran más jóvenes.

—¿Qué haces aquí?

Grito y me doy la vuelta de un salto.

Félix está conmigo, a unos seis metros de distancia, me fijo en el cuchillo de cocina que lleva en la mano y trago saliva ruidosamente. Tengo un nudo en la garganta que no me deja pronunciar palabra. Me quedo quieta mirándolo, esperando que haga cualquier movimiento para salir corriendo, no voy a permitir que este psicópata me mate.

—¿Qué haces aquí? —repite mirándome con esa ferocidad que domina su cara huesuda.

—¿Qué haces con eso? —pregunto señalando el cuchillo.

Mira el cuchillo y lo mueve delante de mí. Mi madre tenía razón, hay que temer a los vivos, no a los muertos. Camino despacio hacia atrás, alejándome de él.

—No deberías estar aquí —me advierte.

Niego con la cabeza desesperada y aterrada, siento que el corazón me va a explotar de un momento a otro.

—No —sigo negando con vehemencia con la cabeza—, no debería estar aquí

—¿Qué haces aquí, entonces?

—Buscaba el baño y, como tu madre ha dicho, me he perdido.

—Para haberte perdido has entrado hasta el fondo de la cocina.

—No me he dado cuenta.

Levanta el cuchillo y estoy a punto de salir corriendo, cuando con él parte una cucaracha que se movía por encima de unas patatas peladas que tiene sobre una tabla de madera. Me llevo las manos a la boca, intentando contener el vómito. No puedo creer que esté cocinando en esta cocina, es más creíble que sea un asesino con un cuchillo, a pensar que alguien pueda comerse algo preparado aquí.

—Te acompañaré al baño.

—Sí, claro —digo con rotundidad—, te sigo —añado para que se aleje del cuchillo y no darle la espalda.

Se da la vuelta y sale de la cocina; cuando paso junto a las patatas me doy cuenta de que realmente estaba cocinando, las patatas se ven frescas, las patas traseras de la cucaracha parecen moverse y lo sigo antes de seguir mirando eso. ¡Por favor, qué asco más grande! No comprendo cómo pueden vivir en esas condiciones.

Me acompaña al baño, abre la puerta y el olor que sale de ahí es insoportable, no creo que pueda estar ahí dentro.

—Gracias, desde aquí ya puedo volver yo sola a la sala.

—No vuelvas a perderte o le diré a mi madre que estás husmeando en su casa.

¿Husmeando? Husmear es lo que menos se puede hacer en esta casa.

—Vale —digo demasiado rápido.

Cojo aire y entro en el baño, el fuerte olor a pis y a podrido hace que mis ojos escuezan, me pongo cara a la puerta, no quiero ver lo que hay dentro del baño. Me tapo la nariz y la boca con la mano y me vienen dos arcadas. Tengo miedo de salir y que Félix siga en la puerta esperándome, pero no aguanto estar aquí dentro, voy a vomitar, no creo que nunca haya tenido más ganas de vomitar que en este momento.

Cuando no puedo soportarlo más abro la puerta. Afortunadamente para mí, Félix no está, voy directamente a la sala donde Ortiz y la Señora Mercè siguen hablando.

—¿Se encuentra mejor, Sarah? —me pregunta Ortiz.

—Sí —miento.

Quiero irme de aquí, quiero coger la puerta y largarme a mi casa, pero debo quedarme y ver que le cuenta la Señora Mercè a Ortiz. No estoy segura de poder contarle a él lo que me ha pasado fuera, ahora más que nunca siento que no puedo confiar en él, pero tampoco se me ocurre a quién puedo acudir.

—Me alegro de que haya vuelto —sigue Ortiz—, estaba preguntándole a la Señora Mercè por su nieta; afirma que ella trajo la bebé a Boira y estaba muerta.

—¿Entonces por qué me dijo a mí que era yo? —pregunto mirando a la vieja mentirosa.

—Usted quería que estuviera viva, quería un nombre y yo se lo di.

—Me mintió.

—Por supuesto —inclina la cabeza de manera displicente.

Ortiz va a intervenir y, antes de que lo haga, decido soltar la bomba y esperar su reacción.

—Pero su nieta no está muerta. Usted la trajo a Boira y no sé qué hizo con ella, pero no la enterró porque estaba viva. Cuando su marido iba a morir le dijo la verdad a su hijo, por eso lo mataron.

Ortiz se gira para mirarme y yo sigo mirándola a ella, que me mira con suspicacia pero sigue mostrándose dura e imperturbable. Qué ganas tengo de quitarle esa arrogancia de la cara y que se pudra en la cárcel.

—¿De dónde ha sacado eso? —pregunta Ortiz.

—No soy la niña tonta que usted piensa —ignoro a Ortiz—; en cuanto tenga oportunidad, se lo demostraré.

—Esas son unas acusaciones muy graves, espero que tengas alguna prueba que sostenga tu versión, porque quizás te denuncie por acusarme de robar a mi propia nieta y venderla.

¡Ahí está, ahí lo tengo! Puede parecer imperturbable, pero por dentro no está tan tranquila como quiere hacer parecer. Su subconsciente la traiciona, la tengo en mis manos y, después del mal rato que me hizo pasar, del daño que le hice a mi padre por su culpa y del daño que le está haciendo a su familia, tengo ganas de regodearme. Eso sin contar la posible participación o ejecución de su hijo; si no fue ella, estoy segura de que dio la orden a uno de sus otros hijos.

—Yo no he dicho que la vendiera —digo sonriéndole—; además, si va a denunciarme, quizás debería denunciar a medio pueblo, la lista es muy larga, por el pueblo circulan toda clase de rumores peores.

—¿Entonces me estás acusando o solo es un rumor?

—Buscaré pruebas y usted acabará sus días en una cárcel —me levanto del sofá—. Le espero en el coche, Ortiz, estar en esta casa me resulta repulsivo y no lo aguanto más.

Voy hacia la salida sintiéndome vencedora, no debería sentirme así, puede que esté en lo cierto o no, pero ella tiene razón, ahora tengo que buscar alguna prueba que evidencie que tengo razón.

Cuando paso por su lado me coge de la muñeca.

—Ve con cuidado, Sarah, puede que no te guste cómo acaba esto.

—¿Me está amenazando? —le pregunto incrédula— ¿Se atreve a amenazarme delante de un policía?

Miro a Ortiz, él nos mira a una y otra sin decir nada.

—Yo no amenazo a nadie, pero eres muy impertinente y eso acabará pasándote factura. Te crees muy lista, pero no te engañes, eres una niña tonta jugando a ser detective, el papel te viene grande.

Me suelto de su agarre.

—Eso ya lo veremos.

Me separo de ella con intención de salir lo antes posible de esta casa.

—Volveremos a vernos, Sarah —dice de espaldas a mí mientras abro la puerta corredera.

Salgo de la sala sin cerrar la puerta, cruzo el enorme salón hasta la salida y salgo sin dudarlo. Cuando estoy en el exterior cojo bocanadas de aire fresco, limpiando mis pulmones de ese olor nauseabundo que reina en la casa, serenando mis nervios después de lo que ha pasado en la cocina, de la discusión con la bruja.

Espero a Ortiz apoyada en el capó del coche; cuando la puerta se abre, en lugar de Ortiz sale Félix. Busco el cuchillo en sus manos asustada de que venga a por mí, pero viene con las manos vacías.

No se acerca a mí, se queda en las escaleras del porche mirándome, me pregunto qué hace, pero no le digo nada y él tampoco hace ningún comentario. Cojo mi móvil y lo trasteo solo para no tener que mirarlo a él.

Cuando al fin sale Ortiz mira a Félix con extrañeza, le estrecha la mano y abre el coche. Lo rodeo y me acomodo en el asiento del copiloto; él se enciende un cigarro, no dice nada, arranca y nos vamos.

—¿Qué ha pasado ahí dentro? —me pregunta cuando estamos saliendo de Boira.

—¿Qué le hace pensar que se lo voy a decir? —contesto de mal humor.

—¿Va a volver a atacarme, Sarah? —dice mirándome de reojo—. Creía que ahora formábamos un equipo, yo compartía información con usted, y usted conmigo.

—Se ha guardado información para usted —digo encarándolo—, no me dijo que ya se conocían —le reprocho.

—No lo preguntó —me contesta.

—Le pregunté si fue usted quien la interrogó.

—No lo hice.

Esto es ridículo.

—Debió decirme que la conocía. ¿De qué se conocen? ¿Qué le robó?

—Eso no es de su incumbencia, no tiene nada que ver con el caso.

Desde luego, así no se va a ganar mi confianza; me pregunto qué le robaría Ortiz a esa vieja, de que se conocían, por qué no me lo dijo. Demasiadas preguntas y la desconfianza crece en mí.

—Lo mío tampoco —digo cruzándome de brazos y frunciendo los labios.

—Sea como sea, ha conseguido ponerla nerviosa —lo miro y pone esa especie de media sonrisa—. La felicito —me mira un momento—, no es fácil provocar nada en esa mujer.

Sonrío orgullosa de mí misma; no es que necesite la aprobación de Ortiz o que me felicite, pero tiene razón, la he puesto nerviosa y eso me gusta.

—¿Qué va a hacer ahora? —le pregunto.

—Absolutamente nada.

—¿Cómo? —pregunto sin creerlo.

—La he presionado y no ha cambiado su versión ni media palabra.

—¡No ha presionado una mierda! —exclamo de mal humor— ¿Qué clase de detective es? La gente miente y usted solo afirma y calla.

—Sé que ha mentido, ella sabe que ambos sabemos que ha mentido, pero por el momento no puedo acusarla de nada, no tengo forma de demostrar que miente —tira el cigarro por la ventana y me mira un segundo—. ¿Qué cree que debería hacer?

—Investigarla —digo con decisión, se supone que ese es su trabajo—, ella vendió a la niña, ya la ha oído, ella misma se ha delatado, la vendió y usted debe averiguar a quién.

Me mira unos segundos y yo arqueo las cejas enfadada; esperaba más de él, la verdad, pero esa relación entre ellos me provoca mucha desconfianza, y debo fiarme de mi intuición.

—¿Va a decirme qué ha pasado ahí dentro?

—No confío en usted —le contesto con sinceridad.

—Yo sí he confiado en usted, me merezco el mismo trato.

—Solo lo haría si supiera que va a hacer algo al respecto.

—Arriésguese, Sarah —me reta—, sea valiente.

Me quedo callada. Él tiene los medios, es policía, es el detective que lleva el caso, puedo confiar en él o no, pero debería compartir información. Él lo ha hecho conmigo y, de todos modos, si no lo hago, no servirá de nada el mal rato que he pasado ahí dentro.

—¿De dónde ha sacado que el marido de la Señora Mercè le dijo a su hijo que la niña estaba viva?

—Él murió ahí dentro, alguien de esa casa lo mató por eso —digo con decisión.

—¿Está segura?

—Completamente.

7

Provocación

Estamos llegando a Barcelona cuando mi móvil suena en mi bolso; lo saco y es Pablo.

—¿Qué tal? —contesto.

—¿Cómo estás, preciosa?

—Bien… —no tengo ganas de hablar sobre la visita a la casa de su maravillosa abuela—. ¿Cómo está Aina?

—Mejor, dice que ha pasado por tu casa y no estabas.

—Ya la veré mañana —contesto con pocas ganas de hablar.

—¿Qué planes tienes?

—Voy para casa —contesto suspirando con desánimo.

—Me han invitado a una fiesta, algo en plan heavy, pensé que estaría bien ir.

—¿Me estás pidiendo permiso? —pregunto incrédula sonriendo.

—Seguro —dice en tono de mofa—, te estoy pidiendo que me acompañes.

—No tengo el cuerpo para fiestas, Pablo…

—Venga, solo será un ratito, mañana trabajamos, es bueno desconectar de todo y dejarse llevar.

Eso es lo que yo necesito, desconectar de todo y dejarme llevar, pero no estoy de humor para fiestas. Natalia tenía razón, estoy agobiada, saturada y estresada. La señora Mercè también tiene razón al decir que esto me queda grande, pero eso no hará que desista en mi empeño. Cuando tengo algo claro, lo tengo, no voy a detenerme hasta que averigüe la verdad.

—Lo siento Pablo, pero paso.

—Tú te lo pierdes, princesa —me contesta con chulería y me pongo a reír, qué rico es—. ¿A la que da Nayara sí que irás, no?

—¿Nayara da una fiesta? —pregunto confusa. ¿Con la que está cayendo y ella da una fiesta?

—Sí, una despedida al verano o algo así, podríamos ir juntos.

—Ya veremos —contesto con los mismos ánimos.

—Creo que no tienes ganas de hablar, nos vemos mañana en el trabajo.

No, no tengo ganas de hablar, así que no le replico.

—Dale un besito a Aina de mi parte.

—Otro para ti preciosa, hasta luego.

Ortiz me deja en casa, espero que cumpla su palabra e investigue a esa vieja mala; él es policía, ese es su trabajo y espero que lo cumpla, eso podría llevarnos directamente a la niña; si la vendió, en algún lugar tiene que haber un extracto bancario o algo así, digo yo.

Cuando entro en casa, Carla me espera con el uniforme limpio y planchado. Le pregunto si sabe algo de la fiesta de Nayara y dice que no. Después de la que liamos las dos para su cumpleaños, no querrá que se la liemos otra vez. Mejor así, tampoco pensaba ir, no quiero ver a Mariona ni en pintura; cada vez que pienso que está con Eric, siento que me erizo como un gato, mientras me inundan los celos.

La vuelta al trabajo no es nada del otro mundo, aquí todo sigue igual, nada se ha detenido; la normalidad me molesta, me molesta lo cotidiano, que el mundo actúe como si nada, cuando ya nada puede ser igual, al menos no para mí.

La idea de que el asesino de Natalia quede impune me perfora, me cabrea. A pesar del miedo que tengo por ese mundo de espíritus y fantasmas, he decidido dejar de tener miedo y voy a pedirle a Aina que me ayude. En casa de la vieja no fue tan malo hablar con su padre. Ortiz no tiene ninguna pista, ningún indicio de quién puede haber sido y me niego a que quien lo hizo no pague por ello, esa es una idea que mi cerebro no admite; me da igual meterme en la boca del lobo de nuevo, de todas maneras siento que ya lo estoy.

Cuando ya queda poco para cerrar, se presenta la persona que no quiero ver ni en pintura; no entiendo qué hace ella aquí, cómo se atreve a venir a mi terreno, sabiendo las ganas que le tengo.

Hoy no luce su cara de víctima de costumbre, está cabreada y me río interiormente, puede que me dé la posibilidad de una pelea justa. No entiendo qué pasa conmigo, no soy violenta, de verdad, pero es verla y querer borrarla de mi vida. Nunca he odiado a nadie como la odio a ella.

—En la puerta hay un cartel de que no pueden entrar perras, será mejor que te vayas —le advierto.

La miro con chulería, pidiéndole a gritos que me dé un motivo para echarla a patadas, ardo en deseos de hacerlo.

—Entonces, no sé qué haces aquí trabajando.

—¿Insinúas que yo también soy una perra? —pregunto enarcando una ceja.

Rodeo la barra y voy en su busca, con calma pero decidida.

—No voy a entrar al trapo, Sarah, tengo más clase que tú.

Me río en su cara, lástima.

—En ese caso, será mejor que te vayas, o puedes esperarte —miro el reloj— media horita, a que salga de trabajar y te parta la cara, solo por tener el valor de venir aquí. Te dije que no quería que volvieras a dirigirte a mí, así que te la debo.

—Eres muy chulita, Sarah.

—No te imaginas cuánto —contesto con la misma chulería.

Quedamos cara a cara, nunca me he peleado con una chica, esta es la ocasión perfecta para medirme contra una adversaria a mi nivel. Una a la que le tengo ganas locas y, como me dé la oportunidad, le voy a dar tal ostia que las pecas de su cara van a salir volando del impacto.

—¿Qué pasa, Sarah? —me coge del brazo Pablo para que me separe de Mariona.

Ni siquiera hemos alzado la voz, no sé cómo Pablo nos ha divisado con tanta rapidez.

—Esto no va contigo, no te metas —le contesto sin moverme y sin dejar de mirarla a ella.

Mariona me sonríe con suficiencia, si se piensa que Pablo va a detenerme va lista.

—No vuelvas a acercarte a Eric, ahora está conmigo, supéralo y déjanos tranquilos.

Ahora la que se ríe soy yo, me río en su cara a carcajadas y su cara enrojece de rabia.

—Tú hiciste mi relación con él un infierno, puede que te la devuelva; no será para mí, pero tampoco tuyo.

—Sarah, deja que se vaya, Dani no te va a pasar ni una más, como te pelees va a despedirte.

Pablo me coge del brazo y me aparta de ella con fuerza para que me mueva, pero la muy perra coge un vaso con un culo de cerveza que hay en la barra y me lo tira a la cara. Siento cómo el líquido baja por mi rostro, la rabia explota dentro de mí ante esta humillación. Voy directamente a darle la bofetada de su vida, pero Pablo me coge de la cintura y me levanta del suelo, pateo en dirección a ella y la muy rastrera se ríe.

—¡Suéltame! —le grito a Pablo— ¡Voy a matarla, suéltame!

La clientela a nuestro alrededor deja de hablar, estoy dando el espectáculo en el trabajo, otra vez. Dani se va a cabrear, pero me da igual, no pienso permitir que se vaya de rositas. Aleix aparece en ese momento.

—¿Qué haces, Mariona? —le pregunta Aleix.

—Ya me iba, solo quería hacerle una advertencia a Sarah.

—¡Dame media hora y te enseñaré lo que es una advertencia, puta! —intento que Pablo me suelte, pero no hay manera, me tiene bien cogida, me lleva dentro del almacén y yo sigo gritando—. ¡Esto no va a quedar así! ¡Te vas a enterar de quién soy yo, zorra de mierda! —sigo gritando presa de la rabia.

Me lleva hasta el vestuario y, cuando me suelta, lo empujo con todas mis ganas; no se mueve un centímetro y eso me cabrea, me saca de quicio que todos sean más fuertes que yo y hagan lo que quieran conmigo. Detesto que me haya privado del gusto de abofetearla, al fin y al cabo, no tendré otra oportunidad como esta; ella ha venido a buscarme y, si intento devolvérsela, volverá a poner a todos en mi contra, la conozco.

—¿De qué vas? —digo empujándolo otra vez—. Ha venido aquí a vacilarme, la podría haber destrozado sin quedar como la mala, porque es ella quien ha venido a buscarme, quien ha venido a provocarme.

Pablo me mira como si fuera una desconocida, aprieto la mandíbula y lo empujo otra vez. Voy hasta el lavabo y me limpio la cara con agua, esta se la voy a devolver, no tiene ni idea, pero esto lo va a pagar más pronto que tarde.

—¿Por qué no los dejas tranquilos Sarah? ¿Por qué no me has dicho que fuiste a verlo?

—Porque no eres mi madre y hago lo que me da la gana —contesto cabreada.

Me miro en el espejo, me ha manchado hasta la ropa, tengo ganas de salir corriendo e ir a buscarla.

—¿Para eso me pides tiempo? —miro a Pablo a través del espejo—. ¿Qué quieres, ir a por Eric y, si la cosa no te sale bien, tenerme a mí de reserva, esperando en el banquillo como un idiota?

Me giro para mirarlo secándome la cara con una toalla. Pablo está cabreado pero además se siente traicionado. Me duele cómo me mira, lo entiendo, entiendo lo que piensa, pero las cosas no son así.

—Eso no es así, Pablo.

Intento acercarme a él y da un paso atrás.

—Es justo lo que parece. A ese tío no le importas, al final te quedarás sola; no pienso volver a ir detrás de ti, vete con él, corre, pero después no vengas a mí a llorarme, porque te mandaré a la mierda.

Sale del vestuario y yo tengo ganas de matarla, todo esto es culpa suya; ahora no solo me odia Eric, sino que también me odia Pablo; incluso ha conseguido que yo misma me odie por herir a Pablo.

Me cambio de ropa y me voy a casa antes de tiempo, ni siquiera me molesto en pedirle permiso a Dani.

Al llegar a casa, Carla está tirada en el suelo dibujando en su cuaderno de bocetos; me siento con desanimo en el sofá.

—¿Qué te pasa? —pregunta mirándome un momento y volviendo la vista a su dibujo, mientras cruza y descruza las piernas en el aire a la altura de los tobillos.

—Mariona se ha presentado en el trabajo, me ha tirado una cerveza a la cara, quería matarla.

Carla me mira con la boca abierta, deja el lápiz sobre el cuaderno y se sienta para escuchar mi historia.

—¿Qué le has hecho? —pregunta ansiosa.

—¡Nada! —contesto de mal humor, ojalá hubiera podido hacer algo, cómo deseo devolvérsela—. Pablo me ha llevado al vestuario y encima se ha cabreado conmigo, pero esa pienso devolvérsela.

—¿Qué tienes en mente?

—Mañana vamos a ir a la fiesta.

—Nayara se cabreará si la lías otra vez en su fiesta —me advierte

Carla con toda la razón.

—No voy a ir a por ella —niego con la cabeza, debo ser más inteligente, como ella, moverme en las sombras y no ser tan visceral, sino más astuta y esquiva—, no estará tan segura con Eric si ha venido hasta mi trabajo para amenazarme. Espero que Eric también vaya, voy a pagarle con la misma moneda que ella.

—¿Vas a ir a por Eric? —pregunta confundida.

—Y tú vas a ayudarme —contesto decidida.

Carla sonríe con malicia y yo suspiro. Eric no quiere verme ni en pintura, no tengo ni idea de qué voy a hacer, ni siquiera estoy segura de que él vaya a ir a la fiesta, él y Nayara no se tragan.

Al día siguiente intento hablar con Pablo, pero se cierra en banda, no me da la oportunidad de hablar con él. Es cierto que le pedí tiempo, en realidad me gustaría sentir por él lo que siento por Eric, pero ese imbécil se ha metido dentro de mí y no hay forma de sacarlo. Después de cómo me humilló ayer lo odio, pero ni siquiera con ese odio creciendo dejo de quererlo y anhelarlo. La pitonisa dijo que, si me sacaba a Eric del corazón, Pablo podría hacerme feliz, y eso es lo que quiero, extirparlo de mí. Pablo y yo compartimos gustos, él me gusta, además es un chico muy guapo y sé que él nunca me hará sentir como lo hacía Eric. Para él siempre soy una prioridad, a su familia le encanto y Aina estará contenta de tenerme de cuñada si no puede ser como hermana. Todo son ventajas; si Eric no estuviera de por medio sería tan fácil enamorarme de Pablo… Tiene todo lo que puedo desear en un chico, lo quiero, pero estoy enamorada del otro bastardo, tengo que arrancármelo como sea.

Al llegar a casa me ducho y empiezo a prepararme para la fiesta. Carla insiste en que hoy no vale con uno de mis vestidos ceñidos, dice que tengo que ir con un look impactante y que me siente bien, que debo llamar la atención. Quiere vestirme de cuero y tachuelas, un look muy adecuado para mi nueva faceta de chica mala; sin embargo, creo que a Eric le gustará más el vestido rojo que eligió para mí. Cuando me lo puse no podía quitarme la vista de encima, a pesar de que entonces, como ahora, no podíamos ni vernos, es ideal.

Carla me recoge el pelo, dejando mechones sueltos por todas partes; me maquilla de negro y me pongo su chaqueta de cuero. Vestida y preparada me miro en el espejo y me subo el cuello de la chaqueta. No parezco yo misma y me sienta bien, me sienta muy bien ir de chica mala. Mis ojos marrones se ven decididos devolviéndome la mirada en el espejo, los labios rojos parecen más llenos en mi pequeña boca. Esta noche no voy a pensar en hermanas, padres o Natalia, esta noche tiene un nombre y es Mariona, se va a cagar.

Se nos hace un poco tarde para ir a la fiesta, es mejor así; si Eric no ha llegado, no quiero darle tiempo a Mariona para que no venga. En el metro, de camino a casa de Nay, acabamos de concretar nuestros planes.

—Tendríamos que drogarla, así estará mansa como un gatito.

—¡Carla! —no puedo creerlo, ella sonríe y yo también me río— Ni se te ocurra drogarla, tiene que estar bien consciente; cuando yo te lo diga, vas a por Nayara y juntas la entretenéis, hazte la borracha, pídele disculpas por potar en su cama y, si ves que va a ir a por Eric, haz ver que lloras sobre ella o algo así, que pueda verme pero no acercarse, delante de Nayara no mostrará su verdadera cara de zorra sin sentimientos.

—Me gusta ser mala contigo Sarah —dice cuando salimos del vagón; me río por su comentario, por una vez a mí también me gusta ser mala—; no pensé que vivir contigo sería tan divertido, y recuerda que no puedes beber mucho, no dejes que Eric te afecte como lo hace, cabeza fría y el corazón aún más.

—Eso no es problema, lo que sí me preocupa es que Eric no vaya.

—Esta mañana Nayara me ha dicho que en parte es una fiesta en honor a Mariona, si es una fiesta para ella, él ira, no tiene a nadie más, además de Nayara y su hermano.

Eso es verdad.

Al llegar a casa de Nayara, nos abre uno de los camareros; desde luego las fiestas de Nayara cada vez suben de nivel, quizás esta fiesta en parte también sea para resarcirse del desastre que Carla y yo montamos en la de su cumpleaños. No podemos cagarla, no puedo liarla otra vez. Nayara se ha portado muy bien conmigo, estos días ha tenido una paciencia que no me merecía, no puedo cagarla con ella.

Dejamos nuestras cosas en la habitación de Carla, está tal y como la dejó, ni un día ha dormido aquí nadie desde que ella se fue. Vuelve a culpar a Mariona y yo callo, pero la culpa fue de Nayara, no de Mariona.

—Pasémoslo bien —digo cogiéndola de la mano.

Juntas vamos al comedor, definitivamente Nayara se supera en cada fiesta, el comedor parece una discoteca, la luz es tenue y hay luces de colores moviéndose al ritmo de Lady Gaga. Como en su cumpleaños hay mucha gente, me pregunto si conoce a la mitad. Salimos al balcón a por un par de copas, no puedo beber mucho pero necesito calentar motores.

Busco a Eric discretamente con la mirada, no hay rastro de él, pero tampoco de Mariona; me los imagino juntos en la que era mi habitación, me la imagino en mi cama con él y me hierve la sangre. Cuando yo vivía aquí y Eric venía, ella siempre se metía por medio con el fin de no darnos un momento de intimidad.

—Ahí viene Nayara, relájate Sarah, tienes cara de cabreada, recuerda que venimos en son de paz.

Es cierto, Carla tiene razón, *fachada*, pienso suspirando, me giro y le dedico a Nayara una sonrisa abierta.

—¿Qué hacéis aquí? —nos pregunta cuando está delante nuestro.

—Se te ha olvidado enviarnos nuestra invitación, pero no pasa nada —le contesto.

—¿Habéis venido a destrozarme otra fiesta? —nos mira de hito en hito a ambas.

—¡No! —exclamamos las dos al unísono, nos miramos y sonreímos.

—Claro que no, Nay —niego con la cabeza.

—Sarah —me coge de la mano—, Aleix me ha explicado lo que pasó ayer en el trabajo. Mariona está muy arrepentida, déjalo pasar, haz las paces con Pablo y pasa de Eric de una vez por todas.

Le sonrió, pobrecita, qué equivocada está con Mariona.

—No te preocupes Nayara, Mariona y yo somos personas adultas, no voy a acercarme a ella y menos en tu fiesta, después de lo que pasó la última vez. Podemos compartir el espacio sin necesidad de hablarnos, al menos esa es mi intención, creo que también será la suya —me sorprende lo sincera que sueno—. Dile que no hace falta que se disculpe, que me ignore, que es lo que yo pienso hacer, y todos tan amigos.

—Me parece muy maduro por tu parte, quería invitarte pero…

—No te preocupes Nay, no estoy enfadada —es cierto, no lo estoy, al menos no con ella.

—Bueno, no quería que te pelearas con ella y tampoco pensé que tuvieras ganas de fiesta.

—Necesitaba desconectar un poco —eso es cierto, aunque ese no es el motivo por el que estoy aquí—, he acumulado demasiadas cosas dentro. Natalia creía que estaba estresada, puede que tuviera razón, así que me dedicaré a bailar e intentaré desconectar de todo.

Nayara me sonríe y me mira con clemencia, casi todo lo que he dicho es cierto y se compadece de mí.

—¿Seréis buenas, verdad? —pregunta mirándonos a las dos con una sonrisa.

—Más que nunca —contesta Carla; miro sus ojos marrones y ella nos sonríe con inocencia.

Carla tiene aspecto de no haber roto un plato en su vida; como siempre va vestida a la última y, en esta ocasión, se ha alisado su interminable melena rubia y la lleva suelta. Aunque sea un par de años mayor que nosotras, parece más joven, tiene un aspecto muy inocente.

—Vamos a bailar —digo rodeando los hombros de Carla, a la que le saco más de una cabeza.

—No bebas mucho, Sarah —me advierte Nayara.

—No te preocupes.

Juntas nos vamos a la improvisada pista de baile, no dejo de bailar, incluso podría llegar a pasármelo bien, pero la parejita feliz no aparece y cada vez me preocupa más que no lo hagan. Un chico le entra a Carla y, por consiguiente, su amigo me habla a mí; yo procuro ignorarlo, pero es bastante pesado. Los cuatro vamos a la barra, es el tercer cubata que me pido; ellos quieren chupitos, pero las últimas veces que he bebido tequila he acabado demasiado perjudicada y hoy tengo que estar lúcida, demasiado estoy bebiendo ya.

Volvemos a la pista de baile, le pregunto a Carla si está interesada en ese chico y no lo está, así que podemos darles carpetazo a la primera oportunidad.

De repente lo veo, es como si tuviera un foco que lo ilumina exclusivamente a él, como si el resto de personas se convirtieran en un borrón por el que él se mueve con su elegancia y su soltura habitual. Su mirada se cruza con la mía, siento que se me para el corazón, me repasa de arriba abajo con esa chulería suya, esa chulería que solo consigue que mi corazón vuelva a funcionar y lo haga a toda máquina. A pesar de mi enfado, de su humillación, lo deseo, lo quiero. Me obligo a dejar de mirarlo, no es fácil, pero tiene que parecerme indiferente. Eric prefiere cazar que ser cazado, le gusta tener el control, veamos qué hace.

Me acerco a Carla y bailo con ella, prácticamente perreo con ella.

—No mires, Eric está aquí —le digo pegada a la oreja.

—¿Y Mariona?

—No la he visto, pero no me he fijado.

—¿Voy a por ella?

—No, deja que se aclimate un poco.

Seguimos bailando y la música cambia por completo, empieza a sonar sugar sugar, la canción menos apropiada del mundo, no queremos ser dulces, hoy somos chicas malas. Carla y yo nos miramos, pensamos lo mismo y nos partimos de risa. Nos cogemos de las manos y bailamos al lento ritmo de la música, ni siquiera es un remix, es la original. Ahora que siento la sensación inconfundible de los ojos de Eric encima de mí, no tengo que fingir divertirme, me divierto de verdad a pesar de los nervios por saber que está tan cerca de mí. Carla y yo cantamos los coros pegadas, como si nada nos importara a ninguna de las dos.

—¿Por qué se pone las gafas de sol? —pregunta— Odio que la gente se ponga gafas de sol de noche —dice sin dejar de moverse conmigo.

—Lo hace para que no vea que me mira —digo muy ufana.

—Desde luego, mira en nuestra dirección. Mariona está hablando con él, pero dudo que ni siquiera la escuche con el ruido de la música y lo bajita que es a su lado.

—No los mires más.

Carla se encoge de hombros y seguimos bailando y cantando, alguien debe de haberse quejado al dj, porque la canción acaba pronto, pone Don't Cha de las Pussycat Dolls. Ni yo misma hubiera elegido un tema mejor, me muevo de manera sexy, me siento sexy y poderosa con su mirada sobre mí. Me permito echarle una miradita a Eric, es atractivo a más no poder, va con un tejano, camisa blanca y la americana abierta. Como Carla ha dicho se ha puesto las gafas de sol, una lástima no poder ver su mirada azul y transparente, pero no puede esconder las miradas lascivas que me está echando. Lo conozco, aunque tenga esa pose de tío duro que me pone a cien, sé que me está mirando deseando meterme de todo menos miedo.

No dejes que te afecte, me digo interiormente, pero es imposible que no lo haga; si supiera cómo hacerlo no estaría aquí, exponiéndome de esta manera delante de él. Descarto esos pensamientos.

Sé que te gusto, sé que es así, es por eso que en cualquier momento en que me acerco a ti, ella te rodea. Y sé que tú quieres, es fácil de ver, y en el fondo de tu mente, sabes que deberías estar conmigo en casa. Dejo de mirarlo o no podré dejar de hacerlo, así que me pongo de espaldas a él.

Seguimos bailando, Carla no deja de controlar con la mirada y yo me muevo de manera insinuante; el pesado de turno intenta bailar conmigo y yo procuro que no me ponga las manos encima.

—Vamos a por una copa —me dice el plasta en el oído.

Este tío se piensa que tiene alguna posibilidad emborrachándome, pero ni con coma etílico, gracias.

Enarco una ceja como si me hubiera pedido algo interesante, le sonrió y le digo que no con el dedo índice coquetamente; no dejo de moverme.

—Nayara está hablando con Mariona —me chiva Carla, pero no miro—, parece que están discutiendo.

Este es el momento, no habrá otro mejor, la señorita está cabreada porque estoy aquí; jódete, pienso.

—Ve tú —le digo al pesado—, ahora iré.

—¿Vendrás, no? —se asegura inútilmente.

—Sí —miento para que se largue y me deje tranquila con mi plan.

—Sarah, es el mejor momento —dice Carla apremiante.

—A por ella —la animo y, sin dudarlo, Carla se marcha.

Así que me quedo sola, los pesados se han ido a la barra y por el rabillo del ojo veo cómo Carla se apoya en Nayara y Mariona por los hombros; yo sigo bailando como si nada. Todavía de espaldas a Eric, me quito los clips que Carla me ha puesto en el pelo y este cae libre, lo atuso con la cabeza y el olor del suavizante me envuelve. Sigo bailando y doy media vuelta despacio, moviendo el diminuto culo que tanto le gusta a Eric, hasta quedar de cara a él, aunque a la misma distancia.

Eric se frota las manos, hace varias caídas de ojos mientras me mira, yo lo miro a él descarada, incluso me muerdo el labio y le sonrío. Mariona está fuera de plano, Carla ha conseguido llevárselas a ella y a Nayara. Seguro que Nayara está encantada con la idea de que le pida disculpas, ya que yo por mucho que insistió no se las pedí, ni lo haré nunca.

Sigo moviendo las caderas al ritmo de la música, la canción vuelve a cambiar a Tainted Love, la versión de Marilyn Manson. Debí ponerme la ropa que me dijo Carla, iría de lujo con esta canción; además, no debo olvidar que soy una chica mala, hoy mando yo, no puedo permitir que Eric me mangonee, no voy a permitir que me humille de nuevo, eso se acabó.

Sigo bailando, la letra empieza a sonar, sonrío a Eric con chulería y lo señalo con el dedo índice, te la dedico vocalizo para que él me entienda y le guiño un ojo.

A veces siento que tengo que huir, escapar del dolor que tú pusiste dentro de mi corazón, el amor que compartimos parece ir a ningún lado y perdí mis luces. Estoy inquieta y no puedo dormir por la noche, una vez corrí a ti, ahora correré de ti. Amor empañado.

Muevo las caderas y la cabeza al ritmo de la música, mi propio pelo me tapa la cara, entonces me coge de la cintura e indudablemente sé que es él, que se ha acercado hasta mí. Esa ferocidad casi agresiva, esa posesión al tocarme, el cosquilleo que siento en la entrepierna lleva su sello, único e inconfundible. Me aparta el pelo de la cara con saña y tira de él; no llega a hacerme daño, pero no porque haya sido cuidadoso.

—¿Por qué me provocas, Sarah? —dice tirándome del pelo para que incline la cabeza y lo mire.

—Ya sabes que adoro provocarte, eres tan fácil de irritar... —me quedo mirándolo y me muerdo el labio—. Me pone que me trates así —frunzo los labios con una sonrisa, moviéndome al ritmo de la música.

Me suelta el pelo y sonrío; no me suelta la cintura, pero pone distancia entre nuestros cuerpos. No quiero que se esconda detrás de unas gafas oscuras, así que se las quito y él no me lo impide, las guardo en el bolsillo de su americana. El frío de su mirada se ha vuelto fuego, como ya suponía. Un fuego lascivo en el que ardo, pero no duele. Eric aún me desea, aunque esté con esa, sigue deseándome, y eso me hace sentir caliente, sexy y muy poderosa.

—¿Dónde está tu novio? —me pregunta con esa soberbia suya.

No voy a entrar al trapo, lo tengo justo donde lo quiero, no debo permitir que me lleve a su terreno.

—Estoy cansada de decirte que yo no tengo novio —digo sonriéndole con la misma chulería con la que me habla él—. Baila conmigo, Eric —le pido contoneándome.

—Ya sabes que no me gusta bailar —dice con esa voz rasgada que hace que mi interior vibre.

—Eres bueno en la cama —afirmo cogiéndolo de la camisa, pego su cuerpo al mío, él se tensa pero no se aparta de mí ni un centímetro; me pongo de puntillas, mi nariz recorre su cuello, recordando su fragancia hasta llegar a su oreja; deseo mordisquear el lóbulo pero me contengo—, seguro que bailas bien —le digo con voz melosa, con los labios pegados a su oído, mientras me muevo encima de él al ritmo de la música.

Me aprieta la cintura sin soltarme, con la tontería me estoy poniendo como una moto, mi cuerpo responde al suyo, tengo la impresión de que hacía una vida que no lo tenía tan cerca, que no sentía el calor y el olor de su cuerpo. Esto resulta casi un rito de apareamiento, me muevo pagada a él y sus ojos me abrasan.

Intento recordar por qué hago esto, intento recordar que lo odio, pero lo olvido con cada movimiento de cadera. Bailo mirándolo a los ojos, insinuándome no solo con el cuerpo, sino también con la mirada, pidiéndole que ataque si se atreve, deseando que lo haga a pesar de todo, a pesar del dolor, de la humillación. Estoy perdida cuando se trata de él, es algo innegable por mucho que yo no quiera que sea así.

—No me busques, Sarah —me advierte con voz ronca, excitado.

—¿Por qué no? —le pregunto alzando el mentón; espero su respuesta pero no dice nada, solo sigue mirándome con esa soberbia que lo hace tan sexy e inaccesible; además va sin afeitar y le sienta muy bien— ¿Te gusta mi vestido? —sigo con voz melosa— Me he vestido pensando en ti —acaricio los músculos de su pecho, de su abdomen—, mientras me lo ponía imaginaba tus manos tocándome de nuevo.

No dice nada y me doy la vuelta, su mano pasa por mi vientre plano y no me suelta, pego mi culo a su entrepierna y, si me quedaba alguna duda, que sinceramente no es el caso, su entrepierna hinchada me indica que está tan excitado como lo estoy yo. Me arqueo encima de él, la otra mano me rodea la cintura también, baja por mi pierna acariciándome con posesión hasta el borde de mi vestido, lo coge como si quisiera colarse debajo de él, lo levanta apenas unos centímetros y siento cosquillas ahí donde tanto lo deseo, que es justo entre mis piernas. El sitio donde nunca hemos tenido ningún problema, el sexo, eso se nos daba genial.

Paso la mano por detrás de mi cabeza y lo cojo de la nuca, estoy de espaldas a él, giro la cabeza y lo miro, su boca queda a escasos centímetros de la mía; intercalo la mirada entre sus ojos y esos labios llenos que tanto anhelo, solo quiero besarlo, perderme en su boca otra vez, no puedo evitar relamerme al pensarlo.

—¿Me extrañas? —demando, como si esa pregunta saliera libre de mis labios, sin pasar por ningún filtro.

—No.

Esa palabra y la dureza con la que la pronuncia me desarma, intento ignorar el peso de mi corazón y seguir bailando, pero no puedo, no puedo seguir moviéndome como si nada, su negativa me ha anclado al suelo. Lo suelto y me doy la vuelta separándome de él. Me río sin ganas, solo quería que Mariona probara un poco de su misma medicina, una ración de celos, que nos viera pegaditos, que sepa que puedo hablar con él cuando me dé la gana, que ella no manda sobre él y mucho menos sobre mí, pero esto se me ha ido de las manos, porque las palabras de Eric no me resbalan, sino que se quedan pegadas a mí, y esa negativa me ha dolido.

—Ya… Y tú nunca mientes —digo intentando parecer igual de desafiante, aunque sea pura fachada.

Esto no tiene sentido, está con ella porque quiere estar con ella, y yo tengo a un chico estupendo, ideal para mí; él puede darme lo que tanto anhelé de Eric y sin embargo aquí estoy, arrastrándome por él, cuando está claro que él ya ha pasado página. Me siento estúpida, yendo de algo que no soy y haciéndole daño a Pablo con mi actitud.

Eric me coge de la cintura y vuelve a pegar nuestros cuerpos, pero ya no tengo ganas de jugar.

—¿Ya no eres una chica dura, Sarah? —me pregunta en tono juguetón—Tus ojos te delatan —sentencia.

No voy a permitir que se ría de mí y que además me humille, intento separarme de él pero no me suelta.

—Venga, chica dura —me tienta—, me pone a cien esa pose, ya lo sabes; sabes muy bien lo que me gusta.

Niego con la cabeza, sigo excitada pero me siento humillada y herida, ya no tengo ganas de seguir con esta locura.

—Pues vete con tu novia y a mí déjame tranquila —le escupo llena de rabia porque se ría de mí.

—Tan bocazas como siempre —una sonrisa fugaz aparece en sus labios—, toda regla tiene su excepción.

¿Qué? me pregunto con una mueca, pero no me da tiempo a pensar en nada más. Con rudeza y firmeza me coge de la cintura y pega su entrepierna hinchada al sitio donde más lo deseo, con lo caliente que estoy; se inclina y me besa, sin ningún mimo ni cariño, me besa. Su lengua se cuela dentro de mi boca y juega conmigo, no soy capaz de hacer otra cosa que corresponderlo desesperadamente, he soñado con esto prácticamente desde que me fui de su casa. Estrecha mi cintura con ambas manos y yo lo cojo del cuello de la camisa, intentando inútilmente pegarlo más a mí, cuando entre nuestros cuerpos no corre ni el aire; quiero fusionarme con él, que seamos uno solo. Le acaricio el pelo rogándole que no se separé de mí, que este beso sea eterno, y me caliento, me caliento hasta el punto de que me olvido de dónde estoy, solo importa dónde me gustaría estar, en su cama, y perderme en su cuerpo, que él se pierda en el mío y olvidar todo lo demás.

Pero siempre hay que despertar. Alguien me coge del brazo y tira de mí, nos separa. Al momento mis labios anhelan la dureza y la humedad de la boca de Eric, mi cara arde por la fricción de su barba, pero no me importa.

Mariona está delante de mí, nos ha separado ella, me suelto de su agarre asqueada de que se atreva a tocarme. Parece colérica, puede que al final haga algo que me permita darle la ansiada bofetada que se merece.

—¿Tenías que hacerlo, no? —dice Mariona con un tono de voz chillón lleno de rabia y reproche.

—Sí, ahora estamos en paz, me acercaré tanto como quiera, y tú tendrás que joderte —le contesto.

Espero ansiosa a su contestación, deseo que se quite la careta y se muestre tal cual es delante de Eric, pero él no lo permite, tira de mi brazo y me obliga a mirarlo.

—¿Por eso me has provocado, Sarah? —me pregunta con la mirada congelada, como si el beso que acaba de darme no hubiera existido; me quedo callada y lo miro, tiene los labios manchados de mi carmín, ahora es él quien está marcado, como en una ocasión me hizo a mí— ¿Te has acercado a mí para hacerle daño a ella?

—No.

Miento y Eric sabe que miento; no esperaba que me besara, es cierto que quería provocarla a ella, pero no esperaba que él se metiera tanto en el papel, cuando se supone que le soy indiferente y está con ella.

Me empuja apartándome de él, me tambaleo y caigo al suelo de culo, la gente me mira y siento que enrojezco, una mezcla de rabia y vergüenza por esta nueva humillación.

Lo miro desde abajo, ahora soy yo la que se siente colérica; lo odio, odio lo que hace conmigo.

—Eres despreciable, me das asco —dice congelándome con su mirada en el suelo—, no te reconozco. No vuelvas a acercarte a nosotros —siento ese nosotros como una guillotina—, no quiero volver a verte.

Sus palabras duelen, me siento humillada, otra vez ella queda como la niña buena y yo como una víbora. Estoy cansada de ese papel. Entre la gente que me mira surge Carla, me coge del brazo y me sujeto a ella para ponerme de pie, intentando mostrar una dignidad que no siento en absoluto.

—Fue ella quien vino a amenazarme al trabajo —me suelto de Carla e intento en vano defenderme.

—¿No la amenazaste tú primero? —me grita Eric en la cara.

—¡No! —exclamo cabreada por el giro que está dando la noche— Yo solo quería hablar contigo, pero estás tan ciego que no ves nada —digo llena de rabia.

—No vuelvas a acercarte a nosotros —repite; aprieto los dientes, quiero golpearlo.

Coge a Mariona del brazo y se la lleva; los sigo hasta el pasillo, mientras la gente a nuestro alrededor me mira. Entran en la habitación de ella y cierra, seguramente de un portazo por la velocidad de la puerta, pero con la música no puedo oírlo.

Paro donde estoy, quiero seguirlos y hacer algo, causarles un poco del mismo dolor que ellos provocan en mí, pero toda mi seguridad me ha abandonado, ahora me siento vacía y sola, porque Eric una vez más la ha elegido a ella, haciéndome sentir sucia y vacía, me ha humillado de nuevo y ahora encima delante de más gente.

—Es mejor que nos vayamos —giro la cabeza y veo a Carla a mi lado; afirmo con la cabeza.

Carla recoge nuestras cosas mientras yo la espero en la escalera, sé que Nayara no andará muy lejos. Nos vamos antes de que Nayara me pesque y me meta la bronca del siglo.

8

Amenaza

Al día siguiente, cuando llego al trabajo, Pablo sigue sin hablarme; casi que lo prefiero, mi comportamiento de la noche anterior me avergüenza. No tiene nada que ver con él, pero siento que ahora sí lo he traicionado.

—¿Ya le has contado lo que pasó anoche con Eric?

—No —le contesto a Aleix preparando los cafés que me ha pedido.

—Deberías decírselo, está colgado por ti, no merece que le hagas esto.

—¿Ahora eres Pepito Grillo? —le pregunto molesta.

—¿Te das cuenta de cómo eres, Sarah? Desde que ese tío entró en tu vida eres otra persona, y no molas.

Esto es el colmo, no tengo por qué aguantar esto. Aleix me ha fallada tanto en los últimos meses que ni siquiera sé por qué lo sigo considerando mi amigo, cuando lo único que hace es meterme caña y ponerse en mi contra en cada cosa que hago o digo.

—Métete en tu mierda y deja la mía tranquila —le contesto asqueada.

Niega con la cabeza, coge los cafés y se larga de mi vista.

Al salir veo a Aina esperando y me acerco a ella para saludarla antes de que venga su hermano y se vaya. He estado preocupada por ella, por saber cómo estará llevando lo de que no fuera su hermana, estaba muy ilusionada con la idea.

—¿Cómo estás, princesa?

—Decepcionada —me agacho un poco y se cuelga de mi cuello, abrazándome; me incorporo y ella me rodea con las piernas como un mono, la condenada pesa—. ¿Qué te ha pasado con Pablo? —me pregunta.

Echo la cabeza hacia atrás y la miro, miro sus ojos almendrados del color del caramelo, con la luz del sol se ven motitas verdes, como en los de su hermano. Todo el mundo se cree con el poder de meterse en mi vida. Me sonríe y con ella no puedo enfadarme, no puedo pagar mi mal humor con Aina, no se lo merece.

La dejo en el suelo.

—¿Te ha dicho que está enfadado conmigo? —pregunto escéptica.

—No, pero ayer tenía un humor de perros, se pone así cada vez que le pasa algo contigo.

—Qué guay —digo llena de sarcasmo y decido cambiar de tema—. Antes de ayer fui con Ortiz a ver a tu abuela.

—No la llames así —se queja; es su abuela, ¿cómo quiere que la llame?—. ¿Qué pasó?

—Miente más que habla —me quejo—, no entiendo cómo la creímos, es la mujer más mentirosa que me he echado a la cara —a excepción de Mariona, pero eso no se lo digo—; parece que Ortiz tampoco la creyó, o eso creo. Lo importante es que al final acordamos que la investigaría.

—Ella sabe quién es mi hermana —afirma entrecerrando los ojos como una mafiosa.

—Claro que lo sabe —afirmo muy segura de mí misma, sonriéndole.

Voy a decirle que vi a su padre, pero veo que Pablo sale del trabajo, nos mira y se acerca a nosotras con gesto enfadado.

—Viene tu hermano, ya hablaremos, cielo.

—No, tengo que ir a tu casa, tenemos que hablar del cuento, es muy importante.

—No quiero buscarte un problema con Pablo, Aina, ya lo hablaremos.

Pablo coge a su hermana por los hombros.

—Vámonos a casa, Aina.

—¡No! —dice ella con tozudez— Tengo que ir a casa de Sarah, tenemos que hablar de nuestras cosas.

—Tú no tienes nada que hablar con Sarah —ese comentario me duele; lo miro preguntándome de qué va, vale que él me odie, pero si hace dos días era buena para Aina hoy también lo seré. Voy a decírselo pero, antes de que pueda, sigue hablándole—. Ella es una adulta y tú una niña, deberías relacionarte con gente de tu edad, puede ser tu amiga si ella quiere serlo, pero tienes que salir y jugar con gente de tu edad también.

Me quedo callada, conozco la preocupación de Pablo por la mala relación que tiene Aina con los otros niños del colegio.

—Necesito que Sarah me ayude con las matemáticas.

—No seas mentirosa, Aina —le riñe Pablo—, yo puedo ayudarte con ellas.

—Sarah tiene más paciencia y me gusta más cómo me lo explica.

Pablo resopla y me mira. No estoy segura de lo que quiere, si quiere que le diga que no la ayudo o que lo haga. No debería preocuparme lo que él quiera, no siempre podré agradar a todo el mundo. Además, mi especialidad es justamente lo contrario, fastidiar a todo el mundo, tengo un máster en cagarla.

—Si quieres puedo ir mañana a tu casa y te ayudo —le ofrezco.

—Tráete el cuento, tenemos que hablar sobre él.

Sonrío, al final siempre se sale con la suya, niña mimada.

—Hecho —le ofrezco el puño y ella lo golpea, me agacho y le beso la mejilla—, hasta mañana.

Miro a Pablo y él me ignora, ni siquiera me mira; todo es una mierda, me doy la vuelta y me marcho a casa.

Al llegar a casa Carla no está, así que decido llamar a Nayara. Está molesta por lo que pasó anoche con Eric. Le aseguro que eso se acabó, es cierto, se acabó de verdad, no pienso volver a acercarme a Eric, así me muera de las ganas o de la rabia. No voy a volver a humillarme yendo detrás de él, está decidido.

Al colgar el teléfono me doy cuenta de que es cierto, de que se ha acabado Eric, no pienso ir más detrás de él y sé que él no vendrá a mí, así que se acabó. No puedo dormir en toda la noche, tengo muchísimas cosas en las que pensar, en todo lo que Ortiz ha compartido conmigo, en el propio Ortiz, en todo lo relacionado con esa vieja bruja mentirosa; sin embargo, lo que me impide dormir es Eric, la nostalgia por saber que es definitivo. Cuando consigo dormirme está empezando a amanecer y, cuando suena el despertador, no puedo levantarme.

Al llegar al trabajo Dani me dice que tiene un paquete para mí, pero como llego tarde decido cogerlo después, que vea que tengo interés en hacer bien mi trabajo. Últimamente la estoy cagando con todo el mundo, y una vez más desearía tener a Natalia cerca. Pensar en ella duele, cuando recuerdo que quien la ha matado sigue libre me hierve la sangre, eso impide que me pase el día llorando por las esquinas.

Una hora antes de salir de trabajar, cuando la cosa está calmadita, voy a ver a Dani.

—Lamento haber llegado tarde esta mañana —digo en la puerta de su despacho.

—Espero que no se vuelva a repetir, Sarah —me contesta claramente molesto—, no quiero tener que plantearme si he hecho bien no despidiéndote.

En otra época me hubiera dicho que no pasaba nada, pero entonces yo cumplía cada día; ahora ya no lo hago. Así que entiendo perfectamente lo que me dice, tengo suerte de que sea él, otro me habría despedido ya.

—Vale —afirmo con la cabeza.

—Pasa —me ofrece—, tenemos que hablar.

Eso suena mal, pero entro dentro de su despacho sin molestarme en cerrar la puerta detrás de mí.

—¿Qué pasa? —pregunto sentándome frente a él.

—No puedo contar contigo para que sigas trabajando a diario, como me dijiste que querías hacer. A partir de la semana que viene te quiero solo de apoyo para los fines de semana, como has hecho siempre, vaya.

Afirmo con la cabeza, ahora que ya no tengo clases quería seguir con este horario en invierno también, pero entiendo que Dani no confíe en mí, que piense que lo voy a dejar tirado, me lo he ganado a pulso.

—De acuerdo —digo levantándome con desánimo.

—Espera —me dice—; cuando he abierto esta mañana, había esto en la puerta —se levanta de su escritorio, coge algo del suelo y me tiende una caja de cartón.

—Hoy es domingo —comento extrañada cogiendo el paquete.

—Alguien lo ha dejado en la puerta —contesta Dani indiferente—, no viene por correos.

Dejo la caja sobre su escritorio, está cerrada, sin cinta ni nada, solo por las dobladuras de la misma; de ella sale un papel con mi nombre escrito a máquina, lo saco y lo desdoblo, el mensaje es claro y siento que la sangre se me congela.

Puta. Eres la siguiente.

Ahogo una exclamación al leer el mensaje.

—¿Qué pasa, Sarah? —pregunta Dani.

Sigo mirando la hoja de papel, que tiembla en mi mano. *Cuando todas estas cosas ocurran, recuerda que debes protegerte, estás en peligro, no confíes en nadie.* Recuerdo las palabras de aquella pitonisa, todo lo que ella predijo se ha cumplido, esto es una amenaza y me siento en peligro. Dejo el papel sobre el escritorio, el corazón quiere salírseme del pecho, abro la caja y, cuando veo su interior, grito, grito muy fuerte.

Dentro de la caja hay un cachorro de labrador, es mi perro favorito, cuando era pequeña tenía uno del mismo color arena, pero este está muerto, está destripado. Vuelvo a gritar y Dani coge la caja y mira en su interior, la aparta de mí y me abraza.

—¿Qué ocurre? —pregunta Pablo en la puerta.

—Cierra la puerta, Pablo —dice Dani—; Sarah, tranquila —me acaricia el pelo—, tranquilízate.

Mi cuerpo tiembla sin que pueda hacer nada por detenerlo. Pablo se acerca a nosotros e intenta coger la nota.

—No —exclamo soltándome de Dani y cogiéndole la mano antes de que la alcance—, no la toques.

—¿Qué ocurre? —me pregunta confuso.

Mi pecho se mueve deprisa por mi respiración entrecortada, parece que acabe de correr una maratón. Lo miro sin comprender quién me ha podido mandar eso, sin acabar de asimilar lo que hay dentro de la caja y el significado. A pesar de mi decisión de dejar de tener miedo, estoy aterrada y debe verse en mi cara, porque Pablo olvida su enfado y me abraza. Me abrazo a él con fuerza sin dudarlo un segundo. Los brazos de Pablo son un lugar seguro, rodeada por él me siento a salvo.

—¿Quién puede haberte enviado esto? —pregunta Dani a mi espalda.

Niego con la cabeza, no lo sé, el asesino de Natalia, el del padre de Pablo, la señora Mercè… No lo sé.

—¿Qué hay dentro de la caja? —pregunta Pablo.

—Un animal muerto —contesta Dani.

—Tengo que avisar a Ortiz —digo intentando separarme de Pablo con el corazón a mil—, él debe averiguar quién lo ha hecho. No lo toques, Dani —le pido, tiene que haber huellas que Ortiz pueda buscar.

—¿Quién lo ha traído? —pregunta Pablo sin soltarme.

—Estaba en la puerta cuando hemos abierto esta mañana, me ha extrañado que nadie se lo haya llevado.

—¿No has visto a nadie? —le pregunta Pablo.

—No —contesta Dani contrariado—, no me he fijado.

Alzo la mirada hacia los ojos de Pablo, buscando una respuesta que él no tiene. Su rictus está serio, su mirada sonriente, sombría; niega con la cabeza y me besa la frente.

—No te preocupes, Sarah —dice después de besarme.

—Pablo —interviene Dani—, llévatela a comisaría, iré a buscar una bolsa para que llevéis la caja.

Dani sale del despacho y Pablo me estrecha entre sus brazos; inhalo el olor de su colonia buscando algún tipo de calidez. Me costó mucho salir del pozo, no quiero volver a caer en él, pero me siento nuevamente desesperada, perdida y desubicada, como me sentí entonces.

—¿Qué pone en la nota, Sarah?

Vuelvo a mirar sus ojos y las lágrimas se acumulan en los míos, pero no cae ninguna.

—Que soy la siguiente —digo con la garganta cerrada y voz temblorosa.

—¿La siguiente? —afirmo con la cabeza con vehemencia; *voy a morir*, pienso, estoy aterrada— No va a pasarte nada —dice como si me leyera la mente—, la policía descubrirá quién lo ha hecho e irán a por él.

Agacho la cabeza de nuevo y escucho el latir de su corazón, va casi tan deprisa como el mío.

Dani vuelve con una bolsa, no quiero que lo toquen, no quiero que haya huellas de nadie más que mías. Cuando consigo tranquilizarme un poco, salgo del refugio improvisado que son los brazos de Pablo, hago de tripas corazón y, sin mirar el interior, cierro la caja. Dani me aguanta la bolsa y meto la caja y la nota dentro.

Salgo del trabajo con la bolsa en la mano. Pablo va a buscar nuestras cosas al vestuario y aprovecho para llamar a Ortiz.

—¿Qué ocurre, Sarah? Hoy libro.

—Alguien viene a por mí —digo en estado de shock.

—¿Qué quiere decir?

—¡Alguien quiere matarme! —grito intentándole hacer comprender.

—Tranquilícese, Sarah —me contesta Ortiz—. ¿Qué le hace pensar eso?

—Alguien me ha mandado un regalo, dice que soy la siguiente.

—¿Dónde está ahora, Sarah?

—Saliendo del trabajo —contesto de forma automática.

—De acuerdo, váyase a casa, ahora iré para allá —afirmo con la cabeza, como si pudiera verme—. ¿Me ha oído, Sarah?

—Sí, va a ir a mi casa.

—Vaya para allá.

—Vale.

Pablo vuelve con nuestras bolsas con la ropa de calle y cogemos un taxi; no es buena idea, domingo por la tarde en pleno centro de Barcelona, hubiéramos tardado menos en metro. No hablamos en todo el camino, me rodea con el brazo y yo me apoyo en su pecho cogiéndole la camisa, en quince minutos estamos en casa.

—No sé si quieres subir —digo con la llave en la mano.

Estos quince minutos en silencio me han servido para tranquilizarme un poco; no me siento del todo tranquila, pero asimilo lo que estoy haciendo. Puede que la nota no sea una amenaza real, o puede que sí, pero el mensaje escrito a máquina me recuerda a Mariona. Ella tiene una máquina de escribir, en el cumpleaños de Nayara le dejé escrita la palabra puta en un papel que tenía allí puesto, justamente la misma palabra que inicia la nota.

Debo decírselo a Ortiz, puede que no sea una amenaza de verdad, pero lo que hay en la caja es un cachorro muy real, un cachorro que no merecía morir por nada del mundo. No puedo creer que Mariona sea capaz de algo así, pero ya no la conozco y no sé qué pensar. Cuando se lo diga a Ortiz, Pablo sabrá que lo he traicionado, y seguramente no querrá estar en mi casa; además prefiero decírselo, que se entere por mí y no de rebote.

—¿Por qué no iba a querer subir?

Miro hacia la calle, hacia el tráfico de Barcelona, hacia esa cotidianidad que se ha vuelto tan molesta.

—El viernes fui a la fiesta de Nayara.

—Ya lo sé.

Lo miro a los ojos extrañada, preguntándome si sabe algo más.

—Besé a Eric —digo relamiéndome los labios secos.

—También lo sé —dice sin pestañear, mirándome.

—¿Y aun así quieres subir conmigo? —pregunto sin comprender.

Niega con la cabeza y resopla.

—No es culpa tuya, tú sientes algo por él, tengo que aceptarlo y esperar a que veas las cosas como yo las veo. Nunca debí presionarte, Sarah —aparta la mirada de mí—, es culpa mía.

—No, no lo es —le acaricio la mejilla para que vuelva a mirarme.

—Si quieres que sea él quien esté contigo en este momento, dímelo y me marcho a casa, no pasa nada.

No, no quiero que se vaya, necesito que se quede conmigo, necesito afrontar esto con él, lo necesito.

—No, quiero que te quedes conmigo —le contesto con voz suplicante.

—¿Estás segura? —afirmo con la cabeza— Está bien, entonces subamos.

Al subir a casa, Carla no se encuentra allí, estamos solos. Pablo prepara tila y yo me pongo mi sudadera de la suerte, aunque parece que últimamente solo me la pongo cuando me siento desecha.

Esperamos en el comedor a que llegue Ortiz; cuando lo hace se pone unos guantes y examina el papel, después el contenido de la caja.

—Es obvio que está escrito con una vieja máquina de escribir, lo llevaré a analizar para ver si podemos determinar la marca y el modelo de la máquina —afirmo con la cabeza—, buscaremos huellas, fibras y cualquier cosa que nos indique quién lo ha enviado.

—De acuerdo.

—¿Tiene idea de quién ha sido? —pregunta mirándome con sus ojos oscuros.

—Tengo demasiados frentes abiertos —contesto con sinceridad.

—No le va a pasar nada, Sarah, no debe preocuparse —intenta tranquilizarme Ortiz.

—Sarah, díselo —interviene Pablo.

—¿Decirme que?

—Mariona y yo hemos tenido algunos encuentros desagradables… El día después de vernos, vino al trabajo y me amenazó; después el viernes volvimos a engancharnos.

—Usted también la amenazó a ella delante de mí el día que las llamé a declarar.

—Sí, cada vez que nos vemos una amenaza a la otra, empieza a ser algo recurrente, pero esto me da miedo.

—¿Cree que puede haber sido ella? Aquí dice eres la siguiente. ¿La siguiente en qué?

—No lo sé —digo tapándome la cara, estoy asustada, además me empieza a doler la cabeza—, el perro está muerto, supongo que la siguiente en morir… —vuelvo a mirarlo— Quizás sólo quería asustarme, ella tiene una vieja máquina de escribir de su madre, quizás no sea real, o puede que no haya sido ella y sí sea real… No lo sé —me quejo frustrada.

—Lo investigaré, no se preocupe.

Levanto la cabeza, espero que lo haga, necesito saber si esto es real o no, necesito saber si esto está relacionado con meter la nariz en la muerte de Natalia, o puede que en la del padre de Pablo. Aunque tiene que ser por Natalia, el perro es una pista, podrían haber elegido cualquier animal, pero han elegido mi raza favorita de perro, quien lo ha enviado me conoce muy bien o ha leído las notas de Natalia.

—En el informe psiquiátrico que leyó sobre mí, ¿recuerda que dijera cuál es mi raza de perro favorita o si de pequeña tenía un perro?

—Ahora mismo no lo recuerdo, Sarah —contesta Ortiz—. ¿Por qué?

—Porque ese perro es de mi raza favorita, de pequeña tenía uno del mismo color, puede que quien tenga las notas de Natalia lo haya hecho y venga a por mí —lo miro aterrada—, puede que sea real.

Pablo me rodea con el brazo y me coge la rodilla que se mueve arriba y abajo a toda máquina.

—No se preocupe, le daré prioridad y averiguaré quién ha sido.

—Por favor, hágalo —digo cogiendo la mano que Pablo ha apoyado en mi rodilla—, no quiero que tenga un nuevo caso de asesinato que resolver.

—No se preocupe, procure descansar; recuerde lo que la doctora Gual dijo, no cargue más de lo que pueda asimilar. No puede hacer nada, así que relájese, yo lo solucionaré y la iré informando sin falta.

Ortiz se va con la caja y Pablo se queda en casa; cuando viene Carla, no puede creer lo que le cuento.

—Seguro que ha sido ella —dice Carla, que siempre desea culpar de todo a Mariona—, puede que ella matara a Natalia.

—¡No! —exclamo incrédula de que haya dicho eso.

Es una mentirosa y una mala persona, pero no puede ser una asesina, eso son palabras mayores.

—Sarah, no seas ingenua, tú dijiste que fueron a robar y solo se llevaron tu expediente, el de ella y el de Eric, la policía sospecha que es alguien que os conocía. Ella dejó la terapia abruptamente, seguramente quería esconder lo loca que estaba y, ya de paso, descubrir tus secretos para poder hundirte y los de Eric para seducirlo. Yo lo veo muy claro, es una psicópata, está desequilibrada y Nayara vive con ella.

Lo que dice Carla tiene más sentido del que debería; quien atacó a Natalia es muy probable que la conociera, no había signos de violencia en la puerta, lo que Ortiz dice que indica que Natalia conocía a su asesino. Además, Ortiz también dijo que Natalia creía posible que Mariona sufriera un trastorno de identidad disociativo, aunque nunca llegó a diagnosticarlo como tal, era una hipótesis que, cuando Mariona dejó la terapia, no pudo llegar a concluir. Puede que sea cierto, es posible que se le fuera la pinza y lo hiciera, y ahora quiera hacérmelo a mí por no alejarme de Eric como me dijo.

Me duele la cabeza, no puedo darle más vueltas, tengo que esperar a ver qué dice Ortiz.

Carla y Pablo me obligan a cenar y cuando acabo me tomo una pastilla que Carla me da para calmar mis nervios.

—¿Te quedas conmigo? —le pregunto a Pablo.

Él ni lo duda, me acompaña a la habitación, me arropa como si fuera su hermana y, cuando se va a ir, lo cojo de la muñeca.

—Quédate conmigo —le pido sintiéndome una desgraciada por pedirle más de lo que debería.

Pablo se tumba en mi cama y yo apoyo la cabeza sobre su corazón. Sus latidos me relajan, la pastilla de Carla poco a poco hace efecto, dejo la mano sobre su pecho. La coge y hace girar la pulsera que él y Aina me regalaron por mi cumpleaños. Parece que ha pasado una eternidad desde entonces, pero apenas ha pasado un mes, es increíble el montón de cosas que han sucedido desde entonces.

—¿Crees que pudo ser ella? —le pregunto.

—No lo sé Sarah, yo no conozco a Mariona, pero no tiene pinta de asesina.

—No, pero tampoco es lo que parece, te lo aseguro.

—Fue ella quien me llamó para que fuera a buscarte a comisaría.

Giro la cabeza extrañada y alzo los ojos para mirarlo, no tenía ni idea de cómo se había enterado de que estaba allí, aunque tampoco me lo planteé, estaba demasiado ida para hacerlo. Me río sin ganas.

—¿Qué te dijo?

—Que era amiga tuya, que tú me necesitabas, que solo yo podía ayudarte. Aleix le preguntó a Nayara y ella no fue, Aina se lo preguntó a Carla y tampoco; ella estaba allí contigo, así que tuvo que ser ella.

—Es muy retorcida —digo acomodándome de nuevo sobre su pecho férreo.

—No es la única retorcida —por un momento pienso que lo dice por mí, no puedo reprochárselo, no en la posición donde lo estoy poniendo—, mira mi abuela, por ejemplo.

—Desde luego son tal para cual; estoy ayudando a Ortiz con sus investigaciones, por eso fuimos a Boira.

Noto cómo se tensa.

—¿Ha descubierto algo?

—No, pero va a investigarla, ella sabe quién es tu hermana, yo no sé quién es, pero sé que la conozco.

—¿Por qué ayudas a Ortiz? Eso no es cosa tuya, es trabajo de la policía, no tuyo.

—Ya lo sé, pero él me dio la opción de ayudarlo y me siento útil haciéndolo. Tengo la sensación de que nadie hace nada, si estoy en medio puedo ver si realmente es así o no, la espera me estaba desesperando.

—¿No te parece raro que te haya pedido que lo ayudes?

—Un poco.

—No me gusta, Sarah, te expones a un peligro que no te corresponde, es trabajo de la policía, no tuyo, no sé en qué estaba pensando ese hombre para pedirte algo así, no tiene ningún sentido.

Alzo la cabeza para mirarlo. Me siento muy cómoda con Pablo, con él puedo hablar de cualquier cosa sin pudor; bueno, ahora no puedo hablar de nosotros o de Eric, pero hasta hace unos días podía contarle cualquier cosa.

—No me fío de él —le confieso—, está demasiado interesado en Aina y en mí.

—¿Qué quieres decir?

—Tu hermana se lo dijo, que mi madre veía cosas antes de que pasaran, que nosotras podíamos hablar con los muertos; él la creyó sin dudarlo y hasta que no admití que era cierto, no me dejó tranquila.

—Eso es muy raro, Sarah —dice contrariado—, no quiero que se acerque a vosotras.

—Le he prohibido que se acerque a Aina, no te preocupes.

—No me preocupa solo Aina, tú también me preocupas, no quiero que sigas ayudándolo. Un tío que se cree las historias de Aina sin ninguna prueba no está bien de la azotea Sarah, ni siquiera debería ser policía.

—No debes preocuparte por mí, puedo manejar a Ortiz.

—No te engañes Sarah, tú no puedes manejar a ese tipo, en todo caso sería al revés y no me gusta.

¿Que Ortiz me maneje a mí? Es más que probable, pero me conviene mantener mi palabra de ayudarlo, ha compartido mucha información conmigo, información que puede ayudarme a entender las cosas. Es cierto que no me fío de él, conocía a la señora Mercè y no me lo dijo, si ella no llega a decirlo no lo hubiera sabido, no entiendo por qué me lo ocultó; además está esa fe ciega en la palabra de Aina, eso es lo primero que me hizo desconfiar.

—Hay algo más, pasó algo en Boira.

—¿Qué pasó?

Levanto la cabeza y apoyo la barbilla en su pecho y lo miro, no estoy segura de decírselo, no sé cómo le sentará y lo último que quiero es herirlo, pero él necesita saberlo y yo decírselo a alguien.

—Vi a tu padre —digo mirando sus ojos del color del caramelo.

Hoy Pablo no va perfectamente afeitado, como de costumbre, sino que lleva una fina barba incipiente que le hace parecer un poco mayor, aunque no demasiado; a pesar de que soy mayor que él, no lo parece.

—¿Lo viste? —dice cogiéndome de la muñeca y dejando de jugar con la pulsera.

—Sí —digo dubitativa.

—¿Qué te dijo?

—No es algo agradable…

—Dímelo, Sarah —dice moviendo sus ojos mirándome a un ojo y a otro—, por favor.

—Que murió allí, que lo había matado porque tu abuelo le había dicho que su hija estaba viva.

—¿Quién? —dice ansioso, mirándome con los ojos vidriosos— ¿Quién lo mató?

—No me lo dijo. Lo siento tanto, Pablo —vuelvo a abrazarme a él y él me acaricia el pelo.

—¿Se lo has dicho a Ortiz?

—No, le he dicho que él murió allí pero no le he dicho que él me lo dijo. Ortiz ya conocía a tu abuela, y eso no me gusta, tuvo todo el camino para decírmelo y no lo hizo, eso me hace desconfiar aún más de él.

—¿Va a hacer algo al respecto?

—Va a investigar a tu abuela, tu hermana no es una niña robada, al menos no en el término exacto que le han dado a esas palabras. No fue el hospital, fue ella, creemos que pudo vender a tu hermana —resopla y alzo la cabeza para mirarlo de nuevo—. Lo siento de veras.

—Gracias por contármelo, Sarah, prefiero saber la verdad a no saber nada.

Su mirada se ve apagada, detesto herir a Pablo, tiene tan buen corazón... Su familia no se merece pasar por esto, no lo merecen. Los ojos empiezan a pesarme, el sueño va a vencerme después de lo que sea que Carla me ha dado que me ha dejado medio ida.

—Gracias a ti por quedarte conmigo —le agradezco apoyándome en su pecho.

—Haría cualquier cosa por ti Sarah, ya deberías saberlo.

Es cierto, lo haría porque está enamorado de mí, es sincero respecto a sus sentimientos, me lo demuestra con todo lo que hace, es transparente como el cristal. No hace falta que me diga nada, con cada cosa que hace por mí lo demuestra. Sus sentimientos son puros y desinteresados, siempre está a mi lado cuando lo necesito, muchas veces sin ni siquiera pedírselo, él está conmigo sin pedirme nada a cambio. Desearía poder corresponderle del mismo modo, Pablo me gusta muchísimo como persona, me atrae como hombre y enamorarme de él sería algo fácil y natural; es guapo, simpático, atento, cariñoso, tiene ese aire de chico malo, de rompecorazones que no se ajusta a cómo realmente es, pero que le hace muy atrayente... Si Eric no estuviera en medio, creo que estaría loquita por él, pero lo está y no sé cómo arrancármelo.

Empiezo a dormirme entre la calidez de sus brazos, él siempre me aporta ese calor que últimamente tanto necesito, consigue descongelar un poco mi alma, aunque no del todo. No sé si la amenaza es real o no lo es, pero siento que entre los brazos de Pablo nada malo puede pasarme. Me besa la cabeza y me duermo.

9

Sospechosa

Despierto sobresaltada, el corazón bombea deprisa asustado por el ruido del timbre, casi no puedo oír los pasos de Carla en el pasillo con el ruido de mi corazón, pero a lo lejos oigo su voz.

Alzo la cabeza y miro a Pablo, sigo abrazada a él, no me he movido ni un centímetro desde que me dormí. Pablo me sonríe con una cara adormilada adorable.

—Buenos días, preciosa.

—Hola —contesto incorporándome y frotándome la cara con las manos—. ¿Has dormido bien?

—Deje de sentir el brazo derecho a eso de las dos —dice moviéndolo ahora que me he levantado de encima de él, y se ayuda de la mano izquierda, devolviéndole la sensibilidad y movilidad.

—No debí pedirte que te quedaras conmigo —digo avergonzada de mi propio egoísmo.

Se incorpora conmigo en la cama y me peina con la yema de los dedos, me mira como si mirara algo preciado y precioso; cuando me mira así consigue incomodarme.

La puerta de mi habitación se abre, ambos dejamos de mirarnos y miramos hacia allí. Nayara está en el umbral de la puerta con la boca abierta por la sorpresa.

—Lo siento —dice azorada volviendo a cerrar la puerta.

Volvemos a mirarnos y sonreímos, ambos sabemos lo que Nayara debe de estar pensando.

Pablo va a ducharse para ir al trabajo mientras yo me visto; hoy es el último día del mes, a partir de mañana volvemos a trabajar solo los fines de semana, así que debo empezar a buscar un trabajo de verdad.

Voy en busca de Nayara, ella y Carla están hablando en la cocina, mientras la segunda prepara café.

—Buenos días —digo traspasando la puerta.

—Dime que te lo has tirado —dice Nayara ansiosa ignorando mi saludo.

Las dos me miran esperando la respuesta, parece que ambas desean una respuesta afirmativa, pero no la tengo.

—No, solo hemos dormido juntos, nada más —cojo el café que me tiende Carla y vuelvo a mirar a Nayara—. Ayer pasó algo.

Nayara es una persona muy protectora, cuando le diga que me han amenazado y que no sé quién ha sido se va a asustar y se pondrá en plan sobreprotectora

—¡Lo sé! —exclama sorprendiéndome; la miro preguntándome qué cree saber— Esta mañana ha venido un policía preguntando por Mariona, dice que has recibido una nota de amenaza.

—¿Ortiz ha estado ahí? —pregunto dubitativa— ¿Qué ha dicho?

No mentía cuando dijo que le daría prioridad, estoy realmente impresionada por su rapidez.

—Quería hablar con Mariona, ella estaba trabajando, le he preguntado y me ha dicho que habías recibido una amenaza y sospechabas que pudiera haberla enviado Mariona —me mira acusatoriamente, como si esto fuera culpa mía—. ¿Cómo has podido acusarla de algo así a la policía? Se te ha ido la olla, Sarah.

Entrecierro los ojos molesta, con ella y conmigo misma por esperar más de la gente de lo que debería. Lo único que a Nayara le importa es que he acusado a Mariona, le da igual cómo esté yo, flipo.

—Es cierto, ayer recibí un cachorro muerto —le contesto enfadada.

—¿Qué? —dice sin creerme.

—Eso, con el perro venía una nota diciendo que era la siguiente, imagínate.

—¿Y piensas que ha sido Mariona? ¡Te has vuelto loca!

¿Que yo me he vuelto loca? La loca será ella como sea su venganza por haber besado a Eric.

—No sé si ha sido ella, pero necesito saber si es una amenaza real o no, pero tú tranquila, preocúpate solo por ella, que yo estoy bien —digo llena de rencor, un rencor que no puedo esconder.

—No seas tonta, claro que me preocupo por ti, pero sé que ella no ha sido.

¿Para qué discutir? ¿Qué sentido tiene decirle que no tiene ni idea de cómo es Mariona? Estoy aburrida de ese disco, seguirá sin creerme, yo me cabrearé y no sacaremos nada, así que decido dejarlo correr.

—¿Qué ha dicho Ortiz?

—Se ha llevado la máquina de escribir de Mariona, no estaba seguro de llevársela sin estar Mariona en casa, porque decía que no tenía una orden o algo así, pero yo le he dicho que se la llevara.

—Bien —remuevo mi café y me lo bebo, no tengo más que añadir, quiero irme a trabajar.

—Sarah, ella no haría algo así, esto es de locos… —niego con la cabeza, qué poco la conoce en realidad, es retorcida hasta hartarse— ¿Qué decía la nota?

—Que yo era la siguiente.

—¿Cómo la siguiente?

—Pues la siguiente, Nay —digo con impaciencia—, la siguiente —repito para que le quede claro—. Me envían un perro destripado y dicen que soy la siguiente, échale un poco de imaginación, no es tan difícil.

—¡Ay, por Dios! —exclama— ¿Y tú crees que ha sido ella? —me encojo de hombros bebiendo mi café, Carla lo ha hecho bien cargado, menos mal— No salgas de casa, aquí estás a salvo, me quedaré contigo.

No quiero que cunda el pánico, eso aún me pondrá más nerviosa, no puedo detener mi vida, no puedo quedarme aquí sin hacer nada, eso me hará pensar y pensar y eso es lo que menos necesito.

—No voy a quedarme aquí, Pablo y yo nos vamos a trabajar —digo en tono tajante, intentando dar el tema por zanjado, me acabo el café y dejo la taza en el fregadero.

—No es buena idea Sarah, pero ella no ha sido; todo eso de los expedientes robados, puedes estar en peligro.

Resoplo incómoda, eso es justamente lo que menos necesito escuchar; si soy sincera, tengo miedo, he metido la nariz donde no debía y me da miedo que eso se vuelva en mi contra, me da miedo acabar como Natalia o Antoni, pero a pesar de ello no cambiaría lo que he hecho, como tampoco impedirá que siga haciéndolo.

Nayara, por supuesto, se pone de parte de Mariona, igual que Eric, y me tienen harta, los dos, los tres.

—Tú preocúpate por tu amiguita del alma y ya está —le digo molesta.

Salgo de la cocina; cuando Pablo sale del baño entro yo y al salir nos vamos a trabajar. Nayara intenta hablar conmigo, pero no tengo ganas de escucharla. Ha venido aquí decidida a echarme la bronca por haber acusado a Mariona de amenazarme; en ningún momento se había preocupado por mí, y ahora encima intenta meterme más miedo del que ya tengo. Estoy molesta y enfadada con ella.

Al salir del trabajo tengo un comité de bienvenida, no solo están Nayara y Carla, sino que también está Aina. En cuanto me acerco, Aina me muestra lo disgustada que está por haber fallado a mi palabra y no haber ido a su casa. No quiero que esté cerca de mí, no quiero ponerla en el punto de mira. No sé si esto es real o no, pero eso no importa, lo único que importa es su bienestar y su protección.

Debo cuidar mis espaldas y Aina debe mantenerse lejos de mí por su propio bien, es una niña, no sabe defenderse y yo no puedo hacerlo. Discutimos bajo la mirada de Nayara y de Carla, que no dicen nada. Cuando Pablo la ve se encoleriza, creo que se toma la amenaza tan en serio como yo, él sabe que me estoy metiendo en la boca del lobo, ya está suficientemente preocupado por mí, no quiere tener que preocuparse también por ella. Decide castigarla sin salir por haber salido a escondidas y sin permiso; ella se enrabieta como nunca la había visto, está acostumbrada a salirse con la suya y eso no puede ser. Se pelean en medio de la calle y Aina no deja de pedir que la ayude, que no le dé la espalda, pero aunque me duela, yo me muestro tan fría y dura como su hermano. Con los ojos inundados en lágrimas, se va corriendo para que no la veamos llorar.

Pablo se despide de nosotras y corre detrás de ella.

Aunque sé que lo mejor es alejarla, me destroza el dolor de su mirada, ella cree que la he traicionado y es cierto, el enfado de Pablo ha sido desmedido, ella no lo entiende porque siempre hace lo que quiere, pero ahora mismo lo mejor es que la aten en corto y la alejen de mí.

Me voy a casa con Nayara y Carla, después de todo lo que ha pasado no deja de sorprenderme cómo Carla sigue a Nayara como su perrito fiel, cómo no tiene más amor propio después de todos los desplantes y que Nay pase de ella prácticamente.

El martes pasa sin pena ni gloria, llamo a Ortiz pero todavía están trabajando en ello, promete mantenerme informada y me pide que me tranquilice, que no me preocupe. No puedo dejar de preocuparme después de las advertencias de mi madre y esa mujer que me echó las cartas.

Cuando al día siguiente me llama dice que se pasará por casa, pero no quiero seguir encerrada, así que decido ser yo quien vaya a por él. Carla decide acompañarme, por lo visto Nayara la ha instado a ser mi sombra y ella sin dudar hace lo que la otra le dice.

Pregunto por él y nos hacen esperar en un pasillo. Ortiz se acerca a nosotras pasado un cuarto de hora. Va tan mal vestido como siempre, con el pelo canoso y grasiento peinado hacia atrás. Cuando lo tengo delante me pongo de pie.

—Le dije que iría a su casa —dice sin saludarme.

—Mi amiga no me deja dar un paso sola, me ahogo en mi casa y necesito saber qué está pasando, quién está haciendo esto.

—Hablemos en mi despacho —mira a Carla—, le ruego nos espere aquí —le dice.

Carla me mira y yo afirmo con la cabeza. Junto a Ortiz voy hasta su despacho, me indica que entre, lo hago y después entra él, cerrando la puerta tras de sí.

—¿Sabe algo? —pregunto sentándome en una de las sillas que hay frente a su escritorio.

El caos de su despacho es el mismo que la otra vez que estuve aquí, tiene el escritorio lleno de papeles y carpetas. Espero que rodee el escritorio y se siente frente a mí, pero no lo hace; en lugar de eso, se apoya en el escritorio y me mira cruzando los brazos.

—¿Ha sido usted, Sarah? —me pregunta.

Achico los ojos mirándolo, intentando encontrar el sentido a su pregunta.

—¿Qué quiere decir? —demando sin comprender.

—Tenemos cierta confianza —dice apoyando las manos en el escritorio para cruzar las piernas por los tobillos—, no me gustaría que me utilizara para su particular venganza.

—¿Está insinuando que yo misma me envié la amenaza? —demando incrédula, no puedo creer que piense eso; se mantiene callado y agrando los ojos al darme cuenta de que es justo lo que quiere decir— ¿Cree que yo sería capaz de matar a un cachorro? —me pongo en pie, nerviosa, enfadada, indignada— ¿Está loco?

—No se altere, por favor.

—¿Que no me altere? —demando alzando la voz y mirándolo llena de rabia.

—Sarah —se mantiene impasible, apoyado en su escritorio mirándome—, insinuó que pudo ser la señorita Prat, y cuando los interrogue en el caso de Natalia, me dijo claramente que ella era su enemiga.

—Sigo creyéndolo —digo alterada—, pero no me amenazaría a mí misma, eso no serviría de nada. ¿Cómo puede pensar que he sido yo? —pregunto sin comprender cómo ha podido llegar a esa conclusión.

—Siéntese —demanda, niego con la cabeza apretando los labios—; por favor Sarah, siéntese —repite.

Hago lo que me pide y me siento, me mantengo recta como un palo en la silla, cruzando los brazos con fuerza, enojada por este giro de los acontecimientos. No comprendo que alguien me amenace y este hombre crea que lo he hecho yo. *Menudo policía está hecho*, pienso indignada, lo creía más competente.

—¿Qué le hace pensar que lo he hecho yo?

—Usted insinuó que pudo ser Mariona Prat —afirmo con la cabeza—, lo primero que hice fue intentar hablar con ella, su amiga me ofreció llevarme la máquina de escribir de la señorita Prat.

—Lo sé, Nayara me lo contó el otro día.

—De acuerdo, hemos pasado dos días trabajando con eso.

—¿Ha sido ella?

—Desde luego, la nota se escribió en esa máquina —lo escucho con atención —, el equipo científico la ha analizado minuciosamente, el tipo de escritura es idéntica, la misma tipología, la misma tinta, todo cuadra.

—¿Ha sido ella? —repito la pregunta, en realidad no me ha contestado.

—No es lo único que hemos encontrado.

Espero que siga pero no lo hace, así que intervengo mirándolo a los ojos oscuros.

—Oh, por favor —digo perdiendo la paciencia—, suéltelo ya, me está poniendo nerviosa.

—Hemos encontrado huellas en el papel de ambas.

—Ha sido ella entonces —sentencio—; lógicamente cuando recibí la nota la cogí para abrirla, igual que la caja.

Estoy muy enfadada por haber creído que esa nota era real, de haberme preocupado por nada, al final ha sido una venganza macabra de esa mentirosa sin sentimientos, una venganza desmedida, desde luego. Solo quería devolvérmela por haber besado a Eric, increíble, sin embargo me alegra que nadie quiera matarme.

—En la caja no había ninguna huella dactilar de la señorita Prat, aunque en su interior hemos encontrado un cabello; hemos analizado la muestra, sin duda el ADN es de ella, no obstante, cualquiera que tuviera acceso a su domicilio podría fácilmente hacerse con un cabello y su máquina de escribir.

Comprendo lo que dice, es cierto, yo he tenido acceso a ambas cosas, pero no tiene sentido que me amenace a mí misma, además que no tiene nada que pueda hacerle pensar eso.

—¿Por eso cree que lo he hecho yo?

—No, creo que lo ha hecho usted porque hemos buscado huellas dactilares en la máquina, y en la letra U hemos encontrado la suya, Sarah.

—¿Cómo? —pregunto sin comprender.

¿Mi huella? Lo miro con los ojos entrecerrados, devanándome los sesos para encontrar una explicación.

—Eso es lo que quisiera saber yo, cómo su huella ha acabado allí.

—¡Yo no he escrito esa nota! —exclamo indignada poniéndome de nuevo de pie— Eso es una locura. ¿Por qué iba a hacerlo? Jamás le haría daño a un animal, nunca.

Ortiz se incorpora de encima del escritorio, con los zapatos tan altos que me he puesto hoy quedamos a la misma altura, da un paso hacia a mí y quedamos cara a cara.

—Sarah, he compartido con usted información confidencial —su aliento a tabaco roza mi rostro—, le aseguro que como su intención sea usarla para una absurda venganza, porque esa chica le ha robado el novio, voy a hacer que le caiga un buen paquete.

Frunzo los labios preguntándome qué puedo hacer o decir, no comprendo cómo esa huella ha llegado hasta la máquina de escribir, pero no soy tan retorcida para hacer algo así.

—Al final tenía yo razón —digo sin separarme de él—, la idea de detenerme le encantaría.

Nos miramos a los ojos, enfrentados el uno con el otro.

—Sí, claro, le doy información confidencial, le permito acompañarme a interrogar a la señora Mercè, pero en realidad quiero detenerla —contesta sarcástico.

—Yo no lo he hecho, ha sido ella, me da igual que crea que soy sospechosa, mi conciencia está muy tranquila.

—Mañana la interrogaré y voy a llegar al fondo de la cuestión, ahora yo tampoco me fío de usted.

—Perfecto —digo con el mismo desdén con el que me habla él—. ¿Puedo irme o va a acusarme de algo más?

—Será mejor que se vaya.

Recojo el bolso de encima de la silla y me voy con la cabeza bien alta, incluso me tomo la libertad de dar un portazo al salir. No me hace sentir mejor, pero disfruto con el ruido que hace el cristal de la puerta.

En el pasillo me está esperando Carla, me pregunta qué ha pasado y la cojo del brazo para irnos lo antes posible.

Al salir al exterior cojo aire, ya ha llegado octubre, pero parece que este año el verano no quiere acabar.

—Cree que lo he hecho yo —digo cuando empezamos a caminar por la calle llena de gente.

—¡Venga ya! —exclama ella cogiéndome del brazo para que me detenga.

—Es un imbécil de cuidado —digo disgustada—, me tiene ganas y ahora quiere colgarme el muerto, pero me da igual —le digo negando con la cabeza—, ha sido ella, no es una amenaza real, solo quiere asustarme, sabe que si da la cara le puede salir muy caro.

—¿Por qué cree el detective que has sido tú?

—Oh, eso es lo mejor —digo con ironía—, dice que ha encontrado una huella mía en la máquina de escribir, que saben que la nota se escribió ahí, y que yo tenía acceso a la casa.

—El cumpleaños de Nayara —dice mirándome con los ojos marrones brillantes y emocionados—, escribiste con ella, tuvo que ser entonces.

Ella tiene razón, toda la razón.

—¡Es verdad! —exclamo comprendiéndolo.

Miro hacia la puerta de la comisaria tentada de volver y decírselo a Ortiz, pero no lo hago, no tengo ganas de discutir con él y que me acuse de algo más.

Volvemos a casa dando un paseo, cuando llego cojo una cerveza de la nevera y voy a mi habitación, paso todo lo que queda de día ahí encerrada, hasta que llega Pablo y sigo igual, solo que con él.

Mientras jugamos al Resident Evil, le explico lo que ha pasado en comisaría, no puede creer que Ortiz crea que he sido yo, cuando vino a casa parecía muy preocupado por mí para ahora pensar que lo he hecho yo. A mí también me resulta extraño ese cambio, pero lo entiendo. Pablo me convence para que lo llame y le explique que escribí la palabra puta como regalo para Mariona en el cumpleaños de Nayara.

A la mañana siguiente, cuando me levanto, lo primero que hago es llamar a Ortiz y decirle por qué estaba esa huella en la máquina de escribir; no tengo ni idea de si me cree o no, pero eso ya es problema suyo. Carla estaba allí, también Nayara, pero claro, ella hará cualquier cosa por exculpar a su amiga del alma, puede que incluso mentir, puede que ya lo haya hecho, no lo sé.

Estoy lavando los platos después de comer con toda la intención de volver a la habitación y seguir con mi único amor, mi Play Station, ella que nunca me falla. Cuando llaman al timbre de la puerta miro la hora pensando que Carla se ha dejado las llaves, aunque me resulta extraño, todavía es pronto para que esté de vuelta de las clases.

Abro la puerta con el trapo en las manos pensando que es ella, pero no lo es. Me encuentro con un cuerpo alto y fuerte, me saca veinte centímetros con las playeras, alzo la cabeza y me mira con esa mirada que congelaría el mismísimo infierno.

Inevitablemente el pulso se me acelera, Eric está en mi puerta.

—¿Qué haces aquí? —demando con un tono chillón que delata mis nervios.

Eric me mira con todo el desprecio del mundo, como si fuera un insecto que quiere aplastar, pero lo único que aplasta es mi corazón mirándome así.

—¿Cómo puedes ser tan cabrona? —me pregunta con voz contenida.

Lo miro incrédula, preguntándome a qué viene esto ahora.

—¿Perdona?

—Dices que Mariona es retorcida, pero la única retorcida que hay aquí eres tú, no puedo creer que hayas tenido cojones a amenazarte a ti misma y decir que ha sido ella.

—¡Es que ha sido ella! —grito poniéndome de puntillas, no me gusta que me haga sentir tan poca cosa con sus palabras y su mirada.

—Te has pasado Sarah, esto se te ha ido de las manos, completamente.

Sonrió sin ganas, harta, harta de Eric y de cómo me hace sentir, superada porque yo siempre soy la mala y ella una pobre víctima.

—No vuelvas por aquí —voy a cerrarle la puerta en la cara y él le da un puñetazo, se me escapa de las manos y golpea contra la pared abriéndose de par en par.

Doy un respingo impresionada, pero no me permito dar un paso atrás, no debo temer a Eric, no debo temer a nadie. Estoy cansada de estar asustada, harta de que todos la crean a ella y de ser Cruella de Vil.

—¡Estás enferma! —dice llevándose el puño a la boca.

—Tú sí que estás enfermo, imbécil —le contesto con el mismo desprecio y desdén.

Da un paso adelante y entra dentro de casa, me coge del brazo y lo aprieta con la suficiente fuerza para hacerme daño.

—¿Por qué, Sarah? —dice zarandeándome— Sé que no es por mí, estás con ese y yo no te importo, entonces dime por qué quieres herirla una y otra vez.

—¡Suéltame! —lo empujo por el pecho sin que me libere de su agarre.

—¡Dímelo! —grita a un palmo de mi cara.

Toda la rabia, impotencia e ira estallan, llevo demasiado tiempo sintiéndome mal, tragándome la rabia de que todo el mundo la crea a ella y yo ser la peor persona del mundo. No me merezco esto, no soy perfecta o modélica, pero tampoco soy un trapo al que puedan pisotear una y otra vez, sin que pase nada por ello.

La adrenalina corre por mi sistema nervioso. Sin pensar en mis actos voy a darle una bofetada, voy a pagar con él toda la frustración, de todos modos la mayor parte es por su culpa. Antes de que pueda dársela, mueve el brazo y el mío no puede acabar el recorrido hasta impactar contra su cara presuntuosa.

Las lágrimas escuecen en mis ojos, quiero hacerle daño, él me lo hace a mí cada vez que nos vemos, solo quiero devolverle un poco de todo lo que él me da.

Nos miramos a los ojos y lucho para que me suelte, forcejeo con él, pero él no me suelta, sino que me coge también del otro brazo impidiendo que pueda volver a intentarlo, pero se ha equivocado, ya no soy la chica que era hace algunos meses, cuando nos conocimos. Ahora soy una persona rabiosa a la que han humillado en demasiadas ocasiones y ha llegado a su límite, porque todo tiene un límite y Eric ha traspasado el mío con esta visita.

Alzo la rodilla y le doy un golpe en la ingle con todas las ganas; al momento me libera de su agarre, cae de rodillas al suelo cubriéndose la entrepierna con las manos, sus ojos se inyectan en sangre llenos de dolor e, idiota de mí, me arrepiento de haberle hecho daño.

Me duele el alma verlo así, su dolor es el mío y mi interior agoniza por verlo herido, sabiendo que yo soy la causante. Hace un tiempo le dije que acabaría arrodillado delante de mí, pero no es así como quiero verlo, necesito disculparme por haberlo golpeado de esta manera. Quisiera que supiera que me duele tanto como a él, sin embargo mi orgullo no me lo permite.

—Estoy muy cansada, Eric —digo arrodillándome delante de él, él me mira apretando los dientes, como si quisiera estrangularme. Debería huir temerosa de su reacción cuando pueda moverse, pero me quedo delante de él, mirándolo a los ojos—, estoy harta de que nadie me crea, de que ella siempre se salga con la suya y os ponga en mi contra —sollozo, no me había dado cuenta de que estaba llorando—; me amenaza, me da un susto de muerte y la mala soy yo. No puedo más —me quejo llorando—, no puedo, estoy superada.

Eric no dice nada, no sé si no tiene nada que decir o no puede a causa del dolor.

Nos quedamos un tiempo indeterminado mirándonos a los ojos, las lágrimas hacen que mi visión se empañe, quiero alargar los brazos y acunarlo, que él me acune a mí, pero sé que me rechazará y no podré soportar una nueva humillación, así que me quedo quita, estática, mirándolo.

Al final Eric se levanta claramente dolorido, me mira desde su más de metro noventa de altura y yo sigo arrodillada, se da media vuelta y se marcha, dejándome tirada en el suelo, destrozada, hundida y herida.

Lo veo alejarse, no se gira para mirarme de nuevo, se marcha por las escaleras y vuelvo a sollozar.

Sin moverme del suelo alargo el brazo hasta la puerta, la cojo y la empujo hasta cerrarla de un golpe. Me quedo donde estoy, en el suelo, tirada, me pongo en posición fetal hasta que no me quedan más lágrimas.

Pronto llegará el atardecer, y cuando amanezca no debo darme por vencida, cuando el sol vuelva a salir mañana, esto no será más que un recuerdo, un recuerdo doloroso y algún día lejano. Me prometo a mí misma que cuando salga el sol mañana, seré una nueva persona, una persona sin lágrimas y estaré lista para una nueva vida.

10

Detención

La semana transcurre. Pablo pasa mucho tiempo conmigo en casa jugando a la consola, hablando, incluso a pesar de mi mal humor, consigue arrancarme varias sonrisas, él es así. Quiere saber qué es lo que me pasa, qué me preocupa, pero me niego a hablarle de Eric y herirlo, así que no le cuento a nadie lo que pasó, me lo guardo para mí. A pesar de lo mal que me sentí por haber llegado a agredirlo, por haberle hecho daño, con los días ese pesar se convierte en odio, odio hacia mí misma y hacia él, porque yo no soy así y no me gusta lo que Eric es capaz de hacer conmigo. Detesto que tenga el poder de convertirme en otra persona que no soy yo, que me haga sentirme una extraña, que no se conoce ni a sí misma.

El fin de semana trabajo, no he tenido noticias de Ortiz, no sé cómo le iría el interrogatorio con Mariona; no tengo ni idea de si sigue pensando que fui yo, aunque me da igual lo que piense, pero me gustaría saber cómo va la investigación de la señora Mercè, de Natalia, quisiera saber si sabe algo más, pero no soy capaz de llamarlo para preguntarle y que me acuse de algo más.

El lunes por la mañana, Pablo me convence para ir a hacer surf; a pesar de que ya estamos en pleno mes de octubre, el verano no quiere despedirse y hace un día fantástico. Por un rato dejo de comerme la cabeza y solo disfruto en el agua. Intento mantenerme en pie encima de la tabla, a veces ya me cuesta hacerlo en el suelo, intentarlo en una superficie que no deja de moverse y balancearse se vuelve divertido y cómico. Pablo me ayuda con sus expertas manos, que en todo momento están alrededor de mí, me da consejos y me anima, me ayuda y me cuida sin perder la sonrisa en ningún momento, con su enorme paciencia. Está estudiando magisterio y creo que será un excelente maestro.

Me tiro sobre la toalla agotada y sin fuerzas, aunque a la vez me siento satisfecha, tranquila y despreocupada; al fin he podido desconectar de todo, volver a ser una persona normal por un rato.

—Se te da mejor de lo que crees —dice Pablo tumbándose en la toalla.

Ruedo por la toalla hasta ponerme a su lado.

—Se me da de pena —le corrijo riéndome —, no seas pelota.

Pablo hoy tiene el guapo subido; si ya de por sí es guapo, con el pelo mojado y disfrutando en su elemento se lo ve pletórico. Tiene una enorme y franca sonrisa que no se despega de sus labios, sus ojos brillan como los de un niño que no tiene problemas y solo disfruta de la vida sin preocupaciones.

—Ha valido la pena hacerlo solo por verte sonreír de nuevo, lo echaba de menos.

—Yo también —contesto sonriendo, de acuerdo con él.

Se apoya en el codo y me peina el pelo hacia atrás.

—Nunca me cansaré de mirarte —me dice—, cuando sonríes y me miras como lo estás haciendo ahora, solo quiero besarte, pero no lo haré —niega con la cabeza—, no hasta que tú me lo pidas.

Me acaricia el rostro con esa ternura suya, como si realmente fuera preciosa para él, como si fuera un tesoro; eso me hace sentir muy querida, me hace sentir bien, algo que últimamente necesito tanto como el aire. Pablo es bueno para mí; a diferencia de Eric, siempre saca lo mejor de mí, me hace sentir especial y amada, me quiere por como soy, no intenta cambiarme y no hay nada que cambiaría de él.

Voy a decirle que lo haga, sin embargo él atusa su media melena castaña encima de mí, llenándome de pequeñas gotas de agua; me rio y me tapo la cara con las manos, le golpeo el hombro de forma juguetona y él vuelve al agua.

Lo observo desde lejos, hace calor y hay gente en la playa, aunque no las aglomeraciones de verano. Mientras lo observo, pienso que mi vida podría ser siempre así, con Pablo, él que siempre me apoya y me hace sentir bien, él que realmente me quiere.

Voy en su busca y jugamos en el agua como dos adolescentes, me hace una ahogadilla y, sin dudarlo, lo cojo del cuello y lo arrastro dentro del agua conmigo, pego sus labios a los míos y lo beso bajo el agua salada; me devuelve el beso y emergemos a la superficie.

El agua me llega algo más abajo de la clavícula, a él un poco menos. Me mira dubitativo, me pego a él y le tiro el pelo mojado hacia atrás, le acaricio la cara y dejo que mis manos bajen por su cuerpo definido, moldeo los músculos de sus brazos mirándolo a los ojos, después su pecho y sus abdominales bajo el agua, me pongo de puntillas, lo suficiente para estar a su altura, y él sigue mirándome.

Le robo un beso, me hace sentir como una niña en navidad, nerviosa y excitada, deseando saber qué pasara; doy un paso atrás y él me coge de la cintura para que no me aleje, me acerca a su cuerpo duro, su lengua juega dentro de mi boca, como en su parque de recreo y yo le correspondo.

Debo olvidar a Eric; como Pablo me dijo una vez, no puedo arruinar mi presente recordando un pasado que ya no tiene futuro. Quiero volver a emocionarme, a sentirme bien, y él es perfecto para ello. Hace tiempo que Pablo se ha convertido en una persona que, con solo hablarme o sonreírme, me alegra el día, alguien con quien no debo medir mis palabras o acciones. Me conoce muy bien y me quiere tal y como soy, es todo lo que quiero, y a pesar de ello, sigo comparándolo con Eric, recordándolo a él, es enfermizo.

—¿Estás segura de que esto es lo que quieres, Sarah? —me pregunta acariciándome la cara con la nariz. *No, no lo estoy*, quiero espetarle, pero no puedo gobernar en mis sentimientos. Me mira a los ojos y afirmo con la cabeza poco convencida; él sonríe, sabe que no es cierto, que no estoy convencida de nada.

—Haré que lo estés —afirma—, haré que sea lo único que te importe.

Le sonrío deseando que sea cierto, deseando que no se equivoque.

Me coge la cara y vuelve a besarme, con suma ternura y respeto, provocando que deje de tocar el suelo, literalmente, ya que cuando me doy cuenta estoy otra vez bajo el agua.

Vamos a comer, nos cogemos de la mano y paseamos como una pareja real; disfrutamos de un perfecto día de verano, aunque estamos en otoño y nuestra relación no es especialmente idílica.

Me deja en casa y, mientras subo en el ascensor reviso el móvil, lo había dejado en el coche mientras estábamos en la playa; me sorprende tener varias llamadas de Ortiz, de Nayara, pero lo que más me sorprende es que Eric también me haya llamado, incluso tengo una llamada de Carla.

Entro en casa desorientada, no sé qué pensar.

—Sarah, tienes visita —dice Carla asomándose desde el comedor mientras voy a mi habitación.

Giro sobre mis talones y voy hacia ella; entro en el comedor pensando que es Nay, pero cuando lo veo siento lo mismo que cuando me subo a una montaña rusa, los nervios se apoderan de mí, las mariposas bailan en mi estómago, el corazón se acelera y me siento morir, porque es él quien me provoca todo esto.

—¿Qué haces aquí? —pregunto parando en seco mi acercamiento.

La última vez que hablamos no solo discutimos, lo agredí, cayó de rodillas muerto de dolor, sé que se sintió humillado por mí, eso es lo nuestro, hacernos daño y humillarnos el uno al otro y aun así, cada vez que lo veo, pienso que las cosas podrían ser diferentes, pero no pueden serlo. Ahora lo sé e intento aceptarlo y seguir con mi vida. Sin embargo ahora que lo tengo delante no sé si podré hacerlo, todo lo demás se desvanece, todo lo demás deja de tener sentido porque no tiene relación con él y él es lo más importante.

La americana reposa en su rodilla izquierda y, aunque va con traje, no lleva corbata; no comprendo qué hace aquí, por qué está aquí de nuevo después de lo que pasó la última vez.

—¿Sabes lo que ha pasado? —niego con la cabeza y Eric se levanta del sofá— Tenemos que hablar.

—No creo que quede mucho por decirnos —digo dando un paso atrás.

Eric ignora mi retirada, avanza hacia a mí con elegancia, aunque sin la chulería y prepotencia a la que me tiene acostumbrada. Mientras se acerca observo sus ojos, pero no consigo apreciar su desprecio o reproche, eso me pone aún más nerviosa. ¿Dónde está todo ese odio que siente por mí?

—Hablemos a solas —dice cuando está frente a mí.

Miro a Carla y ella me mira con cara de circunstancias. Voy a mi habitación y Eric me sigue; cuando entramos cierra la puerta detrás de él y se apoya en ella. Miro a mi alrededor pensando dónde es mejor que me ponga; miro la cama sin hacer, en realidad la habitación está hecha un caos. Todavía hay cajas de la mudanza sin abrir, ropa por todas partes después de salir corriendo esta mañana para ir a la playa con Pablo.

—¿De qué quieres hablar? —le pregunto indecisa, nerviosa, sin saber qué esperar.

Dejo la bolsa con las cosas de la playa a un lado y él se acerca a la cama, donde deja la americana; se sienta en ella y se sube las mangas de la camisa blanca observando mi nueva habitación. No me quiero sentar en la cama con él, así que me apoyo en el escritorio, frente a él.

—Esta mañana han detenido a Mariona —dice con esa voz rasgada que siempre siento que vibra en mi interior. Centra su mirada en mí de nuevo, no hay odio ni frío—, creía que Ortiz te lo habría dicho.

—¿La han detenido? —pregunto sin comprender— ¿Por qué?

Ahora entiendo por qué me han llamado Nay y Ortiz, por qué Eric está aquí, por ella, siempre por ella.

—Después de lo de tu amenaza, Ortiz pidió una orden de registro; esta mañana lo han efectuado. Mariona me ha llamado desde comisaría, debajo del colchón de su cama han encontrado nuestros expedientes.

No puedo creer que haya escuchado bien, es imposible que hayan encontrado los expedientes de Natalia en la habitación de Mariona. La persona que la asesinó los robó, no Mariona, no lo comprendo.

—No te entiendo, Eric —digo confusa.

—Quieren acusarla de asesinato.

Necesito sentarme, siento que las piernas me flaquean; retiro la silla del escritorio y me siento en ella. ¿Mariona mató a Natalia? No puedo creerlo, vale que sea un bicho y una manipuladora, pero no una asesina.

No entiendo cómo han llegado esos expedientes hasta ella.

—¿Ella la mató? —demando sin creer lo que estoy diciendo.

—No —dice Eric tajante.

Me retiro algunos mechones sueltos aún húmedos de la cara, apoyo los codos en las rodillas y lo miro.

Tú eres la siguiente, no se refería al perro, sino a Natalia; fue ella, todo empieza a encajar y siento que me mareo. No tuvo que forzar la puerta porque Natalia le abrió; como sospechaba Ortiz, Natalia conocía a su verdugo, robó nuestros expedientes para poder alejarme aún más de Eric y saber cómo llegar hasta él. Entre ellas hubo algún problema, por eso dejó la terapia. Natalia vio cómo ella era en realidad y por eso no quería que dejara la terapia, si no quería hacerla con ella dijo que lo hiciera con otra persona, pero que no lo dejara.

Me falta el aire, siento que me ahogo al comprender que esto en parte es culpa mía, mis decisiones y acciones nos han traído a este momento. Si yo no hubiera sacado a Mariona de ese agujero, si yo no la hubiera buscado, Natalia seguiría con vida, su hijo no habría perdido a su madre, el mundo no se habría perdido a esa gran persona, esa persona que ayudaba a los demás a sentirse bien y a ser mejores personas.

—Sarah, tranquila. —Eric se arrodilla delante de mí y me coge la cara, pero lo aparto.

—No me toques —le advierto, inspirando con fuerza para no

ahogarme.

Me pongo de pie y todo da vueltas, creo que estoy sufriendo una crisis de ansiedad, tengo ganas de vomitar y me fallan las piernas. Eric se incorpora y me coge antes de que me caiga al suelo, me acerca a la cama y me sienta. Siento sus manos allí donde me toca, no quiero que siga afectándome de este modo.

—¿Qué te pasa, nena? —pregunta en tono angustiado, acuclillándose delante de mí.

¿Nena?, me pregunto mirándolo. ¿Ahora vuelvo a ser nena? ¡Ni de coña! Lo aparto con las manos. Quiero que se vaya, no quiero que me vea así, pero soy incapaz de pronunciar palabra mientras lucho por llenar mis pulmones de aire. Un dolor punzante aprieta mis sienes, la congoja me ahoga, pero aun así no suelto una sola lágrima. Eric no se mueve de donde está, me mira a los ojos, veo la angustia en su mirada y odio que se compadezca de mí.

Cuando consigo calmarme, dos enormes lágrimas bajan por mis mejillas; estoy cansada de sentirme mal, estoy harta de ser débil. Eric las recoge con los dedos pulgares y yo lo aparto de un manotazo.

—No me toques —le advierto casi en un susurro; a pesar de que quiero chillar, de mi boca solo sale una voz ronca y rota de dolor al comprender—, esto es culpa nuestra —sollozo—, nunca debimos buscarla.

Me levanto de la silla, Eric se pone de pie delante de mí, con las playeras me siento enana a su lado.

—Ella no ha sido, Sarah —contesta con voz suplicante.

Lo miro rabiosa, ella nunca es, ella siempre es la buena; ha matado a Natalia y Eric sigue defendiéndola. No puedo soportarlo, espero que se pudra en la cárcel de por vida, que sufra, la odio, ahora más que nunca.

—Lárgate de mi casa, quiero que te vayas y no vuelvas. Ahora soy yo quien no quiere volverte a ver.

La idea de no volverlo a ver ya ni siquiera me duele, no me duele porque es la verdad, no quiero verlo, no quiero que siga haciéndome daño, entre los tres hemos matado a Natalia. Es culpa de los tres y no sé si voy a poder cargar con esa culpa, no sé si seré capaz de seguir viviendo con eso a mis espaldas.

—No me voy a marchar hasta que hablemos —dice endureciendo la voz.

—No tengo nada más que hablar contigo, no la conoces, no tienes ni idea de cómo es.

Me aparto de él y voy hacia la puerta con la intención de echarlo, aunque tenga que hacerlo a patadas.

—Ortiz me ha permitido verla, he hablado con ella —dice siguiéndome y cogiéndome de la muñeca.

Con un gesto brusco me suelto y él me lo permite, los ojos de Eric se ven apesadumbrados, no tiene el frío de nuestros últimos encuentros y ahora mismo lo preferiría, preferiría ver el odio que me guarda.

—Seguro que te ha llenado la cabeza de nuevas mentiras, no quiero escucharlo, quiero que te vayas.

—No me voy a ir, Sarah —endurece el la voz—, no hasta que me escuches, se acabaron las mentiras.

—¡No quiero escucharte! —grito llena de rabia y frustración— ¡Quiero que te vayas y no vuelvas!

Intento ir hacia la puerta y me coge de nuevo, interpone su enorme cuerpo entre la puerta y mi persona.

—Cuando he hablado con ella, me lo ha contado todo —revela; alzo la cabeza para mirarlo, me coge de los brazos con suavidad esta vez—. Me ha dicho todo lo que ha hecho para ponerme en tu contra, me ha explicado todas las mentiras, los engaños, todo. No podía creerlo, la he cagado Sarah, la he cagado como nunca pensé que podría hacerlo… Tú siempre fuiste sincera y yo debí creerte, debí confiar en ti.

¿Qué? ¿Por qué iba Mariona a hacer algo así? Tenía a Eric justo donde lo quería, confesar que se ha pasado dos meses engañándolo solo demuestra lo falsa, fría y manipuladora que es.

—¿Por qué? —pregunto sin comprender, poniendo toda mi atención en él— ¿Por qué te lo ha dicho?

Intento buscarle sentido, lo ha hecho por algún motivo, ella no deja nada al azar, es fría y calculadora, nunca da un paso en falso; si ha confesado es porque se guarda un as en la manga, pero no soy lo suficientemente lista o inteligente para comprenderlo, para adivinar sus intenciones.

—Quiere que vayas a verla, quiere hablar contigo.

—No pienso ir —niego con la cabeza con una sonrisa de pura incredulidad, ni loca.

—Sabía que no querrías ir, me ha pedido que te dijera que no volvería a interferir entre nosotros, que te dijera que ahora ya sé la verdad.

¿Que no volvería a interferir entre nosotros? Ya no queda nada, ya no hay un nosotros, ella se ha encargado y la verdad es que lo ha hecho muy bien.

—Eso no cambia nada.

—Te lo pido como un favor —demanda en un tono suplicante que no va con él—, un favor hacia mí.

—Yo no te debo nada, en todo caso será al revés, eres tú el que me debes una disculpa, por cada humillación, por todas las veces que me has insultado y vejado, por todo el daño que me has hecho.

Por fin cada uno está en el sitio que le corresponde, sin embargo ahora que sé que Mariona mató a Natalia, no me siento vencedora. Me siento como una mierda, no puedo dejar de pensar que no debí sacarla de ahí.

—Nunca quise hacerte daño, Sarah.

Me sepulta entre sus brazos, no me da tiempo a apartarme y es aquí donde tanto he deseado estar; huelo su pecho y ese olor a Eric podría hacer que lo olvidara todo, podría quedarme aquí quieta, disfrutar de su presencia y compañía, olvidar lo que pasa a mi alrededor, porque estoy con él. Eric podría consolarme, por desgracia solo con él me siento completa, pero eso se acabó; no lo voy a permitir, no se ha disculpado, ni siquiera está arrepentido por todo lo que me ha hecho y además, está mintiendo. Él sí quería hacerme daño, puede que lo hiciera porque estaba herido, yo también he querido herirlo a él, pero esto no cambia nada.

Me aparto de él con todo el dolor de mi corazón.

—Quiero que te largues —le digo por cuarta o quinta vez.

—Ella no ha sido, Sarah —alza la voz con un gesto de exasperación.

—Claro —alzo la voz de vuelta—, ella nunca es.

—Por favor Sarah, hazlo por mí, ve a hablar con ella —me implora.

—¿Por qué habría de hacerlo? —demando exasperada.

—Porque ella no ha sido.

—¿Me amenazó, recuerdas? Quería matarme, como a Natalia, y estás aquí por ella. Después del daño que me ha hecho, estás aquí pidiéndome que hable con ella, que vaya a verla cuando es la persona que más daño me ha hecho en la vida. ¡Mató a Natalia, por Dios! —digo asqueada de que siga negándolo.

Quiero ignorar el dolor que me provoca importarle tan poco a Eric, desoír mi cabeza recordándome lo insignificante que soy para él, pero es así, solo le preocupa ella, yo soy invisible y deseo que llegue el día que eso al fin sea recíproco.

—Dijiste que un día te pediría algo y harías que me arrodillara ante ti, ¿es eso lo que quieres?

Es cierto, lo dije, mi madre me advirtió que Eric me pediría algo, me dijo que no fuera orgullosa y lo hiciera. No sé si se refería a este momento, pero por nada del mundo voy a ir a ver a Mariona, ni loca.

—No quiero que supliques —contesto con sinceridad—, quiero que te vayas y dejes de hacerme daño.

—Ella no ha sido, Sarah; ella no mató a Natalia ni te amenazó, ha sido otra persona.

Llaman al timbre. Eric y yo nos medimos con la mirada; él siempre quiere llevar la voz cantante, que se haga lo que él quiere, pero no voy a pasar por el aro, esta vez menos que nunca.

—Lárgate de una puta vez, Eric, o te juro que llamo a Ortiz para que te saque a rastras y pido una orden de alejamiento para no tener que volver a verte.

—No serías capaz —intenta acariciarme la cara y yo me aparto para que no me toque, baja el brazo y su mirada azul se llena de profundidad—, ahora estás enfadada, pero sé que me quieres, ahora lo entiendo, nena.

—Llegas tarde —los ojos se me llenan de lágrimas; qué diferente pudo ser todo si él hubiera confiado en mí, pero no lo hizo y ya no hay vuelta atrás—, vete de una vez —lo empujo por el pecho—, vete por favor, Eric, lárgate.

Cojo la americana de mi cama y se la pongo encima del pecho, paso a su lado y abro la puerta de mi habitación, indicándole que se marche. Carla, junto a la puerta, me mira; me pregunto si estaba escuchando.

—El detective Ortiz está subiendo —pensando en el diablo, siempre aparece—, ha preguntado por ti —Carla nos mira a los dos—. ¿Ha ocurrido algo, Sarah? —pregunta frunciendo el ceño.

—Mariona ha matado a Natalia, fue ella quien me amenazó.

Carla abre la boca con sorpresa, vuelve a cerrarla y abrirla y se aparta la melena rubia hacia atrás.

—Te dije que la amenaza era suya —dice Carla decidida con la mirada del mismo tono marrón que yo.

—Lo sé, pero eso no la convertía en una asesina, ahora sinceramente no sé qué pensar.

—Ella no ha sido —insiste Eric detrás de mí, me giro para mirarlo.

—¿No te habías ido? —demando con esa chulería tan de Eric.

—Quiero saber qué ha de decir Ortiz —dice volviendo al tono duro al que me tiene tan acostumbrada.

En realidad me conviene hablar con Ortiz delante de Eric, aunque Mariona sepa cómo torearlo, dudo que Ortiz también sea capaz. Ortiz me esconde algo y ardo en deseos de saber qué es lo que no me dice.

Llaman a la puerta y Carla va a abrir.

—Quiero que me digas cuándo miente —le digo rápidamente, en un tono de voz suave y calmado; en realidad me siento nerviosa por esta oportunidad, deseo saber más sobre Ortiz, quiero saber qué esconde—, por eso permito que te quedes —le dejo claro, indicándole que ahora mando yo. Mirarlo a los ojos es perderme en mis propios sentimientos, puedo intentar ser fría, pero solo es pose, pura fachada, por dentro me aterra la idea de no volver a verlo, aunque me hiera—. Después te marcharás con él y no volverás, no quiero que vuelvas a irrumpir en mi vida, te quiero lejos de mí.

—Mientes, encanto —el apelativo suena como una caricia en lugar de un insulto—, no quieres eso.

—¿Qué sabrás tú de lo que yo quiero? —le pregunto con hastío porque él tiene razón y lo odio.

—A mí —se acerca a mí y pega su cuerpo al mío, no soy capaz de rechazarlo por más que quiera—, yo soy todo lo que quieres.

Cierro los ojos con una mueca de dolor, no quiero verlo, no quiero que me haga sentir como lo hace, no quiero que sepa que lo quiero, que lo añoro y no puedo olvidarlo. Pablo puede convertir mis tristezas en alegrías, nada me une a Eric, no debo permitir que me afecte, que vuelva a mi vida, debo impedirlo.

Alguien carraspea y abro los ojos. Eric da un paso atrás y me suelta.

—No esperaba verlo de nuevo, señor Capdevila —dice Ortiz—, mucho menos aquí.

Me giro hacia Ortiz y voy hacia él.

—Ya ha oído a Mariona, quiere hablar con Sarah —le contesta Eric.

—¿Así que ya lo sabe, Sarah? —me pregunta Ortiz y afirmo con la cabeza— He estado llamándola.

—Acabo de regresar de la playa —me señalo a mí misma, mostrando las pintas que llevo.

—Estamos en octubre —comenta él.

—Aún hace calor —digo con simplicidad—. ¿Hablamos en el comedor?

—Claro —contesta Ortiz.

Paso junto a él y ambos hombres me siguen. Carla está en el comedor, parece nerviosa mientras nos mira.

—¿Le apetece un café? —digo antes de sentarme en la mesa.

—Con hielo por favor, hace calor.

No puedo evitar sonreír con desgana.

—¿Te importa, Carla? —le pido a la susodicha.

—No, claro que no —contesta ella—. ¿Tú quieres uno, Eric?

—Sí, con hielo también.

Carla se va a la cocina y me siento en la mesa alargada del comedor. Eric se sienta junto a mí.

—Bueno, Sarah —dice Ortiz dejando la americana en la silla que preside la mesa—. ¿Qué le parece el giro de los acontecimientos?

—Para serle sincera —le contesto mientras se sienta—, me siento muy desconcertada.

—¿De veras? —lo miro sin comprender a qué viene eso— Usted la acusó desde un principio.

—Sí, pensé que la nota de amenaza era de ella, pensé que al decir que era la siguiente se refería al cachorro, nunca creí que ella matara a Natalia.

—¿Eso la satisface? —me pregunta mirándome a los ojos como si buscara algo en ellos.

—No —contesto incrédula y molesta—, eso me hace sentir culpable, incómoda.

—¿Por qué? —pregunta con mucho interés, analizando mis reacciones, analizando mi conducta.

—Yo la saqué de su agujero —le aclaro—, si no lo hubiera hecho, ahora Natalia seguiría con vida.

—Ella no ha confesado, de momento es sospechosa, insiste en que alguien le ha tendido una trampa.

—¿Usted la cree?

—Sí —afirma con la cabeza y entrelaza los dedos sobre la mesa—, la creo. ¿Usted no?

Carla viene con los cafés, le tiende uno a Ortiz y otro a Eric.

—Los expedientes estaban en su habitación, es cuanto se llevaron del despacho de Natalia; alguien la mató para coger eso y estaba en su poder, eso deja poco a la imaginación.

—Las cosas no son siempre lo que parecen —opina Ortiz.

—¿Cree que ella dice la verdad? —pregunto— ¿Cree que alguien le ha tendido una trampa?

—Sí.

¿Es eso posible? me pregunto a mí misma; no, no lo es, lo está manipulando igual que a los demás.

—¿Quién? —me remuevo en la silla ante esa nueva hipótesis.

—Aún no lo sé —me contesta Ortiz removiendo el café.

—Pero sospecha de alguien, ¿no es cierto? —demanda Eric que hasta el momento había estado callado.

Me giro para mirarlo un momento y vuelvo a mirar a Ortiz.

—No —contesta Ortiz mirando a Eric.

—Miente —declara Eric.

Carla me trae otro café para mí, le sonrió dándole las gracias y ella me devuelve la sonrisa. Deja dos vasos con hielo sobre la mesa y yo le paso uno a cada uno, esperando que Ortiz le responda a Eric.

—Por supuesto —contesta Ortiz cuando Carla se marcha—, había olvidado que Sarah estaba convencida de esa habilidad suya de saber cuándo alguien miente —vierte su café en el vaso con hielo—. Pero sinceramente, señor Capdevila —lo mira de nuevo—, he oído su conversación con la señorita Prat; ella le ha mentido durante mucho tiempo sin que se enterara de nada, me cuesta creer que pueda hacer lo que dice.

Me giro para mirar a Eric, me resulta muy difícil de creer que Mariona se lo haya contado todo, nada de esto me cuadra, hay demasiadas cosas que no encajan. Eric le dedica una sonrisa torcida y arrogante a Ortiz.

—Usted no podrá hacerlo —le contesta con su prepotencia habitual—, puede decirnos la verdad o puede no hacerlo, pero eso no cambiará el hecho de que sepa cuándo miente y cuándo no lo hace.

Me quedo mirando a Eric, tan duro, arrogante, seguro de sí mismo e irresistible. Aunque solo sea por un rato, me encanta tenerlo en mi bando, no voy a desaprovechar la oportunidad. Quiero saber qué opina realmente Ortiz, quiero saber qué es lo que me ha estado ocultando desde el principio, de qué conocía a la señora Mercè, por qué no me lo dijo; hay muchas cosas que quiero saber, con Eric me aseguro la verdad.

—¿Cree que he sido yo? —le pregunto a Ortiz girándome hacia él, la mejor manera de saber la verdad son las preguntas directas— Creyó que yo misma me envié la nota de amenaza, ¿cree que he matado a Natalia?

—¿Quiere confesar algo, Sarah? —me mira entrecerrando los ojos.

—No, no tengo nada que confesar, yo no he hecho nada, pero usted piensa que sí y quiero saber si también cree que yo maté a Natalia, es una pregunta fácil.

—Le dije cuanto habíamos averiguado del asesinato de Natalia, no hallamos nada; su nota de amenaza era lo opuesto, una completa chapuza, cuesta creer que la misma persona hiciera ambas cosas.

—¿Por qué? —pregunto sin comprender.

—En la amenaza encontramos fibras, cabellos, huellas… Todo la señalaba a ella; sin embargo, en el despacho, no encontramos ni una sola evidencia de que la señorita Prat estuviera allí.

—¿Qué me dice de su supuesto trastorno de personalidad disociativa? —pregunto—. Busqué el término del que hablamos, leí que el sujeto que la padece no recuerda lo que ha hecho.

—Dijo que no creía que fuera posible que ella padeciera ese trastorno —bebe de su café con hielo.

—Ya no sé qué pensar, nada tiene sentido, además yo no soy psiquiatra, solo era una opinión.

—¿Ha hecho lo que le pedí o sigue teniendo miedo?

Quiere saber si he intentado ponerme en contacto con Natalia, no lo he hecho, pero sin duda lo haré.

—¿De qué está hablando? —demanda Eric mirándome.

Me río sin ganas y sigo mirando a Ortiz, me suelto el pelo y atuso el áspero cabello, lleno de arena y sal, y vuelvo a hacerme un moño mal hecho.

—No he tenido ocasión —contesto a Ortiz ignorando a Eric—, pero le aseguro que, después de lo acontecido, voy a hacerlo. Le dije que lo haría y lo haré; espero que usted también cumpla lo que me dijo.

—¿A qué se refiere? —pregunta sin comprenderme.

—A la señora Mercè, por supuesto.

—¿De qué estáis hablado, Sarah? —pregunta Eric.

—Sarah me está ayudando con una investigación —le contesta Ortiz antes de que pueda hacerlo yo—; no se ofenda, pero no es de su incumbencia.

La contestación de Ortiz me satisface, me gusta que Eric se sienta desconcertado y fuera de lugar. Lo miro de reojo y él mira Ortiz entrecerrando los ojos, después me mira a mí, molesto de que lo dejemos fuera. No sé qué esperaba, esta pequeña colaboración no cambia el hecho de que ya no forma parte de mi vida.

—¿Ayudando? —pregunta a Ortiz mirándolo de nuevo— ¿Ayudándolo en qué?

—Como le he dicho, no le concierne —le contesta Ortiz.

—Es cierto, no le concierne, pero hay algunas preguntas que quisiera que me respondiera delante de él.

—¿Sigue pensando que él podrá decirle si miento o no? —pregunta Ortiz como si yo fuera tonta.

A pesar de las circunstancias, no puedo evitar sonreír, no debería subestimar las cualidades de Eric.

—Estoy convencida —le contesto con la misma arrogancia que emplea Eric—. ¿Tiene miedo? —enarco una ceja con chulería, para después esconderme detrás de mi taza de café con azúcar.

—¿Va a ir a ver a la señorita Prat?

—No —digo poniéndome seria.

—Hicimos un trato —sigue Ortiz—, yo cumplí mi parte, ahora usted debe cumplir la suya. La sospechosa quiere hablar con usted, Sarah; hable con ella, averigüe qué quiere y podremos seguir trabajando juntos.

—No estoy segura de querer seguir con ello, usted no confía en mí, creyó que yo me envié la amenaza, y el hecho de que no haya contestado a la pregunta de si cree que lo he hecho yo, deja claro lo que piensa.

—No creo que matara a Natalia —me contesta al fin.

—¿Cómo que trabajar juntos? —interviene Eric, que tira de mi brazo para que lo mire— ¡Contesta!

—No es de tu incumbencia Eric, así que no te metas.

Me giro para seguir hablando con Ortiz y tira de mi brazo para que vuelva a mirarlo.

—Me meto si me sale de los cojones —dice perdiendo la paciencia—. ¿Dónde te estás metiendo?

—Suéltame —le advierto, pero no lo hace.

—Será mejor que se tranquilice, señor Capdevila —le advierte Ortiz muy serio.

—¿Dónde la está metiendo? —le pregunta a Ortiz— ¿Se da cuenta de lo que está haciendo? Mariona no envió esa nota, ella no ha hecho nada y la persona que mató a Natalia va a por ti, Sarah, que pareces tonta.

—Ya sé que piensas que soy tonta, pero no lo soy.

Niega con la cabeza y me atraviesa con el hielo de su mirada; a pesar del frío que su mirada me transmite, me cuesta no perderme en el azul de sus ojos. Involuntariamente me fijo en sus labios gruesos y rojos, recuerdo cuando recorrían mi piel, llenándome de besos, calentando mi alma helada; dejo de mirarlo al darme cuenta de mis pensamientos.

—¿Podemos continuar? —pregunto perdiendo la paciencia.

—Ya hablaremos sobre esto —me advierte Eric como sentencia.

—Seguro —contesto irónica, me suelto de su agarre y vuelvo a mirar a Ortiz—. ¿Cree que he matado a Natalia?

—No.

—Miente —interviene Eric de nuevo.

Miro a Ortiz con la boca abierta, no puedo creerlo. ¿De qué va? ¿Cómo se atreve?

—¿Cree que yo maté a Natalia? —pregunto alzando la voz, sin poder creerlo— ¿Después de todo lo que le he contado piensa eso?

—No creo que la haya matado, pero no estoy seguro de nada.

—Eso está mejor —le dice Eric con chulería.

Yo no me siento satisfecha, no lo cree, pero tiene dudas, no puedo creerlo. Si Eric no hubiera estado aquí, no habría sabido la verdad. Esta es una oportunidad única, dudo que vuelva a estar con Ortiz delante de Eric, es ahora o nunca.

—¿De qué conocía a la señora Mercè? —cambio de tema completamente.

—No creo que sea momento para hablar de eso —me contesta Ortiz.

—Yo creo que es un momento ideal, parecía interesado en saber si Eric tiene la habilidad de la que presume; compruébelo, atrévase —le reto como él me ha retado a mí en otras ocasiones.

—De acuerdo, Sarah, lo haré, pero tendrá que ir a hablar con la señorita Prat.

—Lo pensaré.

—Eso no me sirve.

—Lo hará —interviene Eric.

Me giro para mirarlo, él no tiene ni idea de lo que voy a hacer o no, él no manda sobre mí, pero me da igual, lo importante es saber qué oculta Ortiz.

—¿Y bien? —espero que Ortiz responda a mi pregunta.

—Por circunstancias de la vida, me vi obligado a buscar a mis padres; eso me llevó hasta Boira. La señora Mercè sabía mucho de mi familia, yo tenía muchas dudas y ella me ayudó a despejarlas.

Me giro para mirar a Eric, que afirma con la cabeza; dice la verdad, pero eso no me aclara nada.

—¿Por qué está tan interesado en mí y en Aina?

—Vamos Sarah, pueden hablar con personas ya muertas, cualquiera se interesaría.

—¿Por qué la creyó? —esa es la pregunta del millón sin duda; desde que lo conozco, me he preguntado lo mismo una y otra vez. Su fe ciega fue lo que me llevó a desconfiar de él desde el principio.

—Me pareció sincera.

—Miente —dice Eric detrás de mí.

Enarco una ceja mirando a Ortiz, él mira a Eric.

—No es la primera persona con facultades especiales que conozco —contesta Ortiz mirando a Eric.

Me giro para mirar a Eric, se me hace raro tenerlo a mi lado, casi prefiero no mirarlo para que no me afecte, por eso estoy de lado en la silla mirando hacia Ortiz; pero está aquí, ayudándome.

—Es cierto —me dice Eric.

—¿Conoce a alguien más? —demando escéptica volviendo a mirar a Ortiz.

—A varias personas, usted también.

—¿Es cierto? —le pregunto a Eric; él afirma con la cabeza—¿A quién? —vuelvo a mirar a Ortiz.

—Un compañero de trabajo, persuade a la gente a hacer lo que él quiere.

—Miente —interviene de nuevo Eric.

—Muy bien, señor Capdevila, no creía que fuera capaz pero ya veo que sí, le estaba poniendo a prueba.

—¿Quién más hace cosas como lo que hacemos Aina y yo? —ignoro la felicitación que le dedica a Eric.

—No se lo voy a poner tan fácil, hay cosas que debemos descubrir por nosotros mismos.

—Dígamelo —insisto.

—No, además no voy a responder a ninguna pregunta más, le he dado más de lo que debería.

Llaman al timbre y oigo a Carla decir que ella abre, se me acaba el tiempo.

—¿Qué le robó a la señora Mercè? —sigo como si nada.

—Lo que le robé ya no está en mi poder, creo que lo he dejado en unas manos más capaces que las mías.

—¿Qué significa eso? —pregunto sin comprender el comentario.

—Que no me pertenecía, ahora lo tiene su legítimo dueño. ¿Cuándo irá a hablar con la señorita Prat?

Paso las manos por mi cara y me rasco los ojos mirando al techo; no quiero ver a Mariona, ella mató a Natalia, aunque me cueste creerlo, quería matarme a mí, me robó a Eric, no quiero verla.

—Debo hablar con Natalia primero.

He decidido no tener miedo, no tengo ni idea de cómo funciona mi supuesto don, pero estoy dispuesta a descubrirlo y conocer qué fue lo que pasó en realidad la noche que murió Natalia.

—Me parece una excelente idea —está Ortiz de acuerdo.

Llaman al timbre de arriba, no sé quién será.

—¿Qué dices, Sarah? —dice Eric detrás de mí, me giro para mirarlo.

—Yo no maté a Natalia, no me envié esa amenaza a mí misma y no le he puesto una trampa a Mariona, aunque la odie como nunca he odiado a nadie —Eric frunce el ceño—. ¿Podrías decirle a Ortiz si miento?

Los labios de Eric se curvan en una sonrisa, una tan triste que ni siquiera aparecen esas arruguitas alrededor de su boca. Hace tanto tiempo que no las veo, que tengo la impresión de que lo he imaginado.

—Ella dice la verdad —dice Eric dejándome de mirar y centrándose en Ortiz—. ¿Por qué le ha pedido que lo ayude? —le pregunta poniéndose serio de nuevo— Sarah no es policía, la persona que asesinó a Natalia puede ir a por ella por su culpa, por hacer su trabajo.

En el pasillo veo cómo Carla va a la cocina con Nayara y Aleix, los tres miran en nuestra dirección.

—Sarah no está haciendo mi trabajo, está colaborando en una investigación, ella quiere hacerlo.

—Sarah —me llama Eric y lo miro—, no tienes que hacer eso, es trabajo de la policía, no tuyo. No tengo ni idea de quién es la señora esa o por qué la está investigando, pero no me gusta, no quiero que te metas en líos.

—¿Ahora vas a hacer ver que te preocupas por mí? —pregunto con asco.

—Siempre me he preocupado por ti.

Eso no es verdad, pero ni siquiera lo discuto, discutir con Eric es como hacerlo con Aina, inútil.

—¿Ha averiguado algo sobre la señora Mercè? —vuelvo a mirar a Ortiz.

—He pedido una orden judicial para registrar su casa, pero el juez me pide alguna prueba para poder emitirla; estaba trabajando en ello cuando ha sucedido todo esto.

—¿No va a dejarlo, verdad? —demando preocupada.

—No, estoy trabajando en ello, pero no tanto como me gustaría.

—Cuando emitan la orden, ¿podré ir con usted a casa de esa bruja?

—Por supuesto, es más, quiero que lo haga, quiero que siga participando en la investigación.

Perfecto, eso es justo lo que quiero, llegar al fondo de la cuestión y restregarle la verdad a esa mentirosa por la cara.

—Bien, si no tiene nada más que añadir, me espera una visita.

—La espero para hablar con la señorita Prat; si averigua algo más, llámeme.

—Lo haré.

Se levanta de la silla y yo también lo hago.

—Tú también te vas —le digo a Eric.

—Tenemos que hablar, Sarah.

—No —digo con decisión—, no tengo nada que hablar contigo.

—Debemos arreglar las cosas entre nosotros.

—No hay nada que arreglar, ni siquiera hay un nosotros, tú hiciste tu elección y yo estoy haciendo la mía.

—¿Qué quieres decir con eso?

—Que quiero que te largues y que no vuelvas, es mejor que te vayas o, ahora que Ortiz está aquí, aprovecharé para pedirle una orden de alejamiento; ya te lo he dicho, no te quiero en mi vida.

—Mientes, Sarah, sabes que mientes.

—No me retes, porque lo haré.

Se levanta de la silla, sabe que no miento; los acompaño hasta la puerta y no me despido ni de uno ni del otro; cuando están fuera, cierro la puerta y voy a la cocina a ver cómo está Nayara.

11

Otra mudanza

Voy hacia la cocina y los tres salen de ella. Nayara me abraza, echa un mar de lágrimas. No tengo ni idea de qué decirle, de cómo consolarla. Ojalá pudiera decirle que todo se solucionará, que Mariona no ha hecho nada y que pronto la exculparán, pero no puedo decirlo.

Aleix y Carla nos miran, se me forma un nudo en la garganta lleno de congoja por ver así a Nayara.

—Ya pasó, Nay.

—Ni siquiera me han dejado verla —solloza entre mis brazos—; cuando ese policía ha venido esta mañana a registrar su habitación, la he llamado para que viniera a casa. No imaginaba que acabarían llevándosela —sigue llorando—. Le ha leído los cargos y no podía creerme lo que estaba pasando… Después he ido a comisaria esperando que todo fuera un error, pero no me han dejado entrar.

Rodeo sus hombros y la llevo al comedor. Aleix se sienta en el sofá con nosotras y, mientras espero que se serene un poco, Carla prepara agua para que se tome una tila.

—¿Qué te ha dicho el policía, Sarah? —dice apoyándose en Aleix y mirándome— ¿Por qué estaba aquí?

—Ella quiere que vaya a hablar con ella; para convencerme le ha dicho a Eric todo lo que se ha estado inventando este tiempo, todas las mentiras que han conseguido que nosotros rompiéramos.

—Me ha gustado oírte plantarle cara a ese idiota, Sarah —dice Aleix—, ya era hora.

Así que han estado escuchando; desde luego lo de escuchar detrás de las puertas y las esquinas se estila mucho en mi círculo, no debería sorprenderme, yo misma lo he practicado en alguna ocasión.

—Sí, supongo que sí, ya era hora —digo con desánimo.

No quiero ni analizar lo que ha pasado con Eric, voy a ser fuerte, no voy a permitir que vuelva a herirme; he tomado la decisión de olvidarlo de una vez por todas y voy a llevarla a cabo. Como le he dicho a él, ya hizo su elección, y ahora yo tengo que hacer la mía, y elijo a Pablo. Recuerdo esta mañana en la playa, alejada de la realidad de mi vida; estaba relajada, Pablo me transmite esa paz y serenidad que tanto necesito, pero al llegar a casa he tenido que volver a mi película de terror. Quiero estar con Pablo, él me gusta, me gusta estar con él, me hace sentir bien conmigo misma, no debo fingir o medir mi forma de ser, puedo ser yo misma y me quiere tal y como soy; es la elección correcta, sé que puede hacerme feliz.

Carla vuelve con la tila para Nayara, se la tiende y ella se la bebe.

—¿Irás a hablar con ella? —me pregunta Nay.

—No lo sé —le contesto con sinceridad.

—No deberías ir, Sarah —opina Carla—; te amenazó, a saber para qué quiere que vayas.

Eso mismo me pregunto yo: ¿para qué quiere que vaya? No puedo imaginarlo, a saber qué estará maquinando esa mente malévola que tiene.

—No puedo creer que lo haya hecho ella —interviene Nayara.

—Ortiz dice que han encontrado su ADN, restos de cabellos y huellas de Mariona; ha sido ella, Nay.

—No puedo creerlo —dice mirándome, aún abrazada a su novio.

Ya, bueno, no puede creerlo, tampoco podía creer todo lo que yo le he contado de ella y a la vista está que yo no mentía, ella misma ha confesado delante de Eric.

—Deberíamos volver a casa, Nay —le dice Carla; la miro con los ojos abiertos, preguntándome si habla en serio—, no vamos a dejarte sola —le asegura, sus ojos marrones y brillantes se centran en mí—. ¿Verdad que no, Sarah? —pregunta mirándome.

Niego con la cabeza, no quiero volver a casa de Nayara, pero ahora ella nos necesita; cuando yo la he necesitado a ella se ha mantenido a mi lado, así que es lo correcto. No comprendo a Carla, si a mí llega a echarme de su casa no volvería; quizás si ella me lo pidiera lo pensaría, pero desde luego no me ofrecería.

—Quiero que volváis —me mira a mí—, quiero que volváis las dos.

No me gusta ver así a Nayara; Nayara la dura, la fuerte, está hecha una mierda. Miro a Aleix y él me hace un gesto con cara de enfado señalando a Nayara con la cabeza. Sonrío sin ganas y afirmo con la cabeza.

Otra mudanza, parece que no acabaré nunca; al menos en esta ocasión tengo algunas cosas ya empaquetadas, pero es un follón. Además, de momento Mariona es sospechosa, no culpable, puede que la dejen salir, lo veo difícil pero no imposible.

—Esta noche prepararemos todo, llamaré a una empresa de mudanzas para poder transportarlo todo mañana —dice Carla decidida.

Genial, esto es simplemente genial.

En cuanto Nayara y Aleix se marchan, Carla se va a su habitación a preparar las cosas, y yo voy detrás de ella.

—¿Por qué quieres volver a casa de Nay? —le pregunto antes de que entre en la habitación.

—Ella nos necesita.

—Ella te echó de casa, Carla —digo sin comprender cómo puede tener tan poco amor propio.

—Fue por culpa de Mariona, pero ahora ella está en la cárcel —sonríe como si la idea le gustara—; Laura volverá en un par de meses, todo volverá a ser como antes.

No fue por culpa de Mariona, fue Nayara quien la invito a marcharse, pero Carla siempre dice que fue culpa de la otra, nunca se lo he discutido y no voy a hacerlo ahora.

—Todavía no está en la cárcel —le aclaro—; además, no saben si es culpable o no, puede que salga. ¿Qué pasará entonces? ¿Quieres vivir con ella? Esto no es la casa de la pradera, yo no puedo vivir con ella.

—No va a salir —dice muy segura—, ha sido ella; he oído lo que te ha dicho Ortiz, en su poder estaban los expedientes que robaron del despacho de la psiquiatra y ella tenía un móvil, de esta no va a escaparse.

La miro con incredulidad, seguramente tenga razón, yo también dudo que con esos indicios la dejen salir; no dudo que haya sido ella, pero aunque odio a Mariona, me cuesta creer que fuera capaz de matar a Natalia.

—No le digas eso a Nayara —le aconsejo.

—Nay acabará viéndola como lo hacemos nosotras —se encoje de hombros—, es cuestión de tiempo.

Oigo el sonido de mi móvil en la habitación, me giro y voy a buscarlo. Carla entra en su habitación.

Es Pablo, así que me tumbo en la cama boca arriba descolgando la llamada.

—Hola —contesto poco animada.

—Buenas noches, preciosa —contesta con una sonrisa que adivino en su tono de voz—. ¿Qué tal la tarde?

—Si te lo dijera, no te lo creerías.

—Sorpréndeme.

—¿Has cenado?

—Todavía no.

—¿Nos vemos? —miro la hora, no quiero contarle todo esto por teléfono, prefiero hacerlo cara a cara.

—Claro —contesta entusiasmado—. ¿Qué te parece en una hora?

—Perfecto.

Me meto en la ducha y me hago una mascarilla después de cómo he castigado mi pelo con la playa; me lo tomo con calma, tengo una hora por delante. Me seco el pelo en ondas y me pongo un pitillo y una blusa de manga larga pero fina; me miro en el espejo, tengo mucho mejor aspecto que días atrás, aún no he recuperado todo el peso que perdí, pero se me ve mejor, así que me maquillo y salgo del baño.

Estoy preparándome para irme cuando veo pasar a Carla con una caja que ocupa más que ella; la ayudo a dejarla en el recibidor y entonces veo que ya hay varias cajas. Me pregunto si, como yo, no se molestó en desempacar todo cuando se instaló aquí, pero Carla adora su ropa, por otro lado carísima, dudo que la dejara en cajas durante meses.

—¿Adónde vas? —pregunta con voz chillona mirándome.

—He quedado para cenar con Pablo.

—Tienes que preparar las cosas, Sarah —sigue en el mismo tono de voz chillón—, he llamado al transportista y mañana al mediodía vendrán a buscarlo todo.

—¿A qué viene tanta prisa? —pregunto sin comprender— Aleix estará con Nayara, no es que vaya a estar sola, no hay prisa.

—Debemos volver a casa.

Llaman al timbre y le digo a Pablo que ya bajo.

Carla insiste en que no me marche, pero no voy a quedarme aquí preparando una nueva mudanza que no quiero hacer. Prefiero salir con Pablo, contarle lo que ha pasado; quiero saber qué opina él, despejarme y después tengo la intención de desconectar de todo, como solo puedo hacerlo con Pablo.

Él me espera en el portal; no estoy muy segura de en qué punto está nuestra relación, imagino que en el punto donde yo quiera que esté, él ya ha dejado claro que quiere estar conmigo, soy yo la que no se aclara; aun así, no sé qué espera él de mí después de lo de esta mañana. Abro la puerta nerviosa, sin saber si darle un beso o no hacerlo. Le saludo tímidamente, me siento estúpida, ni siquiera cuando no lo conocía me sentía tan avergonzada, como para hacerlo ahora después de todo lo que ha pasado; él me sonríe y me besa la mejilla.

Vamos en coche a La Maquinista, un centro comercial que hay al lado de Barcelona, y cenamos en uno de esos restaurantes de franquicia.

—Cuéntame tu tarde —dice cerrando la carta y dejándola sobre la mesa—, la mía ha sido un rollo total.

—La mía ha sido demasiado emocionante —me quejo.

—Seguro que exageras —le quita importancia sonriéndome—. ¿Qué ha pasado? —pregunta con interés.

Pedimos la cena y nos sirven la bebida; espero a que se vaya el camarero para explicarle lo sucedido.

—Cuando he llegado a casa, me he encontrado con que Eric estaba allí.

—¿Qué quiere ahora? —me interrumpe molesto, perdiendo la sonrisa.

—Han detenido a Mariona —ladea la cabeza extrañado y yo afirmo con la mía—; cuando le han dado la posibilidad de hacer una llamada, lo ha llamado a él. Ha ido a comisaria con Ramírez, su abogado, pero ella quería hablar con él, y ha confesado que ha estado mintiéndole, que ha estado metiendo mierda entre nosotros.

—¿Por qué? —pregunta sin comprender.

—Eso mismo me pregunto yo —contesto encogiéndome de hombros.

Nos traen la cena, no tengo ni apetito, bebo de mi copa de vino tinto y le sigo contando:

—Le ha dicho que quiere que vaya, que quiere hablar conmigo.

—¿Por qué? —vuelve a preguntar.

—No lo sé; después ha venido Ortiz con la misma historia, he aprovechado que estaba Eric para saber de él, para saber por qué creyó a Aina, por qué no me dijo que conocía a tu abuela y de qué se conocían.

—¿Qué has averiguado?

—Dice que no es la primera persona especial que conoce, aunque no ha querido decirme a quién, pero sí me ha dicho que yo también conozco a alguien más. Imagino que a tu abuela, esa mujer no es normal; además, Aina me dijo que estas cosas solían heredarse, yo lo heredé de mi madre, creo que Aina de tu abuela.

—¿De qué la conocía?

—Dice que buscaba a sus padres y ella tenía información de su familia; él ya le dijo a Aina que era de Boira, yo no lo creí, pero Eric dice que no miente, así que supongo que es cierto.

—Ese tío no es Dios, Sarah —dice con hastío.

—No, no lo es —estoy de acuerdo con él—, pero sabe cuándo alguien le miente y cuándo no.

—Claro, como con Mariona.

—Supongo que toda regla tiene su excepción —digo empezando a cenar para no hablar sobre Eric—. Ortiz está investigando a tu abuela, cuando tenga la orden de registro me permitirá ir con él, espero que pronto descubramos quién es tu hermana y qué le pasó a tu padre.

—Tú no deberías ir, eso no te concierne, Sarah.

—Me concierne —digo molesta—, tu padre se comunica conmigo, puede ser de ayuda que yo esté allí con él y voy a ir.

—No me gusta.

Bueno, a Eric tampoco, ya tienen algo en común, pero me da igual que les guste o no, yo sé lo que tengo que hacer y, cuando le echen el guante a esa bruja, quiero estar delante. Quiero ver cómo su odiosa arrogancia se ve pisoteada por la verdad.

Después de cenar vamos al cine a ver Gravity, la estrenaron el viernes anterior y tiene una crítica muy buena; salgo del cine impresionada y Pablo me lleva de vuelta a casa.

—¿Qué pasará ahora que Eric sabe la verdad? —pregunta parado en doble fila.

Me giro para mirar su rostro lleno de sombras; aquella mujer que nos tiró las cartas a Laura y a mí, hace ya más de dos meses, hizo pleno. Además, dijo que, si olvidaba a Eric, Pablo podría hacerme feliz, y estoy decidida a olvidarlo. No sé cómo hacerlo, no tengo ni idea de qué hacer para que no duela pensar en Eric, cómo conseguir que no me afecte como lo hace, pero supongo que el tiempo hará que lo olvide, Pablo hará que lo olvide. Cuando estoy con Pablo puedo ser libre y eso es lo que quiero, solo necesito tiempo; no quiero engañarme a mí misma o a él, sigo enamora de Eric, pero la distancia hace el olvido, y Eric y yo estamos en diferentes galaxias, en diferentes mundos, mientras que Pablo está aquí, a mi lado, inamovible. Mis sentimientos por él crecen cada día, a la vez que me confunden, porque a pesar de ello, Eric sigue dentro de mí, grabado a fuego.

—Que Eric sepa la verdad no cambiará nada —le aseguro.

—¿Qué pasará si ahora quiere volver?

—Eso no cambia el hecho de que no creyó en mí, de que no confió en mí, no puedo olvidar el daño que me hizo.

—Sarah —dice en un suspiro, me coge de la nuca y pega su frente a la mía.

Acaricio sus mejillas frescas a causa del aire acondicionado.

—He tomado una decisión —digo mirándolo a los ojos sin separarme de él—; necesito que me des tiempo, no puedo estar contigo mientras aún siga pensando en él. Si no quieres esperarme lo entenderé, pero no voy a engañarte, ni a ti, ni a mí misma.

Me acaricia la nuca y no me suelta.

—Te daría mi vida si me la pidieras, Sarah —contesta en voz baja, no sé cómo debo tomarme eso o qué contestarle—. Nuestras decisiones son las que nos definen —sigue sin separarse de mí—; tú te has volcado en mí, en los míos. A pesar del miedo has luchado por nuestra causa como si también fuera la tuya, sin esperar nada a cambio, de manera desinteresada, y eso es lo que te define preciosa, eres hermosa por fuera, pero aún más por dentro, y por eso te quiero —se me hace un nudo en la garganta al escuchar las palabras de Pablo, palabras llenas de amor, un bálsamo para mi alma fría y atormentada—. Me asombra la profundidad de tu fortaleza, de tu corazón, por todo ello te quiero y estoy dispuesto a ser paciente, te daré cuanto me pidas, Sarah —niega con la cabeza, con su frente aún pegada a la mía—, pero no le permitas a él volver a entrar —me implora—, no le des espacio en tu vida, aléjalo de ti y a cambio yo te colmaré de amor y de cariño; mi padre dijo que podía hacerte feliz, es cuanto quiero en la vida, estar contigo y hacerte feliz.

Inclino la cabeza, acaricio sus labios con los míos y beso sus labios frescos en contraste con los míos. Pablo me devuelve el beso, su aliento calienta mi alma fría, me dejo llevar por el bienestar que él me proporciona, enrosco mi lengua con la suya y él sigue besándome con delicadeza, haciéndome sentir como una reina.

Nos despedimos en el coche y vuelvo a casa todavía más confusa que cuando me he ido.

Carla me atosiga para que preparé las cosas; a pesar de que es muy tarde me pongo con ello, dejo las cajas que aún no había desembalado en el recibidor ya atestado y guardo mi consola y mis juegos en otra caja, no creo que tanta mudanza sea buena para el lector de mi playstation.

No quiero ir a casa de Nay, siento que ese no es mi sitio, que me voy a arrepentir de haberme ido.

No tengo sueño, así que me quedo preparando la nueva mudanza hasta el amanecer; cuando me voy a dormir, está casi todo preparado para marcharme. Estas horas me han proporcionado demasiado tiempo para pensar, para darle vueltas a todo lo acontecido, para recordar cómo me siento cuando Eric está cerca de mí, para reflexionar sobre mis sentimientos por Pablo. A pesar de ello, no llego a ninguna conclusión respecto a nada.

Por la mañana, Carla me despierta aporreando la puerta; apenas he dormido, pero aun así me levanto para que deje de atosigarme.

Al llegar a casa de Nayara ya han subido todas nuestras cosas; las mías están en mi antigua habitación, junto a las cosas de Mariona. No pienso dormir aquí, así que lo traslado todo a la habitación de Laura. El armario está lleno de sus cosas; la habitación es mucho más pequeña y, a pesar de que me gusta el caos, me ahogo dentro de esta habitación llena de cajas.

Laura volverá antes de que acabe el año, así que debo hacer algo con mi vida antes de que eso ocurra, debo tomar el control de mi vida, buscar un trabajo estable y marcharme. Debería buscar un piso e irme a vivir sola, puede que me venga bien; además, esta casa me recuerda a Mariona, a Eric, y quiero romper con todo eso.

Rebusco entre mis cajas algo de ropa y la guardo en el armario, junto a las cosas de Laura. Saco mi portátil y busco trabajo sin mucho éxito, me apunto en algunas páginas de búsqueda de trabajo, busco ofertas relacionadas con mi título universitario, pero también me apunto en algunas de hostelería; soy consciente de que estamos en plena crisis y de que me costará encontrar trabajo.

Ceno con Carla, Nayara y Aleix, pero el ambiente no está para muchas fiestas. Nayara está apática; Aleix, que siempre está de broma, está serio, pendiente de Nayara, obviamente preocupado por ella; la única que parece animada es Carla.

Después de cenar me doy un largo baño, debo intentar comunicarme con Natalia; la idea debería resultarme aterradora, pero quiero hacerlo, quiero hablar con ella, necesito que me diga si fue Mariona quien la mató. Me gustaría poder hacer algo por ella, quizás tenga algo que decirle a su familia, no lo sé.

Entro en mi habitación y me siento en la cama con las piernas cruzadas; me siento nerviosa por lo que voy a hacer, así que intento relajarme, cierro los ojos e intento practicar los ejercicios de yoga que solía hacer con Laura. Trato de dejar la mente en blanco y concentrarme; me centro en Natalia, alejo el recuerdo de ella muerta a mis pies, intento recordarla viva, su sonrisa de dientes torcidos y sincera, el brillo de sus ojos verdes llenos de vida.

—Natalia —la llamo sintiéndome un poco estúpida—, necesito hablar contigo, dame alguna señal.

Mantengo los ojos cerrados, no siento nada, nada de lo que he sentido con Carlos o Antoni, ni sensaciones de frío, ni de ser observada, nada cambia a mi alrededor.

La llamo desde mi fuero interno, sin abrir los ojos; le pido que me ayude, le ofrezco mandarle algún mensaje a su familia, le pido perdón por lo que le ha pasado, le pregunto si fue Mariona, pero no obtengo ningún resultado, no funciona; paso mucho tiempo relajada intentándolo pero no consigo nada.

Al día siguiente me dedico a dejar curriculums por todas partes y por la noche vuelvo a intentar comunicarme con Natalia, sin ningún éxito. No tengo ni idea de cómo funciona mi supuesto poder. Puede que Ortiz tenga razón y me castre a mí misma, el resultado es que no hay resultado, así que decido volver a intentarlo al día siguiente y, de no conseguirlo, pedir ayuda a la experta. Aina entiende y sabe mucho más que yo, con ella he conseguido comunicarme con su padre; gracias a ella, pudimos hacerlo cuando nosotras quisimos. Solo espero que no esté tan enfadada como para mandarme a la mierda después de las evasivas que le he estado dando.

El fin de semana trabajo, vuelvo a hablar con Dani con la esperanza de que pueda replantearse lo de darme una jornada normal o tendré que dejarlo; él me contesta que no puede hacerlo, que si debo marcharme lo entenderá y me deseará toda la suerte del mundo.

Cuando salgo de trabajar me voy con Pablo a su casa y, como esperaba, Aina está molesta conmigo porque le di plantón y después no quise acercarme a ella porque Mariona me había amenazado y tenía miedo de que fuera a por ella, temía que le hicieran daño para dañarme a mí, así que preferí alejarme de ella. Ahora ya sé que Mariona fue quien me amenazó, pero ella ahora está bajo tutela policial, así que no tengo de qué preocuparme.

Le cuento todo lo sucedido, le explico por qué no la he llamado, ni he contestado a sus mensajes.

—He intentado comunicarme con Natalia —le digo a Aina—, pero no he conseguido nada.

—¿Y quieres que yo te ayude? —pregunta mirándome con una soberbia que ningún niño debería tener— Eres una interesada, Sarah —dice a bocajarro—, deberías haber contestado a mis mensajes por lo menos.

Me merezco la ira de la pequeña Aina, razón no le falta.

—Lo siento Aina —está enfadada conmigo y lo entiendo—, estoy sometida a mucho estrés.

—Quise ir a tu casa, pero Pablo me lo prohibió —dice frunciendo los labios con fuerza—, desde que empecé el colegio solo me han dejado salir para eso, ir al colegio.

—Él temía que te pasara algo si te acercabas demasiado a mí, ha muerto una persona, Aina.

—¿Leíste mi cuento? —cambia de tema ignorando mis explicaciones.

¿Otra vez con el cuento?

—Todavía no, como te he dicho he estado muy liada.

—¿Lo has traído?

Me pregunto si no me escucha, qué importancia tiene el maldito cuento de las narices, ni siquiera sé en qué caja está.

—¿Qué importa el cuento, Aina? —le pregunto intentando controlar mi enfado— Esto es serio Aina, necesito hablar con Natalia, te estoy pidiendo ayuda.

—Te ayudaré cuando leamos el cuento.

—Vamos Aina —intento razonar con ella—, te prometo que leeremos ese estúpido cuento, pero ahora necesito hablar con Natalia; tú la trajiste a mis sueños, puedes ayudarme, olvídate del cuento.

Achica los ojos y ladea la cabeza mirándome extrañada.

—Yo no he hecho eso, ni siquiera conocía a esa chica; si has soñado con ella no tiene nada que ver conmigo.

—¿No?

Niega con la cabeza, masajeo mis sienes sintiéndome estúpida, debí imaginar que solo era un sueño.

—No te agobies —dice acariciándome la cabeza de forma fraternal; ladeo la cabeza y la miro, Aina tan adulta siempre, a veces más que Pablo y que yo—, te ayudaré —sentencia—, cuando leamos el cuento.

—Ayúdame ahora y prometo traerte el cuento.

—No, ya me has dado muchas largas, es importante, ese cuento habla de nosotras.

¿Que el cuento habla de nosotras? ¿Está de broma?

—No seas cabezota, Aina —le imploro—, necesito hablar con Natalia.

Aina niega con la cabeza; pedirle que no sea cabezota, es como pedirle al sol que no salga cada mañana.

Pablo se reúne con nosotras e intenta hacerle entender a Aina que es importante lo que le estoy pidiendo, que yo los ayudé cuando querían hablar con su padre, pero ella se mantiene en sus trece, sin cuento no hay ayuda.

Me quedo a cenar con ellos; su madre prepara tortilla de patatas y filetes de pollo empanados, y después vamos a la habitación de Pablo a jugar a la play. Pablo y yo nos comportamos como si no pasara nada entre nosotros, en varias ocasiones veo cómo me mira, me gustaría acercarme a él y besarlo para que deje de mirarme embobado, pero no lo hago, no quiero confundirlo aún más.

Aina quiere jugar con nosotros, con lo que ponemos el SingStars. Cantamos varias canciones y Pablo decide dedicarme una, me pide que cierre los ojos y Aina se tira encima de mí en la cama tapándome los ojos.

Empieza a sonar la música y al principio no reconozco la canción, hasta que tanto Bisbal como él cantan.

—¿Qué milagro tiene que pasar para que me ames? ¿Qué estrella del cielo ha de caer para poderte convencer? —me zafo de Aina y miro a Pablo— Que no sienta mi alma sola, quiero escaparme de este eterno anochecer —sigue cantando mirándome—. Dice mucha gente que los hombres nunca lloran, pero yo he tenido que volver a mi niñez una vez más, me sigo preguntando, por qué te sigo amando y dejas desangrando mis heridas —el vello se me pone de punta al escuchar la letra de la canción—. No puedo colmarte de ni joyas ni dinero, pero puedo darte un corazón que es verdadero —se sienta en la cama a mi lado—, mis alas en el viento, necesitan de tus besos, acompáñame en el viaje que volar solo no puedo —me sonríe y acaricia mi mejilla mientras mi corazón empieza a bombear dentro del pecho—. Y sabes que eres la princesa de mis sueños encantados —sigue mirándome a los ojos sentado junto a mí—, cuantas guerras he librado por tenerte aquí a mi lado, no me canso de buscarte, no me importaría arriesgarte, si al final de esta aventura yo lograra conquistarte —lleva su boca hasta mi oído y sigue cantándome—. Y he pintado a mi princesa en un cuadro imaginario, le cantaba en el oído susurrando muy despacio, tanto tiempo he naufragado, y yo sé que no fue en vano, no he dejado de intentarlo, porque creo en los milagros —se separa de mi oreja y me coge de la muñeca, me levanta con él—. Sigo caminando en el desierto del deseo, tantas madrugadas me he perdido en el recuerdo, viviendo el desespero, muriendo en la tristeza por no ver cambiar ese destino.

Me besa la mejilla y me acerca a su cuerpo, nos mecemos juntos al ritmo de la música. Sigue cantando el estribillo de la canción, mientras siento una enorme congoja, me siento muy emocionada. La letra de la canción es preciosa, él cantándomela como si fuera una verdad universal me llenan de amor y me hace sentir amada. Las lágrimas acuden a mis ojos, pero ninguna escapa de ellos.

Se lleva un mechón de mi pelo a la nariz, me acaricia la mejilla y vuelve a besarla, mira mis labios y sé que quiere besarme y yo quiero que me bese, no comprendo por qué no lo hace, sus ojos me transmiten el deseo y el anhelo que siente por besarme, quiero que lo haga. Quiero sentenciar este momento con un beso, quiero el calor de sus labios sobre los míos, calentando mi alma como solo él sabe hacerlo.

—Ahí tienes un chulito bajándose los pantalones —dice Aina detrás de mí—, lo has hecho muy bien hermanito, vas bien —lo felicita.

Me giro para mirar a Aina, ella nos mira y vuelve la vista hacia la pantalla seleccionando otra canción; vuelvo a mirar a Pablo, él niega con su eterna sonrisa dibujada en sus labios perfilados, vuelve a besarme la mejilla y se separa de mí.

Aina tiene mucha razón, Pablo ya no es el chico ligón que conocí, es mucho más romántico de lo que nunca hubiera imaginado. No necesita decir que me quiere, lo siento así en cada cosa que hace, en sus gestos, en su forma de tocarme, de tratarme, de mirarme cuando cree que no me doy cuenta.

Aina y yo cantamos una canción de Maná; ella, como su hermano, tampoco canta mal, sin embargo yo, más que cantar, berreo.

Pasamos una gran noche, nos divertimos, cantamos y nos reímos unos de otros, incluso su madre se reúne con nosotros y canta alguna canción, y después nos hace algunas fotos inmortalizando el momento.

Por un rato soy capaz de desconectar de todo, no pienso en Eric ni un solo momento hasta que llego a casa y, como siempre que estoy sola, pienso en él. Aun así todas esas horas alejado de mi mente le da esperanzas a mi corazón, me recuerdo que puedo olvidarlo, que Pablo puede darme más de lo que él me dio nunca.

18

Mariona

El domingo, al salir del trabajo, voy a casa en busca del dichoso cuento; no aparece por ninguna parte, así que decido ir a casa de Carla, por si me lo he dejado, y en efecto está allí. Cuando llego a casa de Pablo, este me dice que su hermana está de cumpleaños, así que me veo obligada a dejarlo para el día siguiente.

Paso con Pablo lo que queda de tarde; aprovechamos que, a pesar de estar ya a mediados del mes de octubre, sigue haciendo una temperatura de finales de verano, por lo que vamos a dar un paseo y acabamos tomando una cerveza en el local de un amigo suyo.

Al llegar a casa me encuentro con Aleix; siempre pensé que Aleix era demasiado de coña para tomarse nada en serio, pero me está sorprendiendo gratamente. Está apoyando mucho a Nayara, se nota que se preocupa mucho por ella, y me alegro de que su relación se consolide.

Después de cenar vuelvo a la habitación de Laura, me siento en la cama y ojeo el cuento. No comprendo el interés de Aina por este cuento de niños. Está lleno de dibujos, frases cortas e ilustrado a todo color, el típico cuento infantil, vaya; lo cierro y leo la portada.

Don y maldición

La portada es una imagen de una madre con cuatro niñas, lo abro y empiezo a leerlo.

Hace mucho tiempo, en un país vecino, vivía un príncipe llamado Alaric. El príncipe era joven y apuesto.

En una página se ve un castillo, con el que imagino debe ser el príncipe montado a caballo.

Contra todo pronóstico, en los bosques del oeste, conoció a una campesina, con el cabello negro como las alas de un cuervo y los ojos del color del mar.

Cabello negro y ojos azules, inevitablemente pienso en Eric, joven y apuesto. Paso la página.

El joven príncipe la visitó durante veintiocho días, hasta que la cortejó.

Cuando Alaric les comunicó a sus padres que quería desposarse con una campesina, estos se opusieron a esa unión. Sí él quería desposarse, buscarían a una candidata digna de la grandeza de su sucesor.

Vaya padres gilipollas, pienso. Aina dijo que el libro hablaba de nosotras; no es que la creyera, pero no comprendo qué ha podido hacerle llegar a esa conclusión. Suspiro y vuelvo a pasar la página con desgana.

Ante la oposición de los reyes, el príncipe decidió casarse en secreto con Béatrice, la joven campesina.

¿Béatrice? Dejo el libro sobre mis piernas y, observando los dibujos, ese nombre me suena, pero soy incapaz de recordar dónde lo he oído; le doy vueltas pero no consigo recordarlo. Sigo leyendo.

Cuando al día siguiente volvió al castillo de sus padres para anunciarles que se había desposado con Béatrice, encontró a la joven más hermosa que sus ojos habían visto nunca.

No me jodas que ahora le gusta la otra, debe luchar por su amor por la campesina, pienso indignada.

Su piel era blanca como la nieve, los labios rojos como una rosa, sus cabellos eran de oro y los ojos de esmeralda.

Cayó de rodillas ante la belleza nórdica de la princesa que sus padres habían elegido para él. La imagen de una reina.

Miro el dibujo de la supuesta reina, es un dibujo de Mariona, es ella, igualita que ella; no es por el pelo rubio o los ojos verdes, o por su piel blanquecina… Es que el dibujo tiene sus mismas facciones y el príncipe cae de rodillas ante ella, pasa de la modesta campesina por ella.

Cierro el cuento de un golpe, no quiero saber cómo acaba, no quiero sentirme así de rabiosa porque Eric eligió a Mariona. Me recuerdo que yo también he hecho mi elección y no es Eric precisamente, me recuerdo que este cuento no habla de Eric, Mariona o de mí.

—¿Qué haces? —pregunta Nayara en la puerta.

—Nada —contesto dejando el cuento sobre la mesita de noche—. ¿Ya se ha ido Aleix?

—Sí, tenía que estudiar —se sienta conmigo en la cama. Nayara no tiene buen aspecto, lo está pasando mal y me siento fatal por ella—. ¿Aún no has desembalado tu dichosa consola?

Sonrío sin ganas, espero no tener que hacerlo, así en lugar de perder el tiempo me dedico a buscar un trabajo de verdad y, cuando lo encuentre, ya veré lo que hago. Laura volverá y tendré que volver a la habitación de Mariona; no quiero dormir en esa cama, me imagino a Eric y a Mariona retozando en ella y la rabia se cuela en mis huesos.

—Dani no va a ampliarme el contrato —le digo—, debo buscar un trabajo de lunes a viernes, así no me distraigo.

—¿Has encontrado algo?

—Aún no —me sonríe sin ganas y sus ojos apesadumbrados me duelen, odio ver así a Nayara. Le aparto el pelo negro a un lado, detrás del cuello, la miro a los ojos de esa extraña tonalidad—. ¿Cómo estás?

—No lo llevo bien —me contesta—, he vuelto a comisaría, pero no me han dejado verla; quisiera saber cómo está, si la tratan bien, si necesita algo —me relamo los labios y afirmo con la cabeza—. ¿Cuándo irás a hablar con ella?

—Aún no lo sé.

—Entiendo tu postura, Sarah —comenta con un puchero lastimero que hace que sus ojos se inunden de lágrimas—, pero ella no ha matado a nadie, es Mariona, la conoces de toda la vida.

—Ella ya no es la misma persona, Nay —paso el brazo por sus hombros—, la chica que salió de ese agujero, no es la misma que entró ocho años antes. Desde que la sacamos no ha hecho otra cosa que herirme.

—Eso no es cierto, Sarah —dice mirándome con esos ojos de caramelo verdosos—, puede que se haya metido entre Eric y tú, pero esa relación estaba avocada al fracaso, en el fondo tú lo sabes, eso iba a pasar tarde o temprano, con Mariona o sin ella.

Eric y yo no somos especialmente compatibles, eso es cierto, con Mariona o sin ella nuestras diferencias de carácter chocan como esas colisiones tectónicas que provocan los terremotos.

—Ella ha sido un cáncer para mi relación, no la veis con la claridad con la que la veo yo.

—Eres tú la que no la ve con claridad, porque estás ciega de rabia y resentimiento —me envaro ante esas palabras y ella sigue hablando—;

ella mintió, pero eso no la convierte en asesina, Sarah —me mira suplicante y no soy capaz de seguir discutiendo sobre lo mismo, no viendo el dolor de su mirada—. Por favor, Sarah, ve a hablar con ella, hazlo por mí, necesito saber cómo está.

Se pone a llorar, se me forma un nudo de emoción por verla así, la rodeo con el brazo y la atraigo hacia mí; ella apoya la cabeza en mi cuello y llora, le limpio las lágrimas y la mezo entre mis brazos intentando consolarla, odio verla así.

—Está bien, Nay—digo abrazándola—, ya pasó, iré a hablar con ella, lo haré por ti —decido.

Cuando Nayara se va a la cama, intento de nuevo comunicarme con Natalia, sin éxito una vez más.

Al levantarme al día siguiente, me despierto intranquila, debo cumplir mi palabra, tengo que ir a ver a Mariona, pero quiero postergarlo, no quiero ir, quiero hablar primero con Natalia. Guardo el dichoso cuento en el bolso por si no vuelvo a casa y cojo la carpeta llena de curriculums dispuesta a encontrar algo. Después, si Pablo me llama, le diré de comer juntos, le devolveré el cuento a Aina y tendrá que cumplir su palabra, deberá ayudarme con Natalia.

Estoy subiendo al ascensor cuando llaman al timbre; no hay nadie en casa, lo ignoro y bajo, sea quien sea me lo encontraré en el portal, puede que sea alguno de los amigos de Nay.

Me equivocaba, mi propio príncipe traidor está en el portal de casa de Nayara.

Al ver a Eric se me remueven las tripas, mariposas y miedo se mezclan en mi estómago, lo siento como millares de hormigas moviéndose dentro de mí, y odio que él me haga sentir nada.

—¿Qué cojones quieres ahora? —le pregunto abriendo la puerta y utilizando su palabra favorita.

Me pongo delante de él a cierta distancia, va con un traje azul oscuro y una camisa azul más clarita, la corbata de rayas es azul y gris. Es irresistiblemente atractivo, adictivamente guapo e intimidante, pero a mí ya no me intimida, bueno, un poco sí, pero no como cuando era un misterio que involuntariamente quería resolver.

—Ha pasado una semana desde que detuvieron a Mariona —me contesta mirándome de arriba abajo—, está sufriendo allí encerrada, es hora de que vayas.

—Iré mañana —le contesto mirándole a los ojos del color del mar, quiero gruñirle—. ¿Cómo sabías que estaría aquí?

161

—¿Te has mudado, no? —pregunta sabiendo la respuesta con una sonrisa llena de chulería.

Maldito presuntuoso sabelotodo, me apetece darle con la carpeta que tengo en las manos en la cara, borrar esa mueca que hace con sus labios perfectos que tanto anhelo, *que tanto has anhelado Sarah, basta, ya está bien*, me riño a mí misma.

—¿Has hecho que me sigan de nuevo? —pregunto molesta, sin poder creerlo.

—La última vez no te seguían a ti, seguían a tu súper nuevo mejor amigo —dice con esa prepotencia made in Eric; hace una caída de ojos que me para la respiración, siento que me desnuda con sus penetrantes ojos azules, y las hormigas no solo recorren mi estómago. No quiero que me mire así, no quiero que me afecte así—. Me he enterado de que estás buscando trabajo, yo tengo uno para ti.

¿Sabe que estoy buscando trabajo? Torres me está siguiendo de nuevo, ya no me queda ninguna duda, no entiendo por qué no me deja tranquila de una vez.

—No quiero trabajar para ti, por si aún no te has enterado no quiero verte.

Creo ver dolor en su mirada, pero pasa tan rápido que no estoy segura de haberlo imaginado, yo no tengo el poder de herir a Eric, qué más quisiera yo, se iba a enterar.

—Creé esa fundación para ti, es tuya, lleva tu nombre, ni siquiera tendrías que verme.

—No quiero nada de ti, puedo valerme por mí misma perfectamente; y dile a Torres que, como lo vea seguirme, cumpliré mi amenaza y os denunciaré a los dos.

—Torres no te está siguiendo, encanto —dice con prepotencia.

Cuanto más chulo e imbécil se pone, más me pone a mí, soy masoquista, estoy enferma.

—Estáis los dos avisados —le advierto dando la conversación por concluida.

Intento marcharme y me coge del brazo, siento esa corriente eléctrica ya olvidada.

—Debes acompañarme, Sarah —dice acercando sus labios a mi oreja.

Miro hacia la carretera llena de coches, cojo aire y lo encaro, su cara queda a escasos centímetros de la mía, me aparto de él y me suelta.

—No voy a ir contigo.

—Yo vengo de allí, te interesa ir, le he dicho a Ortiz que iba a venir a buscarte y dice que tiene información que puede interesarte.

—¿Ahora eres amiguito de Ortiz? —demando con el mismo desdén que emplea él.

—Eso tío esconde algo, no me fío de él —por fin algo en lo que estamos de acuerdo, centro mi mirada en la suya, en esos ojazos azules, llamativos y preciosos que tiene—; eso de que quiere que le ayudes me escama. Hablando con él me he dado cuenta del interés que tiene en ti, un interés que no me gusta un pelo —me pregunto si va en serio o solo quiere que le preste atención; desde luego lo ha conseguido, tiene toda mi atención—. Voy a hacer que lo investiguen —dice muy serio—, te pediría que te distanciaras de él, pero como siempre, harás lo que te dé la gana, ignorándome como de costumbre, así que al menos ándate con ojo.

Eric sabe que no me fío de Ortiz, me temo que pueda estar jugando conmigo para llevarme a su terreno, para conseguir sus objetivos. Eric muchas veces juega sucio, no estoy segura de poder confiar en él.

—¿Qué interés crees que tiene Ortiz en mí?

—No lo sé, pero te ofrezco que me acompañes a comisaría; si hablas con Mariona, yo puedo hablar con él, o hacer de intermediario entre los dos —se toca la frente— si lo prefieres, pero tiene que ser ahora.

Estoy decidida a hablar con Mariona, la conversación que tuve ayer con Nayara me ha convencido, si no lo hago por Mariona, al menos debo hacerlo por Nay. ¿Qué más da hoy que mañana?

—Iré contigo —me decido al fin—, pero eso no cambia que te quiero fuera de mi vida.

—Sarah, dentro de ti lo único que quieres es tenerme más cerca, tan cerca que hasta los cuerpos molesten. Tú lo sabes y yo lo sé, sólo hace falta que el pardillo de tu amigo se dé cuenta y deje de confundirte.

—Eres un creído y un imbécil, te recomiendo que de aquí a comisaría cierres esa bocaza que tienes.

Se echa a reír y yo lo miro sin poder creerlo. En la comisura de sus pecaminosos labios aparecen esas arrugas que tanto adoro de él; no entiendo por qué se ríe y, a pesar de que es posible que se esté riendo de mí, me apetece sonreír sólo por el hecho de que él lo esté haciendo, he extrañado mucho la risa de Eric.

Me obligo a mantenerme fría, no debo flaquear delante de él, me tiro el pelo hacia atrás y me doy la vuelta, cuando sonríe es imposible que no me afecte. Voy hasta el coche que espera en doble fila y, al acércame, me doy cuenta de que es mi coche, bueno, el coche que me regaló para mi cumpleaños y yo rehusé a quedarme.

Me giro en la puerta del copiloto, me lanza las llaves e intento cogerlas al vuelo, estas me golpean en un dedo y se me caen, rebotando contra un coche aparcado y acabando bajo otro.

—Vaya reflejos tienes —dice Eric sin perder la sonrisa.

Lo miro preguntándome dónde está la hostilidad, dónde han quedado sus exigencias y sus desplantes. Se agacha entre ambos coches y recoge las llaves, me las tiende. No quiero cogerlas, pero prefiero conducir, así no me sentiré tentada a pasarme todo el camino mirándolo como una idiota.

Ajusto el asiento para mis piernas, mucho más cortas que las suyas y me ajusto la falda de mi vestido para que no se vea más de lo debido, no debí vestirme tan corta esta mañana. Eric mira mis piernas y, cuando nuestras miradas se encuentran, arranco el coche, sin darme cuenta de que ha dejado la marcha puesta; este se cala y Eric se ríe. Giro la cabeza para mirarlo, no comprendo por qué está de tan buen humor.

Vuelvo a arrancar el coche y salimos, pone las pocas reproducciones que compré y suena la canción de Icona pop, la última canción que escuché en este coche. Me recuerda cómo me sentía aquella noche, aquella fatídica noche en que lo nuestro se acabó.

Intenta darme conversación y yo le corto secamente; que él ahora esté de buen humor no significa que no pase nada. Han pasado demasiadas cosas para comportarme como si nada.

Empieza a sonar Somewhere only we know, nuestra canción, para mí siempre será nuestra canción; además yo no la compré, sino que lo hizo él. Me pregunto si esta canción tiene algún sentido para él, si como yo, siente que es nuestra canción. Paro en un semáforo y la letra de la música sale por el estéreo del coche.

—Esta canción siempre me recuerda a ti —siento cómo me mira, pero no giro la cabeza para comprobarlo, a mí también me recuerda a él y ese recuerdo duele—, cuando la escucho siempre pienso en ti —carraspea y baja el tono de voz—. Cuando rompiste conmigo me sentí incompleto, perdido incluso, me centré en el trabajo, como he hecho siempre, pero eso no me ayudó. Cuando Mariona me abrió los ojos me sentí un completo estúpido, pero me alegré de ser un idiota. La cagué, admito que la cagué, Sarah —dice en un tono suplicante que no tiene nada que ver con las risas que tenía antes de subir al coche, o la chulería del portal—. Quiero arreglarlo, pero tu indiferencia y frialdad me mantienen lejos, no entiendo a dónde te has ido y quiero que vuelvas. No eres la misma persona que conocí, por momentos creo que sí, pero no estás y yo te echo mucho de menos.

Sus palabras me hieren, no es lo mismo carácter que actitud, yo soy la de siempre, pero no voy a volver a hacer el idiota por él, no voy a volver a eso. Me da igual que diga que quiera arreglarlo, me da igual lo que me diga, las palabras sin actos, por muy bonitas y halagadoras que sean, no dejan de ser palabras vacías, o al menos eso es lo que quiero pensar, lo que me obligo a pensar.

—Déjalo Eric, no quiero escucharte.

Alargo el brazo y pongo la radio, donde suena un tema de Mika, un tema que te da energía. Cualquier cosa antes que dejar que Eric me afecte con sus palabras, de salir de detrás de mi falso escudo de indiferencia.

—Debí confiar en ti Sarah, ahora lo sé —vuelve Eric a la carga.

—Ahora ya no me sirve de nada —le corto.

—No volveré a desconfiar de ti.

—No —estoy de acuerdo con él—, no lo harás.

No voy a permitirte acercarte tanto, pienso.

—Las cosas pueden volver a ser como eran antes de Mariona o de ese niñato de Pablo —me enciende que menosprecie a Pablo—. Tú, yo, tus insolencias, mi genio, nuestras peleas, nuestras reconciliaciones, es cuanto necesitamos —siento cómo me mira, siento que me aplasta con su mirada mientras sus palabras hacen mella en mí, aunque no quiera—. Te echo de menos Sarah, no he dejado de hacerlo ni un solo día.

—¡Cállate la puta boca! —digo perdiendo la paciencia, no quiero escucharlo, no quiero que sus palabras alienten un corazón ahogado y herido— O te juro que me bajo y te quedas solo. El único motivo por el que he accedido a venir contigo es Ortiz —le recuerdo—, solamente Ortiz. Si quieres ayudarme bien, si no también, me las apaño muy bien sin ti, lo he hecho toda mi vida.

Subo el volumen de la radio dando el tema por zanjado, tengo la necesidad de girar la cabeza y mirar a Eric, me cuesta creer que, después de mi insolencia, como dice él, no me diga nada más, pero no lo hace.

Llegamos a comisaría y pregunto por Ortiz; poco después viene él mismo a recogernos. No puedo imaginar dónde compra la ropa este hombre, *es hortera hasta decir basta*, pienso mientras se acerca.

—¿Al fin se ha decidido, Sarah? —mira a Eric— Señor Capdevila —inclina la cabeza a modo de saludo.

—El señor Capdevila dice que tiene algo para mí —le contesto a Ortiz.

—¿Va a hablar con la señorita Prat? —ladea la cabeza tanteándome.

—Después de hablar con usted —le aseguro ladeando la cabeza al lado opuesto que la suya.

—Acompáñenme.

Lo seguimos hasta su despacho, abre la puerta con la ventana de cristal y tomo asiento. Eric se sienta junto a mí, pero sigo sin mirarlo, intentando ignorar lo que ha sucedido, intentando olvidar sus mentiras que minan mi corazón dolido.

—No esperaba que vinieran juntos —dice Ortiz mientras se sienta tras su escritorio desordenado—, cuando aseguró que la traería no lo creí —le dice a Eric y vuelve a posar sus oscuros ojos en mí—. ¿Consiguió hablar con Natalia?

—No.

—¿Lo ha intentado? —se inclina sobre la silla y cruza las manos sobre la mesa.

—Por supuesto —contesto indignada de que dude de mí—, espero que con ayuda pueda conseguirlo, con un poco de suerte esta misma tarde. ¿Ha averiguado algo?

—Creo que sí, he tenido acceso a las cuentas de la señora Mercè; a principios de los años ochenta, sus cuentas empezaron a bajar y a bajar, tenían problemas económicos, no graves, pero de seguir en esa dinámica en pocos años estaría en bancarrota. En el año 88 volvió a entrar dinero en esas cuentas.

—Entonces, como suponíamos, la vendió ¿no? —pregunto emocionada— ¿A quién?

—Presumiblemente no hubo ninguna venta, no consta en sus datos bancarios.

—No lo entiendo —frunzo el ceño sin dejar de mirarlo.

—Empezaron a tener beneficios, abrieron una empresa y les fue relativamente bien.

—Creía que no tenían dinero —digo confusa, acaba de decir que estaban casi en la bancarrota—. ¿Cómo pudo abrir una empresa? ¿Qué clase de empresa?

—Adquirió unas tierras, lo extraño es que en ningún lugar consta el pago de esas tierras, creemos que puede deberse a una herencia o una cesión, sea como sea lo están investigando. En pocos días sabremos cómo esas tierras llegaron a ser de su familia, si fue una cesión como sospecho, puede que tengamos una nueva pista.

—¿Cambió a su nieta por un trozo de tierra? —pregunto confusa.

—¿Cree que sería mejor que lo hubiera hecho por dinero?

—Es vomitivo, fuera como fuera —concluyo.

—Si consigo demostrar que la persona que le cedió las tierras está relacionada con su nieta, el juez sin duda me dará esa ansiada orden de registro, entonces podremos comprobar qué hay en el sótano que mencionó en nuestra visita.

—Cuando dice podremos, imagino que me incluye a mí también —ladeo la cabeza mirándolo—, espero.

—En realidad me refiero a un equipo forense y algunos agentes, pero sí, si lo desea podrá acompañarnos.

—Genial —contesto ansiosa por estamparle la verdad a esa bruja mentirosa en la cara.

—No creo que sea adecuado que Sarah lo acompañe —miro a Eric preguntándome quién le ha dado vela en este entierro, preguntándome de qué va, pero él mira a Ortiz.

—Sarah es adulta para tomar sus propias decisiones, señor Capdevila —le contesta Ortiz antes de que pueda hacerlo yo.

—Exacto, si quiero ir —Eric me mira y yo lo miro a él—, iré, y voy a ir —intento recordarle que yo hago lo que me da la gana y voy por libre—. No me lo perdería por nada del mundo.

Reto a Eric con la mirada y él me mira con esa soberbia suya; vuelve a mirar a Ortiz.

—No veo apropiado que meta a una civil sin ningún tipo de experiencia o habilidad en una situación hostil. Si insiste en hacerlo, me veré obligado a informar a su superior, y le aseguro —dice acercándose al escritorio de Ortiz sin mover la silla—, que lo sabré.

—¿De qué vas? —pregunto poniéndome en pie enfadada; Eric se acomoda en la silla, deja de mirar a Ortiz y me presta atención. Me mira apretando su mandíbula cuadrada y varonil, todo en él es atractivo, eso me hace odiarlo todavía más— Esto no tiene nada que ver contigo, no te metas —le advierto.

Eric me mira con esa altivez del que se cree el rey o el dueño del mundo, colocándose la americana de su impoluto traje de diseño, mientras me mira y me atraviesa con su mirada.

—Todo lo que tenga que ver contigo —dice mirándome de esa forma que acelera mi corazón—, me concierne —concluye como si fuera una verdad absoluta.

—¿Qué? —pregunto sin creer lo que acaba de decir— Tú y yo no estamos juntos —le recuerdo—, ni aunque lo estuviéramos tendrías la autoridad para tomar decisiones por mí.

—No voy a dejar que te pase nada malo, si tú no eres capaz de cuidar de ti misma, lo haré yo.

Siento una rabia asesina, deseo golpearlo y ponerlo de rodillas otra vez, deseo ver su cara desencajada por el dolor.

Me giro hacia Ortiz.

—Quiero pedir una orden de alejamiento —le digo a Ortiz—, este hombre —señalo a Eric aún sentado en la silla— me acosa, ha contratado a un detective para que me siga.

—¿Es eso cierto, señor Capdevila? —le pregunta Ortiz.

—Yo no la acoso —asegura con un tono imperturbable, como el que tiene un as en la manga y sabe que se va a salir con la suya, eso me pone nerviosa—. Si ella quiere cogerse una pataleta porque no voy a dejarla jugar a los detectives con usted, que lo haga, pero no voy a consentirle a usted que se lo permita. Hablaré con quien deba hacerlo, hasta conseguir que lo expulsen del cuerpo si permite que ella lo acompañe.

—Usted no tiene ese poder —asegura Ortiz—. He sido muy amable con usted, señor Capdevila —comenta con cierta condescendencia, un tono de voz que debe estar machacando el enorme ego de Eric—, le he permitido hablar con la detenida cuando no tenía ningún derecho a hacerlo, le he permito escuchar una conversación privada como la que acabo de tener ahora con la señorita Ferrer.

—Está usted advertido —es la única respuesta de Eric.

Ortiz se pone de pie y rodea el escritorio, se acerca a Eric y este se pone también de pie.

—Yo que usted me replantearía esa advertencia —dice cuando está junto a él, va hacia la puerta de salida y la abre para él—. De momento, quiero que salga de mi despacho, no voy a tener una sola deferencia más hacia usted.

Eric me mira, el hielo de su mirada me atraviesa, no dice nada más, se gira en dirección a Ortiz y se acerca a él; antes de marcharse, cuando ya está en la puerta, le hace una última advertencia:

—Aléjese de ella.

Se marcha sin esperar una respuesta de Ortiz, este y yo nos miramos y cierra la puerta del despacho.

—Su amiguito tiene los humos muy subidos —dice Ortiz volviendo al escritorio.

—No es mi amigo —le recuerdo.

—Bueno, eso no importa, cuando consiga la orden quiero que me acompañe —*bien*, pienso llena de regocijo—. Me dan igual las exigencias de un niño rico que se cree que puede hacer lo que quiera con la gente, yo soy un agente de policía, no una veinteañera.

—Gracias —contesto con sarcasmo.

—No se ofenda.

—No lo hago —le contesto indiferente. *¿De qué serviría?*, pienso.

—Es hora de que hable con su peor enemiga, siento mucha curiosidad por esa insistencia en que viniera usted a verla.

Afirmo con la cabeza. Supongo que ha llegado el momento, yo también siento curiosidad por lo mismo. Le ha confesado a Eric la verdad para que viniera hasta aquí, así que imagino que debe tener algo preparado, no tengo ninguna duda.

Ortiz me obliga a dejar el bolso en su despacho, con el móvil dentro de él. Me acompaña hasta una sala de interrogatorios, no es la misma sala en la que me he reunido con él anteriormente, en esta ocasión sí que hay un espejo, estoy segura que al otro lado de la pared debe haber alguien observando.

Entro de la sala y Ortiz me pide que espere, me siento en una de las sillas de espaldas al espejo, observo la espartana sala a mí alrededor.

No debo esperar mucho, enseguida Ortiz viene con Mariona. Al verlos entrar me pongo de pie.

Mariona va vestida con ropa de calle, por alguna razón me la imaginaba con el mono naranja de presidiaria. Lleva el pelo rubio en una cola de caballo y la cara lavada, su piel nívea y pecosa se ve más blanca de lo normal y tiene unas profundas ojeras. Sus ojos verdes y rasgados se centran en mí, no rompe el contacto visual con mis ojos hasta sentarse en la mesa delante de mí. Vuelvo a sentarme y Ortiz retira la silla para sentarse junto a mí.

—Si no le importa —deja de mirarme por primera vez desde que ha cruzado la puerta, centrando sus ojos en Ortiz—, es una conversación privada, quiero hablar con Sarah a solas.

—Lo lamento, señorita Prat, pero no puedo dejarlas solas, espero que lo comprenda.

Mariona entrecierra los ojos mirándolo. En su cara se refleja incomprensión, como una reina que quiere recuperar la compostura se yergue en la silla.

—Tú no pintas nada —le dice Mariona a Ortiz rabiosa—, ya he dicho que solo iba a hablar con Sarah.

—Comprenda que yo tengo que estar aquí —le contesta Ortiz.

—En ese caso no voy a decir nada, sabe tan bien como yo que mi salida está próxima —su mirada se centra en mí de nuevo—, hablaré con ella cuando salga.

Miro a Ortiz preguntándome a qué viene eso de que su salida está próxima, eso no puede ser, mató a Natalia, no pueden dejarla salir, es una asesina.

—Tiene demasiadas expectativas, yo no veo tan claro que vaya a salir.

—Ya me ha mareada suficiente, no voy a volver a hablar con usted hasta que venga mi abogado.

Se cruza de brazos y yo sigo observándola, esta es la verdadera Mariona, altiva y desafiante. Todas las máscaras han caído al suelo, ahora a la vista de todos queda lo que llevo meses advirtiendo. A pesar de eso me cuesta creer que ella matara a Natalia, me costó mucho hacerme a la idea de que estaba muerta, pero indirectamente es culpa mía por haber sacado a Mariona de ese agujero donde se escondía.

—El abogado que el señor Capdevila va a proporcionarle, querrá decir —alza las cejas con gesto indiferente y me mira a mí directamente a los ojos. Ortiz sigue hablándole—. Mire, señorita Prat, está acusada de asesinato, le recomendaría que no complicara más las cosas y hablara conmigo, le conviene.

—No voy a hablar delante de él —dice clavando su mirada verde en mí—, esto es cosa nuestra, tú me has metido aquí y tú tienes que sacarme.

—Te has metido tú solita en esto —le contesto negando con la cabeza—, sabía que eras mala y retorcida —le digo sin poder creer aún que haya sido ella—, pero nunca pensé esto. Cuando Natalia me preguntó si me arrepentía de haberte buscado, le dije que no, pero ahora sí estoy arrepentida. ¿Por qué lo hiciste?

—Dile a tu sabueso que se vaya, de otra manera no voy a hablar.

—Tú querías que viniera, aquí estoy, hablemos.

—Solas o no hay trato, tengo muchas cosas que decirte, cosas que no le interesan a nadie más que a ti y no pienso hablarlo delante de nadie.

Me giro para mirar a Ortiz, él niega con la cabeza.

—Salga —le pido, quiero acabar cuanto antes con esto—, hablaré con ella.

—¿Está segura, Sarah? —pregunta Ortiz.

Asiento con la cabeza y Ortiz sale de la sala.

La habitación se queda en silencio, Mariona y yo nos miramos en la distancia de la mesa metálica que hay entre nosotras. Espero a que diga algo, pero no lo hace, solo me mira.

—¿Por qué le has dicho a Eric la verdad? —pregunto.

—Tú querías vengarte de mí, ya lo has hecho. Eric sabe la verdad, ahora debes dejarme salir.

La miro sin comprender, parece que ella cree que yo puedo sacarla del lío en el que se ha metido, pero este es su sitio, ella ha matado a Natalia, es aquí donde debe estar.

—No soy yo quien te retiene —le recuerdo—, tus propias decisiones te han traído aquí.

—No voy a permitirte que me sacaras de una cárcel, para que ahora me metas en otra —dice cabreada.

—Pensé que nunca diría esto, ni siquiera cuando interferiste entre Eric y yo, pero me arrepiento de haberte sacado de ese agujero en el que te escondías, fue la peor decisión que he tomado en la vida. De no haberlo hecho, Natalia seguiría con vida. ¿Por qué la mataste?

—Yo no la he matado y tú lo sabes.

—Has mentido tanto que ya no puedo creerte.

—Es cierto —afirma con la cabeza—, he mentido, he mentido mucho —su tono de voz se vuelve puro desdén y prepotencia—, me gusta mentir —dice como si se regodeara en ello—, se me da bien. Había olvidado lo divertido que puede ser jugar con la gente; yo miento y me creen, yo ordeno y ellos hacen, solo debo concentrarme un poco y se hace mi voluntad.

La miro preguntándome de qué va, preguntándome si realmente cree lo que está diciendo o si es una retorcida manera de justificarse, no entiendo nada, pero desde luego las máscaras han caído al suelo. Espero que Ortiz, al otro lado del espejo, este viendo a la verdadera Mariona, a la déspota manipuladora que yo veo al mirarla.

—¿Tú te estás oyendo? —demando sin creer lo que dice.

—¿Te acuerdas de los cuentos que mi madre escribía? —afirmo con la cabeza, preguntándome si es cierto lo de la doble personalidad y estoy hablando con su otro yo— Solía leerme uno de ellos, trataba de una niña, una niña muy hermosa que influía en la gente, en sus decisiones y acciones, que podía controlarlos. Durante años pensé que esa niña era yo, decía mentiras y la gente creía cuanto salía de mi boca, solo debía esforzarme un poco. Pero tú no —estrecha los ojos acusándome de algo—, tú siempre me pillabas, no creías en mis mentiras y me dejabas con el culo al aire. Llevas toda mi vida castigándome, toda la vida contradiciéndome, haciéndome dudar de mí misma, y fue por eso que el Monstruo hizo lo que hizo, porque yo no confiaba en mí misma y tú tienes la culpa de todo.

—¿De qué estás hablando?

Nada de lo que dice tiene ningún sentido, su madre es una mujer tan retorcida como ella, haciéndole creer a su hija que era más de lo que en realidad era, yo no tengo la culpa de eso. Yo nunca he hecho nada para castigarla, en la vida la he castigado, nunca quise herirla, al menos hasta que se metió en medio de mi relación con Eric con sus mentiras. En ese momento admito que sí quería hacerle daño, darle al menos una porción de lo que ella me estaba haciendo a mí.

—Tu madre me advirtió de lo que iba a pasar —*¿Cómo?*, me pregunto mirándola—, ella me dijo que había un hombre que quería hacerme daño, no entendía cómo lo sabía, pero sí a quién se refería.

—¿Por eso te ayudó mi madre? —demando intentando comprender lo que en realidad sucedió— Él nunca te violó, ¿verdad? —comprendo al fin.

—¡Claro que lo hizo! —exclama molesta alzando la voz— En aquel momento aún no lo había hecho, pero desde que era una niña me observaba, cuando venía a casa se colaba en mi habitación, me decía cosas que entonces no comprendía, pero que no me gustaban. Cuando me hice más mayor, sus insinuaciones subieron de tono, empezó a perseguirme, a asediarme, quería hacerme cosas que yo no quería, entonces decidí escaparme con Carlos —su tono de voz cambia al nombrar a Carlos, lo hace con nostalgia, es la primera vez que me habla de esto, la primera vez que escucho la historia de sus propios labios—. Ni siquiera debí convencerlo, no lo dudó ni por un segundo —veo cómo sus ojos se llenan de lágrimas y esta vez sí me parecen sinceras—. Tú no lo conociste, pero él y Eric no tienen nada que ver. Carlos era cariñoso, extrovertido, siempre sonreía, nunca te decía una palabra más alta que la otra, era una persona muy paciente y Eric no es así, es todo lo contrario, pero cuando lo veo sigo viendo a su hermano.

—Pero Eric no es Carlos —le recuerdo.

—Ya, Carlos era mejor.

Me molesta que menosprecie a Eric, si tan poco lo estima no entiendo por qué no ha parado hasta separarlo de mí, para ahora decir que Eric no es suficiente, después de que gracias a él ahora es libre.

—Casi matan a Eric por ti —le reprocho—, fue él quien mató a tu Monstruo, recibió dos disparos.

—Eso no es relevante.

—¿Que no es relevante? —pregunto incrédula.

—¿Crees que eres la única persona especial? —me pregunta. Ladeo la cabeza preguntándome cómo sabe ella que puedo hacer cosas extrañas— No eres tan especial como te crees —comenta con soberbia—, tú conseguiste que dudara de mí misma y fue por eso que él me cogió, que no respondió a mis exigencias, todo lo que pasó fue por tu culpa —vuelve a culparme—. Él mató a Carlos por tu culpa —me señala con el dedo índice, sus ojos se llenan de lágrimas—, me pegó y me violó porque yo no confiaba en mí misma y eso es por culpa tuya.

Las lágrimas escapan de sus ojos y su cara enrojece, el labio inferior tiembla, no sé si es a causa de la rabia o de contener sus propias lágrimas.

Por un momento me siento en estado de shock. Mariona cree que puede controlar a la gente, que la gente responde a sus exigencias, pero no es cierto, está loca, prueba de ello es que Ortiz no quería salir de la sala.

—¿Cómo puedes culparme a mí de eso? Yo ni siquiera estaba ahí, te recuerdo que mi madre ha sufrido mucho por ello.

—Yo debí controlar la situación, pero no pude hacerlo porque estaba asustada, por tu culpa. Ahora, ya tienes lo que querías. Eric sabe la verdad, y tú debes decir la verdad, no quiero vivir en una cárcel otra vez.

—Yo no te he metido aquí, nada de lo que yo pueda decir cambiará que Natalia está muerta.

—Yo no la maté. Tú mandaste esa nota de amenaza —me acusa—, llena de pruebas que me incriminaban, me tendiste una trampa. Sabías que tenía mala relación con ella, eso te proporcionaba un móvil y decidiste deshacerte de mí. Tú misma has dicho que estás arrepentida de haberme buscado.

—Yo no lo hice, lo hiciste tú Mariona, tú no estás bien —sentencio.

—Ahora Eric ya sabe la verdad —sigue como si no me oyera—, no volveré a meterme entre vosotros, es todo tuyo, pero sácame de este lío, sabes de sobra que yo no lo hice, no me merezco esto.

Rompe a llorar y se cubre la cara con las manos, no sé qué pensar, empiezo a dudar que haya sido ella de nuevo, pero me recuerdo que es la reina de la manipulación y el engaño.

—¿Tienes lagunas? —le pregunto— ¿Pérdidas de memoria? ¿En alguna ocasión has perdido la noción del tiempo?

Es posible que tenga ese trastorno de personalidad que Natalia sospechaba, es muy probable que haya sido ella misma y ni siquiera lo sepa. Si tiene personalidad disociativa, puede que tenga doble personalidad y una parte matara a Natalia y la otra me amenazara a mí, eso explicaría la falta de pruebas por un lado y la chapuza en la otra.

—¡Has sido tú! —se pone de pie y me señala de nuevo— Tú la has matado —la miro preguntándome si va a intentar atacarme, preparada para ponerme de pie y defenderme. Ortiz no dejará que me toque. En lugar de venir a por mí va hacia la puerta, intenta abrirla pero no se abre, entonces la golpea—. Te mandaste una amenaza a ti misma como todos saben, tenías acceso a casa de Nayara para escribir la nota, para acceder a mis cosas; después dejaste los expedientes bajo mi cama, sabías que vendrían a registrar el piso, te aseguraste de que encontraran los expedientes.

—¡No! —exclamo indignada— Eso no es cierto, yo quería a Natalia, nunca le haría daño, fuiste tú, que estás como una regadera. Tú lo hiciste Mariona, fuiste tú —intento hacerle comprender.

—¿Entonces por qué me haces las mismas preguntas que me hacía Natalia?

—¿Qué?

—Has leído sus notas y por eso preguntas lo mismo, quieres beneficiarte de sus suposiciones para que parezca aún más culpable, pero yo no lo hice, has sido tú.

—No, Ortiz me lo dijo, yo no los he leído.

La puerta se abre y ella sale corriendo por la puerta. Ortiz la coge y ella, en lugar de apartarse, intenta esconderse detrás de él. Ortiz se gira hacia ella y Mariona lo usa como escudo.

—Ha sido ella —me acusa con el dedo índice—, era parte de su plan de venganza, ha sido ella —repite.

La miro comprendiendo por qué quería que viniera: quería acusarme, quería ponerme entre la espada y la pared y que yo pareciera culpable. Es muy lista.

13

¿Cuento o leyenda?

Ortiz me pide que espere en la sala y se lleva a Mariona. Cuando vuelve conmigo me pregunta por la noche del asesinato; según sus propias palabras, Mariona ha planteado una duda razonable hacia mi persona. Yo no lo hice, ni siquiera me mandé la amenaza como piensan, nunca he tenido esos expedientes en mi poder, estaban en el suyo.

Que Ortiz crea que yo lo hice me cabrea, me molesta muchísimo que sospeche de mí después de todo, él vio cómo estaba cuando encontré a Natalia, vio mi estado después de aquello, no comprendo cómo Mariona ha conseguido llevarlo a su terreno. Incluso empiezo a pensar que Mariona sí tiene la habilidad de la que ha presumido hace un rato, la habilidad de controlar a las personas a voluntad.

Por eso quería que viniera, quería acusarme, que yo pareciera culpable, lo tenía todo ideado en esa cabeza retorcida que tiene. Por momentos la he creído, me he creído sus lágrimas, incluso me he planteado que no hubiera sido ella. Pero que me acuse de esta forma, creo que solo quiere decir que desea colgarme a mí el muerto, por eso me atrajo hasta aquí, seguro que lo tenía planeado.

Ortiz me explica que los expedientes eran extensos, sobre todo el de Eric; han revisado página por página, sin encontrar una sola huella dactilar que no fuera de Natalia, o de Vicky, su ayudante. Él supone que quien los robó esperaba que la policía los encontrara y por eso utilizó guantes, que usar guantes en la escena del crimen era lógico, pero que usarlos después no tiene ninguna lógica.

Al acabar lo que él llama entrevista y yo interrogatorio, decido ir a

175

casa de Pablo y Aina. Necesito contactar con Natalia, que ella me diga la verdad, que me confirme que Mariona la mató o me volveré loca. Ortiz decide acompañarme, mi coartada para la noche del asesinato son Aina y Pablo, quiere corroborarlo.

Intento no hacerme mala sangre, debe darme igual lo que Ortiz crea, lo importante es que yo no lo hice y no tengo nada que temer.

—Imagino que va a casa de Aina para que la ayude con la Doctora Gual —comenta Ortiz en el coche.

—Así es, lo intenté durante toda la semana, pero no he obtenido nada —le cuento frustrada—, tengo la esperanza de que ella pueda hacerlo, de que pueda ayudarme.

—Espero que tenga suerte, eso podría facilitar las cosas.

—No veo cómo —contesto de mal humor.

—¿A qué viene eso?

—¿Ahora tienen otra sospechosa, no?

Miro a Ortiz y él me mira un momento apartando la mirada de la carretera, coge el paquete de tabaco del bolsillo de su camisa y saca un cigarrillo con la boca, lo enciende y baja la ventana.

—Yo no creo que haya sido usted, Sarah —dice expulsando el molesto humo por la nariz—, Mariona ha planteado una duda razonable, mi deber es comprobarlo. No estoy seguro de que se mandara la amenaza a sí misma, pero no creo que sea una asesina.

Bajo el cristal de mi ventanilla y me cruzo de brazos sin creerme una palabra.

—¿Por qué Mariona ha dicho que iba a salir en breve? —pregunto al recordar la conversación.

—El señor Capdevila ha contratado a otro abogado.

—Creía que su caso lo llevaba Ramírez, el abogado de Eric —comento contrariada.

—Hasta ahora sí, el señor Capdevila pensó que no la retendríamos tanto tiempo, así que ha decidido contratar al mejor abogado penalista de España, un tiburón.

—¿Entonces es cierto, va a salir? —demando preocupada.

Observo a Ortiz y él mira hacia la carretera, le da otra calada a su cigarrillo y me contesta:

—Todavía no lo sé. No tenemos pruebas concluyentes que la incriminen, podemos retenerla, pero todo es circunstancial. Si no encontramos alguna otra prueba o algo que la incrimine directamente, deberemos procesarla. De momento solo es sospechosa, pero mucho me temo que, con lo que tenemos en este momento, nadie la condenaría. Estoy seguro de que su abogado exigirá que la procesemos o la dejemos salir.

—¿Van a dejar que se vaya de rositas? —demando incrédula.

—No podemos retenerla de por vida, no tenemos más que una causa probable y pruebas circunstanciales.

No volvemos a dirigirnos la palabra. Me siento muy desorientada después de haber hablado con Mariona. Parece que ella está convencida de que yo lo he hecho, lo que querría decir que no ha sido ella, pero con Mariona nunca se sabe. Es una manipuladora, ella misma lo ha reconocido, es más que probable que solo quiera señalarme a mí con el dedo y, dado que Ortiz quiere corroborar mi coartada, es obvio que lo ha conseguido, por más que él diga que no cree que haya sido yo.

Al llegar a casa de Pablo, él está en casa, pero Aina todavía no ha llegado del colegio.

No he comido en todo el día, pero de todos modos tengo el estómago cerrado después de lo sucedido esta mañana. Me voy a la cocina a preparar café, para que ellos puedan hablar tranquilamente. No quiero que Ortiz crea que yo le digo a Pablo lo que debe decir, que piense que yo intento manipularlo para que corrobore mi coartada. Me quedo allí bebiendo mi café con calma, y mientras lo hago pienso en Eric; al hacerlo se me forma un nudo en la garganta y quiero darme una patada en el culo a mí misma.

—¿Cómo ha ido con Eric? —pregunta Pablo mientras lavo la taza de café en la pila.

—Normal, es Eric —intento parecer indiferente —. ¿Se ha ido Ortiz? —cambio de tema.

—Sí, quería hablar con Aina, pero le he dicho que, cuando nos encontramos, venías a dejarla a ella, después de pasar la tarde en Boira. No quiero a ese hombre cerca de mis chicas —*sus chicas* sonrío interiormente. Pablo se acerca y me coge de la cintura—. A ti no puedo decirte lo que debes hacer —baja el tono de voz melosamente—, ya eres mayorcita.

—Sí, soy muy mayor, más que tú —le recuerdo.

Sonríe y me besa la frente, con los tacones somos casi de la misma altura, pero él sigue siendo más alto.

—Cuéntame lo de Eric —pide sin soltarme ni separarse un centímetro de mí.

Lo miro a los ojos, aún recuerdo cuando Pablo era mi paño de lágrimas en lugar de algo más. Cuando le contaba todo lo que me pasaba con Eric; ahora ya no puedo hacerlo. No puedo ser sincera de esa manera, siento algo por él y no quiero alejarlo por culpa de Eric. Él sabe lo que siento por Eric, no es necesario recordárselo; además, sé que eso le duele.

—Dice que no se fía de Ortiz, yo no me fío de él, tú tampoco. Eric sabe cuándo la gente miente, creía que era mi oportunidad para saber más de él.

—¿Has averiguado algo?

—Que Eric es un imbécil soberbio —contesto con simplicidad—, que se cree con el poder de mandar en mi vida y en la de los demás. Que es tan prepotente que hasta se ha atrevido a amenazar a Ortiz.

—¿Ha amenazado a Ortiz? —sonríe como si eso le agradara.

No estoy segura de qué es lo que le hace sonreír, si que alguien le haya plantado cara a Ortiz, o bien la que le puede caer por ello a Eric.

Afirmo con la cabeza y pongo los ojos en blanco. Eric es así, se cree superior a todo el mundo.

—Creen que tu abuela cambió a tu hermana por unas tierras —le explico—; en el año en que nació, su capital mejoró a causa de esas tierras. Están intentando vincular esas tierras a tu hermana, creen que pudo ser una cesión a cambio de la niña. Ortiz espera poder demostrar que ambas cosas van ligadas.

—Es muy retorcido —Pablo frunce los labios, incrédulo.

—Como tu abuela —contesto—, pero eso no es lo mejor —inclina las cejas mirándome, supongo que la expresión no es la más acertada—. Descubrirán quién le cedió las tierras, entonces podrán identificar a tu hermana. De ser cierto, si realmente ella cambió a la niña por esas tierras, no solo sabréis quién es la chica, sino que podrán acusar a tu abuela y entonces le darán a Ortiz una orden de registro para ir a su casa. Tu padre murió allí y puede que todo se esclarezca.

—Me gustaría creerte, Sarah —aparta la mirada y mira al suelo con un gesto de renuncia—, pero hemos dado tantos bandazos…

—Eh —le cojo de la mejilla para que vuelva a mirarme—, van a encontrarla, yo creo que todo sucede por algo. Ha llegado el momento de saber quién es, estoy convencida, completamente convencida.

—Me gustaría ser tan optimista como tú, pero no lo sé —confiesa claramente desanimado—. Primero era una niña robada en el hospital, ese detective no descubrió nada, la búsqueda de internet fue igualmente inútil, las mentiras de mi abuela, la poca información de la policía…

—Shhhh —no me gusta ver a Pablo apenado, quiero que vuelva a sonreír—, estamos cerca —le aseguro.

Curva los labios en una sonrisa que no tiene nada de auténtica, le beso los labios levemente y lo abrazo.

Después le cuento lo sucedido con Mariona, Mariona la loca, la desequilibrada. En el fondo Eric y ella son tal para cual, los dos tan soberbios y arrogantes, tan egocéntricos. Ojalá pudiera odiarlo a él tanto como la odio a ella.

Cuando llega Aina del colegio parece que está de mal humor, la oigo discutir con su madre por el pasillo. Al verme se sorprende, me dice claramente que pensaba que le iba a dar plantón otra vez, y como coletilla añade que ya está acostumbrada a que la deje tirada.

Su madre la regaña y me saluda.

—¿Qué has hecho ahora? —le pregunta Pablo a su hermana— ¿Has atemorizado a otro niño en el cole?

—Ha suspendido el examen de matemáticas —dice Macarena mostrándole el examen a su hijo. Pablo lo coge y ambos lo miramos—. Su tutora dice que se pasa el día en Babia, que no presta atención.

—¡Solo es un examen! —exclama Aina a la defensiva— No es que haya suspendido el trimestre, lo recuperaré.

—Más te vale, jovencita —contesta Macarena—, porque si no vas a pasar unas navidades muy tristes, ni Papá Noel, ni Reyes. Estás avisada, así que tú misma.

—¡Vale! —exclama Aina enfadada.

—¡Aina! —la censura Pablo por gritarle a su madre.

—No sé qué voy a hacer contigo —dice Macarena en tono de derrota mirando a su hija.

—He dicho que lo recuperaré —insiste ella modulando el tono de voz.

—De momento te quedas sin móvil, hasta que me demuestres que puedo confiar en ti.

—Pues vale —contesta Aina con tono chulesco.

Macarena niega con la cabeza y se va del comedor. Supongo que esto es la pre-adolescencia, creía que Aina era más madura, pero no deja de ser una niña.

—Ya te vale, Aina —le dice Pablo cuando su madre se ha ido.

Aina resopla mirando a su hermano molesta, después me mira a mí.

—¿Has traído el cuento? —afirmo con la cabeza— Vamos a mi habitación.

Me coge de la mano y dejo que ella me guíe. No debería ceder a sus exigencias, pero necesito que me ayude con Natalia, necesito saber la verdad. Ella es la única que puede ayudarme.

La habitación de Aina es peor de lo que esperaba. Es una habitación de niña, toda pintada de rosa, con pegatinas de Hello Kitty. Es la definición gráfica de lo cursi, no se me ocurre una mejor.

—¿Por qué has suspendido el examen? —pregunto sentándome sobre la colcha también rosa de su cama.

—¿Tú también vas a darme la tabarra con eso?

—Eres inteligente, Aina —le contesto—, cuando practicamos parecía que lo entendías, no era más difícil que los deberes que hicimos juntas y esos los hiciste bien.

—Sé hacerlo —se defiende.

—Lo sé —le contesto sin comprender por qué ha suspendido entonces—. ¿Entonces qué ha pasado?

—Lo recuperaré —insiste—. Leamos el cuento.

—¿Me ayudarás con Natalia, verdad?

—No deberías necesitar mi ayuda —contesta ordenando las cosas del cole; a diferencia de mí o de su hermano es muy ordenada—, puedo comunicarme con mi padre porque tenemos una conexión, porque yo puedo viajar a su plano o a su mundo y él ha aprendido a colarse en el mío, pero mi poder no funciona de esa manera. Hablar con muertos es tu especialidad, no la mía…. De todas maneras, intentaré ayudarte.

—Yo lo he intentado, Aina, con todas mis fuerzas, pero no puedo; si no, no te hubiera pedido ayuda.

—Quizás después de leer el cuento lo entiendas mejor, dámelo.

La miro unos segundos sin comprender qué puede ayudarme a entender ese cuento. Salgo de su habitación y voy al comedor a por mi bolso. Pablo viene detrás de mí y se queda en la habitación.

Saco el cuento del bolso y se lo tiendo a Aina; dejo el bolso sobre su escritorio y me siento en la cama con Pablo, él está apoyado contra la pared, me coge de las axilas y me pone entre sus piernas, mientras yo apoyo la espalda en su pecho y Aina retira la silla del escritorio y se sienta en ella de cara a nosotros.

—Hace mucho tiempo —empieza a leer Aina—, en un país vecino, vivía un príncipe llamado Alaric. El príncipe era joven y apuesto. Contra todo pronóstico, en los bosques del oeste conoció a una campesina con el cabello negro como las alas de un cuervo y los ojos del color del mar —pasa la página y siento cómo Pablo me acaricia el pelo. Giro la cabeza y la inclino para mirarlo, él me sonríe—. El joven príncipe la visitó durante veintiocho días, hasta que la cortejó —Vuelvo a mirar a Aina, maldito príncipe cabrón, recuerdo que después se enamora de otra—. Cuando Alaric les comunicó a sus padres que quería desposarse con una campesina, estos se opusieron a esa unión. Si él quería desposarse, buscarían a una candidata digna de la grandeza de su sucesor —Aina vuelve a pasar la página sin inmutarse—. Ante la oposición de los reyes, el príncipe decidió casarse en secreto con Béatrice, la joven campesina —de nuevo ese nombre me es familiar, pero no consigo recordar dónde lo he oído, no es un nombre común—. Cuando al día siguiente volvió al castillo de sus padres, para anunciarles que había desposado a Béatrice, encontró a la joven más hermosa que sus ojos habían visto nunca —pasa la página—. Su piel era blanca como la nieve, los labios rojos como una rosa, sus cabellos eran de oro y los ojos de esmeralda —sigue recordándome a Mariona, es su descripción empalagosa, sin duda—. Cayó de rodillas ante la belleza nórdica de la princesa, que sus padres habían elegido para él. La imagen de una reina —vuelve a pasar la página, yo solo leí hasta ahí—. A pesar de que los campesinos decían que el príncipe iba a casarse, Béatrice no lo creyó. El príncipe ya había elegido a una princesa y esa era ella. Béatrice esperó a su amado durante cuarenta días, hasta que recibió la visita de los reyes —Aina cambia la página y me siento fatal por la campesina, espero que encuentre a un príncipe mejor para ella—. Ellos le dijeron a la joven que su hijo había sido desposado con la princesa Valentine, de las tierras heladas. Puesto que su madre era una bruja y una adoradora del maligno, su enlace no tenía ninguna validez a los ojos de Dios.

—¿Qué clase de cuento es ese? —pregunta Pablo detrás de mí.

Me inclino para mirarlo pensando lo mismo.

—Da gracias que dejo que te quedes y cállate —le contesta Aina volviendo a mirar hacia el cuento—. La madre de Béatrice había muerto en una quema de brujas, no sin motivo; antes de encontrar su muerte, pudo enseñarle algunas cosas a su hija. Béatrice, humillada y herida, maldijo al príncipe y a su sangre —*la trama se complica*, pienso con regocijo, quiero que el príncipe pague por haberla herido—: vuestro hijo no encontrará la felicidad —lee Aina agravando su voz—, yo maldigo vuestra sangre y la suya, nunca concebirá un varón sucesor al trono y sus hijas me pertenecerán a mí. Los reyes —continúa leyendo Aina—, temerosos de las palabras de la campesina, la acusaron de brujería y la condenaron al fuego eterno —miro a Aina espantada ante eso, no creo que eso sea un cuento infantil, esas palabras no me lo parecen—. Pero su mandato nunca llegó a cumplirse. Béatrice huyó antes de ser capturada a una tierra sin nombre todavía, una tierra donde nadie conocía su pasado. Fue en esa tierra donde se dio cuenta de que estaba encinta —Aina pasa la página y me mira—. Pon atención porque ahora viene lo interesante —me advierte—. Béatrice tuvo a cuatro niñas —sigue leyendo—, cuatro hijas de la sangre del príncipe Alaric, sangre maldita por ella misma.

Pablo se echa a reír y Aina y yo lo miramos.

—¿Era una mujer o un animal? —sigue riéndose— Nadie tiene cuatro hijos, eso es una camada.

—Eres idiota —le increpa Aina frunciendo los labios; lo ignora y sigue con su lectura. Yo sigo riéndome por la ocurrencia de Pablo, que razón no le falta, pero es un cuento y a los cuentos siempre hay que echarles imaginación—. Preocupada porque con su odio había maldecido a sus propias hijas, hizo un hechizo de protección para que su maldición se convirtiera en un don. Las niñas crecieron en los bosques, ajenas a todo lo sucedido. Todas muy diferentes entre ellas, pero todas con un don que a la vez podía ser una maldición, que se transmitiría a las generaciones venideras en las mujeres —el vello se me pone de punta al escuchar eso. Pablo pasa la mano por mi brazo derecho—. Babette era melancólica, suyo fue el don de la premonición; era capaz de saber qué iba a pasar antes de que sucediera —ladeo la cabeza mirando a Aina al escuchar eso, me mira un segundo y sigue leyendo—. Bernadette era muy tímida, solo hablaba con su madre y hermanas, y era capaz de comunicarse con los difuntos —pasa la página del cuento y yo me inclino hacia delante poniendo toda mi atención en ella—. Bilitis era la más bonita; tenía el poder de la persuasión, gobernando sobre las mentes, excepto las de sus hermanas. Blanche era osada y gallarda —dice Aina con regocijo—, podía separar su espíritu del mundo terrenal y conocía el mundo de los muertos —pasa la página y vuelve a mirarme. Mi cara debe ser un poema, porque ella se ríe—. Esa soy yo, por si no te habías dado cuenta —me dice—. Béatrice, antes de morir —sigue leyendo—, hizo jurar a las niñas que nunca harían sufrir a nadie con sus dones, pues en ese caso estos se convertirían en maldiciones, como le había pasado a ella. Ni sus preciosas hijas habían podido curar su corazón.

Pablo, detrás de mí, se pone a reír. Aina levanta la vista del cuento y lo mira, yo también lo miro.

—¿No pensarás en serio que lo que dice es cierto, verdad Aina?

—Está claro que lo hace —dice ella a la defensiva, vuelvo a mirarla—. Sarah habla con los muertos, yo separo mi cuerpo terrenal del espiritual, su madre sabe lo que va a pasar antes de que suceda, tú no la conoces, pero yo sí —me mira a mí—. Solo nos falta averiguar quién es la que gobierna sobre las mentes de los demás.

—Mariona —contesto sin creer lo que estoy diciendo.

—¿Qué? —pregunta Pablo detrás de mí, me coge del mentón y me obliga a mirarlo.

—Ella misma me lo ha dicho cuando he ido a verla —contesto—, me ha dicho textualmente que ella miente y la gente la cree, que ella exige y la gente hace, eso es gobernar sobre los demás.

—¡Es ella! —exclama Aina dando un salto de la silla.

—¿Estáis locas? —pregunta Pablo sonriéndonos con incredulidad— De mi hermana puedo llegar a entenderlo, porque es una niña, pero tú eres una persona adulta, Sarah —me reprocha—, se supone que debes ser más racional.

—¿Racional? —demando molesta— ¿Era racional pedirme que me comunicara con tu padre? ¿Es racional que Aina puede colarse en los sueños de la gente? ¿Que mi madre sepa cosas que aún no han pasado? ¿Todo eso te parece racional? —salgo de encima de su regazo y me pongo de pie— Ella tiene razón Pablo, tú mismo lo has visto, no somos normales, esas cosas no son normales o racionales.

—Pues espera a ver cómo acaba el cuento —dice Aina detrás de mí.

Me giro y le quito el cuento de las manos.

—Las cuatro niñas sobrevivieron un tiempo solas —leo en voz alta—, vagando por los bosques. Hasta que un día fueron acogidas por una mujer adinerada que no podía tener hijos; las trató como propias. Las llevo a una nueva civilización, un lugar llamado…

El vello se me pone de punta de nuevo al leer el nombre de esa nueva civilización, ya no me queda duda alguna, todo empieza a cobrar sentido.

—¿Cómo se llama? —pregunta Pablo.

—Boira —contesta Aina; la miro y ella coge el cuento—. Boira —sigue leyendo—. Allí las niñas crecieron y, gracias a cumplir la promesa que le hicieron a su madre, fueron felices.

—¿Así acaba? —le pregunto.

Aina afirma con la cabeza y cierra el cuento, ahora comprendo por qué quería que lo leyera, cree que habla sobre nosotras; bueno, más bien sobre nuestras antepasadas, sinceramente creo que es cierto. *Don y maldición*, madre mía, mi vida cada día es algo más inverosímil e increíble.

—¿De dónde has sacado ese cuento? —le pregunta Pablo a su hermana.

—Alguien me lo envió —le contesta Aina.

—¿Quién? —demando.

Aina se encoje de hombros, cojo el cuento de su regazo y busco algo que indique a quién pertenece, quién lo ha escrito, quién lo ha ilustrado, cualquier cosa, pero no hay nada, ni siquiera tiene un sello editorial.

Lo abro y ojeo las últimas páginas. Pablo y Aina hablan entre ellos y yo los ignoro poniendo toda mi atención en el cuento y sus ilustraciones.

Observo las últimas páginas, donde habla de las niñas. En ellas aparecen cuatro ilustraciones, como el mismo cuento indica son muy diferentes entre sí. *Babette era melancólica, suyo fue el don de la premonición, era capaz de saber qué iba a pasar antes de que sucediera,* vuelvo a leer. Observo el dibujo de la niña, tiene el cabello castaño y alborotado, con la mirada marrón perdida en la lejanía; me recuerda a mi madre, cuando ella hace eso de desconectar y mirar a ninguna parte en particular.

Bernadette era muy tímida, solo hablaba con su madre y hermanas, era capaz de comunicarse con los difuntos, leo. El dibujo corresponde a una niña de ojos negros como la noche, no puedo diferenciar la pupila, el cabello también es negro. Habla con una imagen efímera y poco definida. Se supone que yo soy esta, pero a diferencia de la anterior, no se parece a mí en absoluto.

Esto es un completo sinsentido, las cosas no encajan como deberían, aunque lo lógico es que no encajen. *¿De verdad voy a pensar que soy descendiente de un príncipe y una bruja?,* me pregunto casi riéndome de mí misma en mi cabeza, niego con ella y paso a la siguiente página.

Bilitis era la más bonita, tenía el poder de la persuasión, gobernando sobre las mentes, excepto las de sus hermanas. Desde luego es la viva imagen de Mariona, no hay duda; como Mariona, es la más bonita de las cuatro. Es la única que sonríe, tiene la piel nívea, el cabello rubio y los ojos verdes. En el dibujo se la representa sonriéndole a un hombre mayor que le entrega un saco.

Blanche era osada y gallarda, leo y se corresponde perfectamente con el carácter de Aina, *podía separar su espíritu del mundo terrenal y conocía el mundo de los muertos.* Sin duda es Aina, la ilustración pertenece a una niña con el cabello castaño claro y los ojos color caramelo y destellos verdes; junto a ella hay otro ser efímero que se corresponde en tamaño y proporción a la niña.

—Es cierto —digo levantando la cabeza del cuento.

Ambos dejan de discutir y me miran.

—Es una locura, Sarah —me contradice Pablo sonriendo—, es imposible.

—¿Qué no es una locura? —le pregunto a él de nuevo— Mira —le tiendo el cuento enseñándole el dibujo de la que supone es su hermana—. Osada y gallarda, es tu hermana, sin duda, incluso el dibujo se corresponde con ella. —Pablo suspira y mira el cuento, cojo mi móvil del bolso y busco una foto de Mariona—. Mira este dibujo y la foto de Mariona —se la enseño—, es ella, manipula a la gente, por eso podía mentirle a Eric.

—A ver —me pide Aina.

Le doy el móvil y me pego a Pablo pasando la página hacia atrás.

—Mi madre —le señalo la primera—, ella sabe cosas que no debería saber, se anticipa a los acontecimientos, mismo color de cabello y ojos, aparentemente más alta que las demás. Era melancólica, mi madre lo es —digo volviéndolo a mirar a él—, se pone triste con facilidad, cuando llueve siempre está triste.

—¿Qué me dices de ti? Tú no te pareces a este dibujo y desde luego no eres una persona tímida.

Es cierto, en eso Pablo tiene razón, pero tampoco soy como ellas.

—Yo estoy tarada —concluyo—. Mi madre puede hacerlo desde niña, Aina es una niña y dice que recuerda sus viajes como algo que le pasa desde siempre. Mariona hoy ha confesado que siempre ha podido manipular a la gente, excepto a mí, porque yo soy una de ellas. Sin embargo, yo no lo hago desde siempre, sino desde principios de este verano.

—Eso no demuestra nada, Sarah, y tú no estás tarada.

—Yo no soy como ellas, ellas conocen su poder y lo utilizan, yo no sé hacerlo. Gente muerta se comunica conmigo, pero pasé toda la semana pasada intentando hablar con Natalia sin ningún éxito. Debí ser como ellas, pero no funciono bien, soy defectuosa.

—No, Sarah —dice Aina detrás de mí, en su voz detecto su pena—, tú no eres defectuosa, solo debes practicar, yo te ayudaré.

Me giro y le sonrió, no me importa ser defectuosa, he tenido una infancia increíble, no podría haber sido tan feliz y tan niña rodeada de muertos. Todos estos años he disfrutado siendo una persona normal, ojalá pudiera seguir siéndolo, pero no puedo, ahora ya no, y desearía serlo.

—Se supone que estas cosas se heredan —sigo elucubrando.

—Mi madre es una persona completamente normal —interviene Pablo interrumpiéndome.

Es cierto, su madre es normal, no quiere ni oír a Aina hablar del tema, le da miedo.

—Mamá no es de Boira —le dice Aina a su hermano.

—Pero vuestro padre sí —concluyo emocionada—, el cuento dice que se transmite en las siguientes generaciones, pero sólo en las mujeres, así que por encima de vuestro padre está vuestra abuela.

—¡Sí! —exclama Aina tan emocionada como yo por encontrarle sentido— Ella tiene uno de los poderes del cuento.

—¡Exacto! —estoy completamente de acuerdo con ella— Ella controla a la gente, por eso tu padre te pidió que cuidáramos nuestras mentes al ir a verla, porque se supone que a nosotras no podía engañarnos, al igual que durante estos años Mariona no ha podido engañarme a mí —concluyo.

Al llegar a esa conclusión llego a otra, Mariona es la hermana robada. Es igual que la abuela, físicamente dudo que se parecieran, pero tienen el mismo poder y el mismo carácter, son dos mentirosas manipuladoras.

—Es cierto —dice Aina—, cuando dijo que tú eres mi hermana no lo creí, pero quería creerla.

—Yo tampoco la creí, pero estaba consternada por mi última sesión con Natalia, la idea se implantó en mi cabeza —me vuelvo hacia Pablo—. Si no me crees pídele a tu madre que te hable de ella, cuando me hice la prueba de ADN me contó cosas de tu familia. Cómo tu abuela controlaba a todo el mundo, incluso a ella. A todos excepto a tu padre, que es el que le dio el don a Aina y puede que a tu otra hermana; es más —me lanzo a la piscina—, creo que es Mariona.

—¿Pero qué dices? —demanda Pablo— Se te está yendo la pinza.

—Yo tampoco lo creo, Sarah —dice Aina mirando la foto de mi móvil.

—Ella es igual que vuestra abuela, una mentirosa manipuladora, igual de altiva y escurridiza.

Los tres nos quedamos en silencio, cada uno perdido en sus propios pensamientos. Mariona físicamente es igualita a su madre, me cuesta creer que no son madre e hija, pero tiene que ser ella, intento convencerme.

—Hay algo que no encaja —rompe el silencio Aina—; según el libro, las siguientes generaciones tendrían el poder de su antecesora, pero tu madre es premonitoria, tu comunicativa, mi abuela una mentirosa y yo una viajera. Se supone que tú deberías tener el poder de tu madre y yo el de mi abuela.

Tiene toda la razón del mundo, eso no tiene razón de ser, es ilógico, aunque pensándolo bien todo esto lo es.

Estamos un buen rato elucubrando, intentando llegar a la esencia de nuestras raíces, de nuestros poderes, sin poder llegar a ninguna conclusión definitiva.

Después intentamos comunicarnos con Natalia sin ningún éxito una vez más. Aina cree que estoy demasiado excitada y por eso no puedo hacerlo, y al fin acordamos que volveremos a intentarlo al día siguiente.

Al llegar a casa me encuentro con Carla haciendo la cena. Nayara ha salido a cenar con Aleix, así que estamos solas. Le explico que he ido a ver a Mariona y ella me pregunta cómo me ha ido.

Lo que más me gusta de hablar con Carla sobre Mariona es que ella la critica y la odia casi tanto como yo. En mi opinión, ella no tiene motivos para hacerlo, pero eso no importa, lo importante es poder despotricar de ella con alguien. Cuando le digo que es posible que salga y que ahora yo soy sospechosa se indigna, incluso más que yo que soy la afectada, pero a mí me da igual, sé que yo no he sido y con eso me basta.

—Es probable que la dejen salir.

—Eso es imposible —dice Carla frunciendo el ceño enfadada.

—Eric le ha buscado un nuevo abogado —le cuento mirando su cara de niña y sus ojos marrones—. Ortiz dice que lo que tienen es circunstancial, que seguramente les obliguen a soltarla o acusarla, y dice que en un juicio es muy probable que salga en libertad, así que necesitan nuevas pruebas.

—¿Qué pasa con los expedientes?

—Circunstancial según él —me encojo de hombros—, por eso creen que lo he hecho yo.

—Tú serías incapaz de hacer daño a nadie —dice indignada.

—Eso lo sabes tú, pero no la policía —le contesto encogiéndome de hombros—. ¿Qué haremos si sale?

—¿Qué quieres decir? —me pregunta Carla contrariada.

—No podemos quedarnos aquí con ella.

Carla atusa su interminable melena rubia, se la peina hacia atrás.

—No podemos dejar a Nayara sola con ella, está loca, podría hacerle daño.

Supongo que tiene razón, pero la idea de vivir bajo el mismo techo que Mariona me pone enferma.

Recojo los platos y me pongo a fregarlos y a recoger la cocina.

Al llegar Nayara le cuento a ella que ya he ido a ver a Mariona, le explico que quería que fuera para poder acusarme a sus anchas. Nayara me asegura que todo se aclarará, que sabe que no hemos sido nosotras y encontrarán al verdadero culpable. *Ya tienen a la culpable*, pienso, pero no tengo ganas de discutir con Nayara. Después de muchos días parece más animada ahora que sabe que es posible que suelten a Mariona en breve. Yo solo espero que Ortiz encuentre algo que la inculpe definitivamente y no salga.

Después de todo lo acontecido durante el día, esa noche soy incapaz de dormir; cuando me levanto estoy fatigada y nerviosa después de pasar toda la noche dando vueltas.

Paso la mañana navegando por la red en busca de trabajo; si Mariona sale del calabozo, no quiero vivir con ella. Carla cree que debemos quedarnos por el bien de Nay, pero a ella no va a hacerle nada, estoy segura.

A media mañana me llama Eric para ver cómo me fue con Mariona, ella siempre está de por medio. Después de todo lo que me dijo ayer, después de decirme que las cosas pueden ser como eran antes de que ella apareciera, después de decirme que confiaría en mí y que quería que estuviéramos juntos, me llama para preguntarme por ella. Mariona siempre está de por medio y lo odio.

Estoy cansada de las palabras vacías de Eric, no voy a permitir que nada de lo que diga me afecte, no mientras no demuestre que es sincero. Ya me ha mentido otras veces, no voy a dejar que me camele de nuevo para darme después el golpe de gracia.

14

Hermana perdida

Mis peores temores se hacen realidad el 17 de octubre de 2013.

Cuando salgo de casa para ir a la de Aina, el sol brilla en todo su esplendor; los días empiezan a acortarse a pesar de que aún no se ha hecho el cambio de hora, pero pronto serán más cortos; sin embargo, sigue haciendo calor de verano.

Estoy llegando a mi destino cuando recibo una llamada de Ortiz.

—¿Ha conseguido algo? —me pregunta en cuanto descuelgo, ni un «buenos días» me dedica.

—Todavía no —le contesto con desánimo.

Llevo tres días viniendo a casa de Aina y Pablo con el único objetivo de comunicarme con Natalia, ya ni siquiera me da aprensión, he perdido la esperanza de poder hacerlo.

—Me temo que tengo malas noticias para usted.

—¿Qué pasa? —pregunto contrariada.

—Mariona va a salir bajo fianza.

—¿Cómo? —pregunto parando en medio de la calle.

—Le dije que su nuevo abogado era bueno, y el señor Capdevila le ha pagado la fianza. En este momento se están rellenando los formularios para que su salida sea inmediata.

—Eso no puede ser Ortiz, ha sido ella.

—Me temo que no hay forma de demostrarlo, le dije que no podríamos retenerla eternamente.

Es cierto, lo dijo, pero no esperaba que sucediera, al menos tenía la esperanza de poder resolverlo antes.

Al llegar a casa de Pablo me muestro distraída y contrariada, no quiero ver a Mariona, no quiero verla con Eric, y menos tenerla bajo mi mismo techo. Debo hablar con Carla, ella debe replantearse lo de seguir en esa casa si ella vive allí. Mariona no le haría daño a Nayara, pero a saber qué es capaz de hacerme a mí.

Estás en peligro, no te fíes de nadie.

Tengo ganas de llorar de la impotencia, pero no puedo hacerlo y eso me hace sentir aún peor.

Al llegar a casa no solo me encuentro con Mariona, sino también con Eric. Están todos reunidos en el comedor, Nayara, Aleix, Carla y ellos dos. Me hierve la sangre al ver la estampa.

—Eres un cabrón de mierda —insulto a Eric llena de rabia; él se gira para mirarme y expulsa el aire por la nariz ruidosamente—. Eres un hipócrita —sigo acercándome a él—. ¿Cómo te atreves a decirme que quieres estar conmigo y después le pagas la fianza a esa puta mentirosa para que me mate?

Eric, en dos segundos, recorre la poca distancia que hay entre nosotros y me coge del brazo; a la fuerza me lleva a la habitación, mientras los demás nos miran sin que nadie diga nada o le impida llevarme a la fuerza.

Me suelta en la habitación y cierra con un golpe, mientras yo me separo de él.

—Este es su sitio Sarah, Mariona no ha matado a nadie, ella cree que lo has hecho tú.

—¿Y tú la crees? —le interrumpo segura de que me va a decir que sí.

—No, claro que no la creo —estrecha su mirada de hielo—, pero ella está dispuesta a vivir aquí contigo, así que no le compliques la vida. Ha confesado la verdad y ha pedido disculpas.

—Te las habrá pedido a ti —contesto rabiosa—, porque a mí, lo único que ha hecho, ha sido acusarme de lo que ella misma ha hecho. Hasta Ortiz duda de mí por ella.

—Mantente alejada de ese hombre —me advierte.

—¿Y a ti qué más te da lo que yo haga? —contraataco mientras mi cuerpo tiembla de rabia.

—Tú me importas, aunque a veces quiera cerrarte esa bocaza; ya te lo dije, pero no quisiste escucharme.

—Yo no te importo una mierda, si no, no le habrías pagado la fianza para que cumpliera su amenaza.

—Si fuera culpable no la habrían dejado salir, la habrían acusado; pero no lo han hecho, así que no te creas juez y verdugo —Eric tiene razón, no soy juez ni verdugo, pero si no fue ella a ver quién fue—. Si no quieres vivir aquí, vete a casa de tu amiguito, eso que te ahorrarás en metro.

Si no estuviera tan rabiosa y cabreada me reiría, pero no puedo hacerlo, estoy colérica.

—Eso haré —me dirijo hacia la puerta.

—Ni se te ocurra.

—Haré lo que me dé la gana, como haces tú siempre.

—Eso ya lo veremos —me amenaza.

—Pues lo veremos —nos miramos a los ojos y veo todo el odio en la mirada helada de Eric. Eso es bueno, es lo mejor que me puede pasar, aunque me duela, no quiero caer en su telaraña otra vez—. Debes saber que a ella no le importas, solo se acerca a ti porque le recuerdas a tu hermano.

—¿Crees que eso me duele? —hago un gesto indiferente con la cabeza— Solo la ayudo por mi hermano, porque mi hermano dio la vida por ella. Siempre te he dicho que ella no me interesa como mujer.

—La has preferido a ella antes que a mí, así que no sé en qué sitio me deja eso.

—Eso no es cierto, Sarah.

Intenta acercarse a mí y estiro el brazo para que no lo haga, voy hasta la puerta y la abro.

—Lárgate de mi habitación.

Se lleva el puño a la boca y lo deja caer, sale de la habitación con esa mirada envenenada y congelada a la que ya me tiene acostumbrada y cierro de un golpe.

Me tumbo en la cama con unas ganas locas de llorar, pero no me sale ni una sola lágrima.

Intento relajarme y comunicarme con Natalia, pero es un imposible, soy defectuosa. Hace unos días no quería saber nada de muertos y estaban por todas partes, ahora quiero y no hay forma.

A la hora de cenar Carla viene a ver cómo estoy. Le advierto que mantenga la distancia con ella, que no se deje comer la olla por ella. Carla está tan insatisfecha con la situación como yo, al menos tengo algo de apoyo, no debo permitir que la lleve a ella también a su terreno.

A la mañana siguiente me armo de valor y hablo con ella. Cuando salgo de la habitación de Laura, que provisionalmente es la mía, la encuentro en la cocina.

—Buenos días —digo cruzando la puerta.

—Hola —contesta ella sin girarse.

Paso junto a ella y preparo café mientras busco unas galletas; su presencia me incomoda, quiero acabar cuanto antes y no tener que volver a hablar con ella.

—Cuando me preguntaste si me creía tan especial no entendía por dónde ibas, creo que ahora lo entiendo.

—¿De verdad? —se seca las manos con un paño de cocina y se da la vuelta— ¿Qué es lo que entiendes?

Nos miramos la una a la otra y alzo el mentón, indicándole que no le tengo ningún miedo.

—Controlas a la gente, implantas ideas en sus cabezas como programas en un ordenador. He conocido a alguien como tú, pero esos truquitos no funcionan conmigo.

—Lo sé. Le he prometido a Eric mantenerme alejada de ti, espero que tú hagas lo mismo. Me gusta vivir aquí, me gusta estar con Nayara; he renunciado a Eric, no voy a renunciar a mi única amiga.

—Yo podría haber sido tu amiga, pero has decidido ir en mi contra desde el minuto uno.

—No, en realidad fue más tarde —me confirma—; había pasado por un infierno, no tienes ni idea de lo que fue vivir ocho años en ese agujero —los ojos se le llenan de lágrimas y me recuerdo que debo mantener la guardia alta—, con la única compañía intermitente de Guillermo. Cuando vi a Eric era como si Carlos hubiera vuelto, lo quería, quería que estuviera conmigo. Tú llevabas dos días con él, era obvio que acabaríais separados, hasta Nayara me lo dijo. Pensé que se te pasaría el capricho, pero no se te pasó y empezaste a contradecirme, a llevarme la contraria; yo intentaba influir en ti, pero cuanto más lo hacía, más en mi contra te ponías, en peor lugar intentabas dejarme ante todos.

—Me hiciste la vida imposible, tú destruiste mi relación con Eric —la acuso.

—Eric es todo tuyo, por mí como si te vas ahora mismo con él, me harías un favor. No quiero vivir contigo, me da miedo de lo que eres capaz. Cada cosa mala que ha pasado en mi vida la has provocado tú.

—Eso no es cierto.

—Fue culpa tuya —vuelve a acusarme—, no pude detener al Monstruo por tu culpa. Al comprenderlo empecé a odiarte y seguiré haciéndolo, pero no haré nada porque no quiero que me hagas daño.

—Yo no tuve nada que ver con eso.

—Me hiciste dudar de mí misma y él me cogió, después matas a una persona y me acusas a mí, no voy a permitir que vuelvas a deshacerte de mí.

—Yo no he matado a nadie.

—¿Entonces cómo llegaron esos papeles a mi cama?

—Eso mismo me pregunto yo.

—Fuiste tú Sarah, tú lo sabes, yo lo sé y algún día lo sabrá todo el mundo, es cuestión de tiempo que des un paso en falso.

Sale de la cocina y me deja con la boca abierta. Parece tan sincera que hasta dudo, pero me recuerdo que no puedo fiarme de nada que salga por su boca viperina, aunque parece que cree lo que me ha dicho. Es más o menos lo que me dijo en comisaría, pero estábamos solas, no tenía por qué mentir, sabe que a mí no puede engañarme y sigue con la misma versión.

No entiendo nada, no estoy segura de nada. El otro día leí una cita que decía: «Cuando no entiendas las razones, deja de razonar y acepta». Supongo que eso lo que debería hacer o acabaré volviéndome loca.

El fin de semana trabajo, vuelvo a hablar con Dani para trabajar entre semana; no encuentro trabajo y ahora, con Mariona en casa, la que se siente en una cárcel soy yo. Ambas intentamos evitarnos pero vivimos bajo el mismo techo, es imposible. Dani dice que no, así que no me queda otra que aguantar y callar.

El lunes por la mañana alguien llama a mi puerta.

—¿Cómo estás? —pregunta Nayara.

Me incorporo en la cama y me froto la cara; ella entra en la habitación y se sienta en la cama junto a mí, me tiende un dulce y rico café.

—Gracias por quedarte, Sarah —dice Nay, cojo el café y afirmo con la cabeza, bebiéndomelo porque no sé qué decirle—. Sé que no es fácil para ninguna de las dos, pero todo se solucionará.

—Estoy aquí por ti, Nay —le confieso—, porque no me fío de ella, pero cuando Laura vuelva el mes que viene me marcharé.

Nay me sonríe sin ganas.

—Preferiría que no te fueras, esta siempre ha sido tu casa.

Ahora la siento como una cárcel en lugar de un hogar. Desde que Mariona volvió a mi vida ha destruido cada cosa que estaba a su alcance y me era preciada.

—¿Sabes algo de Laura? —intento cambiar de tema.

—No, nada desde mi cumpleaños, pero es Laura —sonríe encogiéndose de hombros—. Me dijo que estaba inmersa en su trabajo y ya sabes cómo es cuando algo se le mete en la cabeza.

—Ya —afirmo curvando los labios—, la echo de menos —confieso.

—Lo sé. Tengo que ir a clase. Carla se acaba de marchar, así que te quedas con Mariona; haced el favor de no mataros.

Afirmo con la cabeza, Nayara sale de la habitación y yo me quedo allí tumbada bocarriba, aún somnolienta a pesar del café con extra de azúcar. Cierro los ojos y me concentro en Natalia, intento recordarla cuando estaba con vida, olvidarme de culpables, asesinatos, amenazas, Mariona, Eric, Pablo.

Lo alejo todo de mi mente y me concentro en Natalia. Recuerdo el día que me presentó a su hijo, recuerdo cómo el niño la abrazaba y la besaba, cómo a ella se le llenaban los ojos de amor al hablar con él.

Se me cierra la garganta a causa de la emoción y las lágrimas. Los ojos se empañan pero no consigo llorar, necesito expulsarlo pero ni una sola gota sale de mis ojos.

—Natalia, por favor —suplico como tantas otras veces—, necesito hablar contigo, quiero ayudarte.

No ocurre nada, espero y espero, pero no ocurre nada.

Me siento fatal, cojo mi portátil y busco en YouTube un video que siempre me hace llorar, nada es más efectivo para desahogarme que ese video.

Los presentadores del show británico le hacen preguntas a Susan Boyle, ella se muestra simpática y nerviosa; después viene el jurado, que me da la impresión de que la vacilan, pero después es ella quien les vacila a ellos cuando empieza a cantar la preciosa canción de los miserables, que deja a todo el mundo con la boca abierta. El público se pone en pie y yo me emociono, pero sigo sin conseguir soltar una sola lágrima. *Pero aún sueño que él vendrá a mí, y que viviremos toda la vida juntos, pero hay sueños que no pueden ser, como hay tormentas que no pueden capearse.* Los ojos se me empañan por la letra, al ver cómo la gente la vitorea y la aplaude, los mismos que antes se reían de ella, pero sigue sin salir una puñetera lágrima de mis ojos.

Cierro el portátil molesta, me pongo en posición fetal e intento llorar por mí misma, pero no hay manera. Cuando me aburro y me canso de este malestar, de esta congoja que no puedo sacarme de encima, me levanto y me doy un baño.

Al salir de la bañera empiezo a sentirme mal, físicamente mal, empiezo a marearme y he de sentarme para no caerme. El estómago empieza a revolverse, un dolor abdominal agudo me destroza y vomito varias veces.

Llaman a la puerta, tiene que ser Mariona, no hay nadie más en casa; abre la puerta unos centímetros.

—¿Estás bien? —me pregunta sin entrar o abrir más la puerta.

—Sí —contesto fatigada.

—¿Quieres que llame a Nay?

—No.

—¿Quieres que llame a alguien?

—Estoy bien.

Cierra la puerta despacio.

Después de los vómitos vienen las diarreas, no comprendo qué ha podido sentarme mal, esta mañana sólo me he bebido un café.

El día se convierte en un ir y venir del baño a la habitación; si conservara mi habitación, lo tendría a tiro de piedra, pero la de Laura está más alejada y en un par de ocasiones no puedo llegar. Mariona quiere fregar el suelo por mí, aunque yo no quiero que lo haga, pero no puedo mantenerme en pie mucho rato. Hago un esfuerzo que me parece titánico, friego y decido quedarme en el baño lo que queda de día.

Al llegar a casa Nayara viene al baño y me pregunta qué me pasa. Cuando le digo los síntomas me pregunta si estoy embarazada, ni siquiera me molesto en contestarle, del Espíritu Santo, no te jode. Baja a la farmacia y vuelve con varios medicamentos y un protector estomacal.

A pesar de mis negativas, me obliga a comer sopa. La farmacéutica le ha dicho que debía reponer líquidos, que seguramente será una gastroenteritis sin importancia. Me gustaría que estuviera ella en mi pellejo para que viera la importancia de mi malestar.

Pablo me llama para ver por qué no he ido a su casa, le digo que estoy enferma y quiere venir, pero le digo que ni soñarlo, no quiero contagiar a nadie.

Los dos días siguientes poco a poco me encuentro mejor, pero el dolor abdominal no desaparece; aunque los vómitos sí lo hacen, no las diarreas.

Llaman a la puerta, imagino que será Nayara con otro caldo de pollo, pero en lugar de ella es Eric.

Lo miro desde la cama, desorientada, preguntándome qué hace él aquí. Cierra la puerta y se quita la americana; mientras se acerca, la deja sobre la cama.

—¿Qué haces? —le pregunto confusa, pensando si me he dormido y estoy soñando.

—Voy a llevarte al médico —contesta.

Se acerca a la cama y me toca la frente; sus ojazos azules examinan los míos muy de cerca.

—No te necesito —le recuerdo—, quiero que te vayas.

—Sarah, llevas tres días sin moverte de la cama, debe verte un especialista, podría ser una ulcera, yo tuve una y no son agradables.

—Apuesto a que sí… Es una gastroenteritis, pronto me sentiré mejor.

—Iremos al médico.

No quiero que me vea así, débil, no quiero que se aproveche de esto para fingir que se preocupa por mí.

—No voy a ir a ninguna parte, por favor Eric lárgate, si quisiera ir al médico llamaría a Pablo no a ti. No quiero verte, ya no sé cómo decírtelo, quiero que te vayas.

Su mirada se ve herida, deja de tocarme y se pone de pie.

—Si quieres algo de mí, tienes mi número, te dejo tranquila, espero que te mejores.

Quiero cogerle la mano y pedirle que se quede conmigo, pero mi orgullo me impide pedirle nada. Observo cómo se aleja despacio, como si en realidad no quisiera hacerlo, como si se estuviera convenciendo para quedarse o para irse, con Eric nunca se sabe. Al final se marcha y cierra la puerta con cuidado.

El viernes no me siento espléndida, pero desde luego me encuentro mejor de lo que me he sentido en toda la semana; supongo que los síntomas ya remiten y en un par de días estaré como nueva. Nunca había pasado una gastroenteritis tan desagradable.

A primera hora de la tarde, Ortiz me llama y me pide que vaya a verle. Así lo hago.

Me reúno con él en comisaría; va tan mal vestido como siempre, y es que ya no es solo el mal gusto que tiene vistiendo, sino su aspecto desaliñado, como si durmiera con la ropa puesta.

—Tiene mala cara, Sarah.

—He estado enferma, pero ya me siento mejor. ¿Le digo qué aspecto tiene usted?

—No, lo mío es de serie, como usted dijo.

Curvo los labios, es cierto, se metió conmigo e incluso cuando estaba completamente ida fui capaz de soltarle una pulla. Como él dijo me estimula, me provoca.

—¿Para qué quería que viniera?

—Nos ha costado dar con el origen de las tierras, pero al fin sabemos de quién eran, como creíamos se hizo una cesión.

—¿Pertenecían a los padres de Mariona? —demando sin poder creer que sea ella.

La verdad es que no me cuadra, la madre de Mariona es una especie de espíritu libre, una artista de nacimiento, le gusta escribir, cantar, pintar… Nada que te dé dinero a no ser que tengas talento y ganas de triunfar, y ese no es su caso. Su padre trabajaba en Lleida, que yo sepa nunca se han dedicado al cultivo.

—No. ¿Por qué piensa que son de los padres de la señorita Prat? —demanda Ortiz.

—Ya no sé qué pensar —contesto con desgana—. ¿Quién hizo la cesión?

—Es muy curioso, porque la hija de la persona que lo hizo vive con usted.

—Acaba de decir que no es Mariona —comento contrariada.

—El señor Ripoll hizo la cesión, así que presuntamente estamos hablando de su hija.

¿Qué?

—Debe tratarse de un error, es imposible.

—Esas tierras, en el año 88, eran de su familia, si no me equivoco es la familia más rica e influyente de la comarca.

—Nayara no puede ser —digo poco convencida.

Nayara es una semana mayor que yo, así que ella y la hermana de Pablo nacieron con tres días de diferencia. Tiene los ojos del mismo color raro que Pablo y Aina, que su padre, el pelo es oscuro, como el de Macarena, incluso la nariz me parece igual a la de ella, ahora que lo pienso, complexión delgada, mediana estatura.

—Tendrá que hacerse una prueba de ADN como la que se hizo usted. Si no lo es, hablaré con el señor Ripoll para que me explique a qué fue debida esa cesión. Me temo que estaremos en un callejón sin salida.

—Deje que yo hable con ella —le pido a Ortiz mirando sus ojos oscuros—, deje que sea yo quien se lo diga, yo pasé por lo mismo, es mi mejor amiga.

—De acuerdo —cede Ortiz y yo se lo agradezco.

Cuando salgo de comisaría aún me siento en estado de shock.

Nayara, ella es la hermana de Pablo y Aina, la niña perdida que creía ser yo ha resultado ser mi mejor amiga. Ortiz ha dicho que era una presunción, que ella tendría que hacerse la prueba de ADN, pero en mi corazón siento que es cierto y se me parte al pensar que pueda serlo. No puedo dejar de pensar en cómo me sentí yo cuando creía que era esa persona. Me sentí una desconocida, me sentí perdida y no quiero que mi amiga pase por lo mismo.

En lugar de coger el metro, paseo por la calle, sin rumbo fijo.

No estoy segura de cómo debo actuar ahora. Cojo el móvil del bolso, preguntándome a quién debería llamar, a Nayara, a Pablo, a Aina. Finalmente llamo a la persona que creo que mejor me puede aconsejar sobre cómo debo abordar este tema.

—Hola, Sareta —me saluda al descolgar el teléfono.

Sonrío al escucharla llamarme así de nuevo. A pesar del tiempo que ha pasado desde que le dieron el alta, de que sé que ya está recuperada, cada vez que escucho su voz siento calidez en el corazón de tenerla de vuelta. Es algo similar a un milagro, a un regalo tan grande que nunca hubiera podido aspirar a tanto.

—Hola mama —contesto con un cariño y amor imposibles de medir.

—¿Cómo te encuentras, cielo?

—Bien, he tenido una gastroenteritis, pero ya me encuentro mejor.

—¿Qué tal va todo?

Como el culo, pienso.

—Mariona ha estado detenida, sospechan que mató a Natalia.

—¿Mariona?

—Sí.

—No lo creo, Sarah.

—Ya —*como todos*, pienso con hastío—, no es la buena chica que solía ser, me odia, me ha amenazado, pero no tc llamaba por eso.

—¿Qué ocurre? —pregunta extrañada.

Sigo caminando preguntándome cómo debo plantearle la cuestión a ella.

—¿Llevaste tú el embarazo de la madre de Nayara?

—No.

—¿Porque estabas de baja por tu embarazo? —supongo.

Nayara y yo nacimos con una semana de diferencia, así que esa sería una explicación de lo más lógica.

—No, nunca vino a que yo la visitara. Cuando su padre se lo dijo al tuyo, estaba casi de ocho meses, ni siquiera hicimos la preparación al parto juntas, vino a algunas charlas de orientación y poco más.

—Creía que todo el mundo iba a tu consulta —demando contrariada.

—Así es, pero ella lo llevó todo desde Lleida. ¿A qué viene esto?

—¿La viste embarazada?

—Como te digo, no se le notaba mucho, pero sí, claro, el último mes tenía una buena tripa y apenas salía por el embarazo.

—¿Crees que pudo fingirlo?

—Es posible —contesta con simplicidad y eso me descoloca del todo.

—¿De verdad? —pregunto incrédula agrandando los ojos.

—Después de saber que estaba embarazada, me la encontré en el supermercado; cuando intenté tocarle la barriga, se molestó mucho. Me extrañó, era la ginecóloga del pueblo, hasta ese momento venía a mi consulta, además teníamos cierta confianza, tu padre trabajaba con su marido. Puede que nunca fuéramos grandes amigas, pero nos conocíamos de toda la vida. Nunca más volví a consultarla.

—¿Por qué?

—Dejó de venir a la consulta. Cuando Nayara y tú os hicisteis tan amigas, volvimos a relacionarnos más, pero a pesar de ello no volvió a mi consulta. ¿A qué viene esto, cielo?

—Ortiz cree que ella podría ser la hermana de Pablo y Aina.

—¿Quién es Ortiz? —pregunta mi madre de vuelta.

—El detective que lleva la investigación, bueno, en realidad lleva el homicidio del padre, pero todo está relacionado, creemos que la señora Mercè vendió a su nieta.

—Esa mujer es muy cruel Sarah, no te acerques demasiado a ella —dejo de caminar un momento pensando en eso, pero antes de poder preguntar ella sigue—, háblame de Ortiz. ¿Cómo es él?

—¿Ortiz? —pregunto sin comprender, volviendo a iniciar la marcha— Un chulo piscinas, hortera y arrogante.

—¿Y físicamente?

Eso me descoloca más, pero con mi madre es mejor no preguntar, si quiere decirme algo ya lo hará.

—Debe tener tu edad, o quizás menos, tiene pinta de una persona machacada, lleva el pelo oscuro y canoso, engominado y grasiento hacia atrás, algo más alto que yo, robusto de espalda ancha y la cara la tiene llena de pequeñas cicatrices. Mirada oscura, casi no se puede distinguir la pupila de negros que tiene los ojos.

—¿Tienes mucho trato con él?

—Sí, estoy intentando ayudarle sin mucho éxito. ¿Por qué?

—¿Tiene hijos? —ignora mi pregunta.

—No lo sé, no lleva anillo de casado, pero puede que esté divorciado… Además, dice que su familia es de Boira. Cuando fuimos a ver a la Señora Mercè, ellos ya se conocían; eso es muy raro. Él pidió el caso y, para colmo, sabe lo que puedo hacer, lo que podemos hacer todos. Además, nadie se fía de él. Eric no quiere que me acerque a él, Pablo tampoco y yo no me fío, pero porque no confía en mí, porque esconde algo, en realidad no me ha hecho nada.

—A quien no debes acercarte es a la Señora Mercè, Sarah —sentencia.

¿Es que no me está escuchando?, me pregunto sin comprender. Lo que acabo de contarle es, como mínimo, inquietante, y ella se preocupa de la señora Mercè.

—¿Tú conoces a Ortiz? —intento buscar sentido a su interés.

—No, no sé quién es, no lo conozco.

—¿Por qué has preguntado por él entonces?

—Curiosidad.

¿Curiosidad? ¿Antes de decirle que es de Boira tenía curiosidad y ahora que sabe eso ya está saciada? Esto no encaja, pero mi vida es un completo caos de piezas inconexas, debería dejar de buscarle sentido a las cosas.

—¿Qué crees que debo hacer respecto a Nayara? —pregunto volviendo al tema por el que la hc llamado.

—¿Crees que es ella?

—Siendo sincera —cojo aire por la nariz con fuerza, lleno mis pulmones y lo expulso—, es lo que me dice mi intuición.

—Entonces deberás ser precavida y cautelosa, recuerda cómo te sentiste cuando creías que eras tú.

—¿Crees que debería decírselo?

—Encontrarás el mejor momento para hacerlo —asegura.

Yo no lo tengo tan claro, no tengo ni idea de cómo podría plantearle eso a mi mejor amiga.

Cuelgo la llamada y me dirijo al metro; voy hasta el Clot, a casa de Pablo, no estoy segura de cómo plantear esto a la familia.

—Hola preciosa —me saluda desde la puerta, abriéndola para que entre—. ¿Cómo te encuentras?

—Mejor —suspiro.

—No tienes muy buen aspecto.

Sonríe y es imposible no devolverle la sonrisa. A pesar de todo el horror, de mi malestar, de mi incapacidad lagrimal, de las acusaciones de Mariona, la conversación con mi madre, no ser capaz de hablar con Natalia, tener a Mariona metida en casa, que puede que Nayara sea su hermana, la loca de su abuela, el enigma de quién mató a su padre, de quién mató a Natalia… A pesar de todo, es imposible no devolverle esa sonrisa franca que siempre, o casi siempre, luce su rostro bronceado.

—¿Estás solo? —pregunto mientras me besa la mejilla.

—Sí, mi madre llegará en un rato con Aina.

—Tenemos que hablar —le digo dirigiéndome a su habitación; me sigue y me siento en su cama. De nuevo observo el desorden de su habitación, me gusta su caos, es cálido y cómodo—, vengo de ver a Ortiz.

—¿Otra vez?

—Me ha llamado para que fuera. Ven —le cojo de la mano y lo siento a mi lado en la cama—, creo que ya sé quién es tu hermana.

—¿Sigues pensando que es Mariona? —pregunta en tono de burla.

—No, claro que no, eso fue un poco una locura —sonrío sin ganas—. Ortiz ha investigado a tu abuela —le cuento mirando sus ojos pardos, él se pone serio—; un mes después de que naciera tu hermana, alguien le cedió unas tierras; él cree que es posible que tu hermana fuera el pago por ellas.

—¿Sabe quién se las cedió?

—Sí —afirmo con la cabeza—, tu padre dijo que ella estaba cerca, y de ser ella la hemos tenido en los morros todo este tiempo, en realidad yo llevo con ella toda la vida.

—Has dicho que lo de Mariona era una locura —dice desconcertado.

Lo miro sin saber qué decir, sin saber cómo decírselo. Entre nosotros se hace el silencio, un silencio incómodo. No puedo alargarlo más, si no puedo decírselo a Pablo no seré capaz de decírselo a Nayara.

—El padre de Nay fue quien le cedió las tierras a tu abuela, o sea que es posible que Nay sea tu hermana.

—¿La novia de Aleix? —pregunta con un gesto que deja claro que no me cree.

—Sí.

—Eso no puede ser, Sarah —contesta con una sonrisa llena de incredulidad, como si yo estuviera diciendo algo completamente increíble o surrealista.

—Yo creo que es más que posible. Al salir de comisaría he llamado a mi madre, ella era la ginecóloga del pueblo. Su madre no dijo que estaba embarazada hasta un mes antes de tenerla, no hizo las consultas en el pueblo como todo el mundo, sino que las hizo en Lleida. Nayara y tu hermana nacieron con tres días de diferencia, tres —repito enfatizándolo con los dedos de mi mano derecha—. Además, Nayara tiene la misma mirada que tú o tu hermana, los tres tenéis los ojos del mismo tono extraño, la misma mirada de vuestro padre; es ella Pablo, cada vez lo veo más claro.

15

Nayara

Pablo y yo decidimos no decir nada de momento a su familia, no quiere darles falsas esperanzas a su madre o a Aina, después del chasco que se llevaron cuando creían que era yo y no lo fui.

El sábado en el trabajo se lo contamos todo a Aleix, pero él parece tan incrédulo como Pablo; le explico que debemos decírselo entre los tres y hacer la prueba de ADN como hice yo para salir de dudas.

—¿Piensas decírselo? —me pregunta Aleix como un reproche.

—¿Qué otra cosa puedo hacer? —le contesto a la defensiva— Si no se lo decimos nosotros, lo hará la policía y deberá hacerse la prueba de todos modos.

—Antes deberíais aseguraros.

—¿Cómo? —demando deseando que me dé una salida.

—No lo sé, pero primero tienes que asegurarte, recuerda cómo lo pasaste tú, el ambiente ya está bastante tenso entre Mariona y tú como para que la preocupes por otra cosa.

Miro a Aleix, él me culpa a mí de la tensión que reina en casa; yo soy la primera que me siento incómoda con la situación, tengo ganas de decírselo, pero después pienso que eso no servirá de nada. Él se preocupa por Nay y me alegra lo mucho que parece haber madurado, cómo se preocupa y cuida de ella.

Por la noche salgo a tomar unas copas con Pablo, pero ninguno de los dos tiene muchos ánimos para fiestas, así que pronto nos vamos a casa, cada una a la suya, por supuesto.

En la compañía de Pablo me siento realmente bien, siento la necesidad de tocarlo y hacerle carantoñas como él me las hace a mí, de besarlo, a veces incluso de iniciar una relación con él, pero Eric sigue inamovible. Hasta que no me olvide del todo de Eric, hasta que no reduzca mis pensamientos hacia él al menos a uno solo por día, no puedo empezar nada con Pablo; quizás entonces pueda darme esa oportunidad con él, pero hasta entonces mis sentimientos por ambos son demasiado confusos.

No es como tener que elegir entre dos hombres, es más bien elegir entre el presente y el pasado, pero el pasado sigue doliendo demasiado para fingir que Eric no me afecta como lo hace.

El domingo estamos trabajando cuando Pablo dice que tiene un plan genial, que lo consultará con su madre y me llamará por la noche, para contármelo.

Al llegar a casa saludo a Nayara, que está en el comedor con Mariona viendo una película; pregunto por Carla, que ha salido, y me voy a mi habitación, bueno, a la habitación de Laura. Estar rodeada de sus cosas me hace extrañarla aún más.

Laura siempre le encuentra la solución a todo, ya podría haberse ido en otro momento, en un momento en que mi vida no se desmoronara a cada paso que doy, como en los últimos casi tres meses que lleva fuera.

Reviso mi bandeja de entrada del correo electrónico esperando alguna contestación a las docenas y docenas de currículum que he dejado vía internet, pero no hay ni una sola respuesta, es deprimente.

Instalo la play en la tele de Laura y me quedo encerrada jugando. Pablo, como ha dicho al salir del trabajo, me llama por la noche.

—Tengo un plan.

—Dispara.

—Ve a donar sangre al hospital de mi madre, pídele a Nayara que te acompañe y convéncela para que ella también done. Mi madre estará allí y, de la sangre que le extraigan, cogerá una muestra para compararla con la suya.

Es un buen plan, no deberé decirle para qué quiero la sangre.

—Deduzco que se lo has dicho a tu madre.

—La he advertido de que no se haga demasiadas ilusiones.

—De acuerdo, hablaré con ella.

A la hora de cenar, decido unirme a la cena "familiar". Aleix también está en casa.

—Hoy Pablo me ha dicho en el trabajo que en el hospital de su madre necesitan donantes para el banco de sangre, mañana voy a ir. ¿Alguien quiere ayudar? Es por una buena causa.

Aleix me mira con los ojos azul oscuro abiertos como platos, después mira a Nayara.

—Yo me apunto —dice mirando aún a Nayara—. ¿Qué dices, Nay? —le pregunta a ella.

Menos mal, pienso suspirando, la ayuda de Aleix puede ser vital.

—No me gustan mucho las agujas —le contesta ella con una mueca.

—Piensa que tu sangre puede ayudar a gente que la necesita —vuelvo a la carga—, todos deberíamos hacerlo, es bueno ayudar al prójimo.

—A mí me gustaría participar —comenta Mariona.

¿Por qué se tiene que meter ella? Cuando yo hablo ella calla, cuando ella habla callo yo, es una norma no escrita que creía que habíamos adoptado las dos.

—No creo que puedas hacerlo —contesto—, estás demasiado delgada, piden una serie de requisitos.

—Eso será el médico quien lo decida —comenta Nayara en tono molesto—, iremos juntas.

Desde luego, que Mariona nos acompañe, no es la ilusión de mi vida, ya tengo bastante con tener que cruzármela por casa, pero no me importa mientras Nayara se saque sangre.

Después de cenar me pongo a cargar el lavavajillas; Nayara y Mariona han cocinado, Carla ha puesto la mesa, así que yo me dedico a los platos y Carla viene a ayudarme.

Antes de irme a dormir le mando un WhatsApp a Pablo para decirle que su plan genial está en marcha, que me diga la hora y allí estaremos las tres. Pablo me contesta con varios emoticonos graciosos y dice que su madre tiene una pausa a las once.

—Buenos días, Sarah —me despierta Carla a la mañana siguiente—, hoy voy a pasar de las clases y voy a acompañaros.

—Genial —digo intentando acabar de despertarme.

Me alegro de que venga, la situación no será tan incómoda, Nay podrá centrarse en Mariona, como hace siempre, y yo podré hablar con Carla sin necesidad de sentirme mal con nadie, ni siquiera conmigo misma.

—Toma —me tiende un café—, Mariona acaba de prepararlo.

—¿No estará envenenado, verdad?

—A saber —contesta Carla y ambos nos reímos maliciosamente.

Me bebo el café y me doy una ducha; después, las cuatro juntas vamos hasta la Vall D'Hebron con el coche de Nayara. Como a ella no le apasiona conducir y a mí sí, conduzco yo. La que se mareaba en coche decide ir detrás, prueba de lo falsa que llega a ser. Aún recuerdo aquellas "vacaciones" que pasé con ella y Eric. Ahora me parece un recuerdo muy remoto, pero me molesta más que entonces después de todo lo que sé.

Salgo en la salida cinco de la Ronda D'Adalt; entre los recuerdos de cuando vine a hacerme mi propia prueba de ADN y las indicaciones del hospital, llegamos a la zona de extracciones.

Enseguida veo a Macarena, la madre de Pablo y Aina, ella se acerca a nosotras mirándonos a todas una a una y centrándose más en Nayara. Imagino que Pablo le habrá descrito cómo es, puesto que las otras dos son rubias, no hay dudas de quién es.

—¿Cómo te encuentras? —me abraza.

—Mucho mejor, supongo que puedo donar sangre igualmente.

—Claro que sí, si viéramos alguna cosa en tu sangre te llamaríamos, pero una gastroenteritis no es problema.

—¡Genial! Mira, te presento a mis amigas —señalo a las demás—; ella es Carla, Nayara y Mariona —le digo sus nombres mientras las señalo—, ella es Macarena, la madre de Pablo.

—¡Oh! —exclama Nay— Tiene un hijo fantástico.

—Gracias —contesta Macarena estudiando a Nayara sin ningún disimulo.

Veo cómo Nayara empieza a incomodarse, Macarena no es lo que se dice discreta en su escrutinio.

—¿Qué debemos hacer, Macarena? —pregunto para que se centre en mí de nuevo.

—Sí —dice mirándome de nuevo contrariada—, claro, la sangre, tenéis que rellenar un pequeño cuestionario para saber que sois donantes potenciales y os pesaré y mediré por turnos, para comprobar que tengáis todos los requisitos; venid por aquí.

Nos acompaña a una sala acristalada y nos tiende los cuestionarios.

—¿Quieres ser la primera, Sarah? —me pregunta al entregarme el cuestionario.

—Claro.

Me lleva a una pequeña consulta y cierra la puerta, se apoya en ella y me mira con los ojos brillantes.

—Es ella —dice con decisión.

No quiero que se haga ilusiones y se lleve otro palo, ya por bastante está pasando.

—Todavía no lo sabemos, habrá que esperar.

No quiero que se haga ilusiones, pero tampoco quiero herirla, es algo complejo.

—Sé que es ella —dice con una franca y gran sonrisa—, cuando la he visto el pulso se me ha acelerado, necesitaba arrullarla como no pude acunar a mi bebé —dice emocionada tocándose el pecho—, como tanto tiempo he deseado volver a tenerla entre mis brazos. No pude despedirme y esa chica es mi hija, Sarah —me abraza con fuerza—, no tengo ninguna duda.

Le devuelvo el abrazo. Si Nay es su hija me sentiré muy feliz por ella, por sus hijos, a los que adoro y quiero, pero no sé cómo lo llevará Nay; si finalmente lo es, va a ser un golpe tremendo.

Me suelta y me siento obligada a advertirle.

—No puedes decirle nada, no hasta que lo sepas seguro.

—Por supuesto que no.

—De acuerdo.

—Háblame de ella.

—¿De Nay? —sonrío y ella afirma emocionada mientras me pone sobre una báscula, que demuestra que he perdido medio kilo en esa semana de vómitos y diarreas— Ella es muy mandona, autoritaria, siempre quiere tener razón.

—Eso me recuerda a alguien —dice sin perder la sonrisa.

Sí, como Aina, pienso sonriendo yo también.

—A veces puede parecer fría, dura, pero también es cariñosa, aunque a su manera; cuando quiere a alguien lo hace de corazón, es bastante independiente pero sensible. Es mi amiga de toda la vida, casi como una hermana, no me he separado de ella en toda la vida. Cuando mi padre me mandó al internado, ella se vino conmigo. ¿Qué adolescente querría estar en un internado? Ni siquiera se lo pedí, fue una decisión de ella.

—Estoy deseando conocerla mejor —dice en un gesto soñador.

Cuando salgo de la sala le pide a ella que pase; me da mal rollo que se le vaya la cabeza con la emoción y le diga algo que no debe a Nayara.

Relleno el cuestionario nerviosa, mirando la hora constantemente; tarda demasiado y, cuando al fin sale Nay, parece contrariada pero no molesta, entonces Macarena hace pasar a Mariona.

—¿Qué tal? —le pregunto.

—Bien, me ha hecho muchas preguntas raras.

—Sabe que eres amiga de Pablo —intento quitarle importancia—, querrá saber más de ti, es muy atenta y cariñosa.

—Desde luego —dice sonriendo.

No quiero saber qué le habrá dicho para que Nay responda así, pero no se ha ido de la lengua, eso está claro. Mariona sale en menos de un minuto y pasa Carla.

—¿Qué ha pasado? —le pregunta Nayara a Mariona.

—Mi índice de masa corporal es demasiado bajo, no soy apta.

Diría te lo dije, pero como se trata de Mariona y no quiero hablar con ella, saco mi móvil y le envío un WhatsApp a Pablo indicándole que su plan genial está en plena ejecución.

"¿Qué ha dicho mi madre?", me responde al momento, como si estuviera pegado al móvil.

"Demasiado emocionada, tiene claro que es tu hermana, le he pedido precaución".

"Llámame después y me cuentas".

"Ok ;)".

Cuando Carla sale de la consulta, no tarda ni la mitad que Nay. Esta última es justamente la primera en entrar para que le saquen sangre, después lo hace Carla y por último yo.

—¿Qué te ha parecido?

—Parece una chica fantástica, estoy deseando comprobar que es mi hija.

Salimos de la Vall D'Hebron, dejo a Carla de camino a casa y, cuando estamos llegando, empiezo a sentirme mal. El dolor abdominal vuelve y tengo ganas de vomitar. Dejo el coche en la puerta de casa y le pido a Nayara que lo meta en el parking.

Subo corriendo a casa y casi no llego, pero en lugar de vomitar vuelven las diarreas; me quedo un tiempo largo en el baño. Nayara viene en un par de ocasiones y le pido que no entre.

Cuando creo que ha pasado lo peor vuelven las náuseas, vomito y finalmente salgo del baño.

Nayara está en la puerta del baño, la miro preguntándome si ha estado escuchando la tormenta que he liado en el baño en un momento.

—Me encuentro fatal —comento cerrando la puerta del baño.

Voy hacia la habitación sintiendo frío en todo el cuerpo, sudor frío, a causa del esfuerzo que he hecho. Las piernas se me han dormido y me cuesta caminar, el abdomen no deja de molestarme.

—Vamos al médico, Sarah —dice Nayara detrás de mí.

—No, no quiero salir, soy capaz de hacérmelo encima de camino, se me pasará.

—En ese caso llamaré al médico para que venga a visitarte a casa.

—No, Nay, de verdad, estoy bien, se me pasará.

Llego a la habitación de Laura y me tumbo en la cama, me toco el abdomen inflamado.

—Ya debería habérsete pasado, pensaba que estabas bien.

—Lo estaba, me he encontrado bien todo el fin de semana, pero de camino a casa he empezado a sentirme mal.

—Debería verte un médico.

—Estoy bien —insisto, aunque no lo estoy.

Nayara se va a preparar sopa, me pongo en posición fetal e intentando contener el dolor del abdomen.

Oigo un móvil en la lejanía, no tengo ni idea de si es el mío. Cuatro personas y las cuatro con el mismo tono de llamada, aunque el de Nay y Mariona es otra versión y el timbre es algo diferente, a esta distancia no puedo diferenciarlo.

Mariona entra en la habitación y me tiende el móvil.

—Es Pablo.

Voy a incorporarme para cogerlo y ella se agacha para que no me mueva. Me la quedo mirando, analizando ese gesto de amabilidad después de que ambas hemos declarado que nos odiamos, después de que cada una acusa a la otra de las peores cosas, de que somos enemigas declaradas.

—Gracias —digo cogiéndolo con los dedos como agarrotados.

—Nay tiene razón, debería verte un médico.

Se da media vuelta y se marcha, mientras lo hace sigo observándola.

Descuelgo la llamada.

—Hola —digo con un hilo de voz.

—¿Qué te pasa? —Pablo suena alarmado, no quiero preocupar a la gente, últimamente soy la pupas.

—Por lo visto no estaba del todo recuperada, no me siento bien.

—No es normal Sarah, ya llevabas varios días bien.

—Lo sé.

—Le diré a mi madre que estás enferma para que analicen bien la sangre.

—Eso no es necesario Pablo, esa sangre se analiza bien, no van a darle a una persona sangre intoxicada.

—Por si acaso. Cuando salga de clase iré a verte.

—¿Qué hay de los resultados?

—Habíamos pensado abrirlos juntos como la otra vez, pero si tú no te sientes bien…

—Abridlos y luego llámame, pero no vengas, no quiero contagiarte.

Pablo ignora mi advertencia y a media tarde viene a verme. Mariona se encuentra también en casa y es ella quien le abre la puerta. Desde la habitación los oigo hablar, Mariona le dice que debe convencerme para ir al médico, me sorprende que Mariona se preocupe por mí, se supone que somos enemigas y me odia.

—¿Cómo estás, preciosa? —dice cuando entra en la habitación y cierra la puerta.

—Me encuentro mejor.

—No parece que estés mejor, estás amarilla, tienes que ir al médico.

—¿Te ha convencido Mariona? —le pregunto curvando los labios.

—No seas tonta —dice sentándose en la cama y besándome la cabeza.

—No voy a ir Pablo, me da igual lo pesado que te pongas, más pesado que Nayara imposible, y no voy a ir —decido cambiar de tema y hablar de algo interesante—. ¿Tienes los resultados? —afirma con la cabeza— ¿Y bien? —pregunto ansiosa.

Los ojos de Pablo se llenan de lágrimas, no estoy segura de si son lágrimas de frustración o alegría, pero su sonrisa me da una pista.

—Es ella, Sarah —me abraza y yo le devuelvo el abrazo, dividida entre la alegría por él y su familia, pero también llena de pesar por cómo esto afectará a Nay—. Él tenía razón, estaba cerca, la he tenido en la cara todo el verano sin saber que era ella, todas las veces que hemos hablado sin tener ni idea de que era mi hermana.

Se limpia las lágrimas de la cara.

—Me alegro por ti, cariño.

—Estoy deseando abrazarla, pero por otro lado me da miedo decírselo.

—Te entiendo.

Siento una fuerte punzada en el abdomen que disimulo como puedo.

—Deberíamos decírselo juntos —opina él.

—Sí, pero ahora no, cuando me encuentre mejor, si no te importa.

—Claro que no preciosa; joder Sarah, la hemos encontrado.

Vuelve a abrazarme y yo procuro fingir que me alegro mucho. Lo cierto es que me alegro, pero me encuentro tan mal que debo esforzarme.

Tardo dos días en recuperarme, y cuando vuelvo a sentirme bien voy a ver a Ortiz.

—Pensaba llamarla —dice cuando me ve—. ¿Sigue sin encontrarse bien?

—He tenido una recaída, pero ya estoy bien —saco el sobre de la prueba del bolso—. Le he traído un regalito.

—¿Es la prueba de ADN? —pregunta emocionado y afirmo con la cabeza.

—Démela —demanda claramente emocionado.

—Debe ganársela —le contesto.

—¿Cómo dice? —pregunta contrariado.

—¿Tiene alguna nueva pista del asesinato de Natalia?

—Todavía no —y parece que lo dice con pesar—, pero esas cosas llevan tiempo; hemos vuelto a las entrevistas, pacientes, vecinos, entorno social, laboral… A veces algunas personas recuerdan algo que en un principio no les resultó relevante o importante y puede darnos alguna pista. Estas investigaciones pueden llevar mucho más tiempo del que usted cree. ¿Consiguió hablar con ella?

—No —contesto con desánimo.

—¿Sigue castrándose a sí misma, Sarah?

—Eso es muy desagradable, y no, no me castro. Le pedí ayuda a Aina, pero ni con ella.

Le tiendo el sobre y Ortiz lo coge al vuelo; con rapidez saca el papel y empieza a leerlo, después me mira.

—Noventa y ocho coma noventa por cien. ¡La tenemos, Sarah! —dice con regocijo.

—La tenemos —confirmo encantada de poder ir a por esa vieja gárgola mentirosa.

—Hablaré con el juez, no podrá volver a denegarme esa orden de registro.

—Eso espero —le contesto con una sonrisa, pero después pienso en Nay y me pongo seria—. Nayara aún no lo sabe, me gustaría ser yo quien se lo diga, es mi mejor amiga, creo que es lo mejor.

—Por supuesto, de momento no se hará público, tiene unos días para buscar las palabras, no va a ser fácil para esa chica.

Miro a Ortiz impresionada, preguntándome desde cuándo tiene la capacidad de compadecerse de la gente, desde luego conmigo no fue tan paciente o compasivo. Bueno, un poco, pero solo en una ocasión, claro que yo aún no me había hecho la prueba, imagino que eso era lo que le molestaba.

—¿Recuerda cuando asesinaron a Natalia y usted vino a casa a hacerme una visita?

—Por supuesto.

—¿Recuerda aquel cuento que tenía sobre la cama y usted ojeó? —afirma con la cabeza— ¿Por qué me dijo que debería leerlo?

—Leí el final, iba sobre Boira, imaginé que querría hacerlo. ¿Lo leyó por fin?

—En efecto, no solo hablaba de Boira, también hablaba de gente con poderes, como Aina, yo, mi madre, Mariona y la señora Mercè.

—¿También ellas?

—No se haga el loco, usted ya lo sabía, por eso me dijo que conocía a otras personas especiales.

—Entonces apenas conocía a la señorita Prat —me recuerda.

—Pero sí a la señora Mercè, y resulta que ambas hacen lo mismo, y usted ya la conocía a ella. ¿De qué?

—Como le dije delante de su particular detector de mentiras, que permítame decirle que he tenido la posibilidad de volver a comprobar su afectividad y el señor Capdevila hace lo que dice; es un tema personal que no le concierne en absoluto. Ella tenía información de mi familia, ya se lo dije, y no añadiré más.

Imagino que no.

Espero que las cosas vayan solucionándose. Nayara es la hermana que llevamos buscando más de dos meses, ahora le toca a la señora Mercè, la instigadora de ese robo y posterior venta, y solo por eso se le va a caer el pelo. Después el asesinato del padre de Pablo, que espero que podamos resolverlo cuando registremos la casa. Lo de Natalia parece que va para largo, pero al menos no es una carpeta tirada en un rincón, están haciendo algo con el fin de intentar esclarecer lo sucedido, y yo también seguiré haciéndolo por mi parte.

Me despido de Ortiz y voy a casa de Pablo y Aina. Ella está eufórica, quiere conocer a su hermana. Le enseño fotos de Nay y le hablo de ella, pero le advierto que debe ser paciente. Me alegra que no sepa mi nueva dirección, sin duda es capaz de presentarse allí y decirle a Nayara que es su hermana.

El viernes Mariona prepara espaguetis, estoy cansada de arroz y caldos, así que como lo mismo que ella y Carla; comemos en el comedor mirando la tele, en un silencio que ya ni siquiera me molesta, es un poco incómodo, pero empiezo a acostumbrarme.

Por la tarde tengo unos dolores que no puedo ni moverme de la cama, las manos se me entumecen y no puedo moverlas, me asusto, me asusto mucho al darme cuenta de que están tan engarrotadas que no puedo mover los dedos. Desesperada y asustada le pido a Nayara que me lleve a urgencias y ella lo hace sin dudar.

Al llegar me preguntan los síntomas que tengo, yo les explico las idas y venidas, lo que he comido o no he comido cada vez que me he puesto enferma, me observan durante horas sin quitarme el dolor, no saben qué tengo y eso me pone muy nerviosa. Finalmente me hacen un lavado gástrico y deciden dejarme algunos días en observación.

Cuando me suben a planta hay mucha gente, demasiada. Pablo, Carla, Aleix, Nayara y para mi total sorpresa Eric. No quiero que Eric y Pablo vuelvan a pelearse, se odian el uno al otro. Les pido a todos que se marchen y al final, cuando consigo echarlos, Nayara decide pasar la noche conmigo.

Macarena es enfermera en la Vall D'Hebron, así que a pesar de que no estoy en su sección, ni siquiera en su planta, pasa cada rato que tiene libre en mi habitación. Nayara no se mueve del hospital en todo el fin de semana y eso les da la oportunidad de irse conociendo.

Pablo viene a visitarme con Aina y deseo que la tierra me trague, o que se trague a Aina antes de que abra la boca, pero se comporta, más o menos. No deja a Nayara tranquila, ellas se conocieron cuando vivía en casa de Carla, después de lo que le pasó a Natalia ambas me visitaban prácticamente a diario. Aina no para de hacerle preguntas y se cuelga encima de ella como un mono. A mí apenas me hace caso, pero no me importa, me gusta ver a Aina feliz, ha encontrado a su hermana, pero no tengo ni idea de cómo decírselo a Nayara, aunque sé que debo buscar la manera.

El domingo llamo a mis padres. Nayara insiste en que ellos deberían saber que estoy enferma, pero ya me encuentro bien; no he vuelto a tener un solo dolor, no quiero que hagan un viaje tan largo para nada, además no necesito que nadie más se preocupe por mí.

El lunes al mediodía por fin me dan el alta, pero no son capaces de decirme qué tenía, suponen que una intoxicación, pero la última comida que hice fueron unos espaguetis, tres personas comimos lo mismo y solo yo enfermé, así que me cuesta creer que sea eso. Creo que no tienen ni idea y dicen eso para que me vaya tranquila; como me siento bien me da igual, solo quiero salir del hospital, a nadie le gustan los hospitales y yo no soy una excepción.

16

La casa de los horrores

Al día siguiente me despierto en mi cama, la cama la Laura en realidad; a pesar de que no me gusta vivir aquí, lo prefiero antes que seguir en el hospital.

Llaman a la puerta y me sorprende que sea Mariona.

—Carla a preparado zumo natural —me deja el vaso sobre el escritorio—. ¿Cómo te encuentras?

—Mejor.

—Me alegro —contesta.

Las dos nos quedamos calladas, Mariona se queda junto al escritorio, se acaricia los brazos desnudos mirando a su alrededor y yo la miro a ella esperando que se largue.

Esta mañana ha elegido un pantalón pitillo que muestra esas piernas tan delgadas que tiene, con una blusa rosa palo y lleva un maquillaje muy tenue del mismo color, sus ojos verdes miran en todas direcciones.

—No creo que tú la mataras —dice al fin aún sin mirarme—, creo que de alguna manera esos documentos llegaron hasta ti y decidiste enviarte la amenaza a ti misma para poder incriminarme y vengarte de mí.

La miro anonadada y ella al fin centra su mirada en la mía.

No tengo ni idea de lo que pretende con esas nuevas acusaciones, con su nueva hipótesis sobre lo ocurrido, pero no pienso morder el anzuelo.

—Si hubiera sido así, habría entregado los expedientes a Ortiz, yo quería a Natalia y quiero que atrapen a su asesino, incriminarte a ti le hubiera dejado a él libre.

—Yo no lo hice Sarah, te lo juro.

—No te creo —la corto antes de que pueda seguir comiéndome la cabeza.

Llaman al timbre y sale de la habitación, me levanto de la cama y cojo el zumo de naranja, lo huelo con desconfianza pero no noto ningún olor extraño. Me siento una paranoica pero no me fío de ella, fue ella la que preparó los espaguetis y me puse mala, la que preparó el café y también enfermé. Me pregunto si me está poniendo algo en la comida para matarme; es una locura, pero no debo fiarme de nada, aunque si alguien intentara matarme, supongo que los médicos se habrían dado cuenta de que tenía algún tipo de veneno en el cuerpo, y no tienen ni idea de lo que me pasa; solo espero no volver a enfermar.

Preparo la ropa para ducharme y volver a mi búsqueda de trabajo urgente, pero llaman a la puerta y es Ortiz.

—Buenos días, Sarah —me saluda mirándome de arriba abajo—. Si quiere vestirse puedo esperarla en la sala.

—Me ha visto en peores condiciones —le contesto—. ¿Qué hace aquí?

Cierra la puerta detrás de él.

—¿Ha hablado con su amiga?

—Todavía no he tenido oportunidad.

—Las oportunidades se buscan, Sarah —dice condescendiente—, en breve todo se destapará. Vamos a procesarlos a todos, al médico que firmó la defunción, a la señora Mercè, a los padres de la chica —dice ansioso—, me los voy a llevar a todos por delante.

—Deme un par de días —le pido.

—El juez ya ha firmado la orden de registro, esta tarde vamos a ir a casa de la señora Mercè.

—¿Podré acompañarle, no? —demando inquieta porque no me ha incluido, me pregunto si Eric ha cumplido su amenaza.

—Espero que lo haga.

Me siento ansiosa por ir, si fuera por mí no esperaría a esta tarde, sino que iría ahora mismo.

Ortiz se marcha y voy hasta la cocina, tiro el zumo por el desagüe y me preparo un café. El médico me ha recomendado dieta estricta, pero necesito un café.

Me doy una ducha y llamo a Pablo para explicarle que esta tarde me voy con Ortiz a casa de su abuela. En contra de lo que esperaba no se alegra, sino que me pide que no vaya. Discutimos y le cuelgo cansada de que nadie me apoye, ni siquiera él que sabe el daño que esa mujer me hizo, después del dolor que ha provocado a su familia.

Decido comer por ahí, no quiero que Pablo se presente en casa y tener que seguir discutiendo con él.

Cuando me reúno con Ortiz, nos dirigimos a Boira en su coche; vamos solos, pero otros tres coches vienen con nosotros. Ortiz me pide que me quede en el coche hasta que él me avise y así lo hago.

La espera se hace larga y tediosa, quiero bajar del coche y ver qué pasa dentro, pero me quedo donde me ha dicho Ortiz. Yo no debería estar aquí y él me ha permitido venir, así que sigo sus instrucciones. Sigo en el coche cuando los veo salir, Félix sale esposado con dos agentes a cada lado, lo meten en un coche patrulla y al minuto sale la señora Mercè, seguida por otro poli que empuja su silla de ruedas.

La señora Mercè clava sus ojos en mí, trago saliva ante la mirada asesina que me dedica, cuando un golpe en el techo me sobresalta y doy un grito. La puerta del copiloto se abre.

—¿La he asustado? —pregunta Ortiz.

—No —contesto bajando del coche—. ¿Qué ha pasado?

—La señora Mercè se ha puesto como un basilisco, Félix ha intentado agredir a uno de los agentes, así que ambos están arrestados.

—¿Con qué cargos? —lo miro expectante— ¿Han encontrado algo?

—Obstrucción a la justicia para empezar. Un coche los llevará a comisaría, cuando registremos la casa, espero tener algo más de lo que acusarlos.

—Yo también.

Miro de nuevo en dirección a la señora Mercè, ya está dentro del coche policial, pero sigue mirando en nuestra dirección mientras el coche se aleja.

—¿Entramos? —pregunta Ortiz.

—Claro —contesto, aunque no me apetece en absoluto.

Entramos dentro del caserón. Cada vez que vengo a esta casa se me olvida lo repulsiva que es, creo que lo recuerdo pero el aire viciado y pestilente siempre me sorprende.

—¿Por dónde cree que deberíamos empezar, Sarah? —pregunta Ortiz mientras cruzamos el enorme salón.

—Por el sótano, supongo —contesto con una mueca de asco, bajo el tono de voz por si nos oye alguien—, él dijo que había muerto abajo.

Vamos a la cocina, allí ya hay una mujer metiendo los cuchillos en unas bolsas de plástico.

—Sarah, le presento a Helena Espósito, nuestra antropóloga forense —la mujer morena me sonríe afablemente—, ella fue quien descubrió la identidad del señor Antoni Carbonell, es una eminencia en su campo.

—No seas pelota, Ortiz —le contesta ella.

—Ella es Sarah —sigue Ortiz—, es la persona que encontró a la víctima.

—Un placer, Sarah —se quita el guante y me tiende la mano, yo se la estrecho.

—Igualmente —le contesto.

—Debió ser traumático para usted encontrar el cadáver.

—En realidad yo no lo vi, fue mi amigo.

Me sonríe de nuevo y se pone el guante, vuelve a mirar a Ortiz.

—Intentaré averiguar si se puede relacionar alguno de estos cuchillos con las heridas que presentaba la víctima —le comenta la forense a Ortiz—, no estoy segura de poder hacerlo, así que no te hagas ilusiones.

—Haz lo que puedas.

Mientras ellos siguen hablando, me dirijo a la despensa donde Antoni me dijo que lo habían escondido, él dijo que había una entrada secreta.

Abro la puerta y enciendo la luz, la estancia no se ilumina demasiado, levanto la cabeza y veo que hay una bombilla colgando de un cable pelado, esa es la única iluminación.

—Tenga, Sarah —Ortiz me ofrece unos guantes y entra en la pequeña despensa.

Me pongo los guantes mirando el interior desde la puerta, en el suelo hay sacos de patatas, de cebollas, lechugas mohosas en bolsas y más excrementos de rata. No entiendo cómo esta gente no ha muerto de una infección. Las estanterías están llenas de latas de conserva, hay de todo, de legumbres y fruta.

Entro dentro y cierro la puerta detrás de mí.

Ortiz y yo quedamos demasiado cerca para mi gusto, pero el olor a colonia barata y cigarrillos de él es mejor que el nauseabundo olor que desprende cada estancia de esta casa.

—¿Qué hace, Sarah? —me pregunta mirándome interrogante.

Al saber que íbamos a venir aquí he decidido prescindir de mis tacones, con las deportivas me siento algo baja a su lado, ya que estoy acostumbrada a estar a su altura.

—Fue aquí, Antoni me dijo que había una entrada secreta dentro de la despensa, que fue ahí donde murió y donde lo escondieron.

Dicho esto abro la puerta, no quiero que la agradable forense piense lo que no es, ni tampoco que lo piense Ortiz. Aquí dentro, tan juntos y casi en penumbra, parece que busque algo que no quiero.

—¿Tienes una linterna, Helena? —le pregunta Ortiz a la forense.

Ella nos mira con extrañeza, coge su maletín y saca una; se la tiende a Ortiz y él la coge.

Ambos miramos a nuestro alrededor buscando esa entrada secreta, muevo las cosas esperando que haya alguna palanca que abra un pasadizo secreto como en las películas, pero no encontramos nada. Ortiz enfoca mis pies con la linterna.

—Déjeme pasar, Sarah.

Me aparto y sin querer me rozo con él cuando me adelanta, vuelve a enfocar el suelo y se agacha; me inclino detrás de él para ver lo que mira.

—¿Qué es? —pregunto mirando las marcas de arrastre del suelo.

—Tenga —me tiende la linterna—, enfoque aquí.

Hago lo que me pide y él tira de la estantería; las cosas que hay sobre ella tiemblan, algunas se tambalean y caen al suelo, pero Ortiz ni se molesta en ser cuidadoso, vuelve a tirar con más fuerza y la estantería se sale del sitio.

—Deme la linterna.

Se la devuelvo y él mira por el hueco que hay detrás de la pared, lo golpea suavemente con el puño, se gira y me mira, dedicándome una mueca torcida que parece una sonrisa.

—Bingo.

—¿Es ahí? —pregunto emocionada.

—Eso parece, apártese —me pide; doy dos pasos atrás, aunque quiero ver qué pasa, acaba de apartar la estantería—. Dudo que la señora Mercè haya podido mover esta estantería.

Delante de él queda lo que parece una puerta corredera, tiene el mismo efecto de la pared, pero se ven los pliegues de la misma.

Ortiz la abre y enfoca el interior con la linterna. Con su cuerpo delante de mí, no veo lo que hay dentro.

—¿Qué hay? —pregunto ansiosa.

—Una escalera —contesta Ortiz.

—Bajemos —le digo ansiosa.

—Vaya al coche a buscar una linterna.

—Quiero bajar —digo con decisión.

—Lo hará, pero de momento vaya al coche a por la linterna.

Lo miro de mal humor, si ha encontrado la entrada es gracias a mí, ahora quiere dejarme fuera y eso es muy injusto. Aunque por otro lado, lo que haya ahí abajo puede ser traumático, así que es mejor que sea él quien entre primero.

Hago lo que me pide y voy al coche; de camino me encuentro a varios agentes que peinan toda la casa y al volver me fijo en la puerta de la salita donde me he reunido con la señora Mercè en las pocas y nada agradables visitas que le he hecho.

Me paro enfrente de la puerta, tengo la sensación de que debo entrar, miro el pasillo que me llevará hasta la cocina y vuelvo a mirar la puerta; finalmente la abro y entro.

Enciendo la lamparita que hay junto al sofá. Hoy no hace un buen día, lleva algunas jornadas lloviendo y, aunque ahora no lo hace, el cielo está encapotado, por las ventanas no entra suficiente luz, por lo que enciendo la linterna y observo el caos, desorden y polvo de la habitación.

Béatrice recuerdo, es el nombre de la protagonista del cuento de Aina, sabía que me sonaba y ahora recuerdo dónde lo había visto antes. Cruzo la estancia hasta el tapiz del árbol genealógico al otro lado de la salita, enfoco con la linterna el primer nombre, el que está bordado arriba del todo. Es ella, su nombre está bordado con un rojo desvaído, y debajo están los nombres de las cuatro niñas: Babette, Bernadette, Bilitis y Blanche, con el mismo hilo desgastado de color rojo.

Me pongo en cuclillas en el suelo y miro el final del árbol, de derecha a izquierda, el último nombre es el de Aina, de color rojo, ya lo había visto antes, a su lado Pablo y Alma, que en realidad es Nayara; subiendo encuentro el nombre de Antoni, su padre, junto a sus hermanos, todos en negro, y más arriba el de la señora Mercè y su marido. El nombre de ella está bordado en color verde. En la siguiente línea de sangre está el nombre de Mariona al final del todo, y me pregunto cómo he estado tan ciega para no verlo cuando Ortiz me señaló el nombre de Aina, el suyo también está bordado de color rojo, sin embargo el de su madre es de color verde, como el de la señora Mercè. Voy al final del siguiente linaje y aparece Haizea en color rojo, pero no tengo ni idea de quién es. Sigo su linaje hacia arriba, es hija de un tal Javier, que como todos los hombres está en color negro, el padre de este es Jaume, también en negro, y los padres son Jaume y Neus en color verde. Me pregunto por qué algunos nombres están en verde y otros en rojo, qué diferencia hay entre ellas. Voy al último linaje y veo mi nombre, en verde, Sarah, agrando los ojos comprendiendo que es cierto, somos descendientes de una bruja y un príncipe traidor, pero el nombre de mi madre está en rojo, y el de mi abuela en verde, no lo comprendo.

Me levanto del suelo, cojo el móvil del bolsillo trasero de mi tejano y hago fotos de todo el tapiz; ahora debo bajar abajo con Ortiz, pero esto es algo que debo analizar con Aina, estoy segura de que a ella le encantará saber de dónde viene. Me pregunto quién será la cuarta chica, no conozco a nadie de Boira que se llame así, aunque Aina es una niña, puede que ella también lo sea, o puede que sea más mayor que yo y nunca haya coincidido con ella.

Después de hacer las fotos vuelvo a acuclillarme, la señora Mercè me dijo que yo estaba en su tapiz, y por una vez no mintió. Aina, Mariona y mi madre están en color rojo, sin embargo yo no, como la señora Mercè estoy en verde. ¿Por qué? ¿Qué nos diferencia de las demás?

Vuelvo a la cocina, la antropóloga forense ya no está, entro dentro de la despensa linterna en mano y miro detrás de la estantería. El olor es nauseabundo, huele fatal, veo unas escaleras descendentes de madera y, a pesar de lo poco que me apetece bajar, me armo de valor y lo hago. Creo que debería tener miedo, pero estoy cansada de tener miedo.

A medida que desciendo me llegan las voces lejanas de la antropóloga y Ortiz.

—¿Quién es esa chica, Ortiz? —oigo que le pregunta la antropóloga— ¿Una testigo?

—¿Sarah? No.

—¿Cómo sabía dónde debía buscar? Primero el cuerpo y ahora la escena.

Suena contrariada y curiosa, no me extraña, solo espero que Ortiz no se vaya de la lengua.

—Suerte supongo.

—¿Suerte? —la oigo reír— Demasiada suerte me parece a mí.

Acabo de bajar la escalera, giro detrás de ella y allí están los dos.

—Ha tardado mucho, Sarah —comenta Ortiz al verme, lo enfoco con la linterna y él se tapa los ojos.

—He estado observando el tapiz de la señora Mercè.

—¿Algo interesante?

—Usted ya sabe que sí.

—¿Qué tapiz? —le pregunta Helena a Ortiz.

—Una reliquia familiar de la señora de la casa, nada relacionado con el caso.

Observo a mi alrededor con la linterna, es un sótano normal y corriente, el suelo es de cemento, lleno de excrementos de rata, muchos más que en el piso superior, imagino que debe ser aquí donde anidan. Me fijo en la antropóloga forense, tiene un pulverizador en la mano con el que está mojando todo el suelo del lugar, aquí el aire está viciado y huele muy mal, a cloaca o algo descomponiéndose, es un olor muy desagradable, pero como todo en esta casa, cada vez que recuerdo el baño siento fatiga.

—Premio —dice la forense.

—Apague la linterna, Sarah —me pide Ortiz.

Hago lo que me pide, él mantiene la suya encendida, pero enfoca al techo y yo me acerco hasta él. La mujer sigue echando ese líquido en el suelo y este empieza a cobrar vida, poco a poco se va iluminando, es como un árbol de navidad que se ilumina de color azul en el suelo.

—¿Qué es eso? —pregunto viendo la luz azul brillante del suelo.

—Sangre —responde Ortiz.

—Seguramente —está de acuerdo la forense—, es una mancha muy grande.

Va hacia la escalera y vuelve con un bote pequeño, observo lo que hace muerta de curiosidad, veo cómo pasa un bastoncillo de las orejas por el suelo y ahora Ortiz la enfoca a ella parcialmente.

—¿Qué está haciendo? —le pregunto en voz baja a Ortiz.

—Comprobar que sea sangre —contesta Helena aún en cuclillas—. ¿Has oído hablar del luminol?

—No —contesto mirando su rostro parcialmente iluminado.

—Es la sustancia que ha hecho que el suelo brille —me explica—, normalmente a causa de la sangre, pero también puede ser por otras sustancias, así que debemos comprobar que sea sangre.

—¿Sangre de hace casi diez años? —demando mientras ella se incorpora a nuestro lado.

—Tiene una efectividad de hasta unos veinticinco años, aproximadamente.

Ella muestra el bastoncillo y Ortiz lo enfoca con la linterna, le pone unas gotas del líquido que contiene el botecito que ha cogido de su maletín y, en cuanto el líquido entra en contacto con el algodón del bastoncillo, se pone de color rojo, un rojo desvaído.

—Creo que tenemos la escena del crimen.

—¿Es sangre?

—Lo es, mucha sangre, debió morir aquí abajo.

Sigue echando más luminol sobre el suelo, este se va iluminando, se mueve por la estancia, mientras la luz azul fluorescente se enciende donde ella echa el líquido y después se va apagando; ella se agacha y mira atentamente.

—Mira esto Ortiz, es una huella, de cuando la sangre estaba fresca.

—Un pie pequeño —opina Ortiz—, habrá que tomar medidas y fotografiar toda la escena, ahora avisaré a los técnicos para que te ayuden.

—De acuerdo.

Ella sigue rociando el líquido hasta la escalera.

—Fíjate —pulveriza la escalera—, en la escalera también hay sangre.

Sube la escalera líquido en mano mientras Ortiz y yo la seguimos, pulveriza toda la escalera, los primeros peldaños no se iluminan pero los últimos sí.

—Dijiste que tenía un golpe en la cabeza que no debería haberle causado la muerte.

—Debieron empujarlo por las escaleras, de espaldas —teoriza mientras recrea la escena—, bajó varios peldaños volando hasta golpearse el cráneo con el escalón —sigue tirando más líquido y se iluminan los últimos peldaños—. Después debieron arrastrarlo —a medida que habla va iluminando el suelo con su líquido mágico y la escena que ella describe cobra vida en mi cabeza—, lo arrastraron por el suelo, esto es una marca de arrastre clarísima, seguramente por las piernas —el suelo se ilumina, pero en comparación a la primera mancha esta es una mancha muy pequeña, como un caminito—. Lo dejaron aquí, subieron a buscar el cuchillo y lo mataron brutalmente.

Trago saliva al imaginarme la escena que ella ha ido describiendo. En mi cabeza veo a la "madre" de Norman Bates, cuchillo en mano, con la cara en sombras que no me permite identificarla, apuñalando una y otra vez a Antoni Carbonell.

—¿Quién? —pregunto.

—Descubrirlo es el trabajo del detective Ortiz —me contesta ella.

—Toma fotos de toda la escena, ahora le pediré a alguien que te ayude, quiero saber el número de calzado de ese pie, cualquier cosa, intenta averiguar la estatura del asesino, peso, sexo, todo lo que puedas.

—Muy bien, jefe —contesta Helena.

—Iré a ver si han encontrado algo más. ¿Quiere acompañarme, Sarah?

—¿Puedo quedarme aquí?

—¿Le está cogiendo el gusto, verdad? Debería replantearse su futuro profesional, como le dije, creo que es observadora, intuitiva y que tiene un talento que solo debería pulirse un poco.

Ortiz se aleja de nosotros y sube la escalera.

—Lo tienes fascinado —me dice Helena.

—No —niego con la cabeza.

—Por supuesto que sí, lo conozco desde hace muchos años, rara vez halaga a alguien, y eso es que eres buena, no tiene nada de malo que la gente valore lo que sabemos hacer.

Ella me sonríe y yo le devuelvo la sonrisa.

Me pongo de pie, observo una pared llena de trastos para el campo, azadas, picos, rastrillos, palas y cosas así. Me resulta extraño que guardara esto aquí, tan escondido, debería estar en un sitio donde lo tuvieran más a mano. Me fijo en las vigas que sujetan la casa, son vigas dobles de madera.

Helena me pide ayuda, creo que lo hace más por cortesía que porque en realidad necesite mi ayuda. Me explica cómo trabaja, me enseña las técnicas que emplea, yo le pregunto cosas sobre el padre de Pablo, Aina y Nayara y ella me da toda clase de detalles, la conversación se vuelve muy estimulante y educativa.

La detective Sarah, me imagino soñadora; molaría, pero quizás en otra vida.

Al volver a Barcelona ya no vamos solos en el coche, sino que Helena y otro forense vienen con nosotros, ya que uno de los coches se ha llevado a la señora Mercè y otro a Félix.

—¿Le apetece ver un interrogatorio, Sarah, o ya ha tenido bastante por hoy?

—Por supuesto que quiero ver el interrogatorio, además puedo serle de mucha utilidad.

—Tendrá que estar al otro lado del espejo.

—De acuerdo.

Cuando llegamos a comisaría el que se pone como un basilisco es Ortiz, ya que había dado instrucciones precisas de que aislaran a madre e hijo y sin embargo están juntos en la misma sala. Pensaba que había visto a Ortiz cabreado, ahora me doy cuenta de que no, espero no enfadarlo nunca tanto.

Hace que los separen y primero interroga a Félix. Helena y otros policías se quedan detrás del espejo conmigo, desde aquí podemos escuchar todo lo que se dice al otro lado con total claridad, además lo están grabando todo en video y hay un hombre tomando notas.

—Buenas noches, señor Carbonell —lo saluda Ortiz cuando cruza la puerta.

Este se remueve en la silla y mira hacia otra parte, mira en dirección contraria a Ortiz.

—Ya sabe por qué está aquí, en la casa hemos hallado justo lo que creíamos que encontraríamos.

—Quiero que deje salir a mi madre.

—Me temo que eso no es posible —le contesta Ortiz.

Abre la carpeta que llevaba debajo del brazo.

—Ella es una señora mayor, debe tomar su medicación, es una señora respetable no una delincuente, el trato que le están dando es denigrante y no permitiré que las cosas queden así; les diré cuanto quieran saber, pero liberen a mi madre.

Creo que es lo más largo que le he oído decir nunca.

—Como creíamos, su hermano murió en su casa —sigue Ortiz ignorando la perorata sobre la inocencia de su madre y sus exigencias para que la dejen salir—. Aún debemos comprobar que la sangre pertenezca a su hermano pero, mientras lo hacemos, tanto usted como su madre seguirán aquí recluidos bajo una acusación de homicidio. ¿Entiende lo que eso significa?

—Ella no debería estar aquí —dice en un tono nervioso.

Félix se coge la cabeza con ambas manos y se la aprieta; lo miro anonadada por el sufrimiento y desesperación que tanto sus palabras como sus gestos demuestran, pero no está preocupado por él, sino por ella, solamente por ella.

—¿Quién lo hizo? —demanda Ortiz sin cortarse un pelo, ignorando los signos de agitación del otro— Sé que lo hizo alguien de la casa, colabore conmigo e intentaré que el fiscal sea indulgente.

—Yo lo maté —declara.

¿Qué?, me pregunto mirando a Félix, que sigue esquivando la mirada de Ortiz mientras se aprieta la cara y se estira la piel dándole aún más efecto a su cara huesuda.

—No puede ser —dice Helena—, nunca había visto a nadie confesar así de rápido.

—¿Está seguro? —demanda Ortiz.

—Acabo de decírselo.

—¿Por qué lo mató? —pregunta Ortiz.

—Vino a buscar su parte de la herencia, pero mi padre no quería dejarle nada, él era malo.

—¿Por eso lo mató?

—Sí.

—¿Cómo lo hizo?

—Lo apuñalé.

—¿Dónde?

—En el sótano.

—Lo tenemos chicos —declara Helena feliz—, es nuestro hombre.

Me quedo allí escuchando la declaración de Félix, en la que exime a su madre de toda culpa. Él lo mató, él y su otro hermano lo escondieron en el ataúd de su padre cuando murió. Según él, su madre no sabía nada, alega que ya tendrá bastante castigo por tener un hijo asesino, como para además ser sospechosa y exige que la suelten.

Cuando Ortiz le pregunta por la niña, nuevamente se inculpa, pero eso no tiene ningún sentido; dice que todo lo planeó él, pero yo lo miro y no lo veo capaz de tanto. Es un sociópata sin duda, alguien antisocial y maleducado, alguien que no comprende el mundo en el que vive, pero no creo que tuviera la suficiente astucia y palabrería que se necesitaba para que un médico determinara la muerte de la bebé, para acordar un arreglo con los padres de Nay a cambio de ella. No encaja, yo conozco a sus padres, son excelentes personas, aún me cuesta creer que pudieran comprar a su hija como un bolso en un mercadillo.

Para hacer todo eso había que tener mucha sangre fría, astucia, palabrería y esa conducta encajaría a la perfección con los tentáculos de la señora Mercè, ella convencería al mismísimo diablo de que se hiciera su voluntad, pero no Félix, él no convencería a nadie.

Ortiz sale de la sala de interrogatorios y se reúne con sus colegas. Todos lo felicitan, pero no entiendo si no ven en su semblante que no se siente satisfecho; yo no lo conozco demasiado y lo veo claro no, cristalino.

—Acompáñeme a mi despacho un momento, Sarah.

Todos nos miran y después se miran unos a otros confundidos, me levanto de la silla y voy con él.

—¿Qué opina? —me pregunta mientras dejamos la sala atrás.

—Él no ha sido —lo tengo clarísimo—, él no tuvo nada que ver con Nayara, es incapaz de relacionarse con la gente. ¿Cómo iba a convencer a un médico y a los padres de Nay?

Ortiz me mira y afirma con la cabeza mientras caminamos por el pasillo, mucho más desierto a estas horas de la noche que en todas mis otras visitas a comisaría.

—Ambos sabemos quién podía convencerlo para que se autoinculpara. ¡Joder! —exclama abriendo la puerta de un golpe— Mira que les he dicho que los quería separados.

—Ha sido cosa de ella —digo entrando y cerrando la puerta tras de mí—; todo, que los hayan puesto juntos, que él se declare culpable de todo, es todo obra de la señora Mercè.

—Lo sé —contesta cabreado—, lo preocupante es que no tenemos cómo demostrarlo. ¿Cree que él mató al señor Carbonell?

Me encojo de hombros, esa es la gran pregunta.

—No lo sé, pero no lo mató por ninguna herencia, él murió porque se enteró de que su hija estaba viva. Seguramente le exigió a su madre que se la devolviese, que le dijera quién era. Tenían mala relación, su marido, sus hijos, todo el mundo le bailaba el agua menos él, él era inmune a su poder —reflexiono—, como yo, como Aina. Si lo hizo, seguramente fue ella quien se lo ordenó.

—Solo usted puede averiguar la verdad.

—¿Yo? —lo miro sin comprender— ¿Cree que a mí me va a decir la verdad?

—Puede hablar con la víctima, Sarah.

—Seguro —contesto con desgana—, igual que lo hice con Natalia, mientras tengo que vivir con esa bajo el mismo techo, esperando que algún día se le cruce el cable y cumpla su amenaza.

—¿Cómo le va la convivencia con ella?

—Procuramos ignorarnos, estoy buscando trabajo para poder marcharme, me da cosa dejar a Nayara con ella, pero creo que a Nayara nunca le haría daño.

—¿Sigue convencida de que fue ella? —me pregunta.

—¿Quién si no? —le respondo— Tuvo que ser ella —contesto resoplando con desgana.

—¿Quiere un café? —me ofrece Ortiz.

—¿No debería acabar el interrogatorio?

—Deje que se ponga un poco nervioso, si sigue con la misma versión no podremos retener a la señora Mercè, al menos hasta que encontremos algo que la incrimine por el robo y posterior venta de su nieta.

Volvemos a la sala de interrogatorios. Ortiz sigue presionando a Félix, y este le da detalles de cómo mató a su hermano; así que fue él quien lo hizo, si la señora Mercè se lo ordenó o no, imagino que es algo que nunca podremos saber.

Cuando va interrogar a la señora Mercè ya es tardísimo, así que decido irme a casa, no quiero escuchar las mentiras de esa mujer, con las de su hijo he tenido suficiente.

17

Accidente

—¿Dónde estuviste ayer todo el día? —pregunta Nayara mientras se bebe un café.

—En Boira, fui con Ortiz —le contesto sirviéndome una taza.

—No deberías beber eso —me advierte.

—Me encuentro bien —le aseguro.

—¿Ortiz? —pregunta Carla— ¿No es ese el policía que lleva el caso de la psiquiatra?

—Sí, pero también lleva el caso de la muerte de Antoni Carbonell —miro de reojo a Nay.

En mi cabeza intento buscar las palabras correctas, busco la forma de ser sincera con ella, de decirle que estuve allí para investigar la muerte de su padre, la transacción que hizo con ella su abuela cuando solo tenía tres días de vida, pero no tengo ni idea de cómo hacerlo.

—Pobre familia, la niña es encantadora, un poco pesada, eso sí —comenta Nayara. *Felicidades, es tu hermana*, pienso, pero no, esa no es la forma adecuada—. Pablo ya sabes que me encanta —dice sonriéndome—, estoy deseando que formalicéis lo vuestro, se os ve tan bien juntos… ¿Qué pasó en Boira? ¿Ya sabéis quién es la hermana misteriosa?

Sí, quiero decirle que sí, pero la palabra se encalla en mi boca.

—Sabemos que la cambió por unas tierras, que esa mujer —*tu abuela*— es la persona más retorcida sobre la faz de la Tierra, y que a Antoni lo asesinaron allí.

229

—Que horrible, Sarah —dice Nay con cara de disgusto—, estamos desayunando.

—¿Cómo murió? —pregunta Carla.

—Lo apuñalaron unas quince veces.

—¿Cómo sabes tú esas cosas? —pregunta Carla.

—Estoy ayudando a Ortiz con la investigación.

—Cosa completamente ilógica —opina Nayara—, te estás metiendo en un lío. Si el asesino no es condenado, pensará que sabes más de lo que en realidad sabes, e irá a por ti, no va ir a por el policía.

—Que se ponga a la cola —bebo de mi café y no puedo callarme la coletilla—, Mariona está primera.

—¿Para qué estoy yo la primera? —pregunta la susodicha entrando en la cocina con cara de sueño.

—Para asesinar a Sarah —contesta Carla sonriéndole con su cara de niña buena.

—No lo dicen en serio, Mar —dice Nayara en tono compasivo, acercándose a ella—, están de broma.

Pongo los ojos en blanco y me acabo mi café, espero que Nayara nos intente obligar a pedirle perdón, pero al fin parece que ha comprendido que eso no ocurrirá y ni se molesta en intentarlo.

Carla y Nayara se van a clase, me doy una ducha y cojo algunos curriculum para no estar en casa con Mariona.

Pocos minutos después de salir de casa el móvil suena en mi bolso; cuando lo cojo veo que es Eric y siento que mi estómago tiembla.

—¿Qué quieres ahora? —intento sonar lo más indiferente posible.

—Creía que te había dicho que no fueras con Ortiz —contesta en tono seco y obviamente cabreado.

No me sorprende, estar enfadado es su estado natural, está claro que todavía me están siguiendo. Miro a mi alrededor buscando a Torres, pero no hay rastro de él.

—Yo creía que te había dicho que no mandabas en mi vida y que hacía lo que me daba la gana —le contesto.

—No me toques lo cojones, Sarah —me advierte.

—No me los toques tú a mí y deja de seguirme.

Cuelgo la llamada, no tengo ganas de discutir con Eric, estoy cansada de discutir con él.

Al momento vuelve a llamarme, rechazo la llamada y apago el móvil.

Paso la mañana buscando trabajo, una misión ardua y de poco éxito. Como un bocadillo en el centro, poco dispuesta a ir a casa y que se presente Eric, con su mal humor y sus exigencias, no sería la primera vez.

Después voy a buscar a Pablo a la universidad; se muestra sorprendido por mi visita, aunque él también está enfadado conmigo. Pablo tampoco quería que fuera a Boira con Ortiz, pero de no ser por mí, dudo mucho que hubieran mirado detrás de la estantería para encontrar la entrada al sótano, así que hice lo que debía y volvería a hacerlo sin dudar.

Le rodeo la cintura con el brazo y lo abrazo, para que se le pase el enfado. Pablo dice que es orgulloso y rencoroso, pero yo no lo creo, conmigo nunca lo ha sido.

De camino a casa le explico que la policía ya sabe quién fue el asesino de su padre, le explico que su tío confesó ayer que fue él quien lo mató, le cuento cómo descubrieron la escena del crimen.

—¿Él te ha dicho algo más? —me pregunta cuando llegamos a su casa.

—¿Tu padre? —afirma con la cabeza— No, dijo que cuando encontráramos a tu hermana descansaría en paz, así que imagino que debe haber cruzado al otro lado.

—¿El otro lado? —pregunta Pablo.

—El más allá o como quieras llamarlo —me encojo de hombros indiferente—, así lo llama Aina.

Pablo se pone a comer y yo hago zapping en la tele.

—¿Has hablado con Nay?

—No —contesto apesadumbrada—, todavía no —lo miro—, y debemos hacerlo, esto es una patata caliente que explotará de un momento a otro. Ortiz me exigió que lo hiciera o lo tendría que hacer él, pronto todo se hará público. Ortiz, como yo, opina que tu abuela tuvo algo que ver con la muerte de tu padre, aunque no fuera el brazo ejecutor; no puede demostrarlo, pero quiere inculparla a ella, al médico que firmó el certificado de defunción de Nayara y a los falsos padres de Nay. Está esperando a que hablemos con ella para imputarlos a todos, así que habrá que buscar la manera de decírselo.

—Aleix ya lo sabe, cuando se lo dije no podía creerlo.

—No me extraña —niego con la cabeza—, ahora ya no hay duda posible, y es muy fuerte.

—Creo que deberíais decírselo vosotros, Aleix y tú, mi presencia solo empeorará las cosas.

Puede que Pablo tenga razón, supongo que es lo mejor. Aleix es su novio y yo su mejor amiga, le pediré a Macarena que me dé una copia de la prueba de ADN y hablaré con Aleix.

Cuando Aina llega a casa me agobia con el tema de que hable con Nayara.

Enciendo el móvil sin poner el pin para que no me entren llamadas, le enseño las fotos que hice el día anterior en casa de su abuela, las fotos del tapiz.

Entre los tres hacemos hipótesis y elucubraciones sobre por qué en las mujeres se intervala el color, del rojo al verde. Mi madre, Aina y Mariona están en rojo, sin embargo la señora Mercè, la madre de Mariona y yo estamos en verde. Además es de lo más extraño que la herencia genética no imprima el mismo supuesto poder. Mi madre ve lo que va a ocurrir, pero yo hablo con los muertos, o más bien ellos me hablan a mí. Mariona y la señora Mercè tienen la misma capacidad, pero entre ellas no hay ninguna relación familiar. Aina, que desciende de la señora Mercè, hace bilocaciones, me pregunto qué hará la madre de Mariona.

—¡Ya lo tengo! —exclama Aina dando un salto de la cama de su hermano.

Sale corriendo y Pablo y yo nos miramos interrogantes.

—Sois unos bichos raros —comenta riéndose.

—Gracias —le digo con ironía chocando nuestros hombros.

—¿Crees que Nayara es tan rarita como vosotras?

—No —no tengo ninguna duda de mi negación, le muestro mi móvil—, su nombre está en negro.

—Ese no es su nombre.

—Ya, pero es el nombre que tu abuela puso en la lápida.

Aina vuelve con el cuento.

—Blanche era osada y gallarda —lee—, podía separar su espíritu del mundo terrenal y conocía el mundo de los muertos —coge el móvil de mi mano y pone la foto donde se ve todo el tapiz; utilizando el zoom, amplía la foto hasta el nombre de Blanche, que es la última del tapiz—; fijaros, porque soy un genio —dice muy ufana y no puedo evitar reírme—. Su nombre está en rojo y yo desciendo de ella, mi nombre también está en rojo, porque hago lo mismo que ella. Ahora mira tu madre —mueve la foto tirando de zoom hasta mi nombre, sigue hacia arriba hasta llegar al nombre de la niña de la que descendemos—. Babette —nos muestra el móvil y me lo da, pasa la página del cuento y lee:— Babette era melancólica, suyo fue el don de la premonición, era capaz de ver qué iba a pasar antes de que sucediera. Igual que tu madre.

—¡Es verdad! —digo impresionada por lo fácil que es, me pregunto cómo no se me ha ocurrido, es algo lógico— Mira Mariona —busco el nombre de su antepasada en el móvil—, su antepasada es Bilitis.

Aina vuelve a pasar la página y lee en voz alta:

—Bilitis era la más bonita, tenía el poder de la persuasión, gobernando sobre las mentes, excepto las de sus hermanas —me mira por encima del cuento—. Por eso nosotras estamos en rojo y tú y mi abuela no, porque vosotras no tenéis el poder legítimo que os corresponde — concluye emocionada.

—¿Poder legítimo, Aina? —pregunta Pablo riéndose.

—Sí, poder legítimo —le golpea la cabeza con el cuento a su hermano—, y además, debemos descubrir quién es Haizea, ella debería hacer lo mismo que haces tú Sarah, ella podría ayudarte.

—No tengo ni idea de quién puede ser —niego con la cabeza.

—Tiene que ser alguien de Boira.

—Eso es cuestionable, tú no has nacido en Boira.

—Pero su familia sí —concluye decidida—. Deberías hablar con tu madre, quizás ella lo sepa.

—Puede que sí —respondo pensativa.

Debería hablar con mi madre, es la mejor opción, si encuentro a esa tal Haizea, quizás ella podría ayudarme con Natalia, pero claro, no tengo ni idea de quién es, y dudo que mi madre lo sepa, pero puede que sí conozca quién era su madre o su abuela o algo así. Haizea no es un nombre común y ella ha sido la ginecóloga del pueblo durante muchos años, puede que alguna mujer embarazada le dijera que su hija se llamaría Haizea.

Además, puede echarme una mano con Nayara, seguro que se le ocurre la mejor manera de decirle la verdad. Sea como sea, ir a Boira a hablar con mi madre me parece la mejor opción, es mejor que quedarme aquí sin hacer nada.

—¿Tu padre sabe que hemos encontrado a tu hermana? —le pregunto a Aina.

—Sí, pero espera a vernos juntos para cruzar.

—¿Cómo es aquello?

—Luminoso —contesta con una sonrisa—, no tiene nada que ver a lo que tenemos en vida, allí todo es paz y serenidad. No existen los problemas, el malestar, el agobio, el sufrimiento… Allí todo el mundo está en paz. Una vez cruzamos ya no volvemos a sufrir, a preocuparnos, eso es lo que quiero para mi padre, pero él aún no ha llegado, porque su alma todavía está atormentada, hasta que no nos reunamos no podrá partir.

El sitio que describe Aina me parece precioso, puedo imaginarlo como un lugar entre las nubes, una especie de cielo, pero si hay un cielo también debe haber un infierno, y no quiero saber cómo será.

Una idea fugaz cruza por mi cabeza.

—Cuando tu padre pase a ese lado, ya no podrás hablar con él, ¿no?

—Claro, yo puedo ir hasta allí, pero ya estará tranquilo, no habrá pesar ni sufrimiento para él.

Sus ojos brillan, eso es lo que ella más desea, que su padre deje de sufrir. Cuando nos conocimos me dijo que estaba muy atormentado, que incluso le tenía miedo.

—Pero él no podrá comunicarse con los de aquí, ¿no? Me refiero a mí, por ejemplo.

—No —contesta dubitativa—, supongo que no —lo piensa un momento—, no lo sé, pero no creo.

—Puede que Natalia esté allí —comprendo al fin—, puede que ella cruzara y por eso no podemos comunicarnos con ella. ¿Crees que es viable?

—Sí, claro que sí.

—Si estuviera allí, tú sí podrías hablar con ella, ¿no?

—¡Ah! —dice abriendo la boca al comprender— Quieres que la busque.

—¿Puedes hacer eso, Aina? —pregunta Pablo mirándola.

—Claro que puedo —contesta ella hinchada como un gallo.

—¿Podrías llevarme allí? —le pregunto ansiosa.

—Nunca he llevado a nadie —contesta ella con gesto contrariado.

—Tampoco te colabas en los sueños de la gente y te colaste en los míos antes de conocernos.

—Puedo intentarlo —concluye.

—No creo que sea buena idea —interviene Pablo y ambas lo miramos—, no quiero que se meta en un lío.

Siento mi gozo en un pozo, eso es una gilipollez, Aina lo hace constantemente, ella misma me lo dijo.

—Eres idiota —le escupe Aina a bocajarro, no debería ser tan mal hablada—, yo campo allí a mis anchas, no voy a meterme en ningún lío —le dice a Pablo y después me mira a mí—. Además, Sarah nos ha ayudado mucho, sin ella nunca hubiéramos descubierto todo lo que hoy sabemos, tú seguirías odiando a papá, no hubiéramos sabido que Nayara es nuestra hermana, y papá habría hecho que me volviera loca. Desde que ella llego, él se ha ido tranquilizando, su alma pronto estará en calma y es gracias a ella.

Como en un flashback, recuerdo el primer fin de semana que mi madre salió del psiquiátrico; estaba en mi habitación preparando las cosas para volver a casa, ella se sentó en la cama y me observó, entonces me habló de cosas que en aquel momento no tenían sentido, pero como ella dijo, al día siguiente conocí a Aina y después dijo algo más: *Es muy especial*, me habló de Aina, *hay secretos que deben ser revelados, ella te necesita y algún día se volverán las tornas. Ayúdala Sarah, al hacerlo te ayudarás a ti misma. Las dos estáis perdidas, juntas haréis grandes cosas.*

Tiene que ser en esto en lo que Aina me ayude, los secretos han sido revelados. Antoni fue asesinado por su propio hermano, su madre vendió a su hija y hemos descubierto quién es, al fin el misterio se ha resuelto, ahora se han cambiado las tornas, soy yo quien la necesita a ella y Aina quiere ayudarme.

—¿Por qué no quieres que me ayude? —le pregunto molesta a Pablo.

—No te enfades, Sarah —demanda cogiéndome la mano—. No es que no quiera que te ayude, solo que me da miedo que le pase algo malo.

—No va a pasarme nada, lo hago casi a diario —contesta ella.

—Si es así me parece bien —dice Pablo mirando a su hermana para mirarme a mí de nuevo—, sé lo incómodo que te resulta vivir con Mariona, si yo pudiera te ayudaría, Sarah.

—Aina puede hacerlo, no correrá ningún peligro. ¿Es así no? —me aseguro mirándola.

—Claro —contesta ella como si no comprendiera a qué viene nuestra preocupación.

Cuando por la noche me voy a dormir estoy descansada, agitada, nerviosa, no consigo conciliar el sueño. Necesito dormirme para poder estar junto a Aina e intentar contactar con Natalia, pero no consigo dormirme. Cuanto más me esfuerzo, más nerviosa me pongo, y eso provoca el afecto contrario que necesito para dormir. No consigo relajarme lo suficiente para dormir hasta pasadas las seis de la mañana.

El sonido de mi móvil me despierta; no he conseguido estar con Aina, miro el WhatsApp, es de Pablo.

"¿Estás bien? Aina dice que te has pasado la noche despierta y no ha podido hacer nada".

Genial, me tumbo boca arriba con el móvil sobre el pecho, me pesan los parpados, estoy agotada, si me paso la mañana durmiendo, esta noche no podré hacerlo, así que me levanto de la cama antes de dormirme.

"No podía dormir, voy a aprovechar la mañana para ir a Boira", le contesto.

Me desperezo y miro las cajas con mis cosas con pereza. A pesar del insólito calor que está haciendo, ya estamos en noviembre y por fin y a mi pesar empieza a refrescar. Además ayer en Boira hacía más frío que en Barcelona, así que busco en las cajas alguna chaquetilla o jersey fino de entretiempo que ponerme.

"Recógeme y te acompaño", recibo un mensaje de Pablo.

Pues me va a hacer un favor, estoy súper cansada por no haber dormido, él puede conducir hasta Boira.

"Ducha+café y voy a por ti ;)"

"Tienes el móvil apagado, te he llamado"

Es cierto, ayer lo apagué para que Eric no siguiera llamándome, en casa de Pablo lo encendí pero no le puse el código pin y no he vuelto a pensar en ello. Considero encenderlo, pero después lo descarto, es demasiado pronto para discutir con Eric y además me duele la cabeza.

Voy a la cocina en busca de una pastilla para el dolor de cabeza, Mariona está preparando café.

—Buenos días —digo de mal humor, verla a ella tampoco es lo que más me apetece.

—Buenos días —contesta en tono seco.

—Qué madrugadora, Sarah —comenta Nayara entrando en la cocina.

—Sí —contesto—. ¿Dónde están los ibuprofenos?

—Ven —me pide—, ayer compré una caja y la tengo en mi habitación.

Nos cruzamos con Carla en el pasillo, que tiene la misma cara de sueño que debo tener yo.

—Pareces cansada —comenta Nayara tendiéndome la caja con el medicamento.

—Sí, no he dormido mucho —le contesto mientras salimos de la habitación de vuelta a la cocina.

—¿Qué te preocupa?

Es el momento perfecto para decírselo, lo pienso, el momento perfecto no existe, si espero eso nunca se lo diré y entonces lo hará Ortiz con su tacto. Ahora lo tengo en bandeja, aun así callo, como siempre.

—Hombre, vivir con una asesina no es el sueño de mi vida —le contesto mientras entramos en la cocina.

—Toma, Nay —le da una taza de café Carla a Nayara.

—Ya está bien, Sarah —dice Nayara molesta por mi comentario.

Exhalo el aire y me encojo de hombros. Mariona me mira con gesto cabreado, cojo una taza de café que hay sobre la mesa y me tomo la pastilla.

—Deberías comer algo, eso te sentará mal con el estómago vacío —dice Nayara tajante, he conseguido cabrearla metiéndome con Mariona otra vez, voy hasta el armario y cojo unas chocolatinas—. No, no creo que comer chocolate sea lo más apropiado para tu estómago, hazte unas tostadas o algo así.

—Ya estoy bien, Nay —digo con desgana abriendo el envoltorio—. ¿Me dejas el coche para ir a Boira?

—¿Otra vez? —me pregunta Carla.

—Voy a ver a mi madre.

Vuelvo a mirar a Nay dándole un bocado a la chocolatina.

—Claro, cógelo, la llave está donde siempre. No deberías comer eso —insiste y sale de la cocina.

Mariona sale detrás y después Carla, me acabo mi café con calma mientras me como la chocolatina; el chocolate junto a la Play son mis mayores vicios, no hago daño a nadie, además ya me encuentro bien.

Vuelvo a la habitación y preparo la ropa para ducharme esperando que el ibuprofeno haga efecto.

—¡Hasta luego, chicas! —oigo a Nayara y después un portazo.

Voy hacia el baño para darme una ducha, abro la puerta y Mariona me habla desde la habitación que está enfrente del baño.

—Deberías dejar de acusarme —dice antes de que entre—, estoy cansada de tus comentarios.

—¿Vas a amenazarme de nuevo —me giro para encararla—, aprovechando que estamos solas? —sale de la habitación y me encara—. Procuraré cerrar el baño con pestillo.

—¡Yo no te amenacé! —me grita con una cara que muestra lo enfadada que está.

Tengo demasiados problemas para seguir mi guerra con Mariona, una guerra que empieza a aburrirme. Si quiere venir a por mí que lo haga, estoy cansada de esperar, lo único que quiero es que pague por lo que ha hecho y, si intentando matarme es la manera, que lo intente, hace tiempo que dejé de tener miedo.

—Lo hiciste, eres como la señora Mercè —le aseguro—, las dos tenéis esa facultad de controlar a la gente. En su casa vi un árbol genealógico o línea de sangre o como se diga, estabas en él.

—Seguro que tú también —me contesta entrecerrando los ojos como si la hubiera acusado de algo.

—En efecto, como tu madre y la mía —le contesto—, hay algo que no entiendo y tengo una teoría, puede que tú puedas ayudarme.

—¿Por qué querría ayudarte, Sarah? —pregunta con incomprensión y voz cansina.

—¿Qué hace tu madre? —demando ignorando su pregunta.

—¿Qué hace la tuya? —contraataca ella.

—La mía ve el futuro.

—Proyecciones astrales.

—¿Lo ha hecho siempre?

—No —contesta contrariada por mi pregunta—, creo que empezó a hacerlo en edad adulta. ¿Por qué?

—No te confundas, cariño —le contesto con chulería, ahora que sé lo que quería—, no somos amigas.

Me doy la vuelta y me meto en el baño, como le he dicho pongo el pestillo.

Me ducho y me preparo para ir a Boira; al volver a mi habitación veo un pos-it pegado en la puerta.

"Nay dice que tienes el móvil apagado, que la ha llamado tu madre, dice que la llames ya, que es súper urgente. Mariona", leo.

Cojo mi bolso y voy a coger las llaves con intención de encender el móvil de camino al ascensor, pero las llaves no están donde deberían estar. Nayara siempre las deja en el cajón del recibidor, pero no están, así que dejo el bolso en el recibidor y voy a su habitación.

A diferencia de mí, Nayara es muy ordenada, es rarísimo que no estén donde deberían. Las busco por los cajones de su escritorio, pero no están por ninguna parte.

—¿Has visto la nota? —me sorprende Mariona asomándose a la habitación.

—Sí —le contesto secamente, guardando todo lo que he sacado del cajón a su sitio.

—Parecía muy urgente —comenta Mariona, cuando la miro se marcha.

Niego con la cabeza y acabo de recoger. Vuelvo al recibidor dispuesta a encender el móvil y que Nayara me diga que ha hecho con las lleves. No llego a hacerlo, he dejado el cajón abierto y veo como asoma el llavero bajo unos papeles.

¡Hay que estar en la parra! Maldigo para mis adentros.

Recojo el bolso y salgo de casa. En el ascensor me doy cuenta de que no me he puesto pintalabios. Busco uno en el bolso y me los pinto frente al espejo. Con lo despistada que estoy hoy, de camino al coche me aseguro de tenerlo todo, entró en él, enciendo el móvil y arranco el vehículo, lo dejo sobre el salpicadero y al momento empiezan a llegarme mensajes, pero ya he iniciado la marcha, no puedo mirarlos; ahora, cuando recoja a Pablo, los revisaré y llamaré a mi madre.

Salgo del parking, me incorporo a la carretera y la melodía del móvil empieza a sonar; veo a lo lejos que el semáforo está en rojo. Sé que no debo contestar al teléfono conduciendo, pero seguro que es mi madre, así que lo cogeré para decirle que ahora la llamo. En la pantalla veo que es ella, voy a cogerlo mientras freno pero el coche no reacciona. Piso a fondo el pedal del freno viendo cómo me acerco demasiado rápido al coche que tengo delante parado en el semáforo, piso con todas mis fuerzas el pedal asustándome, pero el coche no responde. Siento cómo la chocolatina se me sube a la garganta del espanto.

Aterrada, tiro el móvil sobre el asiento del copiloto y tiro del freno de mano, sigo sin parar y la pendiente me hace ir más deprisa, esquivo el coche de delante con un volantazo, un vehículo que gira incorporándose a la carretera casi me da, pero me esquiva a tiempo y me pita. Reduzco marchas y el coche decelera, pero no para y va demasiado deprisa. Paso el cruce y el semáforo sigue en rojo, veo los coches que cruzan la calle deprisa, calo el coche y voy a pitar cuando siento una sacudida, me tapo la cara y algo me golpea.

Después todo se queda negro.

Un sonido lejano y agudo perfora mi cabeza, me siento muy pesada, el ruido se vuelve más fuerte, parpadeo pero no reconozco lo que veo. Intento abrir los ojos pero siento los párpados como si pesaran toneladas. Cuando consigo abrirlos, enseguida se cierran sin darme tiempo a centrar la mirada.

Me remuevo preguntándome qué está pasando. Recuerdo el coche, no ha frenado, el coche no ha frenado. El abdomen empieza a dolerme y sé lo que viene a continuación, no debí comerme esa chocolatina. El estómago se sacude, la boca empieza a salivarme y siento las náuseas. Me pongo de lado, pero tengo algo en el cuello que no me deja moverme bien y vomito con sacudidas muy dolorosas. Los oídos se destapan con el esfuerzo y oigo claramente el ruido de la sirena, noto el vaivén del vehículo. Estoy en una ambulancia.

Alguien me mantiene en la camilla.

—Tranquila señorita, enseguida llegamos al hospital —dice una mujer limpiando el vómito.

—¿Qué ha pasado? —pregunto desorientada.

—Ha tenido un accidente. ¿Le duele algo?

—El estómago —respondo, me toco la cara—, me quema la cara.

—No se preocupe —me aparta las manos—, es por el efecto del air-bag, nada grave. ¿Le duele algo más?

—No —contesto con mal sabor de boca—, me duele mucho el abdomen, no sé qué tengo.

—No se preocupe, ya llegamos.

Afirmo con la cabeza y aprieto fuerte los ojos, los abro con gran dificultad, me cuesta centrar la mirada. Siento cómo la ambulancia frena, las puertas se abren, puedo oírlo pero no verlo, siento cómo me mueven y entonces veo el cielo, encapotado, no me había dado cuenta de que estaba nublado, ha llegado el otoño.

—¡Sarah! —oigo que exclama ¿Eric? me pregunto, no sé si estoy flipando— ¿Estás bien?

¿Cómo sabe que estoy aquí? ¿Cómo ha llegado tan rápido? ¿Por qué? Me pregunto desorientada.

—¿La conoce? —pregunta la mujer con la que hablaba en la ambulancia— Deberá rellenar algunos formularios para el ingreso, no se preocupe, ella está bien.

—¿Seguro que está bien? —oigo la voz desesperada de Eric— ¡Yo no la veo nada bien!

—Está desorientada, estaba inconsciente cuando hemos llegado al lugar del accidente, pero ya está despierta. Ha vomitado de camino aquí —¿es necesario que le diga eso a él? —. ¿Sabe si está embarazada?

—No estoy embarazada —digo con un hilo de voz que no muestra mi ofensa.

—¿Está segura, Sarah? Vamos a tener que hacerle algunas placas, si está embarazada debe decírnoslo.

—No estoy embarazada —repito aburrida, me pregunto si tengo cara de embarazada o algo.

—De acuerdo, si me permite pasar.

La camilla aún tarda un momento en moverse, finalmente lo hace.

—Eric —lo llamo antes de que no pueda oírme—, espere, espere — intento mover el cuello pero lo tengo inmovilizado, al momento siento la mano de Eric cogiendo la mía—. Llama a mi madre —por fin puedo verlo, se pone en mi campo de visión, sus llamativos ojazos azules transmiten pura angustia, aun así no pierde ni un ápice de su enorme atractivo; deseo estirar el brazo y acariciarle la cara, muevo el dedo pulgar y le acaricio la mano con la que me coge, su mano está helada—, necesito que llames a mi madre —pido mirándolo—, intenta que no se ponga nerviosa por favor, dile que estoy bien.

—¿Qué ha pasado, nena? —me pregunta e intento negar con la cabeza pero no puedo, *no lo sé*.

—Tenemos que llevarla a rayos, este tiempo puede ser muy valioso.

—Te estaré esperando —asegura Eric y yo intento afirmar con la cabeza sin poder mover el cuello. Siento cómo se me cierra la garganta, los ojos se humedecen, pero soy incapaz de llorar, empiezo a pensar que he perdido la capacidad para hacerlo.

La camilla empieza a moverse, se aleja de él y no puedo seguirlo con la mirada.

Cuando entro en el hospital me hacen como mil preguntas, después me llevan a una sala de rayos X, me hacen más preguntas, un tac, una ecografía y yo insisto en que no estoy embarazada, es completamente imposible. Me ponen una vía y a saber qué es lo que meten en ella, porque me deja ko.

Al despertar ya estoy en planta, siento una mano fría sobre la frente, sé que es la mano de Eric, abro los ojos y está de pie junto a mí en la cama.

—¿Cómo estás? —me pregunta.

—Mejor —contesto lamiéndome los labios resecos—, me duele el cuello —carraspeo—, la faringe.

Acaricio el cuello y veo que tengo unas vendas en los brazos.

—Te han hecho una irrigación gástrica, es mejor que no la fuerces.

—¿Qué es eso? —pregunto aclarándome la voz.

—Un lavado —contesta Eric.

—¿Otra vez? —pregunto confusa en un hilo de voz— Dijeron que eso no era bueno —me asalta la duda temiendo lo peor. ¿Me muero?—. ¿Qué me pasa? —le pregunto angustiada— ¿Tengo algo malo?

—Todavía no lo sé —al menos es sincero—, pero lo descubrirán. Te han sacado sangre, te han puesto una sonda para analizar la orina, lo analizarán todo hasta encontrarlo. Te han hecho un tac, una ecografía…

—No estoy embarazada —insisto cansada de que todo el mundo piense lo mismo.

—Lo sé —me besa la frente y suspiro. Qué dulce es sentir la humedad de su boca en mi frente—. Sea lo que sea, te han hecho un estudio completo, así que lo sacarán. Ahora, no te irrites, no puede ser bueno.

Lo miro y tengo que sonreír; que no me irrite dice, él que se irrita solo. Me acomodo y se sienta a mi lado.

—Me quema la cara.

—Es por el air-bag, tienes unas pequeñas abrasiones —¿tengo la cara quemada?—, por lo visto te protegiste con los brazos, ellos se han llevado la peor parte, pero en una unas semanas no quedará nada.

No sé qué me han dado pero me siento relajada, tranquila, mansa. Eric y yo estamos hablando sin discutir, sin que ninguno le eche cosas en cara al otro, ojalá pudiera ser siempre así.

Me quedo callada observándolo, me encanta Eric, parece tan preocupado por mí que me lo comería a besos. Egoístamente me gusta que se preocupe por mí, me gusta saber que de alguna manera le importo.

—He llamado a tu madre — afirmo con la cabeza intentando mantener los párpados abiertos y observo cómo Eric se acaricia la barbilla, un gesto que no le he visto hacer antes—, no tardará mucho en llegar, ella ya sabía lo que iba a pasar —dice un poco asombrado, pero a mí no me sorprende, seguro que me llamaba por eso—. Dice que te había llamado para advertirte, pero tenías el móvil apagado.

—No quería que tú me llamaras —le aclaro.

—No quiero que sigas esquivándome, Sarah —se apoya en la cama y acerca su rostro al mío—, tu indiferencia me jode, me jode mucho, no te imaginas cuánto.

—Te la has ganado a pulso, chaval.

—¿Nunca vas a perdonarme? —me pregunta frunciendo el ceño con un gesto de hastío.

—¿Acaso me has pedido perdón? —le pregunto yo a él. No quiero que me lleve a su terreno, no ahora que me siento como en una nube— No tengo ganas de discutir Eric, estoy agotada de discutir contigo.

—Algún día tendremos que hablarlo.

—¿Para qué? Tú y yo nunca nos pondremos de acuerdo, somos agua y aceite, ¿recuerdas?

—No, somos el ying y el yang, nos completamos el uno al otro.

—Qué místico —no puedo evitar sonreír, eso no va con Eric, me pregunto si estará viendo a algún terapeuta nuevo—. ¿Cómo has llegado tan rápido?

—Tengo a algunas personas siguiéndote desde hace algún tiempo.

—Estoy harta, Eric —le digo, pero mi voz no sale con la potencia que deseo, parece más un lamento que un reproche—, eso es enfermizo, al final tendré que denunciarte.

No quiero saber nada más. Le doy la espalda y cierro los ojos; estoy tan cansada que, a pesar de mi enfado, me duermo casi al instante.

18

Provocado

Despierto en el hospital y la primera persona a la que veo es mi madre.

—¡Mami! —exclamo como si tuviera cinco años.

Mi madre me abraza e inhalo su olor, entre sus brazos no puede pasarme nada. Cuando me separo de ella veo que está toda la caballería, mi padre, Nayara, Pablo y Eric.

—¿Cómo estás, cielo? —pregunta mi madre, de sus ojos escapan dos lagrimones, no quiero que llore.

—Estoy bien —sonrío para que me crea—, ha sido un susto, pero no tengo ni un rasguño.

Mi padre se pone a mi lado y me besa la frente mientras yo le cojo la mano.

Nay les pide a Eric y a Pablo que nos dejen solos y salen de la habitación. Mi padre me regaña, le explico que soy una conductora fantástica, no entiendo qué pasó, el coche no reaccionó, aún no lo comprendo. Cuando miro hacia atrás recuerdo el terror, cuando no fui capaz de parar el coche pensé que iba a morir.

Mi madre me explica que Ortiz estuvo por la noche, que en cuanto se enteró que había tenido un accidente había ido al lugar de los hechos y después al hospital.

—No había marcas de frenos en la calzada —me explica.

—Es que el coche no frenó, juro que no frenó —les explico a mis

244

padres—. Lo intenté, frené con todas mis fuerzas, tiré del freno de mano, frené el motor con las marchas. Pero no paraba, así que dejé que se calara y siguió adelante con la inercia, no pude hacer nada más.

—El coche ha quedado casi siniestro, Sarah —me explica mi padre—, si lo que dices es cierto, podremos demandar a la casa, que ellos se hagan cargo de los gastos de la reparación y una indemnización para ti.

—Ricard —llama mi madre la atención de mi padre—. ¿Podrías traerme algo para comer? Me siento mareada.

Mi padre ni siquiera le contesta a mi madre, sale de la habitación y cierra la puerta.

—No creo que haya sido un accidente, Sarah —dice mi madre.

Me incorporo en la cama mirándola, ella se sienta junto a mí.

—¿Por qué dices eso?

—Alguien va a por ti, pero no sé quién es.

—Mariona —no lo dudo ni por un momento.

—No lo creo —¿ni siquiera mi madre me cree? Mariona está loca— de todas maneras, el detective Ortiz va a hacer que revisen el coche, para ver si alguien lo manipuló para que tuvieras un accidente.

—¿Es eso posible?

—Me temo que sí, pero no digas nada.

—¿Por qué crees que no ha sido ella?

—A veces la veo, por eso sabía que alguien quería hacerle daño hace ocho años, por eso cuando me llamó, fui a buscarla. Había visto lo que pasaría si no la ayudaba. Lo que pasó fue igual de malo, en lugar de ella murió su novio, pero al menos ella pudo escapar. Los meses posteriores fueron una auténtica pesadilla, lo veía a él venir a por ti, hiciera lo que hiciera lo veía venir a por ti, te hacía lo mismo que le hizo a ella y después te enterraba junto a Carlos. Por eso le dije a tu padre que tenías que irte.

—Querías protegerme, lo sé.

—También quise protegerla a ella, pero no pude —se cubre la cara y se pone a llorar, la abrazo para que no lo haga—. Es cierto que sigue viva —dice con la voz rota—, pero el precio que tuvo que pagar fue muy alto.

—No fue culpa tuya —le aseguro, me duele ver a mi madre llorar y pasarlo mal.

—Tampoco lo que te está pasando a ti es culpa suya. Tengo una gran conexión con vosotras, estoy ligada a Mariona después de aquello. Si fuera ella habría visto algo, porque la vi entrar en la cárcel, la vi volviendo a casa, la he visto engañando a Eric. Sois mayorcitos para que yo me meta en esas cosas, por eso no te dije nada. Pero hay alguien que sí que quiere hacerte daño, desde hace tiempo además, la señora Mercè.

—¿Cómo lo sabes?

—Mi don seguramente es el menos concreto, el más variable, todo puede cambiar. El futuro tiene una línea de acontecimientos, pero solo con que un elemento varíe puede irse todo al traste. Por eso no me gusta decir lo que va a pasar, prefiero guiarte en lo que pueda y que seas tú quien tome tus propias decisiones, que seas tú quien te labres tu propio futuro. Hay algo que creo que debes saber, antes de hacer juicios hay que escuchar a la gente, es importante que escuches, que te fijes en los detalles y vayas con mucho cuidado.

Afirmo con la cabeza.

—La señora Mercè está detenida.

—Saldrá libre —asegura, aunque acaba de decir que todo es variable.

—Ella tenía un tapiz en su casa, con nuestros nombres —le explico.

—Su mayor obsesión: las líneas de sangre. Ha dedicado toda su vida a eso y a torturar a su familia.

—Aina y yo hemos estado teorizando. En su tapiz algunos nombres, como el tuyo, el suyo y el de Mariona estaban en rojo, sin embargo el de ella, el mío y el de la madre de Mariona no. ¿Tú sabes por qué?

—Porque los vuestros no son los que os tocaban por sangre —Aina tenía razón—, y por ese motivo aparecen más tarde y son menos… —para buscando la palabra— efectivos, por decirlo de alguna forma. Ella se presentó un día en casa, cuando aún eras una niña, tendrías ocho o nueve años. Quería que yo te indujera a potenciar tu habilidad. Sabía que acabaría pasando llegado el momento, no había razón para atormentarte, así que le dije que no y se enfadó. Me llamó débil, mediocre, me llamó cosas desagradables y la envié al infierno.

—Ella fue la que robó a la niña —le explico—, es Nayara y no tengo ni idea de cómo decírselo.

—Encontrarás el momento —asegura palmeando mi mano—, no te precipites. Conozco a una pelirroja deslenguada que está deseando veros, ella podrá ayudarte si le pides ayuda.

—¿Laura? —pregunto ansiosa abriendo los ojos.

—Sí, sé cuánto la has echado de menos, su vuelta significa mucho para ti.

Por fin una buena noticia, Laura vuelve a casa, como la he echado de menos… De haber estado ella aquí, todo habría sido muy diferente.

—¿Sabes quién es Haizea? —le pregunto recordándolo.

—Más o menos, pero no la conozco.

—¿Cómo es? —pregunto interesada en esa desconocida.

—Joven, muy joven. Solo voy a decirte que la conocerás, ni te molestes en buscarla. Estoy segura de que Aina estará deseando hacerlo, pero disuádela, cuando llegue el momento ocurrirá, no tengo duda.

—Tu poder mola más que el mío.

—No siempre, a veces veo cosas que no desearía ver, cosas horribles que no puedo evitar, como lo que le pasó a Mariona… Al menos pude evitar lo que te iba a pasar a ti, y aunque eso es un consuelo, querría haber podido evitaros el sufrimiento a las dos. No siempre lo veo todo claro, sino que veo partes inconexas que no son fáciles de unir; además de que todo puede cambiar, lo que consigue que sea muy relativo.

—Ojalá hubieras visto quién mató a Natalia —digo tumbándome de nuevo en la cama.

—Ya te dije que solo vi lo mal que lo pasabas, cómo te metías en un pozo del que no eras capaz de salir.

Llaman a la puerta y vuelve mi padre con toda la *troupe*.

—Nayara, siento lo de tu coche —le digo avergonzada.

—Me da igual el coche, tú eres la única que me importa, que estés bien es lo importante.

Se agacha en la cama y me abraza, se me hace raro ver a Eric y a Pablo tan juntos y tranquilos.

Pablo me explica que Aina quería venir, pero que le ha obligado a ir a clase y mañana vendrá con su madre a visitarme.

—¿Mañana? —pregunto—. ¿Todavía estaré aquí? Mañana trabajo.

—Me parece que no, preciosa —contesta Pablo—. Ya he llamado a Dani para decirle lo que te ha pasado, desea que te mejores pronto.

Me golpeo la cabeza con la almohada, esto es un desastre, si hoy no me dan el alta como muy pronto me la darán el lunes, aunque quizás aquí sí que te dan el alta en fin de semana, esto es un hospital privado. Eric ordenó que me trajeran aquí.

Por la tarde viene Ortiz y pide a todo el mundo que salga de la habitación.

—¿Cómo se encuentra?

—Bien, cansada de contestar esa pregunta y de estar en un hospital otra vez.

—Al menos ahora está en uno de lujo.

—¿Me ayuda a escapar? —le pregunto de broma.

—Quizás otro día —pone esa sonrisa tan rara que tiene, debe practicarla—. Hablemos de lo que ocurrió, no encontré marcas de frenada en la calzada, nada que demuestre que no quería que la arrollara un camión.

Le explico lo que pasó, los pasos que di antes del golpe, él toma nota de todo lo que le cuento.

—Debe saber que están examinando el coche, si alguien lo ha manipulado no le quepa duda de que lo sabremos e iremos a por él.

—¿Cree que es posible?

—Unos frenos pueden estar mejor o peor, el coche es muy nuevo y, según usted, no frenó en absoluto…

Quiero decirle que ha sido Mariona, ella tenía acceso al coche, pudo hacerlo mientras me estaba duchando, pero mi madre me ha dicho que no hago juicios y me callo. Mi madre se queda a dormir, mi padre se va a un hotel donde Eric ha cogido una habitación para los dos, muy cerca del hospital.

El fin de semana es una ida y venida de gente, incluso Mariona viene a hacerme una visita exprés con Eric, pero en todo momento se mantiene a distancia de él. Yo quiero arrancarle la cabeza a él, por traerla.

El domingo por la noche mis padres vuelven a Boira. Pablo quiere quedarse conmigo, pero al final se queda Nayara. Por la mañana, para mi total sorpresa y espanto, Eric y Pablo llegan juntos. Ver a esos dos llegar juntos es alarmante, como mínimo.

Pablo le dice a Nayara que se marche a casa, pero ella se niega. Sé que está tan sorprendida como yo de ver a esos dos juntos, no entiendo nada, ¿se odiaban y ahora son amiguitos?

Los dos se quedan callados mirándose con cara de póker, mi cara es de estupefacción, más o menos como la de Nayara imagino, que no deja de mirarlos con una mueca de estar flipando.

Pasados unos minutos sin que nadie diga nada, Nayara y yo los ignoramos y seguimos mirando la revista de moda que estábamos mirando antes de que ellos llegaran.

—¿Por qué no vas a tomarte un café, Nayara? —le pregunta Eric.

Pablo se lleva la mano a la frente y niega con la cabeza.

—¿Por qué no te vas tú? —pregunta ella, que se pone de pie— Porque tengo más derecho que tú a estar aquí.

—Llevas aquí toda la noche, Nay —interviene Pablo en tono conciliador—, debes estar cansada, no hay motivo para que sigas aquí, estamos nosotros.

—Si queréis hablar con Sarah a solas, solo tenéis que decirlo, no dar rodeos.

—Sí —dice Eric tajante—, queremos hablar con ella a solas.

—¿Los dos? —pregunta con una mueca de incredulidad señalándolos.

—Sí —se miran el uno al otro.

Los miro incrédula, preguntándome qué les pasa, qué mosca les ha picado.

—Iré a buscar un café —dice Nayara y después se agacha para besarme la mejilla—, ya me contarás —me susurra en el oído— qué les pasa a estos dos, porque esto es surrealista.

Afirmo con la cabeza completamente de acuerdo. Nayara mira a uno y a otro y sale de la habitación. Pablo va tras ella asegurándose de que se va y cierra la puerta.

—Tenemos que hablar, Sarah —declara Eric.

—¿Tenías que echar a Nayara para eso? —pregunto.

—Sí —contesta Pablo.

—Te recuerdo que es tu hermana —respondo a la defensiva.

—¿Su hermana? —pregunta Eric con una mueca mirando a Pablo— ¿Por eso la defendías?

—¿Que la defendía? —demando sin enterarme de nada— ¿Desde cuándo sois amiguitos?

—A mí no ibas a escucharme, como haces siempre —interviene Eric.

—Alguien quiere matarte, Sarah —dice Pablo acercándose a mí y cogiéndome la mano.

—No la toques —le advierte Eric—, hemos hecho un trato.

—¿Os habéis vuelto locos?

Eric se pone junto a mí al otro lado de la cama y Pablo me suelta la mano.

—Han encontrado algo en tu orina —me explica Eric—, algo que no se ve en la sangre, que además se expulsa del cuerpo; es difícil de identificar, por eso no lo detectaron en el otro hospital.

—¿El qué? —me remuevo en la cama mirando a uno y a otro, tan diferentes entre ellos.

—Veneno —contesta Pablo.

—Arsénico —le corrige Eric—, para ser más precisos.

—¿Qué? —pregunto sin comprender.

—Esas gastroenteritis no eran tales, alguien te estaba envenenando —me explica Pablo y lo miro sin poder creer lo que dice—, por eso cuando te han hecho los lavados de estómago han desaparecido los vómitos, los dolores.

—El valor del arsénico era de 63 —sigue Eric y me giro para mirarlo a él—. No es una dosis letal —me explica—, pero es muy alta para creer que es un accidente, cuando solo tú te has contaminado. Es un metal pesado, e ingerirlo durante un largo periodo de tiempo puede dañar órganos vitales; por suerte no se aprecia ningún daño.

—Ha sido alguien de tu entorno —me giro para mirar a Pablo, intentando procesar lo que me cuentan—, alguien en quien confías Sarah; eso nos deja cuatro opciones, tus compañeras de piso y Ortiz.

—¡No! —exclamo.

—Van a extraerte unos cabellos para analizarlo y sabremos cuánto tiempo llevan dándotelo —interviene Eric—; mientras tanto, te irás de esa casa, vendrás a mi casa.

—De eso nada —interviene Pablo—, en eso no habíamos quedado, quedamos en que iría a donde ella quisiera o a un hotel, pero no vas a decirle lo que debe hacer.

—En ningún sitio estará más segura que en mi casa. Además, tú o tu familia también podéis haber sido, sin embargo conmigo no ha comido ni bebido nada, así que yo estoy libre de culpa —Eric vuelve a mirarme—. Yo no he podido ser, puedo cuidar de ti Sarah, quiero hacerlo.

—Ha sido Mariona —declaro sin dudarlo.

—No lo sabes, Sarah —responde Eric con voz cansina.

—¿De verdad? —demando con incredulidad— Siempre es ella, ella siempre está de por medio —contesto rabiosa, siento cómo la sangre me hierve—. ¡Deja de defenderla de una puta vez! Esto es culpa tuya —le señalo con el dedo colérica—. Tú le pagaste la fianza, tú la sacaste de la cárcel. Sale de comisaría a finales de semana y el lunes siguiente enfermo, el tiempo justo para hacerse con el veneno. Hace de comer y vuelvo a enfermar, y gracias que no me bebí el zumo que según ella había hecho Carla. Seguro que también le había echado veneno. Esa chica está enferma, está para que la encierren y tú sigues defendiéndola.

Me cubro la cara con las manos, me parece increíble, recuerdo que se lo dije a Carla, se lo dije de broma claro, qué poco me equivoqué. Ha estado ahí, viendo cómo enfermaba, tratando de hacerse la amable. *¿Llamo a Nayara?,* recuerdo que me dijo la primera vez, *¿Cómo te encuentras?,* me preguntó cuando volví del hospital, *zorra hipócrita, asesina y mentirosa,* pienso súper enfadada.

—¿Alguien se lo ha dicho a Ortiz? —pregunto mirando a uno y a otro.

—No —contesta Pablo mirando a Eric. Este no dice nada y él vuelve a mirarme a mí—, los dos estamos de acuerdo en que Ortiz no es de fiar.

—Por si lo habéis olvidado, él es policía.

—Eric hará que lo investiguen —sigue Pablo.

—Hablaré con Torres —sigue Eric sin mirarme—, se lo pedí y no quiso hacerlo porque era poli, pero lo quiera o no tendrá que hacerlo. Desde que ese hombre se cruzó en tu vida, todo ha ido de mal en peor.

—Ortiz no ha sido —les aseguro—, siempre me he puesto mala en casa, ha sido ella y Ortiz debe saberlo.

—El arsénico tarda en hacer efecto de una a doce horas —interviene Eric—, seguro que te has tomado algún café que otro con Ortiz, has pasado mucho tiempo con él, no deberías descartarlo tan a la ligera.

—Es mejor que no se lo digas a nadie, Sarah —interviene Pablo—, ni siquiera a Nayara.

—¿Crees que Nay quiere matarme? —le pregunto incrédula— ¿De verdad? ¿Carla? ¿Ortiz? Ha sido Mariona, siempre es ella, me culpa de todo lo que le pasó, es lógico que quiera vengarse.

—¿De qué? —pregunta Eric.

—De todo —me encojo de hombros—, dice que como yo no la creía, eso la hizo dudar de sus facultades, con lo que no pudo controlar al Monstruo, así que me culpa a mí de la muerte de tu hermano y de todo lo que le pasó.

—¿Ella te ha dicho eso? —pregunta Eric.

—Acabo de decírtelo, Ortiz la oyó decírmelo en la sala de interrogatorios donde nos vimos cuando fui a comisaría a hablar con ella. Ahora te vas a hablar con ella, se lo preguntas, dejas que te mienta y después vuelves para llamarme mentirosa y todo lo que se te ocurra.

—Eres muy injusta, Sarah —se queja Eric.

Llaman a la puerta y Nay entra, nos mira a unos y a otros y sonríe.

—¿Qué pasa?

—Nada —contesto con desgana—, que tengo unas ganas de largarme de aquí que no te lo imaginas —le digo.

Me levanto de la cama y me voy al baño. Ayer ya me quitaron la vía de la mano, he recuperado algo de movilidad, pude ducharme y Carla me trajo algo de ropa más decente que las cutres batas de hospital.

Oigo cómo en la habitación sigue la discusión, supongo que Nayara querrá saber qué ha pasado y los otros dos se negarán a decírselo, pero Nayara nunca me haría daño. Aunque por otro lado, es mejor no decírselo, de esa manera no me arriesgo a que Mariona sepa que ya sé lo que me está haciendo. Cuando estuve en el hospital la otra vez, no lo detectaron, así que para ella puede que ahora tampoco lo hayan hecho.

Al volver, el ambiente de la habitación está enrarecido; recogen la bandeja del desayuno, la enfermera les pide a todos que salgan, después me extrae algunos cabellos. Me explica que harán una prueba ICP. Por lo visto, aunque el arsénico es un veneno que se expulsa, queda en cabello y uñas. Pretenden analizar mi pelo, cortarlo en secciones y poder hacer una cronología, saber cuánto tiempo llevo expuesta al veneno e intentar averiguar la cantidad, para estar seguros de que no es un problema ambiental.

Cuando vuelven pongo la tele poco dispuesta a hablar con nadie. Por la noche viene Ortiz y les pide a todos que salgan, incluso a Aina, que ha venido con su madre.

—Ya tengo el informe del vehículo Sarah, no sé cómo decirle esto.

—Ha sido provocado —contesto mirándolo.

—¿Cómo lo sabe?

—Ha estado envenenándome.

—¿Quién?

—¿Quién cree usted? —le pregunto a punto de lanzarme a por él— Desde que salió de comisaría ha estado dándome arsénico, quiere matarme, amenazó con hacerlo y está llevando su amenaza a cabo.

—¿Cree que ha sido Mariona?

—¿Quién si no? —pregunto muy enfadada— ¿A qué espera para hacer algo, a que me mate? ¿Cuando esté muerta hará algo o seguirá exculpándola?

—Yo había pensado en la señora Mercè.

—¿Está en libertad?

—Sí, salió al día siguiente de su detención.

—Bueno, pues ya son tres sospechosos.

—¿Quién es el tercero?

—Usted —le contesto con sinceridad—, digamos que no tiene entre mis amigos un club de fans.

—¿Usted lo cree?

—Mi madre me ha dicho que no me fíe de nadie, y eso es lo que pienso hacer.

—Creo que hará bien, entonces debo suponer que no volverá a casa de su amiga.

—No, obviamente no puedo vivir allí, esperando que esa loca me clave un cuchillo mientras duermo.

—No sea exagerada, Sarah.

—¿Exagerada dice? —lo miro incrédula— Es a mí a quien ha estado envenenando, a quien le ha jodido el coche para que se matara, creo que tengo derecho a estar enfadada.

—¿Enfadada o asustada?

—Estoy muy cabreada, yo no le tengo miedo y ella lo sabe, pero como comprenderá, no voy a ponerme una diana en el culo, para que cumpla la amenaza que me hizo después de matar a Natalia. No quiero ser la siguiente, gracias.

—¿A dónde irá?

Lo miro con desconfianza, me recuerdo que no me fío de Ortiz, nuestra relación ha mejorado notoriamente desde que nos conocemos, con sus altos y bajos, pero él me esconde algo y, hasta que no sepa el qué, no pudo fiarme de él. Además, Eric y Pablo tienen razón, he estado bebiendo café con él. Creo que ha sido Mariona, pero mi madre me ha dicho que no haga juicios, que observe y no me fíe de nadie.

—No voy a decírselo, para cualquier cosa tiene mi teléfono

19

Madrid

El martes por fin me dan el alta; después de pensar dónde voy a ir ahora y sentirme como una sin techo decido que, ir a casa de Eric, es caer en mi propia trampa. Eso no saldrá bien, así que me voy a casa de Pablo, algo que cabrea mucho a Eric, que sale de la habitación dando un portazo. Ir a casa de Pablo es la mejor opción, dormiré con Aina, tengo la esperanza de que al fin pueda hablar con Natalia, necesito que ella me diga que ha sido Mariona quien la mató y restregárselo por la cara a Ortiz.

Ortiz me llama el jueves para que me reúna con él en la comisaría; llevo dos días sin enfermar así que si me ofrece un café, no pienso ni tocar el vaso.

Cuando llego a comisaría, me encuentro con Mariona, Carla y Nayara.

—¿Qué hacéis aquí? —les pregunto extrañada.

—Tu detective nos ha citado a todas —contesta Carla—. ¿Cómo estás?

—Perfectamente —contesto mirando a Mariona—, desde que me fui de casa, nadie ha vuelto a intentar matarme.

—¿Vas a empezar otra vez, Sarah? —pregunta Nayara.

No me molesto en contestarle, ella no sabe lo del arsénico, creo que ni siquiera lo del coche, me pregunto por qué Ortiz nos ha reunido a todas cuando lo veo acercarse.

—Llega tarde, Sarah.

—Me gusta hacerme desear —le contesto con chulería, molesta

porque no me cree.

—¿Vamos a tener uno de esos días, Sarah? —pregunta como si fuera él quien tiene un mal día.

—¿Qué días? —pregunto, pensando que como diga algo de la menstruación lo mando a la mierda.

—Esos en los que usted me vacila y yo le vacilo a usted, creía que habíamos superado esa fase.

—Es lo que le pasa por ponerme delante a gente a la que no quiero ni ver.

—Ya veo —contesta con gesto molesto abriendo una puerta—, pueden pasar señoritas.

Entro en la sala de interrogatorios la última. Al entrar, veo que en el centro de la mesa hay un bote de plástico de unos diez centímetros lleno de unos polvos blancos. Me pregunto si es lo que creo que es.

Me siento junto a Carla, el único sitio libre que queda. Mariona se pone en la otra esquina, lo más alejada de mí.

—¿Alguna de ustedes sabe lo que es esto? —pregunta Ortiz moviendo el botecito delante de nosotras.

Nadie dice nada y Ortiz suspira, después me mira a mí.

—Arsénico —contesto.

—Correcto —afirma con la cabeza mirándome y después mira al resto—. Ayer, como algunas de ustedes saben, volvimos a registrar el piso donde hasta hace poco vivían las cuatro. En la habitación de la señorita Prat hemos encontrado esto, no hemos debido…

—¡Eso no es mío! —exclama Mariona interrumpiendo a Ortiz.

—¿Qué es el arsénico? —pregunto Nayara contrariada.

—Veneno —contesto yo mirando a Ortiz todavía.

—¿Qué? —pregunta inclinándose hacia delante para verme— ¿Cómo que veneno?

—¿Me deja acabar? —interviene Ortiz y se hace el silencio— Como decía, lo hemos encontrado en su habitación, no hemos tenido que rebuscar mucho para encontrarlo, sin embargo, a pesar de lo fácil que ha sido dar con ello, en él no hemos hallado una sola huella dactilar de la señorita Prat, en realidad de nadie. ¿Es de alguien? —nadie contesta— Entiendo —dice Ortiz haciéndose el duro y dejando el bote en el centro de la mesa—; bueno, probemos de otra manera. ¿Quién sabía que el jueves pasado Sarah iba a coger el coche?

—¿Qué tiene que ver el veneno con el accidente de Sarah? —pregunta Nayara.

—Que me he puesto enferma porque alguien ha estado poniendo eso en mi comida o bebida desde hace unas semanas, por eso he estado enfermando —explico.

—¿Quién sabía aquella mañana que Sarah iba a coger el coche? —vuelve a preguntar Ortiz.

—Todas —contesta Nayara—, ella me pidió el coche mientras estábamos desayunando en la cocina.

—Muy bien —mira a Mariona—. ¿Qué hizo después de desayunar?

—Nada, no me moví de casa. Después de desayunar, Sarah y yo tuvimos una discusión en la puerta del baño, ella entró y yo recogí mi habitación, coloqué algo de ropa y después me puse a recoger la cocina; cuando acabé Sarah se marchaba.

—¿Y usted? —le pregunta Ortiz a Nayara.

—Después de desayunar me marché a clase; al salir del metro recibí una llamada de la madre de Sarah, la llamé pero su móvil estaba apagado, así que llamé a Mariona para que le diera el recado y me fui a clase.

—¿Y usted? —sigue Ortiz con Carla.

—También me fui a clase, salí un par de minutos después de que lo hiciera Nayara.

—¿Qué hizo usted, Sarah?

—¿Está de coña? —pregunto incrédula— Le recuerdo que fui yo —me señalo— quien tuvo el accidente, solo debe mirarme a la cara para ver que aún tengo una quemadura en la frente.

—No me haga perder el tiempo y responda a la pregunta.

—Preparé la ropa para ducharme, me enganché con Mariona de camino al baño, me duché, vestí, arreglé y maquillé —le contesto tajante—. Al salir del baño vi el post-it de Mariona en la puerta de mi habitación; Nayara decía que llamara a mi madre, iba a llamarla al salir pero no encontraba las llaves, las encontré y me marché.

—¿Qué hora era?

—Pasadas las nueve, pero no recuerdo la hora exacta.

—Las nueve y cuarenta —interviene Mariona. Ortiz vuelve a mirarla—, cuando ella se marchó, me fui al comedor y puse la tele, estaban dando las noticias y vi la hora.

—¿Puede asegurar que Sarah estuvo en el baño? —pregunta Ortiz a Mariona y yo le miro flipando.

—Sí, la oí ducharse mientras estaba en la habitación. Después fui a la cocina, si hubiera entrado o salido del piso la habría visto hacerlo.

—Muy bien señoritas, de momento eso es todo, pueden marcharse, todas excepto Sarah.

Ortiz se levanta de la silla y va hacia la puerta, la abre invitándolas a marcharse y todas se levantan.

—¿Quieres que te esperemos? —me pregunta Nay cuando pasa a mi lado, me mira con un gesto que muestra lo preocupada que está, pero niego con la cabeza.

Espero a que se marchen y en cuanto lo hacen observo cómo Ortiz vuelve a su asiento.

—¿Va a acusarme de que yo misma me envenené y provoqué un accidente que pudo matarme?

—¿Se ha dado cuenta de que se quedó sola en el piso con la señorita Prat y ella ha corroborado su coartada? Podría haber intentado hacerla parecer culpable, podría haber dicho que no lo sabía, que no estaba segura.

—¿Qué insinúa? —pregunto sin comprender.

—Sospecho más de alguna de ustedes tres que de ella.

—El arsénico estaba en su habitación —no puedo creer que piense que fuimos nosotras y no Mariona.

—¿Quiere un café? —me pregunta con chulería.

Me lo quedo mirando, parece que se esté tomando esto a broma, pero a mí no me hace ninguna gracia.

—¿Es un chiste? —demando si poder creerlo.

—Un mal chiste, más bien.

—Usted no estaba en el coche, me importa una mierda que me crea o no, podría haber muerto, temí por mi vida, y si cree que he tomado el arsénico voluntariamente, le recomiendo que lo pruebe y vea qué tal le sienta.

Cuando por la tarde le cuento a Pablo que Ortiz me ve como sospechosa, no da crédito. Por la noche Aina y yo volvemos a intentar lo de ir a ese otro lado, pero está claro que no se admiten acompañantes.

Al despertar pactamos que esa noche irá ella y hablará con Natalia.

Macarena se lleva a Aina al cole y se va a trabajar. Pablo se va a clase y yo me quedo sola.

Reviso mis mails para ver si me han contestado a alguna de las solicitudes de empleo que he enviado, pero ni siquiera a una han respondido. Con desgana aparto el portátil y me voy a la habitación de Pablo a jugar a la consola.

A media mañana mi móvil suena en la habitación de Aina, voy a por él y doy, literalmente, saltos de alegría al ver que es Laura.

—¡Laura! —contesto, por fin contenta de tener una buena noticia— Dime que vuelves pronto —le pido.

—La semana que viene —oigo su voz alegre y despreocupada—. ¿Me has echado de menos?

—¿Estás de coña? Esto es un infierno, mi vida es una auténtica pesadilla: muertos, novios traidores, amigas manipuladoras y mentirosas, gente fantástica, detectives absurdos… No te haces una idea.

Laura se pone a reír, se piensa que estoy de coña, pero no lo estoy.

—Qué exagerada eres, cuéntame anda.

Es difícil saber qué decir y qué omitir para no pasarme dos días al teléfono, para contarle todo lo que ha pasado, ni siquiera sé por dónde empezar. Recuerdo que mi madre la mencionó cuando hablamos de Nayara, así que decido empezar por ahí. No da crédito a lo que le cuento, le aseguro que es cierto, que tenemos una prueba de ADN que lo demuestra, pero que aún no he tenido valor para decírselo, ella insististe en que debo contárselo. Después le hablo de su hermano, de Eric, de Mariona…

—Te necesito —le suplico.

—Pensaba volver en unos días y ver algo de Madrid, pero puedo cancelar mis planes y volver ya.

—¿Has acabado el trabajo?

—Sí, acabo de salir. Pensaba reservar en un hotel y quedarme unos días visitando la capital, quizás pegarme alguna fiestecilla… Pero si la cosa está tan mal creo que es mejor que vuelva, ya vendré en otra ocasión.

—¿Puedo ir contigo?

Laura se pone a reír, es justo lo que necesito, salir de aquí, salir de Barcelona, dejarlo todo lejos y verlo con un poco de perspectiva, escuchar la opinión imparcial de Laura, de la inteligente Laura. Desconectar, que ella me hable de las locuras que debe haber hecho estos tres meses, es justo lo que quiero.

—Claro que puedes venirte, llevo tres meses sin beberme una cerveza;

vente, compraremos una botella de tequila, algunas cervezas y dejaré que me expliques todo esto con calma.

—Eso sería genial, aquí quieren matarme.

—¿Qué quieres decir? —pregunta riendo.

—Han amenazado con matarme, han asesinado a Natalia —oigo cómo hace una exclamación ahogada—, me han envenenado, han saboteado el coche de Nay para que me matara… Una pesadilla.

—Vente ya para aquí, ahora mismo te miro si hay un vuelo o algún tren, ve haciendo la maleta.

No tengo demasiadas pertenencias en casa de Pablo, meto en la maleta a medio deshacer lo poco que tengo, recojo mis cosas del baño y ya estoy lista para alejarme.

Laura me envía un mensaje con las referencias del vuelo, sale en un par de horas. Me llama para confirmar que tengo las señas y, sin pensarlo demasiado, me voy de casa de Pablo. Cojo el metro hasta Gracia y de allí llego hasta el Prat, cojo el billete y espero a que salga el avión.

Mientras espero para embarcar llamo a Pablo, pero no lo coge, está en clase. Le mando un WhatsApp diciéndole que me voy unos días a Madrid con Laura. Él sabe quién es, nunca se han visto, pero le he hablado muchísimo de ella. Le pido que no se lo diga a nadie, no quiero que vengan a por mí.

Embarco, por primera vez viajo sola en avión, y en menos de una hora estoy en Madrid.

Como no conozco la ciudad cojo un taxi en el aeropuerto y le pido al taxista que me lleve al hotel. Al salir me doy cuenta de que en Madrid hace mucho más frío que en Barcelona. Me bajo del taxi y en la puerta del hotel veo a Laura.

Mi Laura, pienso al verla. Tiene el pelo más largo de lo habitual, su corte de cabaret casi le llega por los hombros y su flequillo rojo perfectamente cortado lo lleva a un lado enganchado con un clip para el pelo. Además lleva una raíz en el pelo que no le visto en la vida. Aparte de eso, está igual que siempre, parece una muñequita.

Me acerco a ella y nos abrazamos, después me suelta y me aparta el pelo de la cara, la acaricia buscando daños, se fija en mi frente y niega con la cabeza, mirándome con esos enormes, saltones y expresivos ojazos azules, que se ven más llamativos de lo normal porque se ha puesto cool.

—No debí irme —dice soltándome la cara—, cuando aquella pitonisa te tiró las cartas debí quedarme contigo, de haber sabido que lo que ella dijo iba a cumplirse lo habría hecho.

Laura es sincera, tiene la mirada más limpia que haya visto nunca, veo el arrepentimiento en ella.

—¿Por qué no me lo explicaste? —esa es una pregunta que me he formulado en varias ocasiones. Al darme cuenta me molesté, pero después han pasado tantas cosas que ya no tiene casi importancia.

—Cuando me llevaste al aeropuerto quise decírtelo, pero estabas encantada porque te ibas a vivir con Eric y no quise arruinarte el momento, tampoco sabía si era cierto. Cuando te llamé para tu cumpleaños, me di cuenta de que sí lo era, pero Eric podía oírme, así que no vi oportuno decirlo delante de él. Después las cosas por aquí se torcieron, nos trasladaron y te llamé antes de irme, pero tenías el móvil apagado y he estado incomunicada hasta hoy. Lo siento mucho, Sarah, no quise fallarte.

—No pasa nada —le aseguro para que no se angustie—, nada hubiera cambiado.

Rodeo su brazo y entramos en el hotel.

Dejamos las cosas y vamos a visitar el centro de Madrid; mientras lo hacemos le hablo de todo lo que ha ocurrido estos tres meses que ha estado fuera y, cuando voy a hablarle de Eric, dice que eso es mejor acompañarlo con tequila, así que sigo con Aina. Le explico cómo descubrimos la tumba de su hermana, el cuerpo de su padre, cómo este se apareció en casa de Carla, que fuimos a hablar con la señora Mercè y pensé que era yo, cómo eso me afectó, cómo acudí a la única persona con la que en ese momento pensaba que podía contar y descubrí que estaba muerta. Después el detective Ortiz interfirió en mi vida, me hice la prueba de ADN y resultó que no era yo, acompañé a Ortiz a pedirle explicaciones a la señora Mercè y el padre de Aina se apareció de nuevo, dijo que había muerto en esa casa. Ortiz descubrió que alguien había cedido unas tierras a la familia Carbonell, el pago por la niña, pago hecho por los padres de Nayara; la engañé y comprobamos que era la hermana de Aina y Pablo, la niña que habíamos estado buscando desde finales de verano, después el hermano de la víctima se declaró culpable, misterio resuelto. Consecuencias, no tengo ni idea de cómo decírselo a Nayara.

Después le hablo de la muerta de Natalia, esa imagen de ella fría con la mirada opaca vuelve a mí, se me cierra la garganta, pero sé que no voy a llorar. Le explico que después recibí la nota de amenaza, hecha desde la máquina de escribir de Mariona, con restos de su cabello que la identificaban como culpable, los expedientes que robaron del despacho de Natalia estaban en su poder, sin embargo Eric le pagó la fianza y ella salió en libertad. En cuanto estuvimos bajo el mismo techo empecé a ponerme enferma, después el accidente, para acabar con la visita del día anterior a comisaría, donde Ortiz me dijo que creía más probable que fuera yo que Mariona, el mundo al revés.

—¿De verdad crees que ha sido Mariona? —me pregunta Laura mientras volvemos al hotel.

—Claro que ha sido ella, desde que me fui de casa no he vuelto a sentirme mal, el arsénico era de ella.

—Es demasiado obvio —opina Laura.

—Es la única opción. Ella tenía los expedientes, un móvil para sacarme de en medio, podría manipular a todo el mundo a su antojo pero no a mí, además me culpa de lo que le pasó, cree que fue culpa mía. Es ella.

Llegamos al hotel y subimos a la habitación; de camino hemos comprado una pizza para llevar y la comemos bebiendo cerveza.

—Todo apunta a Mariona, es demasiado obvio —insiste Laura.

—Vivíamos bajo el mismo techo, podía manipular mi comida, mientras me duchaba tuvo tiempo de manipular el coche, me odia, blanco y en botella leche Laura, no hay más. ¿Si no quién ha sido? Tiene que ser alguien de casa, alguien que tuviera acceso a sus cosas para incriminarla. ¿Crees que ha sido Nay? ¿O Carla? —niego con la cabeza—Ha sido ella, o puede que seas tú —le digo de broma—. Desapareces durante meses, nadie sabe a ciencia cierta dónde estás o qué estás haciendo, tienes llaves de casa y eres suficientemente inteligente para urdir todo el plan. ¿Debo preocuparme por esta cerveza?

Inclino la cerveza y ella la choca con la suya.

—Es verdad —contesta ella con ojos brillantes sonriéndome—, solo me falta un móvil. ¿Por qué querría yo matarte? —empieza a pensar y bebo de mi cerveza enarcando una ceja— ¡Lo tengo! —exclama— Si tú mueres yo me quedo con tu habitación, después de la de Nay es la más grande.

—Nadie mata por una habitación, además ahora es de Mariona.

—Te sorprenderías, el mundo está loco. Además, si la incrimino a ella, mato dos pájaros de un tiro, menos gente con la que compartir el baño, que es lo más codiciado en esa casa.

No puedo evitar reírme, debería decírselo a Ortiz, seguro que es capaz de tenerlo en cuenta.

Acabamos de cenar y Laura saca la botella de tequila.

—¿Hablamos de Eric? —pregunta ofreciéndomela.

—Eric —digo en un gruñido—, lo mataría —contesto cogiendo la botella y abriéndola.

Le hablo de Eric, de Mariona, de todo lo que ella ha ido inventando para separarnos, cómo él confió siempre más en ella que en mí. Después entra en escena Pablo, mi chulito y dulce Pablo.

—Quiero estar con él, me aporta mucho más que Eric, esa mujer dijo que era mi alma gemela y nos compenetramos a la perfección. No hay nada en él que me saque de quicio, me gusta y es perfecto para mí.

—¿Qué pasa con Eric? —pregunta Laura.

Resoplo asqueada, algo borracha dejo el vaso en la mesita y me tumbo en la cama.

—Que no puedo olvidarlo, he intentado acostumbrarme a estar lejos de él, pero sigo pensando en él, extrañándolo, cuando lo veo me acuerdo de todo y lo odio, pero después sigo queriéndolo y detesto que despierte tantos sentimientos y emociones en mí —me incorporo mirándola—. De locos, solo estuve un mes con él, no es que lleváramos años juntos, he roto con chicos y a la semana ya ni siquiera pensaba en ellos.

—El valor de las cosas no está en el tiempo que duran, sino en lo que has sentido, en lo que aún sientes. Puedes pasarte la vida extrañando a alguien con quien solo estuviste una semana o un día.

Recupero el vaso y bebo de la improvisada copa que hemos preparado con los refrescos del mini bar y el tequila. Laura tiene razón, pero aunque sea cierto, no es acertado.

—Pablo me quiere y yo lo quiero a él —le digo con voz lastimera—. Quiero estar con él.

—¿Entonces por qué sigues pensando en Eric?

—No me ayudas eh, además, tú no nos has visto juntos, es como si fuéramos acompasados, con Eric era como ir a destiempo. Cuando conozcas a Pablo fliparás, son la noche y el día, no tienen nada que ver.

—¿Quieres una vida ordenada y esquematizada? —me pregunta incrédula y yo la miro sin entenderla—. Eric es puro caos, puede que no sea lo que más te convenga, pero es lo que te gusta.

—Nayara cree que Pablo y yo hacemos muy buena pareja, que nos irá bien juntos.

—¿Qué más da lo que diga Nayara? —exclama riendo— Si le hubieras hecho caso, ahora serías dentista.

—Y quizás encontraría trabajo —ladeo la cabeza mirándola.

—Touché —choca su copa con la mía—. Deja de mirar atrás, Sarah —me aconseja poniéndose seria—, hasta que no lo hagas no podrás mirar hacia delante. Ama y perdona, deja que el corazón se abra y te hable, que la mente se calme, entonces hallarás la respuesta, pero ahora, ahora estás en una espiral de quiero y no puedo. Quiero a Pablo pero no puedo olvidar a Eric, odio a Eric pero no puedo estar con Pablo, es agotador.

—Muy agotador, sé lo que quiero, quiero esta con Pablo, es la decisión acertada, me acepta y me quiera tal cual soy, no tengo que reprimirme con él, nosotros no discutimos, estar con él es tranquilo, sosegado.

—¿Cómo es en la cama?

—No lo sé, no nos hemos acostado.

—¡Venga ya! —exclama poniéndose de pie— ¿Me estás diciendo que no te lo has tirado? —niego con cabeza mirándola desde la cama— ¿A qué esperas?

Me echo a reír, para que luego digan que yo soy exagerada o dramática.

—Tengo que aclarar mis sentimientos.

—Yo lo veo muy claro, Sarah: si ese chico no te pone, no te pone. Puede ser muy buen chico y quererlo mucho, pero no es para ti.

—No es que no me ponga, quiero aclarar mis sentimientos. Cuando esté con él quiero que sea de verdad.

—Es sexo, Sarah, no te estoy diciendo que te cases con él, el sexo no complica las cosas, las mejora.

—¿Que el sexo no complica las cosas? —me echo a reír— Me parece que estás muy salida.

—Te aseguro que lo estoy —afirma con la cabeza—, deberíamos acabarnos el tequila, vestirnos e irnos de fiesta, ligarnos a un par de morenazos, de esos chulazos —inevitablemente pienso en Eric y me dejo caer sobre la cama. Laura se sube encima de mi estómago a horcajadas, cortándome el aire y haciendo que derrame un poco de la copa sobre la cama—, que sean rubios si lo prefieres —sigue—, pasarlo bien, una noche de fiesta. Desde que salimos no he vuelto a emborracharme, esto es un enorme tachón en mi expediente de fiestera intachable, tengo que ponerme al día y son tres meses de fiestas, desenfreno y alcohol.

La empujo y me la saco de encima. La miro tumbada junto a mí en la cama, se supone que quería desconectar y sé que con Laura me lo pasaré bien, podré dejar tanto drama atrás. Además estoy un poco colocada y cansada de pensar en todo lo que tengo encima, con lo que el plan de Laura me parece bueno.

Seguimos bebiendo hasta media noche, después nos arreglamos para salir. Estoy retocándome el maquillaje con cierta dificultad cuando llaman a la puerta.

—Yo voy —dice Laura en la habitación, me pregunto si ha invitado a alguien—. Vaya, vaya —la oigo—, no esperaba verte por aquí.

Me asomo por la puerta, pero está fuera de la habitación con la puerta entornada, creo que esos meses de abstinencia no han sido tan malos como ella cuenta. Acabo con el maquillaje y oigo la puerta cerrarse.

—¿Quién era? —le pregunto saliendo del modesto baño algo mareada por el alcohol.

Cierro los ojos con fuerza y los abro varias veces, o estoy muy borracha o esa no es Laura. Más bien parece un capullo arrogante con traje y corbata, uno que me acelera el pulso y hace que la sangre fluya deprisa, mientras me pregunto qué está haciendo Eric en Madrid, en la habitación de Laura y dónde está ella.

—Tenemos que hablar.

Ese debería ser el título de una canción, su canción, porque siempre tenemos que hablar, pero al final lo único que hacemos es discutir.

—Tiene que ser una broma —contesto negando con la cabeza—. ¿Has venido hasta aquí para que hablemos? ¿Me has seguido hasta Madrid? —pregunto incrédula.

—Sí y no ha sido fácil localizarte, pero luego me acordé de Laura y supuse que estarías con ella.

—Tú no estás bien —sigo negando la cabeza.

Dentro de mí siento una chispa encenderse, Eric está aquí por mí, ha venido hasta Madrid para hablar conmigo. Es una locura y, aunque no quiera, me gusta, me gusta que esté pendiente de mí. La idea de que me acose porque se preocupa por mí y me quiere me llena de esperanzas, esperanzas que no deberían existir.

—¿Cómo quieres que esté bien? —demanda subiendo el tono de voz y acercándose a mí— ¿Cómo, Sarah? —pregunta parando frente de mí— Explícame cómo, porque yo ya no sé qué hacer. Me paso el día muerto de preocupación por ti, sabiendo que me importa más a mí tu seguridad que a ti misma, no puedo vivir así, esto es una condena.

Eric parece fuera de sí, y todo porque se preocupa por mí. Si hago caso de Laura y dejo que el corazón se abra solo puedo sentir calidez, me gusta que se preocupe por mí, que me persiga y cuide de mí.

—¿Quieres un chupito? —demando para dejar de analizar mis propios sentimientos.

—¡No quiero un puto chupito! —contesta con la cara desencajada de la rabia.

—Tú te lo pierdes —contesto dándole la espalda y acercándome a la mesa.

—¿Por qué has venido a Madrid? —aligera el tono de voz.

—Yo tampoco puedo seguir viviendo así —me encojo de hombros sirviendo dos chupitos—, no te imaginas lo cansada que estoy de todo, de darle vueltas a la cabeza, de que nadie me crea. ¿Sabes que ahora Ortiz sospecha que yo misma he provoca el accidente? ¿Que yo misma he estado consumiendo el arsénico por voluntad?

Me doy la vuelta y me acerco a él.

—Ese tío va a por ti, te lo digo desde hace tiempo, pero como siempre tú vas a la tuya.

Cuando estoy frente a él le tiendo el chupito, un gesto de tregua que Eric acepta.

Nos miramos a los ojos y creo que podría detener el tiempo. Eric va sin afeitar y me parece insidiosamente sexy, atractivo más allá de los límites de lo posible. Sus ojos no me miran con el frío habitual, aunque desde que Mariona le dijo la verdad, pocas veces ha vuelto a mirarme así, solo fugazmente cuando lo he llevado al límite. Es muy fácil provocar a Eric, podría convertirlo en mi pasatiempo preferido si no me afectara como lo hace.

—¿Por qué brindamos? —pregunto levantando mi vaso.

—¿Por qué sigues esquivándome, Sarah? ¿Qué más puedo hacer?

—No vayas por ahí —le corto—, brindemos por los atardeceres —se me ocurre de golpe.

—¿Estás borracha? —pregunta Eric mirándome como si se me hubiera ido la pinza.

—Un poco, pero lo estaré más en unas horas —le sonrío—. Me gustan los atardeceres, por muy malo que sea un día, cuando llega el atardecer sabes que acabará, empezará uno nuevo, ese mal día será un recuerdo.

Eric brinda conmigo y nos bebemos el chupito, horrible, quema.

Veo cómo intenta acercarse a mí, le cojo el vaso de chupito de Madrid y me doy la vuelta.

—¿Dónde has mandada a Laura?

—Le he dicho que me dejara un momento para que habláramos, está en mi habitación.

—¿Por qué estás aquí? —vuelvo a preguntarle llenando los vasos de chupito.

Eric se pone detrás de mí y hace una cárcel alrededor de mí, apoyando las manos en la mesa.

Siento cómo mis manos tiemblan por tenerlo tan cerca, derramo un poco del intolerable tequila sobre la mesa al servir los chupitos.

—Necesitaba hablar contigo —dice acercando su boca a mi oreja, siento cómo su aliento roza mi cuello y mi mejilla—, solos tú y yo —dice con voz rasgada e hipnótica—, necesito que me escuches, Sarah.

Suspiro con fuerza, entre nosotros ya está todo dicho, decir más es un gasto inútil de saliva. Además me siento de buen humor, con Laura he podido desahogarme como llevaba mucho tiempo sin poder hacer.

Cojo los chupitos y me giro, quedamos cara a cara, le tiendo su vaso y lo bebemos de un trago.

—¿Alguna vez te has emborrachado? —le pregunto de forma espontánea para que no me lleve a su territorio.

—No soy el viejo que tú te crees —me sonríe y siento que se me para el corazón—. ¿Quieres que juguemos? —lo miro interrogante. ¿Eric quiere jugar conmigo?—. ¿Te atreves a jugar conmigo, Sarah?

Me mira con esa soberbia que solo él puede mostrar con solo mirarte, me está retando, porque sabe que me cuesta tanto como a él no entrar al trapo.

—A ti no te gusta jugar y yo tengo planes, Laura y yo íbamos a salir cuando has llegado.

—Juega conmigo un rato, atrévete.

Me pregunto qué será lo que tiene en mente, qué plan maquiavélico se la ha ocurrido.

—¿A qué quieres jugar? —pregunto vencida por la curiosidad.

—¿Qué tal beso, atrevimiento o verdad?

Me echo a reír, esto no puede ser verdad, estoy más borracha de lo que creía.

—¿Cómo has dicho? —pregunto aún riéndome, sin creer que haya escuchado bien.

—¿No te atreves? —me vacila— ¿Te da miedo? —pregunta con su arrogancia y me pongo seria.

—Es un juego de quinceañeras, lo siento por ti, pero aunque creas que soy una niñata, ya pasé por eso.

—Venga Sarah, solo un rato.

Quiero saber qué hubo entre él y Mariona, no quiero que piense que no me atrevo, si él quiere jugar conmigo, quizás sea yo quien juegue con él. Veamos quién se quema antes de los dos, ese es un buen juego.

—Verdad o acción —contesto retándolo a él con la mirada—, nada de besos, verdad o acción.

—De acuerdo.

Lo miro con desconfianza y me siento a la mesa, se quita la americana del traje y la tira de cualquier forma sobre la cama; eso no es propio de Eric. Él es ordenado y cuidadoso con sus cosas, a diferencia de mí. Se sienta a mi lado, se afloja el nudo de la corbata y se desabrocha el primer botón de la camisa.

—Empiezo yo —le digo—, y no te acomodes mucho. Verdad: ¿entre Mariona y tú ha habido algo?

—No —contesta serio—, nada. Es la chica de mi hermano, la he ayudado en lo que he podido, lo he hecho lo mejor que he sabido, pero no siento nada por ella más que cariño y compasión.

—Ella me dijo que estabais juntos.

—No ha habido nada entre nosotros, una amistad, nada más. Me toca —me sonríe y no puedo apartar la mirada de su boca, se relame y recuerdo cuando recorría mi cuerpo con ella—, verdad: ¿me quieres?

Claro que te quiero, idiota, pero no puedo decirlo, tampoco puedo decirle que no, así que bebo y él sonríe.

—¿Por qué estás aquí? —pregunto medio ida por la sonrisa que tiene en la boca.

—Porque te quiero —dice con una simplicidad pasmosa que hace que mi corazón corra a toda velocidad—. Me toca, acción: bésame.

¿Qué?, me pregunto hipnotizada. *¡No!* La última vez que nos besamos fue en la fiesta de Nay, sería tan fácil dejarme llevar, hacer lo que me ha pedido sería tan gratificante, y sin embargo no puedo hacerlo.

—¡No! —exclamo, intento mirarlo a los ojos, dejar de adorar sus labios gruesos, sensuales y suaves— Esto no funciona así —sigo con la mirada en su boca incapaz de moverla.

—Yo creo que sí funciona así —sonríe de nuevo pasando el brazo por el respaldo de mi silla—, deseas hacerlo, Sarah —acerca sus labios a los míos—. Te conozco —su aliento me roza—, deseas besarme tanto como yo deseo besarte a ti —me dice con voz floja, rasgada e hipnótica—. Bésame o bebe. ¿Qué prefieres?

Aprieto los labios y él me sonríe, bebo antes de seguir mirando sus labios; junto a estos han aparecido esas arruguitas que tanto adoro que hacen que su rostro cambie, y aparece la persona de la que sigo enamorada, hace desaparecer al hombre duro y arrogante que tanto me pone y aparece el chico.

—Acción —sigo, haciendo una mueca por el asco que me da el tequila solo—, lárgate y no vuelvas.

—Buen intento —bebe su chupito y llena ambos—. Verdad: ¿quieres besarme, Sarah?

—No.

Se echa a reír.

—Deberías beber por mentirosa.

—Verdad: ¿por qué no me dejas tranquila?

—No puedo hacerlo, lo eres todo para mí —se pone serio, cojo aire y él se apoya en la mesa—, ya no sé cómo demostrarte lo mucho que te quiero —acerca su cara a la mía, mi corazón corre veloz por sus palabras mientras trato de hacer oídos sordos—, estaba muerto hasta que tú llegaste. Mi corazón fue con el tuyo que empezó a latir, Sarah. Ya no sé qué hacer para que dejes de correr en dirección contraria a mí, ya no sé cómo acercarme a ti. No he tenido nada con Mariona, lamento haberla creído a ella, me equivoqué. ¿Nunca la has cagado? Estás siendo muy injusta y dura conmigo, Sarah.

Está demasiado cerca, me está envolviendo como lo haría una araña con su presa, con sus palabras y con cada movimiento que hace. Cada vez que su cuerpo se mueve, está más y más próximo a mí

—¡Estoy cansada de que intentes justificarte! —exclamo poniéndome de pie, no puedo permitirle que me lleve a su terreno, me siento medio hipnotizada por sus palabras, medio ida por el alcohol, perdida en él, en sus ojos, en sus labios, en todo él— Ya admitiste que la cagaste, pero ni siquiera me has pedido perdón.

—Queda implícito, Sarah —se pone de pie también—. ¿Por eso estás así? ¿Porque no me disculpé? —me mira con incredulidad y alzo el mentón molesta— Lo siento Sarah, lo siento muchísimo, perdóname.

Lo siento muchísimo, perdóname, parece imposible que esas cuatro palabras hayan salido de sus labios, así, por las buenas, tan fáciles, rápidas y aparentemente sinceras, es casi increíble.

—Ya no me vale, Eric.

—¿Qué cojones quieres entonces? —empieza a exasperarse— ¿Quieres estar con Pablo? ¿Es eso, Sarah?

—Sí, quiero estar con él —le reto con la mirada a que diga que es mentira.

—¿Entonces por qué no estás con él? —pregunta apretando la mandíbula.

—Porque aún no ha llegado el momento, pero es cuestión de tiempo.

—¿Por qué no ha llegado el momento? —me quedo callada y miro hacia otra parte para no tener que aguantar la fuerza aplastante de su mirada— Dímelo, Sarah —me coge el mentón y siento esa corriente que zumba de un cuerpo a otro. El estómago se cierra y las pulsaciones se aceleran, tengo la sensación de que el corazón se me va a salir del pecho—, dime que es por mí —me obliga a mirarlo con suavidad—, no estás enamorada de ese chico, quisieras estarlo porque crees que es mejor que yo, pero no lo es.

En eso Eric se equivoca, no creo que nadie sea mejor que nadie, Pablo es mucho mejor para mí que él.

—Él siempre está ahí para mí, siempre me apoya y me quiere incondicionalmente, me quiere tal y como soy, es capaz de querer lo peor de mí, por eso merece lo mejor, y voy a dárselo.

—¿Crees que yo no? —pregunta achicando los ojos cada vez más cerca de mi cara.

—No.

Por su cara, esa negación es casi una bofetada.

—Te quiero más que a mi vida, Sarah. Que yo no sepa mostrar mis sentimientos no quiere decir que no los tenga. No he dejado de extrañarte un solo momento, no he dejado de soñarte —sin mucha fuerza intento que me suelte el mentón, que deje de hipnotizarme con su lengua de serpiente—. ¿Sabes qué echo de menos? —no me suelta y dejo de intentarlo, lo miro a la cara— Antes de irme a trabajar, siempre te observaba, dormida, tranquila y desnuda en mi cama —sus ojos brillan con añoranza—. No ha pasado una sola mañana en que esa imagen no haya venido a mi cabeza, eres mi primer pensamiento y el último de cada día desde que te conocí.

Las palabras sin hechos no tienen valor, pero siento en mi corazón que Eric es sincero conmigo, yo tampoco puedo apartarlo de mis pensamientos más que por algunas horas. Observo su mirada llena de pesar, bajo la mirada por su rostro, su nariz recta y con carácter, la barba incipiente de sus mejillas que marcan su rostro masculino y atractivo, sus labios exuberantes que me llenan de deseo y anhelo.

Mi cuerpo lo necesita, yo lo necesito como el aire para respirar, siento que debo besarlo o moriré en este preciso momento. No es lo debido, no es lo correcto, pero es lo que quiero y prefiero besarlo y arrepentirme, que flagelarme de por vida por haber perdido la oportunidad de besarlo por última vez.

Cojo su corbata, *cómo me ponen los tíos con traje*, puede que sea un cliché, pero así es. Aunque esté enamorada del chico que Eric puede ser cada vez que me sonríe, es el tío duro y arrogante el que me pone como nadie. Tiro de la corbata, pego sus labios a los míos y nos fundimos en un beso, no tardo ni medio segundo en enroscar mi lengua a la suya. Su reacción es instantánea, corresponde a mi beso con el mismo deseo ardiente y adictivo, y siento que podría echar a volar.

Me aparto de él y bajo la cremallera de mi vestido, dejo que este caiga al suelo y lo miro. Eric me mira, hace varias caídas de ojos que me desnudan todavía más.

—¿Me deseas? —pregunto aún más excita al ver cómo me mira.

Cae de rodillas al suelo y yo lo miro desde arriba, desconcertada y excitada, sintiendo cómo el calor se concentra en mi entrepierna casi dolorosamente de tanto que lo deseo, de tan excitada que estoy.

Me coge la cintura y me acerca a él. Su boca me besa una pierna, dejando un reguero de humedad y deseo con cada beso mientras sube por ella. Se concentra en el triángulo de ropa interior mientras me coge de la cintura. Creo que puedo estallar de un momento a otro, sigue subiendo para mi total insatisfacción por el vientre, se pone de pie y estrecha mi trasero, se concentra en mis pechos sin mover el sujetador y yo jadeo.

—Te deseo como nunca he deseado a nadie —contesta subiendo por mi cuello hasta llegar a mi boca.

Le cojo el cuello a ambos lados poniéndome de puntillas ahora que ha recuperado su altura, acerco mi cuerpo al suyo, necesito sentirlo cerca, necesito fundirme con él. Eric sube las manos hasta la cintura, me la estrecha, dejo de tocar el suelo y lo rodeo con las piernas. Me subo encima de él y seguimos en un beso interminable, insaciable, al menos para mí. Su fina barba magulla mi cara, pero no me importa, me hace sentir que esto es real, que no es un sueño.

—Quiero que me folles —sale por mi boca, a pesar de que mi cerebro no ha enviado esa orden. Yo no soy tan soez, pero estoy muy excitada y medio ida—. Eric, quiero que me hagas tuya —muevo las caderas encima de él y vuelvo a besarlo desesperada—. Quiero que mañana —digo encima de su boca entrecortadamente— me duela todo el cuerpo como recuerdo de todo lo que me hagas esta noche, quiero que me hagas tuya —me separo y pego su frente a la mía, jadeo y me cuesta respirar. Lo miro a los ojos y en los suyos veo lujuria y deseo—. ¿Me has entendido?

—Sé lo que quieres, nena —me dice con esa chulería que ahora mismo me hace palpitar—, y te lo voy a dar todo.

Me aferro a él, vuelve a besarme y siento como caemos en caída libre hasta la cama. Recorre mi cuerpo con esa forma de tocarme agresiva, exigente y sobre todo posesiva. Mientras me besa, siento que podría explotar de un momento a otro, me siento súper excitada, a punto de llegar al clímax.

Lo empujo y me subo encima de él a horcajadas, deshago el nudo de su corbata. Le desabrocho los primeros botones, pero descarto la idea de perder el tiempo uno por uno, son demasiados y necesito tocarlo. Necesito verlo de nuevo, recorrer su cuerpo herculino con las manos, quiero que nuestros cuerpos se toquen, que nuestras esencias se mezclen hasta convertirse en una.

—Joder, Sarah —dice cuando los botones salen disparados por todas partes—, estás a tope nena.

Sí, estoy a tope, hago fricción sobre su erección, acaricio su cuerpo fuerte y masculino, su pectoral desarrollado, su tableta de chocolate con ese fino vello que indica el camino a mi satisfacción. Eric se sienta y quedamos cara a cara, le cojo la cabeza y lo beso de nuevo restregándome con él, podría correrme así.

—¿Por qué este cambio, Sarah? Hace un momento querías que me largara y no volviera, después te desnudas delante de mí, me desarmas y ahora esto.

—¿Me deseas? —pregunto deshaciéndome del sujetador y tirándolo en el suelo.

—Ya sabes que sí —dice con la voz ronca a causa de su propia excitación.

Lo miro a los ojos y su mirada me recorre, quemando allí por donde pasa con el fuego y el hielo que desprende. Me toca el culo, lo amasa, lo estruja y me ayuda a moverme sobre él.

—Entonces cállate y hazme tuya —contesto desesperada—, si me tocas hallarás la felicidad. Trátame mal, humíllame, haz lo que quieras, pero necesito que me hagas tuya.

Me quita de encima de él, voy a protestar y se baja de la cama. Me quita los zapatos con delicadeza, sus manos suben por mis piernas moldeándolas, coge el diminuto tanga y se arrodilla de nuevo frente a mí. Me lo baja siguiendo el recorrido con las manos, hasta que este cae al suelo. Me coge con fuerza de los tobillos y tira de ellos, por un momento me impresiona su ferocidad y suelto una exclamación ahogada.

Eric me mira, primero a mi sexo, después recorre mi cuerpo con la mirada hasta mis ojos, me sonríe, creo que voy a morir cuando sube mis piernas sobre sus hombros. Me dedica una última mirada arrogante con el brillo de su preciosa sonrisa dominando su atractivo. Su cara se pierde en mi hendidura y siento su lengua en mi sexo, no necesito nada más que eso, exploto.

80

Familia

Despierto con un dolor de cabeza palpitante concentrado en el centro de mi frente. Unos fuertes brazos me rodean, unos brazos enormes y velludos, una de las manos de Eric rodea mi pecho y quiero que se me trague la tierra, mientras me pregunto cómo fui capaz de llegar tan lejos, de dejarme llevar así por él.

Me remuevo en la cama y me saco sus piernas de encima, sus brazos también y salgo de la cama.

—¿A dónde vas? —pregunta al momento con voz ronca.

Me doy la vuelta y lo miro, veo cómo se despereza en la cama, desnudo, sus músculos se contraen y se hinchan, su pene vuelve a estar erecto y no puedo seguir mirándolo. Recupero mi sujetador y me lo pongo.

—Lárgate de mi habitación —contesto recuperando mi vestido del suelo y vistiéndome en segundos.

—¿Qué te pasa? —lo miro un segundo y busco mi ropa interior. Me ponga el tanga y recojo sus piezas de ropa del suelo, al momento lo tengo detrás.

Me aparta el pelo hacia un lado, me doy la vuelta y lo empujo, dándole su ropa para que se largue, ya.

—Quiero que te vayas —señalo la puerta—, ahora mismo.

Eric parece desconcertado y dormido, es adorable. Parece que procesa mis palabras y me mira frunciendo el ceño. Me doy la vuelta para no ver su desnudez, pero por el reflejo de la ventana veo que se pone los boxers.

273

—¿Qué cojones te pasa ahora, Sarah? —demanda poniéndose la camisa.

—¡Te has aprovechado de mí! —lo acuso resacosa y enfadada volviéndolo a mirar.

—¿De qué estás hablando? —endurece la mandíbula y me coge de los brazos obligándome a mirarlo— Prácticamente me violaste —sonríe fanfarrón.

—¿Violarte? Qué más quisieras tú —me zafo de sus manos y me suelto de su agarre.

—Te lanzaste a por mí, estabas más caliente que el palo de un churrero —lo miro espantada. ¿Qué estaba más caliente que el palo de un churrero? ¿De qué va?

—No te pases —le advierto avergonzada.

Empiezo a recordar la noche, una noche de desfase sexual como nunca había tenido una, lo hicimos en la cama, en la silla, contra la pared, en el suelo de moqueta. Después se metió en la cama conmigo y me juró que no volvería a separarse de mí, borracha de mí le imploré que no lo hiciera. Maldito tequila.

—Oh, Eric sí, hazme tuya —me imita con un chillón y estridente tono de voz que no tiene nada que ver con el mío—, dime que soy tuya, dime que me deseas —sigue imitándome y siento cómo el calor sube desde mi cuello a la cara, no estoy segura si a causa de la vergüenza o de la rabia—. Casi no tuve ni que tocarte —vuelve a su tono de voz normal—; no es por nada, Sarah, pero se nota que tu amiguito no te da lo que necesitas —me dedica una sonrisa arrogante y deseo borrársela de la cara como he deseado pocas cosas—. Estabas muy caliente y gozaste como no lo has hecho en meses, esas cosas se notan.

Sin dudarlo le doy una bofetada con todas las ganas, le cruzo la cara. Me pregunto si bebió antes de llegar al hotel y él también está resacoso, porque no ha sido capaz de esquivarme como acostumbra.

Mueve la mandíbula y se toca la cara, después vuelve a mirarme. No estoy segura de qué debo esperar ahora, así que doy un paso atrás alejándome de él; no es que le tenga miedo, o quizás sí, no lo sé.

En sus ojos no veo el frío que se apodera de ellos cuando está realmente molesto, acabo de abofetearlo, debería estar súper cabreado, espero su reacción y esta no tarda, me coge del brazo derecho y me zarandea.

—¿Esto es lo que te gusta ahora? —me pregunta poniéndose a un palmo de mi cara— ¡Contesta! —grita.

Lo empujo por el pecho intentando apartarlo, pero Eric me dobla en tamaño y mucho más en fuerza. Con una sacudida me empuja y me tira sobre la cama, al momento lo tengo encima con todo su cuerpo.

—No me toques —intento empujarlo por el pecho, pero no se mueve ni un centímetro.

—Si querías que te echara un polvo de buenos días, solo debías decirlo, no hacía falta que me agredieras.

Al momento me besa y yo intento apretar la boca con fuerza, su mano se cuela bajo la falda de mi vestido y me coge del culo, roza su erección contra mí. Le golpeo con los puños, en los brazos, el pecho, incluso la cara, pero no tengo recorrido para coger fuerza con el brazo y parece que no le hago daño.

Sin salir de encima de mí me coge por las muñecas, las junta y las pone encima de mi cabeza, las sostiene con una mano y vuelve a besarme, yo no le respondo. Intento salir de debajo de su cuerpo moviéndome como una culebra, forcejeo con toda mi fuerza y desesperación, pero no hay escapatoria posible. Me siento sometida y forzada como nunca, desesperada por no poder salir, angustiada por lo que es capaz de hacerme.

—¡Suéltame! —grito cuando separa sus labios de los míos— Me estás haciendo daño —me quejo pataleando y lo miro a los ojos sin creer que esté haciendo esto—, no quiero, suéltame, suéltame, suéltame.

Sus ojos del color del cielo me miran, siento que su mirada absorbe mi alma y me lleva hasta dentro de él. Sigo luchando histérica, forcejeo contra él, no puedo dejar que me vapulee a su antojo, no puedo permitirlo.

—Me deseas, Sarah —dice con esa profunda mirada en la que podría perderme para siempre—. Sé lo que quieres, anoche me deseabas —dice en tono duro—, no porque estuvieras borracha, sino porque eres mía.

Vuelve a pegar su boca a la mía, debo hacer esfuerzos titánicos para no corresponder a sus besos.

La mano que tiene libre baja por mi cuerpo, desde mi cuello hasta dentro de mi vestido, tocándome con esa posesión que hace que me encienda como un volcán.

—No, no —digo desesperada, luchando más contra mí misma que contra él—, por favor Eric, para, para.

Eric ignora mis ruegos y demandas, mete la mano dentro de la ropa interior y acaricia mi sexo, no puedo evitar soltar una exclamación ahogada al sentir cómo sus expertos dedos me acarician. Aprovecha para meter la lengua en mi boca y siento que no puedo resistir más, le devuelvo el beso cargado de culpa, una culpa caliente y llena de deseo, porque lo quiero, porque estar con él es lo que anhelo, mi cuerpo lo quiere y mi corazón también. Ya no lucho contra él, lucho contra mi mente intentando recordar por qué esto no es bueno, por qué esto no es lo debido cuando se siente tan bien, cuando es cuanto quiero y deseo.

Deseo, ardo en deseo.

Siento cómo la presión que ejerce sobre mis muñecas disminuye, hasta que las suelta y la mano me acaricia el pelo, la cara, el cuello. Abre los ojos y me mira, me muestra el deseo en su mirada de hielo y fuego, mientras mi cuerpo se mueve al ritmo de sus dedos que entran dentro de mí.

Me muevo desesperada porque no es suficiente, porque quiero más de él dentro de mí, baja la mano por mi cuerpo, la mete dentro del escote del vestido y me acaricia el pecho, sus besos y su lengua se deslizan por mi cuello hasta mi escote, libera un pecho con avaricia y se mete el pezón dentro de la boca, succiona, me muerde con suavidad y gimo.

Levanta la cabeza y me mira como un depredador que ha cazado a su presa.

—Dímelo, Sarah —demanda con voz rasgada, lo miro interrogante, con la respiración acelerada y entrecortada—. Dime ahora que me estoy aprovechando de ti —endurece el tono de voz—, ten cojones para decirme que me detenga, que no es esto lo que quieres, que me estoy aprovechando de ti. ¡Hazlo!

Niego con la cabeza, no, no puedo.

Me sonríe arrogante y siento que el corazón da un salto, vuelve a besarme y se separa de mí.

Su mano sale de debajo de mi ropa. Lo miro interrogante y desesperada por el tormento que siento, debido a la excitación, debido a él, me siento muy caliente y mortalmente insatisfecha.

Lleva su dedo índice a la boca y lo chupa, el dedo que ha estado dentro de mí, lo saborea mirándome a los ojos y veo cómo crecen sus pupilas. En otras circunstancias eso me parecería una barbaridad, pero ahora me parece lo más sexy que he visto en mi vida. Eric saboreándome, se quita la camisa abierta y me muestra el torso desnudo, definido, musculado y sexy, la imagen de la lujuria, y es mío, si yo quisiera podría ser mío.

Me incorporo en la cama, acaricio su férreo pecho, moldeo con los dedos su torso fuerte y desnudo. Bajo mis dedos y meto la mano dentro de los ajustados boxers, rodeo su rigidez y Eric jadea junto a mi oreja, lo aprieto, lo acaricio, lo masturbo y aunque me parezca increíble me excito aún más.

Eric me empuja por los hombros con suavidad, caigo sobre la cama y desliza el vestido por mi cuerpo.

—Te quiero desnuda —exige en tono autoritario.

Me incorporo y levanto los brazos, me quita el vestido y después me recorre el cuerpo con las manos hasta deshacerse del tanga también. Se inclina sobre mí, me besa el cuello, lo muerde, lo chupa mientras me desabrocha el sujetador muevo las caderas al aire, necesito algo con qué hacer fricción, lo necesito a él entre las piernas, que apague el tormento caliente que siento en el centro de mi ser, lo necesito a él dentro de mí.

Eric se aparta de mí y yo lo miro interrogante y a punto de arder de combustión espontánea. No entiendo cómo estoy tan caliente después de lo que pasó anoche, me duelen las abdominales después de lo que pasó, debería estar saciada, satisfecha, pero no lo estoy, estoy a años luz de sentirme satisfecha.

—Ojalá pudieras verte a través de mi ojos —dice Eric casi en un ronroneo que siento cómo tiembla dentro de mí—, si lo hicieras verías todo lo que me haces sentir, todo lo que siento por ti, cómo te quiero y te venero como si fueras una diosa, mi diosa —enfatiza haciéndome arder con su mirada—. Así te quiero siempre, entregada a mí, solos tú y yo, para siempre. Quiero poseerte Sarah, quiero que seas mía, quiero estar bajo tu piel, en tus pensamientos y en tu corazón.

—Ya lo estás —confieso en voz baja y entrecortada.

Eric me mira triunfador, me sonríe y se quita la única prenda que le queda, liberando su erección que apunta hacia mí. Al momento lo tengo encima y se cuela dentro de mí.

Dos orgasmos después empiezo a recuperar el sentido de la realidad, me aparto de él y voy al baño, cierro de un portazo molesta con él y aún más conmigo, tengo el cuerpo resentido después de esta pequeña maratón. No puedo culparlo a él, es culpa mía, no debí hacerlo, no debí dejar que hiciera conmigo lo que le diera la gana. Me meto bajo el agua, me ducho y ni siquiera soy capaz de mirarme al espejo.

Salgo del baño con la esperanza de encontrar a Laura y que él se haya ido, pero Eric sigue ahí, tumbado en la cama, desnudo, perfecto, se apoya sobre los codos y me mira, pero yo le doy la espalda y me visto.

—Buenos días, Sarah —*serán para ti, patán*, pienso. Se acerca y me besa la mejilla, después me acaricia—. Te he hecho daño, lo siento, ahora mismo me afeitaré, después si quieres podemos desayunar.

Lo miro sintiendo la necesidad de abofetearlo de nuevo, él ignora mi mirada asesina y se mete en el baño. Podría quedarme aquí y afrontar la situación, pero entonces deberé reconocer mi parte de culpa.

Acabo de vestirme, cojo mi pequeño equipaje de mano y me marcho del hotel.

En la puerta del hotel cojo un taxi que me lleva hasta el enorme aeropuerto de Barajas y cojo el primer vuelo que sale hacia Barcelona.

En el avión me maquillo y es entonces cuando veo mi cuello, deseo estrangularlo, no puedo creer que haya vuelto a marcarme como a una vaca, no puedo creer que me haya hecho esto a posta, pero es cierto.

Al llegar a Barcelona compro un pañuelo horrible y pasado de modo para taparme el cuello. Enciendo el móvil, los mensajes no dejan de llegar, de Laura y de Eric. De camino al trabajo llamo a mi compañía de móvil para que bloqueen el móvil de Eric. No quiero volver a recibir una sola llamada suya, ni mensajes, ni WhatsApp ni nada. Después le escribo a Laura y le digo que he tenido que volver a casa.

Al llegar al trabajo llego como dos horas tarde, tengo tanta suerte que Dani no se encuentra allí, aunque deberé decirle que me he retrasado. Me cambio de ropa en un momento y voy a mi puesto, detrás de la barra.

—No pensé que volverías tan pronto —dice Pablo—. ¿Has llegado a ir a Madrid?

—Sí —contesto sin ser capaz de mirarlo a la cara—, ha sido un viaje de ida a vuelta, tengo trabajo.

—¿Por qué llevas ese pañuelo? —pregunta Pablo extrañado— No te pega nada.

—Me lo ha regalado Laura —miento, y siento cómo mi cara enrojece y empiezo a sudar, creo que expulso tequila puro por cada poro de mi piel.

—¿Estás bien, Sarah? —demanda Pablo extrañado.

—Tengo resaca, no debí ir a Madrid, Laura estará aquí en unos días, debí esperar a que volviera.

—Tengo muchas ganas de conocerla.

—Ella también a ti —contesto para seguir con las comandas.

—¿Le has hablado de mí?

—Eres el hermano de Nay, eso crea mucha expectación —concluyo con pocas ganas de seguir hablando.

Pablo se marcha, sabe que algo no va bien, pero no tiene ni idea de qué. Tengo que decirle lo que pasó anoche con Eric, porque este es capaz de venir y decírselo él. Debo ser sincera con Pablo por más que nos duela.

Cuando acaba nuestro turno, Pablo se ha dado cuenta de que estoy esquiva con él, pero no tengo ni idea de cómo decirle lo que me pasa. Al salir aparece Laura, siento que me tiemblan las piernas al pensar que viene con Eric, pero por fortuna no viene con él, sino con Nayara.

—¡Laura! —exclamo al verla—. Lamento haberme marchado de esa forma.

—Te has dejado algo en el hotel, no veas…

—Mira —la corto con cara de circunstancias—, te presento a Pablo —lo cojo del brazo y lo empujó hacia ella—, ella es mi amiga Laura —me sale una risa estúpida y nerviosa—, ya sabes, mi amiga, la lista.

Laura mira a Pablo, esos ojos azules de ella tan expresivos no esconden su sorpresa y asombro. Se dan dos besos y yo me siento a punto de saltar de inquieta que estoy.

—¿Qué te pasa, Sarah? —pregunta Nayara mirándome.

—Tiene resaca —contesta Laura por mí—. Le decía a Nayara que hay algo de lo que queríamos hablar con ella, podríamos ir a dar un paseo, quizás a tomar algo y charlar un rato.

—Claro —contesto aún más nerviosa.

Pablo me coge de la mano, levanto la cabeza y lo miro. No hace falta que diga nada, con solo mirarlo sé que me está preguntando si vamos a decirle que es su hermana, afirmo con la cabeza.

—Me llevo tu equipaje a casa —coge el asa de mi maleta de ruedas—, así vas tranquila con tus amigas.

—Gracias.

Nos despedimos de Pablo y Aleix viene con nosotras. Este por supuesto ya sabe lo de Nay, Pablo se lo explicó, y él parece tan nervioso como yo, la única que parece tranquila es Laura. Incluso Nayara parece que se está poniendo nerviosa al ver cómo Aleix y yo nos comportamos.

Laura nos lleva al garito de uno de sus miles de amigos, lo saluda amistosamente y nos dejan un reservado.

Un pequeño apartado con las paredes pintadas con grafiti, una mesa de madera redonda y algunas sillas, muy austero. Los cuatro nos sentamos alrededor de la mesa, nos sirven unas cervezas y yo me la bebo como si fuera agua. Antes de que la camarera se vaya le pido que vaya trayendo otra ronda, vamos a necesitarla.

—¿Qué te pasa, Sarah? —vuelve a preguntarme Nayara; me encojo de hombros y, para mi total horror, se fija en mi pañuelo— Esto no te pega con la ropa —tira de él y deshace el lazo, dejando a la vista de los presentes las marcas que Eric ha dejado por mi cuello.

—¿Eso te lo ha hecho Pablo? —pregunta Aleix.

—No —contesta Nayara en tono duro—, eso se lo ha hecho otro. ¿Cómo has podido? —me reclama.

—No lo sé —digo con voz lastimera.

Ya tengo bastante con sentirme mal, con tener que decírselo a Pablo y hacerle daño, para además tener que escuchar el sermón de Nayara. Además, ahora el tiempo apremia, Aleix es capaz de irse de la lengua antes de que pueda hablar con Pablo.

—¿Con quién has estado? —pregunta Aleix.

—¿Tú con quién crees? —dice Nayara molesta— Es que no puedo creer que lo hayas hecho.

—¿Con Eric? —me mira Aleix abriendo los ojos y mirándome como si fuera una infectada.

—¡Sí! Me he enrollado con Eric, fue un error que no volverá a repetirse y punto, ni una palabra a Pablo —les advierto a ambos—, seré yo quien se lo diga y los demás chitón.

—Creo que deberías hablar con Eric —interviene Laura—, he vuelto con él en el Ave. Está seguro de que cuando se te pase la resaca, te darás cuenta de que en realidad quieres estar con él y volveréis.

Bebo de mi cerveza, no quiero saber nada, se supone que veníamos a hablar con Nay.

—¿Vas a volver con él? —pregunta Nayara en tono chillón.

—No, no voy a volver con él —le aseguro—, fue un desliz y no va a volver a repetirse.

—Ya te vale —sigue Aleix—, Pablo no se merece esto.

—Tú mejor cállate —le encaro—, nadie te ha dado vela en este entierro, tampoco es que tú hagas las cosas perfectas, te recuerdo que le hiciste creer a Nayara que estabas enamorado de mí, así que cállate.

—Fue un malentendido, no intentes ahora meter mierda.

—Yo no intento meter nada, pero como le digas una sola palabra a Pablo, te meteré la hostia de tu vida.

Aleix me mira, niega con la cabeza y mira hacia otro lado.

Antes éramos muy buenos amigos, pero de un tiempo a esta parte cada día nos llevamos peor, no sé por qué, no me cae mal ni nada, pero me exaspera. Últimamente siempre quiere llevarme la contraria en todo.

—¿Cómo os va juntos? —les pregunta Laura sacándome a los jueces de encima.

Sigo bebiendo de mi cerveza mientras hablan entre ellos, cualquier cosa es mejor que soltarle la bomba a Nayara, incluso hablar de Eric, y eso sería lo segundo peor.

—Sarah tiene una cosa que decirte —miro a Laura con una mirada asesina mientras sirven otra ronda.

Me acabo la cerveza y se la doy a la camarera, empiezo otra; como siga así voy a acabar como anoche.

—¿Tienes otra sorpresita? —me pregunta— Porque con la primera he tenido bastante.

Aleix, al lado de ella, la coge de la mano y afirma con la cabeza, yo niego con la mía queriendo estrangularlo. Él lo sabe tan bien como yo, podría ser él quien se lo diga.

—Verás Nay —vuelvo a mirarla y le cojo la otra mano nerviosa.

—¿Qué pasa, Sarah? —nos mira a todos, que la miramos a ella— Me estáis asustando. ¿Qué ha pasado?

—Ya sabemos quién es la hermana de Pablo —le explico.

—Eso es genial —sonríe—, después del palo que le vas a dar el chaval cuando le expliques lo que has hecho con Eric, le irá bien tener una buena noticia.

Vale, genial, me lo merezco.

—Él ya lo sabe —le digo buscando las palabras exactas, la miro a los ojos, de ese extraño color caramelo verdoso tan parecido al de sus hermanos—, fui con Ortiz a casa de su abuela. Ortiz la investigó y descubrió que le habían cedido unas tierras por la misma fecha en que la niña nació y desapareció.

—¿Fue la abuela entonces —me pregunta con curiosidad —en lugar del hospital?

—Sí, fue la abuela —cojo el botellín de cerveza con la otra mano y le doy un trago—. Ortiz la investigó y descubrió que fue tu padre quien cedió las tierras.

—¿Mi padre? —pregunta sorprendida— ¿Por qué iba a cederle mi padre unas tierras a esa señora?

En el reservado se hace el silencio, nos miramos unos a otros y al final la miramos a ella.

—Creíamos que era un pago o un cambio por la niña —le aclaro.

—¿De mis padres? —pregunta sin comprender— Creo que no te estoy entendido, Sarah.

—Sí me entiendes, Nayara —afirmo mirándola y acariciando su mano—, eres tú, Nay.

Me suelta la mano y me mira con incredulidad, casi como si acabara de darle una bofetada.

—¡No! Eso es imposible —mira al resto—. ¿Vosotros os lo creéis?

El reservado vuelve a quedar en silencio, cojo la pulsera que sus hermanos me regalaron por mi cumpleaños y la giro en mi muñeca nerviosa, miro la pulsera e intento tranquilizarme.

—Cuando donamos sangre hicieron la comparativa —sigo sin poder mirarla, lo hicimos a traición y ella acabará llegando a esa conclusión—, eres tú. Sé lo que esto supone, pero es cierto, Macarena es tu madre y Pablo y Aina tus hermanos. Ortiz estaba esperando a que hablara contigo para poder imputar a tus padres.

—¿Por qué me haces esto, Sarah? —pregunta. La miro a la cara y sus ojos están vidriosos.

—Antes de hablarte de nuestras sospechas quería asegurarme, no quería que pasaras por lo mismo que yo para nada. Pero es cierto Nayara, y ahora puede parecerte chocante, pero tienes una familia fantástica, una familia que te quiere, que quiere conocerte, que hará las cosas como tú creas que sea conveniente.

Dos enormes lágrimas bajan por sus ojos y me mira como si fuera despreciable. Siento un nudo en la garganta mientas intento aguantar la intensidad del odio de su mirada.

—¡No! —exclama poniéndose de pie— Todo esto es mentira.

Recoge su chaqueta y sale del reservado, Aleix corre detrás de ella.

Veo cómo sale y me pongo de pie, dispuesta a ir detrás de ellos sin saber qué más puedo decirle o cómo puedo arreglarlo. Laura me coge del brazo y niega con la cabeza.

Me siento de nuevo junto a ella y me rasco la frente.

—Lo has hecho bien, Sarah —dice—, deja que se tome un tiempo para asimilarlo. Aleix está con ella.

—Esto es una mierda —me quejo.

—Ahora puede que lo sea, pero es la verdad y ella merecía saberlo.

En eso Laura tiene razón, como siempre. La miro e intento sonreírle, menos mal que ha vuelto.

Bebo de mi cerveza con ganas de llorar, definitivamente he perdido la capacidad de hacerlo; si después de romperle el corazón a mi mejor amiga no soy capaz de soltar una lagrimilla, nada conseguirá que la eche. Imagino que después de tantas cosas malas ya he cumplido el cupo, me convertiré en una persona insensible que va por la vida hiriendo a la gente. Muy a mi pesar, el próximo es Pablo, y quiero morirme.

—El hermano de Nayara está bueno —dice Laura después de un largo rato de silencio; afirmo con la cabeza mirándola—, como no te lo has tirado y dijiste que él y Eric eran la noche y el día, imaginé que sería uno de esos frikis con los que solías salir.

—Tengo un gusto pésimo para los chicos —estoy de acuerdo con ella—; a excepción de Pablo, todos los demás no hay por dónde cogerlos.

—¿Qué pasa con Eric?

—No puedo estar con él, Eric es mi criptonita, me hace débil y no puedo permitirme ser débil.

—Hemos estado hablando, está convencido de que volveréis a estar juntos. Entiende que estuvieras enfadada porque según tú no se había disculpado, aunque él creía que sí. Tiene la esperanza de que después de lo sucedido y ya que no quieres volver a casa de Nay, vuelvas a su casa y te quedes de forma definitiva.

—Este cree en brujas —niego con la cabeza—, no pienso volver a su casa, ni siquiera con él, y no quiero oír nada al respecto —le advierto—. Si después de lo que ha pasado Pablo no quiere estar conmigo, lo entenderé, merezco que me odie y quedarme sola, pero no voy a volver con Eric, se acabó —sentencio.

—No deberías ser tan rencorosa, él te quiere y también lo ha pasado mal.

—¿Vas a ponerte de su parte? —la corto antes de que siga comiéndome la oreja.

—No sabía que esto iba por bandos —contesta sonriéndome como si no hubiera escuchado el tono borde de mi voz—, pero si pudiera apostar, apostaría porque lo perdonarás. No eres rencorosa y lo quieres, él ha cometido errores, pero tú también.

—Ya oíste a la pitonisa, si me olvido de él, Pablo puede ser mi alma gemela y él me aporta mucho más.

Pero dudo que Pablo quiera estar conmigo después de lo sucedido. Unas cuantas cervezas después salimos del local, no podría decir cuántas, he perdido la cuenta en la séptima. Voy casi tambaleándome, creo que son residuos de la que pillé anoche más la cerveza de ahora. Laura me acompaña a casa de Pablo.

Macarena no está en casa y me alegro enormemente cuando Aina dice que apesto a bar.

Pablo me lleva a la habitación de su hermana, Laura y Aina se presentan, le piden a Pablo que salga y me ayudan a ponerme el pijama como si fuera una inútil total.

—¡Madre mía! —exclama Aina y la miro preguntándome qué pasa ahora— ¿Eric te ha hecho daño?

Le tapo la boca a la niña esperando que Pablo no la haya oído.

—No se lo puedes decir a tu hermano —le pido con una voz que delata lo perjudicada que estoy—, por favor Aina —le imploro—, deja que se lo diga yo mañana, cuando me encuentre mejor.

—Deberías ponerte un cuello alto o te lo verá —me advierte.

—Eres una niña muy lista —le dice Laura a Aina y ella le sonríe encantada de esa afirmación—. ¿Cómo sabías que había sido Eric?

—Porque no es la primera vez que ese patán miserable lo hace —intervengo—, idiota de mierda.

—Esa boca, Sarah —me recrimina Aina con voz de señorita Rottenmeier—, a mí no me dejas decir tacos.

—Cuando tengas —me pongo a contar mentalmente, estoy borracha, yo tengo veinticinco y ella diez, es una resta de los más sencilla; cuento con los dedos, como si yo tuviera cinco y ella diez—, quince años más —resuelvo la resta como si fuera complicadísimo—, podrás decir todos los que quieras, de momento chitón.

Cuando Pablo vuelve, entre las dos me han metido en la cama auxiliar de Aina y me tapo hasta la nariz.

—Te he traído agua —dice Pablo, le sonrío sintiéndome como una mierda—, la necesitarás. ¿Qué ha pasado? —pregunta mirando a Laura.

—Ha hablado con Nayara.

—¿Se lo ha dicho?

—Sí.

—¿Cuándo vendrá? —oigo la voz ansiosa de Aina.

Cierro los ojos contenta de que Laura se encargue de esta parte, yo siento que ya no puedo más, estoy cansada, borracha, agotada y todo me da vueltas.

Paso un rato escuchando cómo hablan. Laura les cuenta que Nayara no se lo ha tomado demasiado bien, que no me ha creído pero que Aleix se ha ido con ella. Después llega Macarena y Aina sale corriendo de la habitación para decirle a su madre que su hermana ya sabe quién es.

Oigo cómo Laura y Pablo hablan, primero de Nayara, después Pablo le explica algunas cosas. Parece que se entienden y me alegro, los dos son personas muy importantes para mí, no quiero más dramas. Siento cómo entro en trance con el sonido constante y tranquilo de ellos dos hablando, oigo cómo Laura se ríe, no soy capaz de seguir la conversación, pero puedo sentir la comodidad de la atmosfera mientras me duermo.

Pablo me despierta al día siguiente para ir a trabajar, he dormido un montón de horas y, por el dolor de cabeza, creo que sigo con resaca. Me doy una ducha rápida, me preparo para ir a trabajar y vamos juntos.

Al bajar de su casa miro mi móvil, tengo varios mensajes de Nayara y Laura. Por lo visto Pablo le dio a Laura una copia de la prueba de ADN y ella se la enseñó a Nay por la noche.

Llamo a Nayara, creo que es demasiado pronto para llamarla un domingo, pero como esperaba está bien despierta, está histérica más bien.

Quiere reunirse con su nueva familia, pero tiene miedo, confiesa que está asustada y le digo que yo estaré con ella. Quedamos en que nos recogerá después de trabajar y juntos iremos a casa de Pablo.

—Nayara está convencida —le digo a Pablo de camino al trabajo—, quiere que nos reunamos esta tarde.

Me coge en volandas y me hace girar en el aire, miro hacia todos lados, estoy segura de que Eric no me ha quitado la vigilancia, así que se enterará de todo lo que haga en la calle y me la liará; si no lo hace él lo harán Aleix o Aina. Esto es una patata caliente que explotará de un momento a otro. Es mejor que se lo diga y dejar que me salpique, antes de que crezca y crezca y no pueda sacarme tanta porquería de encima.

—Esa es una excelente noticia —dice sonriéndome, soy incapaz de no responder a esa sonrisa de Pablo, pero estoy segura de que la mía no se ve tan feliz—. ¿Por qué me parece que no te alegras, Sarah?

—Me alegro —le aseguro volviendo a caminar—, me alegro mucho por ti, por todos en realidad.

—¿Entonces qué ocurre?

—Después de que Nayara hable con vosotros me iré de tu casa.

—¿A dónde?

—Creo que me voy a ir a casa de Carla, el piso está vacío y allí nadie intentará matarme.

—¿He hecho algo que te haya molestado? —me obliga a detenerme para que lo mire.

—No —aparto la mirada avergonzada de mí misma—, yo soy la que ha hecho algo.

—¿En Madrid? —me pregunta.

—Sí —contesto mirándolo a los ojos. Deshago el lazo del pañuelo y dejo mi cuello lleno de chupetones a la vista.

—¿Con quién? —pregunta sin comprender y después su gesto cambia totalmente—. No sé ni para qué pregunto.

Se gira sobre sí mismo y sigue caminando en dirección al metro. Lo sigo e intento que me escuche, pero su única respuesta es siempre la misma: no quiero saber nada.

En el trabajo me ignora, no se acerca a mí y yo tampoco quiero presionarlo. Si sigue así no estoy segura de querer ir a su casa, va a reunirse con su familia, querrá disfrutar del momento y no quiero molestar.

Aleix me cuenta que Nayara ha ido esta mañana con Carla a Boira, para hablar con "sus padres".

A la hora de salir voy al vestuario a cambiarme de ropa, no estoy segura de cómo proceder con Pablo. Apenas se ha acercado a la barra salvo para lo imprescindible.

Cuando salgo ya preparada para marcharme, encuentro a Pablo que de nuevo se está cambiando en medio del vestuario en lugar de hacerlo en uno de los compartimentos.

Paso junto a él y me coge del brazo.

—¿Te fuiste con él a Madrid? —me pregunta.

—No —le contesto con el mismo tono de voz bajo, confidente—, más bien me fui a Madrid y él se presentó allí a media noche, me había seguido.

—Ese tío es un cabrón de lo peor, es que lo estoy viendo —dice lleno de rabia.

—Lo siento Pablo, de verdad que lo siento —le digo acongojada sin saber qué más decir.

—No es culpa tuya —me responde dejándome del todo sorprendida—, vi la resaca con la que viniste y es como si pudiera ver la escena: tú, alcohol y él comiéndote la oreja con promesas que sabes que no cumplirá.

La verdad es que no va muy desencaminado, podría dejarlo así, ciertamente es lo que pasó, no tengo por qué decirle que al día siguiente repetí como una idiota controlada por sus hormonas, pero sería mentira.

—No fue exactamente así —suspiro llena de culpa y remordimientos, porque haga lo que haga, o diga lo que diga, lo haré mal—. Yo te quiero, Pablo, te juro que te quiero, pero eso no cambia lo que siento por él.

—Ya lo sé, Sarah —me retira el pelo detrás de la oreja—, pero no sé cuánto tiempo más voy a soportar esta situación —dice mirándome a los ojos y no me gusta lo que veo en ellos—. Ahora mismo estoy muy cabreado, si lo tuviera delante me daría igual que me diera una paliza, pero se iba a ir con un par de buenos golpes. ¿No te das cuenta? —sube el tono de voz—Es culpa suya, no te deja tranquila, no deja de seguirte y por eso no puedes olvidarlo. Las cosas empezaban a funcionar entre nosotros —vuelve a bajar el tono de voz y me acaricia la herida de la frente que ya es prácticamente invisible. Vuelvo a sentir esa congoja de estar a punto de llorar y no poder—; aquella mañana en la playa creí que todo cambiaría, que por fin estabas olvidándote de él, pero él tuvo que meterse por medio.

Es cierto, hasta aquel momento los dos nos echábamos de menos pero nos ignorábamos mutuamente. Cuando estaba con Pablo era libre, aunque llegada la noche en mi soledad volviera a pensar y extrañar a Eric. Mariona confesó sus mentiras y Eric volvió, y volvió en pleno rendimiento con detective incluido, según él para mi seguridad, pero empiezo a pensar que esperando el momento para que cayera en su tela de araña.

—Lo siento, Pablo —le digo con sinceridad sin saber qué más puedo decir.

—Déjalo, Sarah —niega con la cabeza, para mi sorpresa me coge de la mano—, yo te quiero, preciosa —me besa la mano y noto cómo los ojos se me ponen vidriosos—, pero no sé por cuánto tiempo voy a poder soportar esta situación —me mira y me abraza—; no llores.

—No puedo llorar —suspiro sobre su cuello—, por más que quiera, ya no puedo llorar.

—¿Quieres volver con él, Sarah? —pregunta besándome la cabeza— Necesito que me lo digas para poder seguir adelante y dejar de hacer el primo.

—No, no quiero estar con él —le aseguro mientras el nudo de la garganta apenas me deja hablar—, pero eso no cambia mis sentimientos.

Uno de los compañeros sale de uno de los compartimentos y nos mira. Pablo no parece dispuesto a soltarme y a mí ya hace tiempo que dejó de importarme lo que la gente diga de mí.

Al salir del trabajo nos encontramos a Aleix y a Nayara. Esta mira a Pablo sin saber qué hacer, se nota que está nerviosa. Cambia el peso de su cuerpo de un pie a otro, inquieta, y no es para menos.

—Hola hermanita —le sonríe Pablo, Nayara le devuelve la sonrisa y se abrazan levemente.

Aleix y yo nos miramos y nos sonreímos, espero que al menos esto salga bien.

Los cuatro juntos nos dirigimos al Clot. Al llegar a casa de Pablo recorremos el largo y estrecho pasillo hasta llegar al comedor. Aina y Macarena nos esperan allí, las dos van vestidas con sus mejores galas. Aina lleva un vestido con tutú que, a pesar de ser de color rosa, es mono, parece una princesita, pero sé que en cuanto abra la boca se acabó el cuento.

Aina se adelanta y salta sobre Nayara; esta la coge al vuelo y la abraza. Macarena se acerca y observa a sus hijas, la empujo y Nayara la abraza con la mano libre.

Las miro hipnotizada por el momento, siento una imperiosa necesidad de llorar debido a la situación que estamos viviendo, al alto nivel emocional que se respira en la casa, pero soy incapaz de soltar una de las lágrimas que se acumulan en mis ojos.

—He ido a hablar con mi madre —le dice Nayara a Macarena, está muy nerviosa—, bueno, ya sabes…

—Lo entiendo —le sonríe Macarena.

—Ella no lo sabía, creía que había sido una adopción normal. Mi padre la convenció para que fingiera el embarazo, pues al vivir en un pueblo yo me acabaría enterando, pero ella no imaginó que me robaran.

—Quiero que me lo cuentes todo —dice Macarena llorando—, quisiera saberlo todo de ti.

—He traído esto —saca un álbum de fotos del bolso—, es un regalo de mi madre, está consternada y le gustaría que pudieras perdonarla. Me ha dicho que te diga que lo ha hecho lo mejor que ha podido.

—Es obvio que lo ha hecho muy bien, eres una chica fantástica, educada, respetuosa y muy guapa.

Las dos se ríen, Pablo me rodea con el brazo, levanto la cabeza para mirarlo y él me besa la frente.

Macarena hace que Nay se siente en el sofá, a su lado, y Aina corre a sentarse al otro lado de Nay. Yo me siento sobre el apoyabrazos junto a Aina. Nayara les enseña las fotos de su infancia, fotos de todas las edades, les cuenta anécdotas y Aina, que es insaciable, no deja de hacer preguntas. En algunas de esas fotos salimos Mariona y yo, es inevitable que haya fotos de las tres juntas, siempre íbamos pegadas.

Mientras las miro vuelvo a emocionarme, pensando en lo amigas y unidas que estábamos las tres, me apena cómo han cambiado las cosas. Nayara y yo tendremos nuestras épocas, pero nos queremos como hermanas, sin embargo Mariona y yo parece que nos odiaremos para siempre, es una verdadera lástima.

La atmósfera poco a poco cambia, se llena de una paz y felicidad envolvente, por momentos me abruman las sensaciones y sentimientos. Siento un escalofrío en mi columna vertebral y sé cuál es su significado. Antoni está aquí, está con nosotros en la sala viendo a su familia por fin unida.

—¿Lo notas? —me pregunta Aina.

La miro y afirmo con la cabeza, levanto la vista y lo veo de cara a nosotros, en la puerta de la cocina. Es una figura traslúcida y brillante, aún así se le puede reconocer fácilmente.

Me levanto del sofá cogiendo la mano de Aina y voy hacia él, me detengo delante suyo y nos sonreímos, su figura transmite un amor y una paz que de nuevo me provocan ganas de llorar. Me siento como si me bañara en paz y bienestar, algo difícil de describir, pero es como si me colmara por completo calentándome el alma. Desearía que los demás pudieran sentir lo mismo que siento yo en este momento, es fantástico.

—Gracias por reunir a mi familia —dice Antoni y yo afirmo con la cabeza—, me voy con el corazón lleno de todo el amor que siento por mis hijos, con el perdón de mi amada mujer —Aina me dijo una vez que juntas podríamos hacer que los demás también lo vieran, no tengo ni idea de cómo funciona, pero deseo con todas mis fuerzas que lo que yo siento y veo, salga de mí y se proyecte. Su figura se agacha y veo cómo Aina llora a mares—. Estaré allí cuando quieras verme mi amor, seguiré vigilándoos allá donde esté, seguiré cuidándoos a los cuatro, ahora sé que puedo irme en paz y, allá a donde vaya, me llevo vuestro amor.

Antoni se pone en pie mirando detrás de nosotras.

—Te quiero —dice la pequeña Aina con un puchero.

—Y yo a ti —vuelve a mirarla su padre—, con todo mi corazón —afirma tocándose el pecho—. Cuida de la familia, Aina, dile a Nayara que la quise antes de que naciera, que la amé con todas mis fuerzas aunque no pudiera verla, A Pablo que me siento increíblemente orgulloso de él, y a tu madre —oigo una exclamación detrás de nosotras, no me había dado cuenta del silencio que reinaba en el comedor. Me doy la vuelta y los cuatro nos miran con los ojos abiertos como platos—. Maca, te amo, no debes culparte por nada, cuida de nuestros hijos, ellos son lo mejor de ti y de mí, te amo y seguiré haciéndolo en la otra vida. No te culpes de nada, quédate solo con todo mi amor, por ti y por nuestros hijos, lo estás haciendo muy bien, cariño.

Su figura se diluye y Aina me abraza, la estrecho entre mis brazos mirando a los otros.

—¿Cómo has hecho eso? —pregunta Nayara blanca como si hubiera visto un fantasma.

—¿Era real? —le pregunta Macarena a su hija— ¿Tú también lo has visto?

Pablo se acerca a nosotras, Aina se separa de mí y su hermano la coge en brazos a pesar de que ya no es una niña para que la cojan, y me abraza a mí también con su hermana entre los dos.

—Muchísimas gracias, Sarah —levanto la vista y lo miro, está llorando y siento que tiemblo por dentro.

Nayara, Macarena y Aleix no dan crédito a lo que acaba de pasar en el comedor. Aina va a la habitación y vuelve con el cuento. Me siento sobre las piernas de Pablo y Aina disfruta leyendo de nuevo el cuento frente a unos oyentes muy interesados y conmocionados después de lo sucedido.

—¿Eso quiere decir que descendemos de esa mujer? —pregunta Nayara.

—Claro —dice Aina—, la madre de Sarah predice lo que va a pasar; yo me separo de mi cuerpo, por eso papá ha dicho que volveríamos a vernos; tu amiga Mariona persuade a la gente a voluntad.

—¿Y tú puedes hablar con los muertos? —me mira sin creer lo que está diciendo— ¿Desde cuándo?

—Desde Carlos; en realidad yo no soy como ellas, soy diferente. En algún lugar, puede que en Boira, hay una tal Haizea, según el tapiz de la señora Mercè hace lo mismo que yo, pero elevado al cubo.

—¿Quién es? —me pregunta Nayara.

—No lo sé —me encojo de hombros—, ese nombre no me suena de Boira. Antoni se fue de Boira, puede que sus padres o incluso sus abuelos también, no tengo ni idea de quién puede ser o dónde está.

—¿No sientes curiosidad? —demanda Pablo.

—Claro que sí, pero no me obsesiona, tengo otras cosas en las que pensar, mi madre dijo que llegaría.

—¿Y mi hija separa su alma de su cuerpo? —demanda Macarena incrédula tragando saliva.

—Sí —le sonrío a Aina y vuelvo a mirar a su madre—, así fue como la conocí, en un sueño.

Los tres tienen muchas preguntas, dejo que Aina vaya respondiéndolas, le encanta ser el centro de atención y ella sabe mucho más que yo.

Espero que después de esto no nos miren diferente, sobre todo Nayara. Ya es bastante duro enterarte de que tu padre te compró y te privó de una familia estupenda, para descubrir que tu mejor amiga es como el niño del sexto sentido y tu hermana una viajera que en sueños va al más allá y habla con gente muerta.

Pablo me pide que me quede en su casa, accedo a quedarme esa noche, pero le advierto que al día siguiente me marcharé. Insiste en que no le parece buena idea que me vaya sola a ese piso, incluso se ofrece a venir conmigo, pero ahora en su casa lo necesitan y yo estaré bien. Le pido que no le diga a nadie dónde estoy, ni siquiera a sus hermanas, no quiero que Mariona se entere.

—Has mejorado mucho, Sarah —dice Aina cuando nos metemos en la cama—; estoy orgullosa de ti.

—Gracias, princesa —le contesto riendo, usando el apodo que Pablo utiliza con ella.

—Hay algo que no te he dicho, porque no estaba segura de cómo te sentaría.

Levanto la cabeza de la almohada, en la habitación tiene una de esas luces de mínima intensidad, una flor de color rosa que me permite ver su silueta.

—¿Se trata de Natalia? —pregunto cruzando los dedos, mientras siento crecer la presión de mi pecho.

—Sí, ella está allí, está bien, es preciosa, brillante, llena de amor, está en paz y no sabe quién la mató.

—¿No lo sabe? —pregunto apoyando la barbilla en su cama, ella me acaricia la cabeza.

—No.

—¿Porque no conocía a quien lo hizo o porque no sabe quién fue? —intento saber más.

—No lo sé.

—¿Podrías enterarte? —pregunto con una mueca por pedirle que vaya hasta allí de nuevo.

—Déjame dormir y mañana antes de ir al cole te lo digo.

—Muchas gracias, Aina —le digo llena de cariño—. Esto significa mucho para mí, saber que a pesar de su horrible muerte ella está en paz, me hace sentir menos herida al saber que está bien. Buenas noches, princesa.

—Buenas noches, Bella —se acerca a mí y me besa la cabeza—, descansa.

Le sonrió y cierro los ojos dispuesta a dormirme. Al hacerlo Aina intenta llevarme con ella. Cuando suena su despertador me despierto al momento. Ella bosteza y se despereza, yo la miro esperando saber algo.

—¿Y bien?

—No sabe quién lo hizo —dice cerrando los ojos de nuevo—, dice que creyó ver las puntas de un pelo rubio y largo, pero que no la vio.

—¿La vio? —demando sintiendo cómo el corazón se me acelera—. ¿Fue una mujer?

—Sí, una pequeña, vestida de negro —contesta Aina con voz adormilada.

Esa descripción cuadra con Mariona, cabello rubio y largo, delgada y bajita, pequeña. Es ella.

81

Ortiz

Cuando todos se han ido de casa recojo mis cosas y me voy a casa de Nayara; de camino llamo a Carla y le pregunto si le importa que me quede en su piso. Ni se lo piensa, dice que pase a por las llaves y se ofrece a llevarme en su coche, que lo tiene en la plaza de Nayara mientras esta tenga el suyo roto.

El coche de Nay, menuda putada le he hecho a la pobre, pero ella ni siquiera se ha molestado conmigo por ello. De momento lo tiene la policía, pero lo han peritado y los daños aunque cuantiosos son reparables. El seguro se hará cargo de ellos, así que al menos no le debo un coche a Nay, pero sí debo compensarle las molestias.

Al llegar a casa de Nay me encuentro que Carla está sola, perfecto. Me ayuda a coger cuatro cosas, ni siquiera cojo mi play, sé que me arrepentiré de esa decisión, pero debo centrarme en buscar un trabajo y un piso. Bajamos al parking juntas, mientras lo hacemos hablamos de Nay.

—Si tienes que ir a clase no hace falta que me lleves Carla, son pocas cosas.

—Hoy no voy a ir a clase, tengo que hacer un par de recados, iba a coger el coche de todas maneras.

—¿Dónde está Laura?

—Ya sabes cómo es, queda un mes para que acabe el trimestre, pero aun así ella quiere hacerlo para intentar recuperar el trimestre. Nayara y yo le hemos dicho que se tome un mes sabático, que se lo ha ganado, pero ella nada, ella a lo suyo, además le ha llegado una carta de la universidad,

293

le han dado la ayuda.

—Debe estar muy contenta —sonrío alegrándome por ella.

Carla se encoje de hombros, me deja en la puerta de su piso y de nuevo le doy las gracias; repite una y otra vez que no hay de qué y se marcha.

Me instalo otra vez en casa de Carla, tengo que hacer algo con mi vida, no puedo seguir dependiendo de la caridad de la gente. Tengo que buscarme un piso y vivir en él por mi cuenta, ser independiente. Aunque ahora con Laura en casa me apetece volver más que nunca. Ojalá Mariona no estuviera allí, las cosas podrían volver a ser como eran antes de que ella llegara y lo estropeara todo.

Enciendo mi portátil y me pongo a buscar trabajo por la red; encuentro un par de ofertas interesantes, mal pagadas, pero al menos de lo mío, así que me inscribo en ambas, reviso mis mails y no tengo nada nuevo.

Pablo me escribe al mediodía y me pregunta si ya me he marchado, le digo que sí y él me dice que vigile lo que como, ja ja, muy gracioso.

Por la tarde hago lo peor que puedo hacer, ver Sálvame, no sé qué tiene este programa que engancha.

Mi móvil suena y aparece un número que no tengo guardado en la guía.

—¿Sí? —contesto cruzando los dedos para que se trate de un trabajo.

—¡Joder, Sarah! —oigo la voz de Eric y me pongo de pie— ¿Quieres matarme? Abre la puerta anda, estoy abajo.

—¿Abajo? —miro la puerta de salida.

—Sí, llevo media hora llamando al timbre.

—¿Al timbre de dónde? —pregunto anonadada.

—De casa de tu amiga Nayara.

—¿Qué te hace pensar que estoy en casa de Nay? —suspiro porque me ha perdido la pista.

—Que has vuelto con la maleta y nadie te ha visto salir.

—¿Serías tan amable de quitarme la vigilancia? No me gusta que me sigan, y no vuelvas a llamarme.

Cuelgo la llamada y al momento vuelve a llamar, lo pongo en silencio y voy a por un helado.

El teléfono no para en toda la tarde, recibo varios mensajes de diferentes móviles, todo lo que no es de alguien que conozca directamente lo borro, mails, mensajes, llamadas, todo.

A eso de las siete me llama Ortiz, a este sí puedo cogérselo, aunque lo cierto es que sigo algo molesta con él porque cree que yo misma he estado envenenándome e intenté matarme para inculpar a Mariona.

—¿Cómo le va Sarah?

—Nayara ya sabe la verdad, así que haga lo que crea que debe hacer con su padre, su madre no lo sabía.

—De acuerdo; como sabe, ese caso no lo llevo yo, pero haré llegar todas las pruebas al encargado del caso. ¿Dónde está, Sarah? —me pregunta y ladeo la cabeza extrañada— Acabo de ir a verla a casa del señor Carbonell y dice que ya no está allí. Además me ha mentido al decir que no sabía dónde estaba. No he querido insistir porque imagino que era un tema de lealtad, supuse que ya me lo diría usted.

—Supuso demasiado —le contesto—. ¿Qué más le da dónde esté? Si quiere algo, avíseme e iré a verlo.

—Sarah, alguien ha intentado matarla, debe comprender que le conviene que yo sepa dónde se encuentra.

—Es un secreto de estado —le chuleo por aburrimiento—, usted no confía en mí, ni yo en usted.

—¿Vamos a empezar de nuevo, Sarah?

—No necesariamente, no voy a decírselo, así que no insista; por cierto, he conseguido algo de Natalia.

—¿De veras? —pregunta y suena emocionado.

—Dice que la atacó una mujer rubia, delgada y bajita, que no le vio la cara y que vestía de negro. Su descripción coincide con alguien que ambos conocemos y su coartada hace aguas.

—La doctora Gual conocía a la señorita Prat, si hubiera sido ella la hubiera reconocido, ¿no cree?

—No lo sé —oigo que entra otra llamada—, tengo otra llamada, si no se le ofrece nada más le dejo.

—Me gustaría saber dónde está viviendo.

—Lo siento, pero en este momento prefiero que nadie sepa mi paradero.

—Como quiera, buenas noches, Sarah.

Cuelgo la llamada y veo que la otra llamada es de Laura.

—¿Cómo va la vuelta al cole?

—Bien, he hablado con Pablo y dice que no estás en su casa.

—No, después de lo que pasó con Eric no podía estar ahí. Además, si Mariona viene a por mí, no quiero meter a su familia en medio.

—He visto que tu consola aún está en mi habitación, la he empaquetado, estoy segura de que la echarás de menos, puedo llevártela si quieres.

—Sí, lo sé, si te molesta —digo quitándole importancia—, déjala en el trastero.

—¿No quieres que te la lleve? —insiste Laura.

—No —contesto algo extrañada por su insistencia—, quiero centrarme en encontrar trabajo, así no me distraigo.

—Pregúntale dónde está —oigo de fondo la voz de Eric.

—¡No me lo puedo creer! —exclamo incrédula— ¿Te has aliado con Eric en mi contra?

—No me he aliado con nadie, pero tiene que hablar contigo, parece importante, Sarah.

—Dile que se vaya a la mierda y tú deberías dejar de hacerle de recadera.

Cuelgo la llamada y apago el móvil para que no vuelva a llamarme, si insiste en ponerse del lado de Eric me voy a cabrear con ella. Acaba de volver, no quiero enfadarme con mi mejor amiga por culpa de Eric.

Me paso la noche sola, en el comedor, con el portátil sobre las piernas. Veo la tele mientras busco ofertas de trabajo, me apunto en varias páginas de trabajo temporal, cualquier cosa a la que aferrarme me vale.

He pasado el día sola, y así es como me siento, muy sola.

Decido encender el móvil, le envío un WhatsApp a Pablo, pero no me contesta, imagino que debe estar durmiendo. En cuanto Laura ve que estoy en línea me saluda, pero aún estoy enfadada con ella, traidora.

Insiste en que hable con Eric, que es importante, y me pregunta por Ortiz, si él se ha puesto en contacto conmigo, si le he dicho dónde estoy. Las preguntas de Laura me parecen curiosas. Le digo que sí me ha llamado, al momento me llama.

—¿Le has dicho dónde estás? —pregunta con voz acelerada y apremiante.

—No —bostezo—, no lo he hecho. Ya sé lo que Eric piensa de Ortiz, pero la verdad es que Ortiz le da igual, solo quiere desestabilizarme para que entre en su juego. Ya sé de qué va Eric, no dejes que te manipule.

—Sarah, por favor, tienes que hablar con Eric, ha investigado a Ortiz, es muy fuerte lo que ha descubierto.

—¿Qué ha descubierto? —pregunto sentándome en el sofá.

Ortiz es un misterio para mí, siempre lo ha sido, me ha dado algunas migas de pan, pero nada más que eso. Esconde algo y me intriga saber qué es, no debería importarme pero me mata la curiosidad.

—Tienes que hablar con Eric —insiste Laura.

—No pienso hablar con él —insisto yo de vuelta levantándome del sofá para recoger e irme a la cama.

—Tienes que hacerlo.

—Me voy a la cama Laura, dímelo y ya está.

—No puedo, le he prometido a Eric que no te lo diría. Por favor, Sarah, dime dónde estás.

No puedo creer que Laura sienta más lealtad hacia Eric que hacia mí, yo soy su amiga, no él.

—¿Para que se lo digas a Eric? —pregunto molesta— Ni de coña, no puedo creer que te pongas de su lado.

—Ya te dije que no se trataba de bandos, esto es importante, no confíes en Ortiz —me advierte—, no hagas nada de lo que él te diga, no debes volver a verlo Sarah, por favor.

—¿Por qué? —pregunto sintiéndome nerviosa por tanta incógnita e insistencia.

—Debes hablar con Eric —es su respuesta.

—Buenas noches, Laura —le deseo de mal humor y cuelgo el teléfono.

Recojo el comedor y me meto en la cama, Laura me envía varios WhatsApp insistentes, pongo el móvil en silencio y apago la luz.

Me despierta el sonido del timbre del piso, me sobresalto y creo que el corazón se me va a salir del pecho. No tengo ni idea de quién puede ser, no espero visitas. Solo Pablo y Carla saben que estoy aquí, así que deben de ser uno de los dos. El timbre vuelve a sonar y miro la puerta entornada de mi habitación sin moverme de la cama.

Cojo el móvil de la mesita de noche, veo mensajes de Pablo y Laura, es posible que sea Pablo.

Entonces oigo el timbre de la puerta, sea quien sea ha subido.

Salgo al pasillo de puntillas, sin hacer ruido, el timbre suena de nuevo insistente; en completo silencio voy hasta el recibidor y miro por la mirilla. Pablo está frente a la puerta, suspiro y abro.

Pablo me mira y se abalanza sobre mí, me abraza.

—Creí que te había pasado algo —me coge la cabeza y me mira a los ojos—, creí que te había cogido.

—¿Quién? —pregunto confusa.

Me pregunto si hablará de Eric, pero por el hueco de la escalera veo a Laura, y detrás de ella a Eric.

Los miro con desconfianza y me separo de Pablo, lo miro a los ojos sin poder creer que haya sido él quien ha atraído a Eric hasta mí, que me haya vendido. No tiene ningún sentido, ellos se odian, se supone que no se pueden ni ver y aquí están, tendiéndome una trampa entre todos, no entiendo nada.

—¿Por qué lo has traído aquí? —le pregunto a Pablo mientras lo miro llena de incredulidad.

—Vamos para dentro —contesta Pablo mirándome—, Ortiz te ha mentido desde el principio, Sarah.

¿Ortiz otra vez?, me pregunto mirándolo. Laura y Eric se acercan hasta nosotros. Laura me mira llena de culpabilidad, el rostro de Eric está cincelado por la rabia. Me fijo en que tiene el pómulo rojo, como si le hubieran dado un golpe, y en la mano lleva una de esas carpetas verdes que utiliza Torres, su investigador.

Me aparto de la puerta y los dejo entrar. Pablo pasa el primero, después lo hace Laura, que ya se ha cortado el pelo, vuelve a lucir rojo fuego y su flequillo está recto, cortado al milímetro en su propio estilo.

—¿Qué te ha pasado en la cara? —le pregunto a Eric cuando pasa junto a mí.

—¿Estás bien? —demanda aparentemente preocupado.

—Claro que estoy bien —contesto con desgana—. ¿Por qué no iba a estarlo?

Me froto la cara y me pongo el pelo detrás de las orejas.

—Estaba muy preocupado por ti, nena.

—No me llames así —le advierto.

Niega con la cabeza y entra al comedor con los demás, cierro la puerta de entrada y voy al comedor con ellos.

—¿Podrías preparar café, Laura? —pregunto desde la puerta— Voy a necesitarlo.

—Claro —contesta Laura dejando la chaqueta en el sofá.

—Ahora vengo.

Voy a mi habitación y preparo algo de ropa, me voy al baño con ella y cierro con pestillo. Me doy una ducha en menos de dos minutos; mientras me seco liada con una toalla me lavo los dientes y la cara, me pongo un poco de maquillaje para disimular la cara de sueño que tengo y me visto a toda prisa.

Me reúno con ellos en el comedor, los tres están sentados a la mesa. Laura está junto a Eric, Pablo delante de este y han dejado la presidencia de la mesa para mí, lo sé porque Laura ha dejado allí mi café y el azucarero.

Me siento en mi sitio, entre Pablo y Eric, creo que este es mi sitio en todos los sentidos, uno a cada lado, tan cerca y a la vez tan lejos de ambos.

—¿Qué pasa ahora con Ortiz? —demando mientras le pongo azúcar a mi café.

—No es quien creíamos, Sarah —dice Pablo—. Él pidió el caso de mi padre para poder acercarse a ti, porque sabía que tú habías descubierto el cadáver de mi padre, no porque fuera de Boira.

—¿Por qué iba a hacerlo? —pregunto sin entender, rascándome la cabeza— Entonces no nos conocíamos.

—Él sí te conocía a ti —interviene Eric.

Giro la cabeza para mirarlo sin comprender de qué están hablando, mientras remuevo mi café.

—¿Por qué no me explicáis lo que creéis saber y dejáis de marearme entre todos?

Eric me pasa la carpeta verde que imagino que es de Ortiz por la mesa, bebo mi café y la abro.

—Ortiz nació en un pueblo junto a Jaén —me explica Eric—, cuando Torres me lo dijo eso no cuadraba con lo que dijo de que era de Boira, así que le pedí a Torres que investigara más, quería saber todo de él, te dije que no confiaba en él.

Me aparto el pelo y miro los documentos que Eric me ha entregado. Observo lo que tengo delante sin estar del todo segura de lo que es.

—¿Es adoptado? —pregunto leyendo el certificado de adopción.

—Sí —contesta Eric, me señala el padre y pone desconocido—, sus abuelos y su madre llegaron a Boira en el año sesenta y nueve, y se pusieron a trabajar para una de las familias más consideradas de Boira.

—¿La familia de Nay? —alzo la vista para mirar a Eric.

—No, otra familia —contesta Eric—, su madre se quedó embarazada y sus abuelos fueron despedidos. Volvieron al pueblo, allí su madre lo tuvo a él cuando tenía quince años recién cumplidos. Sus propios tíos lo adoptaron —coge la carpeta que sostengo en mis manos y busca un documento, me tiende una copia de un libro familiar—, la hermana de su madre y su marido lo adoptaron.

—¿Se sabe quién es el padre? —pregunto.

—Sí, no ha sido fácil dar con él, pero sí. Torres ha estado preguntando por ahí, también por Boira.

—¿Quién es el padre? —demando— ¿Es alguien de Boira?

Eric me mira un segundo y después se gira hacia Laura, que está sentada junto a él.

—Sarah —interviene Laura y la miro—, su padre está muerto y creemos que él te culpa a ti de eso.

—¿A mí? —pregunto con incredulidad— ¿Por qué habría de culparme a mí de la muerte de su padre?

—Porque su padre era Jaume Montaner —dice Laura.

Al oír su nombre siento un pequeño temblor en las manos, dejo el documento que sostengo en la mano sobre la mesa, esperando que ese temblor pase inadvertido para los demás.

Siento cómo el café se mueve por mi estómago y creo que voy a vomitar.

Me quedo con la cabeza agachada esperando a que pase el miedo, he decidido no volver a tener miedo. No puedo temer el nombre de alguien que ya está muerto, no puedo temer a alguien que no puede volver a hacernos daño, que no puede volver a acercarse a mí o a los míos.

Jaume Montaner era el Monstruo. Violó a Mariona, asesinó al hermano de Eric, maltrató a mi madre y la obligó a mirar, después la torturó hasta que intentó quitarse la vida. Mató a Guillermo Muela, el hombre que escondió a Mariona durante ocho años, me pegó, intentó hacerme a mí lo mismo que a ella, hirió a Eric, casi lo mata y Eric lo mató a él antes.

Apoyo los codos en la mesa y me tapo la cara al recordarlo, al recordar su imagen; siento un respingo que hace que mis manos tiemblen al recordar el golpe que me asestó y me dejó inconsciente. Recuerdo las bofetadas y los golpes que me dio después, mientras intentaba abusar de mí, recuerdo su mirada lasciva y oscura sobre mí, cómo me tocó, tenía los ojos negros como la noche y la muerte, la misma mirada que Ortiz.

—Necesito un minuto —digo poniéndome de pie, me tambaleo a causa de mis piernas de gelatina. Eric me coge a un lado de pie y Pablo del otro—, estoy bien —les digo a ambos—, necesito ir al baño.

Aparto la silla y ellos me sueltan.

—Te acompaño —dice Laura acercándose a mí.

Me cojo a su brazo y juntas vamos al baño. Me arrodillo delante del inodoro y siento las sacudidas a causa del terror que recorre mi cuerpo, aun así no soy capaz de vomitar. Me levanto del suelo y me echo agua en la cara, después me siento sobre el inodoro.

Laura, en silencio, se sienta en el suelo frente a mí.

—¿Eric está seguro de eso? —le pregunto a Laura.

—Sí —contesta ella—. Eric cree que Ortiz quiere matarte e incriminar a Mariona, para que las dos paguéis por lo que le pasó a su padre.

Esto no tiene sentido. Ortiz dijo que las pruebas hacia Mariona eran demasiado obvias, que parecía que alguien quisiera incriminarla. Si fuera él quien lo estuviera haciendo, no se delataría a sí mismo. Además fue Eric quien mató al Monstruo, no nosotras.

Repaso mentalmente las veces que hemos coincidido, intentando averiguar si ha sido él quien me ha estado dando el arsénico. He tomado muchas veces café con él, pero soy incapaz de recodar si después de hacerlo me he puesto enferma. Quien manipulara el coche sabía lo que estaba haciendo, quien lo hizo sabía qué debía romper para que el coche funcionara pero no frenara, no creo que Mariona sepa tanto de coches como para poder hacer eso, sin embargo puede que Ortiz sí.

Es cierto que siempre sintió cierto interés por mí, pero siempre di por hecho que era por mis capacidades, no por mi pasado.

Después está Natalia, la descripción no casa con él, pero bien pudo aprovecharse de su muerte para llegar hasta nosotros. Puede que fuera él mismo quien robara los expedientes para conocernos mejor que nadie, aprovechó para decir que encontró los expedientes en la habitación de Mariona e incriminarla. Eso no era suficiente, nos quería a los tres, la dejó libre e intentó matarme, para cargarle el muerto a ella y que volviera a estar encerrada, esta vez para siempre.

¿Dónde deja a Eric en todo esto? Fue él quien mató a su padre, ni Mariona ni yo, sino Eric.

—Pero fue Eric quien lo mató —le digo a Laura intentando buscar los trozos que faltan en la historia.

—Eric cree que primero quería ir a por vosotras, seguramente pensando que esa guerra vuestra se lo dejaba en bandeja, y que después lo reservaba a él como el plato fuerte. Él es más fuerte y poderoso que vosotras, como has dicho fue él quien mató a su padre, seguramente quiere lo mejor para el final.

—No puedo creer que sea Ortiz —pienso en voz alta—, no puedo creer que sea su padre y no me lo haya dicho. Hemos hablado mucho, incluso de lo que ocurrió entonces, y nunca lo mencionó.

—Eric dice que nunca confiaste en él.

—Es cierto, pero no confiaba en él porque me escondía cosas, no imaginé nada de esto.

Volvemos al comedor, hablan entre ellos de qué es lo que debemos hacer ahora, los tres están de acuerdo en que no pueden denunciarlo a la policía, él es la policía y no tienen pruebas de que todo lo hiciera él. Además, están de acuerdo en que es mejor que me esconda aquí. Eric dice que tiene a cuatro personas vigilando mis pasos, cuatro personas vigilándome las veinticuatro horas del día, ¡es de locos! Dice que si ellos me han perdido la pista puede que Ortiz también lo haya hecho. Así que dice que lo mejor es que sea Laura, a quien no conoce, quien se quede conmigo, pues una vez él o Pablo vuelvan a su vida cotidiana podría seguirlos hasta mi puerta.

Ortiz me conoce muy bien, conoce mi círculo, a Pablo, Nayara, Eric, Aina, Carla, mis padres… Conoce mis amistades y sabe a quién voy a recurrir en caso de necesitar ayuda.

—¿Qué pasa con Mariona? —demando escuchando sus elucubraciones y estrategias— Si va a por nosotras, podría cambiar de táctica e ir a por ella.

—Ha hecho demasiados esfuerzos para llegar hasta ti —opina Eric—, no creo que se atreva a ir a por ella. Ha hecho un plan y lo está ejecutando, es improbable que lo cambie. Buscará la manera de hacerte salir y tú no debes dejar que eso ocurra.

—¿Se supone que tengo que quedarme aquí encerrada de por vida? —pregunto con una mueca.

—Puedes venir a mi casa si lo prefieres —responde Eric haciendo una caída de ojos.

—De eso nada —le interrumpe Pablo—, no es eso lo que habíamos acordado.

Eric y Pablo tienen acuerdos, Ortiz quiere matarme y Mariona es inocente. Me siento como si esto fuera uno de esos sueños en que sabes que es un sueño porque nada de lo que pasa tiene sentido, pero del que no puedes despertar y te ves obligada a dejar que la corriente te lleve, te arrastre hasta un destino incierto y desconocido.

—También habíamos acordado que ella estaba por encima de nosotros —le contesta Eric con una mirada helada—, que su seguridad es lo primordial y en mi casa, bajo mi protección, nada malo puede pasarle.

—¿Podéis dejar de medírosla por un rato? —interviene Laura— Es agotador escucharos discutir.

Agradezco la intervención de Laura, yo no podría haberlo dicho más claro.

—Mientras decidís en qué urna de cristal queréis esconderme sin pedir mi opinión, creo que iré a hacer la comida —me levanto de la mesa—. ¿Os quedáis a comer todos o alguien me hará el favor de abandonar el barco y así no tendré que seguir oyéndoos?

Eric y Pablo se quedan callados. Eric mira a Pablo con todo el poder del frío de sus ojos, Pablo lo mira a él frunciendo los labios como lo hace cuando algo no le gusta, y ninguno dice nada.

Mientras los observo me fijo en lo antagónicos que son, no físicamente, como piensa Laura, sino su personalidad, es completamente opuesta. Pablo es paciente y cariñoso, Eric es exigente e irascible. Pablo siempre sonríe, aunque las cosas vayan mal, es extrovertido y divertido, gracioso; Eric es serio y reservado, una persona muy observadora. Y en medio de los dos estoy yo, decidiendo si quiero vivir de día con la luz de las sonrisas de Pablo, o de noche con la pasión incondicional de Eric.

—Te ayudo a hacer la comida —interviene Laura sacándome del trance.

Eric no quiere marcharse y por consiguiente Pablo tampoco, son como dos niños peleando por una pelota, y me tienen harta.

Después de cenar Laura duerme conmigo, dejo que los dos machos alfa se peleen por la habitación de Carla, por mí como si se matan entre ellos con tal de dejar de oírlos.

Ponemos la película del rey león en el portátil y la vemos intentando evadirnos de la realidad por una hora y media. Después nos vamos a dormir; mientras intento dormir no puedo dejar de pensar en Ortiz, en el Monstruo, estoy segura de que voy a tener pesadillas.

El día siguiente es tan exasperante como el anterior. Eric y Pablo siguen con su guerra particular por mí, es ridículo, no puedo vivir escondida. La idea de seguir aquí encerrada con ellos dos me provoca claustrofobia, creo que me saldrá una úlcera como tenga que vivir así mucho tiempo más. Laura es la única que sale a la calle, así que le pido que compruebe que Mariona está bien; no estoy nada convencida de que todo lo haya hecho Ortiz, pero si ella ha dicho la verdad y es inocente, es la única posibilidad.

Al tercer día creo que prefiero tirarme por la ventana y matarme a seguir aquí encerrada, la tensión que se respira en casa es insoportable. Laura sale cuando empieza a oscurecer, la única que tiene libertad para hacerlo por lo visto. Eric está en la ducha y Pablo jugando a la consola que Laura trajo ayer para ver si se calmaban un poco los ánimos.

Recibo una llamada de Ortiz, miro la pantalla del móvil preguntándome qué debo hacer, estoy harta de estar aquí, harta de mentiras y elucubraciones. Cansada de ser una cobarde que se esconde entre cuatro paredes. He aprendido una lección y no quiero olvidarla, solo los cobardes pueden ser valientes, si no tienes miedo no puedes enfrentarlo, así que solo se es valiente cuando se tiene miedo.

Decidí no tener miedo y aquí estoy escondida, para ser valiente debes enfrentarte a lo que te da miedo. El valiente no es el que no tiene miedo, es el que a pesar de ello lo afronta. Estoy decidida.

En silencio y a hurtadillas cojo una chaqueta, con cuidado cierro la puerta de casa sin que nadie me oiga. Bajo los escalones todo lo deprisa que puedo con los zapatos. Si llego a saber que iba a tener que salir corriendo me hubiera puesto unas deportivas, pero no podía jugármela a que Eric saliera del baño y me pillara. No se fía de mí y está más pendiente que ninguno de que, según él, cometa una estupidez.

Una vez fuera me golpea el aire frío, definitivamente viene el invierno, está oscureciendo y hay poca gente en la calle; me dirijo a ninguna parte y le devuelvo la llamada a Ortiz.

—¿Cómo le va, Sarah? —pregunta cuando coge el teléfono— ¿Alguien ha intentado matarla hoy?

—No, pero puede que eso cambie en algunos minutos, quiero hablar con usted.

—Iba a irme para casa, dígame dónde está e iré a verla.

—No, yo iré a verle a usted —digo tajante—, estaré en la comisaría en quince minutos.

—La estaré esperando.

Me subo al metro en su busca cuando las llamadas empiezan a llegar, de Pablo y de casa de Carla. Eric es el que me llama desde casa, porque él no puede llamarme, le sale que está apagado a causa de que he restringido sus llamadas. Me los imagino peleándose entre ellos para llamarme, espero que no se maten entre sí. Pongo el móvil en modo avión para dejar de recibir llamadas inapropiadas.

Quiero hablar con Ortiz, voy a acusarlo y espero que me diga la verdad; confiando en que no tengo modo de probarlo, grabaré nuestra conversación y se acabó. Si ha sido él, con eso podré acusarlo, solo debe confesar, en la comisaría no se atreverá a ponerme un dedo encima.

Me bajo del metro y me subo el cuello de la chaqueta para protegerme del frío, he elegido una chaqueta inapropiada, igual que los zapatos.

Cuando cruzo la puerta de la comisaría siento que me tiemblan las piernas, pero no voy a permitir que él vea el respeto que ahora me infunde, el miedo, puedo esconderlo y eso es lo que pienso hacer.

Ortiz me recoge y, cuando intenta tocarme, me aparto mirando sus ojos oscuros. Hace lo que yo creo que es una sonrisa con la boca, aunque en realidad siempre me ha parecido una mueca, y vamos a su despacho.

—¿Cómo le va, Sarah? —me pregunta cuando entramos a su despacho— ¿Qué tal su vida súper secreta?

Pongo el móvil a grabar y lo bloqueo para que él no vea lo que estoy haciendo.

—Es una mierda —le contesto acercando la silla a su escritorio, dejo el móvil encima de él y me siento en la silla—, pero no estoy aquí para hablar de mí, sino de usted.

—¿De mí, Sarah? —me pregunta con chulería sentándose detrás de su escritorio.

Se reclina en la silla y apoya las manos en los reposabrazos, se nota que está relajado, a diferencia de mí.

—¿Usted me envenenó? —pregunto a bocajarro.

—¿Ahora sospecha de mí? —pregunta con incredulidad.

—Sí, ya sé quién es y usted tiene un móvil, un móvil doble, en realidad. Me mata a mí y le cuelga el muerto a Mariona, después solo debe buscar una venganza apropiada para Eric.

—¿Por qué habría de hacer todo eso? —dice sin mostrar ninguna reacción.

—Quizás porque nos responsabiliza de la muerte de su padre.

Zas. Ya lo he dicho.

Su gesto cambia por completo, pierde la pose relajada que mantenía y se sienta recto, mirándome.

—¿Cómo lo has averiguado? —pregunta alzando el mentón y hablándome de tú por primera vez.

—Ya le dije que no me fiaba de usted —me encojo de hombres—, dijo que tenía aptitudes para hacer lo que usted hace, puede que las tenga.

—No tienes ni idea, Sarah —niega con la cabeza—, me sorprende que lo hayas averiguado, a mí me costó bastante tiempo descubrirlo. Nadie sabía quién era mi padre, los que lo sabían habían muerto, como mi madre. Ella murió a causa de las drogas, supongo que nunca superó lo que pasó.

—¿Lo que pasó? —demando sin comprender.

—¿Sabes que tengo una hija? —cambia de tema y yo niego con la cabeza, desconcertada— No, claro que no, aunque teniendo en cuenta hasta dónde has llegado, sería de esperar que lo supieras —se pone de pie y yo me agarro a la silla dispuesta a salir corriendo como se acerque—. Hay tanto que tengo que decirte que no estoy seguro de por dónde empezar —me mira y niega con la cabeza—. No pienso hacerte nada, Sarah. Relájate, voy a ir a por un café; te preguntaría si quieres uno, pero no creo que lo aceptes teniendo en cuenta que crees que he estado envenenándote.

Sale del despacho y yo miro la puerta desconcertada; me siento muy perdida, además de una estúpida por no haber hecho esto con Eric, si no fuera tan impulsiva lo hubiera pensado. Eric y su capacidad de detectar mentiras serían muy apropiados en este momento.

Ortiz vuelve con su café de máquina, cierra la puerta tras él y se acerca a mí. Me remuevo en la silla y él se sienta en la silla que hay junto a la mía, en lugar de hacerlo tras su escritorio.

—No voy a hacerte nada, Sarah —me asegura viendo mi incomodidad—, es raro que pienses que quiero matarte y hayas venido hasta aquí a buscarme.

—No tengo miedo y estoy cansada de esconderme.

—Comprendo, querías probarte a ti misma —comenta soplando el cortado que tiene en la mano—. ¿Has hecho alguna averiguación sobre el arsénico? —me pregunta.

—¿Qué quiere decir?

—Mi trabajo muchas veces consiste en ponerme en la piel de los demás —asegura mirándome—. Soy detective de homicidios, a veces tengo que ponerme en la piel de los asesinos, preguntarme qué los ha llevado a matar a alguien, averiguar por qué lo hicieron y recopilar pistas para que el fiscal pueda acusarlos. Otras veces, sin embargo, me pongo en el sitio de la víctima, me pregunto qué los llevó a la situación que les hace pasar de ser personas normales y corrientes, a cadáveres.

—Muy gráfico.

—Es para que me entiendas —dice con un gesto indulgente—. En tu caso, si yo fuera tú, hubiera buscando qué hace el arsénico, cómo se consigue ese veneno y qué efectos tiene. ¿Lo has hecho?

—Sí —afirmo mirándolo con desconfianza—, lo busqué por internet.

—¿Qué averiguaste? —pregunta bebiendo de su café tranquilo, como si esto fuera una de nuestras charlas.

—Que es el veneno más utilizado debido a su fácil compra, debido a que no deja ningún sabor u olor que lo identifique, que sus efectos son similares a una infección gastrointestinal y no es fácil de identificar si no sabes que es eso lo que estás buscando.

—Muy bien —me felicita como si fuera su padawan—, has hecho los deberes, no esperaba menos de ti.

—¿Me está vacilando? —demando con una incomprensión total a estas alturas.

—En absoluto, quiero que entiendas una cosa que no sabes. Tú has estado temporadas enferma, yo no he podido hacerlo porque no te he visto día a día en esas temporadas. Debería preocuparte quién ha estado cuidando de ti en ese proceso, porque por una ingestión leve de arsénico no pasas cuatro días enfermo, sino por una ingestión continuada. ¿Quién te cuidó cuando estabas enferma?

Nayara. Obviamente no se lo digo, es imposible, me está haciendo el lío, me está llevando a su terreno.

—Ella no lo hizo, creo que lo hizo usted —insisto esperando que confiese.

—Yo no lo he hecho, Sarah. Tampoco creo que lo haya hecho tu gran enemiga, más bien me preocuparía por las otras dos, por la nueva hermanita de Aina y la rubia con pinta de no haber roto un plato en la vida.

¿Nayara y Carla? Ni de coña, ninguna de ellas me haría daño. Sé lo que se propone Ortiz, se cree muy listo, pero no voy a dejar que me desestabilice con sus mentiras.

—Pues yo creo que lo hizo usted como venganza por lo que le pasó a su padre.

—¿Lo que le pasó a mi padre? —tira el cuello atrás y suelta una carcajada, siento que los ojos se me salen de las cuencas por la sorpresa— Ojalá hubiera sido yo quien lo encontrara en lugar de Capdevila —dice poniéndose serio. Sus ojos destilan rabia y odio—, me hubiera encantado encargarme de ese viejo. Hubiera disfrutado apretando el gatillo, esto te agradecería que no saliera de aquí —relaja el tono de voz.

—Miente —lo contradigo—, era tu padre —le hablo de tú yo también.

—No —niega con la cabeza—, era un violador, lo que nunca pensé es que fuera reincidente, si no, te aseguro que cuando descubrí quién era me hubiera trasladado a Boira para vigilarlo a la espera de pillarlo y arrestarlo. Él violó a mi madre cuando tenía catorce años, fruto de eso nací yo. Mi madre era una cría y mis abuelos decidieron por ella darme en adopción —¿Qué? Si eso es cierto las hipótesis de Eric, Pablo y Laura se van al carajo—. Mi madre, víctima de esos abusos, no volvió a levantar cabeza en la vida. Cuando descubrí que era adoptado, busqué mis orígenes, pero entonces ella ya estaba muerta, y fue en esas circunstancias en las que conocí a la señora Mercè, mientras intentaba buscar mis propias raíces.

—¿Por qué acudió a ella?

—Porque mi hija me lo dijo.

—¿Su hija? —demando sin entender nada de lo que me cuenta.

—Sí, ya he dicho que tengo una hija, una larga historia, si quieres te la puedo contar en otro momento.

—¿Ella conocía a la señora Mercè?

—No, claro que no, ni la conoce, ni la conocerá nunca, te lo aseguro.

—Cuénteme la historia completa, porque yo le aseguro que no entiendo nada.

—Verás —se acaba el café y deja el vaso de cartón junto a mi móvil—, hasta hace unos cinco años no tenía ni idea. De repente, una chica con la que salí diez años atrás muere, y me veo obligado a trasladarme a Francia, que es donde ella vivía, y allí descubro que me lega todo lo que tiene a mí, incluida nuestra hija.

—¿No sabía que tenía una hija?

—No, ni siquiera sabía que estaba embarazada cuando decidió dejar de verme. La hermana de ella quería quedarse con la niña, yo estaba de acuerdo —dice rascándose la sien y haciendo un gesto con la mano como si lo que dice fuera lo más obvio del mundo—. No creía estar capacitado para criar a una preadolescente, trabajo mucho, no sé cuidar de mí mismo, como para cuidar de otra persona… Contra todo pronóstico, esa niña que no había abierto la boca en los cuatro días que pasé por allí, dice que quiere venirse conmigo.

Me cruzo de brazos escuchándolo, ladeo la cabeza intentando buscar la unión que puede haber entre su hija criada en Francia y la señora

Mercè. Por mucho que me devano los sesos no encuentro la conexión.

—¿Y qué pasó? —le pregunto.

—Que me la traje, conocía a una prostituta del rabal, la metí en mi casa y me está ayudando a criarla.

—¿Está criando a su hija con una prostituta? —pregunto sin poder creerlo.

—La saqué de la calle, le di una vivienda y trabaja limpiando casas por las mañanas, por las tardes se encarga de mi hija y compartimos piso. No es tan malo como suena, es una buena mujer y la quiere mucho.

Niego con la cabeza, no quiero ni imaginar cómo será su hija viviendo con semejante personaje.

—¿Qué conexión hay entre su hija y la señora Mercè?

—Creía que era más lista Sarah, piénsele un poco —me reta.

No se me ocurre nada. Toda esta historia me parece de lo más inverosímil, ni siquiera entiendo por qué me la cuenta. No quiso decirme de qué conocía a la señora Mercè en su momento y ahora me cuenta su vida.

—No lo sé —admito.

—Lo tienes todo, Sarah —dice, golpea mi frente con el dedo con suavidad—, todo está aquí, solo debes juntar las piezas. Debería dejar que te fueras y te comieras la cabeza hasta hallar la respuesta —lo miro desconcertada, completamente desubicada, no sé qué creer o pensar de todo esto—. Voy a darte una pista —dice como si esto fuera un juego, no entiendo nada—. ¿Qué tenemos en común mi padre y yo? —Que son dos psicópatas, pienso— Te oí hablar con Mariona cuando ella estaba detenida, ella te culpaba de que no fue capaz de controlar a ese cabrón, pero no fue por eso que ella no pudo hacerlo.

Me reta con la mirada y yo entrecierro los ojos mirándolo a él.

—Déjeme que lo piense un minuto —le pido.

—Por supuesto —se reclina en la silla—, debes saber que acabas de aceptar un reto, no voy a decírtelo.

Me rompo la cabeza pensando qué tienen en común su padre y él, lo cierto es que no tengo la menor idea. Yo no conocía a su padre, solo sé que era un cabrón despiadado y él está como una cabra. Después está Mariona. ¿Por qué el Monstruo no le hizo caso? Ella persuade a la gente pero con él no funcionó, con Ortiz tampoco, recuerdo el momento en que no quería salir de la sala. ¡Igual que la señora Mercè! Ortiz no creía en sus mentiras, las piezas encajan una por una, todo cobra sentido en el momento en el que al fin lo entiendo.

—¡Su hija se llama Haizea! —exclamo, él hace esa mueca que se supone que es una sonrisa y afirma con la cabeza— Su familia es el cuarto linaje, como el padre de Aina, tanto usted como su padre son inmunes a los poderes de Mariona y la señora Mercè, porque tiene la sangre de la siguiente generación. Por eso mi madre le dijo a Aina que le dijera la verdad cuando usted fuera a hablar con ella. Su hija puede comunicarse con los muertos, y uno de esos muertos le dijo dónde debía buscar sus orígenes, por eso fue a Boira.

—Ahora ya lo entiendes, te aseguro, Sarah, que yo no he intentado matarte.

—¿Qué le robó a la señora Mercè? —recuerdo la pequeña discusión que tuvieron delante de mí.

—Algo que le entregué a su legítima dueña, algo que estoy seguro te ha llevado a fijarte en el tapiz de la señora Mercè cuando estuvimos de nuevo en su casa, por eso sabes el nombre de mi hija.

—El cuento—comprendo—, tú le enviaste el cuento a Aina.

—Sí, era suyo, además sabía que ella te lo enseñaría. Pensé que te ayudaría a entenderte mejor a ti misma, que dejarías de tener miedo a lo que puedes hacer y lo afrontarías, a mi hija la ayudó mucho.

—¿Cómo es ella?

—Es muy tímida e introvertida; con el testamento, su madre dejó una carta para mí, donde me explicaba lo extraña que era nuestra hija. Tomé nota y fue por eso que empecé a buscar de dónde venía yo —suspira ruidosamente—. Cuando Aina me dijo cómo había descubierto la muerte de su padre, y sabiendo que erais de Boira, comprendí que erais como mi hija. En aquel momento pensé que tú podrías ayudarla a entender las cosas mejor, pero después descubrí que estabas más perdida que ella.

No puedo evitar sonreírle, casi no puedo creer el giro de los acontecimientos.

—Me encantaría conocerla —le aseguro—, y estoy segura de que a Aina la idea le volverá loca.

—Sí, a mí también me gustaría que os conocierais, no tiene amigas y estoy francamente preocupado por ella. Creo que Aina sería una buena influencia para ella. Aina es más pequeña pero es muy madura y habladora, creo que sería bueno que se hicieran amigas.

Ahora comprendo esa fijación de Ortiz por Aina y por mí. Ahora siento que puedo confiar en él plenamente, me ha dicho cuanto quería saber, incluso más. Nunca me sentí culpable porque el Monstruo violara a Mariona, pero sí me dolía que ella estuviera convencida de que yo era la culpable de ello. Sin embargo sigo convencida que fue ella quien mató a Natalia, la que viene a por mí, no hay otra.

—¿Quién quiere matarme, Javier? —le llamo por su nombre de pila por primera vez.

—Ya te he dicho lo que creo, pero no tengo forma de saber cuál de las dos es la que quiere acabar contigo o por qué, pero mis principales sospechosas son ellas, y la que sea os odia a ti y a Mariona, a las dos.

Me marcho de comisaría. Ortiz me acompaña a casa en coche.

Por el camino no dejo de pensar en Nayara, Carla y Mariona, ha sido una de las tres, yo creo que quien quiere matarme es Mariona, pero Ortiz sospecha de Nayara y Carla. Nayara adora a Mariona y me quiere, Carla odia a Mariona, pero no a mí, es mi amiga y ninguna de las dos tenía relación con Natalia.

Paro la grabación del móvil que ha grabado toda la conversación con Ortiz, algo digno de reproducir algún día. Debería ponérsela a Aina y ver si es más ágil que yo al descubrir quién es Haizea.

Desbloqueo a Eric del WhatsApp y abro un grupo en el que lo incluyo a él, Pablo y Laura.

"Mis queridos vigilantes: Ortiz está libre de culpa. Me lo ha explicado todo y os aseguro que él no quiere matarme. Estoy llegando a casa, así que procurad que no cunda el pánico."

Quito el modo avión, el móvil se me llena de mensajes, llamadas y WhatsApp, pero antes de hablar con nadie quiero hablar con Aina. Cuando le diga que ya sé quién es Haizea le va a dar un ataque.

Cuando llegamos a casa veo que entre las llamadas está una de mi madre, me parece increíble que la hayan llamado, solo me he ausentado un par de horas como mucho.

Me despido de Ortiz y, tal y como bajo del coche, llamo a Aina.

—¡Sarah! —exclama cuando descuelga la llamada— ¿Dónde estás?

—¿Qué ha pasado? —paro en el portal asustada.

—Pablo está como loco —suspiro al comprender que no ha pasado nada.

—¿Está ahí?

—Sí.

—Dile que se tranquilice, que estoy bien, ya estoy en casa. No te vas a creer lo que acabo de descubrir.

Meto la llave dentro de la cerradura del portal y abro la puerta.

—¿Qué? —pregunta Aina sin decirle a su hermano que se tranquilice.

—Ya sé quién es Haizea —le contesto.

—¿La conoces?

Oigo unos pasos detrás de mí, imagino que algún vecino, llamo al ascensor.

—No, pero conozco a alguien de su familia, mañana cuando salgas del cole te cuento, o mejor, te pongo una grabación que va a hacer que lo flipes.

—Hola, Sarah —me saludan.

Me giro y me sorprende que ella esté aquí, me pregunto hasta dónde han llegado esos tres con su preocupación.

—No —oigo a Aina en tono quejicoso—, dímelo ahora.

—Espera un momento —le digo tapando el auricular para acabar de hablar con Aina—. Mañana Aina, te aseguro que te va a encantar.

—Lo siento, Sarah.

¿Que lo siente? La miro sin comprender a qué viene eso, me tapa la cara con una gasa con un fuerte olor químico, el móvil se me cae al suelo, me apoyo en la puerta del ascensor y forcejeo con ella. Me la estoy sacando de encima cuando la puerta del ascensor se abre, caigo dentro golpeándome la cabeza y, al momento, todo se vuelve negro y la conciencia desaparece dejándome noqueada.

22

Pablo

Tengo que volver a casa, mi familia me necesita, pero soy incapaz de dejar aquí a Sarah sabiendo que después no voy a poder volver. Eric tiene razón, Ortiz ha podido ponernos vigilancia a sus personas más allegadas, si volvemos a nuestras vidas y después venimos aquí se la vamos a poner en bandeja. Pero lo cierto es que necesito ropa limpia, no podré aguantar otro día más con la misma ropa, menos mal que ya no hace tanto calor.

—¿Dónde está Sarah? —me pregunta Eric con el pelo húmedo por la ducha.

—Estaba en la cocina, a saber qué está preparando para cenar…

Sarah es una chica apañada, al menos eso creía, pero he descubierto que es un desastre en la cocina, algún fallo tenía que tener, bueno, algún fallo además de estar enamorada de Eric.

No entiendo qué es lo que ve en él, es antipático, gruñón, no la trata bien y aunque ahora se preocupe por ella, cuando estaban juntos no lo hacía. Yo debo ser idiota, porque sabiendo lo que siente por él y lo que él siente por ella, se lo he servido en bandeja, pero como acordamos, su seguridad y bienestar son lo primero.

—¡Sarah! —lo oigo gritar por el pasillo— ¡Sarah! ¡Sarah, me cago en la ostia, no tiene puta gracia!

Sigo con mi partida, la verdad es que es extraño que esté jugando a la consola y no esté aquí para picarse conmigo a cualquier juego.

—No está —dice Eric con la cara desencajada cogiendo su móvil.

—¿Cómo que no está? —pregunto sin comprender.

—La he buscado por todas partes y no está, se ha largado.

—Estará escondida, querrá que te de un infarto para que te largues de una vez, aunque sea al hospital.

Cojo mi móvil y la llamo, no me lo coge, me levanto del sofá y recorro el pasillo esperando escucharlo, pero no está. Vuelvo a llamarla y nada, pruebo una tercera vez y lo tiene apagado.

Vuelvo al comedor a tiempo de ver cómo Eric tira el inalámbrico contra un cuadro y se hace añicos.

—¡Estúpida! ¡Estúpida! ¡Estúpida! —repite.

—Se ha ido —le digo sin creer que lo haya hecho.

—Muy bien, Sherlock —contesta mirándome—. Esto es culpa tuya —me señala—, como le pase algo, será culpa tuya. ¿No podías vigilarla diez minutos mientras me duchaba?

—No es una niña —me defiendo encarándolo —, no sabía que tenía que vigilarla.

—Es Sarah —contesta fuera de sí—, hay que esperar lo más estúpido de ella.

No soporto que hable así de ella, no entiendo cómo Sarah puede estar tan colgada de este individuo que no la valora ni la respeta, merece algo mejor que él.

—Ese es tu problema, que siempre la menosprecias y te crees superior a ella.

—No me toques lo cojones, Pablo —dice cogiendo el móvil—, ahora no, porque juro que te reviento.

—Cuando quieras puedes intentarlo, pero en mi presencia no hablarás así de ella.

Se gira y se pone el auricular en la oreja.

No entiendo a dónde puede haber ido, estaba muy agobiada, puede que haya salido a tomar el aire, seguro que está por aquí abajo dando una vuelta.

—Voy a bajar a ver si la veo —necesito distanciarme de este tío, o al final seré yo quien le meta.

Me voy de casa de Carla, recorro las calles buscándola, pero no hay rastro de ella; llamo a Laura, puede que le haya dicho a ella dónde ha ido, pero tiene el móvil apagado, vuelvo a llamarla a ella, también apagado.

No puedo creer que me haga esto, no puedo creer que, sabiendo lo preocupados que estamos por ella, se largue sin más.

Cuando llego a casa de Carla llamo al timbre y nadie abre, insisto e insisto pero no hay nadie. Me pregunto dónde habrá ido Eric a buscarla, porque estoy seguro de que ha salido a buscarla. No creo que ella haya sido capaz de ir a ver a Ortiz, no, eso es imposible, Sarah no es idiota, no se expondría de esa manera.

Recuerdo que Aina quería verla, puede ser que haya ido a verla, mi hermana es la persona más pesada que conozco, puede que esté con ella.

Me voy a casa desesperado porque esté allí; al llegar al metro me doy cuenta de que no he cogido la cartera, me cuelo y espero el vagón. De camino a casa no puedo dejar de pedirle a Dios que ella esté bien, que ella esté en casa, haré lo que haga falta, cualquier cosa, pero necesito que ella esté bien.

Llego a casa y Aina está en la habitación tumbada en su colcha de la dichosa Hello Kitty que tanto le gusta haciendo los deberes.

—¿Has visto a Sarah? —le pregunto a mi hermana.

Se gira y me mira confusa.

—No —niega con la cabeza.

—¿No sabes dónde está?

—¿Qué ha pasado? —pregunta poniéndose de pie.

—Que se ha largado —digo desesperado—, eso ha pasado, que ha cogido la puerta y se ha ido sin decirle nada a nadie, así por las buenas, plum, ha desaparecido.

Niego con la cabeza y me callo, Aina no tiene ni idea de que alguien intenta matarla, no quiero que se preocupe por ella, bastante preocupado estoy yo por los dos.

Voy a mi habitación y vuelvo a llamarla, sigue con el móvil apagado, no entiendo a qué está jugando, no puedo creer que me haga esto.

Llamo a Laura y también tiene el móvil apagado, llamo a Eric, al menos el móvil del imbécil da tono.

—¿La has encontrado? —pregunta confirmándome lo que yo iba a preguntarle.

—No, he dado una vuelta por el vecindario y no estaba, he venido a mi casa y mi hermana no sabe nada de ella.

—¿Dónde cojones crees que ha ido? —pregunta gritándome otra vez.

—¿Cómo quieres que yo lo sepa? ¿Dónde estás tú?

—Estoy en casa de Nayara con Laura, aquí no hay nadie, ni Carla, ni Nayara, ni siquiera Mariona. Ahora las llamaremos a ellas para ver si alguna sabe algo, si está con alguna de ellas.

Con la que seguro que no está es con Mariona, de eso no me cabe ninguna duda.

—Dime algo, me quedaré un rato aquí por si viniera a ver a mi hermana, ayer las oí hablar y puede ser que venga para aquí.

Es tan maleducado que ni siquiera me contesta, me cuelga sin más y por enésima vez me pregunto qué ve Sarah en él.

Llamo a Nayara.

—Hola —contesta con voz alegre.

—¿Sabes algo de Sarah? —demando sentándome en la cama.

—No —detecto una sonrisa en su voz, no va a durarle mucho—, no sé nada desde que la escondisteis en un búnquer o algo así.

—Se ha escapado del búnquer y nadie sabe dónde está, se ha esfumado, temo que Ortiz la haya cogido.

—¿Ortiz? —oigo la duda en su voz— ¿Qué pasa Pablo? Dime qué está pasando.

—¿Sabes el tío ese que violó a Mariona e intentó matar a Sarah?

Apoyo el codo en la rodilla y me froto los ojos sin creer que esto esté pasando.

—Sí, Jaume Montaner, Eric lo mató este verano cuando él intentó violar a Sarah.

—Ortiz es su hijo —le contesto—, por eso escondimos a Sarah, por eso la hemos recluido casi contra su voluntad y ahora se ha esfumado.

—No —dice Nayara con voz entrecortada—, no, no puede ser, es imposible, no tenía hijos.

—Laura y Eric están en tu casa, han ido a buscarla y no hay nadie, necesito que llames a Carla y a Mariona, para ver si alguna de ellas sabe algo.

—¿Habéis ido a la policía?

—Él es la policía Nay —intento mantener la calma—. ¿Puedes hacer esas llamadas por mí, por favor?

—Te llamo en dos minutos.

Cuelga la llamada y me meto en la ducha para intentar tranquilizarme, o tendré que ponerme a destrozar cosas en plan Eric, para eliminar toda la adrenalina que corre por mi cuerpo.

Salgo de la ducha y voy hacia a la habitación cuando Nayara me llama.

—¿Sabes algo?

—Las dos tienen el móvil apagado. Carla tenía una cita esta noche, supongo que ya debe haberse ido y Mariona no sé dónde está, tiene el móvil apagado. He llamado a casa y Laura dice que allí no está, y ella siempre está en casa —oigo cómo rompe a llorar—, nunca sale tan tarde a no ser que salga conmigo, y yo estoy en casa de Aleix.

Ha sido Ortiz, se ha hartado de esperar y las ha cogido a las dos.

—Tranquilízate Nayara, seguro que están bien —miento, estoy seguro de todo lo contrario.

—Voy a ir a casa a ver si llegan, quizás están juntas y han quedado para arreglar las cosas entre ellas.

Eso es lo que ella quisiera, pero sé lo que Sarah piensa de Mariona, no están juntas, al menos no por voluntad propia.

—Cuando llegues a casa llámame por favor, si sé algo de Sarah te llamo yo a ti.

—Vale.

Llamo a Eric y se pone Laura, me dice que vuelven a casa de Carla, que han cogido uno de sus juegos de llaves para poder entrar. Nayara va hacia allí, que yo me quede aquí para poder tener los tres sitios a los que ella acudiría controlados.

Acabo de vestirme y doy vueltas por la casa, no sé dónde meterme o qué hacer, pero no puedo estarme quito sin saber que ella está bien, sin saber qué ha pasado.

Recibo un mensaje y veo que es de ella. Dios, gracias, gracias, digo tirando la cabeza hacia atrás, siento las cervicales resentidas debido al estrés del momento. Abro el mensaje y juro que deseo matarla.

"Mis queridos vigilantes —se mofa de nosotros—: Ortiz está libre de culpa, me lo ha explicado todo y os aseguro que él no quiere matarme, estoy llegando a casa, así que procurad que no cunda el pánico."

¿Que no cunda el pánico? Cuando la coja por banda no sé qué es lo que voy a hacerle, aunque por otro lado, cuando la enganche Eric, será él quien se encargue de darle lo suyo por darnos este susto de muerte.

Llamo a Nayara y le explico que acaba de llegar a casa, no sabe nada de Mariona y está muy preocupada, intento tranquilizarla y después cuelga alegando que necesita la línea libre por si Mariona la llama.

Voy a salir por la puerta cuando oigo a Aina gritando el nombre de Sarah desde la habitación.

—¿Qué pasa, Aina? —le pregunto entrando a la habitación.

Mi hermana tiene la nariz roja y los ojos vidriosos.

—Estaba hablando con Sarah —dice de forma atropellada—, alguien le ha dicho algo y después he oído dos ruidos fuertes y ahora no contesta.

Cojo el móvil de su mano sintiendo cómo el corazón se me va a la boca.

—¿Sarah? ¿Estás ahí, preciosa? Vamos Sarah —digo desesperado—, contesta, Sarah, por favor Sarah.

Miro el móvil, la línea sigue abierta pero ella no contesta, vuelvo a colocármelo en la oreja, no se oye nada, ha dicho que estaba llegando a casa, si estuviera aún en la calle se oiría tráfico, aunque fuera poco.

—Sigue intentándolo —le devuelvo el móvil a Aina, cojo el mío y llamo a Eric.

—¿Puedes creerte que ha ido a hablar con Ortiz? —responde Eric fuera de sí.

—Estaba hablando con mi hermana y dice que ha oído a alguien hablar con ella, después dos golpes, la línea sigue abierta pero no contesta.

—¿Qué quieres decir?

—Creo que está en el portal, baja y míralo.

Eric me cuelga el teléfono y lo guardo en el bolsillo, cojo el de Aina.

Sigo llamándola sin que conteste.

—¿Qué te ha dicho cuando te ha llamado? —le pregunto a mi hermana.

—¿Dónde está, Pablo? —pregunta Aina con cara de terror— ¿Ella está bien?

—No lo sé, Aina —debo decirle la verdad—, ¿para qué te ha llamado?

—Me ha dicho que ya sabía quién era Haizea, que tenía una grabación y que mañana vendría a buscarme al cole para explicármelo todo.

—¿Quién es Haizea? —pregunto exasperado sin comprender nada.

—La chica que nos faltaba del tapiz de tu abuela.

Normalmente, cuando ella dice tu abuela, yo le contesto la tuya, pero no estoy de humor para bromear con ella.

—¿Hola? —oigo la voz de Eric a través del móvil de Sarah.

Siento que me derrumbo.

—¿Dónde está? —le pregunto a Eric.

—Aquí no está —oigo que su voz se rompe y siento que yo me rompo en mil pedazos—, solo está el móvil tirado junto al ascensor.

—Escúchame, Eric —intento mantener la calma por los dos—, no rompas el móvil, mira a ver si la ves por ahí, pero no apagues o rompas el móvil, voy hacia allí.

Cuelgo el teléfono y me dispongo a irme.

—¿Dónde está Sarah? —pregunta Aina.

—Voy a buscarla, seguro que está bien —salgo de la habitación—, no te preocupes.

—No me trates como si fuera una niña —dice detrás de mí—, voy contigo.

—No —paro en el pasillo—, ni lo sueñes, tú te quedas aquí —digo tajante.

—¡No! —exclama ella poniéndose de puntillas— Ella me ha llamado a mí, no ha vosotros, sino a mí —se señala a sí misma—. Así que voy contigo, además yo sé cosas que vosotros no sabéis.

Resoplo mirando a mi hermana, frunce los labios como lo hace cuando está decidida o molesta, irme sin ella me costará tiempo, no va a dejarme ir por las buenas, además eso me asegura que después tratará de hacer algo por su cuenta. No puedo estar buscando a Sarah y muerto de preocupación por mi hermana. Si me voy intentará escaparse, si la encierro es capaz de intentar trepar por la cornisa en plan Spiderman, ya lo hizo una vez, uno de los peores días de mi vida, y aunque me prometió no hacerlo nunca más, no me fío de ella.

—Te vas en pijama —le advierto.

Vuelve corriendo a la habitación, se pone las botas, cojo su abrigo y me la llevo, sin decirle nada a mi madre. A la carrera volvemos a casa de Carla, el trayecto de metro se me hace el más largo de mi vida, encima debemos hacer transbordo.

—¿Con quién ha hablado Sarah? —le pregunto a mi hermana.

—He oído que alguien le decía: lo siento Sarah y después he oído el primer golpe —empieza a llorar y yo la abrazo, ella se separa de mí—. La he llamado, Pablo —dice desesperada—, pero ya no contestaba, he seguido llamándola, se oía ruido —se detiene buscando las palabras— como amortiguado, después otro golpe, más ruidos, pero más flojos y después nada.

—¿No has reconocido la voz?

—No, era una voz de chica, pero no sé quién era.

Mariona, Sarah siempre pensó que era ella quien la quería muerta y ambas han desaparecido misteriosamente, o eso, o Ortiz no es tan inocente como ella pensaba. Yo ya no sé qué pensar, solo sé que la angustia me está ahogando.

Mi hermana sigue llorando, la subo encima de mis piernas y la mezo.

—No pasa nada, Aina —le aseguro—, seguro que Sarah está bien, no le va a pasar nada.

—Ella estaba contenta —dice llorando sobre mi pecho y restregando su nariz en mi chaqueta—, cuando me ha llamado parecía muy contenta. Las últimas veces que hemos hablado parecía triste, aunque intentaba disimular. Os pensáis que soy una niña y me engañáis pero no es así, sabía que algo pasaba, no has venido a dormir en tres días, sabía que me estabais ocultando algo —mi dulce hermanita, no se le escapa una—, pero cuando me ha llamado estaba contenta, Pablo —levanta la cabeza y me mira—, estaba bien.

Le limpio las lágrimas de la cara, al salir del metro llamo a mi madre y le digo que me he llevado a Aina, le aseguro que todo va bien, pero que tenía miedo de que se tirara por la ventana con tal de salir de casa. Mi madre por supuesto no está conforme, me pregunta qué está pasando, le digo que estoy con Aina y lo coge al vuelo, me exige que le mande un mensaje y le explique qué ocurre.

Al llegar a casa de Carla, Laura abre la portería desde arriba, esperamos al ascensor, una vez arriba Laura nos espera en la puerta del ascensor.

—¿Sabes algo de ella? —me pregunta con cara de terror sin dejarme bajar.

—No.

—Aina —dice sorprendida fijándose en mi hermana —. ¿Qué haces aquí, bonita? —el semblante de la pelirroja cambia completamente, intenta aparentar normalidad, pero sus enormes ojos azules delatan lo asustada que está.

—¿Dónde está el móvil de Sarah? —pregunta mi hermana, que está tan asustada que ni siquiera quiere ser social.

—Entra en casa —le contesta Laura apartándose de la puerta del ascensor, mi hermana no lo duda y entra al piso como un remolino—. ¿Por qué has traído a tu hermana? —me pregunta con gesto de incomprensión— Eric está como loco, ya lo vi así en otra ocasión y va a asustarla.

—Tú no conoces a mi hermana —le contesto—, no me hace ninguna gracia que esté aquí, pero no he podido hacer otra cosa. ¿Se sabe algo más?

—No —se tapa los brazos como si tuviera frío—. Eric se ha ido a buscar a Ortiz. Está convencido que ha sido él, ha encontrado su móvil roto y una gasa con lo que creemos podría ser cloroformo en el portal.

Rodeo a Laura con el brazo, apenas la conozco pero Sarah siempre habla maravillas de ella, ella y Nayara son sus mejores amigas, ella apoya la cabeza en mi pecho y tira de mi chaqueta, le acaricio los brazos intentando que entre en calor.

Oigo unas voces salir de la casa, parece que es la voz de Sarah. Laura y yo nos miramos y entramos en el piso. Mi hermana está sentada en el suelo delante del sofá, en su mano sostiene el móvil de Sarah, la pantalla está rajada y veo que Aina tiene sangre en el dedo índice.

—¿Qué es eso? —le pregunto a Aina.

—Es una grabación que Sarah le ha hecho a Ortiz, ella me dijo que quería enseñármela —levanta la vista del móvil—. ¿Alguien ha intentado envenenar a Sarah? ¿Quién es el padre de Ortiz?

—¿Habla de eso? —pregunta Laura sentándose en el suelo junto a ella.

Me quedo de pie escuchando la conversación que Sarah y Ortiz han mantenido, me parece increíble que ella haya ido a buscarlo, incluso Ortiz hace referencia a ello: No voy a hacerte nada Sarah, es raro que pienses que quiero matarte y hayas venido hasta aquí a buscarme. Sarah le asegura que no tiene miedo y me siento morir, porque yo estoy aterrado.

Aunque nunca lo admitiré en voz alta, Eric tenía razón, es una estúpida. No puedo creer que se haya ido sola a buscar a Ortiz, no entiendo por qué no me ha pedido que la acompañara, lo habría hecho.

Alguien se la ha llevado, seguramente la misma persona que ha estado atentando contra ella, ¿pero quién? ¿Ortiz? ¿Mariona? ¿Otra persona, como apunta Ortiz? No tengo ni idea, pero tenemos que encontrarla.

—Voy a mandarle un mensaje a Eric para que vuelva —dice Laura.

Sigo escuchando la conversación entre Ortiz y Sarah prestando toda mi atención. Aunque al principio Sarah sonaba estridente y nerviosa, se nota que a medida que van hablando se relaja, puedo oírlo en el tono de su voz, en el timbre, la conozco muy bien.

—¿Quién la cuidó cuando estaba enferma? —me pregunta Laura haciendo referencia a las insinuaciones que Ortiz le ha hecho a Sarah.

—Nayara —contesto con un hilo de voz.

—¡Ella no ha sido! —salta mi hermana a la defensiva.

—Lo sé —dice Laura acariciándole el brazo a Aina.

Escuchamos toda la conversación, Aina está completamente segura que Ortiz no ha sido, francamente yo también lo estoy. Llamo a Nayara para saber si sabe algo de Sarah o Mariona, pero no han aparecido ninguna de las dos.

Cuando vuelve Eric está histérico, Laura intenta hacer que se tranquilice, Aina no deja de llorar y yo creo que estoy en shock.

—¡Basta! —grita Laura— Todos —hace un gesto con las manos como si diera algo por zanjado—. Así no la estáis ayudando —nos advierte molesta.

—Joder, Laura —dice Eric—. ¿Qué cojones vamos hacer ahora?

—Pensar, debemos pensar.

¿Pensar? Me pregunto mirándola, eso es lo que estamos haciendo, no creo que eso ayude en nada a Sarah.

—¿Cuánto rato has hablado con Sarah, Aina? —le pregunta a mi hermana.

—Solamente unos minutos —le contesta Aina llorando—, ella estaba bien, después he oído la voz de mujer y los golpes.

—Vale, no llores bonita —vuelve a arrodillarse junto a Aina—, vamos a encontrarla —le asegura—, no te preocupes, pero necesito que pienses. ¿Cuánto minutos crees que has hablado con ella? ¿Cinco minutos? ¿Un par? ¿Cuánto rato has estado al teléfono después? ¿Tienes aquí el móvil?

Aina saca su móvil desfasado del bolsillo de la chaqueta que ni siquiera se ha quitado y se lo tiende a Laura.

—Según el registro de llamadas, la última conversación ha durado siete minutos, ¿has hablado con alguien después? —le pregunta a Aina y ella niega con la cabeza— De acuerdo, Eric ha sido quien ha finalizado la llamada. ¿Cuánto crees que has tardado en bajar?

—He bajado por las escaleras, no he tardado más de un minuto, minuto y medio como mucho.

—¿Cuánto has tardado tú en avisar a Eric? —me pregunta a mí.

—He hablado con Aina y he comprendido que podía estar en el portal, puede que dos minutos.

—Aina, sé que estás asustada, pero necesito que pienses cuánto rato has hablado con ella.

—Creo que dos o tres minutos, después la he estado llamando hasta que ha venido mi hermano.

—En ese caso solo han tenido unos tres minutos para llevársela, cuando Eric ha bajado ya no había rastro de ella. Si la voz que Aina ha oído era de mujer, hemos de suponer que era una mujer grande, fornida, Mariona no podría cargar con el peso de Sarah, a no ser que alguien la haya ayudado, pero no tiene amigos.

—Tiene un hermano —intervengo, recuerdo que Sarah una vez me lo dijo.

—Os aseguro que Mariona no se atrevería a hacerle algo a Sarah, ella en el fondo la teme —dice Eric.

—Eso no te lo crees ni tú —le contesto a Eric—. ¿Después de todo lo que ha hecho sigues confiando en ella? —le pregunto y Eric no contesta, no puedo creerlo— Sarah siempre pensó que era Mariona, Sarah desaparece y Mariona también. Están juntas, deja de defenderla, ella se la ha llevado con la ayuda del hermano —concluyo muy seguro de mi afirmación—. Es la única explicación posible si eliminamos a Ortiz.

Los cuatro nos quedamos callados, el único sonido son los sollozos de Aina, no he debido traerla aquí. Laura la abraza e intenta calmarla, pero Aina parece inconsolable.

—Aina, princesa —le digo—, debería llevarte a casa, mañana hay cole y tienes que dormir, es muy tarde.

—¡Eso es! —grita Laura poniéndose de pie y obligando a Aina a levantarse— Tiene que dormir —le dice.

La miro pensando que se le ha ido la cabeza, Sarah solía decir que Laura era un genio, aseguraba que si Laura hubiera estado aquí lo hubiera resuelto en dos minutos. Siempre alababa su inteligencia, su perspicacia para llegar a conclusiones que a los demás se nos escapaban, pero empiezo a pensar que está loca.

—¡Qué tonta soy! —exclama mi hermana golpeándose la cabeza con la mano.

Miro a Eric y parece que está tan perdido como yo, él me mira a mí y niega con la cabeza.

—¿Qué pasa, Aina? —pregunto sin comprender.

—Yo puedo encontrar a Sarah —me contesta—, ya lo he hecho antes, solo tengo que dormirme y sabré dónde está. Si ella está dormida podré hablar con ella, ella sabe quién la ha cogido, podrá decírmelo.

—¿Es eso posible? —pregunta Eric acercándose a mi hermana.

—Ya lo he hecho antes, así fue como la encontré —sonríe Aina por primera vez en toda la noche.

—Iré a prepararte una tila para que te ayude a dormir —sale Laura corriendo del comedor.

Aina es nuestra única esperanza. Miro a la pequeña chica en la que se está convirtiendo, no ha dejado de crecer ni un día, en unos pocos años habrá perdido cualquier rastro de la niña que fue una vez. Sólo tiene diez años y ya se comporta como un adulto, casi siempre, a veces tiene esos arrebatos de niña mimada que, aunque me cabreen en muchas ocasiones, no quiero que pierda, pues entonces dejará de ser una niña.

—¿Podrás hacerlo, Aina? —pregunto dubitativo.

—Por supuesto, solo debo relajarme lo suficiente como para dormir y voilà, la encontraré —asegura.

Laura vuelve con la tila, Aina se la bebe, va al baño y después Laura y yo la metemos en la cama. Eric se queda en el comedor escuchando la conversación de Sarah y Ortiz de nuevo.

—No podré dormirme si os quedáis ahí mirándome —nos dice Aina.

Laura me sonríe mirándome, tiene una sonrisa muy bonita, Sarah me dijo que era muy lista pero no que fuera tan guapa.

Volvemos al comedor, donde Eric sigue con la grabación de Sarah. Laura se sienta a su lado y Eric rodea sus piernas con el brazo; no creo que sea un gesto romántico, parece que quiera que Laura sepa que no está sola. No tenía ni idea de que Eric y Laura fueran amigos, pero se nota que entre ellos hay confianza, se detecta cierta complicidad entre ellos, me pregunto qué pensará Sarah al respecto.

—Creo que deberíamos avisar a Ortiz —dice Eric cuando acaba la grabación—, no puedo estar seguro, pero creo que ha sido sincero con ella, además se nota que la aprecia. La reta a esforzarse a ser mejor, eso lo haces cuando alguien te importa.

—Has ido a comisaría y no estaba —le contesta Laura.

—Sarah tiene su número grabado en la agenda, lo he comprobado.

—Deberíamos esperar a ver qué dice Aina —intervengo—, es la una de la madrugada, no tenemos ni idea de dónde está.

—Si —Eric está de acuerdo conmigo—, será mejor que esperemos. He mirado el registro de llamadas, su madre también la ha estado llamando, deberíamos hablar con ella. Cuando buscamos a Mariona la madre de Sarah le dio ciertas pistas claves que nos ayudaron a encontrarla, a mí me dijo que nada era inútil y gracias a eso supe dónde se había llevado a Sarah ese cabrón, dudo que la hubiera encontrado si no llega a decirme eso.

—Ella ve o intuye cosas que aún no han pasado —le explico—, deberíamos probarlo.

—Siento aguaros la fiesta, pero cuando te has ido a comisaría he hablado con ella —dice Laura—, dice que la ha estado llamando porque ha visto que estaba en peligro, que algo maligno la acechaba, estaba histérica... Después se ha puesto su padre y me ha preguntado qué estaba pasando, le he dicho lo poco que sabía y también se ha puesto muy nervioso. Le he pedido que se tranquilizara, que así no ayudaba a su mujer, me ha dicho que le daría algo a la madre de Sarah para los nervios, que estaría despierto esperando noticias.

—¿Deberíamos llamarlos para ver si su madre sabe algo? —pregunto desesperado por hacer algo.

—No —contesta Eric—, podríamos desestabilizarla, es una persona muy sensible, si le hacemos daño, Sarah no nos lo perdonaría.

—Pero no sabemos dónde está Sarah —intervengo exasperado—, cada minuto que pasa, quien sea que la quiera muerta está más cerca de conseguirlo.

—Tranquilizaos los dos —dice Laura—, esperemos a ver qué dice Aina, después hablaremos con Ortiz, él es policía, conoce a Sarah y sabrá qué hacer mejor que nosotros.

—¿Ortiz? —le pregunto— Yo no estaría tan seguro, él sospecha de Nayara y Carla, ninguna de ellas le haría daño a Sarah. Además debemos recordar que lo más probable es que la tenga Mariona —miro a Eric—. Tú la conoces Eric, tú tienes que saber dónde puede haberla llevado.

—Estoy seguro de que Mariona no ha sido —me contesta enfadado.

—Sí claro, porque ha sido siempre muy sincera conmigo.

—No es la psicópata que vosotros creéis. Admito que es un poco retorcida, como siempre ha dicho Sarah, pero no una asesina.

No comprendo a Eric, no entiendo cómo puede seguir defendiendo a Mariona, después de todas las evidencias, después de que lo dejó como un idiota delante de todo el mundo. Sin embargo él sigue insistiendo en su inocencia, me quedo callado porque no quiero volver a pelear con él.

Los tres nos quedamos callados, intentando encontrar la respuesta que nos lleve hasta ella. Me cuesta creer que nos haya hecho esto, no puedo entender por qué no me ha dicho que la acompañara, yo no hubiera permitido que le pasara nada.

Oigo gritar a Aina en la habitación y salto del sofá, voy en su busca y la encuentro incorporada en la cama. Tiene la mirada perdida y su cara es de puro terror, conozco a mi hermana mejor que nadie y no se asusta fácilmente.

—Aina —entro dentro de la habitación—. ¿Qué te pasa, princesa? ¿Qué has visto?

Me siento enfrente de ella y le cojo la carita entre las manos para que me mire. Sus ojos, del mismo color que los míos, se centran en mí. Respira deprisa y veo cómo su pecho sube y baja muy deprisa mientras jadea, pongo mi mano en su corazón y lo siento bombear muy deprisa.

—Sarah no está —contesta jadeando—, su cuerpo estaba allí, pero estaba vacío.

—¿Qué significa eso? —pregunta Eric detrás de mí.

Miro a mi hermana mientras siento que me rompo por dentro, no puede estar muerta, no puede ser. Sarah no puede haber muerto, siento que lloro por dentro y Aina no contesta.

Las lágrimas escapan de mis ojos y el corazón bombea más deprisa de lo que lo ha hecho nunca.

Laura pasa por mi lado y se pone en cuclillas a mi lado, delante de Aina, le coge la mano y ella la mira.

—¿Qué has visto, Aina? —le pregunta en tono pausado y tranquilo.

—Estaba oscuro —dice lamiéndose los voluptuosos labios—, muy oscuro. Ella parecía dormida, he intentado penetrar en ella, colarme en sus sueños, lo he hecho otras veces, pero no he podido.

—¿Por qué, princesa? —pregunto limpiándome las lágrimas e intentando mantener la calma, como hace Laura— ¿A qué crees que es debido?

—No lo sé, estaba muy quieta, parecía dormida. Había alguien con ella, creo que Mariona. Ella era diferente, como Sarah, como yo, además he visto fotos de ella y creo que era esa chica.

—Sarah no está muerta, Aina —le asegura Laura, yo la miro, creo que todos estamos pesando que sí lo está—, la han drogado, seguramente estará inconsciente, tienes que describirnos el sitio para que podamos ir a buscarla.

—Me he asustado —admite Aina mirando a Laura y después a mí—, volveré a intentarlo. Si estuviera muerta lo habría notado, estoy acostumbrada a moverme entre ellos, si hubiera muerto lo habría notado.

Suspiro al escucharle decir eso a mi hermana, está viva, tiene que estar viva.

Laura se levanta del suelo y se marcha.

—Vamos Eric, sal conmigo.

Me giro y veo cómo los dos se marchan.

—¿Estás segura de que sigue viva, verdad? —me siento obligado a preguntarle a mi hermana.

—Cuando la he visto creía que no, pero si hubiera muerto lo habría notado, la habría sentido. Déjame dormir Pablo, debo encontrarla.

Le beso la frente a mi valiente hermana, la quiero como a nadie en el mundo, me mata hacerle pasar por esto, pero sé que ella quiere hacerlo y a Aina no puedes prohibirle nada.

—Estaré en el pasillo, si necesitas algo dímelo.

—Vale.

Se da la vuelta y se pone en posición fetal, observo cómo cierra los ojos, dispuesta a dormirse de nuevo.

Salgo de la habitación y dejo la puerta abierta, me quedo en el pasillo y me dejo caer en el suelo. Oigo cómo Laura intenta tranquilizar a Eric, hablan de Sarah. Laura consigue calmarlo, alegando que quien sea que la ha cogido no la matará tan fácilmente; según Ortiz, las cantidades de arsénico encontradas en el pelo de Sarah no eran letales. Laura intenta convencer a Eric de que le costará hacerlo, que aún tenemos tiempo.

Después hablan de Aina, Eric habla muy bien de mi hermana y Laura le explica algunas de las cosas que Sarah le contó, me gusta escuchar hablar a Laura, habla de Sarah con mucho cariño.

—Sarah la quiere mucho —le dice Laura—, es una niña excepcional.

—Sí —está de acuerdo Eric—, aunque me parece que te sientes más impresionada por su hermanito.

—Qué más quisieras tú —le responde ella, creo que sonriendo.

—Venga Laura, con esas a otro, soy tan observador como tú, me he dado cuenta de cómo lo miras.

¿Qué? Me pregunto de qué está hablando Eric, Laura y yo apenas nos conocemos.

—Eso es lo que a ti te gustaría, para que Sarah se apartara de él, pero lo siento por ti, Eric, yo paso de meterme entre vosotros tres.

—Aunque lo apartara de ella, ella no querría estar conmigo, ya me he dado cuenta. Me siento vencido, así que si debo renunciar a ella, prefiero que esté con él que con otro que no la trate como es debido.

—¿Vas a renunciar a ella? —oigo la sorpresa en la voz de Laura, una sorpresa que comparto.

—¿Qué otra cosa puedo hacer? He pasado el último mes persiguiéndola, vigilándola, rogándole… Ella no quiere estar conmigo, no porque no me quiera, sé que me quiere, pero no quiere estar conmigo y no hay nada que yo pueda hacer. Lo he intentado de todas las maneras posibles, por las buenas, por las malas… Y ya la has visto, me trata como si fuera invisible cuando yo haría y daría cualquier cosa por ella.

—¿Vas a rendirte? —le pregunta Laura incrédula— Tú no eres de los que se rinden.

No puedo creerme lo que Eric está diciendo, no puedo creer que vaya a dejar a Sarah tranquila.

—Tampoco soy de los que suplica que le quieran. Ahora mismo solo quiero encontrarla, que ella esté bien y después me apartaré. No volveré a interferir en su vida, no volveré a vigilarla, si ella ha decidido olvidarme tendré que darme por vencido y ser consecuente con su decisión.

—Me cuesta creerlo —le contesta Laura.

—A mí también, pero no me queda otra; la amo tanto como para apartarme si estar con otra persona es lo mejor para ella. Creía que sabía lo que era el amor, pero cuando ella me abandonó descubrí que no tenía ni idea de lo que era, no hasta que vi que la había perdido. Pensé que ella me engañaba y mi orgullo me impedía ir a por ella, le pedí perdón, pero ella no va a perdonarme que no la creyera. Desde el día que se marchó he ido muriendo día a día sin ella. En Madrid pensé que lo arreglaríamos, pero ella no quiere estar conmigo, quiere estar con él y espero que sepa hacerla feliz, porque si no le partiré las piernas.

—Creo que serías capaz de hacerlo.

—Ni lo dudes, de hecho desearía hacerlo ahora, si la hubiera vigilado no se habría ido.

—Ese es tu problema Eric, no siempre se puede controlar la situación. Sarah no es una niña o una mascota, es una persona adulta y no necesita que nadie la vigile, es mayor para tomar sus propias decisiones.

—Solo he querido lo mejor para ella, pero con Sarah es obvio que no doy una. ¿Vas a decirle que él te gusta?

—No, es cierto que me atrae, cuando lo vi me gustó, además ella me contó muchas cosas de él en Madrid. Convivir con él estos días me ha dado la posibilidad de comprobar por mí misma lo que Sarah ya me había contado, pero no pienso hacer nada al respecto. Sarah es mi mejor amiga, nunca le haría daño.

—Me alegro de que Sarah os tenga a ti y a Nayara —dice Eric—, ya sabes que Nayara no es santo de mi devoción, pero sé que la quiere, que se preocupa por ella y que solo quiere lo mejor para Sarah.

—Tanto tú como Nayara queréis controlar a Sarah y parece que no os deis cuenta que ella va por libre, es más independiente de lo que parece.

—Ya lo sé.

—Intenta dormir un poco Eric, necesitamos descansar.

Después de eso la casa se queda en completo silencio.

Eric va a renunciar a Sarah, él realmente la ama y ella lo ama a él, yo estoy enamorado de ella, estar con ella es una de las cosas que más he anhelado en la vida, pero no puedo llegar hasta ella como yo quisiera.

Siempre oí que el amor duele, lo he visto en otras personas, lo he vivido en primera persona, pero siempre desde el otro lado, desde la barrera, sabía que tenía que tener cuidado y lo tuve, hasta que llegó ella. Poco a poco ella me hizo olvidarlo, me hizo ignorar mis propias reglas; cuando quise darme cuenta ya estaba loco por ella y no había marcha atrás. Estar enamorado de Sarah duele, tenerla cerca y no poder acercarme tanto como desearía ha sido un infierno. Ha habido días que sentía que me quemaba por dentro, ella me ha hecho muy feliz, aunque otros días sentía que me mataba. Se supone que el amor es no esperar nada de la otra persona, se supone que es querer y aceptar al otro sin esperar nada de él. Yo siempre estoy esperando algo de ella, siempre estoy esperando que me elija y se olvide de Eric, pero debo dejar de engañarme; aunque ella me ha elegido, su corazón lo ha elegido a él. Si supiera que él la trataría bien, renunciaría a ella, es más, se la entregaría solo por hacerla feliz, pero Eric es incapaz de hacerla feliz, de dedicarle su tiempo. Cuando estaban juntos casi no le hacía caso, no le demostraba lo que sentía por ella, no estaba pendiente de ella, pero parece que eso ha cambiado, quizás él haya cambiado y sea capaz de darle lo que merece.

Pasadas un par de horas, cuando ya no me siento el culo, voy a la habitación de Sarah, donde está durmiendo mi hermana. Aina parece tranquila, espero que la haya encontrado.

Dejo uno de los almohadones en el suelo y me siento con la cabeza apoyada en la cama observando a mi mujercita. Espero que Aina lo tenga más fácil que yo cuando sea mayor, aunque tendrá que encontrar a un santo para que la aguante.

Me quedo dormido en algún momento de la noche.

—Pablo, Pablo, despierta —oigo la voz de Aina y recuerdo a Sarah, al momento tengo los ojos abiertos—. Ya sé dónde está Sarah, sé quién la tiene. Su madre me ha dicho que tenéis que ir con Ortiz.

33

Conspiración

Despierto con un dolor de cabeza que ni siquiera puedo comparar con la mayor resaca de tequila.

No sé dónde estoy, pero huele fatal, tengo ganas de vomitar, estoy completamente a oscuras y me siento muy desconcertada, me está costando mucho despertar. Intento tocarme la cabeza y me doy cuenta de que tengo las manos atadas detrás de la espalda. Eso me crea ansiedad, forcejeo con todas mis fuerzas, también los pies están atados. Estoy tumbada boca abajo en una superficie dura y fría, el suelo supongo, y hace frío.

—¡Mierda! —exclamo recordando lo que pasó al llegar a casa de Carla— ¿Qué cojones? —me pregunto sin comprender lo que ha pasado.

—¿Sarah? —oigo la voz de Mariona— ¿Eres tú?

—¿Mariona?—pregunto creyendo haberlo imaginado

Se pone a llorar, la oigo sollozar, me doy la vuelta y me pongo boca arriba e intento ponerme de pie, pero no puedo hacerlo con los pies y las manos atadas.

—¿Por qué me haces esto, Sarah? —solloza Mariona— Déjame salir, por favor Sarah, déjame salir, no puedo pasar otra vez por esto, por favor, por favor…

¿Qué? No soy yo quien la retiene aquí, por otra parte yo era la que creía que era ella quien había intentado matarme, así que supongo que estamos en paz.

—Mariona, yo no he sido —le aseguro luchando por ponerme de pie.

—Necesito salir de aquí, por favor, me iré de casa de Nay, volveré a Boira con mi madre, no volverás a verme nunca más, lo prometo —dice desesperada—. Pero déjame salir de aquí, me estoy ahogando, te juro que me ahogo, no puedes hacerme esto Sarah, por favor, suéltame, déjame marchar, te juro que no diré nada.

—Por favor Mar, tranquilízate. Yo no te estoy haciendo esto, estoy en la misma posición que tú —me ignora y sigue llorando, la oigo llorar, hipar y sorberse los mocos—. ¿Qué haces tú aquí? ¿Dónde estamos?

—No lo sé —llora más fuerte, oigo su dolor y congoja en cada hipido que hace, se me pone el vello de punta al escucharla—, pero llevamos horas aquí encerradas, pensaba que estaba sola.

Al final Ortiz tenía razón, ha resultado ser mejor detective de lo que yo hubiera imaginado en la vida, no soy capaz de imaginar por qué ella me ha hecho esto.

—Mariona, por favor, tranquilízate —le pido y suspiro—. Yo no te he traído aquí, acabo de despertarme, estaba en casa de Carla cuando me ha atacado y ni siquiera sé por qué. ¿Estás atada?

—Sí, contra algo de madera.

Una viga, reconozco el fétido olor de este sitio, este lugar nauseabundo y maloliente. Aquí murió el padre de Nayara, no puedo permitir que nosotras muramos también aquí abajo, tenemos que hacer algo.

—¿Quién te ha traído? ¿Cómo has acabado aquí? —le pregunto.

—Carla me dijo que había quedado con Nayara —contesta ella sorbiendo por la nariz. Intento empujarme con los pies sentada de culo hasta donde está ella, pero los tacones resbalan, no se sujetan, me ayudo con las manos aunque las ligaduras me duelan—, me dijo que fuera con ella. Bajamos al garaje y me subí al coche, había alguien dentro, en el asiento trasero había una mujer, me tapó la boca con un pañuelo y la vi por el retrovisor, después ya no recuerdo nada más.

Vuelvo a tumbarme, intentando no pensar lo que debe haber en este suelo, sigo el sonido de su voz mientras me arrastro por el suelo, es mucho más difícil de lo que puede parecer, en el cine parece tan fácil…

—¿Y cuándo despertaste? —le pregunto con voz entrecortada a causa del esfuerzo.

—Me he despertado aquí, he gritado, pero nadie ha venido hasta ahora. ¿Esto lo está haciendo Carla?

—Sí —contesto con esfuerzo arrastrándome por el suelo, nunca pensé que esto fuera tan difícil.

—¿Por qué? —pregunta hipando, me pregunto cuánto lleva llorando.

—Porque te odia, la del asiento trasero es la señora Mercè, la abuela de Nayara, que me odia a mí.

Arranca a llorar como una loca, supongo que ha sonado un poco insensible, pero es la verdad. Ortiz no se equivocaba, Carla es la que ha intentado matarme, pero no soy capaz de imaginarme por qué, yo soy su amiga.

Tengo que salir de aquí y tengo que sacar a Mariona.

—Mariona —intento mantener la calma para no pegarle cuatro gritos y que deje de llorar—, necesito que dejes de llorar, me estás poniendo de los nervios. Háblame para que pueda llegar hasta ti e intente desatarte.

—¿Que te hable? ¡Van a matarnos!

—No, no van a matarnos, no voy a permitírselo, no le tengo miedo a esa vieja bruja.

Me pongo a rodar por el suelo haciéndome polvo las muñecas, hasta que golpeo contra algo.

—¿Sarah? —pregunta Mariona.

—Sí —contesto ahogada.

Laura y Eric tienen razón, no tengo fondo físico, juro que como salga viva de esta me apunto al gimnasio, no solo eso, eso ya lo he hecho antes, sino que además iré, cada día o día sí día no, ya lo iré viendo.

—Dime que eres tú lo que me está tocando las piernas.

—Soy yo, que no cunda el pánico —más, pienso, pero me lo guardo—. ¿Crees que puedes girarte?

—¿Girarme? —pregunta.

Entonces oigo unos ruidos, veo una luz que viene de detrás de mí, miro a Mariona y ella mira hacia la luz aterrada. Tiene la cara desencajada por el terror, toda llena de esas manchas rojas a causa de la llantera, churretes de maquillaje y polvo que bajan de esos bonitos ojos verdes que tiene.

—Mariona —la llamo en voz baja y ella me mira—, recuerda lo que puedes hacer, contrólate y contrólala a ella, puedes hacerlo —le aseguro, ella me mira sin cambiar su gesto de terror, nunca la he visto tan asustada.

Ojalá tuviera tiempo para decirle lo del Monstruo, ahora ya sé por qué él no le hacía caso, no lo hacía porque él era como yo, como Antoni con la bruja mentirosa, como Ortiz, pero no tengo tiempo a decírselo.

Veo una luz en movimiento que nos alumbra, retuerzo el cuello para mirar detrás de mí, al pie de la escalera hay una persona alumbrándonos con una linterna, cuando deja de alumbrarme directamente y alumbra a Mariona la veo. Veo su silueta con la poca luz que baja de la escalera, el cuerpo pequeño y estrecho de Carla, su baja estatura, su larguísimo cabello rubio.

—¡Están despiertas! —oigo gritar a Carla.

De verdad que no puedo creerlo, no puedo creer que Mariona esté atada junto a mí, y sea Carla la que ha intentado matarme, es un sinsentido.

—¿Por qué, Carla? —le grito desde donde estoy— ¿Por qué nos haces esto?

Se acerca hasta nosotras, se agacha frente a mí y me mira con lástima, me aparta los mechones de pelo de la cara con cariño.

—Lo siento, Sarah —dice Carla y lo peor es que me parece sincera—, yo no quería hacerte daño.

—¿Que no querías? —le pregunto con ganas de tirarme a su cuello— ¡Has intentado matarme!

—No —niega con la cabeza mirándome llena de dolor—, sólo quería que lo creyeras, solo quería que creyeran que había sido ella —señala a Mariona con la cabeza—, necesitaba que saliera de nuestras vidas.

—¿Intentando matarme? —pregunto con incredulidad— ¿Todo porque Nay te echó de casa? ¿Casi me matas porque Nayara te echó de casa? —pregunto sin poder creer que eso sea un motivo para hacer lo que ella ha hecho.

—No es eso Sarah, nunca lo has entendido —me sonríe con cariño y juro que no comprendo nada—. Nosotros éramos felices antes de que ella llegara. Nayara me prestaba atención, tú siempre perdías el tiempo con Laura y Nay estaba por mí, pero después llegó ella. Nay me echó de casa —dice con una mueca de rabia—, dejó de llamarme, nunca tenía tiempo para mí, me dio de lado… No podía soportar que me hubiera sustituido por ella.

O sea, que lo hizo por celos, está celosa de Mariona por Nayara, es de locos.

—¿Estás enamorada de Nayara? —le pregunto sin poder creer que los celos sean el motivo por el que casi muero, por el que estoy encerrada con Mariona en este fétido sótano.

—No, claro que no.

Sigo mirándola sin poder creerlo, está enferma, debería ir a un psiquiatra, y entonces me acuerdo de Natalia.

—¿Mataste a Natalia? —le pregunto incapaz de creer que Carla sea capaz de matar a alguien.

—¡Carla sube! —oigo la voz de la señora Mercè por la escalera.

Carla mira en dirección a la escalera, vuelve a mirarme y traga saliva ruidosamente antes de contestarme:

—Fue un accidente, Sarah —dice—, te juro que no quería matarla, solo quería saber qué escondía Mariona. Necesitaba conocer sus puntos débiles para poder atacarla. Natalia volvió al despacho, ella me sorprendió y la golpeé, pero nunca pensé que fuera a morir por ese golpe, yo solo quería sus expedientes.

Agrando los ojos mirándola llena de rabia, me retuerzo intentando soltarme para ir a por ella inútilmente.

—¡Tenía familia! —grito a punto de ponerme a llorar— No puedo creerlo, mataste a Natalia e intentaste inculpar a Mariona, todo lo que ha pasado lo has hecho tú. ¿Por qué? ¿Cómo puedes vivir con eso?

—Lo siento —dice con los ojos marrones vidriosos.

—¿Qué piensas hacer ahora con nosotras? —intento mantener la calma.

—¡Sube ahora mismo! —grita la señora Mercè.

Carla se levanta del suelo y se aleja de nosotras, retuerzo el cuello mirándola.

—Espera Carla, por favor, espera —le suplico—, suéltanos, por favor, Carla, soy tu amiga, suéltame.

Se gira para mirarme, deja la linterna en el suelo y la empuja haciéndola rodar hasta nosotras, la observo alejarse, sube las escaleras y cierra la puerta.

Apoyo la cabeza en el suelo, miro a Mariona que está llorando a mares, ahora con la luz de la linterna puedo verla. No ha sido de mucha ayuda con Carla, pero puede serlo. Mariona es nuestro billete de salida de esta mierda de pesadilla de la que solo quiero despertar, cuando se lo diga a Ortiz flipará. Si salimos, claro.

Carla mató a Natalia, es increíble, coincide con la descripción que me dio Aina, ni siquiera la conocía. Ortiz no la hubiera descubierto nunca, si me lo ha dicho es porque ella no espera que salga de esta con vida, así que Mariona, a la que odia, no va a correr mejor suerte que yo. Me pregunto en qué circunstancias ella y la señora Mercè se han aliado en nuestra contra, cuándo han decidido conspirar contra nosotras.

—Te dije que yo no había sido —dice Mariona en un puchero—.

¿Qué va a pasar ahora con nosotras?

—Nos tenemos la una a la otra, tú tienes tu poder, puedes intentar usarlo contra ellas.

—No funcionará con ella —empieza a llorar desesperada, no puedo permitir que se derrumbe, debemos ser fuertes—, al igual que no funciona contigo, no funcionará con ella.

—Pero sí con Carla —le contesto en tono duro—. La señora Mercè no puede bajar aquí con su estúpida silla de ruedas, será Carla quien venga a por nosotras. Puedes convencerla de que esto no es correcto, llévala a tu terreno, háblale de Nayara, se supone que lo ha hecho por ella, hazle chantaje emocional. Haz que confíe en ti, eres suficientemente inteligente para saber lo que tienes que hacer, eres la persona más manipuladora que conozco, así que cuando vuelva a bajar, como te quedes callada, seré yo quien te mate.

—No creo que pueda hacerlo —dice sorbiéndose los mocos mientras sigue llorando.

—No me toques los cojones, Mariona —me muevo para golpearle las piernas—, llevas meses manipulando a todos excepto a mí, ahora no puedes venirte abajo o te juro que seré yo quien te mate.

—Para ti es muy fácil, pero yo estoy perdiendo mi don, es intermitente, no funciona siempre.

—No me vengas con gilipolleces —contesto perdiendo la paciencia—, conmigo no te sirve el papel de pobre niña desvalida, eres fuerte y vamos a salir de esta con vida, así que espabila porque te necesito. Date la vuelta.

—Me exiges demasiado, Sarah —me acusa llorando.

—Has manipulado a Eric, que es la persona más desconfiada y exigente que conozco, lo has engañado como a un tonto. Puedes jugar con la mente de Carla como si fuera tu parque de recreo, es una persona débil y dependiente. Ahora muévete, necesito que tus manos queden alumbradas para intentar desatarte.

Se empuja con las piernas para moverse alrededor de la viga, las he visto más rápidas, pero no quiero forzarla más y que acabe de venirse abajo. Le exijo tanto porque sé que puedo hacerlo, no puedo ir con tiento o con miramientos, debo ser firme. No me considero una líder, pero una de las dos tiene que tomar el mando, y yo siento mucha rabia. Espero que con eso y agallas podamos salir de aquí, porque no tengo nada más.

Me balanceo y ruedo hasta la viga donde ella está atada, observo sus ligaduras, tiene las manos atadas con un cable, si deshago el primer nudo, podemos hacer que el cable ceda por su textura, al menos eso creo y espero, no estoy segura de que esto vaya a funcionar.

—Siento haber pensado que eras una asesina despiadada.

Me balanceo hasta sentarme de espaldas a ella, me empujo con la punta de los tacones para acercarme.

—Yo nunca le haría daño a nadie, puede que con mis palabras a veces lo haga, pero solo eso.

—Ya, pero entiende que yo lo pensara —intento que me comprenda—. ¿Quién iba a pensar que era Carla quien lo hizo? Ella misma acaba de confesar y sigo sin poder creerlo.

Llego hasta sus manos, tanteo el nudo que las ata, está duro, deshacerse de él va a ser más difícil de lo que esperaba; sin poder verlo y con las manos en la espalda no creo que pueda hacerlo. Como Mariona no sea capaz de controlar a Carla estamos jodidas, jodidas de verdad. Cuando la señora Mercè esté con nosotras se acabaron las posibilidades, no puedo permitir que eso ocurra.

—Tienes que controlar a Carla —le digo intentando deshacer el nudo—, puedes hacerlo, yo sé que puedes.

—Bajo presión no puedo hacerlo —llora—, no pude hacerlo hace ocho años y no podré hacerlo ahora.

—Sí puedes, cielo —digo sintiéndome como una mierda por olvidar el infierno por el que pasó ocho años atrás—, ya sé por qué no pudiste controlar al Monstruo, Ortiz me lo explicó antes de que Carla me noqueara.

—¿Ortiz?

—Sí —contesto intentado deshacer el nudo de Girl Scout que le ha hecho Carla—, no quiero que te asustes ni nada, pero Ortiz es el hijo ilegítimo del Monstruo.

—¡No! —exclama—. No tenía hijos.

—Tenia uno, pero él no lo sabía —le explico, en parte para que se distraiga y en parte para que coja seguridad en sí misma, la necesito—. Los abuelos de Ortiz trabajaban para la familia de ese hijo de perra, violó a la madre de Ortiz, no sé cuántas veces lo haría, pero sí sé que ella se quedó embarazada, echaron a sus abuelos y volvieron al pueblo, allí ella lo dio en adopción —consigo aflojar las ligaduras y empiezo a sentir un poco de esperanza—. Él no tenía ni idea de que era adoptado, pero cuando se hizo mayor —le explico—, descubrió que tenía una hija, la madre había muerto y la custodia de la niña pasaba a ser de él.

—¿Por qué me cuentas esto? —pregunta y parece un poco más serena.

—¿Recuerdas los cuentos que escribía tu madre?

—Claro.

—Me dijiste que había uno que hablaba de una niña que controlaba a las personas.

—¿Y qué?

—¿Había alguno que hablara de cuatro niñas?

—Claro, se supone que es la historia de las cuatro líneas de sangre. Mi abuela trabajó en eso muchos años con la señora Mercè. A mi madre la señora Mercè nunca le gustó, explicaba cosas terribles de ella.

—Y no me extraña, es una bruja de lo peor —consigo soltar un poco más el nudo—. Mueve las muñecas, separa las manos a ver si puedes hacer que el cable ceda un poco más —lo hace pero no es suficiente—. Vale, espera —le pido y sigo intentando deshacerlo yo—. Bueno, te estarás preguntando por qué te cuento esto.

—Después de lo que Carla ha dicho, creo que ya no voy a plantearme nada más en la vida.

No puedo evitar sonreír a pesar de la situación en la que nos encontramos.

—Puede que me apunte a eso, pero es importante que sepas esto —sigo con el relato de Ortiz—. La hija de Ortiz no era una niña normal, hablaba con los muertos, y fue uno de estos el que le dijo que buscara su pasado en Boira y así descubrió que su sangre, la misma del Monstruo, descendía de uno de los linajes. Por eso no podías controlar al Monstruo —le explico—, por eso no puedes controlar a Ortiz, o la señora Mercè no pudo hacerlo a uno de sus hijos, porque entre las hermanas no funcionaban sus poderes y ellos tenían la sangre de esos antepasados, la misma sangre que sería la que hiciera especial a las siguientes generaciones, como Aina o Haizea, la hija de Ortiz.

—¿Estás segura de eso? —me pregunta escéptica.

—Está comprobado, por esa misma razón no puedes manipularme a mí, tampoco podrías hacerlo con tu madre o la mía —me encojo de hombros.

—¿Ortiz sabe que Eric mató a su padre?

—Ortiz odia a su padre tanto como nosotros. Violó a su madre, dijo que ella nunca lo superó y que murió a causa de las drogas, así que no le guardaba mucho cariño; me dijo que él mismo hubiera apretado el gatillo, pero esto no puede salir de aquí.

Nos quedamos calladas, sigo deshaciendo el nudo, cada vez más nerviosa al ver que no lo logro.

—Gracias por contármelo, Sarah —dice Mariona después de un rato—, lamento haberte culpado por eso.

—Ya, bueno, yo te culpé del asesinato de Natalia y de intentar matarme, supongo que estamos en paz.

—Siento lo de Eric —dice y eso sí que no lo esperaba—, no debí meterme entre vosotros, quería que fuera Carlos, pero no lo era.

—Sé que él también preferiría ser su hermano.

Carraspeo intentando eliminar el nudo que siento al pensar en eso, eso demuestra lo generoso que es, una de sus grandes virtudes, demuestra que cuando quiere a alguien es capaz de darlo todo por esa persona.

—Estaba ciega con él, llegué a odiarte —yo también llegué a odiarla a ella—, estaba llena de rabia, celos, envidia y rencor, porque tú tenías todo lo que yo quería y yo me sentía muy sola —oigo cómo su voz tiembla otra vez, no quiero que se ponga a llorar de nuevo—. Cada vez que venías a por mí, me cabreaba más no poder controlarte, que intentaras ponerlos a todos en mi contra, me hacías dudar de mí misma y eso me recordaba al Monstruo… Ahora lo entiendo y lo siento mucho, Sarah, de verdad, de corazón.

—Si salimos vivas de esta, espero que algún día podamos superar todo esto y volver a ser amigas.

—Yo también, te he echado mucho de menos.

Es extraño decirnos todo esto a corazón abierto y no poder mirarnos a la cara mientras hablamos.

—Y yo a ti —le contesto—, bueno, hasta que empezaste a joderme, claro.

—Eric te quiere mucho —no quiero hablar de Eric, no quiero ni pensar cómo debe estar de enfadado porque me he escapado, me compadezco de Pablo y Laura—, intenté que dejara de hacerlo, pero no pude.

—¿Intentaste que dejara de quererme? —pregunto con una mueca.

—Sí, necesitaba que él me mirara de otra manera, pero él nunca dejó de quererte. Deberías volver con él, Sarah, él te quiere y tiene buen corazón. Después de todo lo que hice me perdonó, no tuve que persuadirlo para hacerlo, lo hizo porque él quiso, no lo esperaba, la verdad, me sorprendió que lo hiciera.

A pesar de lo seco y parco que es, en el fondo, bueno, muy en el fondo en realidad, tiene un corazoncito, poco dado a trabajar, pero cuando ese corazón trabaja lo hace a toda máquina y demuestra lo bueno que es.

Consigo deshacer un poco más el nudo, debería ser suficiente, espero que lo sea.

—Separa las manos —le pido.

Mariona lo hace y las separa lo suficiente para sacarlas de las ataduras.

—¡Lo has conseguido! —grita sacando las manos de detrás de la columna.

—Shh, no grites —le advierto, no quiero que nos pillen ahora—. Vamos, tienes que desatarme.

Me giro para ver cómo se desliga los tobillos, tarda lo que me parece una vida en desatarse, cuando lo consigue se arrodilla, viene hasta a mí y me abraza. No creo que sea el momento más indicado para esto, pero lo cierto es que me siento bien entre sus brazos.

—Perdóname, Sarah —me pide separándose de mí y cogiéndome de los hombros—, necesito que me perdones.

—Ya te he dicho que estábamos en paz.

—Necesitaba que me lo dijeras mirándome a la cara —sus ojos verdes se ven tristes.

—Te perdono —vuelve a abrazarme con la misma intensidad—. Necesito que me desates.

—Claro.

Me desata los tobillos a toda prisa, pero es demasiado lenta, tengo la impresión de que yo le he desatado las manos en menos tiempo; no es cierto, es imposible, pero no podemos seguir perdiendo este valioso tiempo.

Empieza con las manos cuando oigo ruidos de arriba.

—Mariona por favor, necesito que te des vida.

—Voy lo más deprisa que puedo —contesta ella desesperada.

Veo que la puerta de arriba se abre, veo la luz bañar las escaleras.

—Mierda —maldigo en voz baja—, líame el cable en las piernas y escóndete detrás de mí, finge que sigues atada.

Enrolla el cable en las piernas y se pone a mi lado, enrolla su propio cable en sus piernas y pone las manos a la espalda.

Carla se acerca hasta nosotras.

—Es la hora, Sarah —dice Carla.

—No tienes que hacer esto, Carla —le digo—, no eres una asesina, no agraves las cosas. Puedo hablar con Ortiz, decirle que lo que le pasó a

Natalia fue un accidente, él lo entenderá.

Le doy un codazo a Mariona para que haga algo.

—Nayara no te perdonará que nos hagas daño —dice Mariona con voz serena—, quieres soltar a Sarah.

Carla nos mira desconcertada, se agacha delante de mí, se pone a deshacerme las ataduras.

¿Mariona puede hacer esto y a mí me toca hablar con los muertos? Que injusta es la vida.

Veo unas piernas bajar por las escaleras, no me lo puedo creer.

—Deja eso, Carla —dice la señora Mercè bajando las escaleras—, no quieres soltarlas, tenemos un plan.

Carla deja de soltarme las manos y me mira llena de culpa.

—¿Por qué te has aliado con ella? —le pregunto a Carla— ¿Por qué me haces esto? Yo soy tu amiga.

—Lo siento, Sarah. Era la única manera —se pone de pie y da un paso atrás separándose de nosotras.

—No, Carla, por favor —Carla niega con la cabeza y aparta la mirada. Ella no quiere esto, la señora Mercè la está obligando —. ¿Cuál es el plan, Carla? Dímelo, por favor, dímelo.

—Ya te lo digo yo, Sarah —dice la señora Mercè acercándose a nosotras—, no te preocupes.

—¿Qué vais a hacer? —pregunto mirándola llena de rabia, la odio como a nadie en el mundo.

—Carla acudió a mí el lunes pasado —el día que me llevó a su casa en coche, después fue a buscarla a ella—, tenía un problemilla con tu amiguita y sabía que yo tenía un problema contigo; me llovió como del cielo la oportunidad de vengarme de ti, tener a alguien cercano a ti a mi lado, alguien muy controlable.

—Yo no le he hecho nada, todo lo que le ha pasado se lo ha buscado usted solita —le contesto.

—Tú viniste a mi casa a meter la nariz donde no debías, por tu culpa mi hijo está en la cárcel.

—¿Qué piensa hacer con nosotras? —ignoro sus acusaciones.

—Carla quería deshacerse de Mariona, pero no quería convertirla en una víctima, quería que Nayara, mi nieta, viera lo mala persona que era, que volviera a elegirla a ella. Yo quiero deshacerme de ti, así que te mataremos y te enterraremos donde encontraron a ese chico, el novio de Mariona —dice inclinándose para verla—, le haremos creer a todo el mundo que fue ella quien te mató y a ella, bueno, la haremos desaparecer.

—Muerta, la verdad no se irá conmigo, sé a quién debo recurrir y de esta no te vas a librar —digo llena de una rabia tan poderosa que la siento dentro de mis huesos—. Yo no te tengo miedo, estoy cansada de tener miedo, de vivir asustada, eso se acabó. Hace meses que dejé de esconderme; si quieres hacerme algo, aquí estoy, pero de esta no te vas a librar.

—Puede que no me temas, ¿pero qué me dices de las personas que quieres? Podríamos ir a por Aina. ¿Tampoco te da miedo que muera por tu culpa, por tu cabezonería? Ha llegado tu momento Sarah, afronta que tienes que morir, que tienes que pagar por todo lo que has provocado, por el daño que has hecho a los demás.

—Yo no he hecho nada —me defiendo—, solo decir la verdad, además no matarías a tu propia nieta.

—¿Qué te hace pensar eso? —me sonríe con petulancia y deseo golpearla— Maté a mi hijo.

—Fuiste tú —comprendo al fin.

—Por supuesto que fui yo; durante casi quince años mantuve la bocaza de mi marido cerrada, pero enfermó y empezó a desafiarme. Le pidió a mi hijo que llamara a su hermano y nadie me dijo nada. Cuando Antoni vino a casa a despedirse de su padre, él le dijo lo que había hecho, le dijo que su hija estaba viva. No pudo decirle mucho más porque estaba agonizando, pero Antoni lo creyó, no dudó ni por un momento. Intenté persuadirlo para que lo olvidara, pero por supuesto eso no funcionaba con él, no me dio otra opción.

—Era tu hijo —comento asqueada, si mató a su hijo no le va a temblar el pulso para matarnos a Mariona o a mí, y no solo eso, sino que además tuvo la sangre fría de hacer que su otro hijo pagara por ese crimen—. ¿Acaso no siente nada?

Mariona debe irse, ella puede salir corriendo, como mucho la perseguirá Carla. Tengo que darle una oportunidad a Mariona, ella puede controlar a Carla; si consiguiera quedarme a solas con la bruja, Mariona podría escapar y avisar a la policía, a Ortiz, su plan se iría a la mierda.

—Eres débil, Sarah, como tu madre, sois de la misma calaña.

—Mi madre es mucho más fuerte que tú —digo llena de desprecio—, aún no entiendo cómo pudo hacerlo, cómo pudo matar a su hijo, vender a su nieta. ¿Por qué?

—Me casé por pura conveniencia, pero ese inútil no fue capaz ni de darme una niña, pero sí su fortuna, la de sus padres, esta se acababa… Lo planeé muchos antes de que tu amiga naciera, yo no pude tener una hija, sabía que se transmitiría a la siguiente generación, y sabía que sería Antoni quien la tendría.

—Lo supo porque él no creía sus mentiras —elucubro llena de asco y de rabia.

—Exacto —me señala con un cuchillo que hasta el momento había pasado desapercibido para mí, y es un cuchillo muy grande—. Él siempre fue inmune a mí, cuanto más forzaba su mente, más fuerte se volvía esta, tenía que ser él. Cuando me enteré que esa descocada estaba embarazada, comprendí que él me daría lo que durante toda mi vida había anhelado: una niña, una niña especial, capaz de separar su cuerpo de su espíritu, capaz de viajar no solo por este mundo, sino por el siguiente. Tenía que ser mía.

—¿Por qué la vendió si tanto la deseaba?

—Él no dejaría que me la quedara, así que planeé la forma de tenerla cerca.

—La familia de Nayara —concluyo por ella.

—La familia más poderosa e influyente de Boira. Era perfecto, ellos no eran capaces de concebir un hijo, yo les daría una, a cambio me darían tierras, poder, me darían todo lo que yo les pidiera.

—¿Cómo supo que tendría acceso a su nieta?

—No lo sabía, pero confié en mi suerte, sabía que sería difícil, mi hijo no me permitiría acercarme lo suficiente, él no se dejaría engañar por mí —niega con la cabeza recordando lo sucedido—, pero a esa estúpida no se le ocurrió otra cosa que llamarme a mí, justamente a mí, me lo sirvió en bandeja —concluye con una sonrisa malévola—. No fue difícil persuadir al médico para que certificara su muerte, muerte súbita, puede ocurrir, convencí a esa zorra de que su hija estaba muerta y me la lleve. Estaba segura de que esa niña sería especial, siempre pensé que sería ella, su nueva familia me daría acceso a ella, cuando llegara el momento yo la cuidaría, le enseñaría a dominar su capacidad. Durante años estuve a la espera de que eso pasara, pero nunca sucedió.

—En lugar de Nay fue Aina quien lo heredó.

—En la cartera de mi hijo encontré una foto, un niño y un bebe con un pijama rosa, supe que era ella, pensé en ir a buscarla, en traerla a Boira.

—¿Por qué no lo hizo?

—Decidí esperar, no quería levantar sospechas. Cuando fui a buscarla se habían mudado, los había perdido la pista, la busqué pero nadie sabía nada. Años después se presentó aquí un detective de homicidios preguntando por sus raíces, pensé que esa sería mi oportunidad para encontrarla, pero él hacía muchas preguntas, me cuestionaba y comprendí de quién se trataba. No quise que hurgara donde no debía, sabía que no podía con él, así que lo dejé pasar y después apareciste tú, con ella. La traes hasta mi puerta, para después llevártela y ponerla en mi contra. Me incriminas en el robo de mi nieta, en la muerte de mi hijo… Y lo destapas todo.

—Su hijo no murió, usted lo asesinó y va a pagar por ello.

—No lo creo —se acerca a mí empuñando el cuchillo.

Intenta cogerme del pelo y la esquivo tirándome encima de Mariona.

—Lárgate de aquí, busca ayuda —Mariona no se mueve—. ¡Lárgate! —le grito desesperada.

Mariona se pone de pie, va hacia la señora Mercè corriendo y la empuja, veo cómo el cuchillo la corta en el brazo. Mariona grita y la señora Mercè cae al suelo, después sigue corriendo hacia la escalera.

—¡No dejes que se escape! —le grita la señora Mercè a Carla desde el suelo.

Carla sale corriendo detrás de Mariona y me dejan aquí con la bruja que, a pesar de la caída, sigue con el cuchillo en la mano.

Hace nueve años apuñaló a su hijo al menos quince veces, ahora está tendida en el suelo y debe tener unos setenta años. Me pregunto si será capaz de levantarse después del placaje de Mariona. Finge que va en silla de ruedas, así que no creo que sus huesos y músculos estén en las condiciones más óptimas. No estoy dispuesta a quedarme para comprobarlo.

Quiero darle una patada, la tengo suficientemente cerca para golpearle la cara con el pie, pero no puedo hacerlo. A pesar de que quiere matarme, a pesar de todo el daño que le ha hecho a su familia, a Nayara, no puedo golpearla, ni siquiera la rabia que me recorre me ayuda a golpearla y dejarla seca.

Me incorporo del suelo y ella intenta clavarme el cuchillo en el pie, la esquivo como puedo y vuelve a la carga. Muevo las piernas en dirección contraria a ella, dándole la espalda, no quiero tenerla detrás de mí ni un segundo. Lucho por deshacer el lazo flojo que Mariona me ha puesto en los pies para disimular.

Me estoy poniendo de pie con la ayuda de la columna cuando siento un dolor lacerante en la pierna izquierda, caigo al suelo de nuevo, me giro y la señora Mercè se arrastra hacia mí con el cuchillo.

Tengo las manos atadas a la espalda y no puedo luchar contra ella. Parece que esté poseída, viene arrastrándose hacia mí como un reptil, con el moño desecho enmarcando su malvada cara.

Siento miedo, pero me niego a morir a manos de esta vieja bruja. Intento arrastrarme en dirección contraria pero sin las manos no es fácil. Me coge de un pie y tira de él, me atrae hacia ella, sigo forcejeando pero no hay mucho que pueda hacer, además el pánico se apodera de mí. Me coge del pantalón y tira, no entiendo cómo esta vieja puede tener tanta fuerza, se pone encima de mí y me coge del pelo, me golpea la cabeza contra el suelo.

—Reconozco que te subestimé —dice y me golpea otra vez contra el suelo, va a reventarme la cabeza, como si no me doliera ya suficiente. Intento moverme para que caiga de encima de mí, pero ella no se mueve—, tienes convicción y una gran tenacidad para vivir —vuelve a golpearme y siento que la cabeza va a estallarme—, pero no es suficiente, ahora vas a morir —concluye.

Me suelta el pelo y giro la cabeza para mirarla de reojo, veo cómo levanta el cuchillo para clavármelo.

—¡Suelta a mi hija!

¿Esa es mi madre?, me pregunto. Quizás me ha golpeado demasiado fuerte la cabeza y tengo una conmoción cerebral, porque he oído la voz de mi madre.

Oigo un ruido sordo y el peso de la señora Mercè desaparece de encima de mí, me giro y quedo boca arriba, mi madre con una escopeta en la mano se arrodilla y me mira la cara, busca heridas y toca mi frente.

Estoy impresionada y muy muy agradecida.

Tres preguntas rondan mi cabeza: ¿por qué Mariona ha avisado a mi madre de todas las personas a las que podía avisar? ¿Cómo ha llegado tan rápido? ¿Y de dónde ha sacado mi madre una escopeta?

—¿Estás bien, cielo? —pregunta mi madre comprobando desesperada si tengo heridas.

—Estaré mejor cuando le quites el cuchillo a esa bruja y me sueltes —le contesto a mi madre.

—Eso está hecho —responde mi madre—, ya ha oído a mi hija, sé que está consciente, suelte el cuchillo.

La señora Mercè no se mueve, no hace nada que delante que esté despierta. Mi madre le pisa la muñeca donde sostiene el cuchillo, ella no se inmuta y le arranca el cuchillo de la mano.

—Date la vuelta, te desataré.

—No le des la espalda, no sabes cómo se las gasta el bicho —le advierto girándome.

Mi madre corta el cable que sujeta mis manos, tengo los brazos doloridos de no poder moverlos, las muñecas raspadas y doloridas. Mi madre me tiende la mano y yo se la cojo, me ayuda a ponerme de pie. Al hacerlo me duele la pierna, pero intento disimular el dolor para no preocupar a mi madre, duele horrores.

—Gracias por salvarme, mami —le digo, creo que nunca me voy a alegrar tanto de verla como ahora mismo—. Eres mi heroína.

—Y tú la mía, además tú me salvaste a mí primero —me contesta mi madre abrazándome.

Siento cómo se forma un nudo en mi garganta. Mariona y yo estamos a salvo, todo ha quedado resuelto y mi madre me abraza. Si ahora no puedo llorar no podré hacerlo nunca, cierro los ojos intentando deshacerme de esta necesidad de llorar que me persigue desde hace una eternidad, pero no puedo.

—Seguro que ahora mi madre no le parece tan débil —digo mirando a la señora Mercè, que no se mueve.

84

El mundo real

Estamos subiendo las escaleras cuando oigo las sirenas, música, dulce música. Estoy deseando explicarles a esos señores uniformados todo lo que he descubierto en ese mugriento sótano.

Acabamos de subir la escalera y cruzamos la cocina cuando aparece Ortiz.

—¡Sarah! —exclama al verme— ¿Estás bien?

—¿Estabas esperando a que me matara para aparecer? —pregunto sonriéndole.

Se acerca hasta a mí tan serio como de costumbre, revisa mi cuerpo en busca de heridas.

—¿Estás herida? —ignora mi broma.

—Un rasguño en la pierna, si sobreviví al arsénico, creo que saldré de esta; por cierto —miro sus ojos negros como la noche—, tú tenías razón, fue Carla quien me lo dio, no Mariona.

—La rubia con cara de no haber roto un plato en su vida, nunca falla. ¿Dónde está?

—No lo sé, salió corriendo detrás de Mariona.

—Vamos, tiene que verte un médico, ahí fuera tienes una comitiva y no todos están muy contentos.

—Ya me lo imagino —suspiro—, sé de uno que seguramente querrá matarme, no me dejes sola con él.

347

Mi padre entra en la cocina, viene con Mariona y Carla, corre hacia a mí y mi madre, nos abraza.

—¿Cómo puedes meterte en estas situaciones? —me pregunta mientras me abraza.

—No pienso volver a repetir —le aseguro.

—Queda arrestada por el secuestro de Sarah Ferrer y Mariona Prat —oigo a Ortiz, me separo de mi padre y miro cómo Ortiz se acerca a Carla con una esposas—, así como el intento de asesinato de las mismas.

—Y el asesinato de Natalia —le digo a Ortiz.

Ortiz me mira con esa mueca que es lo más parecido a una sonrisa.

—Ya ha oído a mi ayudante —dice poniéndole las esposas—. ¿Dónde está la señora Mercè?

—Está abajo, tienes que incluir un nuevo delito a su larga lista, secuestro, intento de asesinato, robo de un bebé y asesinato, su hijo no mató a Antoni —le aclaro—, fue ella y Mariona puede corroborarlo.

—Voy a disfrutar mucho rellenando ese papeleo —contesta con regocijo y yo le sonrío.

—Salgamos de aquí —dice mi padre.

Los tres juntos pasamos junto a Carla, que ni siquiera nos mira, me apoyo en mi padre para caminar.

—¿Estás bien? —le pregunto a Mariona, ella afirma con la cabeza— Ayúdame a salir de aquí.

Me sonríe y paso el brazo por su hombro.

Los cuatro salimos al exterior, al amanecer, creo que hacía una eternidad que no veía uno. El cielo está despejado y es precioso, cojo aire con fuerza. Quiero que lo que ha pasado hoy se quede aquí, no quiero volver a pensar en esto. Está saliendo el sol, un nuevo día, de una nueva vida. Lo que ha pasado ya es un recuerdo y espero poder olvidarlo pronto.

—¡Sarah! —oigo que exclama Pablo.

Él y Laura corren hacia mí y me abrazan, los abrazo con todas mis fuerzas a ambos y cierro los ojos.

—Siento haberos asustado —les digo después de unos segundos abriendo los ojos, veo cómo Eric se acerca a nosotros con paso vacilante.

—No lo hagas más —me advierte Laura.

—Nunca más —contesto sonriéndole—, lo prometo.

Laura vuelve a abrazarme y por el rabillo del ojo veo cómo Eric pasa el brazo por los hombros de Mariona y le pregunta si está bien, ella afirma con la cabeza enérgicamente.

—¿Estás bien? —me pregunta Eric mirándome.

Afirmo con la cabeza y siento cómo los ojos se me inundan de lágrimas, voy a llorar, por fin se ha acabado todo y voy a llorar, necesito sacarlo, necesito desahogarme o me ahogaré en mis propias emociones.

Eric se acerca, me abraza cogiéndome de la cabeza, pegándome a su pecho y necesito fundirme con él.

—Creí que te había perdido —me dice en voz baja—, pensaba que me moría —sigue con el mismo tono rasgado y quisiera estar sola con él, me besa la cabeza.

—Lo siento —digo a punto de llorar, pero ninguna lágrima sale de mis ojos—, siento lo que os he hecho.

Eric me suelta, espero una reprimenda pero no dice nada. Todo queda en completa calma.

—¿Alguien tiene un móvil? —rompo el silencio, incómoda de tener la atención de todos sobre mí.

Eric es el más rápido y me tiende el suyo, lo cojo, me giro hacia Mariona y se lo doy.

—Llama a Nayara, debe estar histérica.

—No lo sabes tú bien —interviene Pablo—, Aina quería venir y la hemos dejado con ella.

Me echo a reír y me siento en los escalones del porche. Pablo, viendo las muecas que hago, me ayuda. Se sienta a mi lado y me rodea con el brazo la cintura, apoyo la cabeza en su hombro.

—¿Cómo te encuentras?

—Inquietantemente tranquila —me aparto un poco para poder mirarlo a los ojos—, todo ha acabado y siento que podría dormir durante días. Natalia no volverá, pero su asesina será juzgada, debo conformarme.

Pasa el brazo delante de mí y me acaricia la cara, apoyo la nariz en su cuello y cierro los ojos.

—¿Crees que ahora ya lo entiendes? —me pregunta Pablo besándome la cabeza.

—No podré entenderlo nunca, pero al menos ahora sé el motivo por el que murió, espero que se haga justicia y que Carla pague por lo que hizo —inhalo su aroma—. ¿Cómo nos habéis encontrado tan rápido?

—Aina —contesta Pablo y sonrío al oír su nombre—, ella te encontró y después se coló en los sueños de tu madre —dice con tono de sorpresa—. Ella le dijo lo que iba a pasar, pero eran diferentes variantes de un mismo suceso, no estábamos seguros de qué debíamos esperar. Llamamos a Ortiz, dejamos a Aina en casa de Nay y vinimos con él. Estoy orgulloso de que lo hayas resuelto Sarah, sé cuánto te importaba.

—Lamento habéroslo hecho pasar mal, haberme escapado así.

Laura se sienta junto a mí y me coge del brazo, apoyando la cabeza en mi hombro.

—Intentar mantenerte atada fue una estupidez —dice Laura—, ahora todo ha acabado.

—Tengo ganas de volver a casa y dormir.

Me quedo en trance entre los brazos de Pablo y Laura, me siento más tranquila de lo que ahora mismo puedo recordar, me siento en paz, con el mundo y conmigo misma.

Después viene una ambulancia, nos atienden a Mariona y a mí, nos ponen puntos de pegatina. Quieren que vaya con ellos para dejarme en observación a causa de los golpes de la cabeza, pero mi cabeza está bien, quiero volver a casa y dormir, dejan que me marche insistiendo en que vaya a urgencias si siento molestias.

Mariona le pide a Carla, quien se encuentra en el asiento trasero del coche de Ortiz, que le de las llaves de su coche para volver a Barcelona, ella no las va a necesitar. A la señora Mercè se la lleva la ambulancia, le pido a Ortiz que no deje que se le escape y él me estrecha la mano agradeciéndome la ayuda y promete verme en breve.

Me despido de mis padres, los abrazo con todo el cariño y el amor que siento por ellos.

Me subo en el asiento trasero del coche, Laura y Mariona se sientan conmigo, me apoyo en el brazo de Mariona y, cuando estamos saliendo de Boira, ya estoy dormida.

Despierto poco a poco, abro los ojos y veo que estoy en la habitación de Laura, hay alguien conmigo rodeándome con el brazo; en mi fuero interno deseo que sea Eric, pero me giro y Nayara está tumbada conmigo.

—Empezaba a preocuparme que no despertaras —dice sonriéndome.

Me rio y la abrazo.

Después de un copioso desayuno-cena, voy a casa de Pablo, Aina debe estar como loca por verme y necesito aclarar las cosas con él.

Nayara me acompaña a casa de su nueva familia. Cuando Aina me ve se aferra a mí como una garrapata. Está histérica, atropelladamente me explica cómo supo dónde estaba, lo muchísimo que le ha gustado estar en los sueños de mi madre, lo súper interesante que es ver o intuir lo que va a pasar.

Macarena manda a su hija a la cama y Nayara se va con ellas para que Pablo y yo podamos hablar.

—Me gusta el desorden de tu habitación —comento mirando las carpetas, libros y papeles que tiene sobre su escritorio—, eres tan desordenado como yo. Nayara nunca ha entendido el orden dentro del caos.

Me fijo en el corcho donde tiene algunas fotos, hay una nuestra con Aina; recuerdo esa tarde perfectamente, fue una tarde tranquila y divertida. Eso es lo que Pablo puede ofrecerme, es ideal para mí pero siento que no es suficiente, no puedo seguir engañándome y mucho menos seguir engañándolo a él.

—Imagino que para alguien como Eric, también debe ser difícil ver orden dentro del caos.

—Sí —sonrío con desgana, he cancelado la restricción para su número, no me ha llamado, ni ha venido a verme—, es Eric —digo sentándome en la cama y me echo para atrás hasta apoyarme en la pared.

—Sé lo que quieres decirme y lo entiendo, Sarah —dice Pablo—, lo entendí la noche que desapareciste.

Lo miro incrédula de que se haga una idea del torbellino de emociones y sentimientos que tanto él como Eric me provocan. Se sube a la cama y gatea hasta ponerse a mi lado.

—Te quiero —le digo mirándolo a los ojos cuando está junto a mí.

—Yo también te quiero a ti, Sarah —hace una pausa y sonríe con pesar, nos miramos a los ojos y veo la determinación en los suyos, así como la renuncia—, pero yo te quiero de otra forma —dice con pesar—. Te he exigido algo que no puede exigirse, te he pedido más de lo que podías dar y no voy a seguir haciéndolo.

—No, tú no me has exigido nada, Pablo. He sido yo misma la que he querido lo que no he amado, es injusto estar contigo, cuando tú mereces tanto. Encontrarás a alguien mejor que yo, que pueda hacerte feliz.

—Nunca dejaré de quererte, Sarah —me asegura—, cuando desaparezca este estúpido enamoramiento seguiré queriéndote. Eres mi mejor amiga con diferencia y me has aportado muchísimo, a mí y a mi familia.

Miro a Pablo sintiendo esa congoja que precede al llanto, Pablo tiene el corazón más puro que conoceré nunca, ese corazón no merece a alguien que no le corresponda como él merece.

Lo abrazo y él me devuelve el abrazo, siento cómo su amor calienta mi alma, yo tampoco dejaré de quererlo nunca. No olvidaré lo mucho que me ayudó cuando creía que me ahogaba después de Eric.

—¿Qué pasará ahora? —me pregunta Pablo.

—Que me mantendré a distancia, hasta que tú decidas que puedo formar parte de tu vida como amiga.

—¿Qué pasará contigo? —me pregunta y no lo entiendo.

—¿Conmigo? —demando.

—¿Vas a volver con Eric?

—¿Con Eric? —pregunto haciendo una mueca— No. Tuvimos nuestro momento, no funcionó.

—Existen las segundas oportunidades y él te quiere, Sarah.

Miro a Pablo sin poder creer que quiera que vuelva con Eric.

—¿Crees que debería volver con él?

—Estáis enamorados el uno del otro, creo que él ha cambiado y creo que podría funcionar, tú también mereces ser feliz, y aunque me parezca increíble —sonríe— que sea alguien como Eric el que pueda hacerte feliz, si es él, deberías volver a intentarlo. Creo que lo que puede parecer mejor o más apropiado, no lo es si no es lo que te hace feliz, la vida puede ser muy breve, estamos obligados a intentar ser felices.

Pablo tiene toda la razón, la vida puede ser muy breve, como para Natalia, como para su padre, no deberíamos desaprovechar el tiempo.

—¿Sabes qué me parece más increíble? —le pregunto— Los que más os habéis opuesto a Eric, sois los que ahora me animáis a estar con él, aunque yo tengo claro que quiero estar sola. Ahora solo falta que Nayara también me anime a intentarlo de nuevo con él.

—Yo no contaría con eso —dice riéndose y vuelve abrazarme—, es tan cabezota como Aina.

Al salir de casa de Pablo siento una punzada de pesar, no podré volver hasta que él me invite, no sé cuándo volveré a ver a Pablo y la idea hace que mis ojos se llenen de lágrimas, al pensar en lo mucho que lo voy a extrañar. Pablo alegra y endulza mi vida, aunque no esté enamorada de él, es mi otra mitad y me voy a sentir muy sola sin él, pero eso no me da derecho a impedirle seguir hacia adelante. No puedo retenerlo egoístamente, debo dejar que me olvide y sea feliz, lo esperaré el tiempo que haga falta.

Me voy con la esperanza de volver a verlo pronto, cuando esté listo estaré deseando tenerlo de nuevo a mi lado.

Pasados algunos días todo vuelve a la normalidad, a excepción de que Pablo de momento está fuera de mi vida. Decido ir a hablar con Dani y le digo que lo dejo, me muero de vergüenza después de las últimas faltas, además está Pablo y que este trabajo no me conviene. Necesito un trabajo de verdad, estable, no algo puntual.

—¿Es por lo del fin de semana? —me pregunta Dani— Porque tengo aquí un justificante de un policía que certifica que estuviste secuestrada durante nueve horas.

—¿Qué? —pregunto riéndome, me tiende el justificante de Ortiz y no puedo evitar sonreír— ¿Te acuerdas de cuando era una persona normal? —le pregunto a mi nuevo ex jefe y él asiente— ¿Una a la que no secuestraban, ni intentaban matar? Quiero volver a ser esa persona, esa chica a la que lo que más le preocupaba era no tener tiempo de estudiar o haberse roto una uña, llevo meses sin hacerme la manicura.

—Te voy a echar de menos, Sarah —dice Dani sonriendo—, hasta este verano has sido una de mis mejores trabajadoras.

—Ya, en realidad ahora es un consuelo que me vaya —le sonrío—, y no te culpo.

Al volver a casa me encuentro a Laura empaquetando las cosas de Carla.

—¿Qué haces? —le pregunto.

—Voy a llevar sus cosas a su piso —me contesta—, excepto esto —me señala dos vestidos—, esos me los quedo por las molestias de haber dormido bajo el mismo techo que una psicópata. Coge algo tú también.

Abre el armario y empieza a sacar cosas, no puedo creerme que esté saqueando las cosas de Carla, aunque ella merece mucho más que eso.

—Voy a ver una peli —se asoma Mariona por la puerta—. ¿Os apuntáis?

—Yo me apunto —contesto al segundo.

Cualquier cosa antes que seguir viendo las cosas de Carla, aún me cuesta creer lo que pasó, no creo que ella fuera capaz de matarme, pero estuvo a punto de hacerlo y mató a Natalia, eso no lo olvidaré nunca.

Laura se une a nosotras, no puedo creer que Mariona no haya visto Avatar. Preparamos dos bols de palomitas y nos ponemos delante del televisor. La escena en la que los sucios humanos tiran árbol madre, es una de esas escenas que siempre me hacen llorar, pero ni con eso puedo hacerlo, creo que debo ir al médico.

A la mañana siguiente Ortiz nos llama a Mariona y a mí para que testifiquemos. Después de las formalidades, nos cuenta que Carla, bajo el consejo del abogado que su padre le ha puesto, se niega a hablar.

—Déjeme hablar con ella —le dice Mariona al acabar la entrevista—, le dirá todo lo que quiera saber.

Vamos a la sala de interrogatorios, yo me quedo detrás del espejo y observo a Carla desde ahí. Su larguísimo pelo liso está perfectamente peinado; cuando entra Mariona en la sala la mira con un odio que nunca había visto en los ojos marrones de Carla, su cara de niña se endurece. He vivido cuatro años con ella, nunca fuimos súper amigas, pero éramos amigas, parece que nunca acabas de conocer a las personas.

Mariona se queda en la puerta.

—El detective Ortiz va a hacerte unas preguntas —le dice Mariona—, vas a ser completamente sincera con él y le dirás cuanto él quiera saber, sin excepción, no te guardarás nada para ti. ¿Me has entendido?

Mariona sale de la habitación y entra Ortiz, un agente guapetón la acompaña a la sala contigua y se queda con nosotras, tras el espejo, donde vemos cómo Ortiz interroga a Carla y ella lo cuenta y lo explica todo.

Es en esta sala donde descubro cómo Carla, bajo una identidad falsa, pidió cita para el Doctor Maroto, el compañero de consulta de Natalia. Cuando salió de la consulta dijo que iba al baño y se marcharía, la secretaria no la acompañó a la puerta y se escondió en un armario durante siete horas, hasta que creyó que no quedaba nadie en la consulta. Natalia volvió a su despacho para recoger algo, ella se escondió y, presa del pánico, cuando le dio la espalda, la golpeó antes de que la descubriera. Se llevó los expedientes y después ella misma escribió mi carta de amenaza en la máquina de escribir de Mariona, cogió algunos cabellos de su cepillo y escondió los expedientes bajo su cama, en un intento de que Mariona pagara por el crimen "accidental" que ella había cometido. Cuando Ortiz dejó salir a Mariona, decidió darme a mí pequeñas dosis de arsénico, no quería matarme, asegura que no era su intención, quería que descubrieran el veneno en mi organismo y luego lo encontrasen en la habitación de Mariona. Envenenó las sopas que Nayara me preparaba, esperando que fuera al hospital. Dejó de darme el veneno algunos días, pues asegura que no quería provocarme daños permanentes, qué considerada, pienso llena de rabia. Cuando estuve ingresada en el hospital no encontraron qué era lo que provocaba mi enfermedad y tuvo que buscar un plan alternativo; no quería matar a Mariona, eso la haría parecer una víctima y quería que Nayara la odiara. Ideó un nuevo plan, buscó por internet, habló con un mecánico y este le explicó cómo manipular el coche de Nay. La mañana que dije que iba a Boira vio el cielo abierto para su plan, volvió a darme una dosis esta vez más alta de arsénico, se marchó y manipuló el coche;

cuando volvió a dejar las llaves, yo ya las estaba buscando, las dejó en el cajón que había dejado abierto y salió sin que ni Mariona ni yo la viéramos. Me dejó marchar sin saber si saldría de esa. En el hospital encontraron el arsénico, pero Ortiz nos acusaba a todas las habitantes de la casa de Nay excepto a Mariona, algo fallaba en sus planes y decidió buscar ayuda. Acompañó a Nayara a Boira y aprovechó la visita para conocer a la señora Mercè, esta le dijo que me quería muerta. La convenció de que lo mejor era matarme y enterrarme donde se encontró el cuerpo de Carlos cuatro meses atrás y hacer desaparecer a Mariona, para que todos pensaran que había sido ella. Por todos era sabido que nosotras nos odiábamos, así que pensaban dejar junto a mi cuerpo un cuchillo con las huellas de Mariona, así como algunos cabellos para poder hacer una comparativa de ADN.

Todo para que Nayara le hiciera caso, para volver a ser la favorita de Nay, cuando nunca lo fue. ¡De locos!

Ortiz acaba el interrogatorio y nos acompaña fuera. Le pregunto por la señora Mercè, me informa que le dieron el alta y está en el calabozo, será trasladada a una cárcel a la espera de juicio.

—No va a cooperar como Carla —dice Ortiz apesadumbrado.

—Podría hablar con Carla, para que testifique en su contra, para que le ayude —interviene Mariona.

—Creo que es una excelente idea —le contesta Ortiz—, agente Sabát —llama al policía uniformado que estaba con nosotras tras el espejo, sin decir nada—, acompañe a la señorita Prat a la sala de interrogatorios.

Mariona se va con ese chico mono de uniforme y yo me quedo en uno de los pasillos con Ortiz.

—¿Qué pasará con Félix? —le pregunto.

—Está en la cárcel, a la espera de juicio, y no saldrá en una larga temporada, se le imputa incumplimiento de la ley, encubrimiento de un crimen y ayudar a su madre en el asesinato de su hermano.

—Me alegro de que todo haya acabado —suspiro.

—Deberías replantearte tu futuro profesional, creo que serías una buena inspectora de homicidios.

—¿Inspectora? —le sonrío enarcando una ceja porque es un puesto superior al suyo.

—Bueno, después de las oposiciones, pasar por la academia y ser durante años mi compañera, después de mi instrucción sobre todo —dice con soberbia— y con tu talento, podrías llegar lejos en este trabajo.

Me río, después de su instrucción, por supuesto.

—Creo que con este caso he tenido suficiente para toda la vida.

—Si te lo piensas, ya sabes mi teléfono, estaré encantado de recomendarte —niego con la cabeza aún sonriendo—. El otro día vino el señor Capdevila —la sonrisa se esfuma de mi rostro en cuanto lo nombra.

Eric. A Eric no le importo, no se ha molestado en saber cómo estoy, no ha llamado, ni visitas sorpresa, nada, se ha esfumado. Supongo que es lo mejor que podía hacer, pero eso no significa que no piense en él, que no le recrimine silenciosamente que no lo haya hecho, mientras me convenzo que es mejor así.

—¿Qué quería? —le pregunto a Ortiz intentando ignorar el nudo que siento en la garganta.

—Me preguntó por ti —me contesta Ortiz—. Quería asegurarse de que no iba a ir a por ti, por lo que pasó con el cabrón de mi padre; le aseguré que no y se quedó conforme.

—Así es Eric —doy el tema por concluido, intentando sonar indiferente aunque no engañe a nadie.

—Ese niño rico se preocupa por ti.

No quiero hablar sobre Eric, y mucho menos con Ortiz. Como me diga que debería volver con él, creo que le quito el arma y me disparo en la cabeza.

—Aina está deseando conocer a Haizea —cambio de tema radical.

—Seguro que sí —saca una libreta que guarda junto a su paquete de tabaco—, llámala un día —dice entregándome el papel con el número—, ella también quiere conoceros, te aviso que es una niña muy tímida.

—Bueno, Aina es extrovertida y tiene conversación para todos. Además, aunque tenga cinco años más que Aina, le irá bien tener una amiga más cercana a su edad que sus hermanos o yo.

Hablamos un rato más sobre Nayara y cuando Mariona vuelve con nosotros nos marchamos.

—Me ha pasado algo raro —dice Mariona de camino al metro, la miro y me da una tarjeta.

Agente Albert Sabát, miro la tarjeta con la boca abierta y después la miro a ella.

—¡Has ligado! —exclamo— Y el agente era muy mono —choco los hombros con ella riéndome.

—No he ligado, pero dice que si tengo alguna duda puedo llamarlo, me ha apuntado su móvil.

—Estás muy verde Mar, el caso es de Ortiz, a ese chico le has gustado y quería que tuvieras su móvil.

—¿Tú crees? —pregunta incrédula y tímida a la vez.

—Obvio —le contesto sin poder creer su vacilación—. Vamos, hay que decírselo a Nayara.

Volvemos a casa. Aleix se queda a cenar y Nayara está molesta porque no quiero ser su cuñada. Pablo le ha dicho que entre nosotros no hay ni habrá nada, y a su hermanísima no le ha sentado muy bien.

Por el momento estoy compartiendo habitación con Laura, pero cuando acabemos de vaciar la de Carla, ella se quedará en esa y yo en la suya. Cojo mi portátil y reviso mis mails, sorprendida de tener una oferta de trabajo; les escribo a la espera de que me den una cita, el trabajo es en Lleida y la oferta no es muy prometedora, además el sueldo es una miseria, pero no me importa, si me cogen podría volver a vivir con mis padres, mi padre estará contento y mi madre también, aunque la idea de volver a Boira y dejar aquí a toda mi gente no me hace feliz. No es seguro que me cojan, así que decido no rayarme antes de tiempo.

A la mañana siguiente recibo una llamada de la clínica veterinaria de Lleida, me dan una cita para el lunes siguiente ir a hacer la entrevista. Llamo a mis padres para explicárselo y mi padre, como esperaba, está entusiasmado con la idea; se ofrece a recogerme para que vaya, y a pesar de las veces que le digo que no es necesario, insiste en que vendrá a buscarme el sábado para que pase el fin de semana con ellos en Boira y el lunes pueda ir a la entrevista, descansada y con tiempo.

No le digo a nadie lo de la entrevista de trabajo; el viernes por la noche estamos Laura, Mariona y yo viendo Titanic, cuando Nayara nos interrumpe en el momento más álgido de la película.

—¿Qué hacéis un viernes por la noche en pijama viendo Titanic? —nos mira como si estuviéramos locas.

—Calla, calla —le digo a Nayara—, Rose está a punto de volver al barco para recuperar a Jack.

Cojo uno de los pañuelos de la caja que sostiene Mariona, que no deja de llorar desde que han chocado con el iceberg.

Estoy a punto de llorar, siento la congoja, la emoción, incluso me esfuerzo por llorar. Rose salta del bote salvavidas y vuelve al barco, busca a Jack desesperada.

—¿Por qué has hecho eso? —le pregunta Jack besándola desesperado.

Empiezo a sollozar intentando provocar el llanto, pero no hay forma. Nayara me mira con incredulidad.

—¿Qué estás haciendo, Sarah? —me pregunta.

La miro de mala leche, no soy capaz de llorar, no lo entiendo, no es que sea una persona llorona, pero Titanic, Avatar, Susan Boyle… Son cosas que no fallan para desahogarse y no hay manera.

—Tengo que ir al médico —concluyo.

—¿No estarás embarazada, Sarah? —me pregunta Laura.

—¿Cada vez que me pongo enferma o tengo que ir al médico tengo que estar embarazada?

—Después de tu visita a Madrid podrías estarlo —contesta Laura ignorando la película.

—¿En Madrid? —pregunta Mariona sonándose la nariz— ¿Te ligaste a un tío?

—Pasó una noche movidita con Eric —se ríe Laura.

—¿Tú no puedes callarte, verdad? —le pregunto a Laura— ¿Qué estabas escuchando con un vaso?

—No, pero fui a ver si la cosa iba bien. Eric parecía enfadado y tú no querías hablar con él, pero desde el pasillo se oía un escándalo de gritos y gemidos, así que me fui de fiesta ya que tú te habías montado la tuya.

—¡Te quieres callar! —le digo avergonzada y roja como un tomate.

—¿Por qué no lo llamas, Sarah? —interviene Mariona.

—No voy a llamarlo, porque no tengo nada que decirle, y tú —le digo a Laura—, cierra esa bocaza.

—Si no es por Eric, ¿por qué no quieres estar con Pablo? —pregunta Nayara.

—¿Podéis dejarme todas tranquila? Quiero ver cómo se hunde el Titanic.

—Pues ya que sale el tema —dice Laura apretando la boca—, Pablo me ha llamado para tomar algo.

—¿Y qué? —la miro indiferente.

—¿No te importa? —me pregunta.

¿Por qué iba a importarme a mí que tome algo con Pablo? Y entonces lo entiendo.

—¿Te gusta Pablo? —pregunto escéptica.

—No —dice con una vocecilla.

La miro con la boca abierta, a Laura le gusta Pablo, ¿debería sentirme celosa? No, ¿me molesta? Un poco. A mí también me gusta Pablo, pero no me gusta lo suficiente. He decidido que quiero estar sola, él saldrá con otras chicas, como hacía antes de que yo irrumpiera en su vida, mejor con Laura que con otra.

—Si te gusta, ve a por él. Nayara está buscando una cuñada, mejor alguien de casa.

—Si a ti te gusta no voy a salir con él —me asegura.

—Es mi mejor amigo, o volverá a serlo algún día —rectifico—, espero, me da igual que salgas con él.

—¿Seguro?

—Sí —contesto con sinceridad—. ¿Podemos acabar de ver la peli?

—Bueno, pues yo me voy, aquí os quedáis con vuestra estúpida película, yo me voy a cenar con mi novio.

—Cómo le gusta restregárnoslo —dice Laura mirando a Nayara y negando con la cabeza.

Nayara se pone a reír y se marcha; después de Titanic, cenamos viendo Up, la peli de dibujos. Tiene el principio de película animada más lacrimógeno de la historia, pero no hay manera.

Cuando nos vamos a dormir sollozo en la almohada, me esfuerzo mucho pero no puedo llorar.

—¿Qué te pasa, Sarah? —me sorprende Laura— ¿Es por Pablo?

—¡Qué va! —le contesto— Prefiero que salga contigo que con otra.

—¿Por qué finges que lloras? —demanda mirando con curiosidad.

—Porque no puedo llorar, seguro que Natalia tendría un diagnóstico terrible de mi sequía.

—¿Por eso estás torturando a Mariona con esas películas? —pregunta.

—Ella quiere verlas conmigo —me defiendo—, y tú también, yo no obligo ni torturo a nadie.

Laura se echa a reír y se mete en la cama conmigo, mete un pie congelado por la pierna de mi pijama y me congela la pierna, discutimos, nos reímos y se duerme. Yo no puedo, no puedo dejar de darle vueltas a mi nueva deficiencia, tampoco puedo no pensar en Eric, como cada noche. Después de imponerme su presencia, tanto ir detrás de mí, y de un día para otro nada de nada. Es lo que yo quería, es cierto, no puedo quejarme, pero aunque no pueda llorar, lo cierto es que sí puedo sufrir, y que se haya esfumado duele.

El fin de semana en Boira es estupendo, puedo disfrutar de mi familia. El lunes, en la entrevista de trabajo, estoy nerviosa, pero creo que ha ido bien; el martes mi madre me lleva a Lleida y desde allí cojo un tren para volver a Barcelona con las pilas cargadas.

Cuando llego a casa me llaman del trabajo para decirme que es mío, quieren que empiece el uno de diciembre, el lunes siguiente. Debería sentirme feliz, debería dar saltos de alegría, he encontrado un trabajo de lo mío, voy a tratar con animales de nuevo, pero ni siquiera siento alegría, solo indiferencia.

Llamo a mis padres para decírselo y mi padre se muestra muy feliz, mi madre escéptica.

Laura ya ha desalojado la habitación de Carla, además ha traído el resto de mis cosas de su casa. Está preparándose para cambiar de habitación cuando no tiene que hacerlo. Le digo que me voy de casa, que vuelvo con mis padres, que he encontrado trabajo y finjo estar contenta. Ella no se lo traga e intenta convencerme para que no me vaya, pero creo que un cambio será positivo. Además no es que me vaya al otro lado del mundo, en dos horas puedo estar en Barcelona, podré bajar los fines de semana y esas cosas que hace la gente.

No tengo ni la menor idea de cómo decírselo a Nayara y Aina, no estoy segura de cuál de las dos se lo tomará peor.

Lo bueno es que después de cinco mudanzas, casi todas mis pertenencias están empaquetadas. Antes de irme quiero ver a la hija de Ortiz, que ella y Aina se conozcan. La llamo y me presento, ella habla con un hilo de voz, nada que ver con la energía de su padre. Quedamos para vernos el jueves, llamo a Aina y no podría estar más contenta con la idea.

El jueves voy a decirle a Mariona si se apunta y veo que está cubriendo los muebles de la habitación.

—¿Qué haces? —le pregunto.

—Voy a pintar tu habitación —dice muy decidida.

—¿Otra vez? —demando mientras la observo.

Va con un mono de Carla que además le costó un dineral, un pañuelo en la cabeza de Gucci, también de Carla, y el pelo recogido. Mira la habitación con sus ojos verdes soñadores.

—Sí —me mira—, la pinté de rosa para fastidiarte —lo sé, pienso suspirando—, pero es tu habitación y he comprado pintura azul cielo —vuelve a mirar la pared y la acaricia—, voy a pintarla y a devolvértela.

—No hagas eso, Mariona —le contesto sin saber cómo decirle que me voy de Barcelona.

—El color lo he elegido por Eric —su sola mención hace que me cueste tragar saliva—, por sus ojos.

Me tapo la cara con las manos, madre mía, ella hizo lo imposible para que no estuviéramos juntos y ahora no deja de mencionármelo a cada momento que puede, para después insistir en que vuelva con él. ¡Que vuelva con él! Cuando ni siquiera me ha llamado para ver si alguien ha intentado matarme últimamente.

—He encontrado un trabajo, vuelvo a Boira con mis padres, mi padre vendrá el sábado a recogerme.

—¿El sábado? —pregunta y yo afirmo— ¡No! —exclama— No puedes irte.

—Pues sí —sus ojos se ponen vidriosos, va a echarse a llorar—. Eh —le digo—, no llores, bajaré los fines de semana para que no os desmelenéis —la rodeo con el brazo y ella me abraza—. Tu intención era buena, cielo, pero no te molestes porque esta es tu habitación.

—No quiero que te vayas, ahora que volvíamos a ser amigas, no quiero que me dejes.

—Tienes a Nay para que te consienta y a Laura para que te pervierta, y yo vendré a menudo, lo prometo.

Llora más fuerte y me lleva un rato largo que se le pase, salgo de la habitación y vuelvo a la de Laura. Al entrar recuerdo que le iba a decir si quería venir a conocer a Haizea, la hija de Ortiz. Me calzo los zapatos y vuelvo a su habitación, está al teléfono.

—No —discute con alguien—, dice que el sábado la recoge su padre y vuelve a Boira, tienes que hacer algo, no puedes dejar que se vaya.

Voy a matarla, no ha tardado ni cinco minutos en decírselo a Nayara.

—¡Mariona! —le grito, se gira y me mira con cara de mierda, me han pillado— ¿Se lo has dicho a Nayara? —pregunto con incredulidad.

—Sí —dice llorando—, no quiero que te vayas —niega con la cabeza.

—Quería decírselo yo —le reprocho.

Resoplo molesta, Nayara debe de haber puesto el grito en el cielo, pienso en ponerme al teléfono, pero es mejor que deje que se le pase un poco, no tengo ganas de discutir.

—Es que no quiero que te vayas —insiste ella aún con el teléfono en la oreja.

—Ya te vale —le digo, no soy capaz de decirle que es una bocazas y me ha decepcionado—. En quince minutos me voy a conocer a Haizea, he quedado en recoger a Aina en el cole, si quieres venirte ya lo sabes.

Me doy la vuelta echando humo por las orejas, diez minutos después está vestida en la puerta de la habitación de Laura.

—No quiero que te enfades conmigo, Sarah —me dice—, no lo he hecho con mala intención.

No puedo olvidar que Mariona es una manipuladora, pero lo cierto es que la creo, no quiere que me vaya, ya han pasado dos semanas desde el "incidente", estamos más unidas que nunca desde que la sacamos de esa agujero en el que se escondía. Ahora me anima a llamar a Eric, a volver con él, me pide consejos, pasa tiempo conmigo, se apoya en mí y yo en ella. Nuestra relación es como siempre debió ser, no tengo por qué dudar de su palabra y no lo hago, sé que quiere que me quede, pero no voy a hacerlo.

Recogemos a Aina, que avasalla a Mariona a preguntas sobre cómo funciona lo de influir y manipular a la gente, es incansable. Por supuesto, se regodea en su propia capacidad, le encanta vacilar de lo poderosa que es y todo lo que ha conseguido gracias a su don.

Vamos a una cafetería cerca de la salida de metro de Vía Julia, por lo visto Ortiz vive por esta zona de Barcelona. Yo lo hacía más de Verdum, no estoy muy segura de qué esperar de su hija conociéndolo a él.

Nos sentamos en una de las mesas, nos deshacemos de toda la ropa de abrigo y la esperamos. Se retrasa y cuando ya creemos que no va a venir, cruza la puerta de la cafetería una chica con el pelo largo, negro y brillante que le tapa parte de la cara, se abraza a una carpeta que lleva al pecho. Nos mira y parece que coge aire y con pasos vacilantes se acerca hasta nosotras.

—¿Eres Sarah? —le pregunta a Mariona.

—Sarah soy yo —le sonrío. Me pongo de pie, es de la altura de Mariona, así que con mis tacones le saco un buen trozo; le doy dos besos—, tú debes ser Haizea —ella afirma con la cabeza claramente nerviosa. Tiene los ojos negros como los de su padre y su asqueroso abuelo—. Ella es Mariona y este trasto es Aina.

—No me llames así —se queja Aina—, me hace parecer una niña.

Se levanta y le da dos besos a Haizea.

—Eres una niña, Aina —le recuerdo y Haizea sonríe.

Mariona también la saluda y volvemos a sentarnos a la mesa.

—Mi padre dice que puedes hacer lo mismo que hago yo —comenta con un hilo de voz apenas audible.

—¿Qué dices? —le pregunta Aina gritando.

—Aina —le digo en tono de riña—, si no oyes bien, lávate las orejas.

—Seguro que las tengo más limpias que tú —me contesta la muy descarada.

—Seguramente, comparado contigo, yo no hago nada —le contesto a Haizea ignorando la puya de Aina.

—Aquí la experta soy yo —interviene Aina haciéndose notar—, soy una viajera, he ido al otro lado, de hecho voy a menudo, tengo muchos amigos allí.

—¿Muertos? —pregunta Haizea en voz baja.

—A veces son más divertidos que los vivos —dice Aina encantada de la vida.

—¿Qué quieres tomar, Haizea? —le pregunto.

—Un cortado descafeinado —me contesta con mirada esquiva.

—¿Me acompañas a buscarlo, Mariona?

—Claro.

Las dejamos solas, Ortiz no mentía, parece muy tímida, observo desde la barra cómo Aina habla con ella, no tengo ni idea de lo que debe estar diciéndole, pero Haizea se ríe, se quita el abrigo y parece que se relaja.

Cuando volvemos a la mesa, como esperaba, Aina domina la conversación, le encanta ser el centro de atención, y parece que Haizea prefiere quedar en un segundo plano, podrían compenetrarse muy bien.

Dejamos a Aina en casa, quisiera entrar y hablar un rato con Pablo, ver cómo le van las cosas, reírme un rato con él, me acuerdo de él cada día. Cada vez que pasa algo digno de mención, mi primer impulso es coger el móvil para enviarle un WhatsApp. Pablo le quitaba estrés a mi vida, pero tenemos un acuerdo, cuando esté listo me llamará y espero que podamos retomar nuestra amistad.

Volvemos a casa, no puedo dejar de pensar en que no he tenido valor de decirle a Aina que me voy de Barcelona, estaba tan contenta después de conocer a Haizea que no quería estropearle el día.

Al llegar a casa Nayara está en el comedor esperándome. Mariona pone cara de circunstancia al verla y se va a su habitación sin quitarse ni el abrigo.

—¿Es por él? —me ataca Nayara sin dejarme apenas entrar en el comedor.

—¿Por quién? —pregunto quitándome la ropa de abrigo.

—¿Por quién va a ser, Sarah? —dice exasperada— Por Eric. ¿Te vas por él?

—No —niego con la cabeza.

—¡No me mientas! —me advierte señalándome con el dedo con una mirada asesina.

—No te miento —me siento en el sofá—, he encontrado trabajo, ojalá fuera aquí, pero es en Lleida. Un cambio de ambiente no me irá mal después de todo lo que ha pasado por aquí. Podré estar más tiempo con mi familia, pasar más tiempo en casa, y no es que me vaya a la China, estaré aquí al lado e iré bajando.

—Eso es lo que siempre se dice —me coge de la mano y la miro a los ojos de caramelo—. Sarah —aligera el tono de voz—, tú no quieres vivir en Boira, lo odias, te vas a ahogar en ese pueblucho.

La miro a los ojos y ella tiene toda la razón del mundo, me voy agobiar en Boira. Siempre le he tenido mucho asquito a mi pueblo, es verdad, ahora más, la gente sale de allí, no vuelven, pero tengo a mis padres.

—Está decidido Nay, si me arrepiento siempre puedo volver, a no ser que cambies la cerradura.

—Debería pensarlo, además en invierno está muertísimo, te vas a quedar congelada y muerta del asco.

—Lo dices como si en verano fuera mejor —intento bromear, Nay no está para bromas—. Está decidido.

Al día siguiente, al levantarme, me dedico a sacar cajas y trastos al recibidor y al pasillo, cuando me llama mi padre.

—Hola —contesto intentando sonar alegre aunque es lo que menos siento.

—¿Voy a por ti mañana? —me pregunta.

—Claro —contesto extrañada—. ¿No te va bien?

—Tu madre dice que no vienes.

—¿Qué? Claro que voy, ahora mismo estaba preparando las cosas para mañana.

—Si te lo has pensado mejor lo entendemos, ya sé que vivir con tus padres no es lo más emocionante.

—No, quiero ir —le aseguro—, está decidido.

—De acuerdo, nos vemos mañana, cariño.

—Hasta mañana.

Cuelgo el teléfono y miro las cajas, tengo ganas de llorar pero es inútil.

Dejo las cajas y me voy a pasear por Barcelona, le diría a Mariona que me acompañara pero no está en casa. Quedo para comer con una amiga de la uni a la que no he visto desde que acabamos. Cuando me pregunta cómo me ha ido el verano casi me atraganto con mis propios pensamientos, he tenido un verano y otoño de lo más moviditos y desagradables, aunque he conocido gente a la que quiero como mi familia.

A media tarde me llama Mariona para saber dónde estoy, seguro que me han preparado una cena de despedida sorpresa o algo así.

Al llegar a casa espero que estén todos esperándome, pero Nayara está tirada en el sofá con Aleix como si nada, Laura aún no ha vuelto de clase y Mariona está en su habitación, me siento un poco decepcionada.

—Ya estoy en casa —le digo a Mariona.

—¡Menos mal! —exclama— Te estaba esperando, ha llegado algo para ti.

—¿Algo para mí?

Afirma con la cabeza y me da uno de esos sobres grandes marrones, solo pone mi nombre.

—¿Quién lo envía?

—Y yo que sé —contesta ansiosa—, ábrelo.

No me fío un pelo, la última vez que recibí un regalito así, me lo dio mi ex jefe y era un cachorro muerto. Tanteo el sobre, no pesa demasiado, como mucho puede haber un pajarito muerto. Me acerco a la cama de Mariona y me siento, ella se sienta conmigo, parece nerviosa.

Abro el sobre y dejo caer el contenido sobre su cama.

—¿Solo esto? —pregunta decepcionada.

La llave de un coche y un cd pirata en una funda de plástico. Reconozco perfectamente el llavero, es el coche que Eric me regaló para mi cumpleaños, así que es de Eric.

Siento cómo mis manos tiemblan al coger el cd, Al atardecer es el título.

No tengo ni idea de qué quiere decirme con esto, lleva dos semanas desaparecido en combate y ahora me envía esto. No tengo ni idea de qué significa, pero se acuerda de mí y eso, aunque no quiera, significa algo para mí. Significa demasiado, porque siento una punzada de felicidad que él no debería provocarme, una llama de esperanza que no debería existir.

—Tú sabías que era de Eric —le digo a Mariona.

—Claro —contesta ella encogiéndose de hombros—, me lo ha dado esta mañana para ti y me ha dicho que tenía que dártelo hoy, lo antes posible.

Mariona coge el cd y lo pone en su portátil, solo hay una canción grabada.

No necesito más de dos segundos de canción para reconocerla, comprendo el mensaje a la perfección.

25

Un lugar que sólo nosotros conocemos

—Llámalo —le digo a Mariona con una congoja que siento que me ahogo—, llámalo y dile que no voy.

—¿A dónde? —pregunta ella sin comprender.

—A donde él quiere que vaya —aclaro—, llámalo y dile que no se moleste, porque no voy a ir.

—No pienso llamarlo —me contesta molesta—, llámalo tú y díselo, y cuando estés sola y vieja, acuérdate que una vez conociste a un chico que te amaba y que pudiste ser feliz, pero no lo fuiste por cobarde.

Me rodea con la intención de dejarme con dos palmos de nariz en la cara, la cojo del brazo y la encaro.

—¿De qué vas? —le pregunto cabreada.

—Es la verdad —contesta como si fuera una burla—, no quieres tener miedo, vas de valiente y yo admiro eso de ti, me da valor para pensar que se puede vivir sin miedo. Pero a la hora de la verdad eres una cobarde, por eso has estado escondiéndote detrás del hermano de Nayara, porque te da miedo enfrentarte a Eric, porque te da miedo que te haga daño, pero el daño te lo estás haciendo tú sola, negándote lo que amas.

Vale, le suelto el brazo, vaya rapapolvo me acaba de echar Mariona, estoy impresionada.

367

La miro un segundo y ella alza el mentón desafiándome a que la contradiga, no lo hago y se marcha.

La canción de Keane sigue sonando.

Oh, cosa simple ¿A dónde te has ido? Estoy envejeciendo y necesito alguien en quien confiar. Así es que dime cuándo me dejarás entrar. Me estoy cansando y necesito un lugar donde empezar. Así que si tienes un minuto ¿Por qué no vamos a hablar de esto a un lugar que solo nosotros conocemos? Este podría ser el final de todo. Entonces, ¿por qué no vamos a un lugar que solo nosotros conocemos?

Cojo el móvil del bolsillo del abrigo que ni siquiera me he quitado. Cuando Carla me atacó se me cayó al suelo y la pantalla se rompió, pero ya está como nuevo. Busco a Eric en la agenda, cojo aire y lo llamo.

Tiene el móvil apagado. Vuelvo a llamarlo, por supuesto sigue apagado.

Miro las llaves del coche sobre la colcha de mariposas de Mariona. Sé dónde es el sitio, nuestro sitio. Sé por qué ha elegido el atardecer, por el brindis que hicimos en Madrid, porque sabe que tiene un significado para mí, acaba un día y empezará uno nuevo; el que se va será un recuerdo que puede olvidarse. Sin moverme miro por la ventana de Mariona, muy pronto oscurecerá, él ya debe de estar en camino, si es que no está ahí ya.

¿Qué pasa contigo?, me riño a mí misma, llevas dos semanas flagelándote y llorando, sin lágrimas claro, por las esquinas, porque no sabes nada de él; aparece ¿y no vas a dar la cara? Cobarde. Oigo una voz en mi cabeza Cobarde.

Cojo las llaves del coche y salgo en su busca.

Cojo el metro intentando no pensar en por qué hago esto, tengo casi dos horas de camino para pensarlo y dar media vuelta, así que al menos debo llegar hasta el coche. Bajo en Paseo de Gracia y voy hasta el parking, abro el coche con el mando a distancia. Al entrar siento que todavía huele a nuevo, lo arranco acariciando el volante y salgo a la calle.

Salgo de Barcelona recordando el día que me lo regaló, fue un día fantástico, me puso la primera en su lista de prioridades, me dio más de lo que nunca desee en una mañana, un trabajo con el que nunca me hubiera atrevido a soñar, estar con él, un Eric relajado, cariñoso, el Eric con esa preciosa sonrisa que adoro como nunca voy a poder adorar nada en la vida. Estuvimos con mis padres, se mostró atento y me hizo muy feliz. No quise que ese día acabara nunca, pero tuvo que acabar, porque al final todo acaba y cuando llegó la noche todo se fue a la mierda, y lloré, lloré muchísimo, como no voy a volver a hacerlo a este ritmo. Pero antes de eso, antes de las lágrimas, de un corazón roto y un alma congelada, antes de eso, fui muy feliz, porque sentí que le importaba y me quería, esa es mi felicidad.

Cojo el móvil del bolsillo de mi abrigo y lo dejo sobre el salpicadero, intervalo mi mirada entre él y la carretera, preguntándome si quiero llamarlo de nuevo y decirle que no voy, pero la idea de marcharme de Barcelona y no volver a verlo me quema con el hielo que eso provoca en mi corazón. Aunque no me fuera, aunque me quedara, tampoco lo vería, tampoco volveríamos a estar juntos, y debo hacerme a la idea de que ese es nuestro destino, aunque duela.

Salgo de la autopista y me dirijo a la carretera serpenteante que me llevará hasta nuestro sitio, un lugar que solo nosotros conocemos, como dice la canción, nuestra canción. Pongo el reproductor y suena de nuevo, la misma canción. La última vez que me dirigí al mismo punto al que me dirijo ahora, pensé que la canción cobraba sentido, que lo nuestro acababa, y en lugar de eso nos fuimos a vivir juntos; ahora que ya no lo estamos puede que nos matemos.

Aparco en una de las pocas plazas que hay para aparcar, no hay ni un coche, el coche de Eric no está aquí y siento que me va a dar algo.

No tengo ni idea de cómo he llegado hasta aquí, puede que el coche tenga piloto automático, porque no sabría decir si en la autopista había mucho o poco tráfico, si he ido por encima o por debajo del límite de velocidad, en qué momento se ha hecho de noche. He estado tan absorta en mis pensamientos que no he tenido tiempo de plantearme dar media vuelta.

Ahora ya estoy aquí, es de noche, ha pasado el atardecer y creo que Eric se ha marchado, es mejor así, pero aún así siento que me muero un poco por dentro. Cojo mi móvil y lo llamo, no estoy segura de con qué intención, puede que le diga que no voy a ir, aunque en realidad ya esté aquí, sigue apagado.

No quiero ser cobarde, así que con decisión me bajo del coche, pero no tengo ni idea de qué pretendo con ello. Estoy triste y enfadada, porque él siempre gana, porque siempre se sale con la suya, porque tiene el poder de hacer conmigo lo que quiera y me aterra que vuelva a destruirme. No quiero correr detrás de él cuando él va en dirección opuesta a mí.

Me acerco hasta el mirador con piernas temblorosas, ni siquiera entiendo por qué estoy tan nerviosa, él ya no está aquí, no voy a verlo, no voy a poder verlo por última vez, ya tuvimos nuestra última vez.

Al acercarme al mirador veo que hay alguien en él, pero el coche de Eric no estaba en el aparcamiento, el mirador no tiene luz y aunque la luna está llena no estoy lo suficientemente cerca para verlo bien, pero sé que es él.

Mi pulso se acelera con cada paso que doy, hasta el punto de que cuando estoy a cinco metro de él me detengo, soy incapaz de dar un paso más temiendo que mi corazón desbocado y errático se salga del pecho. Eric está de espaldas, parece que no me ha oído llegar. Solo se oye el sonido de los grillos en la lejanía, arrastrado por un fuerte viento helado que me revuelve el cabello, pero no tengo frío.

—¿Por qué me has hecho venir aquí? —le pregunto tragando saliva.

Agacha la cabeza en el mirador, apoyado en esa barandilla donde nos hicimos nuestra primera y última foto.

Se gira y me mira, siento su mirada de fuego, lo observo sin acercarme. No va con uno de sus acostumbrados trajes de marca, va con un tejano oscuro y la chaqueta que utiliza para ir en moto, por eso no estaba su coche. Se acerca a mí con paso decidido, recorre la distancia que hay entre los dos y me abraza. Quisiera poder rechazarlo, pero no puedo, estoy enfadada con él pero aún más conmigo.

Me sepulta entre sus brazos y me pega a su gran y férreo cuerpo, el bienestar que produce estar entre sus brazos es indescriptible, nuestros cuerpos encajan, siempre lo han hecho, a diferencia de nosotros.

—Ya pensé que no venías —dice acariciándome la cabeza y alisando mi indomable pelo ondulado.

A pesar de la ropa de abrigo, siento el fuerte latir de su corazón, está desbocado, va a toda máquina, como el mío, ambos podrían llegar a acompasarse.

—Estoy enfadada contigo —me obligo a aclarar.

Y él se ríe, su pecho tiembla, se separa de mí lo justo para poder mirarme. Me aparta el pelo de la cara y la coge a ambos lados con esas manos fuertes, grandes y suaves. Creo que mi cuerpo se hizo para que sus manos lo acariciaran.

—¿Por qué estás enfadada conmigo ahora? —pregunta dedicándome la sonrisa más bonita del mundo entero, esa sonrisa arrebatadora con la que pierdo la cordura.

No lo sé. Eric está de buen humor y sonríe, cuando Eric sonríe, mi cerebro hace cortocircuito, cuando me sonríe de esa forma podría olvidarme hasta de mi nombre. ¿Cómo no voy a enfadarme con él siendo capaz de todo por nada?

—Porque no quería venir —dejo de mirarlo—, pero tenías el móvil apagado y me he sentido obligada a hacerlo.

—No voy a obligarte a hacer nada que no quieras —asegura. Acaricia mis mejillas con las yemas de los dedos, siento cómo todo mi cuerpo se estremece al sentir sus dedos detrás de las orejas—, he aprendido la lección, Sarah —niego con la cabeza y cierro los ojos, incapaz de seguir mirándolo—. Haré cuanto me pidas —dice—, pero debes pedírmelo, porque a veces las cosas se me escapan, a veces no te entiendo, tú escapas a mi control y me pierdo en ti; eso no me gusta, pero es lo único que quiero, perderme en ti, mi amor.

—Tú y yo no podemos estar juntos —digo con una mueca de dolor porque no hay una verdad más grande que esa—, lo sabíamos, lo intentamos y no funcionó, somos agua y aceite, no debemos hacernos más daño.

—No —dice en tono duro, abro los ojos y lo miro—, no es cierto —aligera el tono—. Cometimos errores, el precio ha sido alto y los dos lo hemos pagado. Estar sin ti después de haberte tenido fue una condena, darme cuenta de los errores que cometí y perderte un infierno, eso me ha hecho cambiar, yo ya no soy el mismo —dice en tono suplicante.

Quisiera creerlo, estar con él es mi mayor anhelo, siento cómo una llama de esperanza se enciende dentro de mí, una llama que calienta mi alma congelada, pero no puedo engañarme o después del golpe no podré seguir adelante.

—Nunca vas a dejar de ser quien eres y yo tampoco.

—Eso es mentira, Sarah —miro sus ojos azules, es la pura verdad—. Tú has cambiado, te has vuelto fría e inaccesible, no sé dónde estás, pero quiero que vuelvas.

Doy un paso atrás herida por sus palabras, separándome de él; puede que sea cierto, pero es culpa suya.

—Dices las cosas como si yo fuera la mala —le discuto—, me has hecho daño y necesito defenderme. No voy a pasar por lo mismo otra vez, no voy a permitirte que me hundas y después me pisotees de nuevo.

—No soy la mejor persona del mundo, pero tampoco soy un cabrón sin sentimientos. Me duele que pienses que te he hundido y pisoteado, yo nunca he querido hacerte daño y tú tampoco eres una santa.

Boom. Ya estamos discutiendo, que es lo único que Eric y yo sabemos hacer.

—No —contesto enfadada—, pero al menos soy realista. Me hiciste mucho daño —subo el tono de voz, enfadada—. Tragué mucho cuando estábamos juntos porque quería estar contigo, yo sólo quería que pasaras tiempo conmigo, que me valoraras, ser lo primero en tus prioridades, como tú lo eres en las mías. Nunca quise pedirte más de lo que yo te daba a ti —le reclamo—, sin embargo lo que recibí fueron menosprecios, humillaciones, que dudaras de mí cuando yo no te había dado un solo motivo para que pensaras que te estaba engañando, que la prefirieras a ella antes que a mí, que creyeras en sus mentiras y no en mi verdad, cuando nunca te he mentido.

—Lo de Mariona es un caso especial, tú lo sabes mejor que nadie.

En eso tiene toda la razón del mundo, no debo culparlo por eso después de ver cómo funciona Mariona, después de haber visto por mí misma cómo manipuló a Carla, pero aunque no deba no puedo dejar que no me afecte.

—Has tardado poco en perdonarla, ella misma me lo dijo, que le habías perdonado por la bondad de tu corazón.

—¿Esas fueron sus palabras? —pregunta con una mueca.

—Ese era su significado, a mí tardaste meses en perdonarme algo que ni siquiera había hecho.

—¿Estás celosa de Mariona? —pregunta como si no pudiera creerlo y hace bien, porque no es cierto.

—No —me pongo de puntillas para enfatizar la palabra.

—Mientes —se inclina sobre mí demostrándome que está por encima de mí—, no puedo creer que te cabrees por eso —niega con la cabeza—, cuando tú te has enrollado con Pablo, cuando hasta hace dos días querías estar con él.

—¿Y qué? Tú y yo no estamos juntos, a ver si te entra en esa cabezota tuya.

—Pues entonces no tienes derecho a estar celosa de Mariona, cuando entre nosotros nunca hubo nada.

—Es que no estoy celosa —le aclaro enrabietada.

Eric se acerca a mí y yo me aparto.

—Lo estás —sigue acercándose e ignorando que yo me aparto, hasta que me coge de los brazos para que no me aleje—. En el fondo, aunque no quieras reconocerlo, lo estás, puedes intentar engañarte a ti misma pero no a mí.

—Me jode que la creyeras a ella —le reprocho—, que me trataras como una fulana sin motivos.

—¿Y no te he pedido perdón? —sube también el tono de voz— ¿Qué más quieres que haga? Haré lo que me pidas.

—Eso ya lo he oído antes —le corto para que no siga por ahí—, pero después no lo haces.

—¿Que no lo hago? —frunce el ceño cada vez más cabreado— ¡Maté a un hombre por ti, Sarah! —me reprocha.

—¡No lo hiciste solo por mí! —le reprocho yo a él— Además, yo me hubiera interpuesto entre esas balas y tú, yo hubiera muerto por ti —lo hago día a día, pienso.

—Yo muero por ti cada día —roba mis pensamientos, me acerca a su cuerpo y me sepulta entre sus brazos—, me diste un motivo para vivir y después me lo arrebataste —me coge la barbilla y me obliga a mirarlo—, te largaste de mi casa dando un portazo como si no pasara nada y no volviste. ¿Puedes imaginar lo que fue volver a casa y ver que no estabas?

—¿Y tú puedes imaginar lo que es ser invisible para la persona que amas?

—¿Invisible? —se cabrea aún más— ¡Llevo un mes detrás de ti como un puto colegial!

—Ahora, pero no entonces, culpé a Mariona de todo y me equivoqué, porque ¿sabes lo que es esto? —nos señaló a ambos— Lo único que tú y yo podemos hacer juntos: discutir. Eso no es lo que quiero, no quiero pasarme la vida esperando que las cosas se arreglen, cuando no lo harán. Lo intentamos y no funcionó, punto, se acabó.

Eric se relame los labios, me separo de él y le dedico una última mirada, la última, con todo el dolor de mi corazón. Me giro e intento marcharme y él me coge del brazo.

—¿Por qué te vas de Barcelona? —me pregunta.

—¿Quién te lo ha dicho? —ladea la cabeza, no sé ni para qué pregunto. La misma persona que me ha dado el sobre, la misma que en cuanto se enteró corrió a llamarlo. Mariona no llamó a Nay, lo llamó a él, fue a él a quien le dijo que no podía dejarme marchar— No te molestes, te lo dijo Mariona.

—No has contestado a mi pregunta.

—He encontrado un trabajo.

—¿En Boira? —pregunta en tono burlón.

—No, en Lleida.

—¿Y vas a irte ahí a vivir?

—Sí, volveré con mis padres hasta que pueda independizarme y buscar un piso en Lleida.

—Tienes un trabajo en Barcelona, hice esa fundación por y para ti.

—No quiero trabajar para ti.

—¡Joder, Sarah! Yo te juro que ya no sé qué más puedo hacer, te he pedido perdón, he ido detrás de ti, te he dado espacio, no quieres estar con él y pensé que volverías a mí, pero no, te largas sin ni siquiera despedirte.

No sé cómo se ha enterado de lo de Pablo, ni voy a preguntarlo, porque me da igual.

—No somos amigos, no tengo por qué despedirme de ti, no voy a dejar que vuelvas a hacerme daño.

—Sarah —vuelve a acercarse y me coge la cara, yo me aparto—, no voy a hacerte daño, nena —dice en tono suplicante—, te lo prometo, he cambiado, deja que te lo demuestre, por favor, Sarah, yo te quiero.

Que ha cambiado es innegable, es más paciente, se preocupa por mí y me lo demuestra, muestra sus sentimientos como no lo hacía antes, ha ido detrás de mí como nunca pensé que lo haría. Incluso ahora, discutiendo, no he visto el frío en su mirada una sola vez, pero eso no cambia quiénes somos, eso no cambia lo que ha pasado.

—Nuestro problema nunca fue no querernos —le digo llena de pesar y dolor—, sé que me quieres y yo te quiero a ti, pero eso no cambia nada.

Me mira derrotado y verlo así me duele muchísimo, pero ya está todo dicho. Ahora debo decirle adiós y no puedo hacerlo, lo único que quisiera es acariciarle la cara, decirle que lo superaremos, pero eso no va a pasar.

Me doy la vuelta dispuesta a marcharme, deseando que lo impida, no lo hace y me marcho, él me deja alejarme.

Con cada paso que doy siento que el nudo que crece en mi garganta me estrangula más y más, hasta el punto de ahogarme. Cuanto más me acerco al coche siento que menos puedo respirar, pero sigo caminando.

Me subo al coche dispuesta a irme, suena nuestra canción, la quito y pongo la radio, creo que puedo ahogarme en mi propia tristeza, desesperación, anhelo y congoja. Arranco el motor del coche con manos temblorosas.

¿Alguna vez te has preguntado qué estará haciendo? Dice la canción de Pink que suena en la radio. ¿Cómo es que todo se convirtió en una mentira? A veces pienso que es mejor nunca preguntar por qué. Donde hay deseo habrá una llama, donde hay una llama alguien está destinado a salir quemado. Pero solo porque te quemes no significa que vayas a morir, tienes que levantarte e intentar, intentar, intentar. Las lágrimas se acumulan en mis ojos, lo quiero, lo amo, lo necesito como el aire pero me aterra estar con él, no quiero ser una cobarde. Me apoyo en el volante y sollozo, siento que me ahogo en las lágrimas que no salen de mis ojos, me ahogo, no puedo respirar. Es gracioso cómo el corazón puede ser engañoso, miro el salpicadero como si la canción fuera alguien que me habla, más de un par de veces. ¿Por qué nos enamoramos así de fácil, incluso cuando sabemos que no es lo correcto? Cierro los ojos y, al abrirlos, las siento, las siento correr por mis mejillas, se deslizan rápidas y veloces una detrás de otra, enciendo la luz interior del coche, las recojo con los dedos, húmedas lágrimas. Eric. Y entonces sucede. Donde hay deseo habrá una llama, donde hay una llama alguien está destinado a salir quemado. Pero solo porque te quemes no significa que vayas a morir, tienes que levantarte e intentar, intentar, intentar.

Me bajo del coche y vuelvo al mirador, corro hacia él temiendo que se haya ido, me caigo y me raspo las manos y las rodillas. No me importa, me levanto y sigo corriendo hasta que lo veo.

Eric está en la barandilla mirando hacia el vacío de la oscura noche, una noche iluminada por la luna y las estrellas brillantes de este lugar sombrío y apartado. Si después de un atardecer llega un nuevo día, esta noche puede ser la nuestra para dejar lo que pasó atrás, como un recuerdo que algún día olvidaremos. Quiero estar con él y es cierto que ha cambiado, puedo intentarlo otra vez, quiero estar con él, no quiero seguir viviendo así, no puedo alejarme de él como si no me importara cuando siento que muero. ¿Qué voy a hacer en Boira si no pensar en él y morir cada día un poco? Nadie va a llenar el vacío que siento por estar lejos de él, no pudo hacerlo Pablo y nadie lo hará, porque es de Eric de quien estoy enamorada, porque nunca he sentido por nadie lo que siento por él.

—¡Si vuelves a hacerme daño te mataré! —le grito cuando lo tengo a unos diez metros.

Se gira pero no se acerca, apoya las manos en la barandilla y espera que sea yo quien vaya hasta él. Llego a su lado y apoyo la cadera en la barandilla mirándolo, esperando que diga algo.

—Lo que pasó quedará atrás, todo —le advierto—, Mariona, Pablo, las discusiones, los reproches… Quiero que sea un recuerdo que olvidar, que volvamos a empezar, que partamos desde cero con una lección de lo que aprendimos por el camino, pero sin esos recuerdos dolorosos.

Me quedo callada mirándolo, Eric me mira y creo que sus ojos se iluminan, me tiende la mano.

—Me llamo Eric —le sonrío limpiándome las lágrimas de la cara, que no dejan de salir de mis ojos.

—Sarah —le estrecho la mano que me ofrece.

—Es un placer, Sarah —me contesta—. Eres preciosa y una chica tan bonita como tú no debería llorar.

Le sonrío y sorbo por la nariz, me suelta la mano e intenta borrar las lágrimas de mi cara.

—Dicen que las chicas grandes no lloran, pero es mentira.

—Lo sé —se pone serio—. No permitiré que vuelvas a llorar, Sarah — me estrecha, lo abrazo y lloro más fuerte, dejando salir toda la ansiedad que me queda dentro. Solo quiero poder estar en paz, estar con él y ser feliz—. Eres la única persona a la que he amado —me aparta se su pecho y me limpia las lágrimas con las yemas de sus dedos, pone su rostro a la altura del mío—. Te amo, Sarah —dice mientras su aliento me roza—, quisiera hacerlo mejor, pero todo lo que tengo es este corazón malogrado y hago lo que puedo con él.

—Tienes buen corazón, Eric, solo que no lo utilizas a menudo, está desentrenado, pero eso se acabó —le aseguro.

Me coge por debajo de las axilas y me sube hacia arriba, lo cojo del cuello y lo abrazo, me sienta sobre la barandilla y le rodeo con las piernas.

—Te quiero tanto, Sarah —niega con la cabeza.

—Y yo a ti, mi amor —digo pasando las manos por su cabello oscuro.

Me inclino hacia abajo y hago lo que llevo deseando hacer cada vez que lo he visto por muy enfadada que estuviera, lo beso. Me devuelve el beso haciendo que la llama que sentí al llegar crezca hasta calentarme el alma por completo.

—Cuando entraste en mi vida —dice separándose de mi boca—, la pusiste patas arriba. Escapas a mi control y eso no me gusta, pero es cuanto quiero, perderme en ti cada día; me has hecho cambiar, mi amor, y quiero seguir creciendo a tu lado, ser mejor para ti, porque tú eres perfecta para mí, con tus defectos y todo, no te querría sin ello —asegura mirándome a los ojos—. La vida sin ti me ahoga, ya nada tiene sentido, he perdido el gusto por todo excepto por ti, nena. Te quiero, te quiero, te quiero tanto que hasta me duele.

Vuelve a besarme y me siento en una nube, flotando en el cielo de este manto estrellado, en este momento que no voy a olvidar en la vida, no pienso olvidar ni una de las palabras que Eric acaba de decir, nunca.

Me abraza y se apoya en mi pecho, apoyo mi cabeza sobre la suya acariciándole la nuca.

Detrás de mí tengo una caída libre de unos dos cientos metros de altura, y ni siquiera tengo miedo, porque Eric me sostiene, porque confío en que no me dejará caer, ni ahora ni nunca. Voy a confiar en él, me voy a dejar de aguas y aceites, de frío y calor, de esperar que las cosas salgan mal.

—Te he echado mucho de menos —le confieso—, incluso cuando no quería verte me moría por hacerlo.

Se separa de mí y me mira con los ojos llenos de amor y calor. Eric me completa, él tenía razón, somos el ying y el yang, él es el orden dentro de mi caos y lo quiero a mi lado.

—Quiero que nos casemos, Sarah —dice sonriéndome.

—No corras tanto —sonrío asustada.

—Sí —saca una cajita de terciopelo azul y mi sonrisa se esfuma, no puedo creerme que me esté pidiendo matrimonio, que tenga un anillo cuando ni siquiera sabía si yo iba a venir, si lo íbamos a arreglar o no—. Esto es para ti —me tiende la caja.

Lo miro asustada, sus ojos azules se ven brillantes y felices, y se hincha mi pecho al ver cómo me mira. No es que no quiera pasar la vida con él, acabo de decir que no voy a ser negativa respecto a lo nuestro, que se acabaron las gilipolleces, pero esto es correr mucho. No quiero hacerle daño, veo la alegría en sus preciosos ojos azules, pero no puedo decirle que sí.

—Eric —niego con la cabeza sin saber cómo decirle que no, que es de locos—, no puedo.

—Es una caja, no muerde —niego con la cabeza—, solo cógela —insiste, la cojo y él me estrecha mirándome a los ojos—. Te vas a casar conmigo, Sarah —asegura pasando las manos por mi espalda—, cuando estés lista para hacerlo, ya sea mañana, dentro de un mes, de un año o de diez. Cuando estés lista —repite— quiero que te lo pongas, no tengo prisa, porque ya eres mi mujer, y quiero que algún día todo el mundo lo sepa —la dulzura de su mirada penetra bajo mi piel, se cuela en mi alma, mis huesos, mi espíritu, en mí, me completa y me calienta con su amor—. Quiero que sepas que lo eres todo para mí. Te amo.

Me estrecha entre sus brazos, mis labios buscan los suyos, su aliento se mezcla con el mío, la sal de mis lágrimas llega hasta nuestras bocas. Lágrimas de felicidad, sé que ahora las cosas serán diferentes y estar con él es todo lo que quiero.

—Yo también te amo —le contesto sobre la boca.

Epílogo

—¿Qué es? ¿Qué es? ¿Qué es? —pregunta Aina fuera de sí— Dime qué es —me exige.

—No hasta que estemos todos —le contesto riendo.

—Oh, venga, Sarah —se queja ella. Niego con la cabeza, no es negociable—. Tengo derechos, ¿sabes?

—¿Ah sí? —le pregunto— Teníamos un trato y aún no sabes qué es y ya estás exigiendo, creo que tendré que replanteármelo.

—Eres muy pesada Aina —se queja Pablo—, prefiero escuchar a los niños del colegio que a mi propia hermana.

—Eso es porque así al menos alguien te hace caso —dice Laura comiendo unas patatas y pasando frente a él.

—Cómo te pasas con mi hermano —le dice Nayara y mira la hora—, es raro que se retrase tanto.

—Si queréis llamo a mi padre —comenta Haizea sacando su móvil.

—Ni se te ocurra —le advierto—, lo llamé para invitarlo y dijo que él no estaba para estas gilipolleces.

—Así es mi padre —se encoje de hombros guardando el móvil—, puedo dar gracias a los genes de mi madre.

—Estoy de acuerdo —se acerca Eric por detrás de mí acariciándome la barriga y mordiéndome el cuello.

Llaman al timbre, ahí están.

—Yo abro —sale corriendo Aina.

Cuando al fin llega Mariona con su novio de uniforme no vienen solos, sino que lo hacen con Ortiz, que va de duro por la vida pero después es un blando. Él y Haizea no tienen familia y no son lo que se puede decir muy sociables, así que están un poco solos en el mundo; son como de la familia, de hecho, si nos remontamos cientos y cientos de años, lo son.

—Hombre Javier —le digo a Ortiz—, creía que no estabas para estas gilipolleces.

—No echaban nada en la tele y sabía que habría comida —contesta y me echo a reír. Solo es una excusa, las navidades pasadas las pasamos en Barcelona, le invitamos e hizo lo mismo—. Te veo… —lo piensa un momento.

—Gorda —contesta Aleix por él y se gana una colleja de Nayara.

—No quería decirlo, pero sí —dice Ortiz haciendo esa mueca que nunca llegará a ser una sonrisa.

—Ignóralos —dice Eric abrazándome todavía detrás de mí—, estás preciosa —me besa el cuello.

—¿Bueno, qué es? —pregunta Mariona besándome.

—Y encima ahora viene con prisas —dice Eric—, qué poca vergüenza —se ríe de Mariona.

—Oh, cállate —le contesta Mariona y después le enseña la lengua.

—Venga Sarah, no seas pesada y dilo ya —dice Aina ansiosa—, he quedado, ¿sabes?

—Muy bonito —le contesto irónica.

Estoy contenta de tenerlos a todos a nuestro lado. Nayara y Aleix volvieron de su luna de miel hace cosa de dos semanas y están súper bronceados y felices. Pablo y Laura estuvieron un breve período de tiempo juntos, después lo dejaron y quedaron como amigos, pero estas reuniones les hacen coincidir muy a menudo. Cuando los dos estuvieron listos para tomárselo en serio, empezaron una relación que es una montaña rusa, en la que los dos se lo pasan bomba cabreando al otro, pero en el fondo se quieren. Y Mariona, ella empezó a salir con un policía, la cosa no funcionó, pero uno de los compañeros de él le pidió salir. A ella en un principio no le hacía mucha gracia, era amigo de su ex y salió muy herida de esa relación. Él insistió e insistió hasta que consiguió una cita y desde entonces están juntos, no ha sido fácil para ninguno de los dos, él ha tenido que pasar por mucho antes de que ella le dejara acercarse lo suficiente, pero al fin parece que Mariona ha superado todos sus fantasmas. Haizea está muy unida a nosotras, es toda una mujer ya, hemos descubierto a una persona encantadora después de rascar capas y capas de timidez y vergüenza, ella y Aina son inseparables. Aina por su parte está a punto de acabar la E.S.O, ya es toda una mujercita pero sigue igual que cuando la conocí hace cinco años, o incluso peor con la adolescencia. Macarena no ha podido venir porque trabajaba y mis padres siempre son los primeros, así que ya lo saben.

—Redoble de tambores —dice Aleix.

Él y Pablo se ponen a golpear encima de la mesa.

—¡Es un niño! —exclamo sonriendo.

—¡No! —exclama Aina enfadada.

—¡Sí! —corre Mariona hacia nosotros y me abraza saltando.

—Y no viene solo —comenta Eric detrás de mí—, nos gustaría que tú fueras la madrina del otro Nayara.

—¿Yo? —pregunta sonriente, se pone de pie y se acerca— Me encantaría —se abraza a Mariona y a mí.

—¿Y qué pasa conmigo? —pregunta Aina molesta.

—Creía que querías ser la madrina de una niña con súper poderes —me burlo de ella.

—Pobre de ti como no le hagas una niña la próxima vez —le advierte Aina a Eric.

Todos nos echamos a reír por su descaro.

Cuando todos se han marchado ya es muy tarde. Ortiz, el que no quería venir, ha sido de los últimos en irse.

Me pongo un camisón ancho para dormir, abro la mesita de noche y cojo la cajita de terciopelo azul que Eric me regaló. Me coloco frente al espejo y me pruebo el anillo de compromiso, es un anillo precioso hecho a mi medida. Tiene un diamante de tamaño considerable sin llegar a ser ostentoso, rodeado de dos zafiros, que queda en perfecta armonía con la pulsera de Aina y Pablo que nunca se separa de mí. Me miro en el espejo con él y veo cómo Eric se acerca, me rodea tocándome la barrigota y me besa el cuello arriba y abajo.

—¿Ya te has decidido? —pregunta mirando el anillo en mi dedo.

—¿Y casarme así de gorda? —enarcando una ceja mientras le miro a través del espejo.

—¿Vas a hacerles caso a esos idiota? Estás preciosa —le sonrío—, eres una preciosa vaquita sonriente.

—¡Serás idiota! —me giro y le golpeo el brazo.

—Era una broma —dice levantando las manos a modo de rendición—, podríamos hacerlo antes de que nacieran.

—No quiero casarme echa una vaca —le contesto con un puchero mirándome de perfil y acariciando mi enorme barriga—, además es mucho follón, hay que preparar mil cosas y ahora mismo no tengo tiempo.

—¿De qué estás hablando, Sarah? He visto la enorme carpeta que tienes en tu despacho, le pediste a Estefanía los planos de mi hotel y están ahí dentro, junto con recortes de vestidos de novia, flores, manteles y esas chorradas que os obsesionan a las mujeres en las bodas.

—¿Por qué miras en mi despacho? —le pregunto molesta.

—Estaba buscando mi regalo de cumpleaños.

—Eres un chafardero.

Me quito el anillo y vuelvo a guardarlo dentro de su cajita, me siento frente al tocador.

—¿Qué te pasa? —pregunta Eric— ¿Te has enfadado?

—No —niego con la cabeza—. Aina se ha quedado desencantada.

—¿Aina o tú? —pregunta suspicaz.

—Creía que sería Natalia, me hacía ilusión una niña. Supongo que es mejor así, así no habrá otra rarita en el club.

—La tendremos más adelante, ya sabes que yo siempre estoy dispuesto y preparado para fecundarte.

—Muy romántico, Eric —me sonríe a través del espejo y tengo que corresponderle.

Ha hecho que estos cinco años sean los mejores de mi vida. No todo ha sido un camino de rosas lógicamente, pero cuando la cosa se ha puesto difícil, Eric ha estado ahí conmigo para ayudarme en el camino. Cada día nos llevamos mejor, con baches hemos aprendido a compenetrarnos, y desde que se enteró de que estoy embarazada, está de un feliz que no cabe en sí mismo. Sé que quiere hacer con nuestros hijos todo lo que él querría que su padre hubiera hecho con él y con su hermano.

Voy a ser madre, es muy fuerte, pero me siento preparada para el reto, aunque vengan dos de golpe, además tendré a Eric a mi lado, que es lo más importante. Estoy deseando verles las caras, poder abrazarlos y cuidarlos, va a ser muy emocionante.

—Espero que no tengan tu enorme cabeza, si no, no sé cómo van a salir.

—Yo solo espero que no sean tan cabezones como su madre —contesta con cara de espanto—, porque no habrá quien viva con vosotros —entrecierro los ojos en una mirada asesina—. Es broma —me sonríe—, no te enfades. Eso sí, a mí me toca consentirlos y a ti la mano dura, los voy a tratar como mi padre nunca nos trató a Carlos y a mí.

—Un poquito de cada —le digo haciendo un puchero y tocándome la barriga—, no quiero que me cojan manía.

—A ti nadie podría tenerte manía, mi amor —me besa la mejilla y me masajea los hombros—. ¿Cómo llamaremos al otro?

—¿Eric? —pregunto poco convencida.

—¿Quieres llamarlo como a mí? —dice con una mueca— Creía que eso era antiguo y va a ser un lío.

—Yo elegí el nombre de Carlos, así que ya puedes ir pensando tú un poco, yo ya daré el visto bueno.

Me giro en el taburete y Eric se arrodilla delante de mí y pone el oído en mi barriga.

—¿Habéis oído eso? —le pregunta a mi barriga— Esa es vuestra madre, sí, ya lo sé, es un poco mandona, además de bocazas e insolente, pero cuando la veáis os sentiréis los más afortunados del mundo por tenerla, como me pasó a mí.

Levanta la cabeza y me mira con una sonrisa abierta y sincera, sus ojos se ven brillantes y felices. Me agacho, amo a este hombre igualmente cabezón, un poco arrogante pero con un enorme corazón; le cojo la cara y lo beso.

Creo que soy la persona más feliz del mundo, y pensar que estuve a punto de perder a Eric por orgullo, de perderlo todo, porque ahora mismo sin Eric no sería quien soy. Juntos hemos aprendido mucho el uno del otro hasta compenetrarnos a la perfección; estoy deseando que lleguen los pequeños. Quiero enseñarles lo bonito que puede llegar a ser el mundo, ayudarles a crecer y aprender a amar la vida, como yo aprendí a hacerlo, a no desaprovechar ningún momento ni oportunidad de ser feliz. Deseo escuchar sus risas por toda la casa, y pensar que voy a hacerlo junto a Eric, hace que rebose de felicidad.

Agradecimientos:

Se cierra la trilogía y me embarga una mezcla de satisfacción y nostalgia por ponerle punto y final a esta aventura, en la que me sumergí con tanto miedo como ganas. No puedo estar más contenta de la decisión que tomé al autopublicarme. Con diferencia esta ha sido la experiencia más enriquecedora de mi vida, me he demostrado a mi misma que con esfuerzo, agallas y poniéndole cariño a lo que se hace todo se puede conseguir. No es que sea una Best-seller, ¡ojalá! Pero he aprendido que no hace falta llegar a lo más alto para brillar, he crecido como persona y ojalá que también como escritora.

En primer lugar quiero dar las gracias a aquellas personas que han hecho que esta tercera parte sea tangible y esos sois todos los que me habéis apoyado leyendo los dos anteriores. GRACIAS, gracias por leer mi historia, por dedicar un rato a darme vuestra opinión, por hacer mi historia vuestra y por todo el cariño que he recibido.

Darle las gracias a quines han hecho posible que la trilogía sea la que es. A Alicia por ponerle cara a mi historia, ha sido un placer trabajar contigo. Por supuesto a las encargadas de la ardua tarea de corrección; a Dana Roberts por esta última novela, gracias por tu trabajo, consejos, opiniones y cercanía. A Miri y Vir por las dos anteriores; sé que os he dado mucho trabajo y os agradezco muchísimo.

Tengo la enorme suerte de que en todo momento he contado con el apoyo y amor de mi pequeña gran familia. Empezaré por mi madre y mi tía Juana, quienes siempre tienen un libro en la mano y gracias a ellas descubrí cuanto podía gustarme leer, abristeis un mundo ante mí. Gracias por ser mis primeras lectoras, por no estar de acuerdo entre vosotras y tener así diferentes puntos de vista, por quererme y estar siempre a mi lado, no solo en esta aventura, sino en otras que pasaron y estoy segura que en otras que están por llegar. A mi abuela porque no la puedo querer más, con sus voces y todo. A mi tío Toni, tus palabras suelen inspirarme, a mi prima Penélope porque ella me inspira sin más, Aina tiene mucho de ti; ojalá algún día lo descubras, t'estimo petita. A Javi por demostrarme que siempre está ahí, incluso cuando no lo he merecido. A mi familia andaluza, me habéis apoyado muchísimo y no me cansaré nunca de daros las gracias por tanto. Muchas gracias a mi familia política, por todo su apoyo y cariño, por apostar por mí. A mi pollito quiero agradecerle su amor y sobretodo su santa paciencia, tú que desde el principio me dijiste que era improbable no imposible, tú que me apoyaste solo porque necesitaba apoyo, que me diste el empujón que necesitaba para intentar hacerlo de verdad. Sin ti a mi lado no me habría atrevido a soñar, te quiero Joni. Y por supuesto a las Bruixes, nunca tendré hermanos pero os tengo a vosotras y no necesito más, hemos reído (mucho además), llorado y crecido juntas, sois mis hermanas y parte de mí.

Por supuesto a mis amigas, las de toda la vida que me habéis demostrado que no hace falta hablar cada día para contar con vosotras, que siempre estáis cuando os necesito, gracias por recordarme lo que es la amistad. También a las nuevas por darme tanto en tan poco tiempo.

Espero que nos leamos pronto,

Gina

Gina Peral nació un doce de diciembre en Vilanova i la Geltrú (Barcelona).

Tímida, creativa e impaciente, es amante de la literatura romántica, el cine y los animales.

Se define como una soñadora experta.

Noche y Día es el final de su trilogía *Los secretos de Boira*, con el que espera llegar a muchos lectores y hacer realidad el mayor de sus sueños: Ser Escritora.

Printed in Great Britain
by Amazon